여학생, 근대를 만나다
―한국 근대소설의 형성과 여학생―

여학생, 근대를 만나다

―한국 근대소설의 형성과 여학생―

엄 미 옥

역락

책머리에

　이 책은 박사학위논문 「한국근대 여학생 담론과 그 소설적 재현 연구」를 다듬고 재구성한 것이다. 여학생을 주제(theme)로 논문을 쓰게 된 계기는 근대에 발행된 여러 매체를 접하면서였다. 거의 100여 년 전에 발행된 『학지광』과 『여자계』에서 불과 스무 살도 채 안 된 어린 학생들은 동경유학을 통해 우리의 근대를 주조해 가고 있었다. 근대국가 건설이라는 계몽의 기획 아래 비록 추상적이고 관념적인 한계를 보이긴 하지만 식민지 근대의 청년으로서 그들이 꿈꾸고 욕망하는 목소리는 한국의 근대를 되돌아보는 데 유효한 참조가 되리라 생각했다. 그중에서도 특히 여학생에 주목한 것은 식민지 근대에 배운 여성의 탄생이 우리 사회에 커다란 반향을 불러일으켰을 뿐만 아니라 근대 소설의 형성에 핵심적인 요소로 작용했기 때문이다.

　여학생은 기차나 피아노와 같은 근대의 새로운 풍경이자 제도였다. 히사시가미에 리본을 묶은 머리, 검정치마를 입고 통구두를 신은 그들의 외양은 허영과 사치덩어리라며 비난받는가 하면 자유연애를 희구하는 남성들에게 동경의 대상이 되기도 했다. 뿐만 아니라 여학생은 학교에서 익힌 체조와 독서 등으로 근대적인 개인으로서의 자각을 이루고 자기표현이 가능해지자 섹슈얼리티를 발현하면서 낭만적 사랑의 주체가 되기도 한다. 독서시장과 출판 등 문학제도적인 측면에서 대량 소비를 위해 여학생을 마케팅한 측면도 없지 않았다. 현실의 반영으로서 여학생의 존재는 스토리 내에서의 존재 자체가 판매고를 올려주는 시장성 높은 장치가 되어갔던 것이다. 나아가 여학생은 소설 형식에 있어서도 스토리와 담론 차원의 변화를 가져오면서 근대소설의 새로운 시학을 가능케 했다.

사실 교육받은 여학생은 우리 사회의 소수였음에도 불구하고 논란의 초점이 된 것은 그들이 식민지 근대 여성이라는 다중적인 정체성을 띠고 있었기 때문이다. 식민지 근대에 여학교는 어린 소녀들의 근대화와 식민화를 위해 탄생했지만 중등, 고등 교육의 중심은 남학생이었다. 교육의 내용은 서로 달랐고 남녀평등의 구호도 허망했다. 여학생은 졸업 후 갈 곳이 없어서 번민했으며, 결혼을 하기가 어려워 공중에 붕 뜬 존재가 되기도 했다. 때로는 그들을 선망하고 때로는 지탄하는 모순적인 시대의 눈길 속에서 여학생의 심성은 그렇게 분열되어 갔다. 여기서 지금, 이곳의 여학생의 원풍경을 발견할 수 있다. 그러나 여학생은 이러한 시대의 규율에 저항하면서 자기 향상심을 가진 주체로 새로운 여성성을 형성하기도 했다. 무엇보다 근대와 여성이 교차하면서 새로운 근대성과 여성성을 형성해 가는 그 중심에 서 있었던 것이다. 식민지 근대의 성격을 여학생만큼 효과적으로 성찰하게 만드는 존재는 없을 것이다.

이 책은 바로 이러한 문제의식에서 출발했다. 즉 여학생에 대한 탐색은 우리의 근대성에 대한 성찰은 물론 그들과 일정한 동형성을 지닌 지금, 여기의 여학생의 계보를 추적하는 일이자 근대여성다움의 규범이 형성되는 기원에 대한 물음이기도 하다. 이 책은 구체적으로 근대에 여학생을 둘러싼 제 담론이 여학생의 이미지를 생산하는 데 관여한 양상을 분석하고, 근대소설에 나타난 여학생의 표상을 고찰하여 그것이 서로 충돌하거나 습합되는 지점을 서술함으로써 근대소설이 형성되는 측면은 물론 근대여성의 젠더가 구축되는 양상을 살피고자 했다.

1부의 2장에서는 근대교육의 시행과정과 실태를 통해 여학생의 출현 배경을 고찰했다. 3장에서는 여학생 인물이 작품의 제재가 되고 여학생의 삶이 중심사건으로 플롯에 기여하는 작품을 분석한 결과를 서술하였다. 이때 대상작품을 작품에 재현된 여학생의 표상이 달라지는 시기를 기준으로 ① 개화기부터 1910년대, ② 1920년대부터 1930년대 중반, ③ 1930년대 중반 이후부터 1940년대 초로 구분하였다. 그리고 각 시기에 따라 매체를 통해 구성된 여학생을 둘러싼 공적 담론의 양상을 먼저 서술하고, 소설에 재현된 지배적인 여학생의 표상과 소설 형식을 고찰했다. 이러한 작업을 통해 근대소설의 형성과 여학생의 상관관계를 드러내고자 했다. 그리하여 근대의 이름으로 여성에게 어떤 교육이 행해졌는지, 여학생은 이에 어떻게 반응하고 정체성을 형성해나갔는가를 밝혀 우리 교육의 정신사적 의미는 물론 작품 해석의 다양성을 꾀하여 근대소설 연구에 하나의 새로운 주제를 정립하고자 했다. 나아가 근대소설이 여학생을 서술하고 묘사하는 과정을 통해 젠더 차이를 변화시키고 확립하는 양상을 살피고자 했다.

이러한 목표는 2부에 실린 논문에도 적용된다. 2부는 박사논문과 연속성이 있는 주제로 발표한 논문을 엮은 것이다. 여기서는 1930~1940

년대에 여학교를 졸업하고 사회에 진출한 직업여성과, 1950년대에 등장한 자유부인이라는 새로운 여성 인물이 당대 담론과 소설 속에서 어떻게 표상되는가를 살펴보았다. 이러한 분석을 통해 여성의 젠더와 정체성 구성을 둘러싼 담론의 성격과 그 가운데에 벌어지는 젠더정치를 규명하고자 했다.

1부와 2부의 연구를 수행하는 데 그동안 사회학과 여성학 등 분과학문에서 이루어진 신여성 및 현대여성에 관한 실증적인 연구뿐만 아니라 매체와 담론 연구가 많은 도움이 되었다. 또한 국문학에서 이루어진 다양한 문화·풍속론적인 연구들에도 빚진 바가 크다. 섹슈얼리티, 학교, 패션, 연애 등 여성을 둘러싼 근대의 다양한 풍속을 문학연구의 방법론으로 삼은 논의들이 그것이다. 개별 작가, 작품론이 아니라 소설 텍스트와 비문학적 텍스트를 횡단하면서 작품 해석의 다양한 가능성을 열고 문학연구에 새로운 시각을 마련하고 있는 선행 연구들은 본 연구를 심화시키는 데 크게 기여했다.

이 책의 마지막에는 부록으로 1910~1930년대 여학생에 관한 풍속자료를 실었다. 이는 식민지 근대 여학생의 내면을 생생하게 엿볼 수 있는 자료이다. 『학지광』에 여학생으로서는 유일하게 글을 실은 나혜석의 선각자로서의 결연한 의지가 돋보이는 글, 『신여성』의 여학생 독자들이 서로 안부를 주고받으면서 상상의 공동체를 구축하는 모습, 경성에 있는 전문학교 여학생들의 미래의 남편에 대한 앙케트 조사 결과 등…… 이를 통해 당대의 여학생의 욕망과 만날 수 있기를 기대한다.

이 책은 많은 분들의 가르침과 보살핌 속에서 태어났다. 미약하지만 이 자리를 빌려 인사를 올리고자 한다. 먼저 서사학에 흥미를 갖게 하여 문학 연구자의 길로 이끌어 주신 최시한 선생님과 계속해서 여성문학을 연구할 수 있도록 터를 마련해 주신 구명숙 선생님께 감사를 드린다. 그리고 늘 열심히 연구하는 모습을 몸소 보이시며 깨달음을 주신 이재선 선생님과 논문의 방향을 날카롭게 잡아주시고 많이 배려해주신 김경수 선생님께 깊이 감사드린다. 더불어 논문의 심사를 맡아 꼼꼼히 조언을 해주신 박철희 선생님과 우찬제 선생님께도 감사의 말씀을 올린다.

함께 공부하면서 여러모로 도움을 준 학교 선후배와 동료들도 빼놓을 수 없다. 그동안 나눈 세월만큼의 애정과 신뢰를 보낸다. 공부는 결코 혼자 하는 일이 아님을 새록새록 느끼고 있다. 수유 연구실 일본근대와 젠더 세미나 팀과 여성문화이론연구소 정신분석 세미나 팀의 선생님들께도 고마움을 전하고 싶다. 이들은 방황하던 시기, 내 삶과 공부에 활력소가 되었다. 이 책의 출판을 흔쾌히 허락해 주신 도서출판 역락 이대현 사장님과 책의 모양새를 잘 다듬어 주신 권분옥 편집장님께도 감사를 드린다.

마지막으로 철없는 딸을 언제나 든든히 후원해 주시는 부모님과 오빠, 동생 부부에게도 감사를 드린다. 이 책이 그들의 사랑에 작은 보답이 됐으면 좋겠다.

2011년 6월 엄 미 옥

차례

제1부 한국 근대소설과 여학생

제2부 한국 근대소설과 젠더정치

한국 근대소설과 여학생

1930년대 숙명여전 기숙사 풍경(『숙명100년, 1906~2006』)

제1장 근대여성의 기원, 여학생

1. 근대와 여학생

근대에 여학생은 중등 정도 혹은 그 이상의 교육을 받은 여성[1]을 뜻
했다. 근대국가 성립이라는 기획의 일환으로 여성교육이 시작된 이래
1910년대부터 여학생은 사회를 반영하는 신분으로서 당대를 시사하는
문제적인 계층이었다. 여학생의 출현은 하나의 시대적 현상이자 새로운
사회세력의 등장으로, 근대의 가장 뚜렷한 표상이었다. 근대에 간행된
잡지와 신문에서도 여학생을 기사화하기에 여념이 없다. 근대여성으로

---

[1] 이 책에서는 여학생의 범주를 식민지 근대에 중등 정도(1910년대에는 여학교 고등과,
1922년 제1차 조선교육령 개정 이후에는 여자고등보통학교, 실업학교 등 보통학교 6년
을 졸업한 뒤 진학하는 4년 혹은 5년제의 학교) 및 그 이상의 학교(전문학교, 보육학교,
유학 등)를 다니고 있거나 졸업 후 상급학교 진학을 준비하는 과정에 있는 학생으로 설
정하고자 한다. 다만 본론의 3장 3절에서 1930년대 후반 작품을 논하면서 여학생이 주
부와 직업여성으로 진입하는 과정을 다루었는데, 여기서는 주부와 직업여성 자체에 초점
을 두는 것이 아니라, 여학생이 '스위트 홈'으로 진입하는 과정과 직업을 갖게 되는 과
정에 주목하고 있다. 그 이유는 이를 바탕으로 근대여성으로서의 여학생의 정체성이 어
떻게 형성되는가를 설명하기 위해서이다. 작품 또한 그러한 과정이 중심적으로 그려진
것을 대상으로 함을 밝힌다.

서 여학생의 이미지는 각종 매체의 담론 속에서 형성되고 다양하게 변화한다. 소설에서도 마찬가지다.

「혈의 누」에서 옥련이와 『무정』에서 선형과 영채가 유학을 떠나는 장면에서부터 여학생은 서서히 나타나기 시작하더니 1920년대에는 단연 근대소설의 전면에 등장한다. 이 당시 염상섭 소설에 등장하는 신여성 인물의 부상이 변두리 장르의 주류화라는 소설의 발생사적 맥락과 정확하게 일치한다[2]는 지적도 있거니와, 1920년대에 이르면 소설의 주인공으로 부상하면서 그 시대의 문화를 대변한다. 1930년대가 되어도 여학생의 표상이 달라졌을 뿐, 그들이 작품 속에서 차지하는 비중은 조금도 줄지 않는다. 요컨대 여학생이라는 인물은 근대소설에 도입되어 새로운 사건과 배경, 이야기를 낳는 등 스토리 공간을 확대시키고, 서술방식의 변화를 가져오면서 근대소설의 형성에 핵심적 요소로 작용한다. 근대소설 또한 여학생을 형상화하면서 근대여성으로서 그들의 이미지를 구축하는 하나의 담론으로 기능했다. 근대에 발행된 여러 매체와 소설에 이처럼 여학생이 전경화된 이유는 무엇일까?

여학생은 기차나 피아노, 유성기와 같은 근대의 새로운 풍경이자 제도

---

[2] 1920년대에 와서야 소설에서 여학생이 근대를 표상하는 하나의 기호 차원이 아니라 비로소 인물로서 나타나게 된다. 김원우에 의하면 염상섭 소설에서 비로소 근대적 개인이라 할 수 있는 여학생의 모습을 찾아 볼 수 있다. 그는 "횡보의 세계가 '현대소설'의 위상을 그나마 제대로 구현한 관건 중 하나로 여성 화자를 적극적으로 발굴, 활용한 데서도 찾을 수 있다"고 한다. 이어 "춘원의 여성 화자들은 배울만큼 배운 여성으로서 똑똑하고 발언도 웬만큼 당차게 하고 있으나 그들은 대개가 어떤 신분을 드러내는 데만 그치는 평면적 인물의 전형일 뿐인데 비해 횡보의 여성화자들은 남성화자의 수족 같은 도구나 장치가 아님"을 지적하고 신교육을 받은 여성이 독특한 개성을 지닌 측면에 주목한다. 그리고 이는 "현대소설의 한 표상임은 물론 여성화자의 이런 부상은 변두리 장르의 주류화라는 소설의 발생사적 맥락과 일치한다"고 언급한다. 김원우, 「횡보(橫步)의 눈과 길」, 『염상섭 문학의 재조명』, 새미, 1998, 266면. 여학생을 비롯한 신여성이 근대소설에서 인물로 부상되는 것과 근대소설의 발생이 동궤에 놓인다는 이러한 지적은 우리 근대소설의 형성과 여학생의 관계를 해명하는 데 유효한 참조가 되리라 본다.

였다. 뿐만 아니라 3·1운동 이후 갑자기 고조된 교육열로 인해 양적으로 증가한 여학생이 근대적 개인으로의 자각을 이루고 자기표현이 가능해지자 스스로 목소리를 내게 되면서부터 사회적인 이슈가 되었다. 이러한 사실과 함께 독서시장과 출판 등 문학제도적인 측면에서 대량소비를 위해 여학생을 마케팅한 측면도 없지 않았다. 현실의 반영으로서 여학생3)의 존재는 스토리 내에서의 존재 자체가 판매고를 올려주는 시장성 높은 장치4)가 되어갔던 것이다.

현실의 반영이든 출판 마케팅을 위한 기획의 일환이든 소설 속에 중심적인 주제(theme)로 떠오른 여학생의 존재는 그 자체가 하나의 사건이었다. 여학생은 '단순히 학교를 다니는 여성'이나 '교육받은 여성' 혹은 '남자가 아닌 학생'으로 설명할 수 없는 그 이상이 된다.

우리사회에서 근대적 개인의 가장 뚜렷한 아이콘이자 근대문화의 향유자로, 도발하는 성의 상징으로, 각종 로맨스와 스캔들의 주인공으로, 근대독자로서 그리고 첨단패션의 리더로, 나아가 여성해방운동의 주역5) 등으로 여학생은 어떤 하나의 고정된 실체나 이미지로 정의하기 힘든 유동적이면서 복합적인 면모를 지닌다.

한편 우리의 근대가 자생적으로 형성된 것이 아니라, 식민지라는 경험

---

3) 김경수는 염상섭 소설에 "중심이 되는 여성인물들이 신여성과 양첩, 미망인으로 변하면서 여성 또는 여성의 삶 자체가 하나의 중추적인 비유로서 기능하고 있다"고 보면서 "식민지 초기에 염상섭이 의도적으로 신여성을 선택했던 이유는 그 위치의 인물이 변화된 시대상을 드러내기에 가장 적합하고 또 이야기를 보다 역동적으로 구성할 수 있는 개연성을 지니고 있었기 때문이다"라고 지적한다(김경수, 「염상섭 장편소설의 시학」, 『염상섭 문학의 재조명』, 새미, 1993, 67~68면). 이는 신여성으로 대표되는 여학생이 우리의 근대를 반영함으로써 근대성은 어떠한가를 재구할 수 있는 제재가 된다는 것을 입증하고 있다.

4) Angelique Richardson & Chris Willis, *The New Woman in Fiction and in Fact,; Fin-de Siecle Feminisms*, Basingstoke and New York : palgrave, 2001, p.63. 영국의 신여성을 다룬 소설이 가진 이와 같은 상품성은 우리의 경우에도 적용된다고 본다.

5) 김미지, 『누가 하이킬라이싱을 데리고 사느—여학생과 연애』, 살림, 2005, 5면 참조.

을 통해 굴절되어 근대성과 식민성을 동시에 경험하는 식민지적 근대성6)이라는 복합적인 성격을 지닌 바, 이러한 시대 상황 속에서 교육 받은 여학생이 일본 제국주의와 민족 내부에 의해 이중으로 타자화되는 측면 또한 간과할 수 없을 것이다. 사실 교육받은 여학생은 우리 사회의 소수였음에도 불구하고 커다란 반향을 일으킨 것은 그들이 식민지 근대 여성이라는 다중적인 정체성을 띠고 있었기 때문이다. 식민지 근대에 여학교는 어린 소녀들의 근대화와 식민화를 위한 제도였지만 중등, 고등교육의 중심은 남학생이었다. 교육의 내용은 서로 달랐고, 남녀평등의 구호도 허망했다. 여학생들은 졸업 후 갈 곳이 마땅치 않아 번민했으며, 결혼을 하기가 어려워 공중에 붕 뜬 존재가 되기도 했다. 그들을 때로는 선망하고 때로는 지탄하는 시대의 눈길 속에서 혹은 근대와 전근대 사이에서 여학생의 심성은 분열되어 갔다. 여기서 우리 여학생의 원풍경을 발견할 수 있다.

그러나 여학생은 이러한 시대의 규율에 저항하고 자기 욕망을 적극적으로 실현하면서 자기 향상심을 가진 주체로 새로운 여성성을 형성하기

---

6) 한국의 근대성에 대한 논의는 최근 한국의 근대사회로의 진입은 서양의 충격과 서양을 대신한 일본의 충격으로 시작되었다는 사실을 부정할 수 없으므로 근대성과 식민성은 상호 배타적인 범주가 아니라, 양자가 서로 얽혀있으며 그때그때의 상황에 따라 동태적으로 변화하면서 오늘날의 우리를 규정하고 있다는 인식에 이르렀다(김진균·정근식 편저, 『근대주체와 식민지 규율 권력』, 문화과학사, 1997, 15~23면 참조).
김수진은 이러한 식민지적 근대라는 이 개념의 문제의식이 서구 중심적이고 목적론적이며 역사주의적인 보편적 근대성의 패러다임 대신 비서구 식민지 사회의 근대 경험의 역사적 고유성과 구체성을 인식할 수 있는 문제 틀을 구축하자는 데 있다고 한다(김수진, 『1920~30년대 신여성담론과 사회적 상징연구』, 서울대학교 사회학과 박사학위논문, 2005, 4~5면). 즉 우리의 식민 경험은 그저 정상적인 근대화를 지체, 좌절시킨 역사적 계기가 아니라, 그 자체로 한국적 근대성의 내재적, 혹은 필수 불가결한 요소다. 그렇게 볼 때 식민지에서 근대성이란 강제로 이입된 것만이 아니라 식민지 사람들이 형성해가는 양면적인 혹은 복합적인 것이다. 태혜숙, 「한국의 식민지 근대체험과 여성공간」, 『한국의 식민지 근대와 여성공간』, 여이연, 2004, 15~16면 참조.

도 했다. 무엇보다 근대와 여성이 교차하면서 새로운 근대성과 여성성을 형성해가는 그 중심에 서 있었던 것이다. 식민지 근대의 성격을 여학생만큼 효과적으로 되돌아보게 만드는 존재는 없을 것이다.

이 책은 바로 이러한 문제의식에서 출발한다. 즉 여학생에 대한 탐색은 우리의 근대성에 대한 성찰은 물론 그들과 일정한 동형성을 지닌 지금 여기, 여학생의 계보를 추적하는 일이자 근대여성다움의 규범이 형성되는 기원에 대한 물음이기도 하다.

이 책은 근대에 여학생을 둘러싼 제 담론이 여학생의 이미지를 구축하는 데 관여한 양상을 분석하고, 근대소설에 나타난 여학생의 표상을 고찰하여 그것이 근대소설의 형성에 이바지하는 측면을 밝히고자 한다. 이러한 작업은 당대의 공적 담론이 여학생을 중심으로 근대여성의 이미지를 형성하는 과정과 작품에 그려진 여학생의 표상이 서로 습합되거나 충돌하는 양상을 서술함으로써 궁극적으로 근대소설의 형성과 여학생의 상관관계는 물론 근대여성에 대한 젠더가 어떻게 구축되었는지 설명하고자 하는 것이다.

2. 여학생을 둘러싼 논의들

그동안 여학생에 대한 연구는 주로 식민지 근대 조선의 문화를 고찰하는 가운데, 신여성담론 연구[7]의 일환으로 이루어져 왔다. 이러한 연구

---

7) 그동안 여성학이나 사회학에서 이루어진 신여성 담론에 관한 대표적인 연구는 다음과 같다.

조은·윤택림, 「일제하 '신여성'과 가부장제―근대성과 여성성에 관한 식민담론의 재조명」, 『광복 50주년 기념논문집』, 한국학술진흥재단, 1995.

권희영, 「1920~30년대 '신여성'과 모더니티의 문제」, 『사회와 역사』 제54집, 문학과지성

는 문학 작품에 초점을 맞추어 논의된 것이 아니라 사회사와 여성사의 시각에서 신여성의 삶과 사상을 이해하려는 목적으로 수행되었고 여기서 여학생은 신여성을 대표하는 하나의 범주로서 다루어지고 있다. 1990년대 이후로 꾸준히 축적되어 온 신여성 담론 연구의 성과물들은 신여성을 하나의 실체로서보다는 담론적 구성물로 정의한다. 이렇게 식민지 근대를 문화적으로 고찰하는 가운데 여학생을 살핀 연구에서는 문학 작품이 부분적으로 인용되거나 차용되어 잠시 다루어지고 있을 뿐이다.8) 문학연구에서도 본격적으로 문학 작품을 대상으로 하여 여학생에 주목한 연구는 1920년대의 연애열과 관련하여 여학생을 논한 권보드래와 김동식의 연구,9) 오누이적 구조에 입각해 청년의 연대자로서 여학생을 설명한 이경훈의 논의10)와 교육을 통해 신체에 대한 자율성을 획득

사, 1998.

전은정, 「일제하 신여성 담론에 관한 분석」, 서강대학교 석사학위논문, 1999.

이명선, 「식민지 근대의 '신여성' 주체형성에 관한 연구-성별과 성의 관계를 중심으로」, 이화여자대학교 박사학위논문, 2003.

김수진, 『1920~30년대 신여성담론과 사회적 상징연구』, 서울대학교 박사학위논문, 2005.

8) 대표적으로 근대에 대한 문화론적 연구를 수행하는 가운데 근대 소설에 나타난 여학생에 대해 인용한 연구로는 다음과 같은 것이 있다.

김경일, 『여성의 근대, 근대의 여성』, 푸른역사, 2004.

김동식, 「풍속·문학·문학사」, 『민족문학사연구』 19호, 민족문학사연구소, 2001.

김미영, 『1920년대 여성담론 형성에 관한연구』, 서울대학교 박사학위논문, 2003.

김미지, 『누가 하이칼라 여성을 데리고 사누-여학생과 연애』, 살림, 2005.

김주리, 『모던걸, 여우 목도리를 버려라 : 근대적 패션의 풍경』, 살림, 2005.

김진송, 『서울에 딴스홀을 허하라』, 현실문화연구, 1999.

문옥표 외, 『신여성』, 청년사, 2003.

박미선, 『근대여성, 제국을 거쳐 조선으로 회유하다』, 창비, 2007.

이승원, 『학교의 탄생』, 휴머니스트, 2005.

태혜숙 외, 『식민지근대와 여성공간』, 여이연, 2004.

연구 공간 수유+너머 근대매체연구팀, 『新女性』, 한겨레 신문사, 2005.

9) 권보드래, 『연애의 시대-1920년대 초반의 문화와 유행』, 현실문화연구, 2003.

김동식, 「낭만적 사랑의 의미론」, 『문학과 사회』 53호, 문학과지성사, 2001.

10) 이경훈, 『오빠의 탄생』, 문학과지성사, 2003.

하고 이를 통해 자각적 연애를 행하는 여학생의 측면에 주목한 안미영의 연구,11) 여학생의 독서체험을 다룬 김옥란의 연구12)와 같은 단편적인 소논문 이외에는 찾기 어려운 실정이다.

기존의 문학연구에서는 신여성이었던 여성 작가와 그들의 작품을 대상으로 하여 작품의 미적 특성에 주목하거나 작품에 드러난 여성성과 근대성을 밝힌 연구13)가 대부분이었다. 다만 최근에 다양한 방법론적 틀을 통해 근대소설에 나타난 여성의 표상을 밝히는 연구가 수행되면서 그 가운데에 신여성의 측면에 주목하여 부분적으로 여학생에 대한 고찰이 수행되고 있다. 그 예로 섹슈얼리티14)와 신체담론15)을 이용해 문학작품을 분석한 연구를 들 수 있다. 그리고 근대 교육담론과 계몽담론을 고찰하여 작품분석을 수행한 연구로 이영아와 신수정의 논의16)가 있다.

---

11) 안미영, 「여학생과 문명에의 의지―이상소설을 중심으로」, 『한국현대문학』 8집, 2000.
「1920년대 불량여학생의 출현배경 고찰」, 『한국문학이론과 비평』 18집, 2003.
12) 김옥란, 「근대여성주체로서의 여학생과 독서체험」, 『한국근대문학의 형성과 문학장의 재발견』, 소명출판, 2004.
13) 김미현, 『한국여성소설과 페미니즘』, 신구문화사, 1996.
서정자, 『한국근대여성소설연구』, 국학자료원, 1999.
황수진, 『한국근대소설에 나타난 신여성상 연구』, 건국대학교 박사학위논문, 1999.
이상경, 『근대여성문학사론』, 소명출판, 2002.
최혜실, 『신여성들은 무엇을 꿈꾸었는가』, 생각의 나무, 2000.
이태숙, 『여성성의 근대적 경험양상 : 1920~30년대 문학을 중심으로』, 고려대학교 박사학위논문, 2000.
14) 이혜령, 『한국 근대소설의 섹슈얼리티 연구』, 성균관대학교 박사학위논문, 2000.
심진경, 『1930년대 후반 장편소설의 여성 섹슈얼리티 연구』, 서강대학교 박사학위논문, 2002.
15) 안미영, 『이상과 그의 시대』, 소명출판, 2002.
이영아, 『신소설에 나타난 육체인식과 형상화방식 연구』, 서울대학교 박사학위논문, 2005.
김주리, 『한국 근대소설에 나타난 신체담론 연구』, 서울대학교 박사학위논문, 2005.
16) 이영아, 「신소설의 개화기 여성상 연구」, 서울대학교 석사학위논문, 2000.
신수정, 『한국근대소설의 형성과 여성의 재현양상 연구』, 서울대학교 박사학위논문, 2003.

이영아는 개화기 여성담론을 고찰하고 신소설에 나타난 여성상을 살피
고 있으며 신수정은 소설개념의 형성과 성별 구성물로서의 근대 여성의
탄생은 밀접한 연관성을 갖는다는 전제 아래, 1910~1920년대에 발표된
근대소설에 대한 다시 읽기를 시도하여 기호로 재현된 여성과 근대소설
의 상관관계를 규명하고 있다. 이 과정을 통해 성별담론이 소설장르의
형성에 작용하였음을 지적한다. 근대여성의 표상을 밝힌 노지승의 연
구17) 또한 근대소설에서 젠더 정체성은 중요한 서사의 원천이라는 전제
를 바탕으로 한다. 그는 여성이라는 일반적 젠더 범주의 역사적 구성 방
식과, 그 범주에 포함되어 있는 하위기표(여학생, 매춘부, 직업여성, 가정부인)
들의 의미를 추적하여 여자라는 기표가 여성은 물론 그 상대적 개념으
로서 남성이라는 젠더 정체성을 성립시켰다고 보면서 이러한 젠더 정체
성의 성립이 어떻게 근대소설 형식에 영향을 미치고 있는지를 밝힌다.

소설성과 젠더의 상관관계에 주목하는 이들의 연구는 젠더 형성의 역
사와 영국소설사의 관련성을 규명해 낸 낸시 암스트롱(Nancy Amstrong)의
논의에 기대고 있다. 암스트롱에 따르면 18세기와 19세기 초에 영국에
서 바람직한 새로운 여성성이 창조된 것은 새로운 중산계급의 탄생 그
리고 소설의 발생(가정소설의 발생)과 분리시켜 생각할 수 없다. 그리고 이
바람직한 여성상은 사적 영역을 토대로 한다. 남성과 여성의 심리적 자
질에 따라 남성은 공적 영역, 여성은 가정적 영역에 적합한 것으로 구성
되었으며 가정소설은 가정주부의 규율을 만들면서 사적 영역을 더욱 공
고히 했다고 지적한다.18) 이와 같은 시각은 이 책에도 좋은 참조점이 된

---

17) 노지승, 『한국근대소설의 여성 표상에 관한 연구』, 서울대학교 박사학위논문, 2005.

18) 암스트롱에 의하면 가정소설(Domestic Novel)과 수행서, 여성을 위한 교육학 논문 등이
바람직한 여성상을 생산하는 데 관여했다고 한다. Nancy Armstrong, *Desire and
Domestic Fiction : A Political History of The Novel*, Oxford University Press, 1987,
pp.8~10.

다. 요컨대 이러한 연구들은 소설이 여성의 젠더 정체성을 형성하는 담론이 되고 있음을 밝히고 있는데, 여기서도 이와 입장을 같이한다.

기존에 이루어진 연구에서는 근대소설에 나타난 여학생에 전적으로 주목한 경우가 드물었다. 설령 있다 하더라도 여학생의 표상을 부분적으로 밝히는 데에만 머물러 여학생이 소설에 도입되어 이루어진 소설형식의 문제에 천착한 측면이 부족했다. 이 책은 이러한 측면에 주목해 근대소설에서 시대의 흐름에 따라 여학생의 표상이 달라지는 양상을 살피고 근대소설의 형성에 여학생이 어떻게 기능하는지, 그리고 여학생의 표상을 통해 한국 근대소설은 근대여성의 젠더를 어떻게 구축해갔는가를 밝히고자 한다. 그 과정에서 여학생의 출현이 작가들로 하여금 어떠한 쟁점을 제안하도록 했고 특별한 문제를 제기하도록 했는가라는 식민지 근대성의 성격이 규명될 수 있으리라 본다.

근대소설의 발생을 여성의 역할변화라든가 근대사회에서 여성들의 보다 늘어난 자유와 관련시켜 고찰[19]한 이언 와트의 지적처럼, 한국 근대소설은 근대여성의 표상[20]이라 할 수 있는 여학생이라는 제도이자 새로운 인물형을 통해 내면이 형성되고 소설의 새로운 형식이 창출된다. 근대의 다양한 경험 및 제도들과 그 속에서 나타나는 주체의 대응이 문학

---

19) 이언 와트는 소설의 발생은 근대사회에서 여성들의 보다 늘어난 자유, 특히 결혼에 대한 자유와 연관되어 있다고 말한다. 또한 여성들의 자유는 18세기에 개인주의의 발생이 가져온 몇 가지 양상들에 의해 강화되었는데 부부중심의 가족제도와 낭만적 사랑이 그것이다. Watt Ian, 전철민 역, 『소설의 발생』, 열린책들, 1988, 59~60면.

20) 표상(Representation)이란 심적 현상을 가리킴과 동시에 구체적인 형상을 의미한다. 즉 뭔가를 마음속에 떠올리는 심리적인 조작에 관련되는 면과 어떤 것의 대체물을 구체적으로 제시하는 물질적인 행위에 관련되는 면. 두 가지 상, 즉 심적인 상과 물질적인 상에 걸쳐 존재하는 개념이다. 또 어떤 실재를 심리적으로든 물질적으로든 재현전화한 것을 말한다. 여기서 중요한 것은 재현전화된 것으로서의 표상이 받아들여지는 시대와 사회 그리고 문화에 따라 그 표상작용을 달리 한다는 것이다. 이효덕, 박성관 역, 『표상공간의 근대』, 소명출판, 2002, 19~20면 참조.

의 내면을 형성한다면[21] 여학생이라는 제도이자 주체는 소설 형식의 변화를 수반하고 이는 사회문화적인 근대성과 일정한 연관성을 지니면서도 그것과는 다른 예술적, 문학적, 미적 근대성을 형성하는 역할을 수행한다고 볼 수 있다. 여학생은 근대소설에 새로운 인물형으로 등장하여 인물, 사건, 배경의 이야기 차원과 담론 차원에 변화를 가져오면서 근대소설의 형성과 창출에 핵심적인 요소로 기능한다. 이른바 근대소설의 새로운 시학을 가능케 했는데, 이 책은 이러한 측면에 주목하여 근대소설의 형성에 여학생이 어떻게 핵심적인 요소로 기능하고 있는가를 규명할 것이다.

한편 이 책에서 주목하는 것은 근대 교육과 담론을 통해 구성된 여성의 정체성 형성 과정으로, 이는 근대의 미시적인 부분, 즉 일상생활과 근대의 경험영역을 살피는 일이기도 하다. 이 책은 근대적인 미시적 영역을 살핌에 있어서 와그너가 지적했듯이, "근대제도의 생성과 변화과정에는 해방과 규율 혹은 자유와 규율이라는 측면이 본원적으로 내재하므로 근대적 제도의 성립과 강제라는 한 측면뿐만 아니라, 그를 둘러싼 인간 동인의 행위 및 양자 간의 관계에 수복할 필요가 있다"[22]는 입상을 견지한다. 따라서 푸코가 말한 의미의 주체, 즉 학교, 감옥, 병원 등 근대적 제도의 탄생이 개인을 스스로 복종하는 주체로 규율하고 생산하는 장치로 작용[23]한다고 보면서 훈육되는 주체의 측면만 강조하는 것이 아

---

21) 가라타니 고진은 근대적 주체를 실현하기 위해서는 우선 자기가 주체로 정립되기 위한 내면의식이 필요했고 그 내면을 실체화한 것이 바로 문학이라고 한다. 그 예로 일본에서의 고백문학의 형식이 강력한 국가를 형성하기 위한 국가의식에 대한 요구가 개인의 내면에 실체화됨으로써 형성된 것이라고 본다. 가라타니 고진, 박유하 역, 『일본 근대문학의 기원』, 민음사, 1997, 288~289면 참조.

22) Peter Wanger, *A Sociology of Modernity; Liberty and Discipline*, Routledge 1994 참조.

23) 푸코는 근대적 학교가 사회적 권력과 관련하여 갖는 의미에 대해 정상/비정상, 이성/비이성을 구분하고, 판단하며 평가하는 교정적 장치로 감옥, 정신병원등과 동일선상에

니라, 학교라는 근대적인 공간에서 펼쳐지는 주체의 다양한 경험과 욕망의 표출 양상도 함께 고려한다. 즉 여학생이 교육이라는 근대적 제도를 통해 규율되고 훈육되는 일상생활의 측면과, 동시에 거기에 저항하고 자신의 욕망을 분출해내는 해방과 자율적인 경험 공간의 측면을 살필 것이며, 이를 통해 근대성과 관련된 배운 여성의 경험과 욕망에 주목하고자 한다. 이는 근대성을 계몽적 합리성을 벗어나는 역동적인 개념으로 바라보는 것으로, 여성이 근대성과 복잡하게 교차[24]하면서 어떤 방식으로 근대를 체현하는 주체였는지를 조명할 수 있게 해줄 것이다.

요컨대 이러한 작업은 여학생이라는 주제(theme)를 통해 근대를 탐색하는 주제론적 연구의 일환으로, 한국 근대소설의 새로운 주제의 발견이라는 측면에서 의의를 지닌다. 근대의 이름으로 어떤 교육이 행해졌으며 여학생이 이에 어떻게 반응하며 정체성을 형성해나갔는가를 살펴 우리 교육의 정신사적 의미는 물론 여성의 자아정체성이 형성되는 과정에 대한 탐구를 통해 작품해석의 새로운 가능성을 열고 근대소설 연구에서 하나의 주제를 정립하는 데 도움이 될 것을 기대한다.

놓고 분석하고 있다. 그가 말하는 훈육공간으로서 근대적 교육공간은 '감시적 권력'이 근대권력의 핵심기제로 적용되는 공간이다. 이때의 감시 혹은 관찰자는 어떤 권력주체라기보다는 사회의 담론 및 제도관계의 효과로서 일정한 힘들의 집합적 배치관계이다. 미셸푸코, 오생근 역, 『감시와 처벌』, 나남, 1994 참조.

24) 리타 펠스키는 근대는 안정적인 지시대상이나 일련의 속성들과 동일시되기보다는 오히려 때로는 서로 경쟁하는 다양한 전망들을 구성하고 정당화하고 활성화하는 데 쓰이는 유동적이고 변동적인 분류의 역할을 한다고 보면서 근대성이 단일한 시대정신으로 성급하게 종합될 수 없는 일련의 다차원적인 역사적 현상을 포괄한다고 본다. 따라서 근대성이 본질적으로 남성적인 성격을 갖고 있다고 보는 견해는 여성이 그들이 처한 사회적 환경의 여러 국면들과 적극적이고 다양한 협상을 벌여왔다는 사실을 무시함으로써 결과적으로 여성을 역사의 외부에 놓았다고 지적하면서 여성과 근대성은 복잡하게 교차한다고 말한다. 그리고 두 범주가 서로 모순되는 지점을 갖고 있으면서도 서로 겹치는 부분도 있으며, 성별정치와의 관계에서 근대가 끊임없이 유동하는 복잡한 양상을 띤다고 한다. 리타 펠스키, 김영찬·심진경 역, 『근대성과 페미니즘』, 거름, 2003, 40~45면.

3. 여학생의 계보학적 탐색과 방법

이 책은 우리의 근대성의 일면을 살필 수 있는 작업의 일환으로, 여학생을 둘러싼 비문학적 담론의 양상과 소설 속에서 재현된 양상을 살피고 근대소설의 형성에 여학생이 어떻게 핵심적인 요소로 기능했는지 밝히고자 한다. 이러한 작업을 수행하기 위해 크게 세 가지 방법론적 틀을 활용한다.

첫째 문화·풍속론적 연구 및 문학 주제론적 방법론이다. 문화 풍속론적인 연구는 포스트모더니즘과 탈구조주의의 영향과 더불어 시작된 탈근대성 논의의 맥락에서 제기되었다. 그동안의 근대성 논의가 서구의 경험을 추상화해서 얻은 이념적 지표와 우리가 도달한 지점을 비교, 확인하던 차원에서 근대성의 경험적, 사회적, 역사적 조건에 대한 연구로 그 중심점이 이동하면서, 근대의 역사적 조건들이 주체의 삶과 경험 속에서 의미화되는 맥락에 대한 관심이 주요한 문제의식으로 자리 잡게 되었으며, 여기서 근대성과 주체의 삶을 매개하면서 분절하는 문화-풍속의 영역의 중요성이 제기되었다.[25]

에두아르 푹스에 따르면 풍속이란 각 시대의 복장, 연애, 결혼, 사교생활, 매춘제도는 물론이고 종교와 사회제도 등을 아우르는 개념으로 사회의 제도와 그 구성원의 행위양식 전반을 지칭하는 개념이다.[26] 그리고 "그 사회를 구성하는 성원들의 일상생활 속 전반적인 생활감각을 반영하는 풍속은 제의와 의례 등 절기와 관련된 부분과 연애, 결혼, 성, 모랄

---

25) 김동식, 「풍속, 문화, 문학사」, 『민족문학사 연구』 19호, 민족문학사학회, 2001, 82~85면 참조.
26) 에두아르 푹스, 이기웅·박종민 역, 『풍속의 역사 Ⅳ-부르조아의 시대』, 까치, 1995 참조.

등에 관련된 부분, 교통, 통신, 소비 등 매체와 놀이 문화, 체육활동, 여
가활용에 이르기까지, 생활의 전부분을 아우르는 개념이다. 나아가 풍속
은 시대정신이나 문화의 외적 발현태, 그 모두를 지칭한다. 풍속 문화론
적 연구는 기존의 학적 체계가 거대한 역사의 보충물로 여겨왔던 그 부
분들, 예컨대 인구, 가족, 도시, 위생, 풍속, 여성, 아동 등을 연구대상으
로 한다."27) 이러한 "풍속과 문화의 관점을 문학연구에 도입하는 것은
근대성의 미시적인 영역에 대한 고고학적 탐색이며 한국 근대문학의 역
사적 형성과정과 조건들을 탐색하는 자기 성찰적 기획"28)이다. 여학생
은 식민지 근대에 패션과 화장품 등의 미용, 연애와 섹슈얼리티와 성 모
랄의 문제 등으로 근대의 풍속과 관련된 여러 요소를 체현하는 존재였
고, 당시 소설뿐만 아니라 신문, 잡지 등의 매체에서도 이와 같은 풍속
을 집중적으로 다루고 있다. 따라서 이 책은 여학생을 통해 근대의 풍속
을 고찰함으로써 근대를 어떤 이념이나 이데올로기적인 차원뿐만 아니
라, 근대와 관련된 역사적 경험을 서술함으로써 거시적 차원에서 발견치
못했던 우리 근대의 풍경을 조명하고 성격을 규명해 낼 수 있으리라 본
다.29) 이를 위해 당대의 다양한 실증적 자료와 함께 소설 텍스트를 분석
하여 비교 고찰하면서 여학생을 계보학적으로 탐색하여 담론을 재구성
하고 의미를 추출해 내려고 한다.

한편 이 책은 여학생이라는 주제(theme)로 각각의 소설 텍스트를 일정
하게 재배치하고 맥락화 함으로써 텍스트들 간에 새로운 관계를 정립하

---

27) 김미영, 앞의 논문, 117~118면.
28) 김동식, 앞의 글, 87면.
29) 이 책에서 신여성보다 여학생에 주목하는 이유는 신여성이 근대의 어떤 이념적인 혹은
　　거시적인 층위를 내포하는 측면이 더 강하다면 미시적이고 일상사적인 근대경험영역을
　　살피는 데 있어서 여학생이 더욱 유용한 주제가 된다고 보기 때문이다. 이는 문학에서
　　미적 근대성을 밝히는 데 있어서도 마찬가지이다.

고자 한다. 이는 문학 주제론적 연구의 일환이기도 한데, 문학 주제론이란 시대를 통한 지속을 강조하면서 문학작품의 예기치 않은 차원을 노출하고 고형의 신화나 이미지들이 어떻게 현대성을 발휘하는가를 확인하는 연구방법이다. 뿐만 아니라 테마, 모티프, 소재, 이미지, 상징들이 어떻게 살아 있는 것으로 반사되고 또 지속적인 것으로서 포착되는가를 보여주는 방법이다. 연구사의 측면에서 보면 소재사 또는 '테마톨로지'에 해당되는 분야면서 이의 갱신을 통해서 이들이 지닌 협소한 한계를 넘어서려고 하는 것이다.[30] 따라서 여기서는 여학생이라는 주제로 작가와 작품단위의 서술이 아니라 텍스트와 담론 단위의 서술을 지향한다.

이러한 풍속론적이고 주제론적인 관점에서 특히 여학생 담론을 가장 많이 주도했던 『여자계』, 『신여자』, 『신여성』, 『별건곤』, 『신가정』, 『삼천리』, 『여성』 등의 잡지와, 학생을 계몽할 목적으로 발간했던 『학생』 등의 잡지를 살펴 여학생의 정체성과 이미지를 재구성해 볼 것이다.

여기에는 주로 각 학교 소개나 탐방기사, 학교낭국사의 당부, 진 조선학생 연합운동회 등의 소식뿐만 아니라 조선교육의 현황과 실태에 대한 비판과 각성을 촉구하는 기사가 많이 실려 있다. 그리고 여학생규범과 관련된 기사가 많은데, 이는 위와 같은 잡지들이 여학생의 정체성과 이미지를 형성하는 역할을 하고 있다는 것을 보여준다. 따라서 이러한 잡지를 참고하는 것은 하나의 사실적 자료라기보다는 여학생에 대한 인식 체계를 형성하고 의미를 생산해 내는, 즉 실재에 대한 우리의 감각을 구조화하는[31] 담론적 자료로 활용하는 것[32]이다. 특히 여학생을 포함하는

---

30) 이재선, 『한국문학 주제론』, 서강대학교 출판부, 1989, 7면 및 이재선, 『한국문학의 원근법』, 민음사, 1996, 159~175면 참조.

31) 푸코에 따르면 현실이 담론을 통해 구성된 일종의 구성물로 규정된다. 현실 자체는 그 자체로 정의되지 않는데, 우리는 단지 현실에 대한 우리의 지각을 결정하는 담론적 구조에만 접근하기 때문이다. 이러한 담론적 구조들은 대상과 사건들을 우리에게 실재적

신여성이 신문과 잡지 등 대중매체의 상상력이 빚어낸 허구33)라고 하는
지적도 있거니와, 최근 신여성에 대한 논의들도 신여성이라는 범주를 놓
고 대체로 담론적 구성물로 보는 경향이 지배적이다.34)

이고 물질적인 조건으로 나타나게 만든다. 사라 밀즈, 김부용 역, 『담론』, 인간사랑, 1999, 81~82면.

32) 담론연구는 문학으로 규정되는 텍스트와 비문학적이라고 규정되는 텍스트를 구분하지 않는다. 여성성, 남성성에 관한 담론들의 구성에 대한 논의를 위해서는 문학텍스트들을 역사나 자서전, 심지어는 요리책이나 설명서와 같은 단명의 텍스트들과도 함께 논의하는 것이 가능하다. 이것은 이러한 텍스트들이 발생적 경계를 가로질러서 펼쳐 보이고 있는 유사성을 드러내기 위해서이다. 그러므로 담론들은 권력／지식의 특정 집합이 생산해 낸 것으로 간주될 수 있는 텍스트의 범위를 가로지르는 유사성들을 분석하는 데 매우 유용하다. 사라 밀즈, 앞의 책, 43면.

33) 영국에서 최초로 탄생한 '신여성'은 신문과 잡지 특유의 상상력이 빚어낸 허구였다. 당대 사람들은 1890년대의 신여성에 관해 쓰고 말할 때, 세상을 전복하려는 난폭한 위협적인 성적 매력이 없는 여장부처럼 대체로 매우 이질적인 인물과 관련시켰다. 신여성은 풍자만화, 비방적인 소설, 대중논설에서 경각심을 불러일으키는 경고의 대상으로 구성된 풍자적인 허구적 인물이었다. 반바지 차림으로 자전거를 타고 가면서 남성들에게 추파를 던졌든 혹은 영국 의회의 면전에다 주먹을 들어 자기주장을 피력했든 이 그로테스크한 익살꾼은 대중매체의 구성물이다. 즉 "신여성은 삶 속에 있는 것이 아니라 문학의 모든 페이지 어디에나 있는 특별히 허구적인 인공물이다. 그런 만큼 우리는 왜 신여성이 출현했는가, 누가 신여성을 유용한 것으로 만들어냈는가에 관하여 물어보아야 한다." Angelique Richardson & Chris Willis, *The New Woman in Fiction and in Fact;Fin-de Siecle Feminisms*, Basingstoke and New York : palgrave, 2001, pp.39~42. 여기서 신여성을 담론적으로 구성하는 권력과 메커니즘에 주목해야 할 필요성을 강조하고 있음을 알 수 있다.

34) 대표적으로 김수진은 신여성을 실재하는 집단, 즉 사회경제적 범주나 집합적 범주로 설정하는 것이 아니라 담론적 구성물로 본다. 신여성을 실재하는 집단으로 보았을 때는 여성 중등교육 세대를 중심으로 하여 어떤 동질적인 성격을 띤 사회집단, 혹은 운동주체로 가정할 수 있지만 신여성을 실재론적 범주로 정의하는 것이 어려움에 부딪히는 것은 1. 행위성을 가진 주체의 차원과 2. 사회현상으로서의 신여성 담론을 구분할 필요가 있음을 시사한다고 지적한다. 그는 조선 신여성 담론에서 신여성이라는 기표가 어떠한 의미들로 구성되었고, 그 전형적이고 지배적인 형상이 무엇인지 분석하면서 당시 지배적인 형상이 있었다면 그것은 어떠한 담론적 의제를 수렴하고 있고 어떠한 과정을 통해 그 형상이 구성되고 있는지를 밝혔다. 그리하여 신여성을 ① 조선을 문명화시킨 선구자, ② 자유 연애자, ③ 허영으로 가득한 부르주아 혹은 유녀(遊女), ④ 근대지식으로 무장한 주부이자 대등한 아내 이렇게 네 가지로 분류한다. 그리고 이러한 분류는 신여자, 모던걸, 양처로 수렴되는데, 신여성 현상은 문명화담론과 식민지 병합이 만들어 낸

이 책 또한 당대의 실재로서의 여학생과 담론 속에서 구성된 여학생을 일치시키는 게 아니라, 여학생을 둘러싸고 진행되는 그 담론이 형성되는 과정에서 작용하는 권력체계와 기제의 방식에 주목하고자 한다. 그러한 관점에서 여러 매체를 활용하여 여학생의 계보학적 탐색이 가능하리라 생각된다.[35]

여학생을 둘러싼 담론은 무수하지만 이 책에서는 무엇보다 1920년대 여자고등보통학교 정도의 중등교육과 1930년대에는 전문교육을 둘러싸고 발생하는 사건 기사와 화제 그리고 논설 등에 특히 주목한다. 여학생들의 풍기문란, 연애와 결혼문제, 상급학교 진학과 취업에 관한 번민, 목도리와 혁대, 단발, 복장 등 외양에 대한 규율문제, 문학 취미와 독서, 언어 사용문제 등에 관한 기사를 참조로 하여 당대 여학생의 실체에 대한 이해는 물론 근대적인 학교제도가 규율하고 생산하고자 하는 주체는 어떤 것이며, 또 이 과정에서 여학생들은 어떻게 대응하고 행동했는가를 밝힐 것이다.

여학생들은 담론에 의해 구성되는 측면뿐만 아니라 담론적 구성물을 이용해서 스스로의 위치를 적극적으로 구성하기도 한다. 여학생들은 담론들이 그들에게 배정해준 역할들을 단순히 채택하기만 하는 것이 아니다. 그들은 담론구조들과의 관계 속에서 스스로가 지각한 자신의 위치에

자기부정의 트라우마에서 출발한 서구／일본 근대성을 향한 규범적 태도와 매혹됨, 그리고 강박적 모방의 욕망을 표현한다고 말한다. 김수진, 앞의 논문, 383~385면. 이밖에 신여성을 담론적 구성물로 보는 예로 전은정의 「일제하 '신여성'담론에 관한 분석」(서강대학교 석사학위논문, 1999)을 들 수 있다.

35) 푸코가 말한 계보학은 담론들의 형성과 변환을 가능하게 해주는 지층을 단순히 기술하는 것이 아니라, 그 지층 내부에서 벌어지는 힘들의 역학관계를 통해 그러한 변환을 설명하고자 하는 것이다(미셸푸코, 이정우 해설, 『담론의 질서』, 새길, 1993, 138면). 따라서 이 시기 여학생 담론을 주도했던 매체의 성격과 편집인들의 특성 및 지식과 담론을 생산하는 한에서의 그들의 권력관계 등에 대한 분석도 병행하고자 한다.

대해서 끊임없이 평가하고 판단한다.36) 따라서 여학생들이 변화하는 담론의 맥락 속에서 어떻게 자신의 위치를 고찰하고 평가하고 자아에 대한 감각을 구성했는가도 함께 살필 필요가 있다.

문학제도적인 측면에서도 여학생의 등장은 출판과 마케팅의 기획대상으로서뿐만 아니라 근대적 독자의 탄생에 가장 기여했던 존재라고 해도 과언이 아니다. 교육은 여성들에게 읽고 쓸 수 있는 능력을 갖게 했고 자기표현과 자기 고백적 글쓰기를 가능케 하여 자아형성을 돕기도 했다. 나아가 그들은 교육을 통해 독서와 문학에의 열망을 갖게 되었다.37) 근대적 학교교육은 독서방식의 변화에 결정적 역할을 했는데, 학생들이 학교교육을 통해 익힌 독서규율이 묵독이었다는 것38)이 그것이다. 묵독규율의 확산은 근대적 책읽기의 특징이기도 하다. 여학생들은 이렇게 익힌 독서의 기술로 당시 유행하던 많은 서적들을 읽어나갔으며, 그를 통해

---

36) 사라 밀즈에 의하면 이것은 끊임없이 자신의 위치를 고찰하고 평가하는 과정의 하나이며, 개별자로서의 위치와 전체로서의 광범위한 담론에 대한 스스로의 지각을 끊임없이 변경하는 과정중의 하나이다. 사라 밀즈, 앞의 책, 114면.

37) 일본의 경우 메이지시기에 성립된 매스 미디어를 떠받친 근대적 독자의 성립과 확대, 그것을 가능케 한 요인, 즉 독자계급을 가능케 한 것은 메이지 정부에 의해 유신 초기부터 추진된 교육의 근대화로 인한 문자 해독률의 증대이다. 즉 근대교육이 근대적 독자의 성립요건이다. 근대 학교교육의 보급은 읽기와 쓰기, 표준어, 근대적 생활양식 등의 교육을 실시했으며 일본의 경우 대부분의 국민에게 <평등하게> 부여되는 근대교육이야말로 근대화를 촉진시키는 미디어로서의 인간을 생산했다(이효덕, 앞의 책, 214면 참조). 읽고 쓰는 능력이야말로 여성들을 근대사회로 통합시키는 데 가장 적절한 수단이었다. 출판물을 읽음으로써 여성들도 사회적으로 조직화될 수 있었고, 또 글을 써냄으로써 독자와 특권적인 관계를 맺을 수 있었다. 그리하여 이런저런 형태의 사교모임이 생겨났기 시작했고, 여성들은 바로 그러한 모임을 통해 자아에 대해 물음을 던지고 어떻게 하면 자기를 표현할 수 있는지 시간과 공간에 대해 여성들은 어떠한 방식으로 지각하고 있는지 등을 객관적으로 성찰해 볼 수 있었다. 그리고 여성교육 덕분에 문자해독, 글 쓰는 능력을 갖게 되자 마침내 일기나 서한 그리고 대화형식의 내밀한 문학을 생산하기 시작했다. Duby. D. and Perrot. M., 권기돈·정나연 역, 『여성의 역사 4-페미니즘의 등장 : 프랑스 대혁명부터 제1차 세계대전까지』, 새물결, 1998, 231면 참조

38) 이기훈, 「독서의 근대, 근대의 독서-1920년대의 책읽기」, 『역사문제연구』 제7호, 역사문제연구소, 2001, 18~26면.

그들의 내면이 형성되어갔다. 이는 학교 밖에서 이루어지는 비제도권 교육이 또한 여학생들의 주체를 형성하는 데 크게 작용했음을 보여주는 것이기도 하다. 따라서 여학생들이 주로 읽던 단행본과 잡지 등의 성격을 고찰하고 이를 통해 그들의 내면이 형성되는 양상에 주목할 것이다.

둘째 이 책은 당대의 자료를 분석하여 여학생의 정체성과 이미지를 재구한 결과를 소설 텍스트에 분석에 활용하면서 젠더(gender)의 관점을 고려하여 이를 서술한다. 성을 하나의 역사적 구성물로 보는 푸코 이래 성에 대한 본질주의적 접근 즉 모든 성적인 문제들 내에 자연적으로 주어진 단일하고 기본적이며 통일적인 그 어떤 유형이 존재함이 분명하다고 가정하는 것은 환원주의적이고 결정론적인 것으로 비판받았다. 따라서 성이란 근본적으로 자연적인 현상이 아니라 사회적, 역사적 힘의 산물이며 성은 한 번도 우리가 이해하는 것처럼 존재한 적이 없으며 장래에도 그렇게 존재할 가능성이 없는 허구적 실체에 불과하다39)라는 주장이 제기된다. 그러한 예로 리타 펠스키는 여성의 경험을 그것의 표현에 앞서 존재하는 이미 주어진 것으로 볼 수 없다면서 오히려 그것은 때로 모순되지만 상호 연관되어 있는 수많은 요소들을 통해 구성된다고 한다. 그리고 그 요소들은 단순히 반영되는 것이 아니라 특정한 문화와 시기의 성별 테크놀로지를 통해 구성되는 것이다. 역사를 재현을 통한 구성으로 이해하면 여성성은 다른 문화적 논리 및 권력의 위계질서와 교차하는 그것의 복합적이고 다양하지만 명확한 표현들 속에 존재하게 된다. 따라서 성별은 일정한 사회적 제약과 시간의 흐름 속에 성취되고 구체화되는 언제나 과정 속에 있는 정체성이라면서 그 예로 19세기에는 사적 자아와 공적 자아의 경계가 갈수록 공고해졌으며 그 결과 성별

---

39) 제프리 윅스, 서동진·채규형 역, 『섹슈얼리티, 성의 정치』, 현실문화연구, 1997, 19면.

차이가 명백하고 자연적이고 변경 불가능한 특징으로 굳어졌다[40]고 지적한다.

젠더연구는 "성의 개념이 어떻게 생겨나고 또 만들어지는지를 추적하는 것이다. 성의 개념에 도대체 어떤 의미들이 부여되는지 그리고 정치권력의 분배과정에 사회구조에 또 지식과 문화예술의 생산에 성 개념이 어떤 영향을 미치는가 묻는 문제이다. 성 정체성을 생물학적 성이 아니라 사회문화적 구성의 결과로 보는 젠더연구는 텍스트에 구현된 성정체성에 관심을 갖고 생각하도록 자극한다."[41] 그리고 젠더범주를 이용해 남성과 여성 사이에 실제로 존속하는 어떤 대립적 관계를 "그 사회적, 문화적, 정치적 현실에서 위계질서를 구축하는 장치"로 진지하게 다룰 수 있다. 이와 같이 양성관계를 문화적 규칙체계의 반영으로 젠더개념을 파악할 경우 중요한 것은 역사적, 사회적, 정치적 맥락 속에 존재하는 차별화, 대립화, 위계질서들이 어떤 가치와 기능, 또 어떤 결과를 갖는가 하는 점이다.[42]

앞에서 언급했듯이 여학생은 무엇보다 근대와 여성이 교차하면서 새로운 근대성과 여성성을 형성해가는 그 중심에 서 있었다. 따라서 소설에 재현된 여학생을 살피는 일은 결국 여성과 근대가 어떻게 만났는지를 묻는 문제인 동시에 그 속에서 근대여성으로서 젠더가 구축되는 과정을 드러내는 것이기도 하다.

---

40) 리타 펠스키는 이때 분투하고 경쟁하는 남성성과 양육하는 가정적인 여성성간의 구별은 소수 중간층 가정만의 그럴듯한 이상에 지나지 않았지만 그래도 그것은 문화의 다양한 국면들이 포섭되는 지도적인 전례가 됐다면서 여성이 근대와 교차하면서 성별이 구성되는 작동방식을 설명하고 있다. 리타 펠스키, 앞의 책, 50면.

41) 크리스티나 폰 브라운·잉에 슈테판 편, 탁선미·김륜옥·장춘익·장미영 역, 『젠더연구』, 나남, 2002, 19면.

42) 크리스티나 폰 브라운·잉에 슈테판 편, 탁선미·김륜옥·장춘익·장미영 역, 앞의 책, 107면.

"젠더구축은 최초의 민족국가의 근대적인 이데올로기 요소이자 그 후 민족국가의 발전에 있어서 필수적인 틀이다"[43]라고 언급한 웬디 라슨의 지적처럼 여학생은 개화기에 근대 국가 건설의 기획으로 탄생되어 젠더화된 교육을 강조하는 근대민족담론은 물론 1920~30년대를 거치면서 1940년대 초 일제의 전시체제 동원 등 식민지 교육과 담론의 자장 속에서 '사적' 및 '공적'이라는 규범적 분리 및 성에 따라 역할과 행동방식을 부여받으며 여성으로서의 정체성이 형성된다. 이는 여학생의 젠더를 통해 여성성과 근대성, 식민성의 상호작용을 설명할 수 있게 하는 부분이다. 그리고 소설 속에서 여학생의 젠더구축은 무엇보다도 신체를 둘러싸고 가장 첨예하게 이루어지는데, 그것은 섹슈얼리티를 통제하는 방식으로 나타난다. 근대교육은 여성에게 자신의 신체에 대한 자율성을 자각하게 했으며 이로 인해 그들은 자신의 이상적인 신체를 지향하고 낭만적 사랑을 추구하면서 섹슈얼리티의 욕망을 발현한다. 그러나 작품 속에서 그들의 신체와 섹슈얼리티는 억압받고 배제되는 양상을 보이는데, 이를 통해 여성의 젠더 구축이 신체를 통해 구체적으로 어떻게 이루어지는지 서술할 것이다.

이 책에서 대상으로 삼는 작품은 시기에 따라 남녀작가의 비율에서 차이를 보인다. 개화기부터 1910년대에는 여성작가로 나혜석만을 꼽을 수 있을 정도로 매우 극소수이고 남성작가가 거의 지배적이다. 1920~30년대 중반의 경우에도 여전히 남성 작가가 생산한 작품이 주를 이룬다. 다만 나혜석, 김일엽, 김명순, 소위 제1기 여류작가로 불리는 여성작가들이 활동할 뿐이다. 1930년대 중반 이후에 비로소 남녀작가의 비율이 대등한 양상을 보이는데,[44] 이러한 작가의 분포가 각 시기에 따라 생

---

43) Wendy Lason, *New Women and Writing in Modern China*, Stanford University, 1998, p.31.

산된 작품 속에서 그려지는 여학생의 표상과도 밀접한 관련을 갖는다. 다시 말해 작가의 성별에 따라 텍스트상의 차이를 낳는다고 할 수 있다. 그러나 여기서는 작가로서의 여성보다 재현된 여학생에 관심을 기울이는 만큼 여학생의 표상이 뚜렷한 차이를 보이는 시기에 한정해서 이를 분류해서 논하기로 한다.

마지막으로 이 책은 소설 텍스트 분석에 있어서 서사론적 방법론을 활용하고자 한다. 이는 당대의 사회 문화적인 실증적 자료를 분석의 틀로 삼되 문학 작품이 지닌 서사 형식적 특성을 간과할 수 없으며, 자료와 소설 텍스트의 짜 맞추기식 해석과 서술을 지양하기 위해서다. 근대소설에 재현된 여학생을 연구하는 일은 결국 소설에서 이야기의 한 요소[45]인 인물에 대한 탐색이라고 할 수 있다. 구조주의의 기능주의적 인물론을 극복하려 한 바르트에 의하면 인물은 더 이상 행위에 종속되는 것이 아니다. 즉 "인물은 그 자체의 코드 이른바 의미소(semic)에 의해 드러나는 서사적 특성들이자 하나의 형용사이며 자질이며 술어이다."[46] 채트먼 또한 작중 인물을 "특성들의 계합체"로 인식한다. 그는 특성을 "서사적 형용사로서 작중 인물의 개별적인 자질을 나타내고, 스토리의 부분 혹은 전체에 걸쳐 계속된다"[47]고 정의한다. 그러나 특성에 의해 작

---

44) 이재선은 1930년대 소설의 현저한 특징으로 강경애, 백신애, 이선희, 최정희, 장덕조, 김말봉, 박화성, 모윤숙, 노천명 등과 같은 여류작가의 등장을 설명한다. 그리고 이러한 여류작가의 등장이 가능했던 배경으로 ① 개화기 이래 활발히 전개된 여성교육에 의해 여성에게도 문학적 수련을 할 수 있는 기회가 마련된 점, ② 남녀의 문화적 불균형이 어느 정도 해소된 점, ③ 여성독자를 위한 잡지와 신문지면이 마련되어 여성이 참여할 수 있었다는 점을 들고 있다. 이재선, 『한국현대소설사』, 홍성사, 1979, 428면.

45) 시모어 채트먼은 서사물을 이야기(histoire)와 담화(discourse)의 층위로 구분하고 이야기는 다시 사건들(행위와 사고)과 존재물들(인물들과 배경)로 구성된다고 한다. 시모어 채트먼, 김경수 역, 『영화와 소설의 서사구조』, 민음사, 1990, 21면.

46) 시모어 채트먼, 김경수 역, 앞의 책, 138~157면.

47) 시모어 채트먼, 김경수 역, 앞의 책, 145면. 또한 리몬 캐넌은 다양한 "작중인물의 넥스

중인물이 외견상으로는 개별화되는 것처럼 보임에도 불구하고 특정 서사체에서 특성의 범위와 특성이 작중인물들을 구별짓는 효력은 심리적 개별성이나 주어진 작중인물의 인간본성의 실체를 토대로 한 것이 아니다. 오히려 특성은 역사적인 문화적 가설, 즉 시대에 따라 변화하는 가치범주들인 인간성으로 인식되는 자질이 무엇인가 하는 것을 열거해준다. 어떤 서사체든지 작중인물의 특성구성은 어떤 문화권이 정체성의 개념을 구성하는 데 사용하는, 역사적으로 서로 다른 지시틀에 의존하는 법이다.48) 이는 작중인물의 특성이 구성되는 사회 문화적인 맥락 속에서 그러한 특성을 파악해야 한다는 뜻이다. 그리고 인물의 특성을 구성하는 문학적 관습 또한 고려해야 한다.

작품에서 인물의 성격을 제시하는 매개적 요소를 '성격소'라고 한다. 성격소에는 흔히 습관, 행동(움직임, 대화), 생김새와 차림새, 이름, 신분사항(집안, 학력, 직업, 계층, 공간소) 등이 있다.49) 따라서 스토리 차원과 서술 차원의 텍스트 분석을 통해 여학생에 대한 성격소로 제시되는 정보를 모으고 종합하는 것은 물론 서술자와 내포작가의 태도와 이네올로기를 살피고, 독자와의 소통은 어떻게 이루어지는지 주목하여 인물의 성격이 그려지는 양상을 밝힐 것이다.

특히 서술적 목소리를 구조화하는 근저에는 젠더가 작용한다는 전제

트 내적인 지표들"이 특성들을 직접적으로 정의하거나 또는 간접적으로 표현한다고 설명한다. 직접 진술되는 특성들은 인물의 이름과 연관된 수식어(형용사나 부사)들의 형식으로 나타나거나 묘사에 의해 나타난다. 간접 제시되는 특성들은 행동과 담화(대화), 외양, 환경, 혹은 다른 작중인물들을 나타내는 특성들과의 유추에 의해서 암시된다. 리몬 캐넌, 최상규 역, 『소설의 시학』, 문학과지성사, 2004, 36면.

48) Steven Cohan · Linda M. Shires, 임병권 · 이호 역, 『이야기하기의 이론』, 한나래, 1997, 109~110면.

49) 최시한, 「소설읽기지도방법의 모색」, 『소설의 해석과 교육』, 문학과지성사, 2005, 175~181면.

아래 서술자와 내포작가 그리고 작가의 태도를 규명한다. 수잔 스나이더 랜서는 "시점의 가장 중요한 요소라고 할 수 있는 것 즉 화자의 성차, 발화자의 권위를 위한 토대, 화자의 개성과 가치, 작가의 상황과 믿음사이의 관련, 텍스트의 서술적 구조"가 그동안의 시점이론에서 주변적이었음을 지적한다.[50] 그에 의하면 성차에 기반을 둔 구분은 문학의 저술과 독서에 영향력을 행사해 왔으며 또한 서술구조에 깊이 침투해 있기도 하다. 남성중심의 문화에서는 여성과 남성의 목소리가 같은 방식으로 들리지 않는다. 확실히 화자의 성은 적어도 화자의 문법적 인칭, 독자에 대한 직접적 언술의 드러남이나 사라짐 혹은 서술의 시간성만큼이나 문학적 소통에 있어서 중요한 요인이다.[51] 따라서 이 책은 여학생을 인물화(characterization)하는 서술자의 태도와 입장에 주목하고 인물과 서술자의 젠더와 작가의 거리도 함께 따져보고자 한다. 나아가 서술자와 내포작가의 서술태도를 통해 작가가 여학생의 이러한 형상화를 통해 바라본 식민지 근대에 대한 주도적인 이데올로기는 무엇인지를 추출할 것이다. 결국 소설 텍스트 또한 비문학적 자료들과 마찬가지로 여학생에 대한 이미지를 구축하고 근대 여성의 이미지를 형성하는 하나의 담론이기 때문이다.

이 책은 여학생이 작품의 주제를 형상화하는 주된 제재가 되고 여학생의 삶이 중심사건으로 플롯에 기여하는 작품을 연구대상으로 선정하였다. 그 작품들은 여학생이 근대소설에 도입되어 발생한 새로운 이야기

---

50) Susan Sniader Lanser, 김형민 역, 『시점의 시학』, 1998, 좋은날, 10면.

51) Susan Sniader Lanser, 김형민 역, 앞의 책, 52면. 랜서는 형식주의로서의 시점이론과 여성주의자로서의 시각을 결합시켜 전통적인 형식주의에서 벗어나 이데올로기를 접목시킨 페미니스트적인 시점이론을 지향하고 있다. 대표적으로 쇼팽의 작품을 분석하고 서사에 있어서의 시점과 문학적 행위에 대한 작가의 위치 사이의 상동적 관계에 모델이 될 수 있음을 증명한다.

유형과 담화 형식 등을 탐색하기에 적합한 작품으로 채택된 것이다. 여기서는 선정된 작품들을 ① 개화기부터 1910년대, ② 1920년대부터 1930년대 중반, ③ 1930년대 중반 이후부터 1940년대 초, 세 시기[52]로 구분하였다.[53] 이러한 시기구분은 각 시기에 따라 여학생을 둘러싼 담론적 체계의 변화와 그에 따라 이루어지는 여학생의 표상이 달라지면서 소설에 재현되는 여학생의 양상도 변화한다고 보기 때문이다. 즉 여학생의 표상이 달라지는 데 주목하여 분류한 것으로 경우에 따라서 세 시기

---

52) 이러한 시기구분은 식민지 근대에 가족과 여성 관념에 관한 주요한 변화의 계기와 양상들을 고려하여 그 시기를 구분한 김경일의 논의를 따른 것이다. 그는 가족과 여성이라는 실체가 서로서로의 긴밀한 상호작용을 통해 때로는 상호 배재적인 방식으로 때로는 상호보완적으로 그에 대한 관념과 의식을 만들어낸다고 하면서 사회의 각 계급과 세력들이 자신들의 이해관계를 이 과정에 투영하면서 그러한 의식과 관념을 지속적으로 변화해간다고 지적한다. 따라서 그것의 사회적 의미는 고정되거나 미리 결정될 수 없는데, 그는 이러한 의미가 달라지는 시기를 크게 세 시기로 나누고 있다. ① 개항기인 1880년대부터 1919년 3·1운동에 이르는 시기(가족과 국가여성의 출현), ② 1920년대 문화정치시기를 중심으로 하여 1930년대 중반에 이르는 시기(신여성과 이상적 가정), ③ 1930년대 후반부터 1945년의 종선과 해빙에 이르는 시기(현대여성과 무성의 동원)가 그것이다. 이 세 시기 동안 가족과 여성의 개념은 말할 것도 없고, 신여성이나 현모양처 같은 개념들 또한 각 시기에 의미를 달리 하여 끊임없이 변화한다고 지적한다(김경일, 「한국 근대 사회의 형성에서 전통과 근대」, 『사회와 역사』 54집, 한국사회학회, 1998 참조). 여기서는 이 시기에 따라 신여성으로 상징되는 여학생의 중심적인 기의도 달라진다고 보았는데 이와 같은 변화는 각 시에 개정된 교육령 내용의 변화와도 흐름을 같이 한다.

53) 시기에 따른 연구 대상 작품을 제시하면 다음과 같다. ① 개화기부터 1910년대─최찬식(『추월색』, 『해안』, 『금강문』, 『안의성』, 『춘몽』), 이해조(「자유종」, 『홍도화』, 『원앙도』, 『목단봉』), 이인직(『혈의 누』), 박이양(『명월정』), 이광수(『무정』, 『개척자』, 『재생』, 『애욕의 피안』) 나혜석(『경희』), ② 1920년대부터 1930년대 중반─김명순(「처녀의 가는길」, 「칠면조」), 김일엽(「어느 소녀의 사」, 「자각」), 현진건(「희생화」, 「유린」, 「B사감과 러브레터」, 『적도』), 나도향(「별을 안거든 울지나 말 걸」, 「출학」, 「환희」), 김동인(「마음이 옅은 자여」, 「약한자의 슬픔」, 「김연실전」), 염상섭(『제야』, 『너희들은 무엇을 어덧느냐』, 『이심』, 『모란꽃 필 때』), ③ 1930년대 중반 이후부터 1940년대 초─이태준(『신혼일기』, 『청춘무성』, 『구원의 여상』, 『화관』, 『불멸의 함성』), 이광수(『사랑』), 이기영(『고향』), 한설야(『황혼』), 박태원(『여인성장』), 이효석(『화상보』), 강경애(「원고료 이백원」), 장덕조(「안해」), 지하련(「산길」, 「가을」, 「결별」), 그 밖에 모윤숙과 박화성 등의 학창시절에 대한 회상형식의 수필)

의 표상을 지닌 여학생이 모두 한 시기의 작품에서 병렬적으로 발견될 수도 있겠지만 여기서 각각의 시기에 나타나는 여학생의 표상들은 그것이 지배적이라는 의미에서 그 시기를 대표하는 전형으로 서술된다. 이 책의 3장에서는 각 시기에 따라 매체를 통해 구성된 여학생을 둘러싼 공적 담론의 양상을 먼저 서술하고, 소설에 재현된 지배적인 여학생의 양상과 소설형식을 고찰한다. 그리하여 근대소설의 형성에 여학생이 어떻게 이바지하는가를 밝힐 것이다.

제2장 근대 교육제도와 여학생의 탄생

1. 계몽의 기획과 학교의 출현

근대에 여성교육이 공식적으로 제도 교육 안에 포함된 것은 1908년이 었다.[54] 1908년 4월 대한제국정부가 관립 한성고등여학교를 설립하고 고등여학교령을 공포하여 여성교육을 위한 법적, 제도적 기반을 마련했 다. 갑오경장 이후 1895년 고종이 교육조서를 반포하고 각종 근대식 학 교를 설립하는 등 교육을 통해 국가를 구하려는 노력을 기울였지만 여 성을 위한 교육기관은 1886년 설립된 이화학당 등 몇몇 기독교 계통의 학교 이외에는 전무한 상태였다. 이러한 상황에서 사회진화론[55]의 영향

---

54) 주요섭은 "조선서 여자교육이 국가적 법률(法律)로써 허여된것은 바로 지금으로부터 二
　　十六年전인 一九0八년 일이었다. 一九0八년 四월에 구한국정부(舊韓國政府)에서 조선유
　　사 이래 맨처음인 여자교육령이 선포되었으니 그 법령의 이름을 관립 고등여학교령(官
　　立高等女學校令)이라 하였다."라고 밝히고 있다. 주요섭, 「조선여자교육사」, 『신가정』,
　　1934. 4.

55) 자주독립과 문명개화라는 목표를 추구하며 근대화를 이루고자 했던 1890년대 말에서
　　1900년대 초에 걸쳐 사회진화론은 황성신문, 제국신문, 독립신문 등을 통하여 일반대중
　　에게 알려지게 된다. 특히 독립신문의 논설은 사회진화론적 생존경쟁의 기본단위를 국

으로 문명개화와 근대국가 성립을 위해 독립신문 등 각종 신문과 잡지 매체는 남녀평등을 주장하고 여성교육의 필요성을 강조56)하기 시작한다. 여성교육은 남녀동등의 사상에 의해서도 제기되었지만, 사회 및 국가적 문제와 긴밀한 관계가 있다는 점에서 더욱 강조되었다. 즉 여성은 사회의 절반을 차지하기 때문에 국가의 흥망이 여성교육에 달렸으며 여성교육을 돌보지 않는 나라는 망한다는 것을 경고하면서 남녀교육의 기회균등을 제창하였다.57) 이러한 움직임으로 여성 자신의 각성을 촉구하여 1898년 찬양회가 조직되고 순성여학교를 설립하여 관립여학교령 청의서를 제출하는 등의 노력을 기울였지만 부결되고 만다. 1905년 을사조약 이후 애국계몽기에는 교육을 통한 구국운동의 일환으로 전국적으로 사립학교가 많이 생겨나면서 여성교육에 대한 사회적 요구도 급증하여 정부가 여학교를 설립하도록 하는 요구가 계속되었다. 이 시기 여성교육이 중요하다는 이유로 제기되고 있는 것은 여성 교육이 국민 교육의 기초가 된다는 것이다. 이는 각종 신분은 불론 여자교육회에서 발산한 우리나라 최초의 여성교육지인 『여자지남』을 통해서도 확인된다.

가나 인종에 두고 인종적 갈등이나 제국주의적 전쟁을 "우승열패"나 "적자생존"의 원리를 통해 설명함으로써 일반대중에게 국제사회의 냉엄한 현실을 인식시키고자 했다 (전복희, 『사회진화론과 국가사상』, 한울, 1996, 118면). 사회진화론적 인식은 당대의 실력양성론자들에게 영향을 미쳤으며 이러한 실력양성론의 가장 중요한 화두는 교육과 식산흥업이었다. 박찬승, 『한국 근대정치사상사 연구 : 민족주의 우파와 실력양성운동론』, 역사비평사, 1992 참조.

56) "정부에서 학교 몇을 지금 시작하여 아이들을 가르치나, 계집아이 가르치는 학교는 없으니, 정부에서 백성의 자식들을 교육할 때, 어찌 남녀가 층등이 있게 하리오. 계집아이들은 조선의 아이가 아니며 조선 인민의 자식되기는 일반이어늘 오라비는 정부 학교에 가서 공부하는 권이 있으되, 불상한 계집아이는 집에 가두어놓고 가르치는 것은 다만 사나이에게 종노릇할 직무만 가르치니, 우리는 그 계집아이들을 위하여 분히 여기노라. 정부에서 사나이 아이들을 위하여 학교 하나를 세우면 계집아이들을 위해서 또 하나를 짓는 것이 마땅한 일이다." 『독립신문』, 1898. 7. 6.

57) 현경미, 「식민지 여성교육 사례 연구」, 서울대학교 석사학위논문, 1997, 27면.

대저 한 집에는 부처가 어진 후에야 그 집이 흥하고 한나라에는 남녀가 다 문명하여야 그 나라가 문명하나니 그 이유를 말하건대 여자는 아내가 되어 가사를 맡아하고 어미가 되어 자식을 기르나니 어진 처가 없으면 그 가도가 흥하지 못하고 어진 어미가 있어야 그 자식이 어진 사람이 될지라. …… 세계의 문명한 나라는 다 남녀교육을 일반으로 힘써 여자가 남자와 동등 학문이 있음으로 그 나라가 날마다 더 진보하거늘 지금 우리나라에는 여자를 압제하야 교육치 아니함으로 여자의 지식이 몽매하야 부인의 직책과 가사 다스리는 법을 아지 못하야 가도가 문란하고 자식은 나아도 어린아이에게 위생을 주의하지 못하야 잘 기르지 못하는 이도 있고 자식이 자라나도 옳은 도리로 가르치지 못하야 패악한 자식이 되게 하나니 여자사회가 이같이 어둡고 나라가 어찌 문명하리오 …… 그런즉 급히 여자를 교육하야 여자의 지식이 남자와 동등되어 평등권리와 자유쾌락이 있어 집에 있으면 가사를 잘 다스리고 사회에 나가면 나라 사랑하는 사상을 힘써 문명한 여자사회가 된 후에야 나라가 문명할지니 지금 교육계에 제일 힘쓸 것은 여자교육이다.[58]

인용문은 여성교육이 가정과 사회 국가를 위해 필요하다는 주장이지만 여성교육의 목표가 기본적으로 현모양처의 자질을 기르는 것이고, 그를 통해 총명한 인재를 양성하려는 데 있음을 밝히고 있다.

계몽기의 사립학교는 설립주체에 따라, 선교사들에 의해 설립된 기독교 여학교, 민간자본에 의해 설립된 사립학교로 나눌 수 있다. 먼저 기독교계 학교로는 이화학당, 승동 기독여학교, 배화학당 등이 있다. 1910년 무렵에는 외적으로 초등, 중등, 고등 형태를 갖추어가게 된다.[59] 왕실의 후원을 받아 진명여학교, 명신여학교가 설립되고, 여자교육회에서 보학원을, 몇 명의 뜻있는 자들이 한성여학원, 정일여숙, 동덕여학교를 설

---

58) 「여자교육의 필요」, 『여자지남』 1호, 여자보학원, 1908. 5.
59) 손인수, 『한국근대교육사』, 연세대학교 출판부, 1971 참조

립, 운영하였다. 1908년 고등여학교령의 발포로 최초의 관립여학교인 한성고등여학교(1911년 제1차 조선교육령 개정으로 경성여자고등보통학교로 개정됨)가 세워진다. 고등여학교령 제1조에 "여자에게 *必修*한 고등보통교육 및 기예를 *授*함을 목적으로 함"이라고 설립 목적이 천명되어 있듯이 예과(수업연한 2년으로 하고 보통학교 교과과정 정도를 가르침)와 본과(수업연한 3년으로 보통학교를 졸업한 사람이 입학함)로 나누어 수업했지만 교육 내용은 재봉, 수예, 가사 등에 중점을 두어 실생활에 필요한 기예를 가르쳤다.[60] 즉 일제가 실시한 여성교육에서는 여자에게 적절한 실제적 지식, 기예를 가르치는 데 역점을 두고 있음을 알 수 있다.

1910년 한일병합 후 일제는 교육을 식민지배의 도구로 이용하기 위해 조선교육령을 4차에 걸쳐 개정[61] 발표한다. 이로써 여성교육정책 또한 조선교육령을 통하여 여성중등교육기관인 여자고등보통학교에 관한 기본사항을 규정하고 관련 법제를 마련함으로써 본격화된다. 1911년에 발포된 제1차 조선교육령 제2소에는 "교육은 교육에 관한 직어의 취시에 기초하여 충량한 국민을 육성하는 것을 본의로 한다" 그리고 제3조에는 "교육은 시세와 민도에 적합해야 힌다"고 명시되이 있디. 시세의 민도에

---

60) 『식민지 교육정책 자료 집성』 63 참조.

61) 일제는 1911년 조선교육령 발포 후 시세의 변화에 따라 네 번에 걸친 개정을 하였지만, 조선을 일본인으로 동화시키고자 하는 의도는 계속되었다. 제1차 조선교육령기(1911~1922)는 일본어의 보급과 보통의 지식을 전수하는 데 주력했으며, 제2차 조선교육령기(1922~1938)는 이른바 문화정치라는 회유책을 실시하여 일시동인에 따른 일본 국민화를 꾀하였다. 제3차 조선교육령기(1938~1943)는 본격적인 황국신민화 교육에 주력하는 시기이다. 중일전쟁 발발 후 일제의 식민지 정책은 전시체제의 구축을 중심으로 재편되었으며 국체명칭, 내선일체, 인고단련 등을 교육방침으로 삼고 있었다. 제4차 조선교육령기(1943~1945)는 총동원 체제하에 전사회의 역량이 군사적 목적에 동원되는 시기로 교육은 전쟁을 수행하기위한 것이었다. 요컨대 조선교육령의 개정에는 큰 변화가 있었다기보다 동화의 실현이라는 대전제 아래 구체적인 전술의 변화가 있었을 뿐이다. 강민수, 「근대소설에 나타난 식민지 교육의 문제적 양상연구」, 중앙대학교 교육대학원 석사학위논문, 2004, 21면 참조.

맞는 교육이란 실용주의, 점진주의, 근로주의, 실제주의를 뜻한다.[62] 이 밖에 조선 교육령에서는 교육을 보통교육, 실업교육, 전문교육으로 나누고 보통교육 기관으로 보통학교, 고등보통학교, 여자고등보통학교로 분류한다. 고보는 4년 여고보는 3년으로 수업연한이 정해졌고, 실업교육기관은 농업, 상업, 공업학교와 간이 실업학교를 두고 수업연한은 2년 내지 3년으로 하였다. 전문교육기관으로 법률, 경제, 의학, 농·상공업에 관한 전문학교를 두게 하고 수업연한은 3년 내지 4년으로 하였다.[63] 그리고 여자고등보통학교의 공식적인 수업과목은 수신, 국어, 조선어 및 한문, 역사지리, 산술(수학), 이과, 가사, 습자, 도화, 재봉 및 수예, 음악, 체조, 외국어였다.

통감부 시기의 여자고등학교령에 의한 여성교육도 기예교육을 중심으로 이루어졌는데, 일제 강점 이후 1911년 조선교육령에서의 실업을 강조하는 교육방침의 연장이었다. 이는 중등교육기관을 종결교육기관으로 설정하여 조선인의 상급학교 진학을 억제하고 직업중심의 실제적 인물을 양성하기 위한 것이었다. 또 일본인과 조선인을 차별하여 조선민족을 종속시키기 위한 것이었다. 그리고 일제의 교육정책은 위에서 살펴보았듯이 여자고등보통학교의 수업연한을 고등보통학교보다 1년 적게 배정하여 여성의 교육기회를 제한하고 있다. 전문학교 입학자격[64]에서도 알 수 있듯이 여성은 고등교육의 기회에서도 제외되고 있다. 이처럼 식민지 여성교육에 대해 민족적, 성적 차별이 이중적으로 가해진 것은 일제가

---

62) 오성철, 『식민지 초등교육의 형성』 교육과학사, 2000 참조.

63) 이는 1922년 2월에 공포한 조선교육령에 의해 재조정되는데, 보통학교는 4년에서 6년으로, 고등보통학교는 4년에서 5년으로 여자고등보통학교는 3년에서 4년으로 연장되었고 실업학교는 2~3년에서 3~5년으로 바뀌게 된다. 오성철, 앞의 책, 25면 참조.

64) "전문학교에 입학할 수 있는 자는 고등보통학교를 졸업한 자 또는 이와 동등 이상의 학력을 지닌 자로 한다"는 제27조는 고보졸업자보다 낮은 학력으로 인정되었던 여고보 졸업자의 진학을 실질적으로 배제하는 것이었다.

식민지 교육을 통해 기대하는 목적이 각기 다른 데서 연유한다. 일반교육을 통해서는 식민통치의 하부에서 기능하는 실업인을 양성하려 했다면, 여성교육을 통해서는 그러한 실업인을 뒷받침하고 재생산하는 현모양처를 양성하려 하였다.[65] 1910년 일제는 조선을 강제로 병합하고 식민지 통치에 있어 여성교육의 중요성을 다음과 같이 강조하였다.

> 조선인 여자교육은 남자교육에 비해 뒤지지 않는 중요한 의미가 있다. 경제적 융합과 사회적 융합은 식민정책의 기본태도가 되지만 그 가운데에도 뒤의 것, 곧 사회감정의 융합이 한 층 더 곤란하다.…… 이것은 어떻게 해서든지 부녀자를 감화시키는데서부터 들어가는 것이 지름길이다. 주아심(主我心), 자각심이 적은 감정적인 부녀자가 남자보다 훨씬 감화시키기가 쉬운 것은 말할 것도 없다. 유럽의 선진국들이 식민지 정책 또는 종교 정책에 부녀자의 감화를 중요시하는 이유가 깊다.…… 여자가 감화하면 남자는 저절로 감화되는 것이다. 이와 같이 하여 밑의 밑에서부터 두드려가지 않으면 통치의 근저가 진정하게 되어 가지 못할 것이다. 조선인의 가정을 풍화하는 것은 곧 전 사회를 풍화하는 것이니 이와 같이 하야 비로소 우리들과 저들과의 감정적 융합이란 것이 영구히 될 수 있는 것이다.[66]

인용은 1910년대에 참사관이었던 원상일랑(原象一郎)이 경성여자고등보통학교를 시찰하고 쓴 글의 일부분이다. 여기서 사회적 융합의 수단으로써 여성교육이 주요함을 강조하는데, 이는 일제의 여성교육이 식민통치의 안정에 복무하는 부녀자를 양성하는 것을 목표로 함을 의미한다. 즉 일제와 사회적, 감정적으로 동화하는 어머니와 아내인 현모양처를 요구

---

65) 박정애, 「초기 '신여성의 사회진출과 여성교육」, 『여성과 사회』, 창작과 비평사, 2000, 49~50면.
66) 이만규, 『조선교육사』 2, 거름, 1988, 216면에서 재인용.

하는 것이었다. 식민지배의 질서유지를 위해서는 가정을 매개로 한 사회 통합이 반드시 필요하다고 생각했기 때문이었다.67) 일제의 현모양처주의 여성교육은 당시 일본에서 시행되고 있던 양처현모주의 여성교육을 이식한 것이었다. 양처현모주의는 메이지 유신 이후 근대적 산업국가로 나아가기 위해 무사가문(武士家門)의 전통에서 유래된 가부장적인 가(家)제도를 기반으로 국가 통합을 시도하면서 이러한 가(家)제도를 지키는 여성의 역할을 당연한 의무로 강조하기 위한 것으로 여성교육의 이념이 되었다.68)

2. 식민지 여성교육과 현모양처주의

일제가 실시했던 현모양처주의 여성교육의 목표는 '부덕(婦德)을 기르고 국민다운 성격을 도야(陶冶)'69)하는 것이다. 여기서 부덕은 '상식을 기르고 국민된 성격을 도야하며 그 생활에 유용한 지식과 기능을 가르친다'고 하는 고등보통학교의 교육 목표와 대조된다. '상식'이 충량하고 근면한 국민을 양성하기 위한 것이라고 한다면 '부덕'은 정숙하고 근면한 여자를 양성하기 위한 것이었다. 일반 교육을 통해서는 충량한 국민을, 여성교육을 통해서는 남편에게 정숙한 아내를 양성하려고 한 것이다. 교육과정 구성상에 있어서도 여고보의 경우 재봉, 수예, 가사 등 실생활에 필요한 실기 위주의 과목인 기예과를 강화70)하는 한편 교과목에

---

67) 홍양희, 「일제시기 조선의 '현모양처' 여성관의 연구」, 한양대학교 석사학위논문, 1997, 25~26면.

68) 박정애, 앞의 논문, 16면.

69) 제1차 조선교육령 15조 "여자고등보통학교는 여자에게 고등한 보통교육을 하는 곳으로서 婦德을 기르고 국민된 성격을 陶冶하며, 그 생활에 유용한 지식과 기능을 가르친다."

따라 차이가 나는 교수시수도 이를 입증하고 있다. 국어(여고보 6시간, 남고보 8시간), 외국어(여고보 3시간, 남고보 7시간), 수학(여고보 2시간, 남고보 4시간)으로 여학생에게는 남학생에 비해 적은 시수가 배당되었다. 한편 조선어 교과서를 통해서는 일본에 대한 소개에 상당부분을 할애하여 조선에 대한 일본의 식민지 지배를 합리화하였고, 수신교과서의 내용은 가정에서의 여성의 역할을 강조하여 가부장적 사회체제에 적합한 여성을 기르는 데 초점을 맞추고 있다.[71] 이는 근대계몽기에 사회와 국가를 위하여 활동을 요구하던 여성의 역할을 다시 가정으로 환원시키는 것으로 결국 식민지배에 순응하고 가부장적 사회체제에 복종하는 여성을 길러내는 것이라 할 수 있다.

---

70) 여자고등보통학교 규정에 따른 교수 시수를 보면 제1차 교육령기에 주당 31시간 중 각 학년은 재봉 및 수예를 주당 10시간 또 2, 3학년 때는 가사 4시간씩이 배정되었다. 1922년 2차 교육령기에는 1910년대에 비해 재봉과 가사의 비중이 대폭 줄어들고 있다. 1, 2, 3, 4학년이 주당 30시간 중 재봉이 4시간씩 부과되고 3, 4학년에는 가사가 각각 2시간과 4시간이 첨가되었다. 이는 일반교과가 강화됨으로써 기예위주의 종결교육이 점차 상급학교 진학을 위한 중간단계의 교육으로 변모하고 있음을 뜻한다. 그러나 남학교에 비해서는 여전히 기예의 비중이 높은 편이다(현경미, 앞의 논문, 56~57면). 1911년의 교육령에 따라 여자고보에 설치되었던 기예과가 1921년에 폐지된 이러한 추세는 여학생이 "일반 학과에 힘쓰는 것과 '기예'보다 '학과'를 더 요구하는 경향이 있는 것은 어쩔 수 없는 시대사조"라고 하는 조동식의 언급에서도 확인할 수 있다(조동식, 「십년 전 여학생과 지금 여학생」, 『신여성』, 1925. 1, 16면).

71) 이 시기 수신교과서의 내용을 잠깐 살피면 다음과 같다. 여성의 활동무대는 "우리의 모친이 부엌에 계실 때는 음식을 요리하고 방안에 계실 때는 의복을 재봉하야 종일토록 우리를 위해 수고하시는 것"과 갓치(제11과 물은 만물의 母) 부엌과 방 즉 家이다. "여자는 가업에 부지런치 아니하면 자신을 養하지 못할지요 남자는 학업을 닦지 아니하면 善人이 되지 못하리라"(제7과 孟母)에서와 같이 남녀의 하는 일은 가업과 학업으로 구분된다. 또 제17과 모녀간 왕복서간을 통해서는 女必從夫를 '자연한 법리'로 강조함으로써 전통적으로 여성이 담당해온 역할과 태도를 당연한 의무로 규정하고 있다. 그리고 "양처되는 사람은 주부로서 가정을 정돈함과 아울러 남편에 대하여는 항상 돈독한 반려자가 되고 또 친절한 위로자가 되고 또 충실한 보조자가 된다는 일에 마음을 써야하겠습니다"(제10과 內助의 務)에서처럼 천사와 같은 위로자이며 보조자로서의 양처의 역할을 강조한다. 현경미, 앞의 글, 62~63면 참조.

3·1운동을 계기로 일본은 무단정치에서 문화정치로 정책을 전환하고 보통학교 수업연한을 6년으로, 고등보통학교는 5년, 여자고등보통학교는 4년으로 학제를 변경하고 대학 학제를 제정했지만 대학은 여자에게는 여전히 개방되지 못했다. 보통학교 취학률이 증가하고 중등학교 졸업생이 증가했지만 여자들은 상급학교의 부족으로 여전히 상급학교 진학의 어려움을 겪게 된다. 1937년 중일전쟁을 계기로 일어난 1938년 조선교육령 개정은 여성교육의 목표를 "충량지순(忠良至醇)한 황국여성"으로 규정하며 여성의 전시노동력 동원이라는 측면에서 여성교육은 절실한 문제가 된다. 따라서 이 시기 여학교에서는 전체주의적 국가관념 주입에 전력하면서 전시국민생활에 중요한 체력단련을 위해 학생전체의 체력훈련을 강행하고 군사훈련을 시키기도 한다. 여학생의 체육교육 강화는 군국주의적 체육교육의 특징이기도 하지만 장차 출산을 담당하게 될 여성의 신체를 학교라는 제도적 기관을 통해 관리하고자 한 의도가 있었다.[72] 이 밖에 시국에 관한 서적과 영화를 보게 하면서 시국에 관한 인식을 강화시키는 교육을 펼쳐간다.[73] 그리고 일본의 전세가 점차 불리해져 가고 있던 1943년 교육의 전시체제를 강화해 '학원전시비상조치방책'을 세워 모든 학교를 교육의 장에서 노동력 편성과 공급의 장으로 전환시키고 학교제도를 문과계 축소, 이공과계 편중으로 하여 전시하의 노동력 구성에 맞도록 하였다. 여자교육도 남자를 대신하여 사무직뿐만 아니라 모든 생산노동에 동원하는 것으로 대치하였다.[74]

---

72) 1938년 동아일보에는 여학교에서도 체육교육을 강화하여 여성들에게 신체를 훈련시켜 '굳센 여성, 억센 어머니'를 양성하기로 하였다는 기사가 검도를 배우는 여학생들의 사진과 함께 실려 있다(「굳센 여성! 억센 모성!-각 여고서 검도를 교수」, 『동아일보』, 1938. 5. 3). 안태윤, 「일제말기 전시체제와 모성의 식민화」, 『한국여성학』 제19권, 3호, 2003, 97면에서 재인용.

73) 「我校의 女學生軍事敎鍊案」, 『삼천리』, 1942. 1.

74) 정세화, 「한국근대여성교육」, 『한국여성사 Ⅱ』, 이화여자대학교출판부, 1984, 327~329면

이처럼 식민지 여성교육은 일본에 대한 식민지, 그리고 남성에 대한 여성의 차별이나 기회의 불평등이라는 민족적, 성적 차별의 이중적인 억압을 포함하고 있다. 그것은 대체로 여성의 전통적 자아상을 근대의 틀 안에서 재생하고 식민지의 다중적 억압을 받는 여성의 타자화를 재현하는 것이었다. 조선인을 일본인으로 개조해야 한다는 동화주의를 목표로 한 우민화 교육아래 대부분의 여성들이 지식과 교육에서 배제되었고 제한된 교육 안에서도 여성이 감정적이고 온화하다는 통념에 기초하여 전통적인 여필종부(女必從夫)의 윤리와 가사에 대한 여성의 역할이 강조되었다. 조선교육령에서 제시된 "부덕의 함양"은 남성에 대한 여성의 종속성이나 수동성을 강조하는 전통적 여성상을 식민지 상황에서 재현하려고 한 것이며 이는 현모양처의 이념을 고정화시킨 것으로 볼 수 있다. 또 현모양처가 핵가족 단위의 가정 만들기를 지향하는 근대 여성교육의 이념이었다면, 가정과 가사를 중심으로 하는 가사교육은 서구에서 발흥한 근대적 여성교육의 하나라고 할 수 있다. 현모양처 이념에 입각한 여성교육을 통해 전통적인 여성상은 근대의 외피를 쓰게 된 것이다.[75]

이러한 일제의 식민지 여성교육은 식민지 근대 시기 내내 교육기회의 불평등과 교육 내용의 부적합성이 제기되면서 꾸준히 비판되었다. 먼저 교육기회의 불평등은 여성을 위한 학교의 수나 고등교육기관의 부족에서 찾을 수 있다. 1924년 4월 『신여성』에 실린 김기전의 글에 의하면 당대 조선 여성교육의 현황은 다음과 같다.

> 작년 五月금음표사로 조선안에잇는공립보통학교는 九百五十五처에생도가三十萬五千五十九人인대 그중에계집애학생은四萬一千八百六十八人에 지내지못하며 글방수가 二萬一千五十七처에생도가二十七萬五千九百五十

---

75) 김경일, 『여성의 근대 근대의 여성』, 푸른역사, 2004, 288~289면.

二人인대 계집애학생은千여명에지내지못하며 여긔서 조곰올라가中학교
뎡도의학생편을 보면 高等普通學校가 二十七처에 生徒數가一萬五百三十
名인대 그중의女學生은一千五百六十三名에지내지못하며 이우에좀더올나
가 專門學校의 在學生을 보면 女學生이라고는보고죽을내야없고 크다랏케
京城醫學專門學校에聽講生이두어사람잇고 國外留學生중에몃女子의專門學
校生이잇는데지내지못한다.   二天萬의人口를가진우리사람네에게男女小學
生이 單三十萬人이라하는것 그것이본래 말할수업는치욕(恥辱)이거늘 女子
小學生은쏘그것의七分의一도되지못한다함이   이   과연얼마나한치욕이며
全朝鮮人族中에 中等程度의學生이不過萬名이라는것이 이것이본래말할수
업는망측한일이거늘 女中學生은 쏘이것의十分之一도넘지못한다함은 정
말 얼마나 한심한일이냐. 그리고 法專이니醫專이니 商專이니 農工專이니
하야 專門學生이엇더턴지 九百二十餘人은 되는대거긔에女子가單한사람이
라도석기엿느냐 …… 八百六十餘萬名(女子人口)이나 사는 이쌍에 不過五
萬內外의通學女子를보게된다함은 정말쓸쓸닌 일이아닐가.[76]

그는 또 현재 조선 안에 사는 日人中 여자가 15만을 넘지 못하는데도
통학하는 자가 3만 명 이상 됨을 밝히고 개탄하면서 조선에 통학하는
여학생 수가 적은 이유를 학교 수의 부족에서 찾고 있다. 여자의 입학난
이 정말 심하여, 여자보통학교를 졸업하고 난 여학생들이 여자고등보통
학교에 들 수 없으며, 여자고보를 졸업한 여학생들이 그 이상 학교를 공
부할 수 없다면서 여자가 배울 학교를 늘릴 것을 촉구하고 있다.[77] 이

---

[76] 金起田, 「朝鮮의 절뚝바리 敎育」, 『신여성』, 1924. 4.
[77] "入學難! 이것은朝鮮사람이금방당하는큰설음이지만 그中에도女子의入學難! 이것은정말
심하다.…… 원체로 女子가배울학교수를늘리는것 그리고특히여자만을위한 專門學校를
세우는것 또 그리고 여자만을 위한 特種技術學校를세우는것이것은당장에엇지하지아느
면안될일이다." 김기전, 「朝鮮의절뚝바리敎育」(『신여성』, 1924. 4). 이와 같은 사정은 보
통학교의 경우에도 마찬가지였다. 박달성은 『신여성』에 실린 「入學年齡의 子女를 둔 家
庭에게」라는 글에서 조선안에 사는 조선인교육과 일본인 보통학교 교육을 비교하여 설
명하면서 자녀를 교육시키는 데 정성을 다할 것을 주장한다. 이 글에 의하면 조선인 교
육의 현황은 다음과 같다. "조선안에 사는 조선사람의 戶口는 三百二十四萬二千四百三十

글이 쓰인 당시 일제가 인가한 공식적인 여성중등교육기관은 1910년대
에 여고보로 개편한 사립학교 8개와, 경성과 평양에 두 군데의 공립학교
가 있을 뿐이었다. 그리고 남자고보가 한 도에 한 교씩 다 세워진 1926
년부터 공립여고보가 각지에 증설되어 1930년대 말에 이르면 11개의 공
립여고보와 10개의 사립여고보가 설립, 개편된다. 이는 1920년대 중반
까지 여성중등교육은 공립학교보다 사립학교에서 주로 담당했음을 알려
준다.

일제의 소극적인 중등교육정책에도 불구하고 중등교육을 받는 조선인
여학생의 수는 1920년대 이후 꾸준히 상승하여 1912년 116명이었던 여
자고보 학생 수는 1920년에 1026명, 1929년에는 4198명, 1938년에는
7193명, 1942년에는 1만 2천여 명까지 늘어난다. 그러나 조선인 여고보
학생의 규모는 남학생의 3분의 1에서 절반 정도였고 고등교육자의 규모
는 극히 낮았다. 실제 인문고등교육은 일본유학을 통해 이뤄졌다. 이는
조선 안에 여성고등교육기관이 거의 없었기 때문이다. 여자가 다닐 수
있는 대학은 없었고 유치원 교사를 양성하기 위한 보육학교나 사범학교,
1930년대 인가된 전문학교가 전부였다.[78] 여성고등교육기관은 사실상

二戶에 人口가 一千七百二十萬八千一百三十九(大正十一年末 總督府 調査)인데 이들의 아
들, 딸들을 가르키는 공립보통학교는 九百五十五에校요, 배우는 아들딸들의 수효는 三十
萬五千五十九名(男二六三, 一九一, 女四一,八六八(大正十二年五月末)이외다. 조선사람은 三
千三百여戶가 모야부터 간신히 보통학교한아하는 셈이고 五十六人에한사람식도 못도라
가는셈이외다. 그런데 일본사람의戶口는 十萬六千九百九十一戶에 인구는 三十八萬 六千
四百九十三人인데, 그들의 아들딸을 가리키는 소학교는 四百三十五校에 생도수가 五萬四
千七十(男二八,三八六, 女二五,六三一)으로 그들은 二百四十五戶가 모야부터소학교한아를
하는셈으로 七人에 한아가량의 배우는 이가 있다." 따라서 그는 "조선사람은 돈이 없고
게다가 배울 긔관도 업스니가 엇지할 수 없다고 하지만 말고 아들딸을 가리키겠다는
뜨거운 정성만 잇스면 그래도 무슨 도리가 반드시 잇다"고 호소한다. 朴達成, 「入學年齡
의 子女를 둔 家庭에게」, 『신여성』, 1924. 4.

78) 이화보육학교가 1914년, 중앙보육학교가 1922년, 경성보육학교가 1926년에 각각 설립
되었고, 1928년 조선여자의학전문학교가 있어서 1934년 당시 5개 정도의 전문학교에

사범학교가 거의 전부인 셈이었기 때문에 중등교육 졸업자 중에서 인문교육을 받는 상급학교로 진학하고자 하는 여성들은 대부분 일본유학을 떠날 수밖에 없었다. 여자 일본 유학생의 수는 1910년대에 30명에서 1920년 42명, 1921년 72명, 1922년 88명, 1923년 41명, 1924년 55명으로 1920년대에는 매년 40~80명 선이었던 것으로 보인다.[79] 따라서 여학교를 졸업한 여학생들로부터 교육 현실에 대한 불평과 불만의 목소리가 쏟아져 나오게 된다.

> 참말로 입학할곳이업는것이사실임니다. 보통학교우에 소위 고등보통의五년급이잇는외에 소학교교원양성소인 사범학교가한가지밧게는 녀자를위하야의시설이하나도업슴니다. 새로운시대가 요구하는 새로운녀성은 결코 편지ㅅ장이나쓰고 신문ㅅ장이나보는지식으로브억이나직혀주는예전식현처(賢妻)는아니임니다. 엇더게고등보통학교쑌만으로 될수잇겟슴닛가. 고등보통학교 이상의녀자교육시설이하나도업는것이 소위 사회유지자들사이에 의론거리도되지못하는것을보면 조선녀자의 완전한해방은 아즉도 압길이 넘우도 멀다고 할것임니다. 사는사람이되어야겠고 그리되기위하야 알아야겟고 알기위하야 좀더배와야겟는데 조선녀자에게는 그길이업슴니다. 좀더 아는길이 업슴니다. 좀더 굿세게살아날길이업슴니다. 더 배울것도업고 배울곳도업스니 그만 싀집이나가거라하는아버지의말슴은 곳 『그만하면 싀집이란곳에가서 남의 종갓흔안해될만한자격은 넉넉하지안으냐』하는 말이니 이 말은 나의아버지한분쑌의의견이아니고 곳 지금의 조선사회전톄가 우리에게하는말이라할것임니다.[80]

435명의 여성이 다니고 있었다. 사범학교로는 1911년 경성여고보 안에 설치된 사범과와 이화학당 대학과가 1920년대에 거의 전부여서 경성여고보 사범과는 1915년부터 1925년까지 총 360명의 졸업자를 배출했다. 1935년 경성여자사범학교가 정식으로 설치되었고, 1938년에 공주에 관립사범학교가 설립되어 소수의 여학교 교원을 양성하였다. 그 외에 1938년 숙명여자전문학교가 설치한 가사과가 있다. 김수진, 앞의 논문, 99면.

79) 박정애, 앞의 논문, 19면.
80) 정순덕, 「상급학교에 갈 수 없는 졸업처녀이 고민」, 『신여성』, 1925. 11.

1931년의 한 자료에 의하면 여학생의 수는 여전히 저조하였다. 남학생이 412,955명으로 전체 남자 인구수에 비교했을 때 100명 중 3명이 교육을 받는 데 비해 여학생 총 수는 79,944명으로, 전 여자 수에 비추어 본다면 1000명 중에 겨우 8명 미만이 교육을 받는 실정이었다. 그리고 이를 남학생에 비하면 3 : 1에 불과하였다.[81] 또 1930년대 초 여학교 졸업생 좌담회에 참석한 여학생들은 "불리한 입장에서 신음하는 우리가 중등 정도의 지식도 못되는 것을 가지고 사회로 진출하지 안아서는 안 될 입장이니 불만이 많다", "오히려 보통과 졸업이나 여고보 졸업이 다른 점이 없다고 생각한다"며 비판의 소리를 내는가 하면 경성사범으로 진학할 생각을 밝힌 한 졸업생은 경성사범이 취직이 잘되기 때문이라고 한다. 어떤 졸업생들은 "여자도 경제자립"을 해야 한다며 "투쟁적으로 직업전선에 진출할 것"을 강조하기도 한다. 그러나 이들이 취직할 곳도 마땅치 않았고 진학은 사범학교 정도가 가능했으며[82] 경제문제로 유학도 마음대로 꿈꿀 수 없는 것도 현실이었다.[83] 신여성의 5대 번민 중의

---

81) 한결은 조선교육이 결함으로 이러한 실정을 들면서 그 원인으로 ① 부모의 사상이 남존여비에 젖어서 아들은 학교에 보내고 딸은 학교에 보내지 아니한 점, ② 학교에 오는 여자수가 적고 보니 교육가나 교육당국자도 여학교를 설립함이 적게 된 점을 꼽는다. 이외에 그는 조선 교육의 결함으로 조혼한 아내에게 불평과 불만을 가진 남성을 찾아 결혼을 감행하려는 여학생이 생기는 모순을 지적했다. 남자의 조혼과, 교육받은 여자의 결혼난으로 인한 이러한 모순도 남녀 교육기회의 불평등 때문이라는 것이다. 나머지 결함으로는 허영심과 사치풍의 조장, 무실역행의 정신의 결핍을 들고 있다. 한결,「缺陷많은 朝鮮의 女子教育」,『동광』, 1931. 2.

82) 1930년대가 되면 교육계에서 일본유학생을 선호하는 경향이 있어서 이화전문 출신들도 졸업 후에도 대부분 놀게 되는 형편에 놓였었다고 한다. 이로 보아 교직은 고등교육을 받은 조선여성이 취업할 수 있는 가장 좋은 직업이었으나 국내 사범학교 정도의 졸업으로는 점차 어려움을 겪게 됨을 알 수 있다. 박지향,「일제하 여성고등교육의 사회적 성격」,『사회비평』, 창간호, 나남, 1988, 275면.

83) 『신여성』(1924. 4)에는 인력거를 끌며 딸 공부를 시킨 아버지와 딸의 기사가 실렸다. 아버지가 인력거를 끄는 어려운 환경에서 공부하여 숙명여고보 졸업을 앞둔 한 여학생이 영문학을 공부하고 싶지만 서양은 물론 일본에도 유학할 형편이 안 되자 중국(북경)으

하나가 졸업한 처녀의 번민이었다. 이와 더불어 교육 내용에 대한 비판과 남성중심의 학교제도에 대한 환멸의 목소리도 커져갔다. 비록 교육의 기회가 주어진다고 하더라도 그것이 "여자의 자발적 창견에 기초하고 발달"된 것이라기보다는 "정도가 낮고 과목이 협(狹)하고 교육이 불완전하므로 흔히는 남자의 학문을 흉내"내고 "남자의 찌꺼기를 맛보는데 불과"하기 때문에 여성의 자각과 자유의 달성과는 거리가 멀다고 생각되었던 것이다.[84]

한편 여성의 교육이 1920년대 중반까지 대부분의 선교사들이 세운 사립학교[85]에 의해 수행되었기 때문에 기독교 계통의 학교에서 실시한 교육내용에 대한 비판도 꾸준히 제기되었다. 가장 크게 제기된 비판은 기독교 계통 여학교에서 학생들이 가족과 격리된 상태에서 서구식 교육을 받으면서 서구지향의 사고방식을 갖게 된다는 것이었다. 당시 기독교 교육에 대한 비판은 학생들 사이에서도 제기되었다. 이화, 배화, 루씨 여고보를 다녔던 학생들은 "선교는 자유인데 날마다 크리스찬을 만들려고

로라도 간절히 가고 싶어 한다(『신여성』, 1924. 4). 1931년 한 자료에 따르면 각 국의 유학생 수는 동경이 약 4천 명, 미국이 약 200명, 그 외 각국의 약간 명 씩을 통합하여도 5000명이 넘지 못하고 있다. 그리고 일본 동경에 유학할 경우 경비는 대략 학비(전문학교나 대학이상의 경우)로 연 150~160원, 하숙비가 월 33~34원 이상이 들어가며, 기타 운동비, 교우회비, 동창회비 등의 부속비용으로 생활비가 월 50~100원은 있어야 유학생활이 가능하다고 한다. 한결, 앞의 글 참조.

84) KC생, 『신여성』, 1923. 10.

85) 기독교 계통의 여학교를 살펴보면 1886년 이화학당을 필두로 1887년 정신여학교, 1894년에는 정의여학교가 설립되었고, 1895년에는 일신여학교, 1897년의 인천 영화학교, 1898년 서울 배화학교가 설립되었다. 1900년대에 이르면 1903년 평양의 숭의여학교, 목표의 정명여학교, 원산의 누씨여학교, 1904년 개성의 호수돈여학교와 원산의 진성여학교가 설립되었다. 1906년에는 선천에 보성여학교가, 1907년에는 광주에 수피아여학교, 대구의 신명여학교, 전주의 기전여학교가 설립되었다(손인수, 『한국근대교육사』, 연세대학교 출판부, 1971, 24~25면). 이들 선교계 학교는 기독교 정신과 민주주의 정신을 기초로 하여 ① 기독교 교육과 인간가치의 증진, ② 여권신장, ③ 신식생활방식의 보급 등을 건학이념으로 하였다. 손인수, 『한국개화교육 연구』, 일지사, 1981, 163면.

마음에도 없는 기도를 시킨다. 겉으로 보면 학생의 자유가 있는 것 같지만 관립학교보다도 구속이 많다"[86]는 등 모두 너무 종교에 치중한 수업내용이나 엄격한 규율, 학교의 사상을 비판하고 개선할 것을 요구하고 있다.

여성에 대한 기독교 교육의 영향력과 기여도가 상당했다 하더라도 선교사들에 의한 교육의 목적과 피식민지 여학생의 이들에 대한 요구에는 이렇듯 일정한 거리가 있었다. 이화학당의 창설목적[87]에서도 알 수 있듯이 기독교 정신의 실현이라는 맥락에서 여성에 대한 교육은 주로 가정과 모성으로서의 역할에 중점을 두어야 한다는 사실이 강조되었다. 그것은 가정과 모성의 영역에 여성의 역할을 우선적으로 한정하고자 했던 유길준과 같은 개화 사상가들의 요구에서 크게 벗어나지 않고 있다. 또 기독교가 가진 일부일처제와 순결주의는 가부장적 가족 관념을 강화시키고 이는 개화기의 모성론과 정절론과 맥락을 같이 한다. 기독교의 평등사상과 계몽주의에 입각한 문명과 근대적 생활에 대한 지향은 적극적인 지지를 받기도 했지만, 그럼에도 불구하고 식민지에서 외국선교사나 기독교 여성들에 의한 교육 사업이나 교육 계몽운동이 여성해방을 위한 의식화를 지향한다거나 여성의 억압과 결부된 식민지 현실을 문제시한 것은 결코 아니었기 때문에 그것은 끊임없는 비판의 대상이 되었다.[88]

---

86) 「母校에 대한 不平과 希望」, 『신여성』, 1926. 4.

87) 이화학당의 창설목적은 ① 조선여자가 살아가는 생활상태에서 모범적 주부가 되도록 가르치고, ② 그들의 이웃 친척 앞에서 십자가의 도를 전하는 전도사들이 되도록 양성한다는 것이었다. 최숙경·정세화, 「개화기 한국 근대의식의 형성」, 『논총』 28집, 이대 한국문화연구원, 1976, 6~8면.

88) 김경일, 앞의 책, 142면. 이 시기 선교사들에 의한 학교교육의 역사만 보더라도 식민지 권력이 설정한 교육목표에 추종한 학교만 살아남고 그렇지 않은 경우에는 교육 사업이 불가능했다. 장로교 계통 학교의 교장들이 신사참배를 우상숭배로 거부하자 교육자로서의 자격을 박탈당하였고 폐교되는 학교가 속출한다. 남장로교 선교부가 운영하던 기독교 계통의 학교들이 폐교된 사실을 보더라도 그들이 식민지 현실의 억압에 속수무책

교육내용과 관련해서는 1920년대와 1930년대 두 시기에 행해진 비판의 양상이 다르다. 개조와 변화에 대한 요구가 상대적으로 강하게 지배하였던 1920년대에는 여성의 자의식과 자각이 분명해지면서 여성에 대한 전통교육의 형태와 식민지에서의 여성차별을 비판하고 여성의 해방을 주장하는 목소리가 두드러졌다.[89] 그러나 1930년 이후에는 학교와 사회, 학교 공부와 일상생활, 즉 입학시 연령제한이나 실내화, 의자, 운동장 등 학교 설비와 시설에 관한 건의 사항 등이 주를 이룬다.[90] 1920년대 말 이후 입학난이 심각한 사회 문제로 대두될 만큼, 1920년대는 교육열의 고조와 함께 여성의 교육과 학교라는 제도가 식민지 조선에 거의 자리를 잡아가게 된다. 그런데 1930년대에는 교육의 목적이 자아실현이나 직업을 갖기 위한 수단뿐만 아니라 결혼을 위한 하나의 '자격증'으로 여겨지는 풍조가 성행하게 된다. 1929년 이화여전의 가사과의 설치는 미국 유학을 마치고 돌아온 외국 유학생과 결혼할 것에 대비하여 서양 요리를 배우려는 동기에서였다[91]는 지적도 있거니와 "여자로 직업을 가지려면 학교 졸업은 없지 못할 필요조건이 되었고 또 시집을 잘 가는 데도 고등여학교쯤은 졸업해야 한다고 인정하는 시대에 도달"[92]한 것이다.

주요섭은 1931년 「여자교육개신안」을 발표하여 당면적으로 먼저 개신해야 할 것으로 ① 남녀공학, ② 고등보통학교를 초급 3년, 고급 3년의 6년제로 만들 것을 제안한다. 한편 개신이 가장 많이 요구되는 교육

이었음을 알 수 있다. 손인수, 『한국근대교육사』, 연세대학교 출판부, 1971 참조.

89) 김경일, 앞의 책, 311면.

90) 박철희, 『식민지기 중등교육연구』, 서울대학교 박사학위논문, 2002, 198면 참조.

91) 이들은 "웬만큼 학문을 배우다가 마는 것보다는 가정주부로서의 자기를 만들어 좋은 집안에 시집을 가려는 현실주의파"였다는 점에서 '가사과'는 '며느리과'로 불렸다고 한다. 박지향, 앞의 글, 259~260면.

92) 시춘, 「여자와 전문교육」, 『여성』, 1939. 11.

내용에 있어서는 현 조선에서 여자고등졸업생의 역할이 가정주부가 될 운명에 처해 있으므로 졸업하고 가정으로 돌아가는 이들에게 실질적으로 필요한 교육내용을 가르칠 것을 권고한다. "영문학을 전공하지 않는 절대 다수의 학생들에게는 어울리지도 않는 영어독본을 쑹얼거리고 있는 시간에 朝鮮文新聞雜誌라도 한 장 똑똑히 읽을 줄 알만침 조선글을 더 배우도록하고, 全生徒에게 朝鮮文신문─種과 잡지─種 이상을 강제적으로 강독시키라"고 요구한다. "물리를 배와주지말고 물리 상식을 배와줄 것, 음악연주법보다도 음악 듣는 법을, 가사시간에는 서양요리법은 집어치우고 조선요리법을 배와주고, 가정경제와 물품사는 법을 배워줄 것, 육아법을 배와줄 것"을 요구한다.93) 이와 같이 여성교육이 식민지 조선의 현실을 반영하고 있지 못하다는 지적은 여성 교육가들도 제기한다. 송계월은 "학교에서들 일본 스끼야끼 만드는 법 무슨 양요리 만드는 법 같은 것을 가리키는데 조선사람이 배워야 소용이 있어야지요. 먹을일이 없다느니보다 그런 것을 먹을 형편"이 되지 못한다고 지적하였다. 김자혜는 "학교에서는 너무도 실제성을 떠난 교육을 시켜주어서 이루 말힐 수 없다"고 언급한다.94)

이렇게 식민지 조선 현실을 외면한 교육내용의 수혜로 여성들이 키우고 발전시킨 개성과 의식은 서구적이고 일본적인 것이었다. "그전 그대로의 직분을 다하는 여자를 만들되, 그 직분을 좀 더 살가롭게 맵시 있게 지켜나가는 여자" 만들기를 목표로 한 식민지 여성교육은 서구적 감각과 일본적 기호를 내재화한 여성을 만들어가는 과정이기도 했다.95) 그리고 1938년 이후 일본의 전시동원체제가 강화되면서 3차 교육령의 개

---

93) 주요섭, 「女子教育改新案」, 『신여성』, 1931. 6.
94) 편집부, 「名日을 期約하는 新時代의 處女座談會」, 『신여성』, 1933. 1.
95) 김경일, 앞의 책, 316~317면.

정으로 여학생들은 황국식민화정책과 군국주의적 모성을 강조하는 교육 아래 식민지 통제 권력에 더욱 포섭당하게 된다.

이상으로 식민지 근대 여성교육의 시행과정 및 실태를 살펴보았다. 계몽적 근대의 기획 속에서 교육이라는 제도는 근대국가 형성을 위해 가장 강력한 수단이었다. 웬디 라슨의 지적처럼, 여성의 교육은 근대국가 건설과정에서 국가의 건강과 힘을 표상하게 되었고[96] 따라서 교육과 지식은 여성을 국민으로 만드는 기획 아래 근대국가를 성립하기 위한 수단으로서 강조된다. 근대 계몽기 여성교육의 내용은 장차 자녀교육을 담당할 주체를 생산하는 데 있었는데, 이는 식민통치의 안정에 이바지하는 부녀자 양성을 목표로 했던 일제의 현모양처 교육과 상통한다. 한편 선교사에 의해 이루어진 서구 기독교 계통의 학교 교육은 기독교가 가진 남녀평등과 계몽이념이 조선의 문명화에 일정한 기여를 했지만 일부일처제와 순결을 강조함으로써 유교적 가부장제의 정절론, 모성론을 고착화하고 식민지 제도교육은 물론 민족담론과도 공통된 인식을 보이고 있다. 요컨대 여성교육은 식민지 본국이나 피식민 내부 모두에게 있어 근대화 전략의 주 대상으로서 여성과 식민지 규율권력의 문제, 그리고 민족주의의 연결고리[97]이기도 한 것이다. 여기서 계몽의 근대 기획과 제국의 식민화과정에서 피교육자로서 여성이 근대화를 위한 논리에 편입되면서 식민지 규율권력의 가장 큰 수단으로써 여성교육이 매개되고 있음을 알 수 있다.

---

96) Wendy Lason, Ibid, 1998, p.3.

97) 조선여성 교육의 목표인 양처현모론은 일제의 논리와 민족주의적 공동체 담론의 논리가 당대 한반도에서 여전히 강력한 사회적 규정력으로 존재하고 전통적인 유교적 가부장 문화의 뒷받침 아래 의견의 합치에 이른 드문 예가 되면서 그 기본 논조는 일제 강점기 내내 지배담론으로 관철된다. 김미영, 앞의 논문, 47면 참조.

<h1 style="text-align:center">제3장 근대소설과 여학생의 표상</h1>

1. 근대국가 기획과 여학생의 등장

식민지 근대 조선에 최초의 여학교로 1886년 선교사 스크랜튼 부인에 의해 이화학당이 세워짐으로써 여학생이라는 존재가 비로소 탄생한다. 그러나 여학생의 실체가 보다 가시화된 것은 동경에 유학 간 여학생들이 『학지광』과 『여자계』를 통해 목소리를 내게 되면서부터이다.[98] 이들 동경 여자 유학생은 1908년 여자고등학교령의 제정으로 조선에서 보통학교와 여고보의 중등 정도를 졸업하고 일본으로 건너가서 중등을 다시 다니거나 아니면 보통학교를 마치고 동경으로 유학가서 고등여학교에 입학하거나 또 이 과정을 졸업한 후 여자대학으로 진학하는 경우가 많았다.

『학지광』의 남성 지식인들은 조선에 대한 개혁과 문명화의 주체로 자임하면서 더불어 여성에 대한 담론을 생산하고 여학생의 이미지를 구축

---

[98] 『학지광』에 글을 실은 여학생으로는 나혜석이 유일하다. 「理想的 婦人」(1914. 11), 「雜感」(1917. 4), 「雜感(K언니에게 與흠)」(1917. 5)이 그것이다.

해간다. 이는 근대여성을 호명하는 기표가 발생하기 전부터 여학생이라는 존재는 이미 있었지만, 이후 근대여성의 이미지가 구축되고 호명되는 방식에 따라 더불어 변화를 겪을 수밖에 없음을 보여준다. 따라서 근대여성의 이미지가 변화하는 과정과 그를 형성하는 담론을 살피는 것은 여학생의 표상을 고찰하는 데 있어 필수 조건이라 하겠다.

식민지 근대에 여성을 호명하는 기표는 대개 '부인(婦人)', '여자'(『학지광』, 『여자계』), '신여자'(『여자계』, 『신여자』), '신여성', '모던걸'(『신여성』), '현대여성', '인텔리여성'(『여성』)으로 변화해 간다.

『학지광』에 게재된 나혜석의 「理想的 婦人」(『학지광』, 1914. 11)에서의 '婦人'이라는 호명과 『여자계』에 실린 염상섭의 "婦人이나 女子라고 부르라는 말만 하면 女權은 확장되고 男女는 同等이 되리란 생각하지 말라"(「婦人의 覺醒이 남자보다 緊急한 所以」, 『여자계』, 1918. 3)라는 글에서도 알 수 있듯이, 1910년대에 '부인(婦人)'과 '여자(女子)'라는 기표는 여성을 개인적이고 독립적인 사회적 존재로 호명하는 것이었다. 그 이전 개화기 계몽담론에서도 '부인'과 '녀즈'[99]라는 기표가 사용되었는데, 이때는 여성을 독립적인 사회적 존재로서가 아니라 '안해'나 '어머니'와 같이 가족 관계 속에서 규정하고 있었다. 1910년대에 이르러 '부인'이나 '여자'라는 이 기표는 개화기에 비해 여성의 권리가 신장된 의미를 내포하게 된다. 좀 더 구체적으로 '부인'과 '여자'라는 기표는 여성이 '신여자'라는 개조와 계몽의 주체로 호명되기 전에 문명개화와 근대국가 형성을 위해 교육받아야 하고 가정을 책임질 존재로 규정지어졌다. 따라서 『여

---

99) 개화기 여자의 교육을 강조하는 담론들에서 많이 발견되었는데, 「여자지남(女子指南)」의 예를 들면 다음과 같다. "어진 어만이와 착한 아내의 큰 관계가 안이면 결단코 일등국과 일등인을 짓지 못하는지라. 이러함으로 그 녀즈의 학식과 도덕이 잇고 없는 것으로 곳 그 국가의 문명과 야만을 가히 판단할 지어눌… 윤치오, 「녀즈지남 월보 취지서」, 『녀자지남』, 1908. 4.

자계』에서는 이러한 '부인'이나 '여자'라는 기표가 자율적인 개인으로서의 의미를 지니고 자주 사용되고 있다. 그리고 『여자계』는 조선을 근대화하고 개혁할 주체로 선진자, 선각자로서 '청년여자', '반도여자', '청년여학생제군' 등으로 무엇보다 여학생을 호명한다.

『신여자』(1920)에 와서는 물론 '부인'이나 '여자'라는 기표를 사용하기도 하지만 '신여자'라는 기표가 이전의 구여성과 대비되고 일체의 구사상, 관습을 탈피하여 여성해방과 사회개조를 이룰 새로운 주체로서 널리 쓰이고 있다. 이때 여학생은 '신여자'로서 개조의 사명을 부여받는다. 이렇게 1910년대에서 1920년대 초 청년의 연대자와 개조와 계몽의 주체로서 규정되던 여학생은 1920년대 '신여성'이라는 기표 아래 호명된다.

'신여성'은 조선사회를 문명화시킬 개조의 주체로서의 의미를 여전히 지니고 있지만 허영과 사치 등의 소비의 주체로 부각되어 부정적인 평가를 받는다. 이 시기 여학생들은 섹슈얼리티와 단발, 양장 등의 외양을 통해 근대를 가시화하고 해방의 욕망을 표출했는데, 이로 인해 타락하고 통속화되었다는 비난을 받는 것이다. 다른 한편으로 이들은 근대적 자아의 확립을 희구하는 남성 지식인들로부터 이상적 가정의 배우자와 자유연애의 상대로서 동경과 선망의 대상이 되면서 양면적인 시선을 한 몸에 받게 된다. 따라서 『신여성』은 해방의 욕망을 표출하는 자율적인 여학생의 목소리와 이를 규율하고자 하는 계몽의 담론이 공존하는 이중적 성격을 보인다.

식민지 근대에 여성을 둘러싼 이러한 기표의 변화는 근대여성의 이미지를 형성해가는 과정이라고 할 수 있다. 또한 근대 여성 이미지의 변화는 여학생의 표상이 달라지는 데 영향을 주고 소설에 재현된 여학생과 일정한 상관성을 갖는다. 따라서 각 장의 도입부에서는 각 시기에 따른 근대여성을 가리키는 기표의 변화와 여학생을 둘러싼 담론의 특성을 서술하고자 한다.

여학생이 담론의 장에 떠오르기 시작한 것은 『학지광』의 자매지로도 불리는 동경 여자 유학생 친목회에서 발간한 『여자계』100)에 이르러서이다. 그 전에도 조선에서 여성교육의 필요성을 제창하면서 발간된 잡지로 『가뎡잡지』와 『녀자지남』101)이 있었지만 그것은 몽매한 부인의 각성을 촉구하기 위해 여자교육의 필요를 주창하는 개화기의 계몽담론의 성격에서 벗어나지 못했다. 『여자계』는 전 세대의 구사상을 비판하고 조선의 개혁과 문명화를 위해 책임과 사명을 스스로에게 부여하면서 『학지광』을 발간한 소위 청년102)의 연대자로서 호명된 제1세대 여학생인 동경여

100) 『여자계』는 1917년 일본 여자 유학생 친목회가 발행했다. 2호부터 여자친목회가 편집을 주간했는데, 김덕성, 허영숙, 황애시덕, 나혜석이 편집에 관여했고 고문격인 찬조를 이광수와 전영택이 맡았다. 초기에 남자유학생들의 도움을 많이 받았으나 4호(1920. 3)부터는 독립 경영하여 자력으로 발간했다. 『여자계』에 필진으로는 남성들이 많았는데, 전영택, 이광수, 홍기원, 최남선, 염상섭, 김환, 김필수, 노자영, 서춘, 최원순 등이 참여한다. 여성필진은 나혜석, 김일엽, 전유덕, 현덕신, 이양성, 정칠성 징도였나(김우진, 앞의 논문, 148면). 『여자계』는 여자 유학생 친목회의 동인지로서 일본 전역에 있는 여자 유학생들의 매개체 역할을 했을 뿐만 아니라, 동경에 유학하는 우리 여학생들이 새 소식을 고향의 자매에게 전하기 위해 협력 간행 한 것이다(『여자계』 4호, 1920. 3. 참조). 또한 『여자계』는 1910년대 말 1920년대 초 아무런 잡지가 없었던 조선여성들에게도 판매되어 여성해방의 자각을 촉구하는 계몽지로서 역할을 한다.

101) 『가뎡잡지』는 우리나라 최초의 여성잡지로 신민회 소속 상동청년 학원 내 가정 잡지사에서 1906년 6월까지 간행되고 다시 1907년 8월부터 7월까지 2차 간행을 한다. 신민회의 대중교육정책의 일환으로 기획되어 가정부인을 대상으로 한 계몽지 교육지로서의 성격을 강하게 띤다. 『녀자지남』은 1908년 4월, 여자교육회에서 제도교육 밖에 있는 부녀들의 교육을 목적으로 간행한다. 주로 학교교육을 받을 수 없는 年高한 여자의 학식과 도덕을 발달시키기 위해 간행하였다. 윤치오가 사장으로 개화의식을 가진 선각적인 남자들이 중심이 되어 운영한 잡지이다. 박용옥, 「1920년대 신여성 연구―『신여자』와 『신여성』을 중심으로」, 『여성 : 역사와 현재』, 국학자료원, 2001, 2면 참조.

102) '청년'은 "부모의 세대를 완고한 전근대로 돌려버리며 근대를 선도했던 주체의 형식"(이경훈, 『오빠의 탄생』, 문학과지성사, 2003, 46면)으로 "문명의 이름으로 서양을 내면화하고 과거를 배제함으로써 '현재'와 '이곳'을 미래지향적으로 조직하는 역사적인 위치이자 일종의 진화론적 주체"(이경훈, 「청년과 민족―『학지광』을 중심으로」, 『대동문화연구』 44호, 2003, 271면)이다. 즉 '청년'은 1900년대 후반 및 1910년대 일본 유학생들의 담론에서 문명이라는 관념, 한국이 '암흑'상태에 처해있다는 진단, 한국의

자 유학생들103)이 주체가 되어 만든 잡지이다. 그만큼『여자계』에 실린 글들은『학지광』의 남성지식인들104)의 담론과 상통하는 면이 많다. 이

신문명 개발에서의 리더십 주장 등과 얽혀 있는 어떤 진보적이고 창조적인 인간 행위자에 대한 명칭이다. 이러한 '청년'이란 개념은 일본의 도쿠토미 소호에 의해 '국민'을 대표할 수 있는 존재로 창출된 것으로 자유민권운동의 존재양식인 '壯士'와 대립하면서 그 특유의 실천체계를 발전시켰고, 그 당시 귀족적, 군사적 단계의 사회에서 산업적 민주적 사회로 나아가는 단계에서 그 이행을 성공적으로 완수할 각성과 실천의 주역으로 사명을 부여받은 계층을 의미했다. 소호는 메이지 청년이 출현할 새로운 조건으로 자유의 이상을 추구하는 학문제도의 확립을 강조한다. 한국 청년은 일본청년보다 정치적 주체성의 성격이 강했다고 할지라도 국민적 정체성의 획득을 향한 개인의 자기형성이라는 면에서 일본 청년과 뚜렷한 유사성을 가지고 있다(황종연, 「노블, 청년, 제국-한국 근대소설의 통국가간(通國家間) 시각」, 『한국문학과 탈식민주의』, 깊은 샘, 2005, 282~283면). 이 시기 일본에 유학한 지식인들은 일본의 청년론의 영향을 받아 스스로를 청년의 주체로 기획했으며『학지광』등을 통해 그들의 청년론을 발표한다.

103) 1918년 현재 동경에 유학 온 여학생 수는 40명("1918년 현재 9월 이후에 새로이 동경 오신 여자 유학생이 9인이고 회원이 친목회 모두 40명이 되었다."(消息,『여자계』2호, 1918. 3. 참조)이고, 1920년에는 50명도 채 못되었다(『여자계』4호, 1920. 3. 참조). 그리고『여자계』6호(1921. 6)에 실린 「새로 오신 여러 형님의게」를 참조하면 "1920년 현재 일본에 온 우리 여자 유학생의 其間 수효를 헤어보면 백여 명 이상이나 될 터이오나 四五年을 참고삼아 성공한 형님이 불과 四五人에 지나지 않는다"는 구절이 있다. 여자 유학생의 수가 극히 소수에 지나지 않았음을 말해준다. 이들은 일본에서 여자대학이나 여의학교, 영어전문학교, 음악, 상업, 재봉학교 등을 다녔으며 졸업 후에는 각 전문학교에 입학하거나 귀국하는 길을 택한다(消息,『여자계』5호, 1920. 6. 참조).

104) 여기서『학지광』의 담론을 만든 남성 지식인들이란 1910년대 국권을 빼앗긴 상태에서 실력을 길러야 한다는 분위기에서 성장하여 신교육을 받기 위해 일본에 유학한 신지식층을 말한다(박찬승, 『한국근대정치사상사연구 : 민족주의 우파와 실력양성운동론』, 역사비평사, 1992 참조). 이러한 신지식층으로 표상되는 남성지식인들에 주목하는 이유는 그들이 신여성은 말할 것 없고, 근대초기부터『학지광』,『여자계』,『신여성』에 필진으로 참여하면서 여학생은 물론 여성에 관한 담론을 주도적으로 형성해갔기 때문이다.
김수진은 이들이 일본유학과정에서 일본의 근대자본주의 문명에 압도되었고 조선의 상태에 대한 깊은 모멸감과 사명감을 동시에 가지고 있었으며 여성문제에 대한 시각은 근본적으로 이러한 바탕 위에서 만들어졌다고 한다. 이는 유학을 간 여성들도 예외가 아니지만 여성들의 수는 적었고, 따라서 조선의 신여성 담론을 형성하고 그 모양을 만드는 인식의 힘은 여성이라는 정체성보다는 신지식층으로서의 정체성이 더 많은 것을 쥐고 있었다고 한다. 김수진, 앞의 논문, 189~190면. 박선미 또한 1910년대에 근대 국가와 사회제제를 형성해갈 주역으로서 스스로를 '문명의 수입자'라고 자부심과 사

는 『학지광』의 남성 지식인들이 『여자계』에 필진으로 참여한 이유도 있지만 무엇보다 이 시기가 남녀라는 성별 체계를 초월하여 조선의 문명화와 근대국가 건설이라는 목표 아래 서로 연대할 필요성이 더욱 절실했기 때문이다. 따라서 『여자계』는 여학생을 '靑年女子', '半島女子', '靑年半島女子', '靑年女學生諸君' 등으로 부르는 것에서도 알 수 있듯이 여학생을 청년과 상대적으로 수평적이고 평등한 관계를 맺으며 "정서적, 이념적으로 연대"105)하는 위치에 서도록 만든다.106) 『여자계』에는 동경에서 공부하는 여학생들에게 위와 같은 호명을 통해 조선의 몽매한 부인과 여자들을 깨우치고 조선의 구사상, 구도덕을 개혁할 '선각자', '선진자'로서의 역할을 부여하고 사명감을 일깨우는 글이 대부분이다.

> 利己心이富한 너히청년녀자야…… 아모리 前後左右에 形便이 너몸을 결박할지라도 너가 만일 니 몸을 社會에 헌신하랴면 나를 막을者 世上에는 없지요…… 처음 먹엇든 意志를버리지말고 쥬어도 達히고야만디고 결심하시오. 靑年女子야 네가 만일 아니느면 이 용기는 다시너일자가 업다. 全盛의시터에 지너가는 靑年女子야 朝鮮女子에 生成興亡이 너의 무리에잇난것을 찌닷는가 못찌듯는가 니가망하면너이도망하고 너이가망하면 나도망하고 짜라 女子가망하면 男子가망하며 男子가망하면 여자가망하며 집이망하면 짜라가족이망하며 가족이망하면 朝鮮이망하며 짜라서 조상이망한다. 깁흔관게가서로잇는 너히와 니몸이 朝鮮에 출싱한以上에는 우리에 청춘뇌수로 萬能을 비져너서 成에 方向을돌닌 조선운명을 죽든지 살든지 두주먹이를 부릅쩌쥐고 압흐로 나가기한하고 물너가지맙세다.107)

명감을 지닌 남자 유학생들의 의식과 여학생의 유학관에 큰 차이가 없음을 말한다. 박선미, 앞의 책, 62면.

105) 이경훈, 『오빠의 탄생』, 문학과지성사, 2003, 53면 참조.

106) 이는 "男女의 短處를 서로 補充하여 社會의 進步 發達이 완전히 되어간다.…… 我青年男女諸氏여! 百折不屈 하는 健全한 精神으로 目標를 향하야 勇進합시다"와 같은 표현에서 단적으로 드러난다. 「男女相互短處에 就하야」, 『여자계』 6호, 1921. 1.

107) 劉英俊, 「半島青年女子에게」, 『여자계』 5호, 1920. 6.

우리는무엇보다도 스롭다운理想이잇셔야겟소이다. 우리責任을自覺ㅎ
야겟소이다.…… 우리몬져教育을 밧은女子는아직夢中에잇는女子를覺醒식
혀야될 벗지못할重훈짐이 우리 双肩에 잇지 안어요? ……우리가 朝鮮女
子를 爲히셔는 밧을슈잇는힘까지는苦生을 사양치안어야ㅎ지안을가요. 그
러니까 博學多聞ㅎ야 文學, 音樂, 美術, 教育家 等이 繼趾而出함도 必要ㅎ
ㄴ, 몬져우리몸은 耶蘇의 眞正혼 熱愛와 同化되야 이秋月夜야ㅈ치 靜寂ㅎ
고冷淡혼社會와 寒氣가 冷々혼家庭의 光明ㅎ고溫和혼사랑의太陽이 되어,
우리社會와 우리 家庭에도 熱烈혼사랑이셕긴우숨의和風이끈이지안토록
ㅎ야되지안켓슴니까. <u>혼즉 우리는 各自身이 朝鮮女子됨을 아는 同時에
우리使命을 自覺ㅎ야 一身의 苦樂을不係하고 後進들이 밥고건너生命樂園
으로 드러갈 石橋가 되엇스면엇덜까요?.</u>108)

　형님들이, 뎌들도 사람된 自覺을 가지게하시고 그 職分과責任도 알게
하시고 뎌들의게 무어시 가쟝 急務인지도 가라쳐주십쇼. 여러분은 아실
거시오 깨달으셔슬거시외다. 그려고 민족과사회의 盛衰와 한 家族과 一
身의 幸福에 如何한關係가 잇는거슬 여러분은 밝히 깨달으셧슬터이온즉
여러분은무엇보다도 몬져 뎌들의 鈍혼鼓膜을 두다려 情神을 차리게하시
고 그려고 뎌들의 압길을 몸소 指導하야 無意味하고 無價値한 그生活에
서 意味잇고 價値잇는생활노, 힘이업는 절문이들을 힘이잇는절문이로 變
케 하시고 <u>暗黑天地에 여러가지 慘酷혼壓迫과 困窮으로 갈길을 못가리고
할바를 모르고 彷徨하는 우리 兄弟들에게 鮮明한 아침해갓치 발근빗츨빗
치시고 다정한 安慰者, 든々혼保護者가 되셔々 뎌들의 손목을 잇글고 나
아가십시오. …… 아— 여러분은 우리 半島女子界의 模範的 人格! 犧牲的
恩人! 光名의 曉星! 舊套의 先鋒!.</u>109)

　두 번째와 세 번째 인용문은 여학생들이 직접 쓴 글의 일부분이다. 자
신을 '선진자', '선각자'로 인식하면서 여성 자신뿐만 아니라 민족과 국

---

108) 朴淳愛, 「大門을 나선 兄弟들의게」, 『여자계』 2호, 1918. 3.
109) 玄德信, 「卒業生諸兄의게늘이는 발슴」, 『여사세』 3호, 1918. 9.

가를 위해 분발할 것을 촉구하고 있다. 이는 문명화와 근대민족국가 건설이라는 명제를 여학생 스스로가 적극적으로 수용하고 있음을 보여준다. 또한 『여자계』는 여자의 해방과 각성을 강조하고 이를 위해 무엇보다 여자교육의 문제가 가장 급선무임을 강조하고 있는데, 이는 비교적 『여자계』가 『학지광』과 차이를 보이는 지점이기도 하다. 이에 비해 『학지광』의 남성지식인들은 조선의 근대화를 위해 국가와 사회의 기초단위인 가정 개혁의 주체로서 여자를 설정하고 이들에게 책임과 각성을 자각할 것을 요구한다.110) 그러나 『여자계』에서도 구체적으로 여자의 자각과 교육의 필요성을 '여자는 가정 개조의 담당자'이며 '가정이 개혁되어야 사회가 개혁되고 나라가 발전한다'는 논리 속에서 찾고 있으므로 별로 뚜렷한 구별을 보이지는 않는다.

世界에서 婦人을 엇더케 대우하고 女子教育을 엇더케 힘쓰는가를 보고 世界이 大勢가 어떤기를 보시오. 朝鮮婦人自身을 위하야 그늘을 물상이 넉여서라도 教育을 하겟지오마는 그것은 덥허놋코라도 우리 社會를 爲하야 우리 民族의 將來를 위하야서 女子教育을 至急히 힘써야 하지 안켓습닛가. 現代文明의 特徵은 「解放」이라 한다. 政權解放, 職業解放, 奴隷解放, 學問解放, 女子解放─ 이것이 오늘날 文明의 精神이라 할 수 잇습니다. 그러면 朝鮮에서도 女子를 解放할려면 몬저 教育을 하여야 될거시오. 教育을 解放할나면 女子의게 教育의 門을 열어노아주어야 하지 안켓습닛가. …… 지금 新教育을 바든 青年男子의 가쟝 큰 苦痛이 무어십닛가. 教育없는 夫人에 對흔 거시지요. 또 우리 社會에 가장 慘酷한 일이 무어십닛가. 離婚問題가아니오닛가. 우리네의 家政이 몹시 暗昧하야 子女教育上

110) 이광수의 「혼인에 대한 관견」(『학지광』 12호, 1917. 6)이나 전영택의 「구습타파와 신도덕의 건설」(『학지광』 13호, 1917. 7)에서 여자가 현모양처의 기계가 아니라 독립한 한 개인임을 명시하고 있으나 이러한 독립적 존재가 되고 난 후 가정과 사회를 위해 유용한 사람이 될 것을 강조한다. 즉 가정개혁이라는 근대기획 안에서의 여자의 자각을 강조한다. 노지승, 앞의 논문, 20면 참조.

과 其他 萬般事爲에 許多혼 弊端과 損害와 危險이 잇는거시 다아 무슨 까
닭이겟습닛가. 女子의 敎育이 업슴이지오.[111)

제군아 생각할지여다. 우리반도에 구습에져즌가뎡을 타파흐고리상덕
가뎡을 만들며 후일즈녀를 올케길너 쟝차그들노흐여금 몸을 나라에 바
치게흐고 마음은민족을위흐야 오날현상을 우리의리상뎌로 만드는칙임이
늬게잇습닛가. 제군아 싱각흐라. 이시뎌는 교만방자를부릴 쎄가아니요,
현뎌우리조션은 양옥을차즐시긔가 아니외다. 져불샹흔동족을 구제흐기
도 제군이요, 천신만고의 고통비관을 맛보아 자기몸을 밋기로쓰고 희생
이될즈도 제군이아닌가? 제군아 우리조션녀학생제군아 …….[112)

絶望으로吾等이墮落하면 吾朝鮮女子界는 如何히 될넌지 不知케라. 勉
할지어다, 希望이 偉大하도록 奮發하며 批評이 稱讚이되도록雙肩에將來
女子의 師表的 責任을負하고 家庭엔改良의責이有하고 國家文明엔主母의
責이 有한것을 深悟하여 希望의 生脈을 追追不己할지어다. 吾人靑年女子
諸氏여.[113)

위의 여러 예문에서 알 수 있듯이 여자교육의 필요는 여성해방을 위
한 전제조건으로 제시될 뿐만 아니라, 청년들이 목표로 하는 구사상과
관습의 타파, 이상적 가정의 수립, 그 일환으로써 자유연애를 실현할 이
상적 배우자로서 갖추어야 할 조건으로도 요청된다. 조선 가정의 폐해는
여자교육이 없는 데서 기인하는 것이므로 자유연애를 통한 이상적 가정
을 확립하기 위해 여성교육의 필요성이 무엇보다 절실히 요구되고 있다.
즉 여자의 각성은 현모양처, "제2 제3의 국민을 위하야 견고한 토대를
쌓아놓으며 우수한 자손을 남기기 위해", "남자에게 버려지지 않기 위

---

111) 「女子教育論」, 『여자계』 3호, 1918. 9.
112) 김넙, 「新舊衝突의 悲劇」, 『여자계』 2호, 1918. 3.
113) 「朝鮮青年女子의 希望」, 『여지계』 6호, 1921. 1.

해", "구습의 폐해를 극복하기위해" 문명화를 위해 강조되는 것114)이다. 이때 여성해방은 가정과 사회 그리고 국가의 개혁을 위한 하나의 수단이자 전제조건으로서만 의미를 지닌다. 또한 여성 해방을 향한 여성의 자각과 각성에 필수조건인 교육은 여성의 젠더화된 교육, 모성으로서의 교육이다. 이로써 1910년대 여성해방이 여성인권의 차원에서 여성주체의 욕망과 해방의 측면을 고려하지 못한 점이 발견되지만 근대국가 형성을 주창하는 논리 안에서 대개의 균열은 봉합115)된다.

요컨대 『여자계』가 호명하는 여학생은 '청년여자'로서 '청년남자'와 함께 '여자계'와 조선의 근대화를 위해 희생하고 계몽해야 할 연대자와 선진자로 호명되면서 여성 주체로서의 해방의 욕망과 개인의 자율성의 확보보다는 근대기획에 이념적으로 동화된 주체로 규정된다. 그리고 이러한 계몽과 연대의 형식은 1910년대 여학생을 형상화하는 소설을 구성하는 서사적 원리가 되고 있다.

1) 근대의 모형화된 풍속으로서의 여학생

밝고 밝은 그 달빛에 동경 상야공원(上野公園)이 일폭 월세계(月世界)를 이루었으니, 높고 낮은 누대(樓臺)는 금벽이 찬란하며, 꽃그림자 대 그늘은 서로 얼켜 바다같고, 풀끝에 찬 이슬은 낱낱이 반짝거려 아름다운 야경이 그림같이 영롱한데, 쾌락하게 노래부르고 오락가락하는 사람들은 모두 달구경하는 사람이더니, 밤은 어느때나 되었는지 그 많던 사람들이

---

114) 霽月, 「婦人의 覺醒이 남자보다 緊急한 所以」, 『여자계』 2호, 1918. 3.

115) 박숙자는 이 시기 여성을 호명하는 '청년여자', '조선여자'가 근대적인 각성에 집중하는 측면과 성별화된 교육을 강조하는 측면이 공존하는데, 이 두 가지 대립적인 주장이 이질적인 요소로, 한 단어로 공존하면서 의미화되지만 적어도 1910년대에는 갈등이 첨예화되지 않은 채 근대국가 논의 안으로 수렴된다고 말한다. 박숙자, 『근대문학에 나타난 개인의 형성과정 연구―아동과 여성을 포섭·배제하는 양상을 중심으로』, 서강대학교 박사학위논문, 2004, 77면.

하나씩 둘씩 나 헤져가고 적적한 공원에 월색만 교결한데, 그 월색안고 불인지(不忍池) 관월교 석난간에 의지하여 오똑 섰는 사람은 일개 청년 여학생이더라. 그 여학생은 나이 열팔구세쯤 된 듯하며 신선한 조화로 머리를 장식하고, 자줏빛 하가마를 단정하게 입었는데, 온화한 태도가 어느모로 뜯어보든지 천생귀인(天生貴人)의 집 규중에서 고이 기른 작은 아씨더라.

—『한국신소설전집』 4, 13면

인천 팔미도 넓고넓은 물결은 호호망망하여 하늘과 한빛이요, 월미도 등대 너머로 너울너울 넘어가는 햇발은 분홍놀을 아울러서 일본공원 일폭을 연지빛같이 물들였는데, 그 놀빛 비치는 곳 기념각 난간머리에 정신을 잃고 시름없이 서서 늦은 조수 밀어오는 곳에 살같이 들어오는 기선(汽船)을 바라보고 눈썹을 찡기며 한숨을 쉬는 부인은 구름같은 히사시가미에 사구라색 리본을 새뜻하게 꽂고 보라, 회색 겹저고리에 생삼팔 옥색치마를 단정하게 입었는데, 나이는 열팔구 세쯤 되고 백옥같은 용모와 청수(淸秀)한 미목(眉目)은 가히 근대 일색이라 할 만하나, 얼굴에 수색(愁色)이 가득하여……

—『한국신소설전집』 4, 263면

인용문은 『추월색』과 『해안』의 도입 부분으로, 여학생이 작품의 전면에 드러나면서 시작하고 있다. 여기서 '신선한 조화로 머리를 장식하고 자줏빛 하가마'를 입거나 혹은 '구름같은 히사시가미에 사구라색 리본을 산뜻하게 꽂고' 있는 여학생들은 각각 동경의 상야공원과 인천의 일본공원을 걷고 있다. '분홍 리본'에 '히사시가미의 머리', 발밑에 나풀거리는 '하가마' 입은 여학생이 공원을 배회하거나 산책하는 모습은 신소설에서 흔히 발견되는 모형화된 풍속이다. 일본 메이지 초기의 여학생을 상기시키는116) 이러한 여학생의 외양은 개화의 전형적인 기호로, 자유연애와

---

116) 메이지 36년 10월 일본의 『풍속화보』에 「일비곡 공원에서 쉬는 사람들」이라 한 폭의

신식결혼을 장려하고 신학문과 교육의 필요성을 강조하는 신소설에서 계속 반복된다.117) 신소설에서 여학생은 "조선여자의 내외하는 습관이 말할 수 없는 천지에 차차 문운이 개진하여",118) "비록 여자일지라도 학문이 없으면 세상에 용납지 못할 줄로 아는 시대로 변천하자",119) "지금 시대는 차차 문명한 방면으로 비록 여자라도 상당한 학문이 없으면 능히 가정을 보전치 못한 관계"120)로 교육의 필요성이 절실한 시대에 등장한다.

신소설에서 "여기저기 여학교가 설립되매 꽃같은 여학도들이 히사시가미에 노면(露面)을 하고 탄탄대도상으로 완완히 다니는 광경이 모든 사람들의 눈을 깜짝깜짝 놀래"121)기도 하고 "정작 학문은 아무것도 없고

그림이 실린다. 근대적인 모습으로 치장되어 평민에게 개방된 일비곡 공원에서 속발에 리본, 전통무늬의 옷과 겉엔 하가마를 걸친 전형적인 여학생 두 명이 친근하게 대화를 나누는 모습이 그려져 있다. 당시 서양 부인의 머리형은 본뜬 히사시가미 머리에 리본, 선홍빛 하카마의 여학생의 모습은 메이지 시기 잡지와 소설에서 하나의 풍속으로 굳혀진다(本田和子, 『女學生の 系譜』, 靑土社, 1990,

「日比谷公園に憩う人々」, 『여학생의 계보』(靑土社, 1990)

9~11면 참조). 신소설에 등장한 이러한 여학생의 외양은 일본 메이지 시기의 여학생의 풍속을 모방한 것으로, 이후에도 『무정』의 선형에게 나타나며 1920~30년대에 단발이 유행하기까지 많은 여학생들이 이를 선망하게 된다.

117) 『금강문』도 "회색빛 반양복에 학도풍으로 머리를 땋고 도화색 리봉을 산뜻하게 꽂았는데……."라며 여학생 경원의 외양을 묘사하며 전개되고, 『안의 성』에서도 "나이 열칠팔세 쯤되고 히사시가미(쪽머리)에 연옥색, 치마 저고리를 경쾌하게 입었는데 그 미묘한 용모와 정숙한 태도가 흡사한 추수부용이라"며 여학생 박정애를 소개한다.

118) 최찬식, 『추월색』, 『한국신소설전집』 제4권, 을유문화사, 1968, 184면.

119) 최찬식, 「해안」, 『한국신소설전집』 제4권, 을유문화사, 1968, 265면.

120) 최찬식, 「해안」, 앞의 책, 281면.

지례시어서 남녀동등이니 천부인권이니 하는 말을 주장하여 말괄량이가 되지 아니하면 무뢰소년과 연극장 출입이나 하는 것을 능사로 안다"122)며 혹은 "하나도 문명한 지경의 실지를 밟는 자이 없고 다만 히사시가미에 보석핀이나 꽂고 손가락에 금반지나 두서넛 끼고 화려한 의복에 금시곗줄이나 늘여, 겨우 보통과 졸업이나 하였으면 여자대학이나 졸업한 듯이 제 위에는 다시 사람이 없는 줄 알아 자긍하는 마음이 하늘을 뚫는 듯하다"123)는 등 여학생들은 온갖 비판과 평론의 대상이 되기도 한다. 그래서 완고의 시어머니는 여학생 며느리를 보지 않으려 반대를 하지만, 대부분 남학생으로 등장하는 아들은 부모의 반대를 무릅쓰고 배우자로 여학생을 선호한다.

가령 『해안』의 황대성은 "결코 조선인의 관습적 교육을 받아 밥이나 짓고 옷이나 꿰매고 아이나 낳고 건넌방이나 지켜줄 신부는 인물이 양귀비라도 싫고 자기 입에서 학문적 담화가 나오면 가히 수작 한마디 할 만하고 연회에서 청첩이 오면 가히 동부인해서 참례할만하고 자신이 없는 사이에 집에 손님이 오면 가히 응접실에 나가 접대할만한 신부"가 아니면 당초에 장가를 들지 않겠다며 신문 잡보란에 실린 여학생 경자의 사진을 보고 적극적으로 구애에 나서기도 한다. 심지어 『춘몽』의 김광욱은 "비록 과부라도 학식이 탁월하고 혜두가 명민하여 서로 지기가 상합한 사람이면 되지 못한 처녀보다 좋을 것"이라고 말한다.

배우자의 조건으로 문벌이나 신분, 재산보다는 문명한 가정을 잘 관리할 수 있는 지식과 학문, 교육의 수혜여부가 우선시되는 것이다. 계몽의 기획 속에서 가정은 근대적 국가와 각성한 개인의 산출이라는 계몽의

---

121) 최찬식, 『금강문』, 『한국신소설 전집』 제4권, 을유문화사, 1968, 184면.

122) 최찬식, 『금강문』, 앞의 책, 184면.

123) 최찬식, 「해안」, 앞의 책, 278면

목적을 완수하기 위해 그 매개항으로 요청되었다.124) 그리고 국가의 생성과 유지와 연결되는 각성한 개인을 생산하고 양육하는 기초적인 교육기관인 가정을 담당할 관리자로서 여성은 반드시 학문과 지식을 필요로 하는 것이었다.

이렇듯 하이칼라의 반려자로서 가장 선망되는 여학생들은 대부분 일본이나 외국으로 유학을 떠나 "신학문을 많이 공부하여가지고 귀국하여 여자 교육에 힘써 일반 여자계를 개량"하고자 하는 목표를 가지고 있다. 『혈의 누』에서 옥련이는 "공부를 힘써 하여 귀국한 뒤에 우리나라 부인의 지식을 넓혀서 남자에게 압제받지 말고 남자와 동등권리를 찾게 하며, 또 부인도 나라에 유익한 백성이 되고 사회상에 명예있는 사람이 되도록 교육"할 마음으로 구완서가 결혼보다 우선 공부에 힘쓰자는 데 동의한다. 이는 비록 "공부를 하여도 나라를 위하여 하고 살아도 나라를 위하여 사는 것이 옳다"는 구완서의 권유로 이루어진 것이지만 여자교육의 목적이 남녀동등과 부국강병에 있음을 밝히면서 동시에 혼인보다 배움의 욕망이 더욱 중요함을 강조하고 있다.125) 『춘몽』의 옥선은 "여학

---

124) 김동식, 『한국의 근대적 문학 개념 형성과정 연구』, 서울대학교 박사학위논문, 1999, 38~72면.

125) 김동식은 구완서가 혼인을 공부가 끝날 때까지 연기하는 이유를 단순히 계몽의 시대에 근대적 지식과 교육의 중요성이 강조되었다는 것만으로는 설명되기 어렵다면서 이는 인간을 바라보는 패러다임, 또는 인간학적인 개념틀 자체가 변화하고 있음을 보여주는 장면이기 때문이라고 한다. 근대계몽주의 시기의 인간에 대한 패러다임은 무엇보다 교육기관과 학령에 따라 인간의 성장과정을 구성하고 있다. 이시기는 양계초의 幼年期-幼稚園期, 五歲以下 - 家庭敎育期, 六歲至十三歲, -小學校期, 兒童期, 十四歲至二十一歲, -中學校期, 少年期, 二十二歲至二十五歲 -大學校期, 成年期 구분처럼 유아와 아동이 구분되고 소년이라는 관념이 생겨난다. 그리고 교육학적인 패러다임이 내포하고 있는 전제는 근대의 새로운 인간(계몽된 주체)은 학교를 통해서 만들어진다는 것이다. 따라서 결혼이란 근대적인 학교교육을 통해서 양성된 자립적인 인격체들 간의 자율적인 결합이라는 것이다. 김동식, 「연애와 근대성 - 신소설과 계몽적 논설을 중심으로」, 『민족문학사연구』 18호, 민족문학사 연구소, 2001. 6, 308면 및 김동식, 『한국의 근대적 문학개념 형성과정 연구』, 서울대학교 박사학위논문, 1999, 48면 참조

교 하나 설립하와 아무쪼록 여자학문을 권면하여 조선여자로 고루한 습관을 타파하고 남자의 구속을 면하여 이십세기 인물의 생세지락을 알게 하고자 하나이다"라고 교육의 목표를 밝힌다. 『명월정』에서 채홍은 소학교 4학년 진급식 날 서양에서 유학하고 돌아와 여자교육계에 헌신한 며레 김씨에게 여자교육의 목표가 장차 "문명의 어머니가 되고자 함"126)에 있다는 연설을 듣고 감화 받는다. 『추월색』에서 이정임도 정혼한 영창이를 두고 다른 사람에게 시집을 보내려 하자 가출을 감행하면서 "본국 여자는 모다 집안에 칩복(蟄伏)하여 능히 사람된 직책을 이행하지 못하고 그 영향이 국가에까지 미치게함이 마음에 극히 한심하옵기, 속히 학교에 입학하여 신학문을 가지고 귀국하와 일반여자계를 개량코자 하나이다"라는 편지를 남기고 동경으로 가서 여학교 고등과에 입학한다.127)

이러한 여학생들의 교육 목표는 결국 『자유종』에서 이매경의 생일잔치에 초대되어 온 신설헌이 말하는 다음과 같은 주장과도 상통한다.

우리 대한의 정계가 부패함도 학문없는 연고요, 민족의 부패함도 학문없는 연고요, 우리 여자도 학문없는 연고로 기천년 금수 대우를 받았으니 우리나라에도 제일 급한 것이 학문이요, 우리 여자사회도 제일 급한 것은 학문인 즉 학문 말씀을 먼저 하겠소. 우리 이천만 민족중에 일천만 남자들은 응당 고명한 학교를 졸업하여 정치, 법률, 군제, 농, 상, 공 등 만가지 사업이 족하겠지마는, 우리 일천만 여자들은 학문이 무엇인지 도무지 모르고 유의유식으로 남자만 의뢰하여 먹고 입으려 하니 국세가 어

---

126) 박이양, 「명월정」, 『한국신소설전집』 제6권, 을유문화사, 1968, 117면.
127) 『원앙도』의 금쥐, 『홍도화』의 태희에게서도 이와 같은 교육의 목표가 발견된다. 이밖에도 대부분의 신소설에서 유학의 목표는 남자의 경우 서양문명을 공부하여 남자사회를 개도하고 조선청년교육에 힘쓰는 것으로, 여자는 여자사회를 고동하여 여자교육에 힘쓰고 여자계를 개량하는 것으로 드러난다.

찌 빈약치 아니하겠소? 옛말에, 백지장도맞들어야 가볍다하였으니 우리 일천만 여자도 일천만 남자의 사업을 백지장과 같이 거들었으면 백년에 할 일을 오십년에 할 것이요, 십년에 할 일을 다섯해면 할것이니 그 이익이 어떠하고, 나라의 독립도 거기있고 인민의 자유도 거기있소.

─『한국신소설전집』 2, 146~147면

위에서 볼 수 있듯이 정계의 부패도, 민족의 부패도 여자의 금수 취급도 모든 원인은 학문이 없었기 때문이므로 여성교육의 필요성이 절실히 요청된다. 이는 여성이 학문만 익히면 자신의 해방은 말할 것도 없고 얼마든지 나라의 독립, 인민의 자유를 쟁취하는 데 기여할 수 있다는 논리이다.[128] 여기서 여자의 학문이란 신설헌이 계속해서 맹모(孟母)와 구왕수, 퇴계 이황의 모(母)의 예를 들어 자녀교육에 있어서 여성의 임무가 막강함을 말하고 여자사회에 이보다 더 큰 사업이 없음을 강조[129]하는 데서도 알 수 있듯이 자녀교육을 그 내용으로 하는 것이다. 즉 여성교육이 가정과 사회 국가를 위해 필요하다는 수장에도 불구하고 여성교육의 목표는 기본적으로 현모양처의 자질을 기르는 것이고, 그를 통해 총명한 인새를 양성하는 데 있음을 밝히고 있다. 여성의 교육이 국가적 차원에서 중요한 이유는 이처럼 여성이 그들의 낳고 기를 미래의 국민 구성원들의 어머니라는 지위로 호명된 것을 말하며 이는 여성교육이 근대민족국가 건설을 위한 계몽의 기획의 일환으로 강조되었음을 알 수 있게 한다. 이렇게 근대 계몽기의 민족담론은 여성의 인권이나 개인의 자유를 사고할 여유를 확보하지 못한 채 결국 개인은 민족이라는 대타자에 포함될 때만 의미를 갖게 된다. 여성들도 개인의 사적 욕망이나 여성해방

---

128) 고미숙, 『한국의 근대성, 그 기원을 찾아서─민족, 섹슈얼리티, 병리학』, 책세상, 2001, 100~101면.
129) 이해조, 「자유종」, 『한국신소설전집』 제2권, 을유문화사, 1968, 156~157면.

의 실현보다는 여학교에 입학하여 신학문을 배워 애국하는 것이 자신을
위한 것이라고 스스로가 그것을 내면화하게 되는 것이다. 그 대표적인
예로 『홍도화』의 이태희를 들 수 있다.

> 엊그제도 가정수신(家庭修身) 가르치시는 선생님께서 학도들을 대하여
> 권면하시기를, 나라의 인민되기는 남녀가 일반이라! 이십세기시대는 이
> 왕 쇄국시대(鎖國時代)와 같지 아니하여 여자가 규중에 갇혀 오직 술, 밥
> 이나 지을줄 알고 지낼 것이 아니라, 각종 학문을 널리 닦아 국가, 사회
> 의 큰 사업을 성취하는 것이 당연한 직분이니, 여러 학도중에 서양 라란
> 부인같이 학문을 열심하여 유시무종(有始無終)치 말고 몸을 나라에 바쳐
> 천추에 아름다운 이름을 사책(史冊)에 빛내고자 하는 학도는 손을 들라
> 하시기에 나도 다른학도와 같이 손을 들었사오니 지금 공부를 중도이폐
> (中途而廢)하면 제 마음을 속이고 선생님도 속인 것이 아니되었습니까?
>
> ─『한국신소설전집』 6, 276면

위 인용문은 학교를 그만두고 혼인을 할 것을 요구하는 아버지, 얼개
화군 이직각의 요구에 반발하는 태희의 발화이다. 어린 태희의 발화를
통해 내포작가의 이념을 그대로 내면화한 교육의 필요성이 제시되고 있
는 것이다. 즉 교육은 사회와 국가를 위해 필요하고 애국하는 길임을 보
여주고 있다. 하지만 4년을 공부하여 이제 얼마 남지 않은 학교를 졸업
하고자 하는 태희의 욕망은 결국 아버지의 혼인강권으로 좌절된다. 그러
나 곧 조혼한 남편이 사망하고 다시 재가하지만 시어머니의 오해로 시
집에서 쫓겨 온 후에 친정에서 학교를 끝까지 다니면서 배움에의 욕망
을 성취하게 된다.

그런데 신소설에는 이처럼 교육의 목표와 당위성은 제시되어 있지만
교육의 내용과 실체는 자세하게 드러나지 않는다. 유학과 배움의 동기
또한 자발적이거나 능동적이지 못하다. 이는 남학생이 유학을 떠나는 장

면에서도 발견된다. 그들은 민요를 당해 부모를 잃고 우연히 영국문학박사 스미트에 의해 구출되어 영국으로 건너가 청년문학가가 되거나(『추월색』), 오해로 파혼을 당하고 다른 혼처와 혼인하라는 집안의 권유로부터 탈출하기 위해(『금강문』, 『안의 성』) 혹은 며느리를 탐하는 아버지의 강요로 인해(『해안』) 유학이나 세계유람을 떠나는 수동적인 모습을 보인다. 이는 유학의 동기가 뚜렷한 목적에 있다기보다는 현실로부터의 도피에 있는 경우가 많다는 사실을 입증한다.

여학생의 경우 『혈의 누』에서 옥련은 일청전쟁 때 정상소좌의 도움으로 일본에서 심상소학교를 졸업하고 구완서에 의해 다시 미국에서 공부하게 된다. 『추월색』의 정임은 어릴 때 정혼한 영창을 버리고 다른 혼처와 결혼하라는 부모의 권유를 거절하고 가출을 하면서 일본에 유학을 가게 된다. 『목단봉』에서도 기생으로 팔리기를 거듭하던 금선이가 장씨부인의 도움으로 구출되어 상처한 수복이와 결혼한 후 미국유학을 마치고 상등인물이 된다. 즉 우연한 기회에 공부를 하게 되는 것이다. 여학생이 받는 교육의 내용 또한 구체적으로 제시되지 않는다. 다만 앞서 살핀 것처럼 "여자교육을 담당하여 여자계를 계량하고 문명한 나라를 만들겠다"는 피상적이고 추상적인 구호를 나열할 뿐이다. 그리고 그들이 유학을 하고 돌아와서 이상과 포부를 실현하고 활동하는 모습은 작품 속에서 발견되지 않는다.

여학생들은 집 밖을 나와 학교를 다니고, 유학을 가면서 교육을 통해 일단 오랫동안 빗장 쳐 있던 대문을 벗어나 세상 속으로 한 발짝을 내딛게 된다. 그들은 운동회와 강습회 혹은 유학생 모임 등에 참여하고, 전차를 타고 통학 길에 오르며 배를 타고 유학을 가거나 또 각국 각지를 유람하기도 하며, 공공장소를 자유롭게 출입하는 등 이른바 행동능력과 활동공간이 확대되고 자유와 독립적인 행동을 보장받는 것처럼 보인다.

그러나 그들은 집 밖을 벗어나자마자 간교와 흉계에 속거나 겁탈 등의 위험에 처하게 되며 이때 스스로를 방어하지 못하고 다른 이의 도움으로 구출되는 등, 교육 받은 여성임에도 불구하고 적극적이고 주체적으로 행동하지 못한다. 심지어 『춘몽』에서는 여학생 유춘자와 서옥선이, 그들을 구해서 보살펴준 안익상, 김광욱과 각각 서로 남매의 연을 맺는다. 이는 여학생들이 교육을 받았지만 아직은 홀로 설 수 없으며 오라비의 보호가 필요하다는 사실을 보여준다. 집 밖을 나선 여학생에 대한 시련과 원조자에 의한 구조는 당시 여학생의 활동 능력과 공간이 확대되고 여권이 신장되었지만 한편으로는 이에 대해 의심과 불안을 동시에 내포하고 있는 보수적인 사회태도를 반영한 것이라 하겠다.[130] 결국 여학생들은 구조자의 도움으로 헤어졌던 남편과 가족들을 만나게 되면서 다시 집 안으로 들어오게 된다. 한편 그들은 어떤 위협과 어려움에 처했을 때에라도 한결같이 '열녀불경이부(烈女不更二夫)'라는 윤리 규범을 확고하게 고수한다. 『추월색』의 정임이 다른 사람과 혼인할 것을 요구하는 부모의 뜻을 거역하면서 일본유학을 떠나게 된 바탕에는 부모의 정혼을 절대적인 것으로 받아들이고 정절을 지켜야 한다는 열녀의식이 놓여 있다. 그리고 정절을 지켜낸 여성들은 열녀의 반열에 올라 칭찬과

---

130) 1900년대에 발표된 중국의 만청소설(晚淸小說)에 나타난 신여성의 경우 행동능력을 획득하고 행동자주권을 표출하면서 활동공간이 확장되는 모습을 살펴볼 수 있는데, 여기에는 중국 신여성의 體貌중 가장 뚜렷한 특징인 '天足' 혹은 '放足'이 큰 기여를 했다. 전족의 속박에서 벗어난 신여성들은 행동능력과 활동방면에 있어서 전통적 한계를 돌파했던 것이다. 그리고 자전거, 창기, 혹은 체조와 승마무예와 같은 훈련이 행동력을 증진시켰다. 공공장소 혹은 전통적으로 양가부녀가 다니기에 금지된 공간이 모두 신여성에게 모종의 정도로 개방되었다. 이러한 자유 독립적인 행동과 다원적, 이질적 공간은 신여성의 형태를 만들고 신여성상을 창조하는 선명한 지표였다. 그러나 신여성의 행동능력과 활동공간은 비록 상당히 다원화되었지만 이는 다른 한편으로 의심과 염려 혹은 불안을 생산했다. 이는 "新舊來雜的"현상으로, 만청소설에 그려진 여성의 특징 중의 하나이다. 黃錦珠, 『晚淸小說中的 '新女性' 研究』, 文津出版社有限公司, 2005, 39∼53면 참조.

보상을 받게 된다.

    '열녀는 불경이부(不敬二夫)'라 하여 여자를 더욱 경계하셨으니 남의 아내된 사람의 책임이 얼마나 더 중합니까. 그러하나 그 의리와 직책을 잘 지키기 장히 어려운고로 열녀가 나면 그 영명(榮名)을 천고(千古)에 칭송하는 바이 아니오니까? 그러한데 오늘 신혼식 지낸 이정임이는 가히 열녀의 반열에 참례하겠다 합니다. 그 이유를 말하고자 하면 정임이 강보에 있을 때에 그 부모가 김영창씨와 혼인을 정하여 서로 내외될 사람으로 인정하고 같이 자라났으니, 그 관계로 말하든지 그 정리로 말하든지 그 형식에 지나가지 못하는 혼례식 아니 지냈다고 어찌 부부의 의리가 없다 하리까. 그러나 중도에 영창씨의 종적을 알지 못하니 만일 열녀가 아니면 다른 곳으로 시집갔으련마는 그 의리를 지키고 결코 김영창씨를 저버리지 아니하여 천곤백난(千困百難)을 지내고 기어코 김영창씨를 다시 만나 오늘 예식을 거행하니 그 숙덕이 가히 열녀되겠습니까 못되겠습니까?

—『한국신소설전집』 4, 47면

    인용한 부분은 『추월색』의 외숙모가 신식 혼인식날 정임의 열녀의식을 극구 찬양하고, 내빈에게 널리 알리는 장면이다. 누구보다도 구습을 개혁하고 폐지할 것을 주장하며 정임의 결혼식을 신식으로 하도록 장려했던 외숙모의 이러한 모습은 풍속으로서 신식결혼은 수용되었지만 자유연애와 결혼의 관념은 아직 체화되지 못했음을 여실히 보여준다. 작품에서 이론상으로 남녀의 자유교제와 결혼이 제시되었으나 실제적으로는 인물의 구체적 행위로 드러나지 못하는 것이다. 다시 말해 신소설은 한편으로는 여권을 높이 제창하고 자유결혼 혹은 자유로운 교제를 강조하면서 다른 한편으로는 전통적 남녀의 윤리규범에서 완전히 벗어나지 못하고 있다.131) 이는 무엇보다 여학생들이 스스로 어린 시절 부모가 정해준 정혼자와의 결혼을 끝내 실현하고자 하는 것에서 드러난다. 『금강문』
의 경원 또한 절개를 지키기 위해 승려가 되며 나중에 일부이처제를 기
꺼이 자청하고 허용한다. 『안의 성』에서는 각 신문 잡보란에 정애의 정
렬을 극히 찬송하여 세계 안목에 광포하고 연회를 베풀어준다. 그들은
교육을 받았지만 여전히 절개와 정절 이념을 최고의 가치로 여기며 서
술자 또한 그들이 정절을 수호하기 위해 고통 받는 모습을 동정적이고
우호적인 태도로 서술한다. 이와 같이 정절을 지켜낸 여학생들이 대부분
헤어진 남편 혹은 정혼자와 만나 신식혼례를 치르거나 그 후 같이 유학
을 떠나는 결론 또한 그들이 교육을 통해 어떻게 자아 발전을 이루었는
가 혹은 그 교육의 내용은 무엇인가에 대한 통찰보다 구습폐지와 신식
결혼 그리고 계몽 이념의 전달을 위한 수단으로만 여학생을 설정하고
있음을 보여준다.

이러한 표면적인 근대 지향성 이면에는 오히려 전통적인 도덕과 관습
이 지배적인 역할을 하고 있는 것이다. 또한 이는 신교육이 신소설에서
남학생의 경우 개인적인 신분상승의 수단이거나 여성에게 행복한 결혼
에 대한 보증이라는 점에서 당대의 사회체제에 대한 순응을 전제로 하
고 있는 것이기도 하다.[132]

---

131) 이는 만청소설에 나타난 신여성에게서도 발견되는 특징이다. 만청소설에 나타난 신여
성 결혼의 형태는 전통적 부모의 명령에 따르는 것이 대부분을 차지한다. 단 개념상으
로는 점차 자유로운, 문명혼례를 따르고 있다. 이는 자유 혼인을 한편으로는 동경하면
서 다른 한편으로는 이를 의심하고 염려, 배척하는 것이다. 따라서 만청소설 중 수량
에서 가장 많은 신여성族群은 "新舊에 속하여 新舊를 마음에 두면서 文明과 保守道德
을 추구하는 一群"이라고 할 수 있다. 黃錦珠, 앞의 책, 218~220면.
132) 대부분의 신소설에서 남자 주인공들은 대부분 경찰, 법관, 등의 관리가 되어 식민통치
질서에 봉사함으로써 자신의 개인적 욕망을 달성하는데 이는 작가가 가진 개화의식의
한계가 드러나는 부분이기도 하다. 그리고 이는 문명화, 근대화의 이상을 실현하기 위
해 서구와 일본이 표준적인 준거집단, 개화의 모형가치로 평가되어, 예찬적, 긍정적으
로 그려지고 있는 데서 확연히 드러난다. 이재선, 「開化期, 小說의 文學社會學」, 『개화
기 문학론』, 형설출판사, 1978, 29 33면.

요컨대 신소설에 재현된 여학생은 전래의 윤리감각과 의식 수준에서 거의 벗어나지 못한 채 '히사시가미'에 '리본', '하가마'의 차림으로 공원을 거닐거나 유학을 떠나는 하이칼라의 반려자로서, 개화를 상징하는 하나의 기호로만 차용되었음을 보여준다. 외면적이고 형식적인 데 머물러 그 내용은 공허한 여학생의 이미지는 바로『안의 성』에서 정애가 거닐던 빠고다 공원의 풍경과 일정한 동형성(同型性)을 띤다.

> 조용하던 등빛은 울밀(鬱密)한 나무 수풀에 비취어 맑은 광휘와 그윽한 그늘은 청량한 가을 뜻이 나는듯, 기이한 꽃과 아름다운 풀은 땅에 가득히 난만하여 일폭 공원의 영롱찬란한 경개가 실로 사람의 심신이 상쾌할 만한데, 그곳에 소창하러 온 사람들은 사나이, 여편네, 늙은이, 젊은이, 섰는 사람, 앉았는 사람, 오락가락 인성(人聲)만 성한지라.
>
> —『한국신소설전집』 4, 95면

"울밀한 나무수풀"과 사계절을 다양하게 수놓는 "기이한 꽃과 아름다운 풀들", "영롱찬란한 경개", 이렇게 잘 정비된 공원은 근대도시의 상징이자 지표으로, 공원을 걷는 것은 곧 문명인이 되는 것처럼 여겨졌다.[133] 이 시기에 출현한 여학생 역시 그런 것일지 모른다. 곧 문명과 개화의 지표로 근대를 표상하는 하나의 기호에 지나지 않는 것이다. 따라서 그들이 유학의 동기로 내세우는 "조선여자교육에 힘써 여자사회를 계량한다"는 구호는 문명화를 통한 근대국가 건설과 부국강병 실현이라는 이념을 기계적으로 내면화한 것에 불과하다. 작가는 그러한 이념을

---

133) 『춘몽』에서 안익상은 "서양사람들은 종일 사무에 분망하다가 저녁때가 되면 가족을 이끌고 공기 신선한 공원이나 해변같은 곳에 산보를 한답니다"고 말하자 부인이 "그러니까 나도 서양풍속을 모범하여 오늘날 가족데리고 산보하는 것이지요"라는 구절이 나온다. 뿐만 아니라 공원에서 남녀간의 만남이 이루어지기도 하고 울적한 심회를 달래기도 하는 등, 신소설에서 공원은 근대의 풍속을 상징하는 기호로 빈번하게 그려지고 있다.

전달하기 위한 모형화된 풍속으로서 신소설의 대중성의 차원에서 흥밋거리로 여학생을 차용한 것이다. 따라서 신소설에 그려진 여학생은 개화와 근대의 상징으로, 탈전통과 문명의 지표로 신소설에 하나의 이미지로만 존재하고 있는 것이다.

앞에서 3~4줄 : 여학생들의 히사시가미 머리
(1914년 숙명여학교 본과 및 기예과 학생들)

한편 신소설에 나타난 여학생의 지배적인 표상이었던 '히사시가미한 머리에 리본'을 묶은 모습은 『무정』의 선형에게서도 발견된다. 이형식은 이런 하이칼라 처자의 애정을 끌만한 아무 힘도 없는 생각에 비감스러워 하나, "가운데 책상을 하나 놓고 마주 앉아서 입김과 입김이 서로 마주치는", 혹은 "저편 히사시가미가 이마에 스치거나 무릎과 무릎이 마주 닿을" 상상을 하며 얼굴이 붉어진다. 선형은 서구문명에 대한 모방욕망이 강한 김 장로의 딸로, 미국 유학을 가기 위해 경성학교 영어교사이자 동경에 유학을 다녀온 이형식에게 영어를 배우는 중이다. 가정교사 이형식의 가슴속에 이상한 불길을 일어나게 한 것은 선형이가 바로 여학생이기 때문이다. 그리고 여학생과의 자유연애와 결혼은 이광수가 「婚姻에 對한 管見」 등에서 외치던 조선의 문명과 구사상을 개혁할 수 있는 중요한 실천의 한 방법이기도 하다. 그래서 형식은 7년 만에 찾아 온 과거 은인의 딸, 영채와 선형을 끊임없이 비교하면서 둘 사이에서 갈등하게 된다.

> 그러느 영치가 만일 지금것 아모것도 비혼것이 업스면 엇저나. 니 마음과 니 스상을 알아쥬리만흔 공부가 업스면 엇저나. 어려셔 글을 좀 읽엇건마는 그동안 칠팔 년간이나 공부를안이흐엿스면 모도다 니저바렷스렷다. 아아, 만일 영치가 이러케 무식흐면 엇저는가. 그러케 무식흔 영치와 힝복된 가뎡을 이룰슈가 있을까……
>
> ―『바로잡은 『무정』』, 95~96면

형식이 모시치마 저고리에 여학생같이 쪽진 머리를 했지만 아무리 보아도 기생 같은 영채[134]와 은혜 낳은 박신사의 늦을 이어 무무된 일을 상상하는 순간 떠오르는 생각이다. 그는 영채가 누구의 도움이라도 받아 어느 고등여학교를 졸업이니 히지 않있는지 기대하면시 자기의 생긱안 바와 같기를 바란다. 즉 그에게 배우자의 조건으로 여학생이라는 신분이 무엇보다 우선시되는 것이다. 이러한 생각은 청량사에서 영채가 김현수와 배학감에게 겁탈당한 사건 이후로 더욱 구체화되는데, 여전히 그는 영채와 선형을 저울질하며 견주고 있다.

---

134) 영채의 이러한 외양은 종종 혼돈을 불러일으킨다. 영채는 청량사 사건 이후 죽을 각오를 하고 평양으로 가는 중에 기차 안에서 병욱을 만난다. 이때 병욱이도 일복 입은 영채의 모습에 "방학이 되었는지, 어느 학교에 다녔냐고 숙명인지 진명인지"묻고 있다. 이렇듯 영채는 여학생으로 보였는데, 기생이 이러한 여학생의 차림을 따르는 것은 흔히 있는 일이었다. 이에 대해서는 권보드래, 「기생과 여학생」, 『문학인』 창간호, 시공사, 2002, 254면 참조.

어제 저녁에는 힝혀나 영치가 엇더훈 귀훈 가뎡에 거듬이 되여 마치 선형이나 슌이모양으로 번쯧ᄒ게 녀학교를 졸업ᄒ고 슌결훈 처녀로 잇스려니 ᄒ얏다 만일에 기성이 되얏더라도 ᄌᄀ를 위ᄒ야 정렬을 직혓스려니 ᄒ얏다 그러나 이졔는 영채는 처녀가안이로다ᄒ고 형식은 고기를 슉였다 …… 이 쎄에 형식의 머리에는 앗가 김 장로의 집에셔 선형과 슌이를 대ᄒ야 안졋던 싱각이 난다. 그 머리로셔 나는 향긔, 그 최댱을 집고 잇던 투명홀쯧훈 하얀 손ᄭ락, 그 조곰 구기고 쎄가 무든 옥식 모시 치마, 그 녑적훈 웃식 리본, 그 적삼 등에 쌤이 비어 부드럽고 고은 살이 쌀ᄀ케 비쵀던 모양이 말홀수 업는 향긔와 쾌미를 가지고 형식의 피곤훈 신경을 ᄌ극훈다. 쏘 이것을 디홀 쎄의 젼신이 스르르 록는듯ᄒ던 즐거움과, 셰상 만스와 우주에 만물이 모도다 깃봄으로 빗나고 즐거움으로 노릭ᄒ는듯ᄒ던 그 긔억이 아조 분명ᄒ게 일어는다. 형식은 선형을 선녀 갓흔 처녀라 혼다. 선형에게는 일즉 틔끌만훈 더러온 힝실과 틔끌만한 더러온 싱각도 업셧다. 선형은 오직 몱고 ᄭᆺ긋ᄒ니, 마치 눈과 갓고 빅옥과 ᄀᆺ고 수졍과 갓다 ᄒ엿다. …… 이윽고 영치의 모양이 변ᄒ야지며 그 빅셜ᄀᆺ흔 옷이 슬어지고 피 뭇고 찌저진 일홈도 모를 비단 치마를 입고 그 치마 찌저진디로 피 무든 다리가 보인다. 영치의 얼골에는 눈물이 흐르고 입슐에셔는 피가 흐른다 영치의 손에 들엇던 쏫가지는 금시에 간데가 업고 손에는 더러온 흙을 쥐엇다 형식은 고기를 흔들고 눈을 쎳다.

―『바로잡은『무정』』, 285~286면

서술자에 의해 영채와 선형 사이에서 갈등하는 형식의 양가적인 심리가 병렬적으로 제시되는 인용문에서 '맑고 깨끗하여 백옥과 같고 수정'과 같은 선형의 환영과 달리, 영채는 '피묻고 찢어진 이름모를 치마를 입고, 치마 째어진 데로 피묻는 다리', '눈물이 흐르고 입술에서는 피'를 흘리는 모습으로 형식의 눈에 떠오른다. 그는 마지막까지 정절을 지켜 순결하기를 바랐던 영채가 이제 그 정절을 잃게 되자 이젠 둘 사이에서 더 이상 갈등할 여지가 없어 보인다. 순결을 잃은 영채 앞에서 옛 은인이었던 박진사에 대한 의리나 도리는 사라지고 만다. 영채는 육체적 순결을 상실함으로써 형식이 추구하는 자유연애와 결혼의 상대자로 자격을 상실했기 때문이다. 이광수가 주장하는 '영육의 결합'으로서의 연애 개념은 문명사회가 추구해야 할 조건으로 '영적 요구와 육체적 순결'을 전제로 한다.135) 또한 여성교육은 여성 개인의 자각뿐만 아니라 가정 안의 현모양처를 양산하기 위한 필수 과정이며 궁극적으로 문명한 근대 국가 형성에 절대 필요한 요소로서 요구된다.136) 따라서 영채는 자신의 연애 상대가 되지 못할 뿐만 아니라 근대민족 담론이 요구하는 여성의 자격을 상실하고 있다. 따라서 형식은 그가 바라는 꿈을 실현하기 위해 사랑하던 미인과 일생에 원하던 서양유학은 결코 뿌리칠 수 없는 것이기에 순결한 육체를 잃고 행방을 알 수 없는 영채 찾기를 단념할 수 있었다.

한편 영채는 청량사 사건 이후 정절을 깨트린 대죄인이라는 유서를 남기고 대동강에 자살을 하려고 떠난다. 어려서 아버지 박진사에게 『열녀전』, 『소학』, 『시경』을 배우고, 비록 기생이 된 몸으로 7년을 보냈지만 형식을 위해 한 번도 몸을 허락한 적이 없을 정도로 효와 정절을 최

---

135) "戀愛야 말로 婚姻의 根本條件이외다. …… 戀愛의 根據는 男女相互의 個性의 理解와 尊敬과 따라서 相互간에 일어나는 열렬한 引力的 愛情에 있다하오. 進化한 戀愛의 特徵은 熱烈한 感情의 引力과 明哲하고 冷靜한 理知의 判斷이 平行하는데 있다하오. 가장 敎育을 잘 받은 ─卽 가장 健全하게 發育한 靑春男女의 戀愛는 이런것인가 하오……
"비문명적 연애는 오직 肉의 快樂을 渴求하는 데 反하여 文明的 戀愛는 이것 以外에 …… 靈的 要求가 있다 함이외다."(「婚姻에 對한 管見」, 『학지광』 12호, 1917. 4) 이 밖에도 이광수는 「早婚의 惡習」에서 조혼의 폐습을 비판하고 그동안의 결혼을 생식, 성욕의 도구로서 간주하며 이에 대해 정신적 사랑, 오누이적 사랑의 형태를 제안한다. 무엇보다 육체적 순결을 중시하는 것이다.

136) "혼인을 신성하게하려면, 남자와 평행할만한 여자의 교육이 필요하다 하외다. 자녀의 교육하는 방법, 가정을 治理하는 방법을 가르쳐야지오. 엇던 방면으로 보든지 남자교육과 여자교육을 평행케 함은 문명한 민족에게 번영한 민족에게 절대로 필요하고 긴급한 일이외다.", 이광수, 앞의 글 참조.

고의 가치로 여기던 영채에게 있어서 그것을 깨트린 것은 생명을 잃는 것과 다름없었다. 그러나 영채는 평양으로 가는 기차에서 만난 김병욱에 의해 낡은 사상의 속박에서 벗어나 저를 위하여 사는 사람이 되고 자유를 얻으라는 설득에 감화된다. 작품에서 가장 주체적이고 능동적인 여학생으로 등장하여 영채에게 교사로 기능하는 병욱은 동경에서 음악을 공부하는 유학생으로 방학이 되어 고향에 돌아오는 중이다. 그녀는 "여자가 지금까지 남자의 한 부속품, 한 소유물에 지나지 못했다며 이제부터 우선 사람이 되어야 할 것"을 주장하고 더 이상 "영채와 같은 사람이 없도록 사회제도를 고치는 일을 우리가 아니면 누가 하겠느냐"고 항변한다. 병욱은 형식이 가진 청년의 이념을 그대로 내면화한 '청년여자'이다. 병욱을 통해 계몽된 영채는 그녀와 함께 동경에 성악과 피아노를 배우고자 유학길에 오르게 되면서 기생의 신분에서 여학생으로 거듭난다.

『무정』은 자신을 포함해 모든 사람을 어린이 취급하는 형식에 의해 문명한 나라에서 유학을 하면 어린이에서 벗어날 수 있다는 발화로 영채와 선형을 둘러싼 갈등이 봉합된다. 이때 형식을 매개로 선형과 영채, 병욱은 모두 연대의식을 느끼게 된다.

나는 선형을 어리고 ᄌ각업는 어린니라 ᄒᆞ얏다. 그러나 이제 보니 선형이나 ᄌ긔나 다ᄀᆞᆺ흔 어린니다. 조상적부터 전ᄒᆞ야오는 ᄉ상(思想)의 전통(傳統)은 다 일허바리고 혼도ᄒᆞᆫ 외국ᄉ상속에서 아직 ᄌ긔네에게 뎍당하다고 ᄉᆡᆼ각하는 바를 택할 줄 몰라서 어쩔 줄을 모르고 방황하는 오라비와 누이, 생활(生活)의 표준도 서지 못하고 민족의 이상도 서지 못한, 세상에 인도하는 자도 없이 내어던짐이 된 오라비와 누이— 이것이 자기와 선형의 모양인 듯하였다. 그리고 형식은 다시 눈을 ᄯᅥ서 선형을 보ᄆᆡ 선형은 잠이 들엇는지 입을 반쯤 열고 가ᄉᆞᆷ이 들먹ᆺ한다 형식은 참지 못ᄒᆞ야 무릅우헤 힘업시 노힌 선형의 손에 입을 ᄃᆡ었다 형식의 ᄉᆡᆼ각에

> <u>션형은 ᄌᆞ긔의 안히라가보다 ᄀᆞ치 손을 끌고 길을 챠자가는 부모일흔 누</u>
> <u>이라는 싱각이 낫다.</u> 옳다 그러므로 우리들은 배우러 간다. 너나 내나 다
> 어린애이므로 문명한 나라로 배우러 간다. 형식은 저편 차에 있는 영채
> 와 병욱을 생각한다. "불쌍한 처녀들"한다. 이러케 생각ᄒᆞ니 세 처녀가
> 다갓치 사랑스러워지고 정다워진다.137)
>
> —『바로잡은 『무정』』, 659~660면

　　인용문은 형식이 유학가기 위해 부산으로 향하는 기차 안에서 선형과
영채와의 사이에서 방황하던 갈등이 해소되는 장면이다. 그는 나아가 삼
랑진 수해 이후 스스로 조선의 문명개화와 민족 구제를 위한 선각자로,
교사로 자임하면서 "자기는 아직도 어린애다. 마침 어른 없는 사회에 처
하였으므로 스스로 어른인 체하던 것인 줄을 깨달으매 스스로 부끄러운
생각도 난다"면서 자신과 선형과 영채, 그리고 병욱을 오라비와 누이의
관계로 규정한다. 조선의 문명과 근대화를 위해 연대해야 하는 관계로
설정하는 것이다. 또한 이 장면은 「혈의 누」에서 구완서와 옥련이가 혼
인을 미루면서까지 유학을 떠나는 장면을 연상시키는데, 여기서 보이는
자신들을 어린이로 규정하고 배움에 의해 인격이 완성되리라는 믿음은

---

137) 이와 같은 맥락은 이광수의 「今日 我韓靑年의 境遇」(『이광수전집』 1, 삼중당, 1966,
478~480면)에서도 발견된다. "우리들 靑年은 우리들을 敎導하여 줄 父老를 가지지 못
하였도다. 그러면 우리들을 敎導할 만한 사회나 있는가, 先覺者나 있는가, 學校나 있는
가, …… 우리들 靑年은 彼敎育者되는 동시에 敎育者되어야 할지며, 學生되는 동시에
社會의 一員이 되어야할지라. 詳言컨댄, 우리들은 學校나 先覺者에서 배우는 동시에 자
기가 자기를 敎導하여야 할지요, 學校나 기타교육기관에 通御함이 되는 同時에 此等
機關을 運轉하는 者가 되어야 할지라. …… 同志라는 우리들 청년은 서로 知識을 交換
하여야 우리의 自手自養하는 目的을 完全히 達할 수 있으리라." 여기서 자신들을 선도
하여줄 선배를 가지지 못하고 있음을 지적하고 스스로 직접 피교육자인 동시에 교육
자가 되어야 함을 강조하면서 청년이 서로 동지로서 지식을 교환하고 연대해야 함을
강조하는 것은 형식이 선형과 자신을 세상에 인도하는 자도 없이 내어던져진 오라비
와 누이의 관계로 정의하는 것과 상통한다. 형식은 나아가 병욱과 영채까지 누이로 인
식하고 연대해야 함을 강조한다.

배움을 통해 미성년이 성년이 되는 계몽기획을 보여준다. 한편 형식은
문명한 나라에 대한 강박에 가까울 정도의 경도를 보이는데, 이는 그에
게 내면화된 식민지적 무의식138)을 반영한다고 하겠다. 그리고 이러한
그의 문명화에 대한 경도는 근대국가 형성이라는 근대기획에 동일시 된
주체의 모습을 여실히 보여준다. 이는 형식에 의해 계몽되어 자신을 조
선계몽의 주체로 여기는 여학생들 또한 마찬가지이다. 비록 삼랑진 수해
사건 이후 형식에 의해 매개된 것이기는 하지만 근대 국가 형성과 근대
민족국가 상상이 그들의 주체 형성의 토대로 작용하고 있다. 민족 / 국가
라는 공간은 상상적, 현실적 차원을 막론하고 근대적 여성 정체성을 형
성하는 중요한 토대이며 반대로 여성 역시 좋든 싫든 민족 / 국가를 상상
하면서 '상상의 공동체'를 구성하는 데 개입하는 엄연한 주체이다.139)
이때 민족국가를 상상의 공동체로 형성하는 데 작용하는 수평적 동료의
식140)은 형식이 규정한 오라비와 누이의 연대의식에 상응한다. 이러한

---

138) 형식은 항상 말하기를 "우리 죠선 사롬의 살아날 유일의 길은 우리 죠선 사롬으로 ㅎ
야곰 세계에 가장 문명한 민족 즉 — 우리 니디민족만한 문명뎡도에 달홈에 잇다하고,
이리홈에는 우리나라에 크게 공부ㅎ는 사람이 만히 싱겨야 혼다' 하였다. 따라서 '이
줄을 자각한 자긔의 칙임은 아모조록 칙을 많이 공부ㅎ야 완견히 세계의 문명을 리히
ㅎ고 이를 죠선 사롬에게 션던홈에 있다'고 하였다(이광수, 김철 교주, 『바로잡은 『무
정』』, 문학동네, 2002 참조). 여기서 형식에게 내지 민족 즉 일본이 문명의 준거가 되
고 있음은 그가 식민지적 무의식의 주체임을 보여준다. 요컨대 식민지의 청년담론을
피식민지의 젊은 세대들이 전유하는 것은 지배자의 상을 흉내냄으로써 그것을 따라잡
기 위한 전략이다. 문명개화와 주체확립이 마치 자발적인 의지인 것처럼 지배자를 모
방하는 것에 내재하는 자기 식민지화를 은폐하고 망각하는 것은 구조화된 '식민지적
무의식'이라고 할 수 있다(고모리 요이치, 송태욱 역, 『포스트콜로니얼』, 삼인, 2002
및 허병식, 「식민지 청년과 교양의 구조-『무정』과 식민지적 무의식」, 『한국어문학연
구』 제41집, 한국어문학연구회, 2003. 8, 395면 참조). 또한 이러한 식민지적 무의식은
식민화를 은폐하기 위해 식민제국을 모방하는 과정에서 또 다른 타자와 야만을 발견
해내는 과정에서 형성되는데, 『무정』은 이렇게 식민지적 무의식의 주체인 형식에 의
해 여학생들이 타자화되는 양상을 낳고 있다.

139) 임우경, 「식민지 여성과 민족 / 국가 상상」, 『한국의 식민지 근대와 여성공간』, 여이연,
2004, 42면.

연대의식은 여학생 간에도 일어나는데, 영채는 병욱이 자신이 선망하는 여학생이기 때문에 처음 평양으로 가는 기차 안에서 만났을 때도 그를 따르게 된다. 선형과 미래에 여학생이 될 영채의 보이지 않는 갈등 역시 여학생이라는 연대의식에 의해서 서둘러 봉합될 수 있었던 것이다. 그리고 이들의 연대의식은 영채와 선형이가 서로 그간의 오해를 사과하고 울음을 터뜨리는 장면에서 절정을 이룬다. 이를 지켜보던 형식과 병욱도 덩달아 눈물을 흘림으로써 그들은 동료애를 확고히 다지고 있다.

그러나 여기서 이러한 동료의식과 연대의식은 바로 젠더의 위계화를 토대로 한다. 다시 말해 여학생이 근대국가 상상의 기획 속에서 전유되고 있는데, 그것은 형식이 선형과 영채를 향한 욕망을 누이에 대한 감정으로 바꾸면서 그들의 섹슈얼리티를 재배치[141]하는 것으로 드러난다. 형식은 위 인용문의 밑줄 친 부분처럼 자신의 선형을 향한 섹슈얼리티와 사적 욕망을 억압하면서까지[142] 선형을 누이로 규정함으로써 선형의 섹슈얼리티를 억압할 뿐만 아니라, 영채의 겁탈 사건을 통해 역설적으로 여성의 순결을 강조하는 것이다. 이 과정에서 여학생의 섹슈얼리티는 탈

---

140) "민족은 공동체로 상상된다. 왜냐하면 각 민족에 보편화되어 있을지 모르는 실질적인 불평등과 수탈에도 불구하고 민족은 언제나 심오한 수평적 동료의식으로 상상되기 때문이다. 궁극적으로 과거 2세기 동안 수백만의 사람들로 하여금 그렇게 제한된 상상체들을 위해 남을 죽인다기보다 스스로 기꺼이 죽게 만들 수 있었던 것은 이 형제애이다." 베네딕트 앤더슨, 윤형숙 역, 『민족주의의 기원과 전파』, 나남, 1993, 23면.

141) 김주리는 이광수의 초기단편과 『무정』을 통해 소년-학생이 근대 훈육적 신체를 대변하는 것으로 조직된다고 본다. 감정교육으로서의 『무정』은 결국 학생이 됨으로써 우애와 동정을 알게 되는 주체를 유정함의 이름으로 정립하고, 그 우애는 여성의 섹슈얼리티를 재배치하고 우애에 입각한 부부애의 전신을 그림으로써 학생의 완결로 나아간다고 말한다. 김주리, 앞의 논문, 33~35면 참조.

142) 형식은 기차 안에서 "지금까지 자신의 사랑은 정신적 사랑이 아님었음"을 반성하고 자신을 "아무 자각이 없는 어린애"에 비유한다. 그리고 "진정한 사랑이란 피차에 정신적으로 서로 이해하는데서 나오는 것"이라고 각성한다. 이는 선형에 대한 자신의 섹슈얼리티를 억압하는 것이다.

성화된다. 이는 여학생이 연대자로 호명되지만 결국 위계화되며 이 시기 근대국가 상상이 젠더화된 내셔널리즘을 토대로 한다는 사실을 입증한다.

따라서 이광수의 『무정』은 문학이 어떻게 민족 정체성을 창조하고 근대국가 수립에 전적으로 참여하는지를 보여주는 서사라고 할 수 있다. 그러나 그 속에서 근대적인 자아의식을 지닌 주체로서의 여학생은 발견하기 어렵다. 자신이 젠더화된 주체임을 모르고 식민지적 무의식의 주체인 남성인물에 의해 매개된 연대의식 속에서 "조선민족구제"를 부르짖으며 유학을 떠나는 여학생들은 신소설처럼 여전히 하나의 풍속과 이미지로만 존재한다. 따라서 그들의 교육에 대한 의지의 발하는 공허한 구호로 느껴질 뿐이다.

2) 기독교의 세례와 내면의 발견

선형은 이형식과 스승과 제자의 사이로 만나 혼인을 약속한 사이로, 근대국가를 갈망하고 문명화된 조선을 이룩하고자 하는 형식이 선망하는 여학생이다. 외양부터가 근대적인 여학생의 전형을 따르고 있는 그녀야말로 하이칼라의 반려자로서 근대를 추구하는 형식에게 이상적인 배우자로 여겨지는 것이다. 그런데 그녀가 미국에 가서 공부하고자 하는 이유는 낭만적인 외국생활에의 동경과 미국에서 공부한 남자를 만나 행복한 가정을 꾸리기 위한 것 이외에 다른 목표는 없다.

> 션형은 즈긔가 됴흔 양복을 입고 스짓 쪼즌 셔양모즈를 쓰고 미국에 가셔 저와갓흔 셔양 쳐녀들과 영어로 즈유롭게 리약이ᄒᄂᆞᆫ 모양을 샹ᄼ ᄒᆞ고 혼자 우셧다. 즈긔가 영어를 잘ᄒᆞ게되면 즈긔의 즈격도 놉하지고 남들고 즈긔롤 지금보다 더 스릉 ᄒᆞ고 존경ᄒᆞ리라 ᄒᆞ얏다 즈긔가 미국에

가셔 미국처녀들과 ㄹ치 미국 대학교를 졸업ᄒ고 집에 올쩌에 그쩌에는
암만ᄒ야도 ᄌ긔와 동힝ᄒᄂ 사롬이 잇스리라 ᄒ얏다. 그리고 그 동힝ᄒ
ᄂ 샤롬은 남ᄌ요…… 키 크고 얼골 번뜻ᄒ 남자요…… 미국셔 대학교
랄 졸업ᄒ 남ᄌ라 ᄒ얏다. 션형은 무론 일즉 그러ᄒ 남ᄌ를 본격도 업고,
그러ᄒ 남ᄌ가 잇단말도 못드럿거니와 하여간 ᄌ긔가 미국셔 대학교롤
졸업ᄒ고 돌아올째에는 반다시 그러ᄒ 남ᄌ가 ᄌ긔의 동힝이 되리라 하
얏다.…… 본국에 돌아온후 그사롬과 쌌뜻ᄒ 가뎡을 짓게될는지도 모르
겟다. 그리ᄒ고 벽돌 이층집에 나는 피아노 타고…… 이러ᄒ것이 영어롤
비호기 시작ᄒ 션형의 꿈이었다.

—『바로잡은 『무정』』, 181〜182면

선형에게 미국유학은 '좋은 양복'에 '새깃 꽂은 서양모자', '영어'라는
근대적 기호를 향유하는 것으로만 여겨지며 안락한 가정을 이룰 수 있
는 배우자를 얻기 위한 수단에 불과하다. 삼랑진 수해사건 이후 형식에
게 교화되기 전까지 그저 낭만적이고 막연한 꿈에 부풀어 올라 있는 선
형은 신소설의 여학생과 같이 단지 모형화된 근대의 표지로만 느껴진다.
형식과의 혼인 약속도 김 장로에 의한 것이지 순전히 당사자들의 자유
의사에 의한 것도 아니다. 이런 선형을 서술자는 "아직 바람도 모르고
비도 모르고 늙음도 모르고 시들어 떨어짐도 모르는 바로 핀 꽃" 혹은
"아직 난 대로 있는 실지에 한번도 써보지 아니하고 곡간에 넣어 둔 기
계와 같다"고 평가한다. 그런데 이러한 선형을 가장 크게 지배하고 있는
것이 성경이라는 점에서 눈길을 끈다.

그는 성경을 외웠다. 그러나 다만 외웟슬쑨이엇다. 그는 하ᄂ님이 아
담과 에와를 만든줄을 밋고, 에와가 밤의 쐬에 넘어 금흔바 지식열미를
ᄶ먹음으로 늙음과 죽음과 온갓 죄악이 세샹에 드러왓단 말과 텬당과 디
옥과 십ᄌ가에 달인 예수와, 예수가 엇지ᄒ야 십ᄌ가에 달인 것을 성경

에 쓴디로 다 외오고, 또 날마다 보는 신문의 삼면에 보이는 강도, 살인,
스긔, 간음, 굴머죽은 자, 목을 미어 즈살한쟈 등 여러가지를 알며, 또 그
말을 친구에게 전ᄒ긔ᄭ지도ᄒ다. 그러나 그러ᄒᆯ뿐이다. 그는 그 모든
것 – 우에 몰한 그 모든것과 즈긔와는 전혀 관계가 업는것이어니 ᄒ
다. …… 그는 아직 사룸이아니로다. 그는 예수교의 가뎡에 자라남으로
벌셔 텬국의 셰례는 바닷다. 그러나 아직도 인셩이라는 불셰례는 밧지
못ᄒ얏다. …… 선형의 속에 잇는「사룸」은 아직 ᄭ지못ᄒ엿다. 이「사
룸」이 ᄭ어볼가 말가는 하ᄂ님밧게 아는이가 업다.

—『바로잡은『무정』』, 183〜184면

일찍이 외교관이 되어 워싱턴에 주재한 김 장로의 영향과 기독교 계
통의 정신여학교를 우등으로 졸업하여 기독교의 세례를 받은 선형은 그
의 아버지가 "서양사람의 문명의 내용은 모르면서 서양식 풍속을 흉내"
내며 모방하듯이, 기독교 교리를 내면화한대로만 그저 철저히 따를 뿐이
다. 이러한 기독교의 내면화는 이후 선형이의 모든 의식과 행동을 지배
하게 되는데, 이는 "나를 사랑하느냐"는 형식의 질문에 당황하는 데서
무엇보다 잘 드러난다.

하나님을 스랑ᄒ다든지 동포를 스랑ᄒ다든지 부부는 셔로 사랑ᄒᆯ것이
라든지 ᄒ면, 그 스랑이란 말이 극히 신셩ᄒ게 들니되, 남즈가 녀즈에게
더하야 또는 녀자가 눔자에게 더ᄒ야 스룽 해 쥬시오 ᄒ다던지 하면 엇지
히 츄히 보이고 졈잔치아니ᄒ 보인다 션형이가 지금것 가뎡과 교회에셔
들은바로 보건디, 다른 모든 스룸은 다 거룩ᄒ고 씻ᄭᄒ되 쳥년남녀의
스랑만은 아쥬 불결ᄒ고 죄악ᄀᆺ히 보인다. …… 션형의 생각에 즈긔의
지아비는 극히 ᄭᆺᄒ고 졈잔은 사룸이라야 ᄒᆯ터인데 그러ᄒ 쇼리를 렴
치없이ᄒ는 형식은 죄인인듯ᄒ다. …… 그럴 리가 업다. 혼인은 하ᄂ님
ᄭ셔 쥬쟝ᄒ 신셩ᄒ것이닛가 사룸의 마음디로 ᄒᆯ수가 업는것이다. 그러
닛가 형식의 말은 잘못이다. 형식의 말은 ᄭᆺ지못ᄒ 말이다 그러나 즈

긔는 형식의 안히다 결코 스롭의 손으로 엇지홀수 업는 형식의 안히다.
선형은 일어나서 방으로 왔다갔다하다가 암만해도 마음이 정치 못하여
다시 책상에 기대어 기도를 올렸다. "하느님이시여, 죄 많은 딸의 죄를
용서하시고 갈 길을 밝히 가르쳐주옵소서. 시험에 들지 말게 하옵시고"
하고 잠깐 주저하다가, "제 지아비를 정성으로 사랑하게 하여 주시옵
소서."

—『바로잡은『무정』』, 577~578면

남녀 간의 사랑은 신성치 못하다고 여기는 선형은 형식의 질문에 선
뜻 대답하지를 못하고 그러한 질문을 하는 형식이 매우 낯설게 느껴지
며 심지어 죄인처럼 여겨진다. 그러면서도 아버지인 김 장로에 의해 이
미 정해진 혼처이므로 거절할 수 없다는 생각에 괴로워한다. 그리하여
하나님을 향한 기도로 혼란한 마음을 다스리고 답을 구하면서 괴로움을
떨쳐내려 한다. 선형은 이후에도 유학을 떠나는 기차 안에서 만난 영채
에게 질투의 삼성을 느끼면서 "자기의 몸이 마치 성경을 배울 때에 상상
하던 컴컴한 지옥 속으로 들어가는 듯"하고 "차실 내의 사람들이 무서
운 마귀가 된 듯"한 환각을 경험하는데, 이때에도 하느님을 향한 기도로
잠시나마 형식과 영채의 관계를 의심했던 자신의 잘못을 빌고 용서를
구한다. 이러한 광경은 나혜석의 『경희』에서 경희가 하나님을 향해 기도
하는 마지막 장면을 떠올리게 한다. 경희는 아버지 이철원이 강권하는
좋은 혼처와의 결혼을 뿌리치고 자신의 길을 갈 것을 다짐하면서 하느
님 앞에 기도를 올리는 데 그 장면을 제시하면 아래와 같다.

하느님! 하느님의 쌀이 여긔 잇습니다. 아바지! 내 生命은 만흔 祝福을
가졋습니다.
보십소! 내 눈과 내 귀는 이러케 活動ᄒ지 안습니까?
하느님! 내게 無限ᄒ 光榮과 힘을 닉려 주십소.

내게 잇는 힘을 다ᄒᆞ야 일ᄒᆞ오리다.

賞을 주시든지 罰을 ᄂᆞ리시든지 ᄆᆞ음ᄃᆡ로 부리시옵소셔.

—『정월 나혜석전집』, 122면

자신을 '하나님의 딸'로 각인시키는 절절한 경희의 기도는 남편의 노예로 살기보다 독립된 자아로서의 길을 가겠다는 그녀의 각성이 많은 두려움과 불안을 동반143)하고 있음을 보여준다. 그리고 현재의 자아와 미래의 추구하고자 하는 자아 사이의 괴리에서 벗어나고자 하는 경희의 내면이 하나님을 향한 기도를 통해 고백되고 있는 것이다. 이렇게 1910년대의 소설에는 선형과 경희처럼 기독교의 세례를 통해 내면이 발견되는 여학생이 등장한다. 여학생의 내면이 발견되는 과정에서 기독교가 주된 계기로 작용하는 것이다.

기독교가 일본 근대문학의 근원에 직접적으로 존재한다고 말하는 가라타니 고진은 일본 근대문학에 있어서 내면의 발견이 음성중심주의 언어관을 제도화한 언문일치와 함께 기독교의 고백이라는 제도에 의해 이루어진 것으로 지적한 바 있다. 그에 의하면 기독교는 내면을 만들어내는 전도가 이미 존재한 종교였고 고백이라는 형식, 고백이라는 제도가 고백해야 할 내면 또는 진정한 자기를 만들어 낸 것이다.144)

기독교는 우리 근대문학의 형성에도 큰 영향을 끼쳤다. "산문에 있어서의 한글성서, 시가에 있어서의 한글 찬송가는 한국 개화초기의 신문학에 유일무이한 영향력을 구사한 이대 세력이며 신문학의 모체로서 신문

---

143) 신수정은 특히 경희가 체험하는 환각은 히스테리 환자의 그것과 유사하며 하나님에 대한 갈구 역시 경희의 자유의지가 여전히 두려움과 불안함을 동반하고 있음을 보여준다고 말하면서 이를 통해 기독교적 경험의 히스테리적 변용양상을 고찰하고 있다. 신수정, 「韓國 近代女性小說에 나타나는 基督教的 經驗의 히스테리적 변용 양상」, 『語文研究』 131호, 한국어문교육연구회, 2006, 342면 참조

144) 가라타니 고신, 박유하 익, 앞의 잭, 103~117면.

학과 불가분의 관계에 있다"[145])는 지적처럼 개화기 신문학이 번역된 한글 성서문체의 영향을 받는 등 한글 번역 성서가 사용한 언문일치에 의해 한국 근대문학이 가능하게 되었다.[146] 우정권은 1910년대 단편 서사에서 화자의 고백적 서술이 두드러지게 나타나는 현상을 통해 기독교의 고백의 문화가 서사기법으로 수용되었음을 알 수 있다고 말한다. "내면성을 드러내는 방식으로 화자가 고백을 선택할 수 있었던 것은 당시 조선 사회에 전파된 기독교의 고해성사라는 문화적 제도가 형성되어 있었기 때문이었고 그것을 통해 자신의 존재성을 반성하고 성찰할 수 있는 길을 알게 되었기 때문"[147]이라는 것이다.

『무정』의 선형처럼 하나님 앞에 모든 죄를 자백하고 용서를 빌면서 답을 구하는 형식이든『경희』와 같이 자신이 추구하는 세계와 현실 사이의 괴리에서 오는 불안을 극복하고자 갈구하는 형태로든 1910년대 소설에서 하나님을 향한 기도와 고백 속에서 여학생의 내면이 발견되는 것은 기독교가 근대 소설에 미친 영향을 방증한다. 성경과 기독교에 의해 철저히 내면화된 선형은 계속해서 그것을 자신의 행동과 사고의 판단 준서로 삼는 데, 이러한 여학생의 모습은 이광수의『재생』,『애욕의 피안』,『유정』 등의 작품에서도 두루 발견되는 바[148] 이는 그 당시 기독

---

145) 김병철,『한국 근대번역문학사 연구』, 을유문화사, 1975, 17면.

146) 우정권,『한국근대 고백소설의 형성과 서사양식』, 소명출판, 2004, 62~64면 참조.

147) 우정권, 앞의 책, 52면.

148) 여기서『재생』과『애욕의 피안』은 발표시기가 각각 1924년 12월 9일~1925년 9월 28일, 동아일보 연재와 1936년 7월 1일~1936년 12월 21일, 조선일보 연재로 1910년대에 발표된 작품은 아니지만 여학생의 기독교 교육을 통한 내면과 육(肉)의 발견을 설명하기에 적합한 텍스트로 선정되었다. 한편 이광수는『청춘』에 개제된「야소교의 조선에 준 은혜」(『청춘』 9호, 1917. 7)에서 기독교의 긍정적 역할로 첫째 조선인에게 사양사정을 알린 것, 둘째 도덕의 진흥, 셋째 교육의 보급, 넷째 여자의 지위향상, 다섯째 조혼폐해의 교정, 여섯째 한글보급, 일곱째 사상의 자격, 여덟째 개성의 자각, 또는 개인의식의 자각을 들고 있다. 그리고「금일 야소교의 흠점」(『청춘』 11호, 1917. 9)에

교 계통의 학교 교육의 영향 또한 반영한 것이라 하겠다. 여성교육은 1920년대 중반까지 대부분의 선교사들이 세운 사립학교에 의해 수행[149] 되었는데, 이는 기독교가 근대화나 문명개화, 남녀평등과 계급타파, 구습타파와 자조와 자립정신을 강조하면서 근대화가 곧 기독교라는 인식 아래 신교육 보급에 주력했기 때문이다.

대표적인 기독교 학교였던 이화고보의 경우 1912년 현재 당시의 교과과정은 성경, 국어, 한문, 수학, 이과, 역사, 교육학, 가정학, 음악, 도화, 체조, 영어로 이루어져 있었다. 1920년에는 성경, 일어, 한문, 영어, 이과, 수학으로 구성되어 있는데 일제가 중시하던 수신, 재봉급 수예시간, 역사 시간은 없고 성경시간이 배치되어 있으며 외국어 시간이 조선 교육령보다 2시간이 더 많았다.[150] 이렇게 공립학교와 차이를 보이는 과목인 성경과 영어 등의 외국어 수업은 여학생들에게 기독교 사상을 이해할 수 있는 계기를 마련했으며 미국유학을 마치고 귀국한 뒤 교육 사업

서는 조선에서 당시 교회가 빠져있는 교회지상주의와 맹신적으로 믿는 기복성과 미신성을 타파할 것을 주장하기도 한다.

149) 1929년 12월 현재 설립 주체에 따라 여고보를 분류한다면 공립이 6개교(경성, 평양, 전주, 대구, 부산, 광주), 사립이 10개교(숙명, 진명, 이화, 호수돈, 정의, 배화, 누씨, 일신, 동덕, 영생)로 보두 16개교였다. 그중 사립학교를 살피면 왕실에서 세운 학교가 2개교(숙명, 진명), 민간에서 세운 학교가(일신, 동덕), 그리고 외국 선교사에 의해 설립된 기독교계 학교가 6개교이다. 기독교계 사립학교에서 특이한 것은 5개교(이화, 호수돈, 정의 배화, 루씨)가 감리교 계통이라는 사실이다(윤혜원, 「개화기 한일여성운동의 비교연구-기독교주의 여성운동을 중심으로」, 『아세아여성연구』 제21집, 숙명여대 아세아여성문제연구소, 11면). 이는 1915년 일제가 '개정 사립학교 규칙'을 통해 성경과목을 없애고 예배의식마저 금지시켰을 때 대응한 입장 차이 때문이다. 장로교계는 기독교계 학교의 존재목적을 위해 고등보통학교로의 승격을 거부하여 정규학교로 인가를 받지 못해 각종 학교로 분류되면서 졸업생들은 상급하교 진학자격이 부여되지 않았고 사회진출에도 제약이 따랐기 때문이다. 김월순, 「1920년대 여자고등보통학교에 관한 연구」, 서울시립대학교 석사학위논문, 2004, 19면.

150) 전언후, 「일제시기 여학생 의식연구」, 『梨花史學硏究』 제29집, 이화여대사학연구소, 2002, 201면.

에 투신할 꿈을 키우게도 했다. 일본의 미션스쿨 또한 조선인 유학생의 교육에 크게 공헌했는데, 고등교육을 위해 조선의 미션스쿨에서 일본의 미션스쿨로 진학하는 유학의 루트가 형성되어 있었다.[151]

여학생이 서양 선교사로부터 받는 영향은 지대했다. 고학력 노처녀의 양산이 일생을 독신으로 살아가는 기독교 학교의 여성 선교사의 영향 때문이라는 지적도 제기될 정도였다. 현진건의 「B사감과 러브레터」는 바로 기독교 학교의 기숙사 사감으로 있는 고학력 노처녀의 삶을 희화화하고 냉소적으로 그리고 있다.

한편 기독교 학교 교육은 식민지 현실과 유리된 서구식 사고를 주입한 교육으로 강력한 비판을 받기도 한다. "남의 자녀들을 데려다 꼭꼭 가두어두고 실사회와 아무 관계도 없이 자기네들의 '피아노' 타고 호화로이 지내는 것만 조석으로 보게 하여 필경은 시대와 사회에 불합당, 부조화한 것만 욕심내는 즉 허영에 중독되는 수가 많고"[152] "조선사람을 교육시키기 위한 제도가 외국인을 기준으로 된 것이기에 조선인에게는 결코 적합한 제도가 될 수 없다"[153]는 등 조선식 교육방식이 아닌 서구

---

151) 당시 조선에서 활동하는 미국 북장로교회 선교사가 정신여학교 졸업생을 같은 교파 미션이 운영하는 일본의 여자학원 고등과로 유학 보낸 사실, 이화학당 초기 졸업생의 경우, 학당 내 고등교육과정이 설치되기 이전에 같은 교파의 일본 미션스쿨인 카쯔이 여학교, 카쯔이 여자 전문학교로 유학했다는 기록, 광주의 수피아여학교에서 킨죠오여학교로 진학했다는 것 등에서 조선인 여자 유학의 미션루트를 짐작할 수 있다. 박선미, 앞의 책, 58~59면.

152) 『동아일보』 1920년 6월 2일. 허정숙도 "피교육자에게 강제로 예수를 주입하여 사람(여성)이 노예된 것도 통분한데다가 피교육자의 양화(洋化), 자본가의 주구화, 허영화하는 것은 가통하다기보담 도리어 가애할 수밖에 없다. 피아노 소리밖에 민중의 기한에 우는 소리를 듣지 못하여 서양인을 알지언정 조선 사람을 모르며 몸은 움 속에 사나 마음은 구소(九霄) 최상층에 앉았으니 이 짓이 제군의 자수(自手)로 제군의 자아를 장(葬)할 묘혈이 아니고 무엇이냐"며 비판한다. 허정숙, 「여성-평론의 도태」, 『신여성』, 1925. 11.

153) 김미리사, 「교육제도 결함을 교정하기 전에」, 김경일, 『여성의 근대, 근대의 여성』, 푸른역사, 2004, 145면에서 재인용.

식 교육방식이 주조를 이루는 데 대한 걱정이 있었다. 또한 "여자의 신체적 및 지적발달은 학교에서나 사교장에 있어서도 양성이 엄중하게 격리되어 있음으로 인해 더욱 심하게 조해"되고 있는데 이는 "기독교가 심어놓은 유심론적 사상과 일치한다"면서 이로 인해 "그의 능력과 재능을 신장할 아무러한 기회도 주지 아니하고 널리 외계의 사상에 접촉하지 못하고 이성과 교제하는 일이 좀처럼 허여되지 아니한 여자는 평범한, 그래서 너절한 일 외에는 나아가지 못한다"면서 기독교 교육의 폐해를 지적한 바도 있다.154)

기독교는 1880년대부터 조선에 들어와 개신교를 전파하기 시작한 미국인 선교사들에 의해 수용된다. 그들의 선교정책의 기저에 자리잡고 있는 것은 '기독교 문명론'으로 선교란 해당지역의 문명 전체를 기독교화하는 것으로서 교육과 의료사업은 위를 위한 효과적인 방법이었다.155) 이렇게 전파된 기독교는 식민지 조선의 문명화와 근대화 그리고 남녀평등에 일정부분 기여를 하기도 했지만 축첩제도라는 봉건전통을 비판하면서도 다른 한편으로는 일부일처제와 순결을 강조하면서 유교적 가부장제의 정절론, 모성론과 맥락을 같이한다.156) 『무정』에서 선형이가 형

---

154) 研究生, 「결혼째문의 교육」, 『신여성』, 1925. 6. 이밖에 기독교계 학교에서는 일주일에 한 번 주어지는 외출 이외에 학교 밖 출입을 엄금한다든지, 성묘를 불허한다든지, 하는 엄격한 학칙에 대한 여학생들의 불만의 목소리도 많이 쏟아졌다. 기독교계 학교에서 일어난 동맹휴학의 대다수가 억압적인 학교규칙 때문에 비롯된 것은 이를 잘 입증해준다. 김미지, 앞의 책, 2004, 18면.

155) 이러한 기독교 문명론은 선교지역의 문명을 기독교적인 방식으로 재편하는 데 있었다. 선교사들의 궁극적인 목적은 조선 사람들에게 기독교 복음을 전파하여 '하느님 나라'의 백성이 되도록 만드는 것이었다. 하지만 그러한 목적이 구체적인 모습으로 외화되었을 때에는 서양사회를 모델로 한 기독교 문명의 건설을 지향했다. 선교사들은 '회심'(기독교화)과 '문명화'를 동일한 것으로 간주함으로써 기독교 우월주의를 서구중심주의와 곧바로 결합하고 있었다. 개신교 신앙을 전파하는 것과 근대 서구문명을 전파하는 것은 결국 동의어였다고 할 수 있다. 조현범, 『문명과 야만—타자의 시선으로 본 19세기 조선』, 책세상, 2002, 109～118면 참조.

식에 대한 자신의 감정을 살피기에 앞서 이미 정해진 하나님의 뜻이라 거역할 수 없다며 김 장로에 의해 결정된 혼인을 따르는 모습이 근대 교육을 받지 못한 채 『소학』과 『열녀전』을 내면화한 영채를 상기시키는 것이 그 예이다. 이광수의 다른 작품에 드러나는 여학생의 과도한 정신주의157)와 순결의식 또한 그것을 잘 반영한다.

먼저 『재생』의 순영은 기숙사 사감인 미국인 선교사 P부인을 사모하고 그녀와 같이 인격이 높은 교육가가 되어 불쌍한 조선여자들을 교육하리라고 다짐한다. 평생을 교회일과 교육을 위해 바친 P부인을 자신의 이상으로 삼고 이화학당 전문부에서 미국유학준비를 하던 순영은 하지만 독립운동으로 들어가게 된 감옥에서 나온 뒤 타락하기 시작한다. 순영의 생각이 변하게 된 이유를 작품에서는 이렇게 밝히고 있다.

> 독립운동이 지나가고 사람들의 마음이 모두 식어서 나라나 백성을 위하여 인생을 바친다는 생각이 저어지고 꺼미디 지 흰몸 편안히 살아 살 도리만 하게 된 바람은 깊은듯한 여학교 기숙사에도 불어들어왔다. 그래서 그때통에 울고 불고 경찰서와 감옥에 들어가기를 영광으로 알던 계집애들도 섬섬 그때일을 웃음거리 삼아서 이야기 할 뿐이요, 인제는 어찌하면 시집을 갈까, 어찌하면 미국을 다녀와서 남이 추앙하는 여자가 될까, 이러한 생각들만 많이 하게되었다. 더구나 오래전부터 학교에 있던 조선사람 선생들이 혹은 그때통에 감옥으로 들어가버리고, 혹은 외국으로 달아나고 혹은 부자격이라 하여 쫓겨 나가고 새로 애숭이 선생들이 들어와서는 학생들이 제 몸을 희생하여 조선을 힘쓰려는 자극을 받을 것이 없어져 버리고 더욱이 순영에게는 가장 감화하는 힘이 많은 그의 셋째 오빠 순흥이가 오년 징역을 받고 감옥에 들어간 뒤로는 그의 감화도

---

156) 임옥희, 「신여성의 범주화를 위한 시론」, 『한국의 식민지 근대와 여성공간』, 여이연, 2004, 101면.

157) 서영채, 『한국근대소설에 나타난 사랑의 양상과 의미에 관한 연구』, 서울대학교 박사학위논문, 2002 참조.

받을 길이 없어져 그만 예사계집애가 되고 만것이다.

―『이광수전집』 2, 68면

독립운동으로 들어간 감옥에서 나온 후 "이상이 사라지고 욕망만이 남게 된" 순영은 봉구와 석왕사에 놀러간 것이 탄로가 나서 기숙사에서 쫓겨나고 퇴학을 당한다. 순영에게 기숙사 안의 생활과 기숙사 밖의 생활은 매우 달랐다. 여름 방학을 보내는 동안 기숙사 밖에서 온갖 쾌락을 경험한 순영은 엄격한 학교 규율로 인해 성적 욕망과 사적인 욕망을 억압해야 하는 탈성화된 학교라는 공간에 염오를 느낀다. 특히 여학생 첩을 얻지 못해 안달이 난 백의 집에 다녀 온 후로는 본받을 수 없을 정도로 거룩하고 높게만 보였던 P부인의 생활이 우스워 보일뿐만 아니라 어리석게도 느껴진다. 그녀는 '영혼이 있는' 봉구와 '돈이 있는' 백 사이에서 갈등하다가 이윽고 부자인 백윤희의 유혹을 이기지 못하고 그의 첩이 되고 마는데, 부자의 첩이 되는 것은 그 당시 여학생들이 가장 성공한 사례로 여러 사람들의 부러움을 받았다. 독립 운동 당시에는 대개 예수교회에 다니고 예배당에 다니고 혹은 찬양대원으로 혹은 주일학교 교사로 일하며 모두 시집도 안가고 일생을 나랏일에 바친다고 맹세했던 그녀들이었지만 만세열이 식어가는 통에 점점 제 몸의 안락만을 찾게 되고 '연애와 돈'만이 그들의 정신을 지배하는 종교가 되어버린 것이다. 그러나 결국 순영은 뒤늦게 돈과 육의 쾌락이 행복의 근원이 되지 못함을 깨닫고 자살에 이르게 된다. 불순한 욕망을 따른 대가로 매독과 임질에 걸린 몸이 되고 딸마저 눈이 멀게 되는 징벌을 받고 마는 것이다. 그러나 그녀는 육욕의 쾌락과 돈을 최고의 가치로 여기며 이를 쫓으면서도 P부인의 '셀피쉬니스와 셀프 세크리파이스!한 생활', '깨끗한 생활', '자기희생의 생활', '의무의 생활'을 계속해서 떠올리며 자괴감에 시달린다.

하나님 일 위해 몸 바치는 사람 결코 낙담하거나 낙심하는 일 없소―
제 욕심 채우려고 애쓰는 사람 항상 실망있소, 낙심 있소……「쎌퓌시」
한 것 가장 큰 죄악이요, 또 모든 죄악의 근본이요, 내가 보니 조선 젊은
사람들 쎌퓌쉬한 성질 많소 ―저를 희생하는 정신― 「쎌프 쎄크리파이
스」정신 심히 부족하오. 지금 조선 나라 대단히 어려운 중에 있소. 「쎌프
쎄크리파이스」(저를 희생)하는 남자와 여자 많이 있어서 힘을 합하여 일
하면 살 수 있고 저마다 「쎌피쉬니스」따라가면 망하는 수밖에 없는것이
요. …… 순영이 다시 회개하고 쎌피쉬한 생각. 제 몸만 위하는 생각 버
리고 하나님과 나라위하여 자기를 희생하고 써브하는 정신 가지고 오래
실행함으로 세상의 신용 회복할 수 있소. 또 내 신용 회복할 수 있소.

―『이광수전집』 2, 255~257면

순영은 백윤희의 집에서 나와 회개하고 인용문처럼 P부인의 말대로
'예수의 뒤를 따라 이 더할 수 없이 더러운 몸을 힘껏 깨끗하게 씻자'며
교사가 되거나 간호부라도 되어서 '다만 몇 십명 몇 백명이라도 도와줄
수 있는 서어비스의 생활을 하자'는 다짐도 해보지만 그녀의 속죄의식은
결국 스스로를 죽음으로 몰고 간다. 여기서 P부인을 역할 모델로 삼는
등 순영에게 깊이 내면화된 윤리적 삿대로서, 자기성찰의 매개로서 기독
교의 영향이 지대하다는 사실을 알 수 있다.

『애욕의 피안』에서 혜련과 문임은 각각 전문학교에 재학중인 여학생
으로 동성간의 연애와도 같은 감정을 갖고 있는 친밀한 사이이다. 문임
은 시골에서 올라와 기숙사 생활을 하다가 혜련의 집에 식객으로 와 있
는데 누구에게나 특별히 귀여움을 받는 혜련을 부러워하고 질투와 슬픔
을 느낀다. 이러한 문임은 결혼에 있어서도 경제문제가 절실하고 이상보
다 현실을 따르고자 하는 욕망이 강하다. 문임은 혜련의 부탁을 받고 찾
아간 설은주의 가게 진열장에 놓인 보석과 장신구를 보면서 다음과 같
은 자기 검열에 빠진다.

　문임은 마음 속에 어떠한 동요를 느꼈다. 그의 눈앞에는 부자남편이 보이고 큰 집이 보이고 금, 은, 보석의 풍족한 장신구가 보였다. 그러할 때에 문임이가 받은 교육 특히 성경에서 배운 것이 생각혀서 문임은 일종의 위험감을 가진다. 그래서 문임은 고개를 이 유혹하는 물건들에서 돌린다. 문임은 숨찬 양을 남에게 보일까 싶어서 주기도문을 외워 본다. …… 그러나 주기도문을 끝까지 다 외우지 못하고 문임은 그 끝을 잃어버린다. 금강석, 금반지, 돈 많은 남편 — 이러한 것이 주기도문을 떠밀치고 마음속을 습격해 들어온다.

—『이광수전집』 8, 175면

　문임은 끝내 물욕을 이기지 못하고 친구인 혜련의 아버지 김 장로와 혼인을 약속하지만 자신을 속인 사실을 알아차린 설은주에 의해 처벌당하고 만다. 김 장로와 육적인 관계를 맺고 설은주를 속인 것이 그 이유가 된 것이다. 한편『애욕의 피안』에서 혜련은 남녀 간의 육체적인 사랑을 죄악시하며 평생 혼자서 깨끗하게 살 다짐을 한다. 따라서 교회 찬양대에서 알게 된 K대학 의학부 학생 임준상의 끈질긴 구애에도 아랑곳하지 않는다. 그녀가 세상을 불완전하고 더러운 곳이라고 생각하고 남녀 간의 사랑을 죄악시하는 이면에는 아버지 김 장로와 오빠에 대한 환멸이 자리하고 있다. 여학생 첩을 얻지 못해 안달난 성욕으로 타락한 아버지와 난봉을 부려 집에서 쫓겨난 오빠로 인해 혜련은 더욱더 남녀의 성적 결합을 몹시 짐승스럽고 추한 것으로 여기게 되는 것이다. 그녀가 희구하는 세상은 다음과 같이 남녀 간의 음욕이 없고 깨끗한 세상이다.

　우주의 어디나 인간에서 보는 더러움 없는 세계가 있을 것처럼 생각했다. 그 속에는 사는 사람들도 인간에서 보는 것과 같이 거짓과 사욕이 없고 사랑으로만 살 것 같았다. 그것이 천국일 것이다. 우주안에 이렇게 불완전하고 더러운 세상만이 있을 리가 없다. 반드시 거룩하고 깨끗한 천국이 있을 것이다. …… 사람들이 어떠한 한 껍데기를 벗어 버리면 그 천국의 빛이 환하게 빛날 것만 같았다. <죽어서야―이 고기껍데기 몸뚱이를 벗어버리고야 천국에 들어갈 것인가. 예수께서 육신으로 하늘나라에 오르셨다는 것 모양으로―우리도 나도 이 육신을 쓴 채로는 천국에 들어갈 수는 없는가. 천국은 이 더러운 땅(혜련에게는 그렇게 보였다)에서, 한량없이 먼곳에 있어서 이 무겁고 둔한 몸뚱이로는 도저히 허공을 통과할 수 없는가. 한 번 그 천국의 영광을 바라볼 수도 없는가. 만일 이 몸을 버림이 곧 천국에―더러움, 거짓, 사욕 없는 나라에 들어가는 길이 된다면

―『이광수전집』 8, 265면

위에서 알 수 있듯이 "거룩하고 깨끗한 천국" 같은 세상을 바라는 혜련이 원하는 사랑은 "그이만이 내사랑을 가지고 나만이 그이의 사랑을 가진", 혹은 "그이의 혼과 내 혼이 하나가 되어서 나는 그이 하나밖에는, 그이는 나 하나밖에는 더 사랑할 수 없는 그러한 사랑" 즉 영적이고 정신적인 사랑이다. 준상은 이러한 혜련에 대한 자신의 사랑을 "연애가 아니라 신앙"이며 "하나님의 완전하신 작품에 대한 수회 갈망"으로 고백하면서 그동안 방종했던 자신을 참회한다. 준상으로부터 신의 차원으로까지 격상되는 혜련의 내면을 지배하고 있는 것은 성경에서 보고 들은 것임은 물론이다.[158] 뿐만 아니라 이는 W여학교에서 16~17세의 여학생들에게 숭배의 대상으로 수신, 서양사, 한국어를 가르쳤던 강 선생의 영향이기도 하다. 강 선생은 학생 간에 환영받았지만 직원 간에는 미움

---

158) 혜련은 사람 중에는 예수, 책 중에는 신약전서를 거의 강박적으로 크게 여기고 있다. "가장 깨끗한 어른, 가장 사랑이 많으신 어른, 가장 진리를 따라서 일생을 사시다가, 진리를 배반치 아니하려고 십자가에 못 박혀 피를 흘리신 어른, 짓 고생을 하시다가 불쌍하게 그러나 진리와 사랑의 승리에서 영광스럽게 돌아가신 어른, 그리고 그 시체는 우리네의 시체와 다름없이 씩어버리신 어른, 혜련에게는 이것으로만 사모하는 큰 선생님, 인류의 구조로 받들기에 족하였다." 『애욕의 피안』, 이광수전집, 제8권, 1966, 삼중당, 303면.

을 받아 학교에서 쫓겨나서 길림으로 간 후 금강산에 여행을 왔다가 우연히 혜련과 상봉한다. 혜련이 4년 만에 다시 만난 강 선생을 자꾸 떠올리는 이유는 아래와 같다.

> 강 선생이라는 한 사람을 통하여서 이 세상에서는 찾을 수 없는 무엇— 저도 무엇이라고 꼭 바로 잡아 말할 수 없는 무엇— 그러나 아무리 하여서라도 그것을 찾아서 그 품에 안기지아니하고는 못 견딜듯한 무엇— 그렇게도 그리운 무엇을 동경하는 한 심사였다. 이세상에서는 참을 수 없는 아리따운 것, 미쁜것 그리워하는 심사였다.
>
> —『이광수전집』 8, 302면

그녀가 인용문처럼 강 선생을 그리워하고 사모하는 것도 그가 금욕적이고 정신적인 사랑관념을 가지고 있기 때문이다. 강 선생은 혜련에게 기독교의 금욕주의적인 사상에 대한 강박관념을 강화시키면서 일체의 육체를 저주하게 만든다. 그는 항상 혜련에게 "영혼은 육체보다 높은것"으로 "우리는 영혼을 위하여 육체를 이기지 아니하면 아니된다"고 말한다. 또 자신을 향한 혜련의 사랑을 알고 나서도 "그리스도를 사랑하고 그리스도와 혼인을 할 것"을 요구한다. 그러나 강 선생 또한 혜련과 재회한 후 사년 간 억누르던 감정이 일시에 폭발하고 만다. 그가 조선을 떠난 것은 혜련을 잊으려는 이유에서였다. 하지만 끝내 잊지 못하고 그녀가 있는 곳으로 따라온 자기 안의 모순을 발견하면서 분열을 겪는 것이다. 강 선생은 소년시절부터 톨스토이주의와 예수의 가르침 그리고 조부와 아버지의 영향으로 인해 이상적이고 공상적인 성격의 소유자가 되었다. 그는 자신에게 있는 모든 것을 조선의 딸들에게 주고자 노력한 계몽주의자이기도 했지만 처세술에 능하지 못해 결국 학교에서 쫓겨나 조선을 떠났다. 그리고 사랑으로 이루어진 결혼이 아닌 데서 비롯된 가정

불화로부터 벗어나고픈 마음과, 혜련의 맑은 눈을 접하고픈 마음에 다시 조선에 들어왔다가 혜련을 만난 것이다. 강은 혜련을 만난 이후 감정의 해방을 억제하고 성자의 태도를 취하고자 하나 결국 '혜련을 얽매는 그리움'과 육욕 앞에서 '혜련을 그르치지 않으려는 마음'을 위해서 스스로 목숨을 끊고 만다.

혜련의 신앙은 이런 강 선생에게서 온 듯하며 강 선생은 그녀에게 정신적인 부친이 된다. 따라서 세상을 불완전하고 더럽다고 여기고 '거룩하고 깨끗한 천국' 같은 곳을 바라던 그녀는 결국 강 선생이 죽은 사실을 알고 타락한 아버지 김 장로와 오빠의 영혼을 구원의 길로 인도하고자 죽음을 선택한다. 이렇게 육적인 사랑과 섹슈얼리티를 억압하는 그녀의 과도한 순결의식 또한 문임이가 솟아오르는 물욕 앞에서 성경에 의해 자기검열을 하듯, 기독교에 의해 형성된 것이다. 그러나 문임은 끝내 성적인 쾌락과 돈의 노예가 되어 텍스트에서 사라지게 되며, 혜련은 스스로를 죽음으로 몰고간다.

『무정』의 선형, 『재생』의 순영과 그리고 『애욕의 피안』의 혜련과 문임을 통해 여학생에 비친 기독교 교육의 영향을 살펴볼 수 있다. 그들은 기독교 계통의 학교와 기숙사 생활 속에서 성경의 가르침을 내면화하고 선교사로 온 선생을 역할 모델로 삼으면서 유학을 준비하는 등 꿈을 키운다. 그리고 기독교 정신을 설파하는 선생에 대한 사적인 동경으로, 또 기독교와 만남으로써 생기게 된 성욕의 깊은 죄에 대한 의식의 증대로, 자유연애를 실현하는 데 있어 갈등에 직면한다. '연애의 정신성'에 대한 희구와 '육욕(肉慾)의 의식' 사이의 갈등, 기독교에 의해 환기된 이 양극성은 그들에게 기독교 자체의 속박을 느끼게 한다. 그 속박에서 벗어나서 육욕과 쾌락을 추구했던 순영은 결말에 회개하기에 이르지만 눈 먼 딸과 죽음이라는 윤리적인 단죄를 받아야했고, 문임 또한 설은주에 의해 처벌된다. 강 선생과 혜련은 자신이 그 속박을 극복하지 못한 채 차라리 죽음을 선택한다. 육적 사랑에 대한 거부와 연애의 정신성에 대한 희구가 역설적으로 자신의 육욕에 대한 의식을 발견케 한 것이다. 이는 기독교로 인한 내면의 발견과 함께 이루어진 '육(肉)' 혹은 '성(性)'의 발견을 보여주는 것이기도 하다. 혜련과 강 선생의 내면에서 이루어진 육욕에 대한 억압은 오히려 '성'에 대한 욕망의 강력함을 환기시킨다.

이렇게 여학생은 기독교의 세례로 인해 내면의 발견되고 순결의식과 금욕적인 태도를 형성하게 된다. 여학생들의 의식과 갈등 역시 기독교적 가르침과의 갈등에 직접 연결되어 있는데, 여기서 기독교가 유교적 가부장제가 강조하는 정절 규범과 상통하면서 현모양처를 강조하는 교육이념을 더욱 강화시키는 역할을 하고 있음을 알 수 있다. 즉 서구 기독교와 근대문명에 내재한다고 믿어졌던 계몽주의 이념과 남녀평등 사상에도 불구하고 식민지 조선에서 선교사들이 수행한 학교 교육은 여성억압에 무관심했다. 선교사들은 이들의 교육 사업이 기독교 정신의 구현으로, 여성에 대한 교육은 주로 가정과 모성으로서의 역할에 중점을 두어야 한다는 사실을 강조했다.159) 그것은 유길준 같은 개화 사상가들이 내세웠던 여성교육의 목표에서 크게 벗어나지 못한 점이기도 하다.

따라서 『무정』의 선형과 『애욕의 피안』, 『재생』에 나타난 여학생의 모습은 신소설에 나타난 여학생과 별로 차이를 보이지 않는다. 다만 기독교에 의해 감수성이 형성된 인물이라는 점에서 다를 뿐 현모양처 이

---

159) 이화학당의 창설목적은 ① 조선여자가 살아가는 생활상태에서 모범적 주부가 되도록 가르치고, ② 그들의 이웃 친척 앞에서 십자가의 도를 전하는 전도사들이 되도록 양성한다는 것이었다(주요섭, 26면), 같은 맥락에서 이화학당의 교사이던 로스윌러는 여성교육의 목적이 참된 가정을 만들고 유지하는 데 조력자가 되고 기숙학교의 조수가 되고 의료사업의 간호원이나 조수가 되게 하는 데 있다고 서술하고 있다. 최숙경·정세화, 「개화기 한국근대의식의 형성」, 『논총』 28집, 이화여대한국문화연구원, 1976, 6~8면.

넘과 순결 의식은 여전히 그들을 강하게 지배하고 있었다. 『재생』의 순영이나 『애욕의 피안』의 문임처럼 물욕이나 성욕의 쾌락을 적극적으로 추구하는 여성들은 결국 처벌받으면서 텍스트에서 지워짐으로써 윤리적 단죄를 받는다. 그리고 이 과정에서 여학생들은 도덕적 가치관의 혼돈을 여실히 드러낸다. 이들은 전래의 윤리감각에서 완전히 벗어나지 못한 채, 또 새로 유입된 근대의 자유연애 관념을 충분히 내면화하지 못한 상태에서 교육을 통해 기독교의 세례를 받았으며 자유연애를 행하는 과정에 혹은 사랑관념에 이를 윤리적 잣대로 적용시키면서 윤리적, 도덕적 가치관의 혼돈을 경험하는 것이다. 이러한 혼돈은 기독교에 대한 피상적인 이해로 분열을 겪고 자살을 선택하거나 혹은 작품에서 윤리적 단죄를 경험하게 되는 양상을 낳는다. 이 과정에서 여학생의 내면은 발견되지만 구체적으로 확보되지 못하고 기독교 교리를 피상적으로 수용하여 그것을 따르거나 분열을 겪는 것으로 드러날 뿐이다. 이는 기독교 교육의 폐해와 소설 형식이 접목되는 지점이자 동시에 기독교 교육과 계몽의 민족 담론이 공통된 인식을 보이는 것으로, 오직 생식과 가족과 국가를 위한 성만을 인정받을 수 있기에 이 시기 여성의 성은 탈성화되는데,160) 기독교가 이러한 기능을 수행하고 있음을 알 수 있다. 따라서 자유와 해방 그리고 평등이념이 본격적으로 퍼진 1920년대 이후에 자유연애와 섹슈얼리티를 추구하는 여학생들이 기독교와 멀어지는 것은 당연했다. 그들이 추구하고자 하는 욕망은 육체의 억압 속에서 이미 존재하는 것이었고, "기독교는 개인의 진정한 자유를 달성하기 위해 극복해야 할 제도"161)로 생각되었기 때문이다. 1세대 여성작가인 나혜석, 김일엽, 김원주 같은 신여성들이 이후에 기독교와 멀어지는 게 되는 요인도 여

---

160) 고미숙, 앞의 책, 108~109면.
161) 스즈키 토미, 한일문학연구회 역, 『이야기된 자기』, 생각의 나무, 2004, 80면.

기서 발견할 수 있다.162)

3) 추상적인 자기각성과 일기 및 독백

1910년대 소설에 나타난 여학생은 기독교의 세례를 통한 내면의 발견을 이루고 도덕적, 윤리적 가치관의 혼돈을 경험할 뿐만 아니라 이 시기 지배적인 성별체계에서 벗어나 교육받은 여성으로서 이전의 여성과는 다른 방식으로 살아가고자 하는 내면의 욕망으로 혼돈에 처하기도 한다. 이광수의 『개척자』와 나혜석의 「경희」는 비교적 이러한 근대적 주체로서의 내면의 형성과 의식의 단초를 보이는 구체적인 여학생을 그리고 있다.

먼저 『무정』과 거의 동시기에 발표된 『개척자』도 『무정』에서처럼 오라비와 누이가 교육자와 피교육자로 기능하면서 누이가 오라비에게 감화되고 교육받는 관계를 토대로 한다. 성순이는 동경에서 고등공업학교를 졸업한 후 발명에 뜻을 품고 7년째 실험에 매진하고 있는 오빠 성재의 충실한 조력자이다. 금년 봄 고등보통학교를 졸업한 19세의 그녀는

---

162) 김미영은 나혜석, 김일엽, 김명순이 초기 기독교를 신봉했다가 이에서 멀어진 이류를 고찰하면서 여성해방과 자각을 위해서는 1부 1처제와 현모양처를 강조하는 기독교와 멀어질 수밖에 없었음을 강조한다. 그에 의하면 신여성과 기독교의 깊은 상관성은 남녀평등사상과 여성교육에 의해 매개되었다. 초기 개신교 선교사에게서 조선의 여성들은 기독교를 열성적으로 수용한 것을 알 수 있는데, 때문에 교육받은 신여성은 대부분 기독교와 무관하지 않았다. 『신여자』 창간호 역시 기독교적인 색채를 강하게 띠었고 나혜석, 김일엽, 김명순 같은 신여성 작가들도 그러했다. 그러나 기독교와 이들의 관계는 후기로 갈수록 멀어지는데, 그 이유로 세 가지를 들고 있다. ① 그들의 기독교 교리에 대한 피상적이거나 일면적인 이해, ② 신여성 특유의 개인주의적 태도와 페미니스트로서 자기 삶의 주체는 자신이라는 강한 자의식, ③ 당대 조선의 기독교와 교인들이 가부장적인 유교문화와 그 풍토를 극복하지 못한 한계가 그것이다. 김미영, 「1920년대 신여성과 기독교의 연관성에 관한 고찰」, 『현대소설연구』 21호, 한국현대소설학회, 2004, 68면.

동경 유학의 꿈을 키우고 있다. 성재도 "주의(主義)상 여자교육을 중히 여기며, 성순을 사랑하며 또 성순의 재질을 믿는고로 기어히 동경유학을 시키려고" 반대하는 부모를 설득하는 데 적극적이다. 그러나 계속되는 실험의 실패와 재산의 손실 앞에 신념이자 신앙이던 발명은 점점 이룩될 기미를 보이지 않는다. 이때 성재의 친구 민이 자주 찾아오고 성순은 그를 사랑하게 되면서 비밀이 생기게 된다. 그 비밀이란 M을 기다리는 마음을, M과 키스하고픈 내밀한 욕망을 기록한 일기장이다. 근래에 성순의 일기에 제일 많은 지면을 차지한 것은 민의 일과 그에 따라 일어나는 자기의 정신적 변동과 고민이었다.

> ……오늘 아니 오셨다. 왜 아니 오시나. 나는 기다리다 못하여 화를 내어서 「퍼피」를 때렸다. 왜 아니 오시나.…… 아차, 웬 일일까? 내가 왜 이렇게 M을 보고 싶어 하나. 어제 저녁에는 M과 키스하는 꿈을 꾸었다. 웬 일인가? 왜 오늘은 아니 오셨나? 내가 왜 이렇게 M을 보고 싶어하나? ……

—『이광수전집』 1, 371면

> ……M이 왜 날마다 올까? 오빠를 보러오는 것일까? 내가 보고 싶어서 오는 것일까? M이 날마다 오는 줄을 알면 오빠께서 무어라고 아니하실까? 무얼! M이 아니 오면 나는 어쩌게! 오오, M! 내 M! 「M」! 좋은 글자다…….

—『이광수전집』 1, 371면

그런데 근래에 나는 왜 이렇게 괴로울까? 마치 가슴에 무슨 뭉텅이가 하나 걸려서 내려갈 줄을 모르는 것 같다. …… 참말, M같은 사람이 세상에 또 있을까? 나는 지금토록 오빠를 세상에서 제일가는 사람으로 알았더니 M은 암만해도 오빠보다 나은 것 같다. 이전에는 오빠만 있으면 일생을 행복되게 지낼 것 같고 오빠가 없으면 잠시도 살 것 아니하더니,

지금은 웬 일인지 M이 없으면 살 것 같지 아니하다. 만일 오빠와 M과 어느 것을 가지라 하면 ……. 아아, 내가 왜 이러한 생각을 하나? 나는 오빠의 누이다. 오빠는 나의 오빠다. 나는 오빠의 병을 낳게 해드리고 오빠의 목적을 성취하게 해드려야하겠다.…….

—《십이월 오일 눈 한(寒)》, 『이광수전집』 1, 376~377면

내가 왜 이렇게 괴로운가? 마치 괴로워서 죽을 것 같다. 아니, 나는 오빠의 병을 고쳐드려야지. 그리고 좀더 성공하도록 하여 드려야지. 내일은 M을 보거든 좀 더 정답게 말을 하자. 서양식으로 악수를 하였으면 얼마나 좋을까? 키스를……. 에그, 내가 왜 이러한 생각을 할까? 나는 오빠의 병을 고쳐드려야지.…… M에게는 아무러한 말이나 하고 싶다. 그러면서 종일 말해야 하고 싶은 말은 한마디도 못하는 것 같다. M! 내 M! 내 M, 내 M!!!

—『이광수전집』 1, 382~383면

인용문은 성순이 쓴 일기의 일부분으로 M이 기다려지고 그를 보고 싶어 하는 마음이 드러나 있다. 성순은 오빠와 M 사이에서 갈등한다. 그것은 오빠의 병을 고쳐주어 오빠가 목적을 달성해야 한다는 생각과 다른 한편으로는 M을 좋아하는 마음 때문이다. 일기에서 드러나는 오빠와 M의 비교와 계속되는 자기심문 그리고 잦은 의문문의 사용은 오빠와 M을 향한 성순의 혼란스러운 욕망을 잘 보여준다. 성순은 성재를 간호하면서 연민을 느끼기도 하지만 이제는 M 없이는 안 될 것 같다. 성순이 오빠를 사랑하는 감정에서 벗어나 M을 향한 자유연애에 눈뜨게 된 것이다. 성순은 이 과정에서 자신의 정신적인 괴로움을 일기장에 기록함으로써 아무도 모르는 내밀한 사적 감정을 싹 틔운다. 사적 감정을 일기로 기록하는 행위는 성순이 여학생이기 때문에 가능했다. 성순은 여자고등보통학교를 우등으로 졸업한 후 동경유학을 준비하고 있다. 따라서 근대

교육의 수혜로 문자해독과 글쓰는 능력을 갖게 되자 일기와 같은 글쓰기를 할 수 있었던 것이다. 일기를 통해 성순의 내면은 고백되고,[163] 동시에 내면이 형성되는 단초를 보이는데, 그것은 이른바 자유연애에 눈뜸으로서 오빠와 어머니로 대표되는 조선 재래의 구습에 대한 저항의식이 생겨나는 것을 말한다. 이러한 저항의식이 일기로 표출되는 것은 19세기 말 20세기 초 근대 독일에서 여성작가의 일기체 소설에 젊은 여성의 희망과 기대, 그리고 욕망, 그것들이 가부장적 사회질서 속에서 어떻게 억압되는가가 잘 드러나는 것과 맥락을 같이 한다.[164] 일기는 허구적 수신자를 필요로 하지 않는 유일한 일인칭 서사로서 그 자신을 주체로 강조하고 그 자신이 독자가 된다. 즉 서술자가 그 자신에 대한 담론적 주체가 되며 일반적으로 인접한 과거의 사건과 현재를 다루며 자신의 순간적인 생각이나 반성, 감정 등을 서술한다.[165] 이러한 일기의 사적인 형식상의 특징은 고백으로서의 성격을 강화시키며 "가부장제 아래서 구조화된 여성 영혼의 변형과 왜곡을 서술하는 데 적합한 경험의 문학적

---

163) 일기는 카톨릭의 고백제도와 프로테스탄트의 자기검사(self-scrutiny)의 같은 형식이다. Lorna Martens, *The Diary Fction*, Cambridge University Press, 1985, p.173. 따라서 일기라는 매체는 이를 통한 성순의 고백으로 성순의 감추어야 할 내면, 사적 비밀을 만들어내고, 내면의 형성을 가능케 하는 서사형식이 되고 있음을 알 수 있다.

164) 이러한 소설들에 중심적인 테마는 젊은 여성들의 교육과 직업의 문제뿐만 아니라 결혼, 이혼, 임신, 타락(매춘)과 관련된 것이었다. Lorna Martens, Ibid, p.173.

165) 일기가 가진 특성을 통해 일기체 서사를 장르로서 규명하고 있는 Lorna Martens에 따르면 일기체 서사는 다른 서사체와 다음과 같이 구별된다. 일기체 서사(Diary Fiction)는 자서전적 소설(Memorir novel)의 자서전(체) 서술자(autobiographer)가 지난 과거를 설명하는 데 초점을 두고 과거의 생을 시간적 연대기의 순서에 따라 펼쳐 놓는데 비해 이와 대조적으로 쓰인 시간보다는 현재 쓰는 시간을 강조한다. 이러한 시간적 구조로 인해 서간체 소설(epistolary novel)과 비슷하게 여겨지지만 서간체 소설과는 달리 일기체 소설은 허구적 수신자를 상정하지 않는다. 정의하자면 서간체 소설은 수신자에게 전달되나 일기체 소설은 사적(Private)이다. 즉 일기 쓰는 주체는 자서전체 서사의 작가들처럼 글 쓰는 자신과 그의 주체(인물) 사이의 거리가 없으며 편지의 작가들처럼 그의 수신자의 영향을 받지 않아도 된다. Lorna Martens, Ibid, pp.3~8.

형식"166)이었다.

　성순의 일기에는 가부장제에 대한 문제의식이 연애를 매개로 싹트고 있다. 그런데 성순의 연애에 대한 욕망이란 사실 민에 의해 감화되고 학습된 것이다. 민은 동경유학을 다녀온 조혼한 처가 있는 화가다. 그는 성순에게 "자기의 이성을 따라 행동함으로써 아무와의 속박도 견제도 받지 않고 내 인격의 권위와 자유를 발휘할 것"을 요구한다. 나아가 "조선의 전래의 구습과 제도를 비판하고 남녀동등의 교육을 실시해야" 함을 강조하고 "직업을 해방하고 인격과 자유와 권위를 인정해야 한다"고 주장한다. 마치 이광수의 「婚姻에 對한 管見」167)을 연상시키는 민의 부부관은 "여성의 인격의 권위와 자유를 인정하며 부부를 양개체의 완전한 결합으로 생각하고 부부관계는 대등한 것"으로 정의한다. 무엇보다 성순이 가장 크게 감화 받은 것은 연애에 대한 민의 정의이다. "진정한 연애는 피차의 개성의 이해와, 따라서 나오는 존경과 애착의 열정과 영육이 일체가 되겠다 하는 소유의 요구로 성립되는 것"이라는 그의 말은 성순에게 연애는 비단 자기만의 문제가 아니라 구시대의 윤리관으로 인해 억압을 받았고 차별을 받았던 모든 조선 여자들을 위한 싸움이라고 생각하게 만든다. "가정에 있어서 자매는 형제보다 지위가 낮은 것, 여자는 교육할 필요가 없는 것, 교육을 한다 하더라도 글자나 보게 됨에 한할 것, 부모의 명령대로 시집갈 것, 시집가서는 부(夫)의 소유물이 될 것, 부가 죽거든 수절 할 것", 이것이 과거 사회의 여자의 생활방식이었

---

166) Lorna Martens, Ibid, p.182.

167) 이광수는 이 글에서 혼인의 목적은 종족번영과 개인의 행복에 있다고 말하면서 혼인의 조건으로 첫째 신체의 건강, 둘째 정신력, 셋째 兩人의 충분한 發育, 넷째 경제적 능력, 다섯째 당자 상호간의 연애, 최후의 조건으로 合理를 들고 있다. 혼인은 반드시 사람인 남자와 여자의 결합이어야 하고 男性과 女性의 결합이어서는 안 되므로 혼인을 신성하게 하랴면 남자와 평행할만한 여자의 교육이 필요하다고 강조한다. 이광수, 「婚姻에 대한 管見」, 『학지광』 12호, 1917. 4.

다. 그러나 "근래에 물리 화학과 생물학과 수학을 배우고 양제 머리를 쪽지고 신문과 잡지와 신사상을 전하는 서적을 읽던 여자들도 일단 교문을 나서면 그렇지 않은 다른 여자들과 같이 재래의 생활방식이라는 규구(規矩)에 들어가지 않으면 안된다." 성순은 도저히 그것으로 만족할 수가 없다. 부모와 사회인습의 권력에 대해 전쟁을 시작할 것을 결심한다. 일천만의 여성을 위하여 희생이 되든지 선봉장이 되든지 싸워 볼 것을 다짐하는 것이다. 이러한 성순의 결심은 학교 동창들과 졸업 후 근황들에 대한 대화를 나누면서 더욱 강화되는 데 성순의 동창들의 근황을 살펴보면 다음과 같다.

> 몇 사람은 시골학교의 훈도가 되어 시골에 내려가고 서울에 있는 친구들에게 '슬프다', '괴롭다, 세상에 재미가 없다', '나는 너밖에 사랑하는 사람이 없고 믿는 사람이 없다, 너도 변하지 말고 나를 사랑하여다오'라는 감성적, 염세적 편지를 자주 하고, 몇 사람은 졸업후 집에 있는데 부모가 자기를 이해하지 못한다, 자꾸 시집을 가라는데 시집갈 생각이 없다는 편지를 하고, 또 몇사람은 남자를 철썩같이 맹세를 하였더니 다른 데로 장가를 들었거니 혹은 치기 싫어있거나 뜻대로 사정을 이루었지만 며칠이 못가서 염증이 났거나 혹은 시집을 갔더니 부모와 마음이 맞지 않아서 쫓겨왔거나 혹은 동경으로 유학하러 갔거나 혹은 사진 결혼을 하여 가지고 호놀루루로 갔거나 대개 이러한 소식이다. 그중 하나는 지난 여름부터 기생이 된 자도 있다.
>
> —『이광수전집』1, 418～419면

인용한 부분은 1910년대 여학교를 졸업한 여학생들의 진로를 상세하게 설명하고 있는데, 이는 1920년대 여학생들의 졸업 후 진로의 모습과 다를 바 없다. 1920년대 중반까지 여학생들은 진학할 상급학교가 부족하여 유학을 떠나거나 시집이나 가라는 부모와의 불화가 잦았다. 또 구가정에 시집간 경우 시어머니와의 갈등으로 신구충돌이 자주 발생하는 등 졸업 후의 번민이 상당했다. 사정이 이러하니 1910년대 고등여학교를 졸업한 여학생만 하여도 "너무 교육이 높아서 자기의 지아비될 만한 자격을 가진 남자가 없음을 한탄하리만큼 빼어나게 교육을 받고 수양이 있는 자로 자임"을 하였으며 남자로부터 "그와 같은 여자를 아내로 삼음을 이상으로 알 만큼 교양 있는 이미 사회의 지식계급"으로 인정받았다. 그러나 졸업 후 사회로의 진출은 제한되어 있고 기껏해야 보통학교 훈도가 되거나 대부분은 시집을 가야 하는 상황에 놓였기 때문에 갈등을 겪게 되었다. 이들은 서로의 근황을 탐문한 후 이어서 자유연애와 이혼에 대한 통렬한 비판을 가하기 시작한다. 아내가 있는 민을 사랑하는 성순은 겉으로는 시집갈 생각이 없는 척하면서 마음은 그렇지 않은, 또 자기정체성에 대해 심문하는 동창들을 향하여 인습이라는 궤도에서 벗어나지 못한다고 비판한다. 그리고 이것은 "자기 개인의 문제가 아니오, 조선여자 전체를 포괄하는 사회문제"라 여기고 "기로에 선 조선에 선각자가 될 것"을 깨닫는다. 성순이 선각자가 되기 위해 가장 먼저 할 일은 민과의 자유연애를 성취하는 것이다. 그러나 모친과 성재가 몰래 변과의 혼약을 맺은 날이 다가온다. 여자도 남자와 동등하게 배워야 한다며 동경유학을 적극적으로 권유하던 성재는 변이 계속해서 실험할 수 있도록 해주겠다고 하자 변에게 성순과의 약혼을 허락한 것이다. 서술자는 이러한 성재의 생각을 다음과 같이 요약한다.

> 성순에게도 독립한 인격을 인정하여야 옳은 줄을 안다. 알뿐더러 남을 향하여 말까지 한다. 그러나 서양에서 들어온 지 얼마 아니 되는 이 인권이라는 새 사상은 가장 진보하였다는 성재에게까지도 아직 실행할 힘을 주리만큼 깊이 침투하지를 못하였다.
>
> —『이광수전집』1, 388면

조선에 들어온 인권, 특히 여성의 인권이라는 개념이 아직 관념적이고 피상적인 차원에 머물러 현실 속에서 구체적으로 체화되지 못했음을 설명하고 있다. 이는 "성재와 성순 양방이 각각 자기편에 대한 확고한 신념이 없는"데서도 드러나는데, "성재도 성순이 장형이 되고 호주되는 자기의 소유물이라는 판단이 있는 것이 아니고, 성순도 오직 나는 내 소유물이라는 판단이 있는 것이 아니다"라는 진술은 이러한 생각을 뒷받침해준다. 즉 근대적 개인으로서의 자율성이나 개인의 권리에 대한 인식이 성재나 성순에게 아직은 부족하다는 것이다. 이는 성재가 성순의 일기장을 훔쳐보는 행위로도 증명되는바 성순만의 고유한 사적 비밀이 노출되고 그 공간이 침범당하는 것을 통해 성순의 사적 자유가 확보되기 어려운 상태임을 보여준다. 그리고 성재가 성순의 일기장을 훔쳐보는 이면에는 성재가 근대적인 청년 주체가 아니라 전근대적인 가부장의 면모를 지니고 있으며, 성순 또한 그러한 성재의 통제로부터 자유롭지 못한 사실을 입증한다.[168] 그러나 민에 의해 계몽된 성순의 내면엔 인권, 자유, 해방에 대한 관념이 더욱 심화되고 여자도 이제는 누구의 소유물이 아니고 자립적인 존재라는 개인으로서의 자각이 뚜렷해지기에 이른다. 그리하여 성순은 모친과 성재의 반대를 무릅쓰고 민과의 사랑을 이루려 하나 이번엔 '사람은 경제를 떠나 살수 없다'는 민의 논리에 부닥친다. 누구보다도 조선의 계몽과 여자의 해방을 역설했던 그리하여 영육의 완

---

168) 이경훈은 『개척자』에서 집안의 반대를 무릅쓰고 성순의 공부를 지원하는 유일한 사람은 오빠로서 그것은 구시대를 거부하는 청년적 연대를 포함한다고 한다. 또 발명이라는 목적을 위해 철저하게 시간계획에 따라 움직이는 성순과 성재 남매의 생활이 동지적 관계임을 보여준다고 지적한다(이경훈, 『오빠의 탄생』, 문학과지성사, 2003, 53~55면). 그러나 성재가 성순의 동의 없이 변과의 혼인을 약속한 것과 성순의 일기장을 훔쳐보는 것으로 미루어 성재와 성순의 관계는 진정한 연대의 관계가 아니라 위계화된 구조로, 성재가 가부장적인 전근대적인 면모를 보임으로써 그가 가진 청년 이념의 한계를 드러내고 있다.

전한 합일로서의 연애를 주창했던 그가 자기를 잊으라면서 '아무 요구도 이유도 없다'고 하는 성순의 맹목적인 열정에 일면 두려움까지 느끼게 된 것이다. 그러나 성순은 자신의 사랑과 열정을 끝까지 밀고 나아가 유산을 마시고 죽음을 선택하는데, 죽어가면서까지도 사랑을 완성했다는 기쁨을 느낀다. 이러한 "성순의 죽음은 일차적으로는 개인의 자유를 제한하는 사회와 제도에 대한 항의이지만 또 한편으로는 민으로 대표되는 계량적 계몽주의에 대한 도전이기도 하다. 계몽주의자들에게 자유연애는 단지 억압적인 구제도의 개혁이라는 점에서만, 곧 계몽의 도구일수 있을 때만 의미가 있는 것이다."169) 그러나 성순의 자유연애를 향한 맹목적인 사랑과 열정은 현실의 상징적 질서를 위협하므로 그녀는 죽음에 이르고 만다. 초점자인 성순의 생각으로 제시되었지만 내포작가의 관념으로 보이는 다음과 같은 서술자의 언급은 성순이 텍스트에서 제거될 수밖에 없는 이유를 잘 보여준다.

> 그러나 그네는 우(愚)한 자이다. 여자의 일생에 혼인같이 중대한 사건이 없다 할진대(남자도 그렇지마는, 남자에게도 국사 이외는 혼인이 가장 중한 일이지만 여자에게는 그보다 더하니까) 여자는 항상 혼인을 생각하여야하고 기회 있는 대로 그것에 관한 지식을 얻으며 토론을 하여야 하겠거늘 그네는 학교에서도 배우지 못하고 가정에서도 배우지 못하면서, 혼자 생각해보려고도 아니하고 친구나 선배에게 문의하여 보려고도 아니한다. 그러하다가 그네는 어찌 되었는지도 모르는 사정하에 어떠한 사람인지 모르는 남자에게 어떠한 장래일는지도 고려함이 없이 시집을

---

169) 서영채는 이광수적인 계몽주의자들에게 맹목적 열정으로서의 사랑은 매우 위험한데 그들에게 중요한 것은 무엇보다도 합리성과 유용성이기 때문이라고 한다. 따라서 사랑도 단지 억압적인 구제도의 개혁, 곧 계몽의 도구일 수 있을 때만 의미 있을 수 있다. 그러므로 열정의 파토스는 어떤 방식으로든 통제되어야 한다고 말한다. 서영채, 『韓國 近代小說에 나타난 사랑의 樣相과 意味에 관한 硏究─이광수, 염상섭, 이상을 중심으로』, 서울대학교 박사학위논문, 2001, 43~46면 참조.

가서 아내가 무엇인지 알기도 전에 아내가 되고, 어미가 무엇인지도 알
기도 전에 어미가 되어 자기네의 선조의 실패한 생활을 꼭 그대로 되
풀이 한 뒤에, 마침내 사람이 무엇인지 알기도 전에 세상을 떠나게 된
다. …… 그렇게 높게 자임하였던 것이 '시집이란 무엇이뇨', '어미란 무
엇이뇨', '대체 여자란 무엇이뇨'하는 자기네에게 가장 가깝고 긴절한 문
제의 제출을 당할 때에 일언일구의 대답도 말할 수 없는 자기네인 것을
생각할때에 그네가 만일 조금이라도 총명이 있는 여자일진대 반드시 더
할 수 없는 수치와 경악을 느꼈어야 할 것이다.

—『이광수전집』 1, 420~421면

고등보통학교를 졸업한 성순의 동창들이 자신들의 전도에 대해 막막
해 하면서 다른 이들처럼 결코 불행하고 부도덕한 길을 걷지 않을 것과,
시집을 가기를 꺼려하는 것에 대한 서술자의 주석이다. 여기서 강조하는
것은 무엇보다도 여학교 졸업생들의 가장 큰 문제가 사회적 역할보다는
결혼문제이며 妻나 母로서의 역할을 다하기 위해 준비하고 누력해야 한
다는 것이다. 작가는 「婚姻에 對한 管見」에서 여자의 직분이 처나 모되
는 것만은 아니라며 강조하지만 결국 여자의 교육이 처나 모되기 위한
준비로서 필요함을 말하고 있는 것이다.170) 이는 당시 일본유학을 한 지
식인 남성들의 공통된 인식이기도 한데 그들은 새로운 가정개혁의 주체
로 여성을 인식하고 그에 맞는 교육과 자각을 촉구하고 있다.

　『학지광』을 발간한 1910년대 유학생층의 새로운 가정에 대한 이상은
개인성에 대한 자각은 물론 이상적 여성 혹은 새로운 개념으로서 균질
화되고 추상화된 여성의 의미를 배태하고 있었다. 그것은 여자를 가족
관계의 호칭에서 떼어내어 개인으로서의 여성을 강조하는 것으로 드러

---

170) 이광수는 1920년대에 『신여성』에 발표한 글에서 여자의 교육은 '모성 중심의 여자교
　　육'이어야 한다고 강조한다.

난다. 그리고 이와 함께 그들의 자유연애에 대한 갈망은 부모 중심의 가정이 아닌 자녀를 중심으로 한 가정이라는 새로운 패러다임 구축으로 귀결된다.171) 따라서 남성 지식인의 개인으로서의 여성강조는 자유연애의 상대자이자 지식인 남성의 배우자로서 여성을 강조하는 것에 지나지 못했다. 이는 성순의 동경유학을 적극적으로 권유할 정도로 진보적인 성재가 성순의 독립한 인격을 인정해야 함을 알면서도 성순의 동의 없이 변과 혼약을 맺은 것과 여학생의 진로가 가정개혁의 주체로서밖에 설명되지 못하는 한계를 보이고 있는 것과 맥락을 같이한다. 아직 여성의 개인으로서의 자각과 권리가 실현되기에는 이르지 못했다. 그보다 가정개혁을 통한 근대 민족 국가 건설을 위해 계몽되고 문명화되어야 하는 책임이 여고보 졸업생들에게 부과되고 있기 때문이다.172) 따라서 독립적이고 자율적인 개인으로서 민과의 사랑을 성취하려는 성순의 욕망은 어머니와 성재에게는 물론 자유연애의 이상을 심어주던 민에게마저 두려움을 주게 되는 결과를 낳는다. 성순의 죽음은 역설적으로 계몽의 기획과 근대국가 건설을 위한 민족 담론이 덮어 가리고자 했던 욕망임을 말해준다.

한편 성순은 자유연애를 실현하여 전래의 인습과 사상을 개혁하고자 하는 과정에서 몇 가지 미숙함을 노출한다. 먼저 '완전한 영육의 합치'가 연애의 이상이라는 민의 말에도 불구하고 "육이란 것을 생각하고 싶지 않다. 그러한 생각을 하면 어째 신성하던 것이 더러워지는 것같다"면

---

171) 신수정, 앞의 논문 참조.

172) 웬디 라슨은 여성의 진보와 여성해방이 민족국가와는 별개로 이루어진 서구와 달리 중국에서는 페미니즘의 이념이 중국 여성들 자체를 위해서가 아니라, 중국의 부와 힘을 위해 필요한 것으로 바뀌어져 수용되었다고 지적한다. 즉 중국에서는 근대민족국가 건선에 여성해방이 도구가 되었는데, 조선의 경우도 이와 유사한 경로를 밟은 것으로 유추할 수 있다. Wendy Lason, Ibid, p.31.

서 정신적인 사랑에 만족하며 육적 관념을 부정하고자 하는 데서 낭만적 사랑에 대한 이상을 보이고 있다. 또 성순이 "몸을 허한다는 말이 육교를 의미하는 줄은 몰랐다"는 서술자의 발화는 아직 성순이가 '영육일치'의 연애 관념을 이해하지 못하고 있음을 단적으로 드러낸다. 그런가 하면 민이 이혼하겠다는 말에 만류하면서 "자기는 일생을 일을 하며 살면서 몸은 따로 떨어져 있어도 정신만으로 합하여져 살겠다"며 "민의 아내가 민적상으로 만이라도 민의 아내로 있는 것을 행복으로 알지 않겠냐며 이혼하는 것은 그를 더욱 불행으로 만드는 것"이라는 진술은 이혼과 자유연애를 비판하던 동창들을 오히려 비웃던 그녀가 논리적인 모순을 보이는 지점이다. 마지막에 자기가 죽어가면서 사랑을 완성한 기쁨을 느끼는 것에서도 그녀가 나르시시즘에 빠져서 현실 파악에 미숙한 소녀임을 드러낸다. 성순은 민의 계몽으로 근대적 개인으로서 자각을 이루지만 그 각성의 수준은 지극히 관념적이고 추상적이다. 때문에 자신이 인식하는 세계가 다라고 믿고 나르시시즘에 빠져 맹목적으로 돌진하는 미숙함을 보이고 만 것이다. 따라서 성순은 일기쓰기를 통해 성재아 모(母)로 대표되는 구습의 세계에 의문을 품고 자신의 욕망을 발견하는 내면 형성의 단초를 보임으로써 신소설과 『무정』에 나타난 바 계몽사상을 그대로 맹신하여 구호로 부르짖는 기계적인 여학생에 비해 진일보한 측면을 지니지만, 텍스트 상으로 아직도 근대민족국가 건설과 계몽의 기획 속에 포획되어 있는 여학생의 모습을 발견케 한다. 성순의 죽음이라는 작가의 결말 처리가 이를 잘 입증하고 있다.

　나혜석의 「경희」에서는 추상적인 자기각성에 이르는 여학생의 면모뿐만 아니라, 그 각성의 과정에서 분열적인 양상이 발견된다. 작가 나혜석의 자전적 요소가 강하게 반영[173]되어 삼인칭 작가적 서술상황으로 쓰인 자서전이라 할 수 있는 「경희」는 동경 음악학교에 유학중인 경희가 여름방학을 맞아 집에 돌아와 여학생에 대한 세상 사람들의 편견을 불식시키고 자아에 대한 각성에 이르는 과정을 그린 작품이다. 총 4장으로 구성된 「경희」는 경희가 자신으로 대표되는 여학생에 대한 당대의 왜곡된 시선을 바꾸어나가는 과정을 서술하는 데 작품의 상당분량이 할애되고 있다.

「경희」에서 사돈 마님, 수남 어머니, 떡 장수 등에 의해 표출되는 여학생을 둘러싼 세간의 시선은 무엇보다 "여학생은 바느질을 못한다든가, 빨래를 아니 한다든가, 살림살이를 할 줄 모른다든가" 하는 가사노동의 수행능력이 부족함을 강조한다. "어느 집에는 며느리를 여학생을 얻어왔더니 버선 깁는데 놀도 찾을 줄 몰라 삐뚜루 대었더란 말, 밥을 하였는데 태반은 태웠다라는 말" 등, 여학생에 대한 험담이 주로 가사의 미숙함에 대한 것이다. 그러나 경희는 이러한 부정적 평판을 불식시키기라도 하듯 재봉틀 바느질 강습소에 날마다 다니며 일녀(日女)에게 바느질을 배우고, 부인네들 가르치기에 도움이 되는 바느질 책을 내기도 한다. 뿐만 아니라 김치를 담그고 마루걸레질, 다락벽장 치우기, 불 때기 등의 가사 일을 적극적이고 완벽하게 수행한다. 이러한 경희의 가사노동에 대한 다양한 묘사는 "가사노동은 절대적인 여성의 할 일이다라는 당시를

---

173) 송명희에 의하면 주인공 경희의 아버지가 철원군수를 지냈다고 설정된 점. 아들의 권유로 일본에 경희를 유학보냈다고 설정된 점 등에서 자전적 요소를 찾아볼 수 있다고 한다. 실제 나혜석 부친은 경기도 시흥군수, 용인군수를 역임했고, 나혜석의 동경유학은 이미 일본, 중국 등지에 유학했던 오빠들의 권유에 의해서 이루어졌다. 그리고 1913년에 나혜석은 동경에 건너가 학문탐구뿐만 아니라 선각자적 정신으로 새로운 문물을 터득하여 유학생들 가운데서도 선두에 서서 활약했으며 1917년 결혼까지 약속했던 최승구가 갑자기 사망함에 따라 실의에 빠졌고 1918년 김우영이 결혼을 신청하자 집안에서는 그가 상처한 처지라는 이유로 반대하고 중매결혼을 강권하던 시기였다고 한다. 이 당시의 사정은 나혜석의 회고록, 「나의 여교원시대」(삼천리, 1935. 7)에도 잘 드러나 있다. 경희에 나타난 아버지의 결혼 강요 역시 작가의 자전적 경험과 무관하지 않다고 할 수 있다. 송명희, 「이광수의 <개척자>와 나혜석 <경희>에 대한 비교연구」, 『비교문학』 제20집, 1995, 118~119면.

지배하는 담론에 대한 경희의 대응이자 여학생에 대한 나쁜 평판을 뒤집어 놓으려는 경희의 의도"[174]이다 경희 어머니 김부인은 일본유학을 다녀와서도 경희가 사내처럼 난 체하지 않고 오히려 보통 '여편네'처럼 부지런히 일하는 모습에 안도한다. 그리고 재봉틀 회사 감독이 또 찾아와서 자기회사의 일을 보아달라고 부탁하면서 "월급 삼년안에 이천 오백냥은 받는다"며 설득하는 모습을 보면서 경희의 교육받은 효과와 교육의 효용성에 대해 놀라면서 그런 딸을 자랑스러워한다. 김부인은 "공부를 많이 할수록 존대를 받고 월급도 많이 받는 것"을 깨닫게 된 것이다. "그거슨 그리 만히 해 무엇하니. 사내니 골을 간단 말이냐? 君 主事라도 혼단 말이냐. 只今 世上에 사내도 배화 가지고 쓸 데가 업셔서 쩔쩔매는데⋯⋯."라고 여학생에 대해 지극히 부정적이던 사돈 마님 또한 경희의 행동을 직접 목격하고 김부인의 말을 듣고 나서 이전의 생각이 차차 변하게 된다. 나아가 손녀딸을 내일부터 학교에 보내야겠다고 결심까지 한다. 날마다 경희의 집에 와서 사방으로 쏘다니며 평균 한마디 씩 들어온 여학생의 험담을 일삼던 떡장사 또한 경희의 점잖고 냉정한 맏내납과 태도를 보고 그만 고개를 떨군다.

경희는 여학생에 대해 부정적 의식을 가진 사람들의 생각을 바꾸어 나가면서 그들이 여자도 교육 받을 필요성을 깨닫게 되자 일종의 만족감을 느낀다. 자신으로 대표되는 여학생들에 대한 부정적 시선의 제거에 어느 정도 성공했음을 기뻐하는 것이다. 나아가 경희는 여학생 며느리와 갈등하는 수남 어머니의 말을 듣고 "조선 안에 여러 불행한 가정의 형편이 방금 제 눈앞에 보이는 것 같다"며 "내가 가질 가정은 결코 그런 가정이 아니다. 나뿐 아니라 내 자손, 내 친구 내 門人들의 맨들 가정도 결

---

174) 서정자, 「가사노동 담론을 통해서 본 여성 이미지」, 『한국여성소설과 비평』, 푸른사상, 2001, 49~50면.

코 이러케 불행하게 하지는 안는다. 오냐 내가 꼭한다.”는 굳은 결심을
한다. 이는 조선의 가정을 개혁하는 데 앞장서겠다는 계몽의 주체로서의
의지를 확인할 수 있게 하는데, 행복한 가정을 만들기 위한 전제 조건은
물론 교육을 받는 일이다. 교육은 가정의 일을 더욱 잘 관리하고 수행해
나가는 지식과 능력을 갖추도록 하기 때문이다. 교육으로 인해 경희는
가사 일을 자발적이고 적극적으로 해나갈 뿐만 아니라 일하는 과정 중
에 묘한 미감을 느끼는 것으로 묘사된다.

> 경희는 불을 쩌우고 시월이는 풀을 젓는다. 위에서는 「푸々」 「부굴부
> 굴」ᄒᄂ 소리, 아리에셔ᄂ 밀집의 탁々 튀는 소리 마치 경희가 東京音樂
> 學校 演奏會席에셔 듯던 管絃樂奏소리 갓기도 ᄒ다. 또 아궁이 져 속에서
> 밀집 쏫헤 불이 덩기며 漸々 불빗이 强ᄒ고 번지는 同時에 차차 아궁이
> ᄭᆞᆫ지 갓가와지자 또 漸々 불꽃이 弱ᄒᆡ져 가는 것은 마치 피아노 져 쏫헤
> 서 이 쏫ᄭᆞᆫ지 칠쩌에 붕々 ᄒ던 것이 漸漸 씽々 ᄒ도록 되는 音律과 갓히
> 보힌다. 熱心으로 젓고 안진 시월이는 이러ᄒᆫ 滋味스러운 거슬 몰누겟고
> 나 ᄒ고 제 싱각을 ᄒ다가 져는 조곰이라도 이 妙한 美感을 늣길 쥴 아
> 는 거시 얼마콤 幸福하다고도 싱각ᄒ였다. 그러나 져보다 몃 十百倍 妙ᄒ
> 美感을 늣기는 者가 잇스려니 싱각할 쩌에제 눈을 ᄲᅢ여 바리고도 십고
> 제 머리를 쑤듸려 바치고도 십다. ᄲᆞᆯ건 불꽃이 별안간 파란 빗으로 變ᄒᆫ
> 다. 아 -이것도 사름인가 밥이 앗갑다 ᄒ였다.
>
> —『정월 나혜석전집』, 108면

경희가 불을 때면서 느끼는 감회를 묘사한 부분이다. 경희는 밀짚이
타는 불길을 보면서 동경 음악학교에서 듣던 관현악 연주를 연상하고
피아노 음률을 떠올린다. 그리고 이 묘한 미감을 느낄 줄 아는 것에 대
해 일면 뿌듯함을 느끼지만 자기보다 몇 십 백배 미감을 느끼는 자가 있
으려니 생각할 때에 “제 눈을 빼어버리고도 싶고 제 머리를 뚜드려 바치

고도 싶을" 정도로 질투와 조바심이 난다. 경희는 음악이라는 근대교육으로 생활 속에서 수행하는 노동에서도 미감을 느낄 수 있게 되었다. 비단 불떼기 장면뿐만 아니라 경희가 예전부터 해 오던 다락방 청소에 대한 묘사는 그녀가 근대적 교육을 통해 어떠한 주체로 구성되는가를 잘 보여준다.

> 그런디 이번 경희의 掃除方法은 前과는 全혀 달느다. 前에 경희의 掃除方法은 機械的이엿다. …… 그러나 이번 掃除法은 달느다. 建造的이고 應用的이다. 家庭學에셔 비흔 秩序, 衛生學에셔 비흔 整理 쑈 圖書 時間에 비흔 色과 色의 調和, 音樂 時間에 비흔 長短의 音律을 利用ㅎ야 只今⌒지의 位置를 全혀 뜯어 고치게된다. …… 前에는 컹컴흔 다락 속에셔 몬지 니암시에 눈살도 찝흐럿슬 쑌 外라 終日 쌈을 흘니고 掃除ㅎ는 거슨 家族의게 드를 稱讚의 報酬를 밧을냐 홈이엿다. 그러나 이번에는 이것도 달느다. 경희는 컹컴흔 속에셔 제 몸이 이리져리 運動케 되는 것이 여간 滋味스럽게 生覺지 아앗다. …… 이러케 경희의 一動一靜의 內幕에는 自覺이 生기고 意識的으로 되는 同時에 外形으로 活動할 일은 쩌로 만하진다.
>
> —『정월 나혜석전집』 114면

경희의 가사노동은 가정학, 위생학, 도서, 음악시간에 배운 내용을 토대로 할 뿐만 아니라 이에 재미를 느껴 자각과 의식을 가지고 수행되는 것이다. 이는 이른바 근대 제도 교육의 수혜로 가능한 것이며, 이번 "소제법은 建造的이며 應用的이다"라는 구절에서 알 수 있듯이 경희는 배운 것을 적용할 뿐만 아니라 응용하는 능력을 갖게 됨으로써 이전의 기계적인 방식을 넘어설 수 있었다.175) 이는 학교교육의 유용성과 필요성을

---

175) 신수정은 가사노동을 교육에 의한 미감의 산물로 이해하고 있는 경희의 노동관은 자각된 여성에 대한 소설의 욕망을 대변하고 있음을 잊어서는 안 된다고 강조한다. 그는 소설이 당대의 '가정 개조론'이나 '생활개량론'과 연합하여 사적공간의 미시적인 일상생활을 미적인 것으로 구축하고 신여성을 매개로 곳곳에 근대적인 학교교육을 침투시

강조하는 계몽 기획의 일면을 엿보게 하는 지점이기도 하나 교육의 효용이 가사노동으로만 한정되는 문제점을 지니고 있다.

「경희」는 『학지광』과 『여자계』에서 강조하는 가정개혁의 주체로서 바람직한 여성상을 교육받은 여학생 경희를 통해서 재현하고 있다고 할 수 있다. 다시 말해 지금까지 살펴본 경희의 모습은 가사노동까지 근대적인 방법으로 완벽하게 수행하면서 구여성을 포함한 당대 사람들의 왜곡된 편견을 해소시켜 그들이 바람직하다고 할 만한 여학생 상에 부합한다. 그리고 당대의 공적 담론에서 요구하는 근대 교육을 받은 장차 가정 개혁의 담당자로서의 여학생 상을 동시에 만족시키는 것으로 형상화되고 있다. 그것은 결국 근대 민족담론이 요구하는 젠더화된 규범을 이상적으로 실천하는 여학생이다.

작품의 전반부(1장, 2장)가 여학생에 대한 당대 사람들의 부정적 시선의 제거 및 그들이 바라는 이상적인 여학생에 부합하는 여학생 상을 재현한다면, 후반부(3장, 4장)는 결혼을 강권하는 아버지와의 갈등과 앞으로 어떻게 살 것인가 하는 경희의 고뇌를 중점적으로 다루고 있다. 경희는 아버지 이철원이 친분이 있는 김판사집의 아들과 혼인을 시키려 하자 "공부를 마치기 전에는 죽어도 시집을 안가겠다"고 한다. 그리고 아버지와의 언쟁 후 자기의 방에서 흐느껴 울면서 앞에 놓인 두 길(한길은 쌀이 곡간에 쌓이고 돈이 많고 귀염도 받고 사랑도 받고 밟기도 쉬울 황토요, 한 길은 제

키고자 노력한다면서 학교와 소설이 가지는 유사성에 주목한다. 학교는 여성의 자각을 가능케 하는 근대적 주체 생산의 장과 동시에 여성 개개인의 이성과 욕망을 훈육하고 감시하는 대표적인 규율권력의 하나다. 한편 소설 「경희」는 경희의 주체성, 곧 가사노동을 고통으로 여기지 않고 스스로의 자발성에 의해 미적인 영역으로 탈바꿈시킬 수 있는 능력을 생산함과 동시에 또 그것을 바로 그런 방식으로 규율한다. 따라서 소설은 무엇보다도 경희를 비롯한 신여성들을 해방된 주체로 호명함과 동시에 다시금 가정 속으로 유폐하고 통제한다고 말한다. 신수정, 『한국근대소설의 형성과 여성의 재현양상 연구』, 서울대학교 박사학위논문, 2003, 87~88면

팔이 아프도록 버리방아를 찧어야 겨오 얻어먹게되고 발뿌리에서 피가 흐르도록 험한 돌을 밟아야 함)을 놓고 갈등한다.

여기서 경희의 '방'은 경희의 각성이 이루어지는 공간으로서 기능하는데, 우리 소설에서 이러한 서사적 의미를 지닌 여학생의 방이 구체적으로 묘사된 것은 거의 처음이다. 방은 여성에게 사적인 공간으로서의 의미를 갖는다. 이는 버지니아 울프가 여성해방의 가장 중요한 필수품으로 여겼던 개인소유의 방이 선조격인 셈이 된다.176) 경희는 흐느껴 울기도 하고 방바닥에 엎드리기도 하다가 일어서서 벽에다 머리를 부딪치는 등 '사방 창이 꼭 닫힌 어두침침한 골방'에서 각성의 계기를 마련한다. 즉 경희의 '방'은 그녀의 혼란스런 내면을 환유하는 공간소로 기능함과 동시에 아버지의 권력에 대한 저항과 위반이 일어나는 곳이며 아버지가 절대적으로 지배하지 못하는 여성적 공간의 가능성을 보여준다.

경희는 자기 앞에 놓인 두 길을 놓고 갈등 끝에 "사천년래의 관습을 깨트리고 나서는 여자는 웬만혼 학문, 如干혼 天才가 아니고서는 될 수 없다"고 강조하는데, 이는 나혜석이 주장하는 '理想的 婦人'이 되기 위해서 지식기예의 필요성을 주장하는 것과 같은 맥락이라 할 수 있다.177)

---

176) 이언 와트, 앞의 책, 241면.

177) 우리는 此장소의 凡事를 취득하야 日日히 수양된 自己의 良心으로 築出한바 最히 理想에 근접한 新思想으로 生長치 아니허면 아니되겠도다. …… 單히 良妻賢母라 하여 이상을 定험도 必取헐 바이 아닌가 허노라. 다만 此를 주장하는 자는 현재교육가의 商賣的 一好策이 안인가허노라. 남자는 夫요父라. 良夫賢父의 敎育法은 아직도 듣지 못하였으니 다만 여자에 限하야 附屬物된 敎育主義라. 또 부인의 溫良柔順으로만 이상이라 험도 必取헐바가안인가허노니 云허면 여자를 奴隸맨들기위하야 此 主義로 婦德의 獎勵가 필요허엿섯도다. …… 然허면 如何히허여야 各自適한 여자가 될가. 毋論 智識技藝가 필요타허겟도다. 何事에 當허던지 常識으로 좌우를 처리헐 실력이 잇지안이허면 안이되겟도다. 일정헌 목적으로 有意義하게 自己個性을 發揮코저허는 自覺을 가진 부인으로서 現代를 理解헌 思想, 智識上及品性에 對하야, 其時代의 先覺者가 되어 實力과 權力으로 社交又는 神秘上 內的光明의 理想的婦人이되지안이허면不可헌줄로生覺허는바라. 「理想的 婦人」, 『학지광』 3호, 1914. 11.

「理想的 婦人」에서 나혜석은 "良妻賢母의 교육법은 현재 교육가의 商賣的 一好策"으로 "여자에 限하여 附屬物된 敎育主義"로 이상으로 정하기에 취할 바가 아님을 강조한다. 또 부인의 "온량유순은 여자를 노예 맨들기위 하야 이 주의로 德의 獎勵가 필요했었다며"그 폐해로 "지금의 부인이 理非의 식별까지 不知하는 경우에 이르렀다"며 비판한다. 경희는 이러한 전래의 잘못된 교육과 관습을 깨트리고 나아가기 위해 자신도 잔닥크 같은 백절불굴의 용진과 희생, 영국여권론의 용장 휫드 부인과 같은 의지가 필요함을 상기한다.178) 그리고 나아가 자기가 이제껏 배웠던 학문의 보잘것없음과 쇠약한 의지를 반성하고 구여성의 삶과 자신의 삶을 비교하면서 괴로워하던 경희는 벽에 걸린 체경에 몸을 비추며 다음과 같은 각성에 이른다.

> 경희도 사롬일다. 그 다음에는 女子다. 그러면 女子라는 것보다 먼저 사롬일다. 쏘 朝鮮社會의 女子보다 먼저 宇宙 안 全人類의 女性이다. 李鐵原 金夫人의 쌀보다 먼저 하나님의 쌀일다. 如何튼 두 말할 것 없이 사롬의 形象일다. 그 形象은 暫間 들씨운 가족 쑌 아니라 內腸의 構造도 確實히 禽獸가 아니라 사롬일다. <u>오냐, 사롬일다. 사롬으로 보이지 안는 險한 길을 찾지 않으면 누구더러 차지라 하리! 山頂에 올라셔ᄉ 내려다 보는 것도 사롬이 할 거시다. 오냐 이 팔은 무엇호자는 팔이고 이 다리는 어듸 씨자는 다리냐?</u>
>
> —『정월 나혜석전집』, 121면

인용한 부분은 경희의 사고와 심리의 내용을 서술자가 간접 인용한

---

178) 「理想的 婦人」에서는 "最히 이상에 近하다" 하여 부분적으로 숭배하는 인물로 혁신으로 이상을 삼은 카츄샤, 利己로 이상을 삼은 막다, 眞의 연애로 이상을 삼은 노라부인, 종교적 평등주의로 이상을 삼은 스토우 부인, 천재적으로 이상을 삼은 라이죠 여사, 원만한 가정의 이상을 가진 요사노 여사를 들고 있다. 「理想的 婦人」, 『학지광』 3호, 1914. 11.

서술된 독백179)이다. 그러나 3인칭으로 쓰여 있는 '경희'를 일인칭 대명사 '나'로 바꾸어도 그 의미가 변하지 않을 만큼 서술의 중개성이 약화되어 있다. 따라서 서술자의 발화이지만 거의 경희의 내적 독백이 인용된 서술에 가깝다고 볼 수 있다. 내적독백은 화자의 어떠한 개입도 없는, 등장인물의 발화되지 않은 생각들에 대한 직접적이고 즉각적인 표현을 말한다. 그리고 그것을 통해 한 인물이 그의 가장 내밀한 생각, 무의식과 가장 가까우며 일체의 논리적 조직 이전의 것인, 다시 말해 이제 막 태어나고 있는 중인 생각을 최소한의 통사적인 요소로 제한된 직접적인 문장들에 의해 '이제 막 태어나고 있다'는 인상을 줄 수 있도록 표현하는 것이다. 이때 담화의 시간은 이야기 시간과 일치하게 된다.180) 작품에서 경희의 내적 독백에 가까운 서술은 4장 전체를 지배하는데, 이는 경희가 혼인을 둘러싼 아버지와의 갈등을 통해 가부장제 속에서 여학생으로 겪는 고뇌와 번민을 드러내고 내면적 성찰에 의한 자기 각성에 이르는 심리적 과정을 잘 보여준다. 특히 작품 마지막 하나님을 향한 경희의 기도는 아버지의 권유를 뿌리치고 자기 스스로 앞길을 개척하겠다는 다짐을 하고 난 뒤의 불안한 심리가 녹백으로 서술된 것으로, 기독교의 고백이라는 제도를 통한 경희의 내면의 발견과 함께 현재 경희의 각성의 수준을 드러내는 역할을 한다.

인용문의 밑줄 친 부분이 나혜석의 수필 「雜感」을 떠올리게 하는181)

---

179) 도리트 콘에 의하면 서술된 독백이란 서술에서 작중인물의 고유한 사고 내용과 감정의 언어화를 간접적으로 인용한 대목이 포함되는 것을 말한다. 간접인용인 서술된 독백은 독백에서 문법상의 주어('나')와 시제(현재)를 일종의 이전서술(3인칭 대명사와 과거시제 동사를 수반하는)로 바꾸어 놓는다. 이처럼 『경희』는 경희의 사고와 감정이 직접 인용된 독백은 아니지만 3인칭을 1인칭으로 바꾸어 놓을 경우 거의 인용된 독백에 가깝다고 할 수 있다. 스티븐 코핸・린다 샤이어스, 임병권・이호 역, 앞의 책, 143~144면.
180) 롤랑부르뇌프・레알월레, 앞의 책, 319면 및, 시모어 채트먼, 앞의 책, 209면 참조

경희의 각성은 "여자라는 것보다 먼저 사람", "조선 사회의 여자보다 전 인류의 여성", "하나님의 딸"이라는 점층적인 자기규정으로 이어진다. 이러한 각성에 이르기 전 경희는 벽에 걸린 체경에 몸을 비추면서 탐실기와 달과 까마귀와 자신과의 비교를 통해 "금수와 다른 사람은 제 힘으로 찾고 제 실력으로 얻는다"는 결론을 내린다. 이는 "비나 쪽진 夫人", 즉 구여성들의 생활을 짐승과 다름없다고 여기는 이분법적 사유의 결과이기도 하다. 경희의 앞에 놓인 두 길 역시 이분법적으로 제시되는 것처럼, 사람과 짐승이라는 이분법적인 구분을 통해 자아의 각성에 이르는데, 이 과정이 매우 추상적이다. 그리고 혼인에 대한 아버지의 강권을 거부하고 '사람으로서 험한 길을 개척하겠다'는 마지막 각성은 작품 전반부에서 당대 세인들과 공적 담론이 요구하는 여학생 상에 충실하면서 만족감을 느꼈던 모습과 일정부분 충돌하고 있는데, 결국 경희의 자아가 모순되고 분열되는 양상을 낳고 있다. 이는 1.2.3장에서 경희가 그렇게 보이고 싶어하는 자신의 모습을 나타내 보이기에 급급했던 결과이기도 하다. 인용문처럼 경희의 추상주의와 보편주의로 비약하는 자기규정과, 그 과정에서 드러나는 분열적인 양상은 지금까지 경희의 자각과 그를

---

181) 나혜석은 『학지광』에 발표한 편지형식의 수필 「雜感」에서 "우리 조선여자도 인제는 고만 사람ㅈ히 좀 돼바야만 할 것이 아니오? 여자다운 여자가 되어야만홀 것아니오? …… 아모로나 우리 압헤 발서 覺醒의 우슴과 努力의 血淚를 뿌리며 부지런히 밥아가는 언니가 잇다ᄒ면 그 작히나 조흐릿가─얼마나 깃브겠소."라면서 "먼져 밟으시는 언니들이어! 폭ㅅ 듸듸어서 쭈려시 발자최를 내어주시오"라고 간청한다. 겨울 설경을 보려고 산을 오르는 광경을 묘사하면서 <u>나도 큰 돌맹이에 발뿌리도 채이고 굵은 가시가 발바닥도 찔르고 이렇게 발서 거름을 옴기기가 困하더라도 아모러나 밋그러져서 머리가 터질 覺悟로 밟아나볼 慾心이오</u>"(나혜석, 「雜感」, 『학지광』 12호, 1917. 4)라고 강조하는데 이와 유사한 표현을 「雜感─K언니에게 與함」(『학지광』 13호, 1917. 5)에서도 "<u>아모려나 나가다가 벼락을 마져 죽든지 진흙에 밋그러져서 亡身을 ᄒ든지 나가볼 慾心이오</u>"라는 구절에서 찾을 수 있다. 이러한 신체와 관련된 수사를 통해 나혜석은 조선여자 개혁을 위해 열정적으로 선봉에 설 것을 비장한 각오로 다짐함과 동시에 그 일이 매우 고통스러울 것임을 환기시킨다.

통해 형성된 주체성이 구체적이지 못한 채 극히 피상적이라는 사실을 말해준다. 또한 각성에 이르는 과정에서 드러나는 경희의 끊임없는 불안과 회의는 이철원으로 대표되는 가부장적 질서의 강력함을 환기시키며, 더불어 작품 마지막 경희의 하나님을 향한 고백적 기도는 가부장적 질서 속에서 자신의 자각에 대한 확신이 부족함과 두려움을 암시한다.

요컨대 경희는 근대 교육을 받은 여학생으로서 조선 가정과 여성을 위해 앞장서서 일하는 '하나님의 딸', '전 인류의 여성'이 되겠다고 선각자를 자처하며 이전의 여성과는 다르게 살아보고자 하지만 자기모순의 노출을 통해 그 각성이 추상적인 자기인식에 그치고 마는 것이다. 하지만 1910년대 여학생의 내면적 자기 성찰에 의한 각성과 자기인식의 구체적인 모습을 그리고 있는 점에서 의의를 지닌다고 하겠다. 여기서 각성이 이루어지는 방과 매개물인 창과 체경은 그러한 각성의 플롯화에 공간적 요소로 작용하면서 독백을 통한 내면의 발견을 보이는 경희의 인물 형상화에 기여한다.

이상으로 개화기와 1910년대 여학생을 구성하는 공적 담론의 양상과 작품에 나타난 여학생의 표상을 살펴보았다. 『여자계』는 여학생을 '청년여자'로 '청년남자'와 연대하여 여자계와 조선의 문명화, 근대화를 위해 희생하고 계몽해야 할 선진자로서 규정한다. 신소설에는 이러한 이념을 기계적으로 받아 들여서 "조선여자교육에 힘써 여자사회를 계량한다"는 구호를 외치는 여학생이 등장한다. 그러나 그들은 교육받은 인물임에도 불구하고 능동적이거나 주체적이지 못하고 정절관념에 매여 있는 등 전래의 윤리규범에서 완전히 자유롭지 못한 모순적인 태도를 보인다. 그들은 다만 히사시가미에 리본을 묶은 채 공원을 산책하는 하이칼라의 반려자로서 근대를 상징하는 모형화된 풍속으로서, 신소설에서 근대적인 것을 보여주는 하나의 이미지로만 기능하는 것이다. 한편 『무정』은 형식이 선형과 영채에 대한 감정을 연대의식으로 규정짓고, 그러한 연대의식을 매개로 여학생들은 '조선민족 구제'에 목표를 두고 유학을 떠난다. 그러나 이 연대의식의 형성과정에서 선형과 영채의 섹슈얼리티는 억압되고 만다.

기독교의 세례로 내면이 발견된 『무정』의 선형, 『애욕의 피안』의 혜련은 기독교 교육을 철저히 내면화하여 육적 사랑을 부정하는 금욕적이면서 과도한 순결의식을 지니고 있다. 이와 반대로 성적인 쾌락과 욕망을 추구한 『재생』 순영과 『애욕의 피안』의 문임과 같은 여학생들은 텍스트에서 윤리적 단죄를 받음으로써 처벌된다. 이들은 모두 근대민족국가 건설을 위한 계몽의 기획에 의해 주체로 구성되며 그 이념을 위해 섹슈얼리티와 사적 욕망이 배제, 억압되고 있음을 알 수 있다. 이 시기에는 오직 생식을 위한 성, 가족과 국가를 위한 성만 있을 뿐이므로 여성은 개인적 욕망을 철저히 제거할 때만 민족의 구성원이 될 수 있기 때문이다.182) 여학생에게 강조된 교육 역시 미래의 훌륭한 아내와 어머니를 위한 교육, 즉 모성으로서의 교육이다. 여기서 결과적으로 여성은 탈성화된다. 그리고 1910년대 여학생은 앞서 살펴보았듯이 이러한 이념에 철저히 동화된 모습을 보여준다. 근대국가 형성을 위한 기획의 일환으로

---

182) 이지명, 『넘쳐나는 민족, 사라지는 주체—민족담론의 공존을 위해』, 책세상, 2004, 141면. 민족국가가 여성을 민족 구성원으로 인정하는 것은 젠더구조를 재편성하는 것에서 시작한다. 하나는 모성을 통해 국가에 봉사하게 되는 성별 역할 분담을 유지한 채 사적 영역의 국가화를 목표로 한 것. 또 다른 하나는 성별역할 분담 자체를 해체하는 것이다. 전자를 젠더 분리형, 후자를 참가형이라고 한다. 분리형에서 국가는 여성에게 국민을 출산하는 생산자로서의 역할과 경제 분야의 노동자로서의 역할을 기대한다. 여성 징병형의 참가형 전략은 영국이나 미국에서도 여성병사는 소수의 예외적인 존재에 지나지 않으며 또한 후방 지원 등의 업무에 한정되었다. 따라서 분리형이든 참가형이든 정도 차이에 지나지 않으며 같은 민족국가가 편성하는 젠더 관계 안에 편입된다. 우에노 치즈코, 이선이 역, 『내셔널리즘과 젠더』, 박종철 출판사, 1999, 63~75면 참조.

여성은 교육을 받았지만 그들의 사적 욕망과 섹슈얼리티가 억압되는 양상은 이러한 젠더 구축이 민족국가의 근대화라는 이데올로기에 지배되고 있음을 입증한다. 따라서 이 시기 소설에 묘사된 여학생의 젠더는 근대 국가의 상태와 양상들을 구체화하고 재현하는 수단임을 알 수 있다.

한편 이러한 근대기획에 의문을 품는『개척자』와『경희』는 일기와 독백의 담화 형식을 통한 내면적 성찰로 자기각성에 이르는 과정을 그리고 있다. 그러나 자아의 각성에 이르는 과정에서 성순처럼 맹목적인 나르시시즘을 노출하거나 경희와 같이 분열되고 추상적인 자기인식에 머물고 마는 한계를 노출한다. 구체적으로 사회를 의식하고 그에 대한 갈등과 저항의식으로 내면이 심화되고 확장되는 여학생의 표상은 1920년대 소설에 와서야 발견된다. 자기 향상심을 가진 내면적 존재방식을 보여주는, 즉 자기 나름대로 존재하고 느끼며 타인과 세계를 지적하는 허구적 인물로서의 여학생 말이다. 따라서 1910년대의 소설에 그려진 지배적인 여학생의 표상은 근대국가 기획에 동원된 '이념의 전달자'로서 그 이념과 가치를 위한 주제 생성에 기능하는 존재라고 할 수 있다.

2. 여고보의 활성화와 '소녀공동체'의 성립

개조와 변화에 대한 요구가 널리 퍼졌던 1920년대에는 여성의 자각과 의식이 분명해지면서 여성해방을 주장하는 목소리가 두드러진다. 그리고 1908년 고등여학교령의 공포로 여학생 제도가 정착된 이래 1920년대 말 이후 과열된 입학난이 심각한 사회문제로 대두[183]될 만큼 교육과

---

183) 金起田,「朝鮮의 절뚝바리 教育」,『신여성』 1924. 4. 참조.

학교제도는 식민지 조선에 거의 자리를 잡아가게 된다. 여학생은 이제 1910년대 하나의 모형화된 개화의 풍속에서 벗어나 이른바 근대의 아이콘으로서 위치를 굳히게 된다. 진정한 소녀시대의 출범이 시작된 것이다. 이시기에 여학생을 담론화한『신여자』와『신여성』을 통해 여학생의 달라지는 표상을 먼저 살펴보도록 하겠다.

1910년대 발간된『여자계』에서는 '신여자'라는 표현이 쓰이기는 하나 자주 발견되지 않는다. '부인'이나 '여자' 그리고 '반도여자', '조선여자', '청년학생제군' 등의 기표가 자주 사용되었다. 이에 비해 1920년 3월에 발행한『신여자』184)는 앞서 살핀 것처럼 편집인이 모두 여성으로 구성되어 있으며 주로 '신여자'라는 기표로 여자를 호명한다. 창간사에서부터 개조와 해방의 당위성을 부르짖으며 개조의 주체로서 '신여자'를 세우고 여자해방의 필요성을 강조한다. 그리고 신여자의 사명을 다음과 같이 밝힌다.

> 그러면 우리의 要求ㅎ는바와 主張ㅎ는바는 무엇임닛가? 달은것안이올시다 멧世紀를 두고 우리를 冷酷ㅎ게도 壓迫ㅎ고 우리를 極甚ㅎ게도 拘束ㅎ던 因襲的舊殼을 씨트리고 버서나셔 우리女子가 人格的으로 覺醒ㅎ야 完全ㅎ 自己發展을 遂行코자홈이외다. …… 우리 新女子는 이러한 自覺 밋헤서 우리 朝鮮女子社會에 모든 因襲的 道德을 打破하고 合理ㅎ시道德으로 男女의 性別에 制限되는일이업시 平等의 自由, 平等의 權利, 平等의 勞作, 平等의 享樂中에셔 自己發展을 遂行ㅎ야 最善ㅎ 生活을 營코져 홈이외다. …… 熱烈한 精神的 自由의 憧憬이잇슨 然後에 物質的 自由의

---

184) 1920년 3월 발행되어 5호까지 간행된다. 그러나 현재는 4호까지 전해진다. 편집위원은 편집고문 양우촌을 빼고 모두 여자로 조직되어 있다. 편집인 겸 발행인은 쎌링쓰 부인으로 되어 있고 편집인은 김원주이다.『신여자』 3호 편집여언을 참조하면 "우리의 여자의 손으로만 하여가자는 작정이므로 남자들이 名論章說을 많이 지어보내 주어도 싣지 않겠다"고 밝히고 있다. 하지만『신여자』 1호에는 간혹 남자 기고자의 글도 실렸나.

欲求가 생기는것이올시다. 홈으로 <u>우리는 新時代의 新女子로 모든 傳統的, 保守的, 反動的인 一切의舊思想에서 버서나지 안이ᄒ면 안이 되겟습니다. 이것이 實로 '新女子'의 任務요, 使命이요, 存在의 理由를 삼는것이올시다. '新女子'는 實로 이러ᄒ 意氣와 抱負를 가지고 이 社會에 나온것이올시다.</u>"185)

　　新女子의 社會改造에 對ᄒ 責任이라홈은 社會事業이 複雜홈과 같이 그 責任이 또한 複雜ᄒ고 重大홈은 勿論이니 卽社會에 對한 女子地位問題로부터 家庭問題 兒童養育 男女의 同等權及其待愚 寡婦의 處分及保護, 情操問題, 獨身女子와 그 외待遇結婚問題等 其他에至까ᄒ기ᄭ지 何者를不問ᄒ고 改造事業의 範圍에 屬치아니ᄒ者업스며 何者를 勿論하고 責任問題가 아니될者가 無다ᄒ외다. <u>그러나 我半島女子社會에 在ᄒ야는此等문제보다 先히女子界의 品位를向上ᄒ고 敎育의 普及을 先決的 新女子의 責任으로ᄒ며 先決的新女子의事業으로 認할者이라홈니다.</u>186)

　　첫 번째 인용문은 『신여자』의 사명으로 자유아 평등을 확보하기 위해 인습적 舊殼을 깨트리고 자기발전을 수행할 것을 요구하고 있다.187) 두 번째 인용문은 신여자의 사회개조를 위한 책임문제를 구체적으로 예를 들어 설명하면서 사회문제의 여러 가지 중에 여자 교육의 보급이 가장 시급함을 역설한다. 또 이 사업을 성공하고자 함에는 '현상타파'와 '개

---

185) 「우리 新女子의 要求와 主張」, 『신여자』 2호, 1920. 4.

186) 김원주, 「新女子의 社會에 對ᄒ 責任을 論홈」, 『신여자』 1호, 1920. 3.

187) 이와 같은 논지는 『신여자』 전체를 통괄한다. 여성의 해방과 남녀동등권을 얻기 위해 먼저 현상을 타파할 것을 요구하고 개조를 강조하는데, 이때 개조란 "生의 要求의 滿足을 求ᄒ야 自己 또는 自己의 生活環境을 변화케 함"을 말한다. "우리 女子가 生의 要求의 滿足을 얻기 위하여 가장 合理한 法으로 남자의게 대ᄒ야 同等의 人格者로 人權을 要求하는 以上에는 먼저 自己의 現狀이 엇더홈을 도라보와가지고 될수잇는대로는 속히 過去와 絶緣을하고 묵은理想을撲滅하야 시女子로 改造되어야하느니 …… 우리 覺醒한 女子는 …… 우리의 現狀을 打破하고 自己改造를 實力으로 하자합니다. …… 第一急務는 自己의 改造요 自己 改造는 現狀打破임니다." 「먼저 現狀을 打破하라」, 『신여자』 4호, 1920. 6.

조해방'을 확신하고 주의할 것을 요구한다. 이렇게『신여자』는『여자계』
와 같이 여자의 각성과 해방의 전제조건으로 여성교육의 필요를 역설하
는 등 근본적으로 계몽적인 색채를 띤다. 그러나『신여자』는「新舊衝突
의 大悲劇 : 婚姻哀話 '犧牲된 處女'」이라는 조혼의 폐해로 희생된 처녀의
이야기를 통해 여성교육의 필요성을 강조하고, 김명순의「處女의 가는
길」과 김일엽의「어느 少女의 死」라는 소설을 통해 부모의 강제혼으로
부터 벗어나기 위해 가출이나 죽음을 선택하는 소녀를 내세워 인습의
폐해를 고발한다. 또「K언니에게」라는 편지형식의 수필로 남편에게 버
림받은 조혼한 구여성의 이야기를 전하는 등 다양한 글쓰기 방식으로
여자 해방의 필요성을 제시하면서 좀 더 설득과 계몽의 효과를 높이고
있다.188) 예시한 글들에서는 여자의 해방은 자유연애와 자유결혼에 있다
는 것이 공통적으로 강조된다.『신여자』에 실린 이러한 작품들과 김일엽
과 나혜석의 1920년대 소설들은 인습의 폐해를 고발하고 교육의 필요성
을 강조하는 고백적 서사형태를 보인다. 그리고 여학생의 근대적 개인으
로서의 실천과 해방의 욕망으로서 추구되는 낭만적 사랑과 자유연애의
의지를 형상화한다. 여성작가의 작품은 이 시기 남성 작가들의 작품과
다른 양상을 보이는데, 그것은 여학생이 자유연애의 대상화된 인물로서
가 아니라 적극적으로 자신의 낭만적 사랑을 추구하는 행동의 주체로서
기능한다는 점이다. 그 과정에서 여성의 육체에 대한 서술의 비중이 남
성 작가의 작품에 비해 적은 것도 특징이다.

---

188)『신여자』2호에 의하면 영국 런던에서 개최된 문예가 회합의 여류작가를 부르는 '靑
    鞜'의 유래를 소개하고『신여자』가 "靑鞜들의 작품이라고 자랑할 만한 것과 동시에
    파묻힌 天才를 출현시키려고 나왔다"고 하면서 "우리 잡지 중에서 우리의 내부생활을
    적절하게 씀에는 이를 제하고는 없다"고 한다(心史,「當面의 問題」,『신여자』2호,
    1920. 4. 참조). 이는『신여자』가 자신들을 '청탑 문사'라고 자처하면서 문예지로서의
    성격도 추구하고 있음을 밝히는 것이다.

『여자계』가 여학생을 청년의 연대자로서 근대국가 건설이라는 기획에 동화된 주체의 형성을 꾀했다면 『신여자』는 여학생만을 대상으로 한 것이 아니라, 부인잡지를 표명하면서 신여자의 개조와 현상타파에 대한 자각을 깨우쳐 여자의 자각과 해방, 자유연애와 자유결혼을 더욱더 강조함으로써 여성의 인권과 남녀평등, 동등한 권리의 획득이라는 여성 해방적 차원에 관심을 더욱 기울인다. 그러나 『신여자』에는 이러한 여성해방을 지향하는 여권주의와 함께 현모양처주의를 표방하는 담론189)도 공존한다. 그리고 여성해방의 문제 또한 사회개조를 위해 필요한 가정개조의 수단으로 강조된다.

> 社會를 改造ᄒ랴면먼져 社會의 原素인 家庭을 改造ᄒ여야하고 家庭의 主人될 女子를 解放ᄒ여야 홀 것은勿論입니다. 우리도남갓치살냐면 남의 게지지아니ᄒ랴면 남답게살냐면 全部를 改造ᄒ랴면 女子먼져 解放이되여야홀것입니다.190)

새 시대로 가기 위한 사회 개조의 시작이 가정 개조에 있고 가정을 개조하려면 여자가 해방되어야 한다는 위의 논리는 결국 여자의 해방은

---

189) 여학생과 관련하여 少女의 責任을 논한 글을 보더라도 이와 같은 입장이 드러난다. "少女時代의 責任은 婦女時代를 행할 責任을 豫備함이니 가장 要緊한 者 二端은 1.自己에 對ᄒ 責任과 2.對人에 對ᄒ 責任을 말한다. 1.自己에 對ᄒ 責任은 適當ᄒ 時期을 選擇ᄒ야 光陰을 虛擲ᄒ지말고 才와 德을 修養ᄒ며 行爲을 放蕩케ᄒ야 汚泥ᄒ 世俗에 染치 말고 節操을 確守ᄒ야 身을 玉과 갓치 潔케ᄒ며 志을 鐵과 갓치 固케佟ᄒ야써 浮華를 勿尙ᄒ며 佟動을 深界ᄒ여 我女子界에 蔣敬純貞한 氣風을 養成홈이 今日 여러 少女의 重大ᄒ 責任이요, 2.對人에 對ᄒ 책임이니…… 今日 少女는 他日에 반다시 국민의 母가 되리니 世界 大英雄, 大豪傑은 다 女子로 生産ᄒ 者라. 其例을 考據ᄒ則 所謂 仁人君子와 英雄豪傑은 비록 其秉賦홈이 不同ᄒ나 其實은 母校의 善美홈을 基因홈이니 女子敎育은 家庭敎育에 根本이오, 學校敎育에 基礎라."(兪珏卿, 「少女의 責任論」, 『신여자』 3호, 1920. 5). 여기서 소녀의 책임으로 미래의 부인이 될 즉 가정교육과 자녀교육의 담당자로서의 직분을 다하기 위한 준비를 강조함을 알 수 있다.

190) 「創刊辭」, 『신여자』 1호, 1920. 3.

사회개조를 위한 수단이라는 논리 안으로 수렴된다. 이는 『여자계』에서도 드러났듯이 여성해방과 가정개조를 사회개조를 위한 필수 조건으로 두면서 여성에 대해 가정의 주재자로서의 측면을 더욱 강조하는 것이다. 따라서 여성의 인권이나 사적 욕망의 차원을 고려한 해방이라기보다 사회개조의 일환으로서 여성해방이 요구된다. 이는 여성해방의 이념이 식민지 근대초기에 조선의 여성 자신들을 위해서가 아니라 조선의 힘과 능력을 기르기 위해 필요한 것으로 유입되었으며, 근대 민족담론 아래 여성을 포섭하면서 여성해방은 여성이 공적 영역에 참여하는 기회를 보다 덜 평등하게 하는 것을 의미했다는 것을 보여준다.

다른 한편으로 『신여자』는 앞서 언급했듯이 구여성의 수난을 통해 조혼의 폐해를 고발하고, 여학생의 자유연애의 의지를 실현하는 작품을 게재하여 자율적인 여성해방의 측면도 함께 강조한다. 그러나 여성해방의 일환으로써 자유연애와 자유결혼을 강조하는 이와 같은 담론들은 조선가정의 개혁 수단으로 자유연애를 주창하던 『학지광』의 남성 지식인들의 담론 쪽으로 수렴되기에 이른다.191) 이는 근대국가 건설이라는 기획아래 문제시되지 못한 점도 있지만 한편으로는 여성지식인들이 여성해방의 수단으로서 추구하는 자유연애와 결혼을 실현하기 위해서는 그 전제 조건으로 교육을 받아야 하며, 그러기 위해 남성 중심적인 근대 영역

---

191) 노지승은 이러한 균열이 봉합되는 이유를 다음과 같이 설명한다. 이광수와 전영택 같은 이는 자유연애를 통한 새로운 가정의 성립이라는 범위 안에서 여자의 자각을 강조하는데 여성 신지식층들은 새로운 가정의 성립에 있기보다는 재래의 핍박받는 어머니, 아내, 딸 등을 가정 밖으로 끌어내어 개인으로 서게 하는 데 있었다. 즉 재래의 가족 관계로부터 독립적인 존재로 해방시킬 것을 주장했다. 그러나 1910년대 후반에 남성 지식인과 여성 지식인 사이의 미묘한 입장 차이는 논쟁으로 비화되는 일 없이 매끄럽게 봉합된다. 이러한 매끄러운 봉합이 여성 지식인들의 여성해방론이 남성중심의 연애, 결혼 문제로 수렴됨으로써 이루어진 것이라는 점에서 1920년대 여성해방론의 본래적 의미는 점점 퇴색하여간다고 지적한다. 노지승, 앞의 논문, 20면.

으로 들어가야 했기 때문이다. 따라서 그들의 해방의 욕망을 토대로 한 자유연애에 대한 이상도 남성지식인들이 주장하는 이상적 가정의 배우자와 연애의 대상으로 점차 기울어진다.

여학생이 근대적 개인으로서의 자율성과 가부장제 속에서 해방되고자 하는 욕망을 보다 많이 드러낼 수 있었던 매체는 『신여성』이었다. 『신여성』은 여학생층을 적극적으로 '신여성'으로 호명하면서 조선을 개조할 미래의 주체로 규정하고 그들에 대한 계몽과 규율의 장으로 기획되었지만 『여자계』와 『신여자』에 비해 여학생의 적극적인 참여가 이루어지면서 그들의 목소리를 담아 낼 수 있었다. 이 잡지는 여학생을 겨냥해서 만들어졌다고 할 만큼 여학교와 여학생에 대한 기사를 많이 실어 1920~30년대 중반까지 여학생에 대한 정체성을 형성했던 가장 강력한 매체였다.

『신여성』에서 형성되는 여학생의 이미지는 '선진자', '선각자'로서 개조와 계몽의 주체로만 여겨졌던 이전과 달라지는 양상을 보이는데, 이는 1920년대 이후에 여학생을 포함한 신여성에 대한 기표와 중심 기의가 변화하기 때문이다. 1920년대 여학생이 그 핵심적인 범주를 차지했던 '신여성'은 "교육을 통해 과학적이고 합리적인 사고를 가지고 구식생활을 벗어나 가정과 사회를 개혁시키는 임무를 지닌 우리 사회를 선도할 수 있는 새로운 自我理想"[192]으로만 평가되는 것이 아니라, 진정한 사상이 부족한 채 머리모양이나 화장, 옷 모양 등 외양과 자유 기분 속에 연애와 향락만을 일삼고 새로운 것만 추구하고 사치와 허영덩어리로 지탄의 대상이 되기 시작한다.[193] 1930년대가 되면 여학교 졸업장은 결혼을

---

192) 권희영, 「1920~30년대 '신여성'과 모더니티 문제」, 『사회와 역사』 5집, 1998. 12, 74면.

193) 대표적으로 다음과 같은 글을 들 수 있다. "머리만 속발(束髮)로 짓고 치마만 짧게해입고 긴양말에 굽높흔구두만신고 日本말이나좀알고 英語나 좀 아라드를수잇고 길에나서

위한 자격증으로 취급되고 여학생은 돈만 있으면 구매할 수 있는 것으로 상품화되기도 한다. 이렇게 통속화되는 한편으로 여학생은 1910년대 남성지식인들에서 연원한 근대적 자아의 확립을 희구하는 남성주체의 자유연애와 낭만적 사랑의 대상자로 더욱더 동경과 선망의 대상이 된다. 따라서 여학생의 외양과 섹슈얼리티를 둘러싼 경멸과 비난의 시선과 더불어 자유연애의 상대로 욕망하는 동경과 선망의 시선, 즉 '예훼포폄(譽

면 거름거리나 좀쑤벅쑤벅활발하게 거를수잇고 파로솔 향수나 잘사고 천박한 米國의 활동사진이나보러다니고 로이드가엇덧코, 메리 쩍-쪼드가누구고 리리안기수가엇던애고ㅡ이런것만 잘알고 진고개가서 그림 그린편지지나사다놋코 사흘에한번식 옷갈아입는것을 쌔끗한걸로만알고 런애니 명석이니하고 짓고짜불르는것만을 능사로 알고있는 것이 신여성이냐하면 섭섭한말슴이지만 그런것이 신녀성이아니라 그것은 요사이의 소위 신녀성내음새에 지나지못하고 참말로신녀성은 그런것이아니외다. …… 오늘의 시대를 쏫쏙히보고 우리의살림을 반듯이 째닷고 '나'라는 의식(意識)을 넓혀서 그것을 세게의긋까지 확장하고 오늘날의 온세게를통트러서의 녀자라는 처지에서 쏘는다만 조선안의 여자라는처지에 서서 자기네의할바일이무엇인가를 즉 자기의사명(使命)이무엇인가를 밝히알고서 실행하는 녀성이 신녀성이다."(八峰山人, 「所謂新女性내음새」, 1924. 7)

『新女性』 1926년 4월에 실린 「十年前의 卒業生으로 본 現時女學生」이라는 글을 통해 1920년대 여학생의 풍경을 확인할 수 있어서 이를 인용하기로 한다. "십년전의녀학생과 지금의녀학생을 비교하면참으로 차이가만슴니다. 첫재에 외형으로볼지라도 머리트는방법도다르고 의복의 제도도다르고 신발도다르고 화장도다르고 거름것는보법도다름니다. 십년전의녀학생들은 학교를 다니면서도 부끄럼이 만하서 길을갈적에도 항상압만보는싸닭에 대개는등이굽더니 지금은남자이상으로 활발하야 체격과자세가 다바르며 이전에는 머리에기름을만히바르고 트는방법이 일본녀자자비슷하게하더니 근래에는 머리에기름을 그다지바르지안코 압머리를 고불고불하게하야 이마를 조곰덥히게하며 구두도그던에는 굽놉흔것은 잡아약을하랴도 볼수가업더니 지금은한류행이된 것갓슴니다. 지금의녀학생들은 겨울이면은 의례히자색짜켓트입고 자색목도리를 포댁이모양으로 두르고다니지만 이전에는 겨울에도우산을밧고다니엿슴니다. 지금 에는 녀학생이 치마가짜르고 저고리가길지만은 이전에는 그와반대로 저고리가짜르고 치마가기럿슴니다. 혁대도쐰일이업고 긴 양말도별로 신지안엇슴니다. 분도조선분을약간발럿고 지금처럼갑이비싼외국분을 바르지안핫슴니다. 다만 외형뿐이겟슴니가 사상과 주의도 놀날만하게 변천이되얏슴니다. 지금의 녀학생들은 편발의 처녀라도 자유연애를 곳잘주창합니다. 현처양모(賢妻養母)의주의는 벌서썩은주의로알고 무슨주의무슨주의하는 새주의를노래하고 찬양하는모양입니다. 전보다도 허영심과사치의풍이늘어가는것갓슴니다. 쏘공부의뎡도로말하면 이전보다훨신놉하지고 실디가만하진것은 물론입니다(柳英姬, 「女學生의 各人各觀ㅡ十年前의 女學生으로 본 現時女學生」, 『新女性』 1926. 4)

학생만화(『별건곤』, 1027. 1)

毁褒貶)'194)의 눈길은 이 시기 여학생을 둘러싼 양면적 시선이었으며, 1920~30년대 소설에 재현된 여학생은 이러한 시선의 산물이었다.

『신여성』은 또한 여학생들을 끊임없이 계몽과 충고로 규율하면서 한편으로는 그들의 참여로 해방의 욕망과 목소리를 담아내는 등 자율적인 공간을 제공한다. 구체적으로 그들을 규율하는 담론들은 여학생들의 학교생활, 풍기문란, 교복, 교표 착용, 편지 단속, 기숙사 규칙, 하숙생활, 동

경불량유학생 문제와 같은 문제를 다루고 있다. 또 각종문제를 시비에 부쳐 여학생에 대한 규범을 형성하는데 수학여행 시비, 단발, 목노리 시비, 혁대 시비, 유행가 시비 등으로 나타난다.195) 특히 연애와 결혼에 대

---

194) 예훼포폄(譽毁褒貶)이란 '칭찬하다', '부수다', '기리다', '헐뜯다'의 의미를 지닌 단어이다. 本田和子는 메이지 말기 정치소설과 대중소설에 그려진 여학생이 이러한 양자의 시선의 산물이었음을 지적하고 있다(本田和子, 『女學生の系譜』, 靑土社, 1990, 170면). 이 책에서는 우리 근대소설에 재현된 여학생의 표상도 이러한 시선의 결과였다고 보면서 이 단어를 앞으로 차용하기로 한다. '예훼포폄'은 바꾸어 말해 동경과 비난, 선망과 힐난의 시선이라고도 할 수 있다.

195) 목도리에 대한 시비로는 "길이가 너무 길어서 목도리가 걸어다니는 것 같다"는 것. 또 "검은 빛과 진당홍은 너무 과격한 빛이며 보랏빛은 불량한 빛이어서 여성에게 부조화하고 불쾌"하다는 것이다(「女學生 목도리 是非」, 『신여성』, 1924. 3). 혁대 시비를 둘러싼 대체로의 의견은 당시 여학생들 간에 유행한 자주빛, 진홍, 남, 보라, 양회색, 감쟁이 같은 색은 도발적이고 추하고 더구나 조선옷의 색채와 조화가 안 되므로 엷은 옥색이나 흰 것을 쓰고 좁은 것으로 가늘게 살짝 매고서 저고리 밑에 감추는 것이 좋다

한 충고를 아끼지 않는데, 이러한 훈계의 담론들은 대체로 남녀학생 연애문제를 풍기문제로 보고 가정과 학교 당국이 서로 연락하여 이를 선도할 것을 약속하고 성교육 실시를 주장한다.196) 또 바람직한 결혼과 연애의 이상을 제시하는가 하면 첩이 된 여학생들의 애화197)나 자유연애에 실패하여 몸을 망가뜨린 여학생들의 비화나 야화198)를 실어 경각심을 불러일으킨다. 탕녀와 여학생을 구별하는 경계선이 무너지게 되었다면서 풍기문란에 대한 대

여학생 풍자만화
(『신여성』, 1925. 6·7 합병호)

책으로 보든지 학생 선도상으로 보든지 일정한 교복제정은 시급한 문제라며 제복과 교표를 착용할 것을 권장한다.199) 연애와 결혼, 복장과 외양을 둘러싼 규율은 여학생이 단순히 계몽의 대상이 아니라 성적인 대상으로 구성되고 있음을 보여준다. 여학생은 당시 섹슈얼리티, 연애와 관련해

는 것이다. 「女學生界 新流行-혁대 是非」, 『신여성』, 1924. 11.

196) 「風紀問題와 그 善導策-各男女學校當局者諸氏의 의견」, 『신여성』, 1925. 6, 八峰山人 「今日의 女性과 現代의 敎育-紊亂한 中에서 그들을 善導하기 위히야 戀愛를 알게하라 性敎育을 興하라」, 『신여성』, 1925. 6.

197) 여학교를 졸업하고 첩이 되어가는 여학생에 대해서 ① 속아서 첩되는 이, ② 유혹에 빠져서 첩되는 이, ③ 타락의 끝에 첩되는 이, ④ 허영으로 첩되는 이, ⑤ 생활난으로 첩되는 이, ⑥ 그들의 끗신세로 나누어 논하고 있다. 三淸洞人, 「女學校를 卒業하고 妾이 되어 가는 사람들」, 『신여성』, 1924. 4.

198) 이와 같은 예로 「여학생 애화-홋터진 따리아」, 『신여성』(1923. 9), 「여학생 애화-비밀」, 『신여성』(1924. 7), 「여학생 애화-비운의 끝」, 「기숙사 야화-순자씨의 비밀」, 『신여성』(1924. 10), 「여학생 수난비화-① 標本室內에서 發生한 키스스 盜難사건, ② 수학여행 중에 당한 정조유린 괴동, ③ 가정교사로서 처함정에 빠진 모여학생」 등이 있다.

199) 「女學生制服과 校標問題」(『신여성』, 1923. 10), 「風紀紊亂의 對策과 敎導上으로도 緊急한 問題」(『신여성』, 1925. 6)

서 성적 호기심의 대상이자 다스려지고 단속되어야 할 대상이었다.

『신여성』은 또한 이러한 규율의 장인 동시에 여학생들이 스스로 참여하여 글을 기고하면서 이루어지는 의사소통의 장을 제공하기도 했는데, 주로 독자 투고란의 형태로 드러난다.[200] 여학생들은 자신의 번민[201]을 토로하는 글을 통해 당대 현실과 규범 속에서 느끼는 여학생으로서의 어려움을 드러내고 있다. 여학교를 졸업했지만 상급학교를 갈 수 없는

---

200) 1920년대에 여학생이 보던 잡지에는 개벽사에서 『어린이』와는 별도로 중등 정도의 학생층을 겨냥해서 1929년 3월에 창간한 『學生』이 있다. 여기에는 여학교 소개와 소식, 기숙사 탐방 등 여학생 관련기사 상당수 실리기도 했지만 독자투고란에서도 알 수 있듯이 여학생의 참여가 자발적이고 적극적으로 이루어지지 못했다. 『學生』 6호(1929. 9)에 실린 「지상사교실」을 보면 투고란이 남학생들의 독무대가 되는 것에 대한 여학생의 불만이 실린다. 따라서 여학생보다는 남학생을 겨냥한 잡지의 성격이 더 큰 비중을 차지한다고 판단된다. 잡지의 목차나 기획기사를 보더라도 『신여성』보다 훨씬 계몽의 의도가 강했음을 알 수 있다. 그리고 『學生』 또한 「紙上社交室」이란 투고란을 통해 학생들 간의 교류가 이루어지는데, 그 투고란의 목적을 "남북에 떨어져있는 친구끼리나 흩어진지 오래여 주소 모르는 친구끼리나 이름만은 알아서 그 사람과 사귀고 싶으나 만날 수 없는 미지의 친구 사이나 서로 자유로 통신할 수 있다. 또 독자로서 편집실에 보내는 소식(즉 무슨 의논거리나 무슨 기사 같은 것의 주문이나 독후감상이나)을 일반 독자에게 공통될 만한 내용을 가진 것이면 보내기를 바란다"고 밝히고 있다. 『學生』, 1929. 3, 84면 참조.

201) 『신여성』은 '번민호'라는 특집을 낼 만큼 이 당시 번민이라는 말이 널리 쓰였는데, 이는 일본에서 1903년 "나의 이 한을 그리워하는 번민, 마지막으로 죽기를 결심하다"라는 『巖頭の感』을 쓴 후지무라 미사오(藤村操)의 시기에서 그 연원을 찾을 수 있다. 하지만 새로운 여성들이 활약하게 되고 청년의 동향이 사회적, 문화적으로 주목을 받게 되어 1910년대 메이지 말기에서 다이쇼 초기에 이르러 '번민'이 청년의 문제로 재차 등장하게 된다. '고민'이라는 단어를 쓰지 않은 이유는 '번민'이라고 표현되어진 심각한 고민이 소녀들을 포함한 청년들의 신상에 일어나고 있었기 때문이다. 소녀들/청년들은 번민의 특권적인 주체가 되었다. 번민이란 것은 속마음을 털어놓고 상담할 수 없어 혼자 숨어서 괴로워했던 심신의 고민이었다. 그러나 점차 번민의 공유화가 일어나게 되었고 그것은 번민의 패턴화, 정형화로 바꿔 말할 수 있는데, 여성잡지의 상담란에는 번민을 상담하는 상담란이 증가한다. 소녀들은 '신시대의 부인'으로서 <진정한 오토메>의 삶을 지향하고자 했는데, 즉 영혼과 육체, 靈과 肉의 갈등 혹은 질곡이 일어나 번민이 생겨난 것이다. 三村邦光, 『オトメの身體』, 紀伊國屋書店, 1994, 84~86면 참조. 우리의 경우 1920년대에 여학생의 번민은 '신여성의 五大번민'이 생길만큼 번민의 정형화, 패턴화를 이루고 있다.

번민202), 과도기 사회에 있는 처녀로서 결혼에 대한 번민, 물질상 번민, 직업을 못 구해서 우는 사정, 자유연애로 결혼했지만 남편의 달라진 태도에 대한 번민, 구 가정에 들어가서 겪는 갈등203)이 그것이다.『신여성』에서 김원주는 여러 가지 번민을 토로하는 여학생들에게 격려와 충고를 아끼지 않는다.

> 우리의 선조가 살아온 그 투로 살기에 너무도 인생 일생이 아깝고 좀 더 의의있게 살고저 하니 여기에 번민이 생기는 것이다. 사회적으로 나가자 하여도 사실 우리들을 포용하는 조직이 있으며 우리를 지도해주는 선배 몇 분이나 있습니까? …… 그리하여 우리 여고보 정도를 졸업한 많은 동료들은 아무 생각없이 재래의 궤도를 밟는 사람은 말할 것도 없거니와 번민하고 새 길을 얻어보려고 헤매이든 사람들도 결국 모르는 동안에 미끄러져 버리고 또 무엇이라도 하여야 할 많은 동무들이 공연히 세월을 보내고 무의미하게 지내는 것은 실로 유감입니다. 이것이 사회의 결함과 오류가 있는 것은 다시 말할 여지도 없지마는 여기에 당면한 자신에게도 채찍질할 것이 많을 것이니 우리는 항상 긴장된 마음으로 끊임없는 노력과 서로 편달해주는 기회가 있기를 새로이 나오는 동무들과 함께 하고자 하는 바입니다.

---

202) 졸업생들의 고민을 들면 다음과 같다. 첫째 공부를 더하고 싶어도 갈 곳이 없고 돈이 없어서 유학을 갈수도 없다. 고등보통학교나 졸업하고 그만두려면 보통학교만 졸업하고도 신문 한 장 편지 한 장은 보고 쓸 수 있으니 그것으로 족할 것이라고 이야기한다. 둘째 공부를 그만두려 해도 취직할 곳이 없다. 교사로 가려니 공립학교 외에 사립학교가 몇 군데 없다. 그 외 은행원, 회사원, 간호부, 전화교환수 이름은 많이 있어도 자리가 없어서 가지 못한다. 셋째 졸업이나 하기까지 졸업이나 한 후에 하고 밀어온 것이 이제 졸업하였으니 어서 시집이나 가라고 집에서 성화한다. 혹시 공부도 더 못할 사정이고 사회에 나가 일할 처지도 되지 못하면 스스로 시집갈 요령을 한다 하더라도 부모의 생각과는 같지 아니하니 시집을 가려도 큰 고민을 하게 된다. 「교문을 나서면서-졸업생 感想談」, 『신여성』, 1924. 3.

203) 「新女性의 五大煩悶-① 未婚處女의 남모를 煩悶, ② 女學校 卒業한 處女의 煩悶, ③ 自由結婚한 新女性의 煩悶, ④ 직업을 못 求해서 우는 新女性, ⑤ 舊家庭에 드러간 女性의 煩悶」, 『新女性』, 1925. 11.

김원주는 당시 여학생들의 번민이 사회 구조적인 결함에서 비롯된 것으로 파악한다. 그리고 이러한 여학생의 번민의 내용은 앞서 살펴본 것처럼 점차 정형화되고 공유화되기에 이르는데 이는 과도기에 처한 식민지 근대 조선 여학생의 모습을 나타내는 동시에 그들이 당대 현실에서 부유하는 상태에 있음을 보여주고 있다. 뿐만 아니라 식민지 본국인 일본의 여학생은 물론 식민지 내부의 남학생과의 이중적인 차별 속에서

졸업처녀의 번민(『별건곤』, 1928. 6)

진학의 길도 취업의 길도 어려웠던 당대 여학생들의 모습은 근대적 교육제도와 식민정책의 균열을 잘 드러내고 있다. 따라서 여학생들이 '번민'을 느끼는 것은 과노기에 처한 저녀로서 낭대의 억압적인 사회 구조를 인식하는 것이며 자기 '번민'을 글로 표현한다는 것은 여성으로서의 자기 정체성을 자각하는 문제이기도 했다.204) 즉 여학생은 번민을 통해 비로소 자신이 살고 있는 사회와 시대, 그리고 학교라는 제도에 대항하는 내면이 확립 되면서 근대적 개인으로서 자아가 형성되어 간다.

이밖에 여학생들은 『신여성』의 독자 투고란인 「讀者와 記者」, 「女人사룬」, 「會話實」 및 「讀者論壇」, 「讀者文藝」에 자신의 글을 기고하기도 했으며 「女學生通信」, 「女性界消息」 등의 란205)을 통해 서로의 소식을 주고

---

204) 박지영, 「『신여성』誌의 '독자투고'문을 통해서 본 '여성적 글쓰기'의 형성과정」, 『여성문학연구』 12호, 한국여성문학학회, 2006, 365면.

받으며 일정한 콘셉트를 공유하는 하나의 '소녀 공동체'를 성립했다. 특히 「女學生 通信」은 자기 학교의 소식과 동정, 사고, 행사 안내, 학교 특징을 소개한다. 또 지방에서 혹은 멀리 중국에서까지 안부와 소식을 전하며 여학교 시절을 그리워하는 등 서로 감정과 의사를 공유하고 있다.

대국(大國)국민이라고 자존심이 가득한 중국사람들의 서울 북경! 중국가치 큰나라의서울이라하면서 도로(道路) 정리라던가 시민들의생활이든가 남의눈을번쩍띄게하는 것도 업고 건축물이 크고우중충하야 오래된 넷도읍갓흔것밧게 다른아모별것이업슴니다. …… 생각하면 조선서울이 퍽그리워짐니다. 아모것에서도 마음위안을어들것이업서서 견댈수업시 답답하고 벌서실증이남니다. …… 여긔에와잇는 우리나라여자는 아즉세분밧게 만나지못하엿고 이런곳에서 엇더케 삼년동안이나지낼가십어서 하로도멧번씩고국이그리워못견대겟슴니다. 자조 고국소식들녀주서요 그것만이 내게는 큰위안이 되겟슴니다. (中國 北京에서 北京大興縣, 白百合)[206]

明子언니 …… 음산-하고 치운날 해당화붉은꽃닙을 하나씩둘씩 떠러치면서 구진비가 죽-죽 나릴제한줄기의 빗발이가슴속에 숨어잇는정을꼬여내는 것처럼 제마음은 작고예전날을그리워솔솔이풀니여남니다. 학교에단기던지난날이그립고 갓치공부하던 헤여진 동모가그립고……. 언니 언니는 지금 무얼하고계심닛가 …… 아모변화도업는시골에서 정한 수효의 어린애들을다리고 날마다하는생활을 고대로 되풀이기만하고 잇기에는 제몸은너머도어린것갓슴니다. 복잡하여도 식그러워도 역시 어린몸 어린생각에는 서울이란곳이 자미잇고즐거운곳인것갓슴니다. 서울로! 서울로! 하로도멧번식뛰여가고십은생각대로 하려면 벌서벌서 이곳을떠나고말엇슬것임니다. 그러나 곱고도 귀여운어린싹들이 내손길에서 웃고뛰면서커가는

---

205) 「讀者와 記者」, 「女人사룬」과 「회화실」은 기사나 작품, 잡지 내용에 대해 의견을 개진하고 평가를 하거나 혹은 질문이나 요구사항을 말하면 기자가 답변을 하는 란이다. 「女學校 通信」은 자기 학교의 소식과 동정, 사고 행사안내, 그리고 학교의 특징을 소개한다. 「色箱子」는 주로 최근에 발생한 가십기사를 모아놓은 란이다.

206) 「女學生通信」, 『신여셩』, 1924. 6.

것을 생각할때에 나는 다시 내 일이 엇더케 존귀한 텬직(天職)인 것을 힘 잇게 속깁히 늣기고 잇습니다. 서울동경하면서 존귀한텬직에 스스로편달 을바다가면서 이럿케지내가는내생활을 웃지말아주십시오 어리고약한마 음에는 별수도업는것갓습니다. (구즌비오는날에 金泉 心花子)[207]

회화실(『신여성』, 1926. 10)

여학생 통신(『신여성』, 1924. 6)

첫 번째 인용문은 중국 북경에서 유학 생활을 하는 여학생이 보낸 글이다. 조선 의 서울이 그립고 외로운 나머지 앞으로 3년간의 공부를 더 할 예정인데, 어떻게 견뎌낼지 막막한 심정을 토로하고 있 다. 더불어 「女學生 通信」을 통해 고국 소식을 듣는 것만이 유일한 위안임을 밝 힌다. 두 번째 인용한 글은 서울에서 여 학교를 마치고 시골에 내려가 교사 생활 을 하는 직업여성이 서울에서의 학창시 절을 그리워하는 내용이다. 학창시절은 물론 서울까지도 동경과 그리움의 대상 이 되고 있다. 한편 교사로서의 보람을 가지면서 잘 지내겠다는 다짐도 보이고 있다. 「女學生 通信」에 빈번히 등장하는 단어는 '그리움'이다. 이로부터 소녀시기 를 보냈던 학창시절이라는 새로운 라이프 스타일에 대한 경험과 추억이 학교를 졸 업한 후에도 여전히 그들의 정서를 지배

---

207) 「女學生通信」, 『신여성』, 1924. 6.

하고 이들을 하나의 공동체로 묶어주는 역할을 하고 있음을 알 수 있다.

1926년 6월호부터 신설된 「會話室」의 경우에도 독자의 참여가 활발했는데, 여학생들은 잡지의 표지에 대한 문제에서부터 고정란에 대한 내용을 평가하거나 기사에 대한 느낌과 견해를 펼치며 궁금한 내용은 질문을 하고 간혹 기자가 답을 하기도 한다. 주로 여학생들은 "「女性界 消息」이 우리 여자들로서 서로 정기를 상통하는 데 매우 유익한 기사"라고 평가 하는가 하면 「會話室」란이 "정답고 친절한 맛이 있다"면서 "독자 사이의 친목을 도모하는 데 매우 좋다"고 서로서로 적극적인 참여를 할 것을 권유하기도 한다.208)

이러한 투고란들은 활자를 매개로 하여 구성된 상상의 공동체209)를 가능케 한다. 그리고 투고란을 통해 여학생 공동체를 형성할 수 있었던 것은 교육과 독서의 영향 때문이다. 학교교육은 여성들에게 읽고 쓸 수 있는 능력을 갖게 했고, 이 능력이야말로 여성들을 근대사회로 통합시키는 데 가장 적절한 수단이었다.210) 여성들은 교육을 통해 자기 자신과

---

208) 「會話室」, 『新女性』(1926. 7) 물론 「회화실」에는 여학생들만 참여한 것은 아니다. 농촌의 신교육을 받지 못한 여성이 한문으로 쓰는 기사가 읽기 힘들다면서 "새로 문자를 풀어주는 란을 설치해 달라"는 요청을 하기도 하는 등 신여성의 독자층은 다양했는데, 여기서는 주로 여학생 독자에게 초점을 맞추기로 한다.

209) 가와무라 구니미츠(川村邦光)는 『オトメの祈り-近代女性 イメ-ヅの誕生』에서 『여학세계』 등 근대일본 여성잡지의 독자투고란을 분석하고, 이를 투고자인 여성들이 구축하고 있는/구축하려고 하는 관계의 장, 자-매관계, 혹은 '어디에도 없는 세계'로서 서로의 '같은 생각', '같은 마음'을 공유하고 있다는 생각으로부터 짜여진 '이야기'적 커뮤니케이션의 세계로 '상상의 공동체'로 부를 수 있다고 말한다(53면). 그리고 출판자본주의의 소산인 독서시대가 '상상의 공동체'로서의 '오토메 공동체'를 형성했다고 하면서 단지 독서욕이 강한 사람이 생겨난 것이 아니라, 스스로 문장을 짓고 조그마한 발표까지 하는 사람이 생겨나기에 이르렀다고 한다. 이는 활자-책에 의해 자기형성을 하는 오토메가 등장한 것을 말한다(140면). 川村邦光, 『オトメの祈り-近代女性 イメ-ヅの誕生』, 紀伊國屋書店, 1993 참조.

210) Duby, D. and Perrot, M., 권기돈·정나원 역 『여성의 역사 4-페미니즘의 등장 : 프랑스 대혁명부터 제1차세계내선까시』, 새물결, 1998, 231면.

▲ 『少女』

▲ 『少女界』

▲ 『少女世界』

▲ 『少年園』

『女學生의 系譜』(靑土社, 1990)

자기가 살고 있는 세계에 관해 질문하는 법을 배웠다. 이러한 과정을 통해 자기표현의 욕구가 강해지자 자기 고백적 글쓰기를 시도한다. 특히 일기와 편지쓰기는 그들만의 내밀한 사적 공간을 확보할 수 있는 중요한 계기였다. 이에 교육받은 여성을 대상으로 한 잡지의 발간이 그들만의 담화를 형성하게 한다. 여학생들은 이런 잡지에 스스로 글을 기고하면서 자기 성찰의 기회와 어떤 정신적인 공동체에 속해있다는 느낌을 받게 된다. 바로 소녀라는 공동체가 성립된 것이다. 사회적 존재로서의 소녀란 성인과 어린이의 중간에 '청소년'이라는 경계적 범위를 출현시킨 근대가 더욱이, 남자가 아닌 불요불급(不要不及)의 부분을 분리, 석출했던 것으로 나타난 새로운 범주였다. 이것이 잡지의 투고란의 네트워크를 통해 '허구'로서의 소녀가 탄생한다.211) 투고란을 통해 형성

---

211) 일본의 경우 明治 30~40년대에 <소녀계>, <일본의 소녀>, <소녀지식화보>, <소녀세계>, <소녀의 벗>, <소녀>, <소녀화보> 등의 소녀잡지가 발간되어 이른바 '少女 幻想共同體'의 성립을 가능케 했다. '소녀'라는 이름을 붙이고 젊은 소녀들을 구독대상으로 한 이들 잡지의 창간은 홋가이도를 비롯한 각 도에 여고를 설치하는 明治 32년의 고등여학교령의 공포로 여학생 인구가 급증한 사실을 토대로 한다. 그러나 여학생들은 중산계급의 육성이라는 목표 아래 현모양처를 요구하는 공교육의 대상이 되지만 남학생과는 달리 진학의 길도 취업의 길도 불투명 한 채 현재만을 향유하는 상태가

된 소녀라는 울타리로의 응집화는 여학생들에게 자신의 정체성 확인할
수 있는 계기가 되고 그로 인해 여학생들은 그들만의 내밀한 사적공간
을 확보할 수 있었다. 이러한 경험은 정규학교의 교육과정으로는 도저히
포괄할 수 없는 것이다.

이렇게 『신여성』을 통해 여학생이 규율되는 측면뿐만 아니라 스스로
를 구성하는 자율적인 측면을 발견할 수 있다. 즉 1920~30년대 중반
시기는 시대와 사회의 지배적인 이념에 동일시되기보다는 국가가 원하
는 여성으로 길러지기를 거부하면서 해방의 욕망과 자율성을 실현하기
위해 노력하는 여학생들이 가장 만개한 시기였다. 1920~30년대 여학생
들의 독서 또한 그들의 정체성 형성에 크게 기여한다. 여학생은
1920~30년대 도시 대중문화의 중핵을 차지할 정도로 연극, 영화의 관
객인 동시에 일본 대중소설과 각종 취미 잡지의 독자이기도 했다. 여학
생은 학생일반의 계층적인 특징들과 함께 여성독자로서의 특징들도 보
유한 존재이다. 여성독자들과 관련해 중요한 점은 책 읽는 여성이 근대
에 새롭게 구축된 근대 사적 영역의 한 주체라는 점이다. 여성의 사적
영역은 사랑, 성, 결혼의 문제로 점철되는데, 근대소설은 바로 이러한 여
성의 최대의 관심사를 다루며 발전해왔다.[212] 1910년대에 중등교육을
받은 여학생과 1920년대에 학교를 다닌 여학생의 독서 경험은 별로 차
이가 없고 남성들의 그것과도 다르지 않는 일반성을 드러낸다. 여성지와
신문의 가정면은 전부터 활발했지만 1930년대가 올 때까지 문학소녀나

된다. 소녀잡지가 이 점을 주목했고, 이러한 소녀 잡지의 투고란에 여학생들은 단지
아무개의 소녀가 아닌, 또 특정 학교의 학생에 상관없이, 한 권의 잡지에 대한 사랑과
관심으로 결합된 소녀라는 허구집단을 탄생시켰다. 잡지에 참여하는 동안 그들은 현
실을 지울 수 있었다. 本田和子, 『女學生의 系譜』, 靑土社, 1990, 179~180면 참조. 우
리의 경우 『신여성』을 통해 소녀 잡지의 탄생을 말할 수 있을 것이다.

212) 천정환, 『근대의 책읽기』, 푸른역사, 2003, 336~337면 참조. 이하 여학생의 독서 실태
는 천정환의 책에서 주로 인용함을 밝힌다.

여성독자를 위한 여성문학이나 로맨스는 아직 본격적인 모습을 드러내지 않았다. 그들은 한국고전소설과 이광수의 소설, 그리고 도스토예프스키, 투르게네프를 비롯한 러시아 문학가들의 소설을 읽으면서 자라났다. 여고보생의 본격적인 문학수업은 고보이상의 학교에 진학해서 일본문학사와 일본 근대 작품을 접하는 것과 관련된다. 그리고 일본소설이 본격적으로 조선의 대중독자에게 영향을 미친 것은 1920년대 후반이다.[213] 1931년 경성지역 3개 여고보 최상급반 44명을 대상으로 독서 경향을 조사한 바에 따르면 투르게네프, 톨스토이, 이광수가 가장 중요한 자리를 차지하고 기쿠치 간, 츠루미 유스케, 나쓰메 소세키 등 일본 유명작가의 작품이 읽히고 있었다. 소설 이외에는 입센의 『인형의 집』, 알렉산드라 콜론타이의 『붉은 연애』와 같은 페미니즘 서적을 읽고 있었다.[214]

1939년 『여성』에서 개최한 독서 좌담회에 참석한 여성들에 따르면 학생시대에 연애소설은 물론 푸로벨의 『서간집』, 도스토엡스키의 『가난한 사람들』, 『죄와 벌』, 톨스토이의 『부활』을 재미있게 보았다고 말한다. 한국소설로는 춘원의 『무정』과 『개척자』를 여전히 많이 읽었으며 여류작가 선집 승 '계산서」가 기억에 남는다고 한다. 또 엘렌케이에 대한 관심은 계속되고 있음을 표시하였다. 잡지로 구독하는 것은 「개조」, 「중앙공론」, 「주부지우」, 「부인공론」, 「부인화보」 같은 일본 잡지를 들고 있다. 조선의 잡지도 빼놓을 것 없이 다 본다고 하는데, 그 이유는 조선어를 학교에서 안가르치니까 잊어버리는 것을 막기위해서라고 대답한다.[215] 이로써 주로 『신여성』외에 구독할 잡지가 없던 1920년대에 비해 1930년대 후반에는 잡지의 종류의 수가 다양해졌으며 육아법과 가정주

---

213) 천정환, 앞의 책, 344면.
214) 천정환, 앞의 책, 348면.
215) 「女性과 讀書座談會」, 『여성』, 1939. 11.

부에 대한 기사로 여성들의 관심의 초점이 이동함을 알 수 있다.

한편 1920~30년대 여학생문예에 대한 평가를 살펴보면 백철은 「現代女學生과 文學」216)에서 "여학생문예란 결국 女學生時代의 모든 生活氣分, 생활에 대한 浪漫的 氣分과 센티맨탈리즘을 반영하고 있는 것 이외에 아무것도 아니"라고 지적한다. 그 예로 당시 이화전문의 학생이던 노천명의 시 一篇을 인용한 후 "애수적, 감상주의적이며 이는 일반여학교의 학우지에 발표되는 시와 수필을 살펴봐도 대개 이렇다면서 여학생문예는 지금까지의 센티멘탈한 문예에서 한 걸음 나서야 한다"는 것을 주장한다. 또 "지금까지의 여학생 문예는 문학 본래의 성격, 즉 현실에 입각하야 진실을 바라보는 작가의 태도를 잊어버리고 있었다는 것을 깨달아야 한다. 現實에 입각하야 眞實을 바라보라! 지금의 현실은 그들의 각 문학에 좀 더 심각하고 준엄한 내용을 요구하고 있다"고 주장한다.217)

백철의 글에서 지적한 '감상성', '낭만적 기분', '애수성', '센티멘탈리즘'은 소녀시기의 감수성이며 이는 앞서 살펴본 것처럼 『신여성』의 독자 투고란에서 여학생들이 참여한 「여학생 통신」 등의 예에서도 발견된다. 그들이 '그립다', '외롭다'와 같은 이러한 빈번한 단어사용을 통해 여학교 시절을 회상하는 것을 볼 수 있다. 이러한 감상적인 단어 또한 이시기 여학생을 상징하는 하나의 콘셉트이자 키워드라고 할 수 있다. 그러한 키워드를 통해 소녀의 '상상의 공동체'가 탄생하고 만들어진다. 따라서 이는 비판받고 계몽되어야 할 감수성만은 아니다. 그러한 감수성

---

216) 白鐵, 「現代女學生과 文學」, 『신여성』, 1933. 10.
217) 박달성 또한 요사이 "시니 소설이니 음악이니 하야 책사에 들리면 눈가는 곳이 그따위 책이며 책상을 대하면 읽는 것이 그따위 서정시 아니면 연애소설인지 이러한 기풍이 우리 남녀학생에게 많이 유행되는데 사랑의 편지 안가진 자가 없고 연애소설 안가진 자가 없다고 남녀학생은 연애병과 문약질(文弱疾)에 빠졌다면서 소설이나 시 같은 것을 당분간 읽지 말라고 훈계한다. 「남녀학생의 戀病과 文疾」, 『신여성』, 1924. 7.

여학생 풍자만화(『신여성』 1925. 6·7 합본호)

에 의해 소녀 세계의 경험이 유지되고 전승되는 것이다. 1920~30년대 소설에서 여학생들은 독서를 통해 익힌 연애 이야기 속 남녀 주인공을 자신에게 적용시키면서 낭만적인 사랑과 자유연애를 추구한다. 연애 이야기를 다루는 소설 이외에 이 당시 여학생들에게 연애를 가르쳐주는 교과서나 참고서는 없었던 것이다.

1) 자율성의 인식과 편지쓰기

1920~30년대 작품 속에서 여학생들은 자율성을 지닌 개인에 대한 자각을 이루며 자기결정을 적극적으로 추구하는 모습을 보이고 있다. 특히 1920년대 초기 소설에서 이러한 자율성에 대한 인식은 편지쓰기의 방식으로 드러나는데, 그들이 개인에 대한 자율성을 인식하는 주요한 계기는 자유연애와 자기 선택에 의한 결혼이다. 이 시기 여학생들에게 자유연애와 결혼에 대한 이상은 가부장제의 억압으로부터 벗어나 해방의 욕망을 실현하고 개인으로서의 자율성을 확보하는 것으로 인식되었다. 하지만 그러한 욕망이 좌절되고 가부장적 현실의 질서에 부딪히면서 비로소 내면이 심화되고 확장되는 양상을 보인다. 그동안 근대소설의 형성과 관련해 중점적으로 다루어져 온 내면은 그 실체가 있는 것이 아니라 하나의 이미지화된 공간에 가깝다고 할 수 있다. 박헌호에 의하면 이른바 내면

은 인간성의 최종심급으로 기능하며 사회에 의해 훼손될 수 없는 절대적 공간으로 상정된다. 그것은 인간정신의 총체적 활동으로, 철학적 세계관으로부터 일상생활의 사소한 취미판단까지 포괄하면서 자기정체성의 중요한 표지이자 관념, 심리, 상상력 그리고 감정적 생활 등을 내포한다. 말하자면 생물학적 존재로서의 인간과 대비되는 정신적 존재로서의 인간 자체를 의미하는 셈이 된다.[218] 여기에 근대적 자아의 시대적 맥락을 살펴서 자아의 정체성을 구성하는 내용과 구성방식을 살펴야 한다. '내면의 발견'이란 근대에 들어와 내면의 위상이 바뀌고 그것이 권위를 획득해가며 이를 축조하고 표출하는 방식에 변화가 있었음을 의미[219]하기 때문이다.

편지는 바로 이러한 내면을 표출하는 담화형식이다. 1920년대 여학생들은 편지쓰기를 통해 자유연애의 욕망을 실현하고자 하며 또 자신의 내밀한 감정을 공적으로 알리게 된다. 즉 편지는 그들의 내면을 드러내는 중요한 형식이 되고 있는 것이다. 소설에서도 편지쓰기는 사건을 구조화하는 데 기여할 뿐만 아니라 소설 자체의 형식을 만들어 내고 있다. 근대소설에서 편지쓰기는 최초의 서간체 소설인 「어린 벗에게」(『청춘』, 1917. 11~1918. 2)를 시작으로, 1920년대를 전후로 두드러지게 드러나는 형식이었다.[220] 그리고 1920년대 서간체의 소설의 확대는 연애에 대한

---

218) 박헌호, 「한국 근대소설과 내면의 서사」, 『식민지 근대성과 소설의 양식』, 소명출판, 2004, 127~128면.

219) 박헌호, 앞의 책, 128~129면 참조.

220) 이재선은 본격적인 서간체 소설형태가 한국 소설사에 등장한 것은 1920년대라고 하면서 그 조건으로 다음과 같은 것을 들고 있다. ① 서간 자체의 보편적인 편재화의 증대, 즉 당대의 문예잡지들이 원고모집에서 서간문을 빼지 않았을 뿐만 아니라, 또한 서간문을 자주 게재함, ② 새로운 우정제도의 보강 및 여권의 확립과 결부된 자유연애관의 상승현상, ③ 외국 문학의 자극과 영향이 그것이다. 이재선, 『한국단편소설연구』, 일조각, 1975, 158~159면.

깊은 열망 때문이었다. 즉 편지라는 형식은 연애의 경험과 깊이 결부되어 있었고 직접적으로는 연애편지에서 발아했던 것이다.[221] 이렇게 편지 형식의 소설은 근대인들이 사랑에 대해 갖는 번민과 관련되어 개인의 내면을 공적으로 드러내는 역할을 담당하게 되었는데 이로써 편지가 사적 영역과 관련된 기능뿐만 아니라, "사적인 것과 공적인 것을 연결하는 기능"[222]을 갖고 있음을 알 수 있다. 즉 편지형식의 소설은 1920년대의 개인의 사적 영역과 이 사적 영역을 둘러싼 공적 영역간의 긴장관계를 잘 보여준다고 할 수 있다. 1920년대 식민지 근대에서 이러한 긴장은 물론 결혼과 연애에 대한 당위적 이데올로기와 조선적 현실이 충동했을 때 갖게 되는 갈등과 번민[223]으로 드러나는데, 그러한 내면을 공적으로 드러내는 방식이 편지쓰기였던 것이다.

그런데 1920년대 여성작가의 소설에 나타난 여학생의 편지쓰기의 양상은 남성작가의 그것과는 차별되는 양상을 보인다. 다시 말해 편지형식을 차용한 작품 혹은 편지가 주도적으로 인물의 갈등과 사건을 전개시키면서 플롯에 기여하는 소설에서 젠더적 차이를 발견할 수 있다는 것이다. 그것은 연애로 인한 여학생과 남성 수체의 내면이 각각 다르게 형성되는 점을 설명하는 것이기도 한데, 여기서는 여학생을 중심으로 살피도록 하겠다.

먼저 소설 작품을 떠나 여학생의 편지쓰기는 1910년대에 계몽과 각성을 촉구하는 형식으로 드러난다. 『학지광』에 실린 나혜석의 「雜感」(『학지

---

221) 권보드래, 「연애편지의 세계상」, 『연애의 시대』, 2003, 현실문화연구, 145면.

222) 주디스 메인, 강수영·류제홍 역, 『사적소설 / 공적영화』, 시각과 언어, 1994 참조

223) 노지승은 조선에서의 가정은 근대적인 이데올로기와 이전의 이데올로기가 첨예하게 대립하는 장소로서 이 이데올로기의 충돌 때문에 개인은 공적 영역에서 쉽게 드러내지 못하는 내밀함을 갖게 된다고 말한다. 「1920년대 초반, 편지 형식 소설의 의미」, 『민족문학사연구』 20호, 민족문학사 연구소, 2002. 6, 366면.

광』12호, 1917. 4), 「雜感-K언니에게 與은홈」(『학지광』13호, 1917. 5)은 동경에 유학온 晶月(나혜석)이 조선에서 같은 기숙사 방을 쓰던 언니에게 보내는 편지형식으로 된 수필이다. 「雜感」에서 晶月은 작년 歲末 학우회 망년회에 참석해서 보고 듣고 느낀 점을 시작으로 '우리 조선여자도 사람같이 되어야 할 것', '조선여자도 사람이 될 욕심을 가질 것', '자기소유를 맨들라는 욕심을 가질 것', '활동할 욕심을 가질 것'을 촉구하고 그러기 위해 자신부터 노력할 것을 다짐하고 있다.

『여자계』에는 1장에서 살핀 대로 朴淳愛, 「大門을 나선 兄弟들의게」 (『여자계』2호, 1918. 3)와 玄德信, 「卒業生諸兄의게들이는 말슴」(『여자계』3호, 1918. 9)과 같이 동경유학을 마치고 먼저 졸업하신 형님들에게 '선진자', '선각자'로서 사명을 가지고 조선 여자계를 위해 힘쓸 것을 당부하는 후배들의 편지가 실린다.『신여자』에서는 「犧牲된 一生, 靑孀의 生活」 (『신여자』4호, 1920. 6)[224]이라는 구여성의 목소리를 빌어서 쓴 편지형식의 자전적 서사를 실어 조혼의 폐해를 고발하고 여성해방의 당위성을 역설한다. 이와 같은 글은 여성으로서의 자각과 각성을 촉구하고 여성교육과 여성해방을 강조하는 계몽적 성격을 띤다. 여기서 편지형식은 독자로 하여금 수신자가 되게 하여 계몽에 대한 거부감을 최소화시키면서

---

224) 부모의 명에 따라 16세에 12세 신랑과 조혼한 후 남편이 의외의 병으로 죽게 되자 18세의 꽃다운 나이로 미망인이 된 경험자아가 40여 년의 과거 생활을 회고하며 서술한 단편으로 조혼의 폐해를 고발한 작품이다. 서술자아는 청상과부로 지낸 30여 년의 생활을 '哀絶悲絶한 생활', '하등 동물적 생활'이라 평가한다. 그리고 계속해서 논평적 서술을 통해 우리 사회의 폐습을 직접적으로 비판한다 "아아-우리 사회의 습관이야말로 불공평하고 불합리하고 부도덕하지오. 엇지하야 남자는 몇 번 장가를 들어도 무방하고 여자는 불경이부라 하고 개가를 불허하야 이와 같이 鰥者에게 다시 업는 불행을 만들고 친시양가에게 누를 끼치게 하는가? 그리고 우리 사회의 반면에 淫奔의 부녀와 자살하는 여자가 많은 것도 이 까닭 아닙니까?" 나아가 오늘날 여자사회를 개혁하자는 움직임을 반기면서 "이제부터 남은 인생으로 마음으로나마 청춘으로 그대들 뒤에서 옹호"하겠다며 여성해방운동을 격려한다

친밀하고 사적인 효과를 통해 설득하는 바를 받아들이도록 하는 기능을 하고 있다. 이러한 계몽적인 논조에서 벗어나 1920년대에는 앞서 살핀 것처럼 『신여성』의 독자투고란을 통한 편지쓰기를 통해 여학생들이 자유롭게 서로의 안부와 소식을 주고받으며 그들만의 상상의 공동체를 형성한다. 그리고 『신여성』에 토로된 신여성으로서 여학생이 느끼는 '5대 번민'은 그들의 내면이 시대와 사회의 맥락에 따라 어떻게 구성되는지를 잘 보여주고 있다고 하겠다.

1920년대 초 본격적으로 여성작가에 의해 쓰인 소설에서 편지형식이 차용된 예로 김명순의 「처녀의 가는 길」(『신여자』 1호, 1920. 3)과 김일엽의 「어느 소녀의 사」(『신여자』 2호, 1920. 4)와 「자각」(『동아일보』, 1926. 6. 19~6. 26)을 들 수 있다.

먼저 김명순의 「처녀의 가는 길」은 상, 중, 하 세 장으로 나누어져 서술되어 있는데, 각각의 장에서 주요인물이 주고받는 편지의 내용이 핵심적으로 서사를 이끌어가고 있다.

상장은 ××학당의 여학생 두 사람이 마음에 없는 혼인을 앞두고 있는 순애의 편지를 받고 혹시 순애가 자살을 하지 않을까 걱정을 하는 장면이다. 춘애는 부모가 가난한 살림에 돈을 받고 시집을 보내려하자 마리아에게 편지를 보내 자신이 "「사랑의 무덤」의 雪子와 같은 운명에 처했다며 제2의 雪子인 자신을 동정해 달라"고 호소한다.

중장에서는 춘애가 아무말 없이 제 방에 앉아 내일로 다가온 혼례로 막막한 중에 기수에게서 온 답장을 펼친다. "이미 벗어나지 못할 운명일 바엔 모든 것을 단념하고 맘좋게 복종하는 것이 자신을 위해 상책이겠지요"라는 다소 포기한 듯한 내용이다. 그러나 춘애는 오히려 "밋버운 청년, 예절있고 신중하고 청년, 유망한 청년"으로 "이상적 애인"인 그가 이 편지를 섰을 때 그 마음을 헤아리려 한다. 이에 비해 부모가 정해준

정혼자 최문환은 여학생들 꽁무니만 따라다니는 유치한 학생으로 이미
정평이 나 있다. 한편 쾌할한 마리아에게서 온 편지에는 다음과 같이 쓰
여 있다.

> 可憐한 春愛여, 멀고 먼 앞 길을 살니랴거든 眞心으로 父母를 위하랴거
> 든 모든 것을 後日로 미루고 오날 밤들기 前에 집으로 오도록 하시오. 空
> 然한 생각으로 躊躇하다가 이밤을 넘기면 다시 救치 못할 悲運에 빠지리
> 이다.225)

하장에서는 위와 같은 편지를 받은 춘애가 부모님이 계신 집을 탈출
하여 마리아의 집으로 향하는 모습이 그려진다. 산길을 더듬어내리는 데
저 편에서 기수가 올라오면서 둘의 만남이 예고되는 가운데 이야기는
끝난다. 여기서 부모의 명령을 따르는 대신 독립적인 주체로서 자신의
자유연애에 대한 욕망을 추구하는 춘애와 그를 돕는 마리아를 통해 운
명을 스스로 개척해가는 자율성을 지닌 여학생의 모습을 볼 수 있다. 그
리고 이 과정에서 춘애와 마리아간에 오간 편지는 그들이 부모의 강제
로부터 벗어나 자기결정에 따라 행동하도록 하는 계기가 되고 있다.226)
이와 같은 여학생들의 편지 쓰기는 그들이 글쓰는 능력을 소유했기 때
문에 가능한 것이었다. 그들이 교육을 통해 글쓰기 능력을 갖게 된 사실
은 여성을 집안의 윤리적인 존재로 규정짓고 글쓰기 능력은 집 밖의 남

---

225) 勿忘草, 「處女의 가는길」, 『신여자』 1호, 1920. 3.

226) 근대 중국에서 여학생들이 많은 이유들로 미움을 받았는데, 그중 가장 핵심적인 것은
내적 / 외적 경계를 침범함으로써 문학적 재능과 도덕적 윤리 사이에 있는 대립에 모
순을 야기하는 능력 때문이었다. 그들은 영어로 러브레터를 써서 부모들이 읽거나 단
속하지 못하도록 했다. 이러한 글쓰기는 부모가 딸의 사생활을 통제할 수 있는 능력을
박탈하기 위한 표시였다. 즉 여학생들은 글쓰기(편지쓰기)를 통해 내적영역에 대한 부
모의 통제로부터 벗어나고 사랑관계에 자신을 투입하여 사랑에 빠지면서 남아 있는
선택의 사유를 침범했다. Wendy Lason, Ibid, p.31.

성영역으로만 여겨왔던 전통적인 젠더경계를 변화시키는 결정적인 계기가 되었다. 다시 말해 여학생들이 그동안 남성의 영역으로만 여겨왔던 글쓰기 양식을 전유함으로써 공적 영역에 진입할 수 있는 기회를 확보할 수 있게 된 것이다. 춘애가 자율적인 결정에 따라 집 밖을 탈출하는 것 또한 이러한 글쓰는 능력을 통해 이루어진 젠더 경계의 변화 때문이라고 할 수 있다.

한편 김일엽의 「어느 소녀의 사」는 액자식 서술방식으로 되어 있다. 소설의 처음 부분에서 서술자는 전차에 앉아 어디론가 향하는 여학생 명숙을 소개한다. 그리고 명숙이가 전차에서 떨어뜨린 두 통의 편지 내용이 서술되고 마지막에 다시 서술자에 의해 그 편지가 쓰여 지게 된 사연과 명숙의 시체가 한강철교에서 발견된 경위가 밝혀지면서 끝맺는 구조로 되어 있다. 18세 여학생인 명숙은 11세 때 부모가 정혼시킨 신랑 갑성의 집이 패가했다는 이유로 돈 많은 집의 소실로 들어갈 것을 강요하는 부모에게 저항하면서 자살을 하고 만다. 명숙은 비록 한 번 약속을 한 정혼자를 위해 끝까지 정절을 고수하는, 마치 신소설의 여주인공을 떠올리게 만드는 한계를 노정하고 있지만, 돈에 눈 먼 부모들의 그릇된 생각을 고쳐달라는 유서를 남길 뿐만 아니라 사회의 폐단을 고발하기 위해 기자에게 또 한 통의 편지를 남긴다.

> 兩位父母님께서 女息을 學校에 入學시키시든 그 때의 마음은 女息으로 ᄒ야금 사롬되라고ᄒ신것이지 사롬되지말나ᄒ심은 업더리여헤아리건대 아니신듯ᄒ오ᄂ 學校에셔 業을 맛칠作年부터서는 왜그다지온당치못ᄒ사롬이되라고 甚ᄒ게ᄒ시는지 참으로견댈수엇섯나이다…… 두 형님의 末路는 ᄒ動物의 玩弄物인 娼女나달음업는사람이되지 안앗ᄂ잇가 女息은 이를볼때에 아버님과 어머님을 爲ᄒ야 울엇사오며 또 불효막심하옵지만 父母못맛는것을 恨하엿나이다. 女息은 두형님의짝이 또 될번ᄒ야 이와갓

치 마즈막길노가는것이오니…… 女息은 다시 父母에게 罪를더ㅎ게ㅎ고
자안이ㅎ와 生命을버리여 諫ㅎ오니 悔改ㅎ심을 바라나이다.227)

　記者 先生님- (…중략…) 이 世上裡面에는 이러ㅎ 事實이 만히잇사오나,
世上사롬들은 이를 例事로 看過ㅎ옴므로 저와갓흔罪人이 이제 싱기어 이
를 證明ㅎ나이다. 가만히 이를 밀어서 싱각 ㅎ오니 아마도 저와갓흔運命
을 가진女子가 自古로 만흘가ㅎ나이다. 그러ㅎ오나 이것을 누가 말ㅎ는
사람이 업서셔 이 社會에 들어나지안이ㅎ 것이오니, 바라건디 여러先生
님께셔는 이러한 社會裡面에 숨어릿는 悲慘ㅎ 事實을 細細히 調査하여
公平흔筆法으로 紙上에 記載ㅎ야 져갓흔女子의父母된 사롬의 마음을 警
醒ㅎ야 주옵소서 …… 다만 世上에 이러ㅎ 冤痛한處地에 잇스면셔 能히
말을못ㅎ야, 한 몸을 글읏치는 여러불상흔 米嫁女子를 爲 ㅎ야 이몸을 代
身 犧牲ㅎ옵나이다.……228)

이 작품은 두 번째 인용처럼 편지의 수신자가 자신의 가족으로만 한
정되지 않고 기자에게까지 확대되어 있다. 두 통의 편지 중 기자에게 보
내는 편지는 여학생의 고뇌와 번민을 세상에 알리려는 글쓰기이다. 따라
서 명숙의 편지는 자신의 감정을 전달하기 위한 사적 기록인 동시에 여
성 생존의 공적기록229)이라고 할 수 있다. 「어느 소녀의 死」에서 여학생
명숙이 강제결혼에 저항하는 자신의 욕망을 주체적으로 표현할 수 있었
던 것은 그가 교육받은 여학생이었기 때문이다. 작가는 이런 여학생을
작품의 전면에 내세워 여성들도 교육을 받게 되면 자신의 삶을 스스로
선택할 수 있음을 보여준다. 그리고 명숙이 부모가 맺어주는 혼인을 그
토록 혐오한 데에는 인간의 자율성에 대한 확신이 있었기 때문이다. 결

---

227) 一葉, 「어느 少女의 死」, 『신여자』 2호, 1920. 4, 43면.
228) 一葉, 「어느 少女의 死」, 『신여자』 2호, 1920. 4, 45면.
229) 김성례, 「여성의 자기진술의 양식과 문체의 발견을 위하여」, 『페미니즘과 문학비평』,
　　　고려원, 1994, 24면.

혼이 인간이 갖는 최대한의 자율성의 산물인 '사랑'에 의해 맺어져야 한다는 생각으로 학교에서 신문물을 익히고 교육받은 이 소녀는 자신이 원하지 않는 부모의 강제결혼에 반대하는 글을 써서 세상에 알림으로써 자신이 자율적이고 독립적인 하나의 주체임을 분명히 드러낸다. 따라서 명숙의 편지쓰기와 죽음은 그릇된 선택을 강요하는 부모와 가족들에 대한 항의일 뿐만 아니라 자신의 자율적 의지의 표현이자 자기결정 추구의 방식에 다름 아님을 강조하고 있다. 현진건의 『적도』에서 장차 동경에 가서 음악을 전공하여 여류악단에 명성을 날리고자 하는 여고보 졸업을 앞둔 은주 또한 오빠가 자신을 겁탈한 여해와 결혼시키려다가 다시 친구인 석호의 후처로 넘기려 하자 유서를 쓰고 한강 철교에서 몸을 던진다. 비록 여해의 구조로 살아나기는 했지만 은주가 오빠에게 남긴 유서는 누이의 겁탈 사건이 세상에 알려져 자신의 명예와 체면이 손상될까봐 은주의 의사와 상관없이 석호와 정혼을 한 병일과 여학생 후처를 얻고자 하는 석호의 욕망에 대한 비판과 저항이다. 또 이와 더불어 여해에게는 "악마와 같은 제 성욕"에 희생된 은주에게 가책을 느끼고 그를 구조함으로써 자신의 양심을 회복하게 만드는 계기가 되고 있다. 이후 은주는 오빠의 집으로 들어가기를 거부하고 여해의 부탁으로 독립운동가 상열과 그의 애인 명화와 함께 중국으로 떠나 새로운 삶을 시작하게 된다. 은주 또한 결혼에 있어 자율적인 의지를 유서라는 편지형식을 통해 적극적으로 알리고 있는 것이다.

김일엽의 「자각」은 오는 봄에 여학교 졸업을 앞두고 있는 여학생이 구여성으로서 시집살이와 남편의 배신에서 벗어나 공부하게 된 과정을 회상하면서 동무에게 보내는 편지형식으로 된 작품이다. 경험자아이자 서술자아인 '나'는 결혼 초부터 일본 유학간 남편이 졸업하고 나와 사회적으로 지위를 얻고 경제적으로 완전히 독립이 되어 아름다운 새 가정을 이룰 꿈을 키운다. 그리하여 고된 시집살이를 참아내며 "다만 그를 생각하는 것"이 생활의 전체였다. 고통 중에도 남편에게서 오는 편지가 유일한 기쁨이었는데, 임신 팔 개월에 접어든 무렵 기다리던 졸업 날은 오기도 전에 절연장을 받게 된다. 일본 유학하는 자기보다도 나이가 많은 어떤 노처녀와 연애를 하는 남편은 "그대와의 혼인이 전연 부모의 의사로만 성립된 것으로 자기에게는 책임이 없고 지금까지 부부관계를 계속 해 온 것은 인습에 눌리고 인정에 끌린 것"이라며 앞날을 스스로 결정하라는 것이다. '나'는 친정으로 옮겨온 후 태어난 아이를 시댁으로 보낸 후 완고한 아버지를 설득하고 학교에 다닌 끝에 오는 봄에 졸업을 앞두게 되었다. '나'는 자존심과 인격을 위해 단연히 시댁을 나왔지만 자식의 소식을 들을 때마다 가슴이 뭉클하다. 그러나 "자식의 사랑으로 인하여 내 전 생활을 희생할 수는 없다면서 자식의 생활과 나의 생활을 한 데 섞어놓고 헤매일 수는 없다"고 단호한 결심을 한다. 그리하여 남편이 이후에 사과 편지를 하고 복연을 간청하지만 거절한다. 작품 말미에 보이는 나의 고백은 그 이유를 단적으로 보여준다.

> 이왕 사람이 아닌 노예의 생활에서 벗어났으니 이제는 한 개 완전한 사람이 되어 값있고 뜻있는 생활을 해야겠나이다. 그리고 사람으로 알아주는 사람을 찾으려나이다.

'나'는 자신의 결혼 생활이 '노예의 생활'이었다고 회고하며 이제부터라도 하나의 '완전한 사람'이 되어 살아가리라 다짐한다. 구여성에서 여학생으로 거듭나기까지의 과정을 서술한 이 작품에서 비록 자각의 계기는 남편의 배신이었지만 교육을 통해 한 인격의 주체로 홀로 서는 모습을 보여줌으로써 구여성의 조혼으로 인한 폐해와 인습을 고발하는 차원에서 한 단계 더 나아가 여성의 자각과 교육의 필요성을 역설하고 있다. 김일엽의 「자각」은 교육만이 여성을 억압적인 현실로부터 벗어나게 하는 탈출구를 제공한다는 사실을 제공한다. 그리고 소설을 계몽의 수단으로 활용하여 기존 윤리로부터 여성해방이라는 주제를 강렬하게 전달하려는 의지가 앞선 한계를 지니지만 논설문과는 달리 독자의 거부감을 최소화시키면서 여성의 현실을 보다 직접적으로 제시하고 있다. 여기에 편지 형식의 친밀하고 사적인 효과가 크게 기여했음은 물론이다.

1920년대 초 결혼과 자유연애에 대한 여학생의 번민은 무엇보다 가부장적인 부모의 이데올로기와 자유연애에 대한 근대적 이데올로기의 충돌이었다. 이 이데올로기의 충돌 때문에 여학생은 편지를 통해 자신의 내면을 드러낸다. 「어느 소녀의 사」의 명숙의 편지에 드러난 내면은 바로 가부장제 이데올로기에 대한 저항의 표출이었다. 1920~30년대 남성 작가들의 작품에서도 여학생의 자유연애의 욕망과 그로 인한 번민이 편지를 매개로 드러나고 있다. 이 과정에서 자유연애의 좌절로 죽어가는 것은 남학생이 아닌 여학생이다. 이러한 남녀학생을 통해 시대의 한계를 고발하고자 한 작품으로 방정환의 「사랑의 무덤」(『신청년』 2호, 1919. 12)과 현진건의 「희생화」 같은 작품이 있다.

「사랑의 무덤」은 앞서 살핀 「처녀의 가는 길」에서 춘애가 자신의 감정을 대입시켜 보았던 비극의 여주인공, 雪子가 주인공으로 등장하는 소설이기도 하다. 19세 여학생인 雪子는 "신성한 처녀"를 보호해주어야겠다는 생각에 편지를 보내 타락된 청년 朴의 야심을 경고해준 泳煥과 통속강연회에서 만난 이후 급속히 가까워진다. 몇 달 전부터 문학에 뜻을 둔 설자는 문학 청년가인 영환의 시, 소설, 산문을 읽을 때마다 그를 경모해왔고 영환은 "가는 그 목, 부드러운 그 볼, 잠잠히 다문 처녀다운 그의 미"에 감탄한다. 그 후 1년은 두 사람에게는 잊지 못할 행복스러운 세월이었다. 그러나 한 번도 사랑을 이야기한 적 없고 손 마주잡은 적도 없다. 그저 문예에 관한 편지 왕복뿐이었다. 여기서 편지는 청년남녀 사이에 실제 만남보다 훨씬 중요한 대화의 기회를 부여했으며 내면의 추상적인 열정과 고뇌를 구체화 할 수 있는 계기를 제공했음을 알 수 있다. 그러나 파멸의 불운은 그들에게 닥쳐온다. 설자의 혼인문제가 결정되어 東幕 어느 부호의 아들과 약혼이 성립된 것이다. 설자의 부친은 완고라, 설자 본인이 반대했으나 소용이 없다. 설자는 졸업식 후 혼인날짜가 다가오자 최후의 수단으로 상해 여학교에 봉직하는 從兄에게 도망치려 했으나 "그것도 처녀의 몸이라 여의치 못하고" 무산된다. 설자는 조선 혼인제도를 공격하는 논문을 읽을 때마다 열렬히 공감했으나 지금 그 자신은 도살장에 끌려가는 어린양의 신세가 되었다. 번민의 화염에 휩싸인 결혼 전날 설자는 영환에게 혈서로 된 편지를 쓴다.

> 아직 더럽히지 아니한 처녀의 피를 귀하에게 바치고 저는 갑니다. 그러하오나 뜨거운 마음만은 아침저녁에 늘 귀하를 뫼시고 있는 줄로 생각하여 주시옵소서.[230]

영환은 설자의 편지를 받고 비통한 눈물을 흘린다. 1개월 후, 영환은 잡지사에 보낼 원고를 집필 중 한통의 편지를 받는다. 설자가 연필로 급하게 쓴 유언으로 "세상과 사람을 속이고 진심 아닌 생활에 몇 해나 더 살고자 하는 저는 아니오이다…… 홀로 괴로운 세상을 버리고 가오니……"라는 내용이다. 급히 설자의 시집으로 향했지만 벌써 영자는 세상을 떠났다. 다음날 영환은 적막하기 이를 데 없는 황혼의 무덤에서 눈물을 흘린다. 그는 만년필을 들어 木碑에 몇 줄의 시를 남긴다.

---

230) SP生, 「사랑의 무덤」, 『신청년』 2호, 1919. 12.

아아 덧없는 인생! 미여운 운명의 신!, 해가 저물고 벌레가 울도다/ 덧없는 세상을 원망하는 소리로 ……/ 조그만 가슴속에 남모르게 타는 불을/ ■■■둘 곳 없어 무덤 속에 묻도다.[231]

설자는 부모의 결혼 요구를 거부하지 못하고 시집을 가지만 결국 자살을 선택한다. 이러한 부모로 대표되는 가정의 인습과의 충돌이 설자의 혈서와 유서를 통해 잘 드러나는데, 여기서 자유연애의 당사자인 여학생은 고난을 겪고 남자는 눈물을 흘리는 역할로 설정되는 것이 특징이다.

「희생화」는 남동생이 초점자이자 서술자로 기능하면서 그의 눈에 비친 누나의 연애 사건을 그리고 있다. 이 작품 또한 과도기에 처한 남녀 학생의 자유연애로 인한 도덕적 가치관의 혼돈을 잘 보여준다. 십팔세의 꽃같은 처녀로 ××학교 여자부 사년급에 우등으로 진급한 누님은 요사이 얼굴에 수색을 띠고 월계화 사이에서 울기도 하는 등 이상한 태도를 자주 보인다. 부모님이 정해준 정혼자가 있음에두 불구하고 같은 학교의 "공부를 썩 잘하고 재조도 비범한, 게다가 얼골이 잘 생긴" 사년급의 남학생을 사랑하게 된 것이다. 둘은 비밀리에 약혼까지 한 사이다. 나의 눈에 누님과 그 남학생이 만나는 장면이 목격되는 데 그들은 영어를 주고받으며 서로의 마음을 확인한다.

"Love is blind.(사랑은 맹목적이라지요.)"
라니까 누님은 소리를 죽여 웃으며,
"But, our love has eyes!(그런데 우리의 사랑은 보는 사랑이지요)"

—『현진건문학전집』 1, 23면

인용문처럼 영어로 속삭이는 밀어는 그들이 학생이기에 가능한 학생

---

231) SP生, 「사랑의 무덤」, 앞의 책 참조.

언어232)라고 할 수 있다. 그들은 이후 어머니의 앞에서도 영어로 말을 하는데 어머니는 그것을 보고 뜻도 모르고 웃을 뿐이다. 누님과 K는 각각의 부모님께 둘의 사이를 말하고 허락받지 못하면 둘이 멀리멀리 달아날 것을 단단히 맹세한다. 그러나 누님은 어머니의 허락을 받는데 성공하지만 완고의 부모님께 사랑하는 여학생의 존재를 알리지 못한 K는 집에서 정해준 혼인을 강요하는 할아버지의 방문 뒤에 누님에게 떠난다는 말을 남기고 사라진다. 누님은 K의 소식을 알 수 없어 애태우다가 시름시름 병들기 시작하고 끝내는 세상을 떠나고 만다.

「희생화」에서 나이가 어린, 일인칭의 신빙성 없는 서술자이자 초점자인 '나'는 누님이 K에게 보내는 편지를 전달하는 역할을 맡는 등 두 사

---

232) 이 시기에 학생들 사이에서는 영어로 된 밀어는 물론 일문(日文)으로 쓴 편지가 유행하기도 했다. 영어와 일문의 밀어는 당대 유행하던 문학작품의 모방에서 왔다. 그리고 외래어를 사용하는 것은 비단 연애 밀어뿐만 아니라 여학생 간에 유행하는 대화법이기도 했다. 다소 귀에 거슬리고 경박한 것으로 비판적으로 제시되긴 했지만 『신여성』에 실린 여학생의 대화와 회화법을 인용하면 다음과 같다. 대화는 "<u>淸新하게 세련되어야 한다</u>, 고세고세하는 이야기는 될 수 있는데까지 피하라, 그리고 지메지메 울음소리 섞인 이야기도 멀리 할 것, <u>외국어를 사용하는 버릇도 좋다. 능력있으면 佛語西語 쯤 회화로 쓸 것</u>", 그리고 이즘의 회화는 "<u>설명적 서술을 기뻐하지 않는다. 간결한 인상적 회화를 사랑하는 것</u>. 설명적 서술은 구차하다. 동정적이요, 변명적이다. 그러니까 간결한 인상적 회화가 당세 기풍에 부합되어 총애를 받는다. "왜 늦었니?" 하고 묻는데 "그런게 아니라 막 올라고 하는데 마침……" "엇더쿠엇더쿠엇재서 그래 암만 일직 올냐고 했지만 어듸" "엇더쿠엇더쿠 엇재서 늦었단다" 하고 대답을 하면 듣는 이가 진력이 나기 쉽다. 그것이 지중한 애인인 경우에는 더욱 진력나는 생각을 준다면 중대 문제이다. "엇재 늦엇소?", "용서하세요 그 시간에 R이 찾아와서 그래 그만 늦었답니다"와 같이 대답하는 것이 좋다. <u>如何는 회화에 대하여 주의를 갖고 그 세련된 어법을 골라쓰는 것은 당대 여학생의 기본 학문이다</u>(「當世女學生讀本」, 『신여성』 1926. 4). 학교에서 외국 선교사의 풍속을 매일 듣고 보고 서구문학작품을 읽은 영향으로 외래어의 남용과 또 일상어의 교반을 통해 그들만의 독특한 형태를 지녔던 여학생 언어는 경박하고 천박한 것으로, 여성스럽고 예의바른 여학생다운 언어규범을 요구하는 지식인들의 원성을 사기도 했다. 하지만 그들은 이러한 새로운 언어표현 속에서 자신들의 세대 감각과 정체성을 찾고 기존의 가부장적 질서에서 비밀스러운 일탈을 꾀할 수 있었다

람 사이에서 중개자 역할을 한다. 그리고 이러한 천진난만한 서술자 '나'의 눈으로 누님의 연애사건이 그려지고 있어 그들의 연애가 성취되지 못하는 것을 더욱 안타깝게 하는 효과를 낳고 있다. 이 작품은 "묵고 썩은 관습이 우리를 이렇게 맨든 것"이라는 누님의 지적에서도 알 수 있듯이 자유연애의 열망을 인정하지 못하는 구습에 젖은 부모와 사회에 대한 저항, 과도기에 처한 여학생과 남학생의 도덕적 가치관의 혼돈과 그로 인한 번민을 잘 보여준다. 작품의 마지막 서술자의 주석 또한 사랑의 불길로 희생되어 간 청춘들을 애도하는 모습이 이러한 사실을 입증한다.

> 아아, 사랑, 아 사랑의 불아!. 네가 부드럽고 따뜻한 듯하므로 철없는 청춘들은 그의 연하고 부드러운 심장에 너를 보배만 여겨 강징난다. 잔인한 너는 그만 그 심장에다 불을 붙인다. 돌기둥 같은 불길이 종작없이 오른다. 옥기(玉肌)도 타 버리고, 홍안도 타버리고 금심(錦心)도 타 버리고 수장(繡腸)도 타 버린다! 방안에 켰던 촛불 홀연히 꺼지거늘 웬일인가 살펴보니 초가 벌써 다 탔더라! 양협(兩頰)이 젖던 눈불 갑자기 마르거늘 무슨 연유 묻쟀더니 숨이 벌써 끈쳤더라!
>
> ─『현진건문학전집』 1, 38면

그런데 이 작품에서 특기할만한 점은 여학생이 자유연애로 인한 마음의 병으로 죽음에 이른다는 사실이다. 이른바 '상사병'의 등장인데, 누님은 K를 그리워하다가 "이슬 젖은 연화같이 불그스름하던 얼골이 청색 창경(窓鏡)에 비치는 이화(梨花)처럼 해쓱"해지면서 시름시름 병들기 시작하여 이 세상을 떠나고 만다. 이는 연애에 대한 번민이 정신뿐만 아니라 신체에 대한 문제를 포함한다는 것을 알 수 있게 한다. 누님의 "익어가는 임금(林檎)같이 혈색 좋던 살이 서리 맞은 황엽(黃葉)처럼 배배 말라감", "거슴츠레한 눈이 흰 눈물에 붉어짐", "마치 백골을 엷은 백지로 덮어두고 물을 흠씬 품어놓은 것" 같은 육체는 병든 신체요, 타나토스의 신체이다. 사랑을 향한 욕망이 성취되지 못하고 사라지는 이러한 타나토스의 신체는 당대 구습의 폐해와 한계를 여실히 드러내는 동시에 연애에 의해 구성되는 이데올로기적 신체라고 할 수 있다.

한편 1920년대 초 남성작가의 편지 형식으로 된 소설에서 편지의 발신자가 남성인 경우와 여성인 경우에 젠더적 차이를 보이는 작품으로 김동인의 「마음이 옅은 者여」와 나도향의, 「별을 안거든 울지나 말걸」, 「출학」 그리고 염상섭의 「제야」를 들 수 있다.

남성 인물이 편지의 발신자로 되어 있는 「마음이 옅은 者여」는 K가 자매학교 여교사인 Y와 사랑에 빠졌다가 그녀가 어릴적 약혼한 상대에게 시집을 가려고 하자 그동안의 Y에 대한 사랑을 '신성한' 혹은 '靈적인 사랑'이 아닌 '肉적인 사랑'으로 치부하고 아내의 자신에 대한 사랑만이 참사랑이라고 깨닫는 내용을 C에게 보내면서 자신의 과거에 대해 변호하고 동정을 구하고 있다.

> 형님
> 마침내 告白할 날이 왔습니다.
> 어떤 지를 보시고 兄께서 助力을 하시든지 안 하시든지 그것은 問題 밖이외다. 아니! 어떠한 힘으로 助力을 하셔도 效力이 나타나지 않으리만큼 事件의 左右는 결정되었습니다. 다만 同情만 하여주시면 그것으로 넉넉하외다. 저는 그것 뿐으로 滿足히 여기겠습니다. 지금 경우에 있는 제게는 한 줄기의 동정이 만금의 돈 십년의 목숨보다도 귀하도록 동정 그것이 귀하게 되었습니다.233)

K의 편지쓰기의 목적은 "형님"으로 지칭되는 C에게 "한 줄기의 동

---

233) 김동인, 「마음이 옅은 者여」, 『창조』 3호, 1919. 12.

정”을 구하기 위해서이다. 그는 자유연애의 실패로 인한 번민과 괴로움 그리고 아내에 대한 죄책감에서 벗어나고자 한다. 때문에 자신의 번민을 토로하여 누군가의 이해를 구하고 나아가 궁극적으로 동정을 구하기 위해 편지를 쓰는 것이다. K는 “예배당 특유의 머리를 하고 쌍쌍히 몰려 다니는 이팔 혹은 이구의 여학생들을 보며” 또 “검은 파라솔에 책보를 끼고 바쁘게 지나다니는 S여중 학생들”을 보며 여학생과의 연애를 동경 하면서 구식의 아내를 폄하하게 된다. 그리하여 R학당을 졸업한 여교사 Y와 사랑에 빠지자 주저 없이 아내를 함종으로 내려보내고 만다. K는 근대적이며 교육받은 신여성 Y가 자신의 삶에 들어오자 스스로의 이미 지에 도취되었다. 그러나 Y에 대한 사랑은 그녀가 자신의 연애상대라고 믿는 동안만 지속된다. Y가 약혼자와 결혼을 하면서 멀어지자 K는 자신 이 꿈꾸던 사랑의 이상과 현실 사이의 모순을 드러내고 자신의 사랑에 대한 이상 속에 내재해 있는 나르시시즘과 맹목을 보여준다. 나아가 Y 에 대한 사랑이 ‘육적 사랑’이었으며 아내에 대한 사랑만이 ‘참사랑’이 라고 결론 내린다.234) K는 이러한 내용을 C에게 전하면서 “참사랑을 모 르고 이십사 년을 살아왔다”면서 자신의 어리석음을 낮하고 뉘우시고 “이제부터 참삶을 살아야겠다”라고 고백하고 있다. 여기서 편지 형식은 이러한 남성인물의 죄의식을 해소하고 자기 이해를 구하며 동정을 바라 는 목적에서 차용되었는데, 이 과정에서 신여성 Y는 K라는 남성 인물의 자기 확립을 위한 매개물로 대상화되고 있음을 알 수 있다. 나도향의 「별을 안거든 울지나 말걸」에서 편지의 발신자인 주인공 또한 여학생을 향한 욕망의 좌절을 통해 ‘참사람’으로의 확립을 꾀하고 있다. ‘나’는 누

---

234) 졸고, 「김동인 소설에 나타난 ‘연애’의 의미 연구－「약한자의 슬픔」, 「마음이 옅은 者 여」, 「김연실전」을 중심으로」, 『시학과 언어학』 제10호, 시학과 언어학회, 2005. 12, 229면.

님이라는 수신자를 상정하고 있는데 편지에서 장차 전개될 내용을 "저의 작은 가슴에 쓰리고 아픈 전상(前傷)을 주고 푸른 비애로 물들여 주고 빼지 못할 애달픈 인상을 박아 준 그 몽롱한 과거"라고 소개한다. 이와 같은 평가는 편지를 쓰는 서술 현재에 서술자가 과거를 어느 정도 객관화해서 바라보고 있음을 보여준다. '나'로 하여금 비애와 애달픈 인상을 느끼게 한 과거란 MP라는 여학생을 흠모하였다가 좌절을 겪은 경험이다. '나'는 예배당에서 처음 본 MP에게서 보이지 않게 새어나오는 매력으로 "온 감정을 몽롱한 안개 속으로 헤매이는 듯함"을 느낀다. "그가 고개를 돌릴 듯 돌릴 듯할 때마다 나의 전신의 혈액은 타오르는 듯"하고 "천국에 햇발같은 천국의 빛이 나의 온몸 위에 내리붓는 듯한" 환희를 느낀다. 그러나 환희는 곧 번뇌로 바뀌고 마는데 친우 R이 MP를 사랑하려다가 MP가 그를 배척했다는 사실 때문이다. 그리고 R이 MP에게 보낸 편지로 인해 R과 나의 사이가 멀어지게 된다. 그 편지의 내용은 R이 나를 "미숙한 문사요 일개 부르주아지에 지나지 않는다"고 평가한 것이다. 그러나 '나'는 R의 편지를 본 후의 심경을 누님에게 다음과 같이 진술함으로써 자신을 적극적으로 변호하고자 한다.

아아 누님, 저는 일개 참사람이 되려 할 뿐이외다. 저는 문학가 문사 (文士)라는 칭호를 원치 않아요. 다만 참사람이 되기 위하여 글을 봅니다. 그리고 느끼는 바를 견딜 수 없었습니다. 그리고 나와 같은 느낌과 깨달음이 우리 인생을 위하여 조금이라도 보탬이 될까 하였습니다. …… 제가 Bourgeois나 Proletaria나 무엇 어떠한 부름을 듣든지 언제든지 참사람이 되려 할 뿐이외다. 아마 이 세상의 진리를 혼자 깨달을 줄 아는 사람일지라도 이 참사람이 되려는 데서 벗어나지는 못하였을 터이지요……

그리고 '나'는 MP가 어떠한 양복입은 남자와 함께 자기 곁을 스쳐 지

나가는 것을 보고 그녀를 향한 욕망이 완전히 좌절된다. 이와 같이 '나'
는 믿었던 친구 R에 대한 배신을 계기로 그동안 추구해 왔던 참사람의
목표를 재확인함으로써 자신을 적극적으로 변호하고 자기 확립을 꾀하
고자 한다. 그러한 과정을 누님에게 보내는 편지를 통해 서술함으로써
누님의 이해를 구하고 자신을 방어하고 있는 것이다. 여학생을 향한 욕
망 또한 비록 MP가 다른 남자와 함께 있음으로써 좌절된 것이지만 그
러한 참사람의 목표를 이루기 위해 유예된다.

　김동인의 「마음이 옅은자여」와 나도향의 「별을 안거든 울지나 말걸」
은 남성인물이 편지 속에서 자신을 적극적으로 변호하고 수신자로 하여
금 동정과 이해를 구하는 모습이 확인된다. 그리고 그들은 신여성 혹은
여학생을 향한 욕망의 좌절로 신여성을 폄하하거나 친구를 부정하면서
참사람의 목표를 달성하기 위한 의지를 다짐으로써 새로운 자신을 정립
하고 있다. 따라서 남성인물의 편지쓰기는 새로운 주체로서의 자기확립
을 위한 수단이 되고 있는 것이다.

　한편 염상섭의 「제야」와 나도향의 「출학」은 편지의 발신인이 신여성
혹은 여학생으로 설정되어 있다. 「제야」의 정인은 자신을 용서한 남편에
게, 「출학」의 영숙은 자신이 배반한 약혼자 병철에게 각각 편지를 쓴다.
그런데 그들이 편지를 쓰는 동기는 「마음이 옅은 者여」의 K처럼 어느
정도 수신인의 동정과 이해를 바라고 있긴 하지만 그보다는 용서를 구
하고 참회하는 성격이 더욱 강하다. 그들은 자신의 내면을 토로한 뒤 새
로운 주체로의 확립을 보이지 않으며 갱생의 의지 또한 찾을 수 없기 때
문이다. 오히려 정인처럼 자살이 예고 되는가하면 여러 차례 용서를 구
하던 영숙은 어디로 갔는지 행방을 알 수 없이 사라지고 만다. 『환희』의
여학생 정월 또한 김선용과 백우영 사이에서 세속적 욕망과 성적 욕망
을 적극적으로 추구한 대가로 병에 걸리게 되고 자신의 잘못을 참회하

는 유서를 쓰게 된다. 이러한 여학생 서술자의 모습은 편지 형식을 차용한 1920년대 소설에 나타나는 서술자의 젠더 차별적 양상을 설명하는 것이기도 하다. 여학생 발신자이자 서술자의 편지가 참회와 유서의 형식으로 귀결되는 것은 그 편지에 드러난 고백의 내용이 자유연애와 관련한 섹슈얼리티 문제를 포함하는 것이었기 때문이다.235) 다시 말해 편지 쓰기에 나타나는 젠더적인 차이는 남성 서술자의 성적 욕망에 대한 고백이 스스로를 변호하고 새로운 정체성 확립을 이루는 계기가 되는 반면, 여성 서술자의 성적 욕망의 추구에 대한 경험과 고백은 참회와 반성을 포함할 뿐만 아니라, 그에 대한 처벌로 스스로 죽음을 택하는 유서형식으로 전화되어 나타나는 것이 특징이다. 한편 여성작가에 의해 발표된 작품에서 성적 욕망에 대한 여성 서술자의 고백은 참회와 반성보다는 억압되고 분열된 심리를 그대로 잘 표출하는 면모를 보인다. 김명순의 「칠면조」는 조선 경성으로 돌아온 여학생이 독인인 '나-나 슐츠 선생'을 수신자로 하여 동경에 있을 때 TS학교 전문부 가정과에 입학하게 된 경위와 고학을 하면서 여학교를 마칠 때까지의 과정을 설명하고 있다. 작품에서 발신자이자 주인공인 '나'가 편지를 쓰게 된 직접적인 이유를 다음과 같이 밝힌다.

> 先生이시어 이것은 社交界에서랴는 한 處女가 失敗한所經歷를 말슴함이오니 얼마나쓴經驗인가 쏘 얼마나큼失策인가 批評하여주시고 맛당하시면 채찍도내리어주소서.

---

235) 이에 반해 김동인의 「마음이 옅은 자여」에서 K는 자신의 Y에 대한 사랑이 육적 사랑이었음을 고백하면서, 자신의 성욕을 드러내지만 그는 오히려 Y로 표상되는 신여성의 섹슈얼리티를 통해 근대적 주체로서의 자기 확립('마음이 옅은 자'는 자기였음을 자각하게 돼)을 꾀하고, 오히려 참사랑을 깨닫는 것으로 나아가고 있다.

‘나’가 나-나 슐츠 선생에게 전하는 이야기는 ‘사교계에 나서는 한 처녀가 실패한 소경력’으로 압축되는데, 편지에서는 그 내용이 구체적으로 제시되지 않는다. 다만 H선생이 “왜 피아노를 안쳤냐”는 질문에 “몇번이나 쳐야 다쳐요”라고 마음에도 없는 실례의 언행을 한 일로 괴로워하는 모습만 되풀이 될 뿐이다. 서술자아인 ‘나’는 그러한 행동이 자신의 ‘실책’이었다고 반복적으로 말하면서 H선생에게 사죄하는 편지를 쓰는데, 그 편지의 내용과 편지를 쓰기 전 번민하는 ‘나’의 심리를 통해 그 실책이 동경에서 그가 유학생들로부터 받은 상처와 관련된 것이라고 유추해 볼 수 있다.

> 「내自身아 얼마나 울엇느냐 얼마나알앗느냐 쏘얼마나 힘써싸윗느냐 얼마나傷處를바닷느냐 네몸이 훌훌다벗고 나서는날 누가너에게 더럽다는말을 하랴?」하고 自愛의맘을 일으키며 쓰거운눈물석거낫을씻고 방으로들어와서 粉을발랏더니 엽헤서 Y여사가 「粉도 만히바른다」하면서 自己도 두손바닥에 粉물을짜르더니 박박기-다란 얼굴에다 문지릅디다.

> 先生께서 제게 「웨 피아노아치셧서요」하고 무르실째 저는 무엇이라 失禮의말슴을 여쭈엇겟습니짜, 그야 제가 平時에 東京에멈으는조선留學生들에게하고싶흔 말이엇습니다. 東京에는 저보다 오래 피아노工夫하시고 쏘自由로 學費를 어더쓰면서 저를보면 外面을하는 이들이 만흔데 웨 무슨째가오면 꼭저더러 피아노를 치라는지 그것이참으로 不快해서 快快하다가 先生에게 그런 失禮를함이올시다 거듭거듭 容恕하여주소서……

‘나’는 동경에서 유학생들에게 받은 상처로 인해 조선으로 돌아온 지금도 동무를 사귀는 데 있어서 “죄를 짓는 실패”를 하지 않도록 “사교술”을 위해 노력할 것을 강박적으로 다짐하곤 한다.236) 구체적으로 ‘나

---

236) “동모들은만히차저와서 저를慰勞하여주옵니다 그러나저는 미리怯을집어먹고 얼마後에

의 상처란 유학생들 사이에서 남학생과의 교제를 둘러싼 소문에 의해 받은 비난에서 기인한 것으로 보인다. 그러나 그러한 경험에 대한 고백이 뚜렷하게 제시되지 못하는 것은 당대 사회를 의식하는 여성 서술자의 자기검열과 억압이 작용했으리라 추정된다. 자신의 실책에 대한 번민으로 신경쇠약에까지 걸린 여성 서술자의 되풀이되는 고백은 다만 죄책감에 사로잡힌 자신의 분열적인 내면을 드러낼 뿐이다. 또 그러한 내면을 표출하는 속에서 상처에서 벗어나 자신의 새로운 정체성을 확립하고자 하는 자기정화의 측면보다는 그러한 불안과 죄의식 속에서 끊임없이 벗어나지 모습이 더욱 지배적으로 느껴진다.

요컨대 1920~30년대의 소설에서 차용된 편지는 여학생의 내면을 잘 드러내는 담화형식이었다. 특히 여학생의 자유연애와 자기 선택에 의한 결혼의 욕망, 그리고 가부장제 이데올로기와의 충돌 속에서 겪는 내면이 중점적으로 표출된다. 작품 속에서 여학생이 자기 욕망을 적극적으로 추구하는 데 편지는 결정적인 기능을 한다. 즉 이 시기 소설에서 편지형식은 여학생 인물을 통해 발달한 담화의 한 양식으로 볼 수 있으며, 여학생이 자신의 내면을 표출하는 방식으로 선택한 것이다. 이와 같은 편지형식의 담화는 그 내용이 섹슈얼리티의 문제를 포함한 경우에는 서술자의 성별에 따라 차별적 양상을 보이기도 한다. 먼저 남성 서술자의 경우 여학생 혹은 신여성을 향한 성적 욕망에 대한 경험의 고백을 통해 자신을 변호하고 동정과 이해를 구하면서 새로운 주체로서 거듭나는 면모를

는散散히헤질것이아닌가하고 두려워하나이다. 그緣故를무르시면 다름이아니오며 아즉 朝鮮안에는 男女交際가 드문일가트며 쏘하더래도 分明히 外面에는 나타내지안는 傾向이잇고쌀아서 누구나 자못自己의行動을 맑게비추어볼 거울을가슴에 품지안핫는가합이올시다. 先生이시어 그런이들가운대 싸힌 저야말로 그中洗練치못한標本이올시다 그러하나 저는 于今 社交術을等閒히여긴탓으로 얼마큼 失策은하더래도 罪를짓는 失敗를하지안키까지는 社交法을배울겸 저의 平和한周圍를지을兼 努力하려하나이다." 김명순, 「칠면조」, 『개벽』, 1921. 8.

보인다. 그러나 여성 서술자의 고백은 반성과 참회로 이어지고 결국 그들의 편지가 유서형식으로 전화되면서 남성 인물의 그것과는 차이를 보인다. 남성 작가의 작품에서 유서형식을 통해 여성 서술자 스스로가 자신에게 윤리적인 처벌을 가하게 함으로써 섹슈얼리티와 관련된 당대 사회의 성 이데올로기를 유포하고 강화시키는 이러한 양상은 가부장제 글쓰기의 여성재현의 양상을 전형적으로 보여준다.

2) 낭만적 사랑의 추구와 내면의 확장

서구의 경우 근대적인 사랑 또는 연애는 보편적인 사랑의 감정을 지칭하는 것이 아니라 특수한 시대에 발생한 사랑관계를 지칭하는 개념이다. 이는 서양에서 17세기에 부르주아 계급이 봉건귀족이나 하층계급과 구별되는 자신의 정체성을 확립하는 과정에서 나온 역사적 산물이었다. 그들은 결혼과 사랑을 중심으로 새로운 라이프스타일을 정립했는데, 열렬하면서도 낭만적인 연애, 부모세대의 구속으로부터 해방, 사랑으로 지속되는 부부생활, 친밀하면서도 민주적인 원칙이 지켜지는 공간으로서의 가정이 그것이다.[237] 이 과정에서 획득된 연애, 곧 근대적인 사랑은 낭만적인 사랑으로 정의할 수 있는데, 이는 기독교적인 의미의 숭고한 사랑과 에로틱한 열정적인 사랑의 요소들이 합쳐진 사랑이다. 그러나 낭만적인 사랑의 애착 속에는 숭고한 사랑의 요소들이 성적인 열정의 요소들을 지배하는 경향이 있다. 즉 낭만적인 사랑은 섹슈얼리티의 문제를 끌어안고 있으면서도 성적이고 에로틱한 강방적인 충동과는 엄격하게 구분되는 것[238]으로 여겨진다. 일본에서 연애라는 용어는 1880년대 후

---

237) 김동식, 「낭만적 사랑의 의미론」, 『문학과 사회』 53호, 문학과지성사, 2001, 131면.
238) Anthony Giddens, 배은경·항정미 역, 『현대사회의 성, 사랑, 에로티시즘』, 새물결,

반에 이러한 서구의 낭만적인 사랑 개념인 love를 번역하기 위해 차용된
신조어였다. 수입된 사랑개념인 연애는 사랑을 나타내던 전통적 단어와
는 달리, 더욱 정신적이고 깊으며, 남성과 여성 사이에 보다 높은 가치
를 지닌 상호간의 애정을 의미하는 것으로 이해되었다.[239] 일본에서 남
녀 간의 애정을 지칭하는 '戀', '情', 혹은 '色' 등의 용어가 있었음에도
불구하고 love의 번역을 위해 연애라는 신조어가 등장한 배경에는 love
라는 용어에 내재된 의식의 새로움이 결정적으로 작용하고 있다. 즉 남
녀관계의 정신화, 靈化강조, 평등한 인간관계 지향 등의 근대적 의식이
바로 그것이다.[240] "자기와 같이 남을 사랑한다"라고 하는 새로운 "사
랑", 그것은 여자를 남자와 대등한 위치에 놓고, 평등한 결합을 시사했
다. 여자가 남자로부터 "사랑받는 것"이 아니라, 또 그 소산으로 육체의
속박이 아니라, 무언인가 새로운 러브라는 관계". 전통적으로 남자로부
터 여자에게로 향해 본능적인 성욕이나 집착을 나타냈던 사랑과는 다른
이 새로운 사랑 개념은 젊은 여성들을 현혹하기에 충분했다.[241]

　　연애는 1910년대를 전후로 조선에 수입된 것으로 추정된다.[242] 당대
지식인들에게 연애는 단지 낭만적 사랑의 이상을 실현시키기 위한 수단
이라기보다는 구세대와의 단절을 통해 새로운 근대를 구축하고자 하는
근대기획의 일환으로 인식되었다. 1920년대쯤 오면 연애는 일반화된 관
념이 되고 근대적 주체의 필수조건이자 보편적 가치로 자리매김 된

　　1996, 79~85면.

239) Tomi Suzuki, *Narrating the Self-Fiction of Japenese Modernity*, Stanford University, 1996,
　　75면.

240) 정혜영, 「근대를 향한 시선-이광수 『무정』에 나타난 연애의 성립과정을 중심으로」,
　　『여성문학연구』 3호, 한국여성문학학회, 2000, 40면.

241) 本田和子, 『女學生의 系譜』, 靑土社, 1990, 156~157면 참조.

242) 김미지, 「1920~30년대 염상섭 소설에 나타난 '연애'의 의미연구」, 서울대학교 석사학
　　위논문, 2001, 9~10면.

다.243) 즉 낭만적 사랑은 근대적인 개인성을 실현하는 것으로, 근대적인 주체라면 누구나 추구해야 할 가치가 되는 것이다. 1920~30년대 여학생들은 부모의 강제결혼과 개인에 대한 자율성의 인식으로서의 자유연애의 추구 사이에서만 갈등하는 것이 아니라, 낭만적 사랑을 추구하면서 동시에 섹슈얼리티를 발현한다. 이러한 여학생들의 낭만적인 사랑과 그에 따른 섹슈얼리티는 여성해방의식의 표출방식이기도 했다. 1920~30년대 중반 남성작가의 작품에서 이러한 낭만적 사랑과 자유연애를 추구하는 여학생의 모습은 그들의 섹슈얼리티를 단속하고 그들의 연애에 대한 욕망을 규율하는 양상으로 형상화된다. 그리고 이때 여학생들의 낭만적 사랑을 매개하는 것은 문학작품이다.

근대적 학교교육은 독서방식의 변화에 결정적 역할을 했는데, 학생들이 학교교육을 통해 익힌 독서규율은 묵독244)이었다. 여학생들은 이렇게 익힌 독서의 기술로 낭시 유행하던 엘렌케이, 콜론타이의 서적, 그리고 일본어로 된 많은 소설과 잡지들을 읽어나갔고245) 독서를 통해 그들의

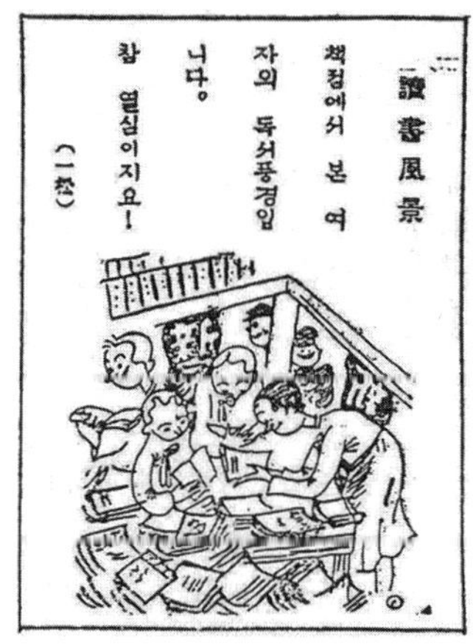

여학생의 독서현상해부
(『신가정』, 1934. 10)

---

243) 김동식, 앞의 글, 131면.

244) 이기훈, 「독서의 근대, 근대의 독서—1920년대의 책읽기」, 『역사문제연구』 7호, 역사문제 연구소, 2001, 28~29면. 이 당시 여학생들은 기숙사에서도 하루 한 번씩 묵독시간이라고 하여 전등불 아래서 말 한마디도 못하고 책을 보는 시간을 가졌다고 한다. 「下宿生活의 이모양저모양」, 『신여성』, 1926. 4. 참조.

245) 1931년 경성지역 여자고보생 독서경향을 조사한 바에 따르면 경성지역 3개 여고보 최상급반 44명을 대상으로 한 이 조사에서 투르게네프, 톨스토이, 이광수의 『재생』, 『무정』이 변함없이 가장 중요한 자리를 차지했다. 그리고 기쿠치 칸과 츠루미 유스케, 나쓰메 소세키 등 일본 유명작가들의 작품이 광범위하게 읽히고 있었다. 소설 이외의 부문에서 중요한 것은 입센의 『인형의 집』, 알렉산드라 콜론타이의 『붉은 연애』 같은

내면이 심화되고 확장되어갔다. 특히 그들은 각종 잡지의 연애와 성담론, 그리고 서구와 일본의 소설에 반영된 남녀 간의 자유로운 연애에 대한 독서체험을 통해 자유연애와 여성해방 의식을 가지게 되었으며 이때 문학작품은 연애의 교과서가 되고 있다. 먼저 염상섭의 「제야」에서 정인은 『인형의 家』의 노라에 자신의 행동을 끊임없이 비추고 있다.

> 나는 每日 당신의 寫眞만 몰래드려다보며, 이사람은 나를 求하야줄까. 容恕하겠지. 안하야주면 어떠한手段으로던지 해보이지 — 하며 失神한사람처럼. 「용서해주겠지」를 뇌이고안젓습니다. <u>「노라」는 男便을 살려노코, 奇蹟을 바랐지만, 나는 男便될사람의願대로許婚을 하야노코 奇蹟이 나타나라고 祝手하고 안젓섯습니다.</u>
>
> —『염상섭전집』 9, 95면

> 나의 손은떨렸습니다. 놀라서 그리하얏던지, 하도 깃거워서 그리하얏던지, 나의 가슴은 방맹이질을 하는것처럼 두근거리엇습니다. 그러나 지금 생각하면, 그것도 아즉 아름답은 感情으로거나, 淨化한 靈魂의 最高歡喜로 그런것이아니엇섯습니다. <u>노라의 借用證書를 스토-프에 불지른뒤의 헬머-의 깃븜이엇습니다.</u>
>
> —『염상섭전집』 9, 108~109면

페미니즘 소설을 읽고 있었다. 「1931년 경성지역 여자고보생 독서경향」, 『동아일보』, 1931. 1. 26.(천정환, 『근대의 책읽기』, 푸른역사, 2003, 348면에서 재인용). 또한 다눈치오의 『프란체스카』와 『死의 승리』, 존파리스의 『기모노』, 도스토예프스키의 『가난한 사람들』과 有島武郎의 『선언』, 톨스토이의 『부활』, 뚜르게네프의 『그 전날밤』 등도 이 시기에 애독되었다(권보드래, 「연애의 형성과 독서」, 『역사문제연구』, 2001. 7, 109면). 일본잡지로는 『부인공론』이나 『주부지우』, 『부인구락부』, 『부인화보』, 『킹그(king)』, 『개조』나 『중앙공론』 등이 많이 읽혔다(「여학생이 보는 잡지」, 『신여성』, 1933. 6, 「여성과 독서좌담회」, 『여성』, 1939. 11. 참조). 1920년대 서적 광고 중 가장 두드러진 것은 性과 연애에 관한 것들이다. 『男女生殖器圖解研究』, 『性交法避妊法の新研究』, 『圖解 處女及妻の性的生活』 등 적나라한 제목의 책들이 신문의 하단을 장식하고, 청춘남녀간에 오고간 편지모음이거나 연애관련 명구나 시를 모아놓은 책 광고가 상당히 많았다(이기훈, 앞의 글, 31~32면).

첫 번째 인용문은 E씨와의 독일 유학을 꿈꾸었지만 그에게 버림을 받게 된 정인이 임신한 사실이 세상에 알려질 것이 두렵고 또 E씨에 대한 복수의 수단으로라도 속히 다른 사람과 혼례를 치르는 방법밖에 없다고 생각하는 장면이다. 미래의 남편이 될 사람의 사진을 들여다보며 "이 사람은 나를 救하야주겠지"를 뇌이면서 노라가 남편의 병을 구하기 위해 돈을 빌려서 그를 구한 뒤 사실을 고백한 것처럼 자신은 남편의 혼례요청을 받아들이고 나중에 남편이 임신한 사실을 눈치 채면 그때 가서 해결하겠다는 계획을 세우고 있다. 두 번째 인용한 부분은 작품의 결말에서 용서를 한다는 남편의 편지를 받는 순간 "종교적 영감을 경험한 貴엽은 순간이었지만 아름다운 감정으로 혹은 淨化한 靈魂의 最高歡喜로 그런 것이 아니라 가장 不純한 利己的 動機에 불과했다"고 그때 자신이 느낀 감정을 작품 속의 인물의 그것에 견주어 서술하고 있다.

「김연실전」에서 연실이는 기숙사 선배 도가와로부터 『젊은 베르테르의 슬픔』, 워츠단톤의 『에일린』 그리고 스콧의 『아이반호』를 빌려 읽고 나서 마침내 "연애는 문학이요 문학은 연애요, 그것은 다시 말하면 인생 전체"라고 믿는다. 그녀는 여류문학자로서 조선여성계의 선구자가 되기 위해 절대로 연애의 필요를 느끼는데, 일일이 자신의 경험과 문학작품의 주인공 행위와 대응시켜 비교하고 있다.

> 자기가 지금까지 읽은 소설 가운데서 연애하는 남녀가 처음 만난 장면을 모두 끄집어내가지고 아까 그(이창수라 하였다)가 취한 태도는 어느 것에 해당할까 하고 생각하였다. 그리고 결론으로서는 퍽 내심한 청년이 몹시 연애를 느끼기 때문에 그럼에도 수저워한것이라 단정하였다.246)

순간적 부끄럼 때문에 머리를 수그리었던 연실이의 귀에도 이 말은 들

---

246) 김동인, 「김연실전」, 『한국소설문학대계』 제4권, 동아출판사, 1995, 222면.

어갔다. 소설에서 많이 읽은 바였다. 그러나 어떤 것이 신성한 연애인지
는 실체를 아직 연실이는 알지 못하였다. 소설에 그런 대목이 나올 때마
다 다시 읽고 다시 읽고하여 실체를 잡아보려고 노력하였지만 대체 어떤
것이 신성한 연애인지 알 수가 없었다.[247]

첫 번째 인용문에서 자신을 완전히 "명작 소설의 주인공"으로 여기는
연실이는 우연한 기회에 평안도 출신의 농과 대학생 이창수와 처음 만
나고 서로 연애감정을 느꼈다고 단정하고 있다. 두 번째 인용한 부분은
연실이가 선배 유학생 최명애로부터 '신성한 연애'를 하라는 충고를 듣
고 생각에 잠기는 부분이다. 이는 모두 서구물의 어설픈 독서체험을 현
실적으로 실현하고자 하는 인물을 통해 소설적 현실을 실제 현실로 환
치시키려는 맹목적인 모방 욕망[248]을 보여준다. 정인과 연실 그리고 「약
한 자의 슬픔」의 엘리자베트가 이환에게 느끼는 사랑은 사랑에 대한 서
구문학의 이상에서 나오고 강화된 것으로 그들이 자유연애를 실행하는
가운데 행동과 생각의 기준은 항상 그 주인공과의 비교에서 나오는 것
이다. 연애를 행하는 여학생들에게 연애와 문학은 서로 대등한, 상보적
인 두 양상으로 진정한 근대적 개인이 되기 위해 가장 필수적으로 생각
된다. 따라서 그들의 연애에 대한 이해는 자신이 관계 맺는 현실을 토대
로 한 것이 아니라 관념적이며 피상적일 수밖에 없음을 보여준다.

그러나 이러한 한계에도 불구하고 여학생들이 이렇게 교과서가 가르
쳐주지 않은 연애에 앞장선 것은 근대적 개인으로서의 실천이라는 관념
이 지배적이었기 때문이다. 이 시기 자유연애를 실천하는 여학생을 보는
시선은 이중적이었다. 먼저 독립운동 후 1920년대 자유, 해방, 개조의

---

247) 김동인, 「김연실전」, 앞의 책, 228면.
248) 김경수, 「근대소설 담론의 유입과 형성과정」, 『전환기의 서사담론』, 서강대학교 출판
　　부, 1998, 131면.

이념이 만연한 분위기 속에 그들은 연애와 허영, 사치의 향유자로 통속
화되면서 비난의 대상이 되고 있다. 『너희들은 무엇을 어덧느냐』에서는
덕순이가 변한 이유를 "덕순이의 형님두 만세 이후로 급작실히 퍽 변한
모양입듸다. …… 그건 고사하고 <엘런, 케이>니 <입센>이니 <노라>
니 하는 자유사상(自由思想)의 맛을 보게 되니까 모든 것을 자기의 처디에
만 비교해 보고 한층 더 마음이 움즉이지 안켓소"249)라고 하면서 만세
이후의 좌절감뿐만 아니라, 엘렌케이와 입센 등의 신사상의 영향을 여학
생이 타락한 이유로 들고 있다.

그러나 이러한 3 · 1운동 후의 좌절과 환멸로만 여학생의 연애에 대한
욕망을 설명할 수는 없다. 여학생들은 무엇보다 기존의 제도나 구관습에
서 벗어나 근대적 개인으로서 권리를 확보하고 개성의 발견을 위해 자
유연애를 추구한다. 이른바 "자유연애와 낭만적 사랑은 무엇보다도 학교
가 배출해낸 근대적 지식계층이 기존의 사회적 관계들로부터 스스로를
구별짓고 정당화하기 위해 만들어낸 일종의 문화적 구성물이며 학교를
통해 새롭게 구성된 학생계층과 그들의 스타일, 그 스타일에 잠재해 있
는 섹슈얼리티를 기반으로 하는 것"250)이다. 더욱이 그늘이 학교에서 받
은 체조교육과 당시 정구와 하이킹 등의 스포츠열의 확산251)은 신체에
대한 감각을 새롭게 형성하고 자기 신체에 대한 자율성을 인식하게 만

---

249) 염상섭, 『너희들은 무엇을 어덧느냐』, 『염상섭전집』 1, 민음사, 190면.

250) 김동식, 「연애와 근대성」, 『민족문학사연구』 18호, 민족문학사학회, 2001.

251) 당시 여러 잡지에는 동아일보사 주최로 열리는 전조선여자정구대회 관전기를 싣는 등
정구대회에 대한 관심이 상당했다(李世楨, 「全鮮女子庭球戰을 보고」, 『신여성』 1924. 7
등). 그리고 이화여전이나 경성보육 등의 여학교 하이킹 반을 소개하는데서 여학생들
이 하이킹을 많이 즐겼다는 것을 알 수 있다. 「하이킹 禮讚」, 『여성』 1936. 4) 각각의
종목에서 우수한 선수로 활약한 여학생들은 이후에도 매체의 관심이 대상이 되었으며
그들의 선수시절 이후의 삶도 꾸준히 기사화되고 있다(「스포-쓰 女人列傳」, 『별건곤』
1929 등).

하이킹 여성예찬(『여성』, 1936. 4)

드는데,252) 이러한 능력의 획득이 연애를 실천하는 데 추동력이 되고 있다. 자신의 신체에 대한 자율적 통제능력은 그들이 여성의 도덕적, 윤리적 행위라는 전통적 코드 밖에서 영위할 수 있는 분리된 영역을 상상할 수 있게 했으며 여학생은 이를 통해 내면의 확장을 가져오게 된다.

이 시기 여학생은 다른 한편으로 교육받은 남성들이 근대적 자아의 확립을 위한 매개물로서 연애의 대상이자 이상적 가정의 배우자로서 희구하고 갈망하게 되면서 동경과 선망의 대상이 되기도 한다. 여학생을 둘러싼 남성 인물의 이러한 욕망은 여학생과 조혼한 아내 사이에서 갈등하는 삼각관계라는 이야기 형식을 낳는다. 여학생과 조혼한 아내로 대표되는 구여성이나 혹은 기생 사이에서 발생하는 삼각관계는 1910년대의 이광수의 「어린 벗에게」를 시작으로 『무정』과 『개척자』 그리고 1920년대 최승일의 『안해』 등과 같은 작품에서부터 발견된다. 이 작품들에서

---

252) 안미영은 근대교육의 세례를 받은 여학생들은 여성의 신체 역시 남성의 신체와 마찬가지로 자유자재로 움직이고, 단련되어져야 한다는 사실을 인지하고 테니스를 비롯한 스포츠와 체육을 즐기게 되며 이러한 여학생의 근대교육은 과거 여성에게는 찾아볼 수 없는 주체(정신과 육체)에 대한 자율성과 사적인 비밀을 소유할 수 있는 내면의 확장을 가져온다고 한다. 안미영, 「여학생과 문명에의 의지—이상(李想)소설을 중심으로」, 『한국현대문학』 제8집, 2000, 169면.

남성인물은 근대 계몽이념과 사회주의라는 대의를 위해 선망하는 여학생 혹은 신여성을 향한 사랑의 욕망을 유예시키거나 억압하고 다스림으로써 삼각관계의 난관을 극복한다. 『무정』 이후 이러한 삼각관계는 계속해서 되풀이된다. 그런데 남성인물을 중심으로 구여성과 여학생 사이에서 벌어지는 삼각관계에서 구여성은 초점자로 제시되는 빈도가 낮고 그들의 내면은 구체적으로 제시되지 않는다. 구여성은 자신의 내면을 표현하는 담화양식을 소유하지 못했으며 다만 상황을 견디어 내는 인물로서 작품에서 장식적인 기능만을 할 뿐이다. 그 예로 『개척자』에서 민의 아내는 등장인물로 기능하지 못하고, 『안해』의 아내는 자신을 "무정하다고 생각하지 않았냐"는 남편의 질문에 '내팔자'라고 생각했다고 말한다. 심지어 1930년대 후반에 발표된 『고향』에서 김희준의 아내에 이르기까지 이와 같은 표상은 거의 변함이 없다.

한편 기생은 구여성과는 다른 면모를 보인다. 그들은 자신의 사랑의 진정성을 입증하기 위해 유서를 썼던 『환희』의 실화나, 기생의 외양을 모방하는 여학생을 오히려 비웃던 입장에서 인간 이하의 취급을 받게 된 기생의 현실에 눈 떠 사실을 신뢰하는 「눈을 거워 뜰때」이 금패처럼 내면을 소유한 존재로서 자신의 감정과 욕망을 표출할 수 있는 능력을 지녔다. 하지만 기생은 정조를 팔아 생계를 유지함으로써 남성인물이 희구하는 근대의 이상적 가정의 주체로서는 적합한 자질을 갖추지 못한다. 그래서 「환희」의 설화는 끊임없이 "참으로 영철씨가 영원히 나를 사랑하시는지?" 의심하면서 "나는 기생이다. 더러운 계집이다. 저주 받은 여자이다."라고 자책한다. 영철 역시 설화를 향한 마음이 지극하면서도 "내가 기생인 설화를 믿으나 기생이란 것이 나의 마음을 얼마나 괴롭게 하나? 만일 처녀의 순결한 사랑을 내가 받았으면 나는 참으로 흠없는 사랑을 맛보았을걸!" 하는 번민에서 자유롭지 못하다. 설화는 영철에 대한

"사랑 하나를 위해 죽을 수 있다"고 함에도 불구하고 "십분의 구로 영철을 사랑할는지는 몰라도 십분의 일은 결함"으로 남아 있었다. 생활을 위해 정조를 팔아야 하기 때문이다. 영철도 설화에게서 채워지지 않는 그 "십분의 일" 때문에 그녀를 완전히 믿을 수 없다. 정월이 영철과 설화의 사이를 끊기 위해 영철의 애인임을 가장하여 설화를 찾은 후 설화는 여학생에 대한 부러움이 더욱 강해진다. 이는 영철에게 버림받았다고 생각한 설화가 그를 만나러 가기위해 트레머리를 하고 깜정 통치마에 기름한 저고리를 차려 입는 모습에서 잘 드러난다. 심지어 그녀는 구두가 "여학생 신은 것 같이 검정구두"가 아닌 노란 구두라서 그대로 털썩 주저앉아 울고 마는데, 여학생을 향한 모방욕망이 그만큼 강력함을 환기한다. 이는 또한 기생이 여학생과의 연애를 대체할 만한 '대리물'[253]이 될 수는 있지만 궁극적으로 근대적인 자아의 확립을 희구하는 남성인물의 배우자가 될 수 없음을 단적으로 보여준다. 기생은 남성인물의 선택상황에서 여학생에게 패배할 수밖에 없다. 그들은 다만 「별을 안거든 울지나 말걸」의 설영처럼 남성인물이 여학생과의 연애를 성취하지 못했을 때 달려가 위로받고자 하는 누이정도로 취급되는 것이다.

흔히 삼각관계는 통속적이라고 평가되지만 중요한 것은 그것이 어떻게 다루어지느냐이다.[254] 여학생은 근대 소설이 형성되는 과정에서 삼각관계라는 이야기 형식을 정착시켰으며, 또 작가가 삼각관계를 통해서 말하고자 하는 바를 표출하기에 적절한 제재였다. 그것은 여학생과 여학생

---

253) 권보드래는 여학생은 보호받아야 할 사적 존재였지만 기생은 공유하지 않을 수 없는 개방된 존재였으며 여학생이라는 낯선 존재에게 접근하기 전에 거치는 일종의 시험대였고 대리물이었다고 말한다. 권보드래, 「기생과 여학생」, 앞의 책, 264~267면 참조.
254) 김경수는 염상섭 소설에 나타난 삼각관계에 주목하면서 "어떤 이야기의 구조 자체가 상투적인 것이 되었다고 해서 그런 구조를 취한 모든 작품의 주제가 한결같이 통속적이라고는 볼 수 없다"고 지적한다. 김경수, 「염상섭 장편소설의 시학」, 앞의 책, 56면.

여학생 풍자만화(『신여성』, 1925, 6·7 합본호)

이 아닌 다른 여성(구여성 혹은 기생)을 두고 선택 상황에 놓인 혹은 두 사람을 향한 욕망의 길항 속에 처한 남성인물의 내면에서 벌어지는 갈등이 곧 시대와 사회에 대한 작가의 이데올로기를 나타내기 때문이다. 이광수, 최승일 그리고 이기영과 같은 작가들이 당대의 대의나 이념을 추구하는 모습을 여학생을 향한 욕망을 유예시키는 것으로 드러내는 반면, 김동인의 「마음이 옅은 자여」나 염상섭의 『너희들은 무엇을 어덧느냐』에서는 신여성 인물의 배반으로, 구여성인 아내와의 사랑이 참사랑임을 깨닫게 되거나 여학생의 경조부박함을 비난하는 도식으로 바뀌게 된다. 남성인물은 자신을 배신한 여학생에 대한 비난을 통해 자신의 우월함을 확보하고 새로운 수체를 확립한다.[255] 이러한 작품에서는 여학생이 삼각관계에서 주구되는 대상으로서가 아니라 욕망의 주동자로 기능하는 것이 특징이다. 그들은 자신의 섹슈얼리티와 세속적 욕망을 추구하기에 거리낌이 없다. 즉 상황을 견디어 내기만 하는 구여성과 달리 주위환경을 극복하고 정면으

---

255) 소영현은 1920년대 동인지 문학에서 배신모티프는 청년의 표상을 강화하는 장식물에 가깝다고 한다. 배신의 모티프가 '청년'의 내부를 채우는 숭고하고 고귀한 어떤 것과 대별되는 속물적인 것을 배제해가는 작업에 원용되기 때문이다. 즉 배신한 여성을 비난하고 다시 자신을 추스르는 과정은 허영심을 배제하는 과정이고, 물질주의와 속물주의, 돈 중심의 세계와의 대결에서 오롯이 형성되는 '청년'의 상을 완성해가는 과정이기 때문이다. 소영현, 『미적청년의 탄생』, 연세대학교 박사학위논문, 2005, 147면. 이는 남성인물이 신여성인물에 대한 비판을 통해 도덕적 우월감을 확보하고 근대적인 주체로서의 자기확립을 이룬다는 사실을 뒷받침한다.

로 돌파해가는 적극적인 인물로서 대부분 악한으로 기능하며 확장된 내면을 소유하고 있다. 따라서 이러한 여학생들은 작품 속에서 남성인물로부터 비난과 경멸의 시선을 받게 된다. 즉 자유연애의 상대로 동경과 선망의 대상이자 동시에 성적 타락과 방종으로 비난과 힐난을 받는 여학생을 둘러싼 양면적인 시선은 삼각관계 속에서 표출되면서 1920~30년대 소설에 지배적으로 드러난다. 이러한 복합적인 시선의 형상화는 일찍이 우리 소설에 존재하지 않았다. 여학생 인물의 등장으로 비로소 근대소설에 도입된 새로운 시선인 것이다. 그리고 여학생을 향한 이중적, 양면적 시선의 형상화는 텍스트 자체를 다성적으로 만드는 효과를 낳고 있다.

먼저 여학생과 지식청년들의 토론과 대화적 과정을 중심으로 전개되는 염상섭의 『너희들은 무엇을 어덧느냐』는 여학생을 향한 비난과 선망의 양면적 시선이 남성인물들의 시점에 의해 잘 형상화된다. 이 작품은 『탈각』이라는 잡지를 발간하는 덕순이가 잡지를 만드는 데 도움을 준 친구들을 초대해 자신의 생일파티 겸 잔치를 벌이면서 시작되는데, 여기에 모인 덕순과 경애, 정옥, 마리아, 한규, 명수, 중환은 주변에서 일어난 사건과 연애를 둘러싼 대화를 중점적으로 나눈다. 이처럼 여학생이 남성지식인들과 동등한 입장에서 주체적으로 대화에 참여하면서 토론을 벌이는 모습은 이전 소설에서는 찾아보기 힘든 광경이다. 즉 여학생들이 자신의 내면을 표출하는 방식으로 대화와 토론의 기술을 적절히 활용하고 있음을 보여주는 것이다. 그들은 자신들이 읽은 기사와 문학작품을 매개로 이야기를 나누는 과정에서 자신의 논리와 주장을 펼치면서 연애에 대한 이상과 욕망을 적극적으로 드러낸다. 이 작품에서 덕순과 경애는 모두 이기적이고 물욕이 강한 여학생으로 제시된다. 덕순은 돈 많은 남편 응화의 후처로 들어가 잡지를 발간하는 데 물질적 원조를 받지만 애정을 느끼지 못하며 그를 떠나 일본으로 유학 갈 계획을 세우고 있다. 심지어 이후 일본 유학중 경애와 약혼한 한규와 연애관계에 빠지기도 한다. 덕순은 남편을 버리고 다른 남자에게로 간 일본 여류 문학자 B여사를 동정하고 찬미하는 글을 쓰는 등 연애에 관한한 자기 욕망에 충실하고 적극적인 면모를 보인다. 그러나 학비의 구처 문제로 이혼을 망설이는 등 현실적인 문제 또한 포기하려 하지 않음으로써 남성 인물들로부터 부박한 허영심과 신사상에 들뜬 경향을 비판받는다. 경애는 일본 청산학원 신학부에 재학 중인 여학생으로 오스카 와일드의 <모범 백만장자>라는 단편소설을 놓고 한규와 대화하면서 결혼을 둘러싼 현실적인 문제와 순수한 사랑의 감정의 비중을 놓고 고민하게 되는데, 집에 돌아온 후까지도 "돈과 사랑이라는 두 가지를 놓고 어떻게 조화를 식히어서 해결"할지를 몰라 혼돈에 처한다. 이처럼 덕순과 마리아는 돈과 사랑 즉 물욕과 애욕을 놓고 동요하는 신여성으로 묘사되는데, 그들보다 강도가 심한 여성으로 제시되는 인물이 작품 후반부로 갈수록 비중이 커지는 마리아이다. 이러한 여학생들은 내포작가의 대변자로 보이는 중환에 의해 계속해서 비판의 대상이 되고 있다. "붓대를 늘 지경이면 여자를 해방하고 열렬한 자유사상을 고취하라고" 떠들다가도 신녀자를 만나면 비웃기가 일수인 "스핑크스" 같은 남자, 중환은 "지금 세상에는 녀학교 졸업증서 한 장으로 사내를 사고 팔려가고 하게 되었다"고 개탄한다. 여학교 졸업장이 혼수품이 되어버린 세상에 대한 비난인 것이다. 뿐만 아니라 그는 "어떤 남자가 조혼한 아내가 지식이 없고 서로 이해가 없다고 이혼을 하려다가 자기의 부인을 촌가로 쫓으면서 고등여학교를 졸업하면 다시 데리고 가기로 타협을 했다"는 덕순이가 경영하는 잡지에 실린 글을 보고 다음과 같이 말한다.

그럴 게 아니라 지금이라도 굽 높은 구두 한 켜레를 사다가 신키고 트
레머리를 쪽찌게하야 노코보면 리혼할 생각도 업서질 것이요 삼십이 넘어
서 머리가 구더빠진 계집더러 자식새끼를 줄줄히 데리고 되지도 안을 공
부를 하라고 턱을 까불지 안어도 조흘 것이다. 녀학생이 지나가면 한 번
볼 것을 쪼차가서 우산 밋흐로라도 두 번 보는 것은 비단우산 양머리 긴
저고리 짤분 치마 굽 놉흔 구두에 현긔가 나고 그 다음에는 분 바른 얼굴
에 얼이 빠지기 때문이 아니냐? 그 계집애 얼굴에 졸업장이 씨어서 쪼차간
것도 아니요. 언제 만낫다고 리해가 잇고 제소위 사랑이 잇서서 두 번 치
어다본 것이 아닐게 아니냐? 구둣가게에 가서 리혼소송을 하여라.

─『염상섭전집』 1, 214면

중환은 여학생을 선호하는 풍조가 '비단우산', '양머리', '긴저고리 짤
분 치마', '굽 높은 구두', '분 바른 얼굴'과 같은 그들의 외양과 신체에
대한 호기심과 선망에 불과함을 지적하면서 여학생 장가를 가지못해 안
달이 난 남성들을 비판한다. 그 대표적인 예가 "녀학생이라면 등꼽추두
조코 안진방이라두 업고 단이겟다"는 안석태이다. 여학생들은 졸업장으
로 대표되는 제도적 문화자본을 지니고 있을 뿐만 아니라 아니라 그들
의 외양으로 계층을 구별해주는 신체자본256)까지 가지고 있다. 특정 스
타일의 옷차림을 한 여학생의 몸은 큰 상징가치를 가진 신체자본이자

---

256) 부르디외, 최종철 역, 『구별짓기 : 문화와 취향의 사회학 상』, 새물결, 1995, 283~326
면 참조. 몸에 대한 부르디외의 관심은 문화자본을 취급하면서 비롯된다. 그는 문화자
본이라는 개념을 통해 왜 각기 다른 계급과 계급의 분파들이 그들의 자원을 교육영역
에 다른 비율로 투자하고 그 투자에 대해 각기 다른 보상을 기대할 수 있었는지 설명
할 수 있었다. 그러나 부르디외는 문화자본을 교육을 통해서 제도화된 상태로만 한정
하지 않았다. 그는 문화자본이 세 가지의 환원불가능한 형태로 존재한다고 주장했다.
① 객관화된 문화자본, ② 제도적 문화자본(일정수준의 교육에 도달한 이들에게 졸업
장을 수여하는 것), ③ 장기간 지속성을 지닌 신체적, 정신적 성향이나 습성과 같이
체현된 문화자본이 그것이다. 부르디외는 세 번째 형태의 문화자본을 신체자본이라
일컬으며 그 자체를 자본의 한 형태로 취급한다. 크리스 쉴링, 임인숙 역, 『몸의 사회
학』, 나남, 1999, 186~187면.

문화자본으로 이러한 몸은 교환가치가 높은 몸을 말한다. 따라서 여학생에 대한 선망은 그들이 지닌 신체자본과 문화자본에 대한 욕망이기도 하다. 1920년대 이후 여학생 첩의 증가는 바로 이러한 여학생의 신체가 교환되는 사실을 잘 보여준다. 한편 '단발머리', '종아리를 들어낸 짧은 치마', '굽이 있는 구두', '양장과 핸드백'과 같은 여학생의 스타일은 그들이 몸을 통해 가부장적 전통과 단절하고 여성으로서의 자각이나 개성을 표출하고자 하는 욕망의 발현이었다. 그러나 이런 의도는 곧 전통을 파괴하는 서구의 무분별한 모방 혹은 부박한 세태로 비난받거나, 반대로 근대적 감각과 욕망을 자극하는 에로티시즘의 대상으로 받아들여졌다.257) 심지어 외양에서 풍겨지는 여학생의 섹슈얼리티가 기생의 섹슈얼리티와 등가에 놓여 취급되기도 하는데, 중환은 안석태가 기생 도홍이와 마리아 사이를 오가는 것을 보고 "기생보랴 료릿집에 오기나 녀학생보랴 례배당에 단이거나 심리작용은 가튼 깃"이라고 꼬집는다. 이는 중환이나 명수 또한 일정부분 공유하고 있는 바이다. 따라서 중환의 눈에 가난한 이상주의자 명수와 미국유학의 꿈을 이룰 수 있는 부자인 석태 사이를 오가며 저울질하는 마리아와 같은 여성은 바로 기생과 다를 바 없는 부박한 신여성의 전형으로 비친다.

마리아는 여학교 교사이자 기숙사 사감으로 일하면서 미국 유학의 꿈을 지니고 있는데, 연애에 관한한 자신의 욕망을 정확히 모른 채 동요하는 신여성이다. 그녀는 이미 약혼자를 버린 전력이 있으며, 이후 알게 된 안석태의 재산 및 성적인 매력과 "이론을 초월하고 상식으로 판단할 수 없고 모든 조건과 사정을 물리칠만한 힘이 잇서야 비로소 사랑의 절대경과 신비경이 있다"고 믿는 이상주의자 명수, 그리고 교회와 학교에

---

257) 이명선, 「근대의 '신여성' 담론과 신여성의 성애화」, 『한국여성학』 19권 2호, 2003, 19면.

서의 명예욕 사이에서 방향을 잃고 헤매고 있다. 마리아가 명수에게 보내는 편지에서 상세하게 제시되는 종교, 재산, 연애를 둘러싼 내면의 고백은 이러한 그녀의 복합적인 심리를 잘 드러낸다. 결국 마리아는 명수를 배반하고 석태의 아이를 임신한 채 시골로 내려가게 됨으로써 매우 속물적이고 이기적일뿐만 아니라 관능적인 여성으로 그려진다. 그러나 여기에는 신여성으로서의 마리아의 욕망뿐만 아니라 중환과 명수를 비롯한 남성인물들과 서술자의 자기욕망이 투사되어 마리아의 내면을 규정하는 측면258) 또한 없지 않다. 그리하여 내포작가를 대변하는 듯한 중환과 명수의 시점에 의한 서술과, 서술자의 주석 속에서 남성인물들이 마리아로 대표되는 신여성 인물에 대한 비판적 우월함을 획득하는 결과를 낳고 있다. 김동인의 「마음이 옅은 자여」 또한 마찬가지이다. K는 자신을 배반한 신여성 Y와의 사랑을 부정하고 아내와의 사랑만이 참사랑이라고 규정을 통해 마음이 옅은 자가 자기였음을 고백하면서 새로운 주체로 거듭 나고자 한다. 『너희들은 무엇을 어덧느냐』와 「마음이 옅은 자여」에서는 신여성을 서술하는 가운데 식민지 남성의 근대의 이상이 투사된 내면이 동시에 드러나면서 신여성은 식민지 남성인물의 자기 확립을 위한 매개물이 되고 있는 것이다. 이렇게 남성인물이 비판적 우월

---

258) 그 예로 다음과 같은 구절을 들 수 있다. "그러나 이러한 종류의 남녀―다시 말하면 성욕의 충족만이 련애의 던제로 아는 천박한 남녀에게는 성욕을 충족식힐 긔회가 업시 그 련애관계가 깨트려질 때에는 피차의 인상(印象)이 아름답고 깁게 남을 수 잇는 것이다. 독자는 나의 이 론리가 정확한가 아니한가를 마리아라는 처녀로 말미암아 증험할 수 잇슬 것이다 ― 다시 말하면 마리아는 그 남자의 육체의 비밀을 모르기 때문에 지금 와서는 무엇이라고 확실히 깨다를 수업는 불만족과 서운한 감정을 늣기면서 다시 그립은 생각이 날만치 깨끗하고 아름다운 인상을 바덧다는 말이다." 마리아가 옛 약혼자와 헤어지고 난 뒤의 심경이 서술자에 의해 제시된 부분이다. 이렇듯 마리아는 시종일관 남성인물들과 서술자에 의해 성적 만족을 얻게 할 만한 대상들을 찾아 헤매는 것으로 그려지고 있다(염상섭, 『너희들은 무엇을 어덧느냐』, 『염상섭전집』 1, 민음사, 292~293면).

감을 획득하는 형식은 무엇보다 자유연애를 추구하는 여학생들의 육체를 제한하고 섹슈얼리티를 단속하는 형태로 작품에서 구체화된다.

현진건의 「유린」은 자유연애로 K에게 정조를 잃은 ××여학교 삼년급생 정숙이 하숙방으로 돌아와 한 방에서 자고 있는 정애가 모든 면에서 예전엔 자기보다 열등하다고 생각했지만 지금은 "옥이나 구슬같이 깨끗하고 영롱하거늘, 자기는 짓밟힌 지렁이 모양으로 구역이 날듯이 더러움"을 깨닫는 이야기이다. "정애의 움직이는 곳에만 일광이 비추어 밝기도 하고 즐겁기도 한 반면 저 있는 데는 묵장같이 검고 암흑이 휩싸고 있는 듯하다"는 정숙의 심리를 통해 순결을 잃은 여학생이 자신의 행동을 후회하고 자책하는 모습을 그리고 있다.

나도향의 『환희』는 여학생 혜숙(작품 중반 이후 정월로 개명)이가 삼각관계 속에서 적극적으로 사랑의 욕망을 추구한다. 그녀는 선용으로부터 섹슈얼리티와 연애의 대상으로 열렬히 희구되기도 하시만, 능동적으로 남학생의 시선을 의식하고 즐길 만큼 자신의 욕망에 솔직하다.

> 괴언 그는 실을 다닐때에 조심하지 않으면 안 되었었다. …… 자기와 날마다 만나는 젊은 청년들이 모두 자기와 밀접한 관계가 있는 것같이 보였다. 그리고 자기를 곁눈으로 한 번 다시 쳐다보는 사람은 자기에게서 무엇을 구하는 것과 같고 날마다 아침이면 학교 들어가는 어구에서 만나보는 같은 젊은 학생을 하루아침만 만나지 못하면 어째 자기에게서 무엇을 잃어버린 듯하였다. 그편 남학생이 잘 생겼든 못 생겼든 날마다 만났다가 하루만 만나지 못하면 자기에게 무슨 결점이 있어 그 학생이 자기를 피해간 듯하였다. 그래 그날 하루종일은 어째 울고도 싶고 온 세상이 쓸쓸하고 재미없는 듯하였다. 그러다가 그 이튿날 다시 만나면 그는 잃었던 무엇을 다시 찾은 듯하였고 또 다른 여학생보다 더 아름답고 귀여워 보이는 듯하여 마음이 아주 즐거웠었다. 그래 그는 그때부터 구두도 반지르하게 닦아 신고 다니고 둥그스름하게 아무렇게나 틀어 얹었

던 서양머리를 지금은 한 옆으로 가리마를 타고 기름을 발라 한편 눈썹 위로 비스듬하게 어려덮이게 하였다. 그리고 걸음걸이도 좀 경쾌하게 하고 치마도 짤록하게 입었다.

—『나도향전집』 하, 108~109면

　여학교 이학년에 다니는 십팔 세의 혜숙은 등하교 길에 마주치는 남학생들로부터 자신이 성적 시선의 대상이 되고 있음을 느끼며 한편으로는 그러한 시선을 은밀히 즐긴다. 구두도 반지르하게 닦고 머리모양을 손질하며 치마도 짤록하게 입는 등 외양을 통해 남학생들의 관심을 더욱 유도해 내는 것이다. 이렇듯 매우 적극적인 여학생 혜숙은 "인물 곱고 맵시있는" 상당한 재산가의 아들인 백우영과 "얼굴 검고 머리가 길고 아무렇게나 지은 조선옷을 입고 시골냄새가 도는" 청년 김선용 사이에서 갈등한다. 혜숙은 오빠의 권유로 일본에 유학간 선용과 영원한 사랑을 약속하지만 결국 자기가 "날마다 동경하던 허영의 만족을 주는" 백우영을 선택한다. 백우영에게는 "모든 환희와 열락을 얻을 수 있을 것 같지만 선용의 보이지 않는 장래에서는 그것을 찾아볼 것 같지는 않았기" 때문이다. 욕망에 달떠 오라비의 만류에도 불구하고 백우영에게 놀러 간 혜숙은 그만 정조를 잃는다. 그리고 난 후 "백우영에게 안기었던 그 순간이 더럽고 진저리 처지는 죄의 기록"같이 생각되고 이제부터 처녀가 아니라는 생각에 괴로워하면서 오라버니에게 "처녀가 아닌 저를 용서해 달라"고 간청한다. 결국 혜숙은 백우영과 결혼하지만 백우영의 방종으로 결혼생활은 불행해지며 작품 마지막에 그녀는 폐병에 걸려 죽어가게 된다. 이 과정에서 혜숙은 선용에게 다시 사랑받기를 요구하는데, 선용은 그녀가 동정의 대상은 되지만 전처럼 다시 사랑의 대상이 될 수 없다고 말한다. 선용에 의하면 정월과 자기 사이에는 "다만 눈물이며 한숨인 비애의 애정이 있을 뿐"이다. 선용은 정월과의 사랑이 실패하자 일본에 있는 한 여학생을 생각하며 행복과 열락을 꿈꾼다. 그는 "그 여학생을 찾아 얼른 일본으로 가리라. 만일 이 세상에서 찾을 수가 없거든 일평생 그 여학생은 나를 사랑하고 나를 기다린다는 희망을 가지고 지내다가 죽은 후 저 알 수 없는 세상까지 그를 쫓아가 보리라"라는 공상을 할 만큼 여학생을 향한 욕망이 강박적이다. 정월은 이러한 선용에게 지난날의 잘못을 사죄하는 것은 물론 오라비를 위해 설화를 속인 것을 죄악으로 여겨 백마강에 몸을 던져 자살한다. 여기서 여학생 정월이가 삼각관계 속에서 자신의 세속적이고 성적인 욕망을 적극적으로 추구한 대가로 정조를 잃고 참회 속에 자살까지 하는 장면은 선용이가 또 다른 여학생을 찾아 일본으로 향하는 것과 대조되면서 스스로의 욕망에 능동적인 여학생에 대한 비판으로 해석된다. 정월 스스로가 선용을 "침사람"으로 평가하며 자신은 그 "참시림을 영원히 잃은 사람"이라고 자기비판을 사하는 것은 이를 더욱 뒷받침한다.

『김연실전』과 『제야』에서 여애이 상상은 각각 다르게 드러난다. 먼저 『김연실전』에서 연실이는 성도덕과 윤리에 대한 의식이나 자각이 전혀 없으며 맹목적으로 성욕을 추구하는 것으로 그려진다. 마치 상징적 질서를 자각하지 못하고 자기가 보여지고 있음을 모르는 인물처럼 느껴지는 그녀의 섹슈얼리티는 권위적인 서술태도에 의해 희화화되면서 조롱받는 듯한 느낌마저 자아낸다.

소녀시기의 환경이 환경이었더니만치 연실이는 연애와 성교를 같은 물건으로 여기었다. 소녀시기에는 연애라는 것은 모르고 성교라는 것이 남녀간에 있는 물건이라고 믿고있었는데, 지금 연애라는 감정의 존재를 이해하면서부터는, 그의 사상은 일단의 진보를 보여서 '남녀간의 교섭은 연애요, 연애의 현실적 표현은 성교니라'하는 신념이 들게 되었다. 그런지라 그가 철모르는 시절에 무의미하게 잃어버린 처녀성에 대해서도 아깝다든가 분하다든가 하는 생각보다도, 그때 연애라는 감정을 자기가 이해하였더면 훨씬 재미나고 좋았을 걸 하는 후회뿐이었다.[259]

동경에서 음악을 전공하는 유학생임에도 불구하고 그에 적합한 자질이나 인격을 갖추지 못한 인물로 묘사[260]되고 있는 위 인용문에서 연실이는 연애를 성교와 동일시하며 자신의 처녀성 상실에 아무런 반성과 후회를 보이지 않고 있다. 그녀는 후에 동경유학생 기관잡지에 이창수와의 이야기가 실리면서 '음탕한 여자'로 매도당하기까지 한다. 김동인의 「약한자의 슬픔」에서 엘리자베트의 경우도 도덕적으로 불감증에 빠진 채 성적인 쾌락을 맹목적으로 추구하는 것으로 드러난다.

> 대개는 엘리자베트가 예기한 날 남작이 왔다. 남작이 오리라 생각한 날은 엘리자베트는 열심히 남작을 기다렸다. 그렇지만 그 방은 남작 부인의 방과 그리멀리 않은 고로 남작이 와도 그리 말은 사괴지 못했다. 엘리자베트는 그것으로 남작이 와 있을동안은 너무 갑갑하여 빨리 돌아가기를 기다렸다. 치만 일단 남작이 돌아가고 보면 엘리자베트는 남작이 좀 더 있지 않는 것을 원망하고 무한한 적막을 깨달았다,…… 그렇지만 이보다 더 큰 고통이 엘리자베트에게 있었다.[261]

> 그는 자기편으로 향한 모든 눈에서, 노파에게서 미움, 젊은 여자에게서 시기, 남자에게서 애모를 보았다. 이 모든 눈은 엘리자베트에게 한 쾌

---

259) 김동인, 「김연실전」, 『한국소설문학대계』 제4권, 동아출판사, 1995, 220면.

260) 최시한은 여성 인물에 대한 이러한 묘사가 교육의 수혜나 직업의 소유가 인물의 행위에 있어서 능동성이나 사고의 합리성으로 이어지지 않음으로써 근대화과정에서 여성의 고학력, 예술추구, 또는 근대적 직업의 소유는 하나의 실체로서가 아니라 장식에 불과하다는 것을 보여준다고 지적한다. 최시한, 「가련한 여인 이야기 연구시론」, 『현대소설 인물의 시학』, 태학사, 2001, 55면.

261) 김동인, 「약한 자의 슬픔」, 『한국소설문학대계』 제4권, 동아출판사, 1995, 23면.

감을 주었다. 그는 노파의 미워하는 것이 당연하다 생각하였다. 젊은 여
자의 시기의 눈은 엘리자베트에게 이김의 상쾌를 주었다. 남자들의 애모
의 눈이 자기를 볼 때에는 엘리자베트는 약한 전류가 염통을 지나가는
것같이 묘한 맛이 나는 것이 어째 하늘로라도 뛰어올라가고 싶었다.[262]

첫 번째 인용문에서 그녀는 자신을 강간한 남작을 기다리며, 오히려
남작의 부인을 시기하는가 하면 또 한편으로는 이환을 그리워한다. 두
번째 인용문에서는 심지어 아이를 잉태한 후 병원을 찾았을 때 의사의
손길에 성적 쾌락을 느끼는 것으로 묘사되기도 한다.

한편 김연실과 엘리자베트에 비해 『제야』의 정인은 기존의 관습과 도
덕을 무시하고 상징적 질서에 위협을 가할 양으로 다소 위악적이고 급
진적으로 자신의 정조와 연애관을 펼쳐나간다. 그녀에 의하면 정조란
"자유의사에 일임할 개성의 발로인 美"이자 "고상하고 純 淨化한 감정
에서 나오는 愛이 자유로운 표현"이다. 따라서 "여자에 대한 일방적인
정조관은 받아들일 수 없는 것이며 정조의 문제에서 진실로 중요한 것
은 육체가 아니라 정신"이라고 한다. 정인의 정조관은 나혜석과 김일엽
의 정조관과도 일맥상통한다. 나혜석은 "정조는 도덕도 법률도 아무것도
아닌 오직 취미"라고 주장하면서 여성해방을 정조의 해방에서 찾고 있
다.[263] 김일엽 역시 정조란 고정적인 것이 아니라 감정과 같이 유동하는
것이라 지적하고 있다. "정조란 감정적인 것이기 때문에 상대방에 대한

---

262) 김동인, 「약한 자의 슬픔」, 앞의 책, 35면.
263) "정조는 도덕도 법률도 아무것도 아니요, 오직 취미이다. 밥먹고 싶을 때 밥먹고, 떡
   먹고 싶을 때 떡 먹는 것과 같이 임의용지로 할 것이요, 결코 마음의 구속을 받을 것
   이 아니다. …… 다만 정조는 그 인격을 통일하고 생활을 통일하는 데 필요하니 비록
   한 개인의 마음은 자유스럽게 정조를 취미화할 수 있으나 우리는 불행히 나 외에 타
   인이 있고 생존을 유지해가는 생활이 있다.……그러므로 由來 정조관념을 여자에게 한
   하여 요구하여 왔으나 남자도 일반일 것 같다." 나혜석, 「신생활에 들면서」, 『三千里』,
   1935. 2.

타율적인 도덕관념이 아니고 그에 대한 상상력이 최고로 조화한 정열이므로 상대방에 대한 사랑이 지속되는 한만 지켜져야 한다"264)는 것이다. 이와 같은 논리를 펼치는 정인의 모습은 이전의 1910년대의 여학생과 동시대의 「약한자의 슬픔」이나 『김연실전』의 여학생에게서는 찾아 볼 수 없는 면모이다. 다소 위악적이며 악한으로 보이기는 하지만 정인은 나름대로의 논리를 가지고 자신의 확장된 내면을 표출할 수 있는 능력을 소유했기 때문이다. 그녀는 '독일유학'의 꿈을 이루기 위해 E와의 연애에 접근하는 등 단순히 연애에 대한 낭만적인 꿈에 부풀어 있는 것이 아니다. 누구보다도 현실적, 합리적 사고를 지녔으며 개성과 주관이 뚜렷한 여학생의 모습을 보이고 있다.265) 정인은 이러한 주관적인 논리로 동경유학시절 한꺼번에 여러 남자를 사귀었고 귀국 후 집안의 강요로 결혼을 하게 되었을 때 이미 E의 아이를 임신한 상태였다. 정인은 결혼생활이 파탄에 이르긴 했지만 떳떳했다. 학비나 생활비를 위해 정조를 팔긴 했지만 정신만은 팔지 않았다는 자부심이 있었다. 그러나 성탄절 전날 도착한 남편의 편지는 그녀에게 참회의 눈물을 흘리게 한다. 그리고

---

264) "그러나 정조란 결코 그러한 고정체가 아닙니다. 사랑이 있는 동안에만 정조가 있습니다. 만일 애인에게 사랑이 소멸된다고 가정하면 정조에 대한 의무도 소멸될 것입니다. 따라서 정조라는 것도 연애감정과 마찬가지로 유동하는 것이라 볼 수 있는 동시에 항상 새로운 것입니다. 그러므로 정조는 상대자에 대한 타율도덕관념이 아니고, 그에 대한 감정과 상상력의 최고 조화한 정열인고로 사람을 떠나서는 정조의 문제를 타 일방에서 구할 수 없는 본능적인 감정이라는 것입니다. 그러므로 과거에 몇 사람의 이성과 관계가 있었다하더라도 새 생활을 창조할 만한 건전한 정신을 가진 남녀로서 과거를 일체 자기 기억에서 씻어버리고 단순하고 깨끗한 사랑을 상대자에게 바칠 수가 있다하면 그 남녀야말로 이지러지지 않은 정조를 가진 남녀라 할 수 있습니다." 김일엽, 「나의 貞操觀」, 『未來世가 다하고 남도록』 하, 인물연구소, 1974, 156~157면.
265) 이보영은 "횡보는 연애를 통하여 주인공의 개성이 발현되거나 자기성실성이 시험된다고 본다"라고 말한다. 「제야」에서 경조부박하다고 하여 비난된 '신여성'의 경우 발언권이 그 여주인공을 통하여 자주 주어진 것은 여성의 개성을 존중한 때문이며 최정인의 주관주의는 개성의 극단이라고 시적한다. 이보영, 「한국 연애소설의 고전」, 『한국 현대소설의 연구』, 예림기획, 2002, 189면.

자신의 죄를 고백하고 용서를 구하는 편지를 쓰면서 이전까지의 자기가
주장했던 논리를 정반대로 뒤집고 있다. "정조는 상품이 아니라고 주장하
여 왔지만 자신은 이 수단으로 "학자금을 얻으려" 하였고 나아가 자신이
"정조뿐만 아니라 정신까지 팔았다"며 "용서받지 못하리라" 말한다.

> 몸을 파는것은, 오히려 容恕할수도잇겟지요. 그러나 精神까지 파는것
> 은, 어쩌케하겠습니까. 無智함으로 犯한罪는 同情할수잇고 悔改하는 날에
> 는 해ㅅ빗을볼수도잇겟지요. 그러나 알고도 犯하는罪는 地獄門을 열어줄
> 수밧게업지안습니까. 童貞의苦惱와性慾의 壓迫으로 貞操를 째털엿다는것
> 도 容赦한다면할수업지안켓지요. 天稟의不良性과 淫蕩한氣質로, 娼婦的不
> 倫한行爲를하얏다는것도 容赦한다면할수잇겟지요. 그러나 거긔에 利害의
> 打算까지하고, 男子의 財産에 눈ㅅ독을드리고 誘拐하얏다는데에 이르러
> 서는 사람의部類에도 參例못할絶望的最後가안입니까.
>
> —『염상섭전집』 9, 77면

  자신의 성적 방종 및 허영심에 대한 반성을 담고 있는 인용문에서 앞
서의 당당하고 논리적인 태도는 찾아 볼 수 없고 자기 참회의 목소리만
들릴 뿐이다.266) 한편 정인은 자신이 타락해간 원인으로 "첩의 자식" 운
운하면서 "肉의 盤石위에 선 父親과 破倫적 더구나 性的 밀행에 대하야
怪異한 흥미와 습성을 가진 모친 사이에서 비저만든 不義의 象徵", "저주
바든 因果의 子", "姦夫姦婦가 만들어놓은 慘酷한고깃덩어리"로 자신을
규정한다. 불륜의 결합에서 나온 자신은 따라서 "一毫의 감독과 지도 없
이 완전한 자유"를 가졌었고 성적 방종과 타락으로 접어든 것은 당연했

---

266) 김양선은 정인의 참회가 이루어지는 작품의 후반부가 비논리적인 감상주의로 귀결되
    고 만다고 지적하면서 이는 정인의 이념적 괴리가 서사구조상의 괴리로 재현되고 있
    다고 말한다. 김양선, 「'신여성' 드러내기의 두 가지 방식」, 『한국여성문학비평론』, 개
    문사, 1995, 111면.

다는 논리이다. 이렇게 여성의 성애와 깨끗하지 못한 피를 연결하는 것은 『김연실전』에서도 드러나는 바 김연실도 퇴기 출신인 소실의 딸로, 모계를 저주하며, 결국 嫡母의 돈뭉치를 훔쳐 동경유학길에 오르게 된다.

1920~30년대 식민지 조선 근대가 지향했던 남녀동권, 남녀평등, 자유, 해방이란 여성에게 '아버지를 지향시킨다는 것'이었다. 그러나 여학생에게 '아버지가 되려는 의지'와 '될 수 있다는 환상'을 부여한 근대는 한편으로 어머니를 사이에 끼워 전통적인 여성의 피를 집어넣어 그 이율배반적인 성격을 드러낸다. 정인과 연실의 경우 성애에 탐닉하게 만드는 것은 모친이 가진 화류계의 피였다. 이런 순혈주의 이데올로기는 여성의 자유연애에 대한 이상을 약화시키고 성적 방종을 경계하고자 하는 의도의 산물이다. 당시 여성의 정조와 관련해 일부일처제를 지지하는 이데올로기로써 혈통이 오염되는 것을 막기 위한 순혈의식이 강조되었다. 그리고 정조와 혈통의 순결이 긴밀한 불가분의 관계에 있으므로 여성들에게 처녀성의 위생과 정조관념을 부과시켜 내면화하도록 했던 것은 부당하게 여성의 섹슈얼리티만을 문제화하였고 이는 여성의 섹슈얼리티의 서열화, 즉 '성의 위계화'를 초래했다.

> 結婚은 純血을 유지하는데 不可缺의 要求가 있고, 이에 純潔한 血統을 유지하려면 一夫一婦 제도를 엄수하여서 夫婦以外에 性的關係를 맺지 말고 貞操를 嚴守하여야 한다. 왜그러냐하면 女子는 性交에 의하야 그 血液에 일종 化學物質 즉 防禦硫酸素를 生하는 까닭이다. 女子에게는 한번 性交의 영향으로 이러한 新物質이 生하며 또 그影響으로 혹 남편 이외의 男子와 性交가 있으면 그 胎兒는 姦婦의 씨가 아니라 할지라도 混血이 胎兒에 影響하여 純全한 本夫의 아희가 안이라고 할 수 있다. 이러한 이유로 道德으로 보면은 貞操는 男子나 女子나 한 가지 嚴守하여야 할 것이나 男子의 責任은 주로 道德的이며 女子의 책임은 道德과 生理的이라 할

> 것이다.…… 生殖을 負擔한 女子의 生理的 작용으로 엇지할수업는 自然
> 의 약속으로 여기고 絶對로 貞操를 嚴守하어서 다만 家政을 원만히 한다
> 는 것뿐이 아니라 純潔한 血統을 유지하며 純潔한 생명을 영속하는데 缺
> 陷과 汚點이 없도록 할것이다.[267]

인용문은 남성의 섹슈얼리티는 '본능'이며 도덕적인 문제에 국한되지
만, 여성이 정조와 순결을 잃었을 때에는 책임이 여성 자신에게만 전가
되고 이는 도덕적 차원은 물론 생리적인 문제까지 포함하므로 더욱 중
요하다는 식으로 서술되어 있다. 이러한 논리 아래 자신의 섹슈얼리티를
적극적으로 추구한 정인과 연실은 고등교육을 받은 여학생이지만 각각
아무 느낌과 자각이 없는, 심지어 육체마저도 불감증으로 처리되는 인물
로 서술자에 의해 희화화되거나, 참회와 반성의 눈물을 흘리며 유서를
쓰게 된다.

여기서 또한 김동인의 인형소송술과, 여학생을 서술하는 서술자의 친
연성을 발견할 수 있다. 신처럼 모든 등장인물을 조종하는 작가와 서술
자는 남성적 젠더의 시선을 취하고 있는 것이다. 염상섭 또한 신여성으
로서의 여학생의 내면과 개성을 잘 부조해내어 드러내긴 했지만 정인의
편지쓰기가 참회와 유서의 형식으로 기울어져 윤리적으로 그를 단죄하
는 형식을 취하고 만다. 이 밖에 『너희들은 무엇을 어덧느냐』에 드러나
는 주권적 서술자의 시선도 젠더화된 서술자로서, 신여성을 허영과 속물
로 판단하는 남성인물에 더 우호적이다. 따라서 이러한 서술자의 시점과
서술에 의해 여학생이 젠더화되고 이데올로기화되는 과정을 형식 속에
자체적으로 내포하고 있다.[268] 그러나 이 과정에서 여성인물의 욕망이

---

267) LS生, 「男性이 女性에게 貞操를 强要하는 理由」, 『별건곤』, 1929. 2.
268) 염상섭은 신여성의 이중성이라든가 통속성, 경조부박한 심리를 잘 포착해내고 신여성
    의 내면을 잘 전달하고 있으나 권위적인 서술자의 개입 혹은 내포작가의 이념을 전달

무엇인지가 역설적으로 드러난다.269) "자기와 같이 남을 사랑한다"는 새로운 사랑의 정의, 이는 여자를 남자와 대등한 위치에 놓는 평등한 결합을 시사했다. 여자가 남자로부터 사랑받는 것이 아니라, 또 그 결과로 육체의 속박이 아니라, 무엇인가 새로운 러브라는 관계……. 여학생들은 그것을 근대를 실천하고 해방을 실현하는 수단으로 여겼던 것이다. 그러나 1920년대 여학생들을 사로잡은 이러한 환상은 곧 허망성을 노출한다. 해방의 욕망으로서 연애와, 제도와 시대의 규율로서 그녀들의 신체에 가해지는 처벌로 분열을 겪는 것이다. 분열의 증상은 구체적으로 『환희』에서는 폐결핵과 자살, 「약한자의 슬픔」의 엘리자베트에게는 임신과 낙태, 「김연실전」의 연실에게는 불감증, 마지막으로 『제야』의 정인에게는 임신과 죽음의 예고라는 형태로 육체에 새겨진다. 이는 여학생이 한편으로는 연애(낭만적 사랑)로 근대성을 체현하는 반면, 다른 한편으로는 그들의 육체가 전통적인 윤리와의 관련 속에서 근대성을 약화시키고 오염시키는 장애물270)로 인식되는 모순적인 위치를 보여는 것이다. 즉 여학생이라는 존재와 그들의 연애 자체는 근대를 표상하지만 그들이 가진 처녀성과 정조의 훼손은 성의 위계화와 근대민족국가 형성에 방해가 되므로 규율되어야 하는 것이다. 따라서 그들의 섹슈얼리티는 단속의 대상

하는 한 인물의 서술을 통해 이를 통제하고 독자로 하여금 작가의 존재와 이데올로기를 느끼게 한다. 이는 신여성에 대한 극도의 혐오를 드러내는 남성적 정체성을 지닌 젠더적 시선을 취하고 있는데, 그의 소설에는 이처럼 20~30년대의 여학생을 비롯한 신여성을 둘러싼 비판적 시선이 주를 이룬다.

269) 암스트롱은 이와 같이 "서술자와 인물 사이에 드러나는 젠더 차이는 이야기 속에 내재한 인식소적인(epistemological) 모순을 창조하고 은폐하며", 다른 한편으로 "이 과정에서 인물이 경험하는 감정(emotional)적인 비중은 작가의 남성적 정체성에도 불구하고, 의미 있는 여성적 근원(feminine source)을 제공한다."고 지적한다. Nancy Armstrong, "Postface—Chinese Women in a Comparative : A Response", Ellen Widmer and Kang-i Sun Chang, Writing Women in Late Imperial China, Stanford University Press, 1997, p.418.

270) Wendy Lason, Ibid, p.110.

이 되고 '아버지'를 삶의 모습으로 지향하고 남녀의 사이를 사랑으로 연결되기를 바랐던 여성들은 비극으로의 길을 걷게 되며, 어머니를 계승하고 전통적인 윤리에 안기고자 하는 여성들에게는 행복이 준비된다. 여학생을 둘러싼 이러한 소설 형식의 정착은 "현모양처주의"를 표방한 고등여학교령의 공포와 궤도에 오른 여자교육에 따른 것이다. 비록 근대 민족국가 건설이라는 계몽의 기획은 여성을 제도교육에 포함시켰지만 내용과 목표를 포함한 교육구조는 남성과 여성에게 여전히 다르게 남아 있었다. 그들의 교육목표는 여전히 여성의 도덕적 가치와 관련된 관습적인 역할에 한정된다. 즉 고등교육은 여성에게 결혼의 배우자, 한 아이의 어머니로서 바람직한 자질을 양성하기 위한 것인 한에서만 의미가 있었다. 결국 여성이 지적으로 사는 것은 '아버지'와 동등해지는 것이 아니라 '어머니의 신분'을 지적으로 받아들이는 것으로 시대는 규정한 것이다. 즉 "그전 그대로의 직분을 다하는 여자를 만들뇌, 그 직분을 좀 더 살가롭게, 맵시있게 지켜나가는 여자" 만들기를 목표로 한 식민지 여성교육은 결국 서구적 감각과 일본적 기호를 내게회된 여싱을 반늘어가는 과정이기도 했다.[271] 1920~30년대 낭만적 사랑을 추구한 여학생들이 해방의 욕망과 시대의 규율 사이에서 분열을 겪어야 했던 것은 이런 이유이다. 그러나 이러한 분열된 주체는 동일성을 강요하는 근대화의 논리에 균열을 가하면서 스스로를 구성하는 능동적인 주체로서 보다 역동적인 근대를 상상할 수 있는 가능성을 보여주고 있다.

1920~30년대 작품 속에 재현된 여학생들은 독서로 익힌 낭만적 사랑을 실연하고 스포츠와 체조 교육으로 획득한 신체에 대한 자율성을 통해 섹슈얼리티를 추구하면서 내면의 확장을 보인다. 그들은 삼각관계 속

---

271) 김경일, 「식민지 여성교육과 지식의 식민지성」, 『사회와 역사』 59집, 문학과지성사, 2001, 102면.

에서 적극적인 욕망의 주동자로 때로는 세속적인 욕망을 추구하는 악한
으로 기능한다. 이렇게 능동적으로 자신의 욕망을 성취하고자 하는 인물
은 구여성과 대비되어 확장된 내면과 독특한 개성적 특질을 잘 보여준
다. 한편 이러한 여학생은 작품 속에서 선망과 비난이라는 양면적 시선
을 동시에 받는 인물로 형상화되는데, 이는 텍스트를 다성적으로 만들면
서 근대소설의 형성에 기여한다. 다시 말해 여학생은 서술자와 인물, 인
물과 인물, 독자와 인물 사이에 복합적인 시점과 거리를 생성케 하는 인
물로 기능하면서 텍스트를 단일성에서 벗어나 다성적으로 읽혀지도록
만드는 것이다. 이는 전에는 찾아 볼 수 없는 인물의 기능으로, 사회적
으로 예훼포폄(譽毀褒貶)이라는 시선의 산물이었던 여학생이 근대소설에
등장함으로써 비로소 가능해진 것이었다.

3) 출학과 젠더화된 여학생의 신체

1920~30년대 소설에는 여학생들이 자유연애로 인한 풍기문란으로
학교에서 출학당하는 이야기 유형이 발견된다. 그리고 학교에서 퇴학당
한 여학생들은 모던걸로서 걷잡을 수 없이 통속화되고 타락의 길을 걷
는 것으로 그려진다. 먼저 나도향의 「출학」은 자유연애로 정조를 잃은
여학생 영숙이 학교에서 퇴학명령을 받은 후, 약혼자인 병철에게 지난
일을 참회하고 용서를 구하는 편지형식으로 된 작품이다. 그런데 영숙이
가 병철에게 보내는 편지가 서술자에 의해 소개되는 구조로 작품구조상
액자식 서술방식으로 되어 있다고 할 수 있다. 작품의 도입부에서 서술
자가 여학생 영숙이가 과거의 약혼자였던 병철에게 회상기(편지)를 쓰게
된 배경을 서술한 뒤, 영숙이가 쓰는 회상기의 내용이 공개된다. 그리고
마지막으로 서술자가 회상기를 마친 영숙이가 방에서 사라졌으며 어디

로 갔는지 행방을 알 수 없음을 알리고 있다.

영숙은 어릴 적 병철과 약혼한 사이이지만 서울로 오게 되면서 학교 기념식 때 동무들과 산보하러 간 자리에서 만난 동무의 오라버니와 사랑에 빠진다. 그때부터 "화장"이란 걸 알게 되고 "애교"라는 것을 흉내 내며 "안락한 생활"과 "양행(洋行)"을 꿈꾸게 된다. 그러나 약속한 시간에 만나기로 한 정윤모는 오지 않고 영숙은 낯선 남자에게 정조를 빼앗기고 만다. 영숙은 그 순간을 떠올리며 "나는 두 번이나 죄를 짓는 몸"이 되었다고 고백하는데, 그녀에게 더욱 죄스러운 일은 과거에 정윤모와 만나는 당시 우연히 마주친 병철을 외면했다는 사실이다. 이와 같은 모든 잘못을 병철에게 고백하면서 자신의 죄를 용서해 달라는 영숙의 참회는 계속 반복된다.

> 저는 오늘 학교에서 출학이란 명령을 받았습니다. 저는 부모나 친척이나 이 세상 보는 사람을 볼 낯도 없어요. 그러하나 병철 씨 나는 병철 씨가 어디 계신지도 모르는 병철 씨 한 분만 나의 죄를 사하여 주시겠지요. 가슴이 찢어져 원망의 끓는 피가 넘쳐 흐르실줄 나도 짐작합니다. 나는 병철씨에게 사죄하려 하나 그 사죄를 받을 병철 씨는 지금 어디 계십니까. 저는 지금부터 되는대로 지내려 합니다. 바람에 끌리어 산악에 부딪혀 죽든지 물결에 씻기어 암초에 다닥쳐 깨어지든지 아무렇게나 지내려 하오나 다만 저의 가슴속에 알맹이진 진애(眞愛)로 바라는 것은 어떠한 별 아래에 어떠한 때에든지 이 최후의 영숙의 글을 읽으시거든 더러웁던 영숙이 다시 정(精)하여졌구나 한 마디만 하여주세요.
>
> —『나도향전집』 상, 26면

영숙은 두 번이나 정조를 망가뜨린 몸을 "더러운 몸"으로 규정하고 회상기를 씀으로써 다시 "정(精)"해지고자 하는 욕망을 보이고 있다. 한편 서술자는 작품의 도입부에서 영숙이가 하염없는 눈물을 자아내는 이유를 "情" 때문이라고 규정한다. 여기서 '情'이란 바로 영숙이 자신의 욕망에 따라 자유연애와 섹슈얼리티를 추구하는 것이었다. 그러나 그로 인해 학교에서 쫓겨나는 처벌을 받음으로써 해방의 욕망과 시대와 학교라는 제도의 규율 사이에서 분열된 여학생의 모습을 확인케 한다.

염상섭의 소설에는 다른 작가의 작품에 비해 비교적 근대적 학교와 학생의 풍경이 잘 드러난다. 『이심』의 주인공 춘경은 ×여학교 고등과 삼년급에 재학 중 전조선여자정구대회에 나가 우승기를 받는 등 뛰어난 정구선수였다. 그러나 이 학교에 정구코치로 온 21세의 중학생 창호가 수업시간에 춘경의 이름을 낙서한 것이 발단이 되어 연애사건의 주인공으로 몰리게 된다. 그리고 이후에 창호가 춘경이에게 편지를 보낸 사실, 춘경이가 창호의 하숙을 방문한 사실이 최선생에게 발각되면서 사소한 우연이 오해가 되어 두 사람이 모두 학교로부터 출학 명령을 받는다. 그리고 춘경이는 출학 후에 완강한 아버지의 심한 야단을 맞고 반발심에 가출을 단행한다.

> 어차피에 나는 버린 몸이다. 어째 버렸는지는 나도 모르지만 세상 사람이 버렸다하니 이 세상에서 살랴면, 버린 몸이거니 하고 살 수밖에 없다. 대관절 내가 무슨 죄가 있다고 모두들 죽일년 살릴년하는겐구? 그러나 너의들이 그러면 나도 생각이 있는것이다. 그이가 나를 설사 버리드라도 한번 살아보는게다! 죽어도 살아보는게다! 이 넓은 세상에서 나의 순결을, 우리의 — 결백을 뉘라 알랴마는, 다만 하나 그이는 안다. 그이를 버리고 또 누구를 찾아가랴!
>
> —『염상섭전집』 3, 62〜63면

춘경이가 학교에서 출학을 당한 뒤 고모집에 머물면서 모친과 오빠의 설득에도 불구하고 가출을 결심하는 내용이다. 춘경의 가슴에는 자신의 무고함을 인정해주지 않는 아버지와 학교, 나아가 세상 사람들에게 "아무의 힘으로도 빼어버리지 못할 못"이 박힌 것이다. 이후에 춘경은 이창호와 신접살림을 차리고 아이를 낳기도 하지만 그가 사회주의 운동으로 감옥에 들어가자 생계를 위해 일인 좌야의 소개로 페밀리 호텔과 천전상회 소매부에서 일하게 된다. 춘경은 이후 일본인 좌야뿐만 아니라 창호의 친구인 강찬규, 그리고 커닝햄에 이르기까지 여러 남자들 사이에서 교환되거나 혹은 그들을 이용하면서 허영과 사치를 일삼고 성적 방종과 쾌락에 빠지는게, 되는데 결국 칼모친을 먹고 자살을 감행한다. 그리고 작품의 후반부로 갈수록 이러한 춘경은 서술자에 의해 음탕하고 히스테리컬한 여성으로 부정적으로 서술된다.

『이심』은 작가에 의해 드물게도 어린이와 소년, 소녀의 심리에 대한 발견이 이루어지고 있으며, 소년 소녀의 심리에 대한 기성세대와 교육자의 몰이해와 편협한 도덕관을 비판하고 있어 주목된다. 이는 춘경이가 이후에 극단적으로 타락해간 원인을 제공한 사회에 대한 비판이기도 하다.

> 어린이의 세세는 어린이의 감각으로서만 엿볼 수 있는 것이다. 이십 전후의 한참 피어나는 소년의 세계는 그들의 다감한 정서로써 그들에게만 허락된 감각을 얻을 수 있는 것이다. 창호는 여학교에 매일 하학후면 막연한 희망과 기쁜 마음으로 다니게 되었다. 여학생들이 조선이 생긴뒤로 처음 — 조선여성이 반만년동안 살아온 이후 처음으로 환시하는 가운데서 테니스채를 들고 묘기(妙技)를 자랑하여 명예로운 우승기를 휘날릴 날을 고대하며 희망과 기쁨에 넘치는 그날그날을 기다리는 것과 같이 창호는 창호대로 무슨 큰 행복이 기다리는 것처럼 이십평생에 경험해보지 못한 기쁨을 가슴에 한아름 안고 여학교문을 드나드는 것이다.
>
> —『염상섭전집』 3, 37면

사실의 진상이라도 어린아이들의 심리작용이라는것 보다도 또 자기네

들의 운명과 및 그 주위의 사람들에게 어떠한 불행을 주고 더 한걸음 나
아가서는 이 조그마한 원인이, 그 사람들의 자손에까지 어떠한 영향을 주
지 말라는 법도 없다는 사실은 조금도 고려없이 다만 자기네의 목전의
책임만 면하고 귀치않은 파탄을 잠깐 미봉만하면 되겠다는 생각들이었다.
—『염상섭전집』 3, 61면

첫 번째 인용문은 춘경이가 다니는 여학교에 코치로 온 이창호가 여
학생들과 만나게 되면서 느끼는 기쁨과 설렘을 사춘기 소년의 심리에
빗대어 묘사한 부분이다. 그러나 이러한 소년과 소녀의 사소한 사건이
연애사건으로 비화되어 각 학교에서는 그들에게 퇴학의 처분을 내리게
된다. 제국대학 학생인 춘경의 오빠 춘서는 이와 같은 학교의 태도를 크
게 비판하는 인물로서, 두 번째 인용문은 그가 출학당한 창호를 구해볼
양으로 창호가 다니는 학교를 찾아갔다가 아무런 수확 없이 나오면서
하는 생각이다. 그는 학생들에 대한 가혹한 처벌이 이후에 그들의 삶에
영향을 줄지에 대한 고려가 없는, 청년심리에 대한 몰이해를 바탕으로
한 교육자와 교육기관의 폭력성과 억압성을 비판하고 있다.[272] 『이심』
에서 위선생 또한 이러한 비판적인 인물로 기능한다. 그는 어느 중학교
에 조선말 교사로 재직중인데, 창호와 같은 고향사람으로 친아우나 다름
없이 창호를 사랑해온 사이다. 그는 창호가 학교에서 출학당한 것을 한
편으로는 괘심하게 여기면서도 춘경의 학교나 창호의 학교를 못마땅하
게 여기는 것이었다. 그는 "억지의 감독과 총찰과 의혹은, 어린 저이들
간의 자연히 성장하여 가는 인격적 자각에 찬서리를 뿌리는 결과에 빠
지게 하여 도리어 위험하다"면서 "차라리 정면으로는 무관한 태도로 얼

---

272) 염상섭은 교육기관의 이러한 폭력성과 자율성을 억압하는 측면과 교육자의 부패상에
    내한 비편을 다른 작품에서도 다루고 있는데, 「E선생」에서는 그러한 측면이 E선생을
    초점자로 하여 잘 드러내고 있다.

마간 저의들의 자율적 정신(自律的 精神)을 신뢰하여 내버려두는 것"이 좋을 것이라고 생각한다. 염상섭의 이러한 인물들은 근대적 주체생산의 장으로서 학교제도가 지니는 강압적인 규율과 훈육의 측면에 대한 회의와 비판으로도 볼 수 있다.

1920년대 각 학교에서는 남녀학생의 연애문제에 대한 단속이 엄격했다. 특히 『신여성』에 실린 「풍기문제와 그 선도책」은 남녀학생의 연애문제가 곧 풍기문제라고 규정짓고 이에 대한 선도책을 학교당국자 諸氏에게 듣고 있다. 그 예로 동덕여학교장 조동식은 "요사이 남녀학생의 풍기가 문란해진 근본적인 이유는 남녀학생들에게 건전한 사상과 분명한 이상이 없는 까닭이다. 남학생이나 여학생 개인에게 건전한 사상을 주입하야 그들 자신이 어떠한 사상적 경향을 스스로 지어가게 하고 따라서 연애보다 일시적 향락보다 더 큰 이상을 가지고 나아가게 하는 것"이 중요하다고 말한다. 八峰山人은 "학교에 다니는 여학생들은 연애의 다시 말하면 '관능관계의 윤리적 의의'를 알 이치도 없다. 가장 자율 있는 도덕정신을 가지고서 연애와 당면해야 할 것이거늘 오늘이 어기는 그민징노에 있지 못하므로 인도하고 억제하고 구속해야 한다"고 말한다. 그리고 그는 풍기문란은 금일 교육의 결함 때문이라면서 이를 막기 위해 성교육의 필요를 제창한다.273) 또 "지금의 탕녀들이 여학생의 복장을 하고 다니는 까닭에 여학생과 탕녀를 구별하고 다니는 경계선은 아주 무너지고 말았다면서 풍기문란에 대한 대책으로 보든지 학생 선도상으로라도 보든지 일정한 교복제정을 하자"는 주장도 제기된다. 이들은 학교와 가정, 사회의 연락을 통해 제재와 지도가 필요하다는 데 합의한다.

남녀학생 풍기문제는 시골 출신 여학생들의 생활에 대한 감독의 필요

---

273) 八峰山人, 「今日의 女性과 現代의 敎育－紊亂한 中에서 그들을 善導하기 위하야 戀愛를 알게 하라, 性敎育을 興하라」, 『신여성』, 1925. 6.

성과 우려로 이어졌다. 「각여학교 당국자의 학생가정에 대한 희망과 주의」에는 학교교사들이 기숙사나 일가친척집이 아닌 하숙집에서 기거하는 학생들의 학부모들은 가정에서 규율과 감독을 할 것을 충고한다.[274] 여학생들이 남녀평등이나 자유연애를 잘 실행하지 못할 거라는 부정적인 평가도 계속된다. "자유가 무언지 연애가 엇던지 잘 알지도 못하는 여학생들이 귀로 드른대로 글자로 잘 본대로만 자유연애, 자유결혼을 하는데서 이 실패가 가장 만히 생긴다"[275]며 이미 조혼한 남성 지식인들과 결혼해 첩이 되어가는 졸업한 여학생들의 어리석음을 탓하는가 하면, "엘렌, 케이니 입센이니 로라니 하는 자유사상(自由思想)의 맛을 보게 되니까 모든 것을 자기 처지에만 비교해보고 한 층 더 마음이 움직이는"[276] 것이라면서 신식사상의 영향으로 인한 폐해를 꼬집고 세속적이고 이기적인 그들의 세태를 비난하기도 한다. 그리고 『신여성』에 실린 각종 여학생 애화나 비화 등은 그들의 성적 방종을 경계하고 각성하게 만드는 계몽의 효과를 높이고 있다.

여학생들이 원하는 것은 사랑 그 자체가 아니라 사랑의 힘과 그것이 함축하는, 근대여성으로 행동하도록 만드는 능력이었다. 낭만적 사랑은 개인적 욕망과 열정, 특히 가족의 반대를 무릅쓰는 사랑 그 자체 등의 근대적인 가치를 포함하면서 근대적 개인을 생산한다. 여학생들은 근대적 개인을 실현하는 길이 낭만적 사랑이라고 믿으며 연애를 통해 감정과 자아 그리고 개체로서의 내면을 경험하고 사생활영역을 발견하게 된

---

274) 「각여학교 당국자의 학생가정에 대한 희망」, 『신여성』, 1926. 4. 『별건곤』 또한 1929년 2월에 「남녀교제 선도방책」이라는 기사를 싣고 있다. 여기서는 좀더 완화된 입장을 보이는데 교육과 지도를 통해 학교가 주선하는 공식적인 만남의 자리를 갖는 등 남녀학생의 만남을 제한적으로 허가하자는 의견도 제기된다.

275) 三淸洞人, 「女學校를 졸업하고 妾이되여가는사람들」, 『신여성』, 1925. 4.

276) 염상섭, 『너희들은 무엇을 어덧느냐』, 『염상섭전집』 1, 190면·280면.

다. 다시 말해 개인으로서의 자유의지를 갖게 되고 해방의 욕망을 실현하면서 내면의 확장이 이루어지게 되는 것이다.

한편 낭만적 사랑과 섹슈얼리티의 문제는 여성간의 동성애와도 관련된다. 동성연애 감정은 학교와 기숙사처럼 새로운 생활시설과 같은 근대적 제도의 결과로써 가족이라는 도덕적 틀에 포함되지 않는, 중개되지 않는 혈족관계와 방식으로 모인 울타리 안에서 발생한 것이었다. 그리고 이는 정신적이고 도덕적이며 비육체적인 것. 순수한 것 즉 비섹슈얼한 관계를 의미한다.277) 『이심』의 춘경의 동창인 혜숙이와 정애는 동성연애 비슷한 의형제 관계에 있다. 『애욕의 피안』의 문임과 혜련도 그와 같은 경우였다. 1920~30년대 상당수 작품에서 이와 같이 동성애 감정을 가진 여학생들을 자주 발견할 수 있는데, 『학생』에 실린 기사는 그 당시 동성애가 무엇을 의미했는지 보여준다.

> 내가 만약 그리운 녯여학생시대로 다시한번 돌아간다면 나와갓흔 성질을 가진 동모와 철저한 동성연애를 해보고 싶다. 나와 제일 다정하고도 서로 가장 친절하게 지낸수 있는 째타들 벗고싶다. …… 슬프고 쓸쓸한 때 서로 하소연하고 같이 웃을 수 있으며 또 기쁜때 함께 즐거운 놀애를 불을 수 잇슬만한 동모. 그리하여 아름다운 여학생 시대의 순결한 생활을 자랑하게 되길……278)

인용문은 지금은 여류인사가 된 이에게 여학생시대로 돌아가면 제일 하고 싶은 것이 무엇인가를 묻는 설문에 대한 답이다. 여기서 동성애란 서로의 마음을 터놓고 지낼 수 있는 순수한 우정을 뜻하고 있음을 알 수 있다. 당시 동성애는 여학교에 재학 중인 여성이 이성간의 접촉이 어려

---

277) Wendy Lason, Ibid, pp.88~89.
278) 崔白月, 「내가 만일 여학생 시대를 다시 갖는다면」, 『학생』, 1929. 5.

운 사회적 조건 속에 이성애로 나아가기 이전에 동성 사이에 경험하는 것으로 연애, 결혼에 앞서는 한 과정으로 이해[279]되기도 했지만 동성애는 가장으로서의 남성의 힘과 국가의 힘을 약화시키고 여성의 덕목인 자기희생과 복종심이 사라지게 하므로 인정받지 못하는 것이었다. 또 여성들에게 위험하며 성적으로 도착적일뿐만 아니라, 사회조직에 위험성을 초래한다고 비판받았다. 낭만적 사랑을 인정한다 해도 기본적 토대는 가부장제 확립을 전제로 하는 것이므로 명백하게 그것이 두 여성간의 사랑관계에서는 불가능하기 때문이다. 즉 사랑에 있어서도 기본적인 토대는 가부장제 공사 분리영역을 따라야 한다. 사랑관계는 그것이 남녀간의 동등하고 자유로운 욕망에 의해 출현했더라도 여성의 경우 가부장적 가정주부로의 확립이 예정되어 있기 때문이다.[280]

한편 1920~30년대 소설에서 이성과의 사랑이 시작될 때 여학생의 신체는 주요한 상징적 지점이 된다. 『김연실전』, 『제야』, 『약한자의 슬픔』, 「유린」, 『환희』, 「출학」과 같이 낭만적인 사랑의 실천에 앞장섰던 여학생들은 임신이나 낙태, 죽음 등으로 그들의 섹슈얼리티가 단속되고 억압되는 양상을 보이거나 학교에서 출학을 당하게 된다. 그들의 연애가 정조라는 전통윤리에 의해 처벌되고 그것이 작품 구조상 당연시되고 있는 것이다. 여기서 여학생의 정신과 신체에 가해지는 도덕과 전통적인 윤리의 영향은 한편으로 그들의 사랑이 근대적 이상을 실현하기 위한 것이 아님을, 즉 여성에게 사랑은 신뢰할 만한 개인적 근대성을 위한 토대도 아니라는 것을 보여준다. 이렇게 여학생을 둘러싼 낭만적인 사랑의 서사들은 젠더화된 관점에서 사랑의 의미를 표현하고 묘사한다. 그리고 이 과정에서 윤리적으로 젠더담론에 중심적인 토대인 여성 신체의 상징적

---

279) 小春, 「요때의 朝鮮 신여자」, 『신여성』, 1923. 11.
280) Wendy Lason, Ibid. pp.88~89.

인 위치를 잘 보여주고 있다. 근대에 약함 대신 강함으로 대체된 아름다움의 새로운 기준은 여학생의 신체교육을 위해 받아들여지지만 여성체육과 건강의 목표는 단지 우생학적인 것, 즉 신체적으로 뛰어난 자식을 낳는 것에만 한정짓고 있다. 여성의 신체는 문명한 가정을 구성하고 자식을 양육하는 데 국한된 것으로 인식되고 있었으므로 가정의 범위를 벗어나는 건강미 또는 신체상에 대해서는 부정적인 평가가 내려진다.[281] 근대국가를 건설하기 위해 여성의 신체는 강화되어야 했지만, 여성의 신체적 교육은 결국 자연화된 본질과 젠더화된 신체 그리고 성적 차이를 생산하는 섹슈얼리티의 위계화와 성의 서열화를 토대로 한 것이기 때문이다.

이는 염상섭의 『모란꽃 필 때』에서 신성이와 문자와의 관계를 통해서도 여실히 드러난다. 신성이와 문자는 4년제 여고보 졸업을 앞둔 재원으로, 서로 미모와 재주가 쌍벽을 이룬다. 그러니 학교 정구 시합에서 관중의 시선에 당황한 신성이가 문자에게 패하자 그런 신성이의 그러한 모습이 오히려 서술자에 의해 우호적으로 평가되고, 문자의 건강하고 활기찬 모습은 그녀를 성적 욕망이 강한 여성으로 느껴지게 만든다.

응원도 학교끼리의 대항전만치나 열광적임은 물론이다. 이러한 때일수록 문자는 양양자득하여 생기가 돌올한 폼이 갓잡은 생선같이 그 스마아트 한 용자에 일칭 더 정채가 나는 것이었다. 오늘은 더구나 자기 모친과 두 남자 그중에도 적수인 신성이의 약혼한 남자가 구경왔다는 것이 머리에 떠날새 없이 생각키어서 눈을 까뒤집고 덤비는 것이었다. 그러나 신성이는 원채 냅들 힘이 적은데다가 오늘 같은 경우를 당하고 보니 역량이나 기술의 우열문제보다도 압기가 되어서 제대로 기를 펴지 못하는

---

281) 김주리, 「근대적 신체 담론의 일고찰―스포츠, 운동회, 문명인과 관련하여」, 『한국현대문학연구』 13집, 한국현대문학학회, 2003, 43면.

것이었다. 그러고보니 보통때 같으면 결코 그 따위 실수는 아니 할 것도
두 번 세 번씩 연거푸서 <미쓰>가 자꾸 난다. 그럴수록에 문자는 신이
오르고 묘기(妙技)를 종횡으로 발휘하는 것이다. …… 문자는 늘 생글생
글하며 얼굴에 한 층 더 광채가 나고 힘 안들이고 하는 일이 저절로 귀
엽고 아름다워 보히나 신성이는 입술까지 말라서 쌔근쌔근하며 보는 사
람까지 힘이 들어보인다.

—『염상섭전집』 6, 47면

졸업을 앞두고 개최된 교내 테니쓰 시합의 풍경을 묘사한 부분이다.
테니쓰는 식민지 근대 조선에서 여학생들에게 가장 인기 있는 스포츠였
다. 1923년 동아일보사 주최로 전조선 여자 정구대회가 시작된 이래 여
자 정구대회를 찾은 사람들이 선수들의 기량보다 선수들의 젊은 육체에
더욱 열광하였고, 결국 대회장에 남자의 출입이 금지된 일282)도 있을 정
도로 열기는 대단했다. 각종 매체에서도 경기 관전기를 싣거나 우승한
선수는 이후에도 지속적인 관심의 대상이 되기도 했다.

이화의 정구 제패(1925~1935)(『이화 백년사, 1886~1986』)

---

282) 권보드래, 『연애의 시대』, 현실문화사, 2004, 88면.

『이심』의 춘경 또한 학교 대표로 전조선 여자정구대회에 나가 우승을 했으며, 창호와 만나게 된 것도 테니쓰 선수와 코치의 관계에서 비롯되었다. 테니쓰는 여학생의 뚜렷한 표지로써 이와 같은 근대적 스포츠의 실행으로 그들은 신체에 대한 자각과 자율성을 획득할 수 있었다. 적절한 수준의 기술과 육체적 자신감을 필요로 하는 테니쓰는 여학생들에게 전문적 지식과 더불어 신체에 대한 자유와 독립을 보장했던 것이다. 또 테니쓰 등 근대적 스포츠와 함께 한 여학생들의 발랄하게 차린 옷차림의 변모는 그들을 섹슈얼리티를 거리낌 없이 분출하는 윤리 파괴자로서 눈부시게, 때로는 위험하게 비춰지게도 했다. 즉 스포츠를 통해 얻게 된 신체적 자유의 관념은 섹슈얼리티의 문제를 포함하는 것으로 여성의 신체적인 자유와 독립을 약속하는 것이었다.

위 인용문에서 신성이와 문자는 대조적으로 그려진다. 신성이는 관중의 시선과 함성에 압도되어, 특히 영시니와 진호를 의식해서 평소처럼 실력발휘를 하지 못하는데 비해 문자는 오히려 이 기회를 틈타 자신의 매력을 마음껏 발산한다. 이런 문자의 활기차고 열정적인 모습은 그녀의 육체적인 매력을 증폭시키고 신성이의 약혼자였던 영식의 마음을 사로잡게 된다. 그리고 이는 이후에 그녀의 삶이 퇴폐적인 모던걸로 진행되어 가는 것으로 자연스럽게 연결된다. 이에 비해 테니쓰 시합에서 제대로 기를 펴지 못한 신성이는 보호받아야 하는 존재로, 관중의 동정은 물론 순수한 청년화가 진호의 동정과 위로를 불러일으킨다. 신성이와 문자의 외양 또한 서술자에 의해 신성이는 "가을밤 달빛에 비치여보이는 이슬맞은 흰 국화"로, 문자는 늦은 "봄바람에 돋아나는 모란꽃봉오리"와 같이 대조적으로 묘사된다. 서술자는 더 나아가 신성이가 "순후한 편이어서 소견이 넓은 것"으로, 문자는 "깔끔하고 갸증스럽고 암팡진 것"으로 성격까지 규정한다. 이후 문자는 신성이의 약혼자였던 진영식과 결혼하여 성악가가 되기 위해 동경으로 건너가지만 공부에는 관심이 없다. 동경에 가자마자 단발을 단행한 문자는 영식과 더불어 딴쓰홀로 카페로 백화점을 전전하면서 시간을 보내면서 '모던에도 모던'으로 표상되기에 이른다.283) 그러다가 서양청년과 교제하는 모습이 발각되어 영식에게 이혼을 당하고 만다.

문자는 근대교육을 받은 각성한 여성상과 거리가 멀다. 오히려 근대적인 신여성이라는 이상이 통속화된 모습에 가깝다. 즉 문자가 배우던 독일어와 성악이라는 문화적 자본이 표상하는 정신성은 단발과 양장 등 문자의 신체를 장식하는 유행하는 의복과 거의 구별이 불가능하다. 문자는 근대적인 '신여성'이 지닌 갈등과 자아의식에는 전혀 무관심할 뿐만 아니라 영식과 함께 모던걸과 모던 보이의 즉물성과 피상성을 드러낸다. 이후 그녀는 점점 영식의 손을 벗어나 일인 삼포 청년뿐만 아니라 서양 청년과 관계함으로써 퇴폐적으로 변해간다. 이에 비해 몰락한 가정의 신성은 동경 여자사범 가정과에 입학한 후 학비마련을 위해 추수화백의 그림모델이 되며 삼포청년의 여동생의 보모 겸 가정교사로 들어간다. 신성이는 조선의 순수미와 순박함을 그대로 간직한 여학생으로 묘사되는데, 문자와 더불어 텍스트 내내 영식과 진호, 일인 삼포청년, 추수화백에 이르기까지 남성들의 응시에 의해 평가의 대상이 되고 있다.284) 무엇보

---

283) 『별건곤』에 실린 모던걸·모던보이 특집기사에 의하면 모던걸의 외양은 '고혹적 색깔의 양장', '실크 스타킹과 유래스(레이스)', '뾰족한 발과 구두', '붉은 연지'와 '단발' 및 '모자를 착용하는 것으로 드러난다. 이 기사에 의하면 모던걸과 모던보이는 '카페', '주점', '극장', '딴스장' 같은 '화류 욱어진' 곳에 다니는 '낭비군', '퇴폐군'이다. 특히 모던걸은 '유녀'와 '매음 생활녀'가 많고 모던보이들은 '자본가의 아들'로 요컨대 '유녀'와 '탕자'이다. 「모던걸 모던 뽀-이 대논평」, 『별건곤』, 1927. 12. 참조.

284) 버거에 의하면 이러한 대상화과정은 남성이 여성 이미지를 통제하면서 여성에 대한 남성의 소유권을 강화시킨다. 또한 여성은 남성 욕망의 대상이라는 관점을 내면화시키는 여성의 정체성을 만들도록 유도하는데 이는 여성이 성별화된 시선의 구축에서 수동적 입장에 서 있기 때문이다. 로라 멀비는 여기서 더 나이가 재현에서 이러한 능

다 문자와 신성이는 추수화백으로 대표되는 식민지 본국 남성 주체의 시선에 의해 다음과 같이 규정된다.

> 어쨌든 후미꼬상(문자)의 것은 모던이요 아메리칸이즘에다가 결혼 후의 젊은 여자의 기분을 나타내었지만 이번에는 아메리칸이즘이후 — 다시말하면 아메리칸이즘에 세련이 되고 세례를 받고 거기에 지친 이후에 오는 오리엔탈리즘(동양주의)라고도 할만한 다음 시대의 여성이 표현될 것일세. 그것은 박상 자신의 소질이 그렇기도 하거니와 그 처녀성이 충분히 그런 의사를 표현해 줄 것일세.
>
> —『염상섭전집』 6, 234면

추수화백은 문자가 '현대적', '아메리칸이즘'이라면, 신성이는 '아메리칸이즘'의 뒤에 올 사람' 즉 '오리엔탈리즘'을 표상한다고 말한다. 그리고 그가 그린 문자와 신성이의 초상화의 제목은 각각 <H부인의 초상>과 <소녀>로 정해진다. 추수화백이 신성이의 초상화를 <소녀>라고 명명한 것은 인용문처럼 신성이가 가진 '처녀성'과도 연결된다. 그는 신성이에게 '조선옷'을 입히고 머리 또한 '조선 계집애처럼 가르마를 타고 앞을 수수하게 할 것'을 요구했다. 여기서 추수화백이 서구취향을 좇는 경박한 모던걸 문자와 조선적인 순박한 미의 처녀 신성이의 대조를 통해 아메리칸이즘의 서구취향에 대한 비판과 동시에 오리엔탈리즘의 강한 열망을 희구하고 있음을 알 수 있다. 이는 일본 제국주의의 대동아공영권의 담론을 어느 정도 내포하고 있는 것으로 보인다. 그리고 동양주의의 회복은 신성이의 처녀성으로 상징되는 순수하고 훼손되지 않은

동/수동의 구별과 '남성적 응시'의 개념을 라캉의 정신분석학적 관점에서 시각 쾌락증, 관음증, 물신주의 등의 심리학적 현상으로서 설명한다. 수잔나 D 월터스, 김현미·김주현·신정원·윤자영 역, 『이미지와 현실사이의 여성들』, 또 하나의 문화, 1999, 74~75면 참조.

이미지로 구현되는데, 이로써 문자로 표상되는 서구주의는 퇴폐적이고 타락되어 낡은 것으로 규정되고 있다. 그런데 문제는 그가 식민지 본국 남성주체로서, 피식민지 여성의 모습에서 동양주의의 징후를 보고 그를 긍정적으로 평가한다는 사실이다. 여기서 신성이에게 식민지 본국 남성의 시선이 투사되고 있으며, 따라서 그녀가 입은 '조선옷'은 이데올로기적인 가치를 지니게 된다. 신성이의 '조선옷'은 문자가 입는 '양장'으로 표상되는 서구의 아메리캔이즘에 대한 대립항으로서 동양주의를 상징할 뿐만 아니라, 식민지 본국 남성주체의 무의식에서 유래하는 피식민 여성주체에 대한 숭배, 환상, 페티시즘의 투영으로도 볼 수 있기 때문이다. 페티시즘은 프로이트에 의하면 여성의 페니스 결여를 자신에 대한 위협으로서 거세의 기호로서 받아들이는 남자아이의 자각에 근거한 것이다. 아이는 그 현전을 대체물 속에서 찾음으로써 그 부재를 부인하려고 한다. 그리고 페티시스트는 이 대상의 부재, 즉 필연적으로 결여된 여성 혹은 어머니의 페니스 자체가 아니라 그것을 상기시키는 어떤 대상에 기투함으로써 불안감을 해소하고 현전을 계속 보존하고 유지하려고 한다.285) 『모란꽃 필때』에서 신성이의 '조선옷'은 추수화백의 페티시즘적인 애착의 대상이 되고 있다. 이와 같이 신성이가 식민지 본국 남성의 시선에 의해 타자화되는 피식민지 여학생의 신체를 보여준다면, 모던걸로 표상되는 문자는 일인 삼포청년뿐만 아니라, 서양청년과 관계하면서 이들 사이에서 '오염된 여성의 신체'286)를 재현한다고 볼 수 있다. 문자

---

285) Sigmund Freud, 김정일 역, 『성욕에 관한 세편의 에세이』, 열린책들, 1999, 26~35면.

286) 모국이라는 개념에서 여성은 충분히 영토화되었고 민족담론에 쉽사리 이용될 수 있었다. 이는 여성의 신체가 한편으로는 공동체 자체를, 다른 한편으로는 이 공동사회의 계산 불가능한 요소, 배제시켜야 할 요소를 상징하는 이질적 상징체계를 갖게 됨으로써 파생된다. 그리고 우리 편·여성이 낯선 남자와 성관계를 맺었을 경우 그것을 우리 공동체에 대한 '위협' 내지는 '오염'이라고 여기는 것은 우리 민족의 몸/공동체가 어떤 이질적인 몸/이방인에 의해 침투되어졌고 범해졌다는 생각에서 나온 것이다. 말하

의 신체는 근대국가의 형성에 장애물로서, 공동체에 대한 의식결여를 지닌, 즉 배제시켜야 할 요소를 상징하는 것이다.

『이심』의 박춘경 또한 오염된 신체를 구현하고 있다. 먼저 춘경은 학교에서 쫓겨난 후 자포자기의 심정으로 창호와 결혼한다. 그러나 창호가 독립운동으로 들어간 감옥에서 나온 뒤 일본인 경찰관에게 모욕적인 언행을 한 죄로 재수감되자 생계를 위해 좌야가 경영하는 천전상회 소매부에서 일하게 되면서 좌야에게 지배된다. 그녀는 "내지사람이 부르기 좋다" 하여 일본인 좌야에 의해 '춘자'라고 호명되는데, 이는 식민제국과 피식민의 지배관계를 환유함과 동시에 그녀가 식민지 본국 남성주체에 의해 타자화됨을 보여준다. 이후 좌야는 자신의 육체적 욕망도 채우고 사기 행각을 벌이는 데 춘경을 계속해서 이용한다.

한편 남편의 친구이자 식민지 내부 남성인 찬규는 그녀와 좌야이 관계를 협박조건으로 이용하고 그를 무마하기 위해 춘경은 그에게 몸을 내준다. 이후 춘경은 거액의 돈을 뜯어낼 작정으로 미국의 석유회사 조선 책임자 커닝햄과도 관계 맺는다. 이렇듯 그녀는 남성들에게 교환당할 뿐만 아니라 자신의 미모와 섹슈얼리티를 이용해서 남성들을 적극적으로 이용하기도 한다. 이 과정에서 춘경은 양복 혹은 화복과 조선옷을 입을 때 각각 그 기능을 달리 한다. 남편을 면회 갈 때는 조선옷, 좌야를 만날 때는 양복과 화복을 입는 등 옷에 따라 그녀는 남성 인물의 시선을 흔들면서 자신의 정체성을 변모시켜 나가는 것이다. 무엇보다 서양 청년 커닝햄은 그녀의 조선옷 입은 모습에 반하게 된다. 커닝햄은 자기가 동양에 태어나지 못한 것을 한탄할 만큼 동양의 자연과 문물풍습을 좋아하고 내지여자가 아니면 조선여성과 <스윗홈>을 꾸미려고 조선말도 배

자면 여성신체는 공동체의 동질성을 대변할 뿐만 아니라 그것의 취약성을 드러내는 지점이기도 하다. 크리스티나 폰 브라운, 앞의 책, 47면.

윘다고 할 정도로 동양에 대해 신비감과 동경을 갖고 있다.

> 커닝햄이 축대 우로 올러 서랴니까, 건넌방 문이 열리면서 춘경이가
> 나와서 댓돌에 놓인 낡은 노랑 비단 신짝을 끌고 나려서서 두 남자를 공
> 손히 맞는다. 춘경이는 머리는 양머리지만 분홍저고리에 남치마를 발뿌
> 리까지 끌었다. 커닝햄의 눈은 부시었다. 더욱이 신발을 꿰는 외씨같은
> 발은 감칠듯이 두눈을 끌었다. 조화가 되었거나 말거나, 어쨌든 커닝햄
> 의 눈에는 또 새로운 춘경이가 비치었고 그의 갈망하는 동양정조(東洋情
> 操)가 집 안에 가득함을 깨달았다.
>
> —『염상섭전집』 3, 252면

인용문은 좌야, 찬규, 수원집이 꾸민 사기극에 휘말려 춘경의 부모에
게 결혼 승낙을 받으러 온 커닝햄이 춘경이의 모습을 보고 감동하는 장
면이다. 이 음모는 좌야가 박춘경이 커닝햄의 구혼을 승낙하는 조건으로
그녀의 부채를 그가 갚도록 유도하여 대금을 사취하기 위한 것으로 꾸
며졌다. 자신의 돈을 뜯어내려고 꾸민 사기극임을 까맣게 모르는 다소
어리숙해 보이는 커닝햄은 다만 춘경이의 곱게 조선옷을 차려입은 모습
에 눈이 부실뿐이다. '남성의 시각적 쾌락의 대상으로서의 여성'이라는
전형적인 재현방식을 따르고 있는 이 장면에서 커닝햄의 피식민지 여성
에 대한 응시는 '분홍저고리', '남치마'와 같은 조선옷과 '외씨같은 발'
에 집중되어 춘경은 물신화되고 파편화된 존재로 구성된다.

결혼을 사칭한 이 사기극에 동참했던 춘경은 커닝햄의 자신을 향한
진정한 마음에 이끌려서 그와 함께 신호로 건너가게 된다. 그러나 결국
그곳 생활에 적응하지 못하고 조선으로 건너와 아들 영근이가 홍역으로
죽은 사실을 알고 더욱 히스테리증이 심해진다. 이러한 춘경이의 증세를
서술자는 "그 핏속을 휘저어 놓은 방종한 기질", "핏 속에 숨은 무슨 독

충의 작란”, “방종한 쾌락의 맛”을 그리워하는 것으로 시종일관 부정적으로 평가한다.

하지만 춘경의 히스테릭한 모습은 가부장제 아래서 억압된 여성의 무의식적 욕망의 표출이자 가부장제에 저항하는 의미를 담고 있다. 크리스티나 폰 브라운에 의하면 히스테리는 여성의 질병으로서 각 시대가 여성신체에 대해 키워온 환상과 상징적 젠더질서의 반영일 뿐만 아니라 이 환상들이 여성들에게 준 고통이 표현되어 있다.[287] 그녀는 히스테리를 서구의 사유가 존재해서는 안 되는 표현불가능성의 상태를 어떻게든 바꿔 쓰기 위해 만든 하나의 개념이라고 정의하면서 정상성이 무엇이냐에 따라 그 정상에 넣을 수 없는 모든 것을 히스테리로 부른다고 보았다. 폰 브라운은 히스테리의 시각으로 어머니, 자아, 섹슈얼리티, 의식 등의 개념을 고찰하면서 이들이 지닌 이중적 의미를 밝히는데, 서구문화사가 성적(性的) 존재로서의 인간을 말살하는 역사로 이해될 수 있다는 명제를 세운다.[288] 이는 대문자 자아[289]가 소문자 자아[290]를 집어삼키고 특히 여성의 성의 소문자 자아로서의 성적 존재를 무화시키는 과정을 말한다. 그에 의하면 히스테리는 바로 이러한 소문자 자아가 자신의 대문자 자아 즉 로고스에 대항하도록 도와줌으로써 로고스, 이성, 합리성으로 표상되는 대문자 자아가 인간과 자연을 계획 가능한 존재로 만

---

287) 즉 히스테리라고 일컬어지는 증상들과 질병현상들은 여성신체의 생물학적 상태보다는 상징적 젠더질서와 더 관계가 있다. 크티스티나 폰 브라운·잉에 슈테판 편, 탁선미·김륜옥·장춘익·장미영 역, 앞의 책, 48~49면.

288) 이하 히스테리 담론은 크리스티나 폰 브라운, 엄양선·윤명숙 역, 『히스테리』(여이연, 2004)를 참조함을 밝힌다.

289) 완전성의 환상, 전능하고 무한의 가능성을 보유한 남자인 동시에 여자이므로 성이 없다. 정신의 피조물이며 스스로 추상이 아닌 물질이 되기 위해 소문자 자아의 몰락을 요구한다. 크리스티나 폰브라운, 앞의 책, 14~15면.

290) 자신의 불완전성에 대한 의식, 자신이 죽을 수밖에 없다는 것을, 어떤 특정한 성에 속한다는 것을 아는 자아이다. 크리스티나 폰 브라운, 앞의 책, 14~15면.

드는 과정을 지체시키도록 하는 효과적인 저항형식이다. 즉 대문자 자아가 인위적이라고 희화화함으로써 대문자 자아가 소문자 자아를 밀어내는 것을 거부하는 것이다. 여기서 히스테리 환자는 자신의 욕망을 드러내기 위해 가장하고 연출하는 배우가 된다는 점이 중요하다.[291]

따라서『모란꽃 필때』의 춘경이가 '조선 옷', '화복', '양장'을 번갈아 입으면서 남성들을 교환하는 행위는 남성의 시선을 흔들어 놓음으로써 가부장제에 균열을 가하는 가면이자 위장된 연출이라고 볼 수 있다. 작가는 이러한 여성을 그림으로써 텍스트 상에서 자신의 욕망을 적극적으로 연출하는 여성상을 발견케 한다.[292] 하지만 결국 춘경은 창호에 의해 공창으로 팔려가며 결국 스스로 자살하고 마는데, 이는 상징적 질서가 공고함을 다시 한 번 환기시킨다.

> 나는 사창(私娼)을 묵허한다면, 차라리 공창(公娼)을 사회학적 견지로 유익하다고 인정하오. 그러므로 나의 안해요 친구인 그대를, 사회의 보다 더 유해한 사창으로 묵허하느니보다는 공창으로 내세우는 것이, 부득이 그러한 직업을 가져야만할 성격과 사정에 놓인 그대에게 대한, 남편의 의무요, 우의상 피치못할 일이라고 생각하오. 그대가 십원 이십원에 그대의 육체를 꾸미고기로 저며 파는꼴을 어떻게 나더러 보라는 것이요, 팔백원에 지금 도매를 하였소.
>
> ―『염상섭전집』3, 295면

창호가 자신의 아내였던 춘경이를 학선주에 팔아넘기면서 남긴 편지의 일부분이다. 여기서 춘경이의 신체는 팔백원이라는 교환가치로 환산

---

291) 졸고,「로고스 없는 마녀? <얼굴없는 미녀>」, 여성문화이론연구소 정신분석세미나팀,『다락방에서 타자를 만나다』, 여이연, 2005, 216~217면.

292) 염상섭의 작품에는 이러한 여성인물이 지속적으로 그려진다.『제야』의 정인은 물론『사랑과 죄』의 정마리아,『모란꽃 필때』의 문자,『광분』의 숙정에게서도 자기 욕망을 적극적으로 연출하는 히스테리적 주체로서의 면모를 발견할 수 있다.

되고 있다. 창호에 의해 공창에 넘겨짐으로써 춘경은 일본인과 서양청년 뿐만 아니라 찬규와 같이 제국주의에 순응하는 남성이나 창호처럼 과거에 주의자로서 일제에 순응은 하지 않더라도 무력해진 식민지 내부 남성들에 의해서도 모두 교환당하게 된다. 식민지 내부 남성들은 일제 강점이라는 역사적 트라우마를 통해 조선이 '트로마타이즈화' 되었다고 생각한다. 그 속에서 자신들도 더불어 '트로마타이즈화된 주체'로 여기며[293] 자신의 불안을 성적으로 능동적인 모던걸인 춘경을 통해 투사시키고 있는 것이다.[294]

이상으로 『모란꽃 필 때』의 신성이와 문자 그리고 『이심』의 춘경을 통해서 여학생 혹은 모던걸의 신체가 식민지 본국 일인 남성뿐만 아니라, 서양청년, 그리고 식민지 내부 남성에 의해서 대상화되고 나아가 교환되고 있음을 발견할 수 있다. 여기서 여성의 신체는 전통과 근대, 조

---

[293] 가자 실버만(Kaja Silverman)은 *Male Subjectivity at the Margins*에서 20세기 서구 이데올로기의 실재(reality)를 보여주는 유력한(dominant) 소설 분석을 통해 "남성 / 여성은 소설을 지배하는 가장 기본적인 이항대립이고, 오이디푸스 콤플렉스가 소설의 주된 구조"라고 말한다. 그녀에 의하면 오이디푸스 콤플렉스는 단지 가족의 이데올로기에만 반응하는 것이 아니다. 유력한 소설들은 국가와 시기, 그리고 실재와 밀착된 안정된 핵심을 형성한다. 또 공동체, 수도, 국가의 집합체들을 형성하는데, 전통적으로 그것들의 이미지와 관련시켜 규정한다. 가족구조는 남성의 정체성을 권력과 지배와 동일시하여 구체화한다. 역사적 트라우마는 이러한 권력과 관련된 남성 정체성을 위협할 수 있다. 2차 세계대전이 남성적 정체성에 가한 트라우마의 영향에 대해 추적하는 실버만은 트라우마를 겪는 순간 많은 남성들은 팔루스(Phallus)와 관련된 상상적 관계를 유지할 수 없으며 따라서 지배적인 허구(dominant fiction)로부터 나온 신념을 철수한다고 한다. 웬디 라슨에 의하면 실버만의 분석은 2차 세계대전 후 서구소설을 토대로 한 것이지만 그러한 특수성에도 불구하고 근대 중국은 물론 제국주의에 의해 트로마타이즈화된 어느 문화에도 적용될 수 있으며 여성은 이러한 남성과 가족과의 관계 속에서 그 위치와 젠더가 규정된다고 말한다. Wendy Lason, Ibid, pp.140~142.

[294] 민족국가의 상실로 위기에 처한 남성 주체는 자신의 왜소함, 열등감, 자학 등의 부정적 정서를 역으로 성적-경제적으로 능동적인 여성에게 투사함으로써 자신의 불안을 해소하려 한다. 김양선, 「식민지시대 민족의 자기구성 방식과 여성」, 『한국근대문학연구』 8호, 한국근대문학회, 2003, 60면 참조.

선과 일본 그리고 서구가 다투는 장소로 기능하면서 근대를 둘러싼 복합적인 모순들이 충돌하는 지점이 되고 있다. 즉 식민성과 근대성 여성성이 복합적으로 작용하는 공간으로서 여학생과 모던걸의 신체가 드러나는 것이다.

1920~30년대 중반 여학생은 근대교육을 통해 신체에 대한 자각과 함께 자율성을 획득하고 이를 토대로 한 낭만적 사랑을 통해 섹슈얼리티를 적극적으로 발현하지만 곧 전통적으로 약함이라는 문화적 가치를 지닌, 무력한 여성신체와 근대의 강한 신체 사이의 모순에 직면하게 된다. 여학생의 건강한 신체는 근대화의 기획으로 시작되었으나 다른 한편으로 근대의 성취에 대한 장애물로 기능하는 역설적인 장소가 되는 것이다. 따라서 이 시기 자유연애에 몸을 맡긴 여학생들은 정신과 신체의 분열을 겪을 수밖에 없었다. 한편 자유연애로 정조를 잃고 풍기문란으로 학교에서 쫓겨난 여학생은 이후에는 점점 각성한 근대여성으로서의 모습을 상실하고 서구취향의 통속화된 모던걸로 변모한다. 그리고 모던걸로 상징되는 여성의 신체는 식민지 본국 남성주체와 서양 청년에 의해 침범당한 오염된 신체를 구현할 뿐만 아니라, 식민지 내부 남성 주체에 의해서 젠더화되고 타자화된다. 작품에서는 이러한 과정이 여성의 신체에 대한 남성적 응시와 평가에 의해 드러난다. 이러한 남성적 시선을 흔들어 저항의 공간을 마련하는 계기가 『모란꽃 필때』의 문자와 『이심』의 춘경에게서 발견된다. 그들은 부박한 모던걸의 전형으로서 제시되지만 오히려 히스테릭한 행동을 통해 가부장제 사회에서 억압된 여성의 무의식을 표출하고 자신을 복장과 단발 등의 가면으로 스스로를 적극적으로 연출함으로써 가부장제에 저항하는 공간을 창조하기 때문이다. 하지만 텍스트에서 그들은 결국 비극적인 최후를 맞이함으로써 그만큼 상징적 질서가 공고함을 다시 한 번 환기시킨다. 1920~30년대 수설에 나타난

여학생들은 자유연애를 추구하면서 가부장적 이데올로기와의 충돌로 내면이 심화, 확장되고 욕망하는 인물로서의 모습을 부각시켰다. 그 과정에서 그들의 신체는 근대성과 여성성, 식민성이 서로 충돌 또는 결합하면서 근대의 복합성을 체현한다. 또한 비록 시대의 규율과 해방의 욕망 사이에서 분열을 겪으며 그들의 신체는 젠더화되지만 보다 역동적인 근대를 상상할 수 있는 가능성을 보여준다. 이를 통해 이 시기 작품에 그려진 여학생은 1910년대 작품 속의 여학생처럼 단순히 당대의 지배적인 이념과 가치의 전달자로서 존재하는 것이 아니라, 지배 이데올로기에 저항하는 그리하여 새로운 이념과 가치를 창조하고 형성하는 적극적인 인물로서 기능함을 알 수 있다.

3. 부르주아 이데올로기의 내면화와 여학생이 퇴각

1930년대 중반 이후 여자고등보통학교 정도를 다니는 여학생은 이제 신여성으로서 그 시대적 의미를 서서히 상실하게 된다. 1910년대에는 여자가 신교육을 받는 것 자체가 화젯거리였지만 1930년대가 되면 여공으로 공장에 취직을 하려해도 보통학교는 나와야했고 부모들은 딸을 잘 결혼시키려면 중등학교 정도는 마쳐야 한다고 생각되기에 이르렀다.[295] 그리고 1930년대 중반 이후 전문학교를 졸업한 여성들을 비롯해 교육받은 여성들의 수가 상대적으로 증가하고,[296] 직업여성이 늘어남에 따라

---

295) 이상경, 「1920년대 신여성의 다양한 행로에 관한 연구」, 『한국근대여성문학사론』, 소명출판, 2002, 83면.

296) 1939년 당시 여자의 교육기관으로 중등 정도의 고등여학교는 그 수효가 이십여 처가 있으나 전문정도의 학교는 한두 곳의 보육을 내어놓고는 오직 이화여전 한 곳밖에 없었다. 그런데 38년과 39년에 들어서서 여자의전과 숙명여전의 두 전문이 세워지게 된다.

중등 정도의 여학생보다 전문학교 정도의 여학생들이 '인텔리 여성' 혹
은 '지식여성'으로 주목을 받게 된다. 이 시기에는 신여성이라는 말보다
'현대여성'[297]이라는 기표가 널리 통용된다. 현대여성을 정의하는 제 담
론에 의하면 현대여성은 신여성의 연장선상에 있으면서도 그와 구별된
다. 이러한 현대여성의 규정은 대부분 구여성과 신여성의 비교를 통해
신여성에 대한 비판을 수행하는 것에서부터 시작하고 있다. 『여성』[298]
지를 중심으로 현대여성을 설명하는 담론을 살펴보면 다음과 같다.

　신여성을 재평가하려는 기획의도로 쓰인 함대훈의 「조선 신여성론」에
서는 오늘날의 "신여성의 꿈은 사람다운 사람이 되어야겠다는 것보다는
좀 더 어떻게 향락할 수가 있을까" 하는 데 있다면서 신여성의 향락적
풍조를 비판하고 신여성의 가장 큰 결점을 "가정에 등한시하는 것"이라

　그리하여 이전까지 포함해 조선에 삼대 여자전문학교를 두게 된다. 「三女子專門學校解
　剖」, 『여성』, 1939. 5.

297) 물론 신여성이란 기표가 완전히 사라지는 것은 아니다. 그것은 그 말이 지니는 내포에
　　따라 필요한 맥락에서 사용되었으며 때로는 현대여성이라는 표현과 아울러 사용된다
　　(김경일, 「한국 근대사회의 형성에서 전통과 근대―가족과 여성관념을 중심으로」, 『사
　　회와 역사』 54집, 1998, 34면). 1930년대 후반이 되면 동아와 조선 두 신문사에서 펴
　　낸 『신가정』과 『여성』의 잡지 명칭만 봐도 '신가정'은 여전히 추구해야 될 가치이지
　　만 '신여성'은 이제 더 이상 사회적 호소력이나 가치를 가지지 않게 된다. 또한 신여
　　성·구여성의 대립은 무의미해지고 '구여성이 아닌 여성'이 보편적인 가치로 대세를
　　이루게 된 것으로 볼 수 있다. 그리고 신여성이라는 말 대신에 '현대여성'이, 신식교육
　　을 받은 남성과 이룬 가정, 현모양처로서의 역할을 잘 해내는 '신가정'이 긍정적인 가
　　치로 내세워졌다. 이상경, 앞의 글, 83면.

298) 조선일보사에서 발행한 것으로 1936년 4월 창간되어 1940년 12월 폐간되었다. 『여성』
　　은 의식주를 비롯해 개인의 신변잡기를 다루는 요즈음 여성잡지의 전범을 보이는데
　　거기에만 머물렀던 것은 아니다. 생활에 필요한 정보뿐만 아니라, 당시 논점이 되는
　　사안을 다룬 좌담회를 비롯하여 시평, 월평, 논문 등의 전문적인 글도 다수 실렸다. 또
　　한 당시 작가들에게 문학작품을 발표할 기회를 제공하기도 했다. 필진들의 면면을 보
　　면 이광수, 김남천, 최재서, 김문집, 백철, 김광섭, 함대훈, 박태원과 같은 남성문사들
　　과 근대적 교육을 통해 배출된 전문직 여성과 남성이 주를 이루었다. 김양선, 「식민주
　　의 담론과 여성 주체의 구성―『여성』지를 중심으로」, 『여성문학연구』 3호, 한국여성문
　　학학회, 2000, 263면 참조.

고 지적한다. 그리고 그 원인으로 "신학문을 배운 여성으로서 좀 더 일하지 않고 거만한 점과 가정과 학교교육의 잘못"을 들고 있다.[299] 김광섭은 「현대여성의 고민」에서 인간으로 살겠다는 자각을 보여준 '노라'의 사상의 유입과 「빨간연애」의 콜론타이 사상의 유입이 조선의 신여성을 해방시키고 각성케 한 면에 대해 긍정적으로 평가한다. 그러나 그는 옷맵시나 화장에 치중하고 영화감상과 파티를 즐기고 양실에 살고픈 욕망을 추구하는 등 "현대를 외형적으로만 생활에 요구하는" 신여성들에게 희생과 비극이 따르게 될 것이라고 경고한다. 그는 조선의 신여성이 현대여성의 이름을 가지기 위해서는 "독서를 통해 뿌리 있는 교양을 기르고, 거기에서 솟아나오는 고민을 가져야" 하며 "세상에 대하여 현대적 의식을 가지고 현실도 보고, 또 남성도 보아야한다"고 말한다.[300] 이와 같은 글에서는 신여성에 대한 부정적인 평가를 수행하고 있지만 그들의 구체적인 현실인식이 어떠해야 하는지는 자세하게 드러나지 않는다. 이원조는 「현대여성의 번민」에서 "현대여성이란 신여성이란 말의 조금 진화한 말인 동시에 구여성이란 말에 대립된 말"이라고 정의 한다. 나아가 예전에는 "여성해방, 남녀평등, 참정권 운동, 이러한 여성전체의 역사적인 운명을 해결한다는 것이 여성이란 말 속에 가장 중심적인 것"이었는데 비해 지금은 "여성문제가 여성전체의 집단적인 문제라기보다는 각 개인의 현대여자문제"라고 하면서 현대여자의 문제로 연애, 결혼, 생활의 문제를 들고 있다.[301] 이는 이 시기에 이르러 신여성이 표상하던 여

---

299) 「新女性 再吟味－朝鮮新女性論」, 『여성』, 1937. 2.

300) 김광섭의 「현대여성의 고민」, 『여성』, 1939. 4. 그는 「여성과 사치」라는 다른 글에서도 조선 현대여성은 "시대와 현실과 사회의 움직임에 관심을 가져야 한다"고 강조한다. 김광섭, 「여성과 사치」, 『여성』, 1940. 9. 참조.

301) 이원조, 「현대여성의 번민」, 『여성』, 1940. 11. 소설가 이태준과 여류 평론가 박순천이 참여한 한 대담에서도 '현대여성의 고민'으로 이성문제, 정조문제, 삼각관계, 직업여성의 고민, 사생아 문제, 미망인문제를 들어 논하고 이를 해결하기 위해 여성 상담소 설

성의 각성이나 해방 등의 사상적, 실천적 의미는 퇴색하고 현대여성이라는 호명 아래 결혼과 연애 등이 일상적이고 현실적인 문제로서 번민의 대상이 되고 있음을 보여준다.

'현대여성'의 개념이나 역할에 관련된 담론들은 신여성에 비해 덜 급진적이거나 전통과의 조화를 강조하는 절충적 성격을 띤 것이 대부분이다. 먼저 김오성은 「여성교양의 문제」에서 "지금까지 우리가 쌓아온 교양이란 근대 구라파를 근원지로 한 개인주의적 자유주의 교양이었으며 이것이 조선여성에게 가져다 준 것은 의무의식을 수반하지 않은 한갓 권리의식이었다."라면서 "우리는 이 서구식 교양에서 개인의 자유와 권리에 대한 의식을 배웠지만 그 몹쓸 이기주의를 모라내지 않으면 안 된다. 그것을 모라내는 데는 차라리 동양의 전통, 특히 우리 조선의 교훈에 다시 돌아와서 자성함이 필요할 것이다. 동양의 부덕이란 것을 다시 음미하여 양자의 조화를 꾀해야 한다."고 말한다. 즉 현대여성은 서구식 교양의 이기주의를 몰아내고 동양의 전통적인 구여성의 미덕을 본받아야 함을 강조한다.[302] 윤규섭은 「현대여성의 위치」라는 글에서 체홉의 「붉은 양말」의 예를 들어 이 작품에서 "소모프가 일시나마 그의 안해의 무학(無學)을 불만스럽게 생각하였다가 소위 학문있는 여인들의 가정본위(家庭本位)가 아니라는 점에서 오히려 순종적이고 가정적인 그의 안해를 만족하게 생각하는 것은 남자의 입장에서만 여자를 취급하였다는 비난을 면할 길이 없으나 아무리 女子獨自의 입장에서이라고 할지라도 소위 現代型의 인테리여성은 從來型의 여성과 대비하야 推獎할만한 것은 없다"고 해도 과언이 아니며 "오히려 얻은 것 대신에 잃어버린 인테리여

치 등의 대안을 제시하기도 한다. 「現代女性의 苦悶을 말한다—小說家 李泰俊, 女流評論家 朴順天 兩氏對談」, 『여성』, 1940. 9.
302) 김오성, 「여성의 교양문제」, 『여성』, 1940. 5.

성과 잃어버리지 않은 대신 얻은 것이 없는 구여성을 대비할제 후자에 취할 점이 관습상 많다"고 한다. 따라서 "현대 여성문제에 있어서는 구여성이 교육의 혜택을 받아 종래의 위치를 벗어나야 할 것은 물론이나 인텔리 여성이 가족제도나 사회제도에 조화되는 위치에 나아가야 할 것이다"라고 하면서 구여성의 취할 점을 본받아서 인테리 여성인 현대여성은 신구의 조화를 이룰 것을 강조한다.[303]

현대여성을 정의하는 이러한 담론들은 모두 전통과 근대, 구여성과 신여성간의 절충과 조화를 강조하고 있다. 그러나 실제로는 현대여성 혹은 신여성이 가족으로 귀환해서 부덕에 종사할 것을 더욱 강조한다. 김양선에 의하면 이는 전근대와 근대의 절합을 통해 근대를 극복하려는 자세를 취하기보다는 여성을 전통이나 가정의 패러다임에 복속시키려는 의도를 드러내는 것이다.[304] 그리고 남성 지식인들에 의해 호출된 이러한 '현대여성'이란 이름은 여성을 다시금 가정의 영역으로 소환해 들임으로써 이들을 다가올 전시 동원체제 하에서 국가와 전쟁 수행을 위한 이세

---

303) 윤규섭, 「현대여성의 위치」, 1940. 10.
   권명아에 의하면 지식인 여성에 대한 이러한 담론화는 성적 경계의 문란과 침투를 사회체제에 대한 문란과 침투로 동일화하는 파시즘 체제하 젠더정치의 중요한 특성을 보인다고 한다. 그리고 신여성의 권리박탈과 구여성적 주체성의 새로운 성립은 총후부인 담론과 이데올로기 구성에 매우 중요하다. 이때 구여성은 약자의 손상된 지위를 적극적으로 차용하는 문제와 관련되어 이용되었다고 말한다. 권명아, 『역사적 파시즘』, 소명출판, 2005, 201~204면.

304) 김양선은 '현대여성'은 1930년대 후반 대두된 근대에 대한 재평가와 관련된다고 본다. 그렇지만 전통과 근대에 대한 패러다임을 다시 설정하려는 움직임이 성찰적 근대성에 입각해서 근대성과 여성성의 관계를 올바로 정립하는 단계에까지는 이르지 못했다고 지적한다. 이 시기 전근대/근대, 식민지/제국주의, 공/사 영역 같은 이항대립적인 패러다임의 수정이나 강화는 여성을 중심으로 이루어지며 남성/지식인에 의해 여성은 근대적 모성성의 담지자. 근대와 전통의 조화를 지향하는 현대여성으로 호명된다. 그리고 이는 여성을 사적 영역으로 다시 유폐시키는 결과를 낳았다고 말한다. 김양선, 「식민주의 담론과 여성 주체의 구성」, 『여성문학연구』 3호, 한국여성문학학회, 272~274면 참조.

양육이라는 모성애의 논리에 포섭하게 된다.305)

여성을 둘러싼 이러한 담론적 배경 아래 1930년대 중반 이후 전문학교 여학생들이 사회적 유행의 중심에 서게 되고306) 여고보 정도의 여학생들은 계몽과 훈육을 받아야 할 존재로 재구된다. 노지승에 따르면 이렇게 30년대의 여학생이 신여성으로서의 의미를 대부분 잃고 미성숙한 존재, 훈육의 대상으로 변화하는 상황은 이 시기 소설 속에서 여학생이 훈육되고 계몽되는 인물로 그려지는 것과 어느 정도 연관성을 가지고 있다. 특히 전문학교와 여고보 정도의 여학생들은 무엇보다 결혼이라는 성장의례를 치러야 할 훈육의 대상으로 의미변화 하게 된다.307)

『여성』은 전문학교 학생들과 혹은 갓 졸업한 젊은 여성을 대상으로 한 많은 좌담회와 설문 등을 통해 장차 한 가정의 주부가 될 '현대여성'으로서 그들의 연애와 결혼에 대한 관심을 반영하고 또 그것을 증폭시키는 역할을 한다.308) 이 시기 연애와 결혼은 1910년대의 계몽과 근대

---

305) 1930년대 말 이후의 전시 동원기에 '국가'의 '공공'에 대한 표방이 한 층 강화됨에 따라 여성과 가족이 중심이 된 사적인 영역도 변화를 겪기 시작했다. 이 경우 공은 사에 앞서는 것으로 사는 공을 위하여 봉사하고 희생해야 했다. "세계의 모든 문화와 전선은 지금 여성을 동원시키고 있다"는 근거에서 '전사'로서의 여성은 "국민의 심신의 육성의 온상"으로서의 가정에서 "제2세를 기르는 씩씩한 어머니"가 되어야 했다. 여성은 "깊은 모성애와 조국에 대한 경건한 정열을 가지고 전쟁에 헌신해야 하는 "거룩한 군국의 어머니"가 되도록 강요받았던 것이다. 이에 따라 여성은 다시 가족에 매몰되었으며 여성의 모성애는 전쟁 수행을 위한 수단으로 동원되었다. 김경일, 앞의 글, 35~36면.

306) 『여성』지에서도 전문 학생을 다룬 기사가 많이 실린다. 그 예로 「各專門女學生의 여름플랜」(1936. 7), 「오늘의 인텔리結婚適齡期處女의 理想男」(1938. 3), 「梨花女專 今春卒業生 가슴속을 들여다보는 座談會」(1939. 6), 「朝鮮女性의 未婚知識層은 이렇게 對答한다」, 「20대 아가씨들의 理想을 듣는 좌담회」(1940. 6) 「三女子專門學校解剖」(1939. 5) 등이 있다.

307) 노지승, 앞의 논문, 148면.

308) 그 예로 『여성』에는 이화여전, 이화보육, 경성보육, 중앙보육 등 경성에 있는 학교를 나올 처녀 89명에게 12항목의 설문을 보내어 미래의 남편을 선택하는 데 표준이 될 조선을 묻는 내용이 실린다. 그 결과 전문정도의 교육받은 신여성들은 일반적으로 "인상

국가 기획의 수단 혹은 1920~30년대 초의 근대적 개인성의 발현이라는
실천적, 이념적 의미보다는, 여학생을 포함한 젊은 미혼의 여성들이 행
복하고 안락한 가정의 주부가 되기 위해 적극적으로 배우고 익혀야 하
는 것으로 강조되었다. 따라서 연애와 결혼에 대한 무수한 담론들은 연
애는 감정, 결혼은 이지(理智), 연애는 꿈, 결혼은 현실이며 의무의 체계
라는 관념을 유포시킨다.309) 이 시기 여학교 또한 결혼을 위한 준비 양
성소로 평가되기도 한다.310) 여기서 이상적인 가정의 개념은 이기적이고
세속화된 가정, 소위 '스위트 홈'을 말한다.311) 1910년대에 근대국가 설
립의 일환으로 주창된 현모양처주의와는 다른 지평에서 부부와 아이에
의해 구성된 가정의 행복이 요구되고 아이의 탄생의 장으로서 가정이
등장하게 된 것이다. 근대부르주아 가정의 탄생과 더불어 중류계급 중산

좋고 건강한 체격의 소유자로 이만원 가량있고 월수 팔십원이상의 쾌활하고 문예와 스
포츠를 이해하는 경기이북출신인 이십오,육세의 차남"을 결혼의 배우자로 워하고 있는
것으로 나타났다. 「오늘의 인텔리 結婚適齡期處女의 理想男」, 『여성』, 1938. 3.

309) 김양선, 앞의 글 참조. 「結婚—어머님의 말씀, 따님의 말씀」(『여성』, 1936. 7). 「戀愛와
結婚問題 座談會」(『여성』, 1938. 12)과 「戀愛와 結婚은 別것인가」(『여성』, 1938. 5), 「結
婚을 이렇게 생각하자」(『여성』, 1939. 11)가 그러한 담론을 형성하고 있다.

310) 김문집은 이 시기 여학교가 결혼을 위한 신부 양성소가 되어 가는 것에 대해 "二十五
六年前 연실이가 다니던 안도산 설립의 그 학교(진명 여학교)는 '기생학교'라는 별명으
로 천대받았으나 오늘의 여학교는 돈 있는 집 양반 따님이라도 여간 才操로서는 들지
못하는 꽃다운 인간 수도장, 바로 발하면 결혼준비소 또는 정조미화당이다"라고 풍자
한다. 「김연실의 정조문제」(『여성』, 1939. 5). 이는 여학교 졸업장이 결혼의 혼수품이라
는 사실과 함께 또한 정조의 유무가 결혼의 조건이 될 수도 있다는 사실을 환기한다.

311) 김경일은 1930년대 이후 경제공황의 여파가 본격적으로 나타나면서 급진주의자들이
주창했던 이상적 가정과 이상적 결혼의 이념은 급속하게 세속화되어 갔다고 한다. 이
상적 결혼의 기준은 사랑이 아니라 부와 능력이 되었으며 이상적 가족은 모던주택에
서 부부와 자녀만의 단란한 삶을 누리는 것을 의미한다. 학교교육을 받은 중간층에서
기원하였던 이 새로운 이상적 가정에서 여성의 역할은 가족보다는 아내에게 강조점을
두고 있었다. 가부장제 질서에 대항하면서 그 과정에서 자신을 희생하고 비참한 종말
을 맞았던 급진주의자들과 달리 이들은 기성사회에 대한 도전을 포기하는 대신에 근
대교육의 대가로 자신이 차지 할 수 있던 것들을 개인주의적 차원에서 해결하고자 했
다. 김경일, 앞의 글 참조.

계급을 중심으로 유전학과 우생학이 연결되어 질 좋은 아이생산이 목표
가 되고 모성보호에도 관심을 갖게 되므로 아동의 양육과 모성에 관한
담론이 증가한다.312) 모던 주택에 부부와 아이로 구성된 단란한 가족,
즉 '스위트 홈'이라는 이상적인 가정상은 식민지 근대를 내면화하고 조
용히 자기 찾기를 시도하는 여학생들에게 욕망의 대상으로 추구된다. 여
기에 『여성』이나 『신가정』313)이 「가정 태평기」, 「그분들의 결혼플랜」, 「그
분들의 가정풍경」, 「행복된 가정을 찾아서」, 「가정은 나의 낙원」과 같은
기획기사를 실어서 여학생들에게 결혼과 스위트 홈에 대한 열망을 부추
긴다.314)

---

312) 「母性愛와 家庭教育」(『여성』, 1937. 4), 「젊은 어머니讀本」(『여성』, 1938. 8), 「여성과
　　모성애」(『여성』, 1938. 9), 「兒童口腔衛生과 蟲齒豫防」(『여성』, 1939. 3), 「兒童玩具 選擇
　　基準」(『여성』, 1938. 8)
　　이밖에 『신가정』 1933년 5월호에는 「조선은 이러한 어머니를 요구한다」, 「어머니의
　　꿈」, 「보라 動物도 어미사랑이 이러하다」, 「어머님 생각」, 「巴里의 어머니 날」 등 주로
　　어머니를 소재로 한 수필과 시가 실리면서 모성이 예찬되고 있다. 또한 신가정은 대체
　　로 아동을 위한 동요, 동시와 동화가 자주 실리는데 「흥부와 놀부」, 「심청전」, 「범이
　　어머니 되어온 이야기」 등 전래동화는 물론 창작동화도 함께 게재되며 동요와 동시부
　　분 현상공모 작품을 싣기도 한다. 이는 이시기 중산층 가정을 배경으로 한 아동에 대
　　한 관심과 '아동의 발견'을 실감케 한다.
313) 『신가정』은 1933년 1월에 동아일보사가 『신동아』의 자매지로 발간한 여성종합잡지이
　　다. 1936년 9월까지 통권 59호를 발행하였으며 현재 전해지는 영인본에는 기자에 의
　　해서 쓰인 탐방기사 혹은 일반기사는 제외하고 주로 시, 소설, 수필 등의 문학이 많이
　　수록되어 있다. 그 필진으로는 최정희, 주요섭, 윤석중, 모윤숙, 강경애, 박화성, 이태
　　준, 박태원, 김안서, 노자영, 정인섭, 함대훈, 이하윤, 박용철, 양주동, 장덕조, 전영택,
　　편석촌, 변영로, 최의순, 김자혜, 노천명, 오천석, 임옥임, 이헌구, 박순천 등 당대 문인
　　들은 물론 지식인들이 주를 이룬다. 창간사에서도 밝히고 있듯이 『신가정』은 "조선사
　　회의 새로운 건설을 꾀하는 방법으로 '가정문제'를 중대시하는 의미에서" 발간된 것이
　　다. 그런 만큼 가정의 실제문제와 그 상식, 자녀의 교육과 그 방법 등 가정주부의 필
　　수 지식과 교양을 전함은 물론 각 방면의 상식을 기재하여 "지식적, 실제적으로 가정
　　을 향상시키는 것"을 목표로 한다. 『신가정』에 실린 어머니에 대한 수많은 수필, 시,
　　소설 등과 아동을 위한 소설, 시, 동요 등은 모성과 아동에 대한 관심을 잘 반영한다.
314) 노지승, 앞의 논문, 164~165면 참조.
　　심지어 『여성』(1939. 5)에는 「결혼소개소」란이 실리기도 하는데, 남자나 여자나 좋은
　　연분을 만나서 결혼할 사람을 위해서 매날 중배서는 일을 하겠디는 취지의 란이다.

그런데 '스위트 홈'의 가정주부가 되기 위해 여학생들은 무엇보다 순결과 정조를 지켜내야 한다. 1920년대 일본의 경우 처녀논쟁, 처녀론, 정조론 등을 통한 순혈, 순결 이데올로기의 형성과정과 근대 부르주아 가정의 형성은 밀접한 관련을 지닌다.[315] 유전학이나 우생학의 새로운 지식이 보급되어 과학적으로 새롭게 치장을 한 혈통의식, 순혈관이 신중간층이나 중류계층 등 중산계급을 형성하는 근대가족을 바탕으로 보급되고 "피의 오염이 없고 순혈의 정숙한 부인에 의한 순결하고 우량한 아이"라는 모자간의 피-혈족의 순결관이 확립된다.

이 순혈, 순결 이데올로기는 남편은 부양자, 아내는 피부양자가 되어 남편은 가정 밖에서 일을 하고 아내는 가정 안에서 가사, 육아에 전념하는 이른바 중산계급의 가정 설계, 경영에 이바지하는 것이었다. 따라서 남편의 눈을 내면화하여 아내 스스로 자신의 정조에 의한 감시, 관리, 그리고 어머니의 모성애에 의한 자녀 생산, 관리와 함께 나가 있는 남편의 눈을 정점으로 하는 삼각관계가 가정 내에서 형성된다. 나아가 여성들은 미혼/기혼을 불문하고 스스로 순혈의식을 통하여 섹슈얼리티의 생산, 관리를 조작하게 된다. 생리학적인 희소가치를 지닌 처녀성이 사랑=성=결혼의 삼위일체에서 피=성=결혼의 삼위일체로 경제적 사회적 의의를 갖게 된다. 이른바 처녀성의 순결과 피의 순결은 단순히 생애에 걸친 생활 보장을 얻기 위한 경제적 가치일 뿐만 아니라, 새로운 생활 스타일을 갖는 중산계급을 가치매길 수 있는 사회적 가치 또한 갖는 것으로 받아들여지게 된 것이다. 이렇게 중산계급의 가족관과 적합한 "피의 순결"관에 의해 "처녀성의 순결"이 강화되자 "처녀성" 즉 정조는

---

① 연령, ② 학력, ③ 직업, ④ 구혼조건(나의 바라는 연령, 직업, 몸(체력), 가정형편, 재산형편)을 써서 보내면 다음 달 지면에 공개하여 소개하는 역할을 한다는 광고를 게재하고 있다.

315) 三村邦光, 『オトメの身體』, 紀伊國屋書店, 1994, 244~248면.

상품화되어 물신으로 숭배받기에 이른다.316)

우리의 경우 1930년대 중반 이후 여학생은 부르주아 가정의 주부로 안착하기 위해 이러한 순혈, 순결이데올로기에 종속된 주체로 구성되며, 정조를 잃은 여학생의 번민이 중요한 사회문제가 된다.317) 이러한 양상이 소설에서 순결한 여학생은 결혼을 통해 스위트 홈의 이상을 이루면서 미덕을 보상받고 정조를 잃은 여학생은 결혼에 실패하면서 여성의 섹슈얼리티가 통제되는 양상으로 그려지고 있다. 이렇게 여학생은 1920~30년대 중반에 신여성으로서 지녔던 정치적 의미를 상실하고 비정치화되는데, 이로써 작품에서 인물로서의 특질 또한 현저히 감소하게 된다.

1) '스위트 홈'의 이상과 섹슈얼리티의 통제

이태준의 『신혼일기』는 전문학교에서 문과를 전공한 동창생 세 명의 졸업 후의 삶을 그리고 있다. 세 명의 여성은 유소춘, 민화옥, 차순남으로, 세 사람이 차례로 초점자로 기능하면서 각각의 시점에서 이야기가

---

316) 三村邦光, 앞의 책, 231~234면.
   푸코도 또한 여성 섹슈얼리티의 부정이 인종 이데올로기를 퍼뜨린 19세기 말 우생학 담론의 발생과 동시에 일어났다고 주장한다. 부르주아지는 스스로 창안한 권력과 지식의 기술체계로 성을 둘러쌈으로써 그들 자신의 몸, 감각, 쾌락, 건강, 삶의 정신적인 가치를 돋보이게 했다는 것이다. 미셸 푸코, 이규현 역, 『성의 역사 1-앎의 의지』, 나남출판, 1993, 57~60면.

317) 이태준은 박순천과의 대담에서 현대여성의 고민으로 이성문제, 정조문제, 삼각관계, 직업여성의 고민, 미망인문제를 들고 있다. 이 가운데 여학생들이 정조를 잃거나 혹은 미혼모인 경우 학교에서 입학을 불허하고 또 학생이 적응하지 못해 자포자기하는 경우가 많은데, 이미 그러한 경우에 처한 사람들에게 강압관념을 심어주지 않고 정신적으로 구할 수 있는 방법을 모색해야 한다고 말한다. '동선당'이라는 자선기관의 예를 들어 여성문제를 토론하는 기관을 많이 만들 것을 제시하기도 하는데, 이와 같이 이 시기에는 여학생의 정조를 둘러싼 문제가 아주 구체적으로 논의되면서 정조 이데올로기를 더욱 강화하고 있음을 알게 한다. 「現代女性의 苦悶을 말한다-소설가 이태준 여류평론가 박순천 兩氏大談」, 『여성』, 1940. 9.

서술된다. 먼저 여학생 시절 문학에 뜻을 두고 있었던 유소춘은 동경제대 법과 출신인 은행원과 결혼한 뒤에 신혼일기를 쓰면서 결혼생활의 행복감을 향유하고 있다. 작품의 표제가 '신혼일기'이듯이 소춘의 일기는 그의 서사에서 상당한 비중을 차지하는데, 여기서 30년대 이후 이제는 가정주부가 된 여학생에 의해 '주부 이야기'의 탄생이 이루어지고 있음을 알 수 있다. '주부이야기'318)란 주부의 일과를 기록하는 등 주부로서의 삶에 대한 경험과 감상을 기록한 것을 말한다. 소춘이는 결혼 후 신혼집에 놀러온 화옥이가 일기를 보여 달라고 청하자, 자신의 일기장을 공개한다.

> 혼인날 아침
> 오늘은 나의 혼인날이다. 저녁에는 나만의 틈이 없을것 같기에 오늘의 감상을 미리 몇줄 적고싶다.…… 완성된 「나」를 얻는 날 이날부터 나는 사람으로서의 일이 시작되는 것이다. 마치 한 풀폭이가 꽃이 피면서부터야 그의 빛을 내이고 그의 향기를 내이고 그의 열매를 맺듯이.…… 기쁘다. 확실히 기쁘다. 세상에 대한 감사한 정렬을 나는 이 몇일동안 처럼 품어본 적은 없디. 왜? 그이를 나에게 순비해주었기 때문에 사람은 흔하나 남자는 흔하나 오직 나의 한 남자를 세상은 낳아주었고 그에게 고등한 교양을 주었고 진실한 사랑의 감정까지를 품게하여 나에게 선사했기 때문이다.
>
> ―『한국근대장편소설대계』19, 168면

> ×월 ×일
> 어제저녁일곱시 우리는 신혼여행에서 돌아왔다. 저녁은 나가 사먹고 오늘 아침에야 우리의 부엌은 첫밥을 지었다. 밥이 어찌 많이 늘었는지! 그이는 은행에 출근하고 나는 설거지를 하고 들어왔다.…… 이번 토요일에는 시가에 가 뵈와야한다. 저윽 어려운 숙제가 남은 것이다. …… 장래

---

318) 川村邦光,『オトメの祈り―近代女性 イメ-ジの 誕生』, 紀伊國屋書店, 1993, 194면 참조.

어디 우리집을 짓고 자리잡을 것인가? 우리에겐 아이가 몇이나태일것인 가? …… 결혼생활이란 지금 우리가 갖는 이런것이 최상엣것일가? 나는 그저게 밤 문뜩 모파상의 「여자의 일생」이 생각났던 것을 기억한다. 우 연히 난 생각이었을까? 이이의 어떤 행동이 나에게 그 소설의 비극을 생 각게 자극한 것일까? 나 역 「여자의 일생」의 그 주인공처럼 남편의 애정 이란걸 너머 고하게만공상했었는지도 몰라? …… 이이는 매운 음식을 좋아하신다. 오늘 아침 찌개에 고초장을 한수깔 듬북 떠넣어 잡수면서 나더러 먹어보라 하시었다. 나는 조곰 떴다 맛만 보았는데도 입안이 화 끈하며 눈물까지 핑 돌았다.…… 나는 이이를 사랑하니까 이이의 입맛을 우리집의 표준 맛으로 삼어야 할것이물론이다. 내일은 이댁아주머님께 깍두기 얼근하게 담그는법 고초장찌개 끓이는 법부터 배우자.

―『한국근대장편소설대계』 19, 173~176면

혼인날의 일기에 의하면 소춘은 남편과 한 가정을 꾸릴 기쁨과 설렘 으로 가득 차 있다. 결혼 후 '새로운 오직 순순한 생활이 건설되기'를 바 라는 소춘은 살림이 자리잡아갈수록 재미가 났다. 두 번째 인용문은 가 정주부로서 소춘의 모습을 잘 보여준다.[319] 그녀는 아침에 일어나서 밥 을 짓고 남편이 출근한 뒤 자신만의 시간을 갖고 미래를 설계하는 등 공 상에 젖는다. 그리고 자신의 입맛을 고집하기보다는 남편의 식성에 맞추 어 요리를 배울 계획을 세운다. 그러나 곧 얼마 안가서 소춘은 더 이상 일기를 친구에게 보여주지 않는다. 남편이 잦은 외박과 방종을 일삼는

---

319) 텍스트에 의하면 소춘의 하루 일과는 대강 이렇다. "남편의 가방에 밴또를 넣어 구두 신는 데까지 들어다주고는 두 시간 후이면 부엌도 마당도 방안도 깨끗이 치이고 자기 화장도 할 수가 있었다. 그담부터 점심때까지 두시간동안은 신문과 잡지를 읽고 화옥 이나 순남에게 편지를 쓰고도 남었다. 오후에는 소춘은 문학을 읽고 생각하고 할 것을 잊지 않었다. 시장에 갔다 오는 길에는 으례 책사에 들러 신간(新刊)들을 사서 제육과 채소가 든 바구니에 넣어 들고 왔다"(이태준, 『신혼일기』, 『한국근대장편소설대계』 19, 184~185면). 이는 그 당시 미혼의 처녀들이 꿈꾸었던 이상적인 가정주부의 일과이다. 그리고 이러한 이상적 가정주부의 생활은 잡지와 소설에 나타난 주부이야기들에 의해 창조되고 생산되었다.

등 태도가 달라지면서 더 이상 행복을 느끼지 못하게 되자 일기장은 남편에게 말하지 못하는 자신의 넋두리로 가득 차게 되었기 때문이다. 오입을 하고 들어왔으면서도 아양을 떨어 딴 여자로부터 남편을 이끌려고 매춘부적 노력을 해야 소위 "귀여운 안해"라는 남편을 보면서 소춘은 그런 남자는 "노예의 상전이지 한 안해의 남편은 아니"라고 생각한다. 또 남편은 자신이 문학을 읽고 쓰는 것을 싫어한다. 문화를 존중할 줄 모르고 부부간에 인격적 협력을 할 줄 모르는 그런 사람을 문명인으로 대우할 수 없다고 생각하는 소춘은 그러나 "지금에 이르러 노-라를 체험한다는 건 얼마나 진부한 사실인가"라며 갈등한다. 이 시기에 이르면 노라의 해방적, 혁명적, 실천적 의미는 이미 퇴색한 상태가 되었음을 알 수 있다.320) 소춘은 점차 학창시절 꿈꾸었던 '스위트 홈'의 이상과 현실 사이에서 괴리를 느낀다. 이는 화옥이와 나눈 대화에서도 드러나는데, "결혼과 결혼할 배우자에 대해 이상화, 신비화시키지 말 것"과 그러한 성향을 갖게 된 것이 "미손스쿨처녀들의 절름발이 교양"이라고 평가하는 것이다. 소춘은 처녀시대의 생활이념을 다시 한 번 자신에게 일깨우면서 마지막 일기를 쓴다. "이런 주림의 가정에서 질식하기보다는 넓은 사회의 신선한 쪽을 향해 내 호흡을 돌리는 것은 먼저 내 생명을 유지하기 위함이다." 이렇게 자의식이 강한 그녀는 이윽고 황순필과 이혼 한 뒤 순남의 신문사에 여기자로 취직한다. 그리고 연애문제, 이혼문제, 가정생활에 새 윤리를 제창한 <여인기행>이란 작품으로 성공을 거두고 계속해서 매달 우수한 단편을 발표한다.

소춘의 일기쓰기는 근대적인 '주부일기'로서의 특성을 보여주는 것

---

320) 이혼한 이후에도 소춘은 신문사 기자로서 상담란 「어찌하리까?」의 상담자 박성원을 만났을 때도 "저두 꿈 같어요, 지금와 노-라를 경험한다는게 너머나 케케 묵은 이야기 같어 말씀드리기두 부끄러워요."라고 말한다. 이는 이 시기에 신여성의 정치적 의미가 대부분 상실되었음을 의미한다.

외에도 중산층 여성의 삶과 여성문제와 관련해서 많은 문제를 시사한다. 19세기 말, 20세기 초 독일 여성 작가의 일기체 소설(Diary Novel)의 특성을 분석한 로나 마텐스(Lorna Martens)에 의하면 세기 전환기에 중산층 여성들은 직접 일기를 쓰면서 자신을 위로하고 기분을 전환시켰다. 일기 쓰기가 잠재적으로 위험한 비밀을 털어놓을 수 있는 친구를 대신하는 역할을 했던 것이다.321) 소춘은 일기형식을 통한 내면의 고백으로 '스위트 홈'에 대한 기대의 균열을 드러내고 중산층 가정주부로서 겪는 현실과 이상 사이의 괴리를 잘 보여준다. 또 남편에게 자신을 맞추기보다는 자아를 찾아 이혼하기에 이르는 과정을 일기로 서술함으로써 독자로 하여금 그녀의 내면을 직접적으로 들여다보는 환상을 불러일으키고 공감을 유도해낸다.

한편 화옥은 학창시절 "모-든 행복을 약속할 수 있는 유일한 찬쓰는 결혼이다"라며 '스위트 홈'에 대한 열망이 누구보다도 강한 여학생이었다. 그녀는 의사와 결혼한 후 아미모노가다가 가득 들어 있는 「주부지우」를 구독하며, 카나다에서 온 것 중에서도 제일 무늬 좋은 벽지를 고르고, 백화점에서 소파를 사고, 70원짜리 미국제 양탄자도 구입하여 거실과 부엌을 양실 분위기로 꾸미는 등 모던주택을 만들기에 여념이 없다. 화옥은 1920~30년대 이후 남성이 회사원, 은행원 관리와 같은 근대적 직업체제로 들어감에 따라 남성이 생계를 부양하는 사회적 활동을 하게 되고 여성이 살림을 전담하는 근대적 성별분업이 나타나기 시작함으로

---

321) 로나 마텐스(Lorna Martens)에 따르면 일기는 여성작가의 소설에 매력적인 형식이었다. 일기가 지닌 융통성 있고 개방적이며 비목적적인 구조가 여성 삶의 비자전적(Nonautubiography)인 특질과 전통적으로 순응하는 여성역할에 의존하는 특질을 보충해주기 때문이다. 한편 일기는 집중을 덜 요구하며 갑작스럽게 쓸 수 있는 것으로, 가정주부의 중단된(interrupted) 일상에 적합한 형식이었다. Lorna Martens, *The Diary Fetion*, Cambridge University Press, 1985, pp 173~182.

써 중산층의 전문적인 전업주부가 등장하게 된 시대상을 반영하는 인물이다. 1920년대 말의 경제공황과 1930년대 후반 일본 군국주의의 강화로 인해 급속하게 세속화한 신여성들은 이상적 결혼의 기준을 사랑이 아니라, 부와 능력에 두게 되고 결혼도 중매결혼이 주류를 이루는 보수적 측면을 나타내게 되는데, 화옥은 이러한 시대적 분위기에도 부합하는 인물이다.[322] 시어머니와의 신구충돌에도 아랑곳하지 않고 화옥은 "가정생활을 하려면 더욱 여자인 경우엔 더욱 주관을 버릴 수 없는 현대여성인 경우엔 살림에 대한 자기애착과 자기정열과 자기이상이 없이는 살 수가 없는 것이니까 근본적으로 살림의 실권을 가져야겠다"는 것을 주장한다. 나아가 남편과 겸상을 실시하고 비위생적, 비경제적으로 일하는 식모를 내보내며 부엌의 구조부터 뜯어고치면서(한 자리에서 여러 가지에 손이 자라도록 만들었고 적게 먹고 영양가치는 많은 것을 택하였고, 될 수 있는 대로 설거지에 많은 시간을 빼앗끼지 않으며 그릇을 적게 동원시키는 등) 과학적이고 합리적인 가사노동을 수행한다. 화옥은 그야말로 성별분업에 기초한 부르주아 가정에 적합한 주부로 형상화된다. 이러한 화옥의 귀여운 아내, 신식주부, 민활한 세균박멸이란 이미지는 가부장적 남성과 일제하의 가부장제가 요구하는 여성상일 뿐 결코 주체적인 여성상은 아니다.[323] 그럼에도 불구하고 소춘의 남편이었던 순필의 입을 빌려 가장 귀엽고 사랑스러운 여성으로 제시되는 등[324] 세 여성 중 가장 이상적인 현대여

---

322) 송명희, 「이태준 소설의 여성 이미지 연구」, 『타자의 서사학』, 푸른사상사, 2004, 121면.

323) 송명희, 앞의 글, 122면.

324) 순필에 의하면 화옥은 귀여운 재롱스러운 얼굴이고, 존경하고 싶은 얼굴은 소춘이다. 미인이란 평판을 듣기에는 순남이가 적합하다. 그러나 얼른 가지고 싶은 얼굴, 그가 기다린다면 얼른 집에 돌아가고 싶은 얼굴은 화옥으로 느껴진다. 아내란 차고 맑고 향기롭고 그 대신 까다롭기보다는 따스하고 뽀얗고 고소하고 아무렇게 던 다뤄도 재롱스럽기만 해야 좋고 편하기 때문이다. 이태준, 『신혼일기』, 『한국근대장편소설대계』 19, 125~126면 참조.

성으로서 긍정적으로 그려짐으로써 작가의 근대여성에 관한 규범을 확인할 수 있다.

한편 차순남은 "가정이 여성만을 위한 처소가 아니듯 사회도 남성만을 위한 처소가 아니"라면서 차별적인 성별분업에 반대하는, 남녀평등의식이 누구보다 강한 여성이다. 또 "사랑도 생활이요, 사랑도 사업이요, 사랑도 현실적으로 계획되는 것이어야 한다"면서 연애와 결혼에 대한 환상이 없는 현실적이고 주체적인 인물로 제시된다. 그러나 그녀의 사회적 성공은 그녀 자신의 뛰어난 능력과 의지의 결과만이 아니라 신문사 사장 조영진의 도움 때문이었다. 순남이 사회적으로 성공하는 여성이면서도 그 성공이 남성의 지원 하에 이루어진 것으로 묘사된 것은 바로 일제말의 여성을 사회적으로 동원하면서도 여전히 가정에 제한하는 차별적 현실을 반영한 것으로 해석할 수 있다. 즉 국가 사회적 필요성에 의해서 동원되고 통제된 여성상의 범주를 벗어나지 못하고 있다.325)

한편 『신혼일기』에서는 화장에 관한 이야기가 비중 있게 다루어지고 있다. 이는 화옥이가 화장품 가게에서 예전의 학창시절에 화장을 못하도록 엄금했던 일을 떠올리며 "전문정도의 여학교에선 졸업한 일 년쯤은 가정과 사회에서 하는 화장과 물색옷을 허락해서 연습을 시켜 지도해 내보내는 것이 적당할 것이다. 이건 사치를 의미하는 것이 아니다. 오히려 사치를 금하고 가장 경제적인 위생학적인 미적인 생활문화의 하나일 것이다 교육이란 크게 보아 문화운동이다. 문화란 별것이 아니라 생활 만반에 있어 미적이기를 효과적이기를 계획하는 것 이외에 다른 것이 아닐 것이다"라고 생각하는 구절과 순남이가 시작한 사업이 화장품 등

---

325) 특히 순남의 사업체인 여성문화사가 사치스런 소비를 지양하고 내핍을 권장하는 일제 말의 시대적 요청을 적극 따름으로써 성공을 거두는 것으로 설정한 것은 좋은 예이다. 송냉희, 앞의 글, 129~131면 참조.

미용과 관련되는 데에서도 확인된다. 순남은 "화장이란 여성의 생활문화로 중요한 것의 하나이므로 이것을 지도하자. 동양인 얼굴이나 의복에 맞고 가장 활동하기에 편한 스타일, 몇 가지만 고안해서 이것을 퍼뜨려야 한다. 한편 화장품 조제를 해야 한다"면서 조영진을 찾아가 출자를 부탁한다. 1년 후 순남은 여성문화사를 설립하고 서울, 평양, 대구 세 도시에 정안소와 양재점을 그리고 서울 청량리에 화장품 공장을 세우게 된다. 이를 "개인 이익 본위를 떠나 여성 일면에 국한하여 나아가 국가의 인류의 공공복리를 위한 산업본연의 정신에서 일어난 사업"이라고 하고 있지만 이는 또한 당대 여성의 미용과 관련된 관심을 잘 반영하는 것이라 하겠다. 이 시기에 여학생들은 화장을 비롯한 미용에 대한 관심이 상당했고, 학교에서는 이를 단속하느라 촉각을 곤두세우고 있었다.326) 이는 이 시기 여성지에 전문학생과 주부는 물론 여고보 학생들을 대상으로 한 화장 문답이나 미용문답 등의 기사가 상당수를 차지했던 사실에서도 확인된다. 화장은 "현대여성의 교양"으로 여겨졌는데, 그것은 여학생들이 '스위트 홈'의 열망을 성취하기 위한 수단으로서 에로스의 신체를 갈망한 탓이기도 하다. 에로스의 신체란 부르주아의 신체를 말한다. 즉 학교에서 배운 체조와 각종 스포츠로 단련된 신체는 물론, 늙음과 노동을 부정하고 화장을 강렬히 열망하는 사랑스러운 신체요, 장식된 신체이다.327) 여성잡지의 바르면 얼굴을 하얗게 만드는 白粉, 화장수 같은 화장품, 미용기구, 월경불순을 해결하는 약 광고들이 여학생들

---

326) 여학생들의 화장을 반대하는 이유는 "요사이 젊은 딸들의 야릇한 화장법은 美라고하기 보다는 도리여 自然美까지 손상시킨다"거나 "화장법이 야비하고 천하다"는 이유에서였다. 따라서 "자기의 생긴 모양과 주위에까지 어울릴 그러한 화장법을 써서 조금도 어색함이 없이 그것이 자연미를 도웁고 고상하게 해야 한다"고 가르치고 있다. 「現代女性의 苦悶을 말한다—소설가 이태준, 여류평론가 박순천 兩氏對談」, 『여성』, 1940. 9.

327) 三村邦光, 『オトメの身體』, 紀伊國屋書店, 31~37면.

에게 이러한 신체를 포착해야 할 이미지로 부추기고 있었다.[328] 이러한
광고와 여성지의 상담란은 여학생들에게 '로망스'와 '꿈'을 직조시키면
서 그들만의 상품으로 이끌고, 소비로의 끝없는 욕망을 촉구하기도 한
다. 그리고 여학생들의 전유물인 이러한 상품은 자연적 신체, 즉 맨얼굴
에서 화장을 한 문화적 신체로의 변용을 일으켰다. 이러한 상품의 사용
은 그들이 교육을 받았다는 품위를 유지시켜주는 징표가 되며 더 나아
가 계급적인 차이를 유발시킨다. 즉 단발과 양장으로 대표되던 1920년
대와는 다른 형태의 문화적 자본을 담지한 여학생의 신체를 형성했는데,
이는 부르주아 이데올로기가 여학생의 정신뿐만 아니라 신체까지도 적
극적으로 구성하고 있음을 보여준다.

크림의 종류와 쓰는 법(『여성』, 1937. 6)

화장품 광고(『여성』, 1937. 6)

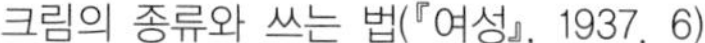

328) 『여성』지에 실린 「화장문답」, 「화장비결」, 「美容과 營養」, 「美의 秘訣」 「十二월의 美容」
   등 화장과 미용에 관한 기사, 화장품 광고, 신체에 관한 담론 「美人과 心性」(1936. 5), 「美
   人과 言語美」(1936. 10), 「보넬과 女性의 美」, 「美人과 社交」(1936. 12) 등이 그 예이다.

요컨대 『신혼일기』에서 작가는 전문학교 출신 여학생의 결혼과 사회적 성공담, 또한 이혼하는 모습을 그림으로써 이 작품을 일종의 페미니즘 소설로 여겨지게 만든다.[329] 하지만 작품구조상 '스위트 홈'의 가정주부인 화옥이 가장 긍정적으로 그려지면서 '스위트 홈'에 대한 이상을 강화시키고 있다. 이른바 근대여성이란 화옥처럼 근대적 지식과 교양을 가진 이상적 가정의 주부로서 역할 해야 한다는 규범을 제시하고 공사 영역의 분리를 확고히 하는 것이다.

한편 이 시기 작품에서 '스위트 홈'의 추구에 성공하는 여학생들은 섹슈얼리티가 통제되는 양상을 보인다. 이러한 서사는 한 남성을 둘러싸고 두 명의 여학생이 경쟁을 벌이는 삼각관계를 중심으로 전개되는데, 이 삼각관계의 심층을 지배하는 것은 여학생의 순결 여부이다.

『청춘무성』은 여고보생인 고은심과 최득주가 자기 학교의 성경 교사이자 목사인 원치원을 향해서 애정의 삼각관계를 형성한다. 먼저 순수하고 명랑한 은심은 소녀적인 감수성과 낭만성을 지닌 여학생이다. 그녀의 관심은 언제나 연애와 '스위트 홈'의 꿈에 있었는데, 이는 그녀가 구독하는 잡지를 보면서 화려한 공상에 빠지는 장면에서도 드러난다.

「레이디스 홈 저널」을 뒤적거리면 모두 신선한 연애소설들이다. 페이지마다 아름다운 상품 광고다. 궁전의 것처럼 찬란한 침실세간, 부엌세간 그림만 모아도 향기가 코를 찌르는 식료품들, 어디까지 흥미본위인

---

329) 이호숙은 이태준 소설의 페미니즘적 징후의 한계를 다음과 같이 지적한다. 이태준이 여타의 다른 남성 작가들보다 여주인공을 많이 등장시키는 점, 그들이 진취적인 행동으로 민족영역을 비롯한 다원적 영역에서 남성들보다 높은 성취도를 보이는 사실, 주체적 자각 속에서 가부장 굴레를 벗어나 미혼이나 이혼을 선택하는 사실 등은 그의 소설을 페미니즘 소설로 읽히게 한다. 그러나 이 공간은 근본적으로 '여성은 남성이 금기시하는 것도 서슴없이 범하는 일탈적 성'이라는 가부장적 성별의식에 토대한 공간이기에 결코 순정한 페미니즘의 공간이 될 수 없다고 한다. 이호숙, 「식민지 시대 남성작가의 욕망과 여성 주인공」, 『이태준과 현대소설사』, 깊은샘, 2004, 223면.

모자, 양복, 구두들, 그리고 오색이 찬란한 자동차들, '현대인의 행복은 우선 현대를 향락하는데 있는 것이 아닌가?'

—『이태준문학전집』 14, 180면

최득주의 모함으로 원치원에게 실망한 뒤 사촌오빠의 소개로 보스톤에 있는 조오지 함을 소개받자 은심의 서구취향과 모던한 문화를 향한 욕망은 더욱 커지게 된다. 이에 비해 집안의 생계와 학비를 벌기 위해 여급으로 나가는 최득주는 어둡고 냉소적이며 성적인 욕망이 강한 여학생이다. 원치원은 최득주의 성적인 유혹과 끈질긴 구애에도 불구하고 고은심을 끝까지 그리워하면서 결국 결혼에 이르게 되는데, 여기서 고은심이 깨끗한 처녀라는 사실이 결정적 동기가 된다. 그는 은심의 사랑한다는 편지를 받고 자신 또한 은심을 사랑하고 있음을 확인하는가 하면 그녀와의 스위트 홈을 상상해 본다.

> 구름빛이 희어 그런지 흰 행주치마를 여미고 섰는 은심과 그를 주부로 한 커텐 고운 주택과 그런 아름다운 가정들의 마을이 머릿속에 떠오른다. '맘에 드는 아름다운 아내, 아름다운 부엌과 서재를 가진 가정! 어째서 허영이냐? 맘에 드는 아름다운 아내를 굳이 피하는 것은 절제도 아니요 겸손도 아니다. 아름다운 영혼의 소유자를 갈망하는, 마찬가지로 아름다운 육체의 소유자를 갈망하는 것도 죄아닌 자연스런 욕망이 아닐까? <u>영혼에 티없고 육체까지 아름답다면 그야말로 완전한 미인이 아니냐? 나는 지금 어째 행복이 아닐 수 있느냐?</u>

—『이태준문학전집』 14, 107∼108면

'나는 득주를 광명의 길로 구해내리라 하나님께 맹세하지 않았는가? 그런데 지금 득주를 구할 길은? 아무리 생각하여도 은심을 버리고 득주를 사랑하는 그 길 한길밖에는 없는 것이다. …… '그러나 나도 인간이 아닌가? <u>인간이란 인도애만으로는 만족할 수 없는 것이 아닌가? 한 여자</u>

<u>를, 더구나 아내의 위치에 와 설 여자를 한 거지나 병자에게처럼 자선으로밖에 사랑할 수 없으면 그것은 누구보다도 먼저 그 여자 자신에게 모욕이 아닐까?</u> 내가 은심에게 느낀 그런 사랑을 한번이나 득주에게 느낀 적이 있었는가? 기억에 찾을 수 없다. 앞으로라도 은심에게 바치었던 사랑을 그대로 득주에게 옮길 수가 있을 것인가?

—『이태준문학전집』 14, 140면

금욕주의자 쏘로우를 숭배하는 원치원은 고은심의 아름다운 육체와 영혼에 이끌려 첫 번째 인용문과 같이 그녀와의 아름다운 가정을 꾸미는 것이 자신의 삶에 있어 결코 허영이 아님을 강조한다. 그리고 두 번째 인용문에서 알 수 있듯이 자신의 사랑을 갈구하는 득주에게는 동정이나 연민 이상의 감정을 느끼지 못하는 것이다. 득주는 기생인 언니의 소개로 학비와 생활비를 대주던 남자에게 정조를 유린당했고 이후 까페의 여급으로 나가게 된다. 득주는 고은심과의 경쟁을 "불행한 여자" 대 "행복한 여자"의 대결로 규정짓고 끝까지 원치원을 차지할 양으로 모함을 꾸미기도 하지만 결국 원치원과 고은심의 결혼을 매개하는 역할을 하면서 원지원과 자신과의 관계를 우정으로 정의하기에 이른다. 그리고 원치원에게 계몽되어 각성에 이르고 재락원이라는 기관을 차려서 여급이나 사생아와 같은 소외된 이들을 위한 사업을 하게 된다. 최득주의 방해로 다소 시련을 겪긴 했지만 원치원과 고은심은 결국 결혼에 성공하는데, 여기서 고은심이 스위트 홈의 안주인이 될 수 있었던 것은 그녀가 가진 미모와 순결한 신체라는 문화적 자본 때문이었다. 이러한 자본은 부르주아 가정의 주부가 되기에 필수 조건이었다. 이렇게 여학생의 순결과 타락이 상징적인 약호로 기능하면서 스위트 홈의 진입에 있어서 타락한 여학생이 여성스러운 여성, 순결한 여성에게 패하는 플롯이 1930년대 후반 여학생이 그려진 대중소설에 지배적으로 드러난다.

한편 남성인물과 결혼에 이르지는 않지만 끝내 사랑을 쟁취하는 여학생을 그리고 있는 작품으로 『구원의 여상』을 들 수 있다. 『구원의 여상』은 숲이 깊은 마을에서도 우뚝 솟은 곳에 자리한 여학교 전문부 기숙사를 배경으로, 같은 방을 쓰는 인애와 명도가 영조라는 한 남성을 놓고 경쟁하는 이야기이다. 그들은 영조와의 관계로 인해 사이가 벌어지기 전까지 기숙사에서 "장래의 영광스러운 무대"와 "장래의 「스윗-홈」이 조각조각으로 떠도는 희망의 독본"을 읽으며 꿈을 키워 나간다. '유예기간'으로 주어진 자신들의 시간을 나름대로 멋지게 보내고자 하는 소녀들은 미래의 '스위트 홈'을 위한 준비의 장인 이곳에서 외부에서 기다릴 미래의 남자들을 염두에 두면서 매일의 과제와 수양에 힘쓰는 것이다. 서술자는 이러한 소녀들의 울타리를 "세상과는 풍속이 다른 처녀국의 신비"가 담긴 곳이라고 소개한다. 이와 같은 기숙사 풍경은 여학생이 근대소설에 인물로 도입되어 가능해진 배경 공간으로서 이야기 공간을 확대시키는 데 기여했다.

여학생들은 소녀들만의 우주인 기숙사에서 진리를 동경하고 어떻게 살아갈까를 탐구한다. 한편으로는 처녀에서 한 남자의 부인이 되기 위해 살아가는 방식과 마음가짐에 대한 구체적인 수양을 쌓는다. 그리고 낭만적 사랑에 대한 동경으로 여러 가지의 이야기를 만들어내고 그 이야기들이 뿜어내는 로망의 향기에 취해 달콤한 꿈을 꾸기도 한다. 그런가 하면 이성이 개입될 여지가 없는 이곳에서 에로스는 내부로 향하게 되는데, 친구를 향한 동성애의 감정이 그것이다. 같은 방을 쓰는 인애와 영조는 방학이 되어도 떨어지지 않을 만큼 단짝 친구였다. 그러나 그들은 인애가 사랑하는 손영조를 사이에 두고 삼각관계에 빠지게 되면서 우정에 금이 가기 시작한다. 인애와 영조는 매우 다른 성격을 지녔다. 명도가 "말괄량이"에 "서글서글"히고 "수선스럽다"면 인애는 "신비스럽고 쓸쓸하며 애련한 매력의 눈”을 가졌다. 명도는 음악을 전공하고 인애는 문과를 공부하는데, 특히 수예 솜씨가 뛰어나 학교의 자랑이 되고 있다. 서술자는 이 둘을 꽃에 비유하여 명도를 “손마디가 옴폭 옴폭 묻히도록 살이 피어오른 추립”으로, 인애를 “코스모스”라고 설명한다. 이렇게 서술자에 의한 간접제시로 주어지는 정보에 의하면 이 둘은 매우 대조적인데, 무엇보다 가장 뚜렷한 차이는 그들의 성에 관한 태도에서 드러난다.

> 인애는 아름다운 여자다. 그러나 한가한 사람이나 바라볼 꽃이라할가? 그까짓, 육신의 정조라는 것. 그 강자의 소유욕을 만족시켜주는 상품적 조건에 불과한 처녀성이라는 것. 그것을 생명시하는 인애와는 도저히 생활을 합류시킬 수가 없다. 아모리 장래는 나를 위해서 지키는 것이라해도 그가 목숨같이 여기는것이라면 나는 받을수 없다. 웨? 책임이 있으니까. 일평생을 한남편, 한가장으로서 울타리 하나를 지키는 노예가 되고 마니까…….
>
> —『한국근대장편소설대계』 19, 179~180면

영조의 내적 발화로 제시되는 위와 같은 구절에서도 알 수 있듯이 처녀성을 끝까지 고수하는 인애는 콜론타이즘이 연애관에 경도된 명도와 상반된다. 명도는 “코론타이는 처녀아닌 대신에 당당한 일국의 외교관이 아니냐”며 처녀를 신성시하는 태도를 비웃는다. 그런가하면 인애는 명도의 이러한 여성운동을 “여성의 지위를 멸시된 채 내여바리고 남성화하려는 그런 여성운동 아닌 여성운동에 휩싸이고 싶지 않다”고 비판함으로써 자신의 성적 보수성을 확연히 드러낸다. 따라서 사상운동을 하는 영조는 인애를 향해 “구태를 못벗은 사람”이라고 비판하면서 명도의 적극적인 구애에 넘어가게 된다. 그러나 영조가 인애를 쉽게 포기했던 이유는 운동을 한다는 구실로 한 가정을 책임 질수 없다는 것이다. 이는 명도가 부모님이 동거사실을 알게 된 후 결혼을 재촉하자 “당신과 나는 동지이지 연인은 아니라며 그런 쎈치멘탈은 쓰레기통에 버리라"면서 동경으로 달아나는 것을 통해서도 확인된다. 명도는 영조의 아이를 임신한 채 동경으로 건너가 결국 낙태를 하고 다른 남자와 동거생활을 하지만 그것도 행복이 되지 못한다. 한편 인애는 폐병을 얻어 병원에 입원하게 된다. 그런 인애에게 서대문 형무소에서 영조가 편지를 보내 그녀를 그리워하는 마음을 전한다. 그는 인애에게 봉건적인 인습에서 벗어나지 못했다면서 그녀의 성적 태도와 처녀성이 상품화되는 현실을 비판하던 지식인이었지만 결국 인애를 향한 욕망을 표출하면서 이율배반적 면모를 보이고 있다. 그러나 인애는 영조에게 가졌던 원망과 분노를 극복하고 오히려 그를 위로할 결심을 한다.

> 저속에 앉었는 영조가 나를 만남으로 단 일분동안이라도 괴로움을 잊는다면 나는 그것을 아끼지말자. 나는 그를 단념하였드래도 내가슴속에는 오직 손영조의 사랑만이 깊이깊이 뿌리박혀있지않으냐. 사랑은 악한 것을 기억하지 않는다 하였다. 내가 좀 더 너그럽자. 사랑은 어진것일것이다. 사랑은 어진사람만이 가질수있는 제일 고귀한 감정일것이다. 나는 영조를 위로해주리라.
>
> ─『한국근대장편소설대계』 19, 256면

위와 같이 한없는 이해와 용서의 미덕을 갖춘 인애는 영조의 차식을 넣어주고자 직업을 구하기 위해 노력하고, 아픈 몸을 이끌고 그의 헌옷을 빨다가 병이 악화된다. 천사와 같이 희생적인 인애를 더욱 동정하게 만드는 것은 그녀가 앓고 있는 병이 폐결핵이라는 사실이다. 폐결핵은 대중소설의 관습에서 가련한 여주인공을 창조하는 데 필수적인 병이다. 작품의 마지막에 명도는 인애에게 용서를 구하고, 인애는 과거에 영조가 끼워준 파란 보석이 반짝이는 반지를 끼고 죽는다. 죽어서라도 영조와의 사랑을 완성시키겠다는 의지를 보이는 것이다. 결국 인애는 영조의 사랑을 쟁취하고 명도는 애정의 경쟁에서 탈락되고 뿐만 아니라 인애에 의해 감화되어 자신의 잘못을 뉘우친다.

요컨대 1930년대 후반과 1940년대 초 대중소설에 그려진 여학생은 전형적인 멜로드라마의 여주인공들처럼 순결과 신체적으로 아름다운 매력을 지니고 있다. 그들은 1920년대 여학생이 가졌던 정치성이 탈각된 채, 비정치화되고 '스위트 홈'으로 진입하는 전통적인 로맨스 플롯으로 확고히 통합된다. 『청춘무성』의 최득주와 『구원의 여상』의 명도와 같은 여학생이 제기한 어떠한 위협도 남성 인물이나 경쟁자인 여학생에 의해 순치되고 무화된다. 이렇게 로맨스 플롯의 성정치학을 반영하는 플롯상의 특징은 1930년대 후반 장편소설의 통속화 경향[330]을 일정 정도 반영하는 것이기도 하다. 또한 이러한 문법은 여학생에 대한 순치를 통해 여성을 사적 영역에 배치시키는 근대여성에 대한 이데올로기 구축과정과 병행한다. 결국 결혼을 통해 행복의 결말을 맞는 여학생은 성적으로 순결하고 신체적인 아름다움을 지니고 있어야 한다. 이렇게 결혼에 있어서 성적으로 자유분방하고 상한 성복의 소유자를 배제하고 끝까지 정조를 지킬 것을 강조하는 순결 이데올로기는 30년대 후반의 섹슈얼리티 통제를 통한 부르주아 가족의 성립이라는 이데올로기와 연결된다. 다시 말해

---

330) 1930년대 후반은 장편소설의 통속화경향이 뚜렷하게 나타난 시기이다. 이념을 표출하기 어려웠던 정치, 사회적 조건과 함께 상업저널의 팽창이 장편소설의 통속화를 가속화했다고 할 수 있다. 그리고 이태준의 장편소설은 30년대 대중소설의 흐름을 대표한다고 할 수 있다. 이는 특히 서사구조와 인물의 성격측면에서 두드러지는데, 삼각관계 등 남녀의 연애관계를 주요 서사축으로 하면서도 사회적 책임 등의 주제를 강조하는 것이 두드러진 특징이다. 도덕적으로 선한 주인공을 내세우고 그가 겪게 되는 고난을 병렬적으로 제시하는 것도 이 시기 소설에서 흔히 볼 수 있는 구조이다. 김한식, 「이태준 장편소설의 서사연구—장편소설 『화관』을 중심으로」, 『이태준과 현대소설사』, 깊은샘, 2004, 276~295면 참조.

혈통주의에 입각해 여성의 처녀성을 중요시하는 부르주아 가족 이데올로기의 반영인 것이다.

한편 여학생이 결혼을 통해 '스위트 홈'에 안착하는 이야기는 여성이 사적 영역의 주인으로 군림하게 되었다는 근대적 공사 영역분리의 사실을 배경으로 한다. 그리고 이러한 이야기를 다룬 소설은 서사형식으로서의 소설이 서구 산업사회의 특징인 사적생활과 공적 생활의 분리에 조응한다는 사실을 잘 드러낸다.[331] 암스트롱에 따르면 18세기와 19세기 초에 영국에서 바람직한 새로운 여성상이 생산된 것은 새로운 중산계급의 탄생 그리고 소설의 발생과 분리시켜 생각할 수 없다. 그리고 이 바람직한 여성상은 사적 영역을 토대로 한다. 남성과 여성의 심리적 자질에 따라 남성은 공적 영역, 여성은 가정적 영역에 적합한 것으로 구성되었으며 가정소설은 가정주부의 규율을 만들면서 사적 영역을 더욱 공고히 했다고 지적한다.[332] 이렇게 소설에 나타난 중산계급의 욕망을 반영한 부르주아 가정의 이데올로기는 여학생을 사적 영역의 주체로 젠더화하면서 중산 계급에 종속된 주체로 규정한다. 그리고 미모와 순결한 신

---

331) Judith Mayne, 강수영·류제홍 역, 『사적 소설／공적 영화』, 시각과 언어, 1994, 10면. 쥬디스 메인은 소설과 영화는 근본적인 사회적, 경제적, 문화적 변화의 징후라는 기능의 관점에서, 중산계급 소설과 이후의 영화에서 내러티브는 사적 생활 영역과 공적 생활영역의 분리가 그려내는 대립들, 특히 성과 사회계급의 대립들뿐만 아니라 사적 생활과 공적 생활의 분리에 대항하고 문제시하는 장으로 기능한다고 본다. 그는 18세기 영국에서 이언 와트가 말한 소설이 발생하는 시기에 사적인 삶과 공적인 삶이 변화하는 양상을 살피고 18세기 초에 주로 영국에서 내러티브는 중산계급의 요구와 기대가 형성되면서 새로운 차원들과 기능들을 떠맡기 시작했다고 한다. 그리고 『로빈슨 크루소』와 『클래리사』의 예를 들어 이들이 하나는 경제적 세계에 돌진하고 다른 하나는 그 세계로부터 후퇴하는 여정은 18세기 사회에서 사적인 삶과 공적인 삶의 영역 사이의 차이와 연관에 대한 관심의 내러티브적 등가물로 볼 수 있다고 설명한다. 쥬디스 메인, 앞의 책, 22~27면.

332) Nancy Armstrong, *Desire and Domestic Fiction : A Political History of The Novel*, Oxford University Press, 1987, 8·-10면.

체를 지닌 여학생이 그 미덕을 보상받고 그렇지 않은 여학생은 결혼에 이르지 못하는 전통적인 로맨스 플롯의 성 정치학이 이 시기 소설에서 지배적으로 드러남을 알 수 있다.

2) 모성화된 공적 영역과 순치된 내면

1930년대 중반 이후 작품에서 결혼을 통해 '스위트 홈'에 안착하지 않는 일군의 여학생들을 또한 발견할 수 있다. 학교를 졸업한 후 직업을 갖는 여학생들이 그 예이다. 일정한 교육을 받고 근대적 제도에서 일하는 여성을·의미하는 직업여성은 1920년대 후반에 본격적으로 등장했다. 직업여성이라는 표현은 여공이나 부인, 노동자와는 구분되는 독자적인 의미를 함축하면서 1930년대에 이르러 널리 통용되었고, 거기에는 성적인 연상을 불러일으키는 여성성의 이미지가 흔히 결부되었다.333) 직업여성의 범주에는 전문적 수준의 교육을 받은 의사, 간호부, 여교원, 여기사 등 상층의 직업과, 여고보 정도의 학력이면 가능했던 유치원 보모, 전화교환수, 여점원, 백화점 숍걸, 판매원, 타이피스트, 산파, 미용사 등의 중간층과 버스차장과 직공의 하층 직업이 존재했다. 또한 까페나 빠의 여급을 빼놓을 수 없다.334)

---

333) 김경일, 「직업전선에 뛰어들다」, 『여성의 근대, 근대의 여성』, 푸른역사, 2004, 340면. 김남천은 "『직업여성』이라는 말이 생긴 것은 십년 전후의 일이라면서 적어도 우리소설이 직업여성이라는 작중인물을 쓰기 시작한 것은 결코 오래전부터의 일이 아니"라고 말한다. 그리고 "직업여성이란 말은 부인네들이 사무소나 혹은 백화점 같은 데 출입하면서 생긴 말이며 이것은 이러한 대규모의 상업이나 기업의 형태가 우리 사회에 나타나는 것과 동시기에 여자의 중등실업학교가 생겨났다는 사실과 부합시켜서 흥미 있는 일"이라고 지적한다. 김남천, 「女性의 職業問題」, 『여성』, 1940. 12.

334) 김남천은 여직공이나 여차장 등이 육체적인 노동을 제공하는 데 반하여 직업여성은 마찬가지 육체노동을 바치면서도 극히 상대적으로나마 지능노동을 제공한다는 데 차이가 있다. 그러므로 타이피스트나 여사무원, 양재사는 결코 짧지 않은 학교교육을 요구하게 되는 것이다. 이밖에 여급이라는 새로운 형태의 직업이 생겼는데, 기생이나 창

이 시기에 직업여성은 결혼할 상대가 생기면 그만두는 폐단이 흔해서 여자의 직업은 "대합실에서 기차를 기다리는 거나 마찬가지"라며 인텔리 여성의 호기심에서 취미삼아 직업을 갖는다는 비판도 있었지만 여학생들의 직업은 졸업 후 실사회에서 실현상을 배우고자[335] 하는 욕망에서 비롯되기도 했고, 그 방면에서 자아실현을 위해 목표를 향해 전진하는 직업여성들도 있었다.[336] 그러나 이러한 직업여성들은 백화점의 꽃(숍걸), 거리의 탕아(뻐스걸) 등으로 성적 시선에 의해 대상화되기도 하며 "몸치장 하기에 온전히 사로잡혀 자기자신이 알지도 못하는 사이에 가족을 도와주기는커녕 스스로 빗을 지게되고 여자로서 최후의 수단에까지 나아가게 된다"[337]는 위험경고를 받기도 했다. 따라서 이 시기 직업여성의 고민으로 "직장에 나가는 것을 방종의 꿈으로 알고 시비를 당하는 점"이 제기되기도 한다.[338]

이러한 직업여성들을 형상화한 작품의 예로 이태준의 『화관』, 『불멸의 함성』, 『청춘무성』, 이광수의 『사랑』, 이기영의 『고향』, 한설야의 『황혼』을 들 수 있다. 그런데 여학생이 직업을 갖게 될 때 그들은 보편적으로 남성인물의 감화를 받거나 혹은 그들에게 훈육, 순치되어 공적인 영역으로 진입하게 되는 것이 특징이다. 이러한 유형의 소설에서는 여학생들이 스스로 '스위트 홈'에 대한 이상과 부르주아 가정의 주부가 되어

기와 구별되는 점은 고용주와의 관계가 훨씬 근대적인 것이므로 그 직무와 기생과 창기와 흡사할지라도 직업여성의 범주에 드는 것이라고 볼 수 있다고 말한다. 김남천, 앞의 글, 26~27면.

335) 「신여성 再吟味 − 백화점에 나타난 新女性 − 화신인사계주임 박주섭씨와의 一問一答」, 『여성』, 1937. 2.

336) 「제복을 갓벗은 新職業女性群」, 『여성』, 1937. 6. 이 기사에는 여고보나 실업학교를 갓 졸업한 후 백화점 여점원, 개성 유치원 보모, 한성은행 사무원, 소아과 간호부, 미용사로 일하는 여성들을 소개하고 있다.

337) 「신여성 再吟味 − 의학상으로 본 신여성」, 『여성』, 1937. 6.

338) 「現代女性의 苦悶을 말한다 − 소설가 이대준 평론가 박순천 양씨대담」, 『여성』, 1940. 9

안락한 삶을 추구하고자 하는 욕망을 비판하고 그러한 삶을 살고 있는 신여성 선배들을 부정적으로 평가한다. 또한 직업을 가짐으로써 공적 영역에 들어가는 여학생들은 공통적으로 연애에 실패하여 결혼에 이르지 못하지만 연애와 결혼보다 더 높은 가치를 추구하게 된다. 이를테면 사회와 민족을 위하는 사업이나 직업에 종사하게 되는 것이다.

『화관』에서 전문학교 영문과 졸업반인 동옥은 졸업 후에는 여고보에서 영어를 가르칠 수 있는 교원자격을 획득하게 된다. 그런데 졸업을 앞두고 동옥은 "영어교원자격보다는 결혼자격이 더 안전한 것이 아닌가" 하는 두 가지 자격과 운명 사이에서 갈등하고 있다. 그러던 중 마지막 여름방학을 중학 동창인 정희의 별장에서 보내게 되는데, 그곳에서 만난 김장두, 황재하, 배일현, 박인철 네 명의 남성을 둘러싸고 이들 중 배우자를 선택하는 공상에 빠진다.

> 이날 밤 동옥은 여러 번 잠을 깨었다. 깨일때마다 방안은 고요하나 마음속은 소란스러웠다. 여러사람의 얼굴이 바람에 휩쓸리는 낙엽과 같이 날렸다. 어느것 하나만을 바라봐야 할 지 모르게 어수선스러워다 눈물에 젖은 황정희 모양, 결심한 입과 위협하는 눈만이 번뜩이는 배일현이, 다시 똑똑한 사람이 되어 볼 것 같지 않는 김장두, 이쪽의 동정만 바라보는 황재하, 그리고 너무나 모르는 척하고 지나가는 박인철이…….
>
> —『이태준문학전집』 16, 147면

이러한 공상은 그녀가 소녀 취향의 낭만적 감상성에 사로잡힌 여학생이라는 것을 보여준다. 그녀에게 결혼과 연애에 대한 생각은 매우 낭만적이고 추상적인 차원에서 이루어지는 것이다. 김장두는 동옥이 존경하는 친척 오빠 동석과 친구 사이로, 모종의 운동으로 감옥에서 나온 후 정신이상에 걸린 상태이다. 바다에 빠진 동옥을 구해준 황재하는 "화장품 그릇처럼 매력있는” 현대미를 지닌 모던보이이다. 김장두와 황제하는 모두 동옥에게 첫눈에 반해 사랑을 고백한다. 하지만 동옥은 김장두에게는 동정심이 쏠리고, 황제하의 경우 그가 모던보이임이 싫지는 않지만 “날 쓰다듬어주는 사람은 나에게 우러러뵈는 남자”여야 한다며 그의 경박함을 문제 삼는다. 세 번째 남자인 배일현은 주식으로 큰 부자가 된 청년으로서 바로 동창인 정희의 약혼자이다. 그런데 그가 동옥에게 정희 몰래 사랑을 고백하자 동옥은 사랑하던 여인을 과감히 버리는 그의 태도에 놀라며 “정희에게 사랑과 신의를 지켜달라”고 충고한다. 배일현은 이후 정희와 파혼을 하고 동옥의 마음을 얻기 위해 온갖 수단과 방법을 동원하지만 그녀는 아랑곳하지 않는다. 그러나 동옥은 음악선생이었던 오선생과 유목사가 경영하는 정어리 공장에서 우연히 만난 박인철에게는 알 수 없는 묘한 매력을 느낀다. 하지만 그는 현대 지식청년으로 양심 있는 행동을 가지기 위해 가정을 방해물로만 본다. ‘스위트 홈’을 갖기 위해 “가장 정열의 시대인 이삽십 년을 묻어버리고 지독한 개인주의자”가 될 수밖에 없는 현실을 개탄한다. 또한 “아무리 신여성이라도 여잔 여자처럼 사는 데만 여자된 보람이 있지. 여자처럼 안사는데는 어디서나 비극이 있는 줄안다”면서 신여성도 별수 없다고 비판한다. 청년의 지식과 양심에 호소하면서 가정을 갖고 개인주의적 삶을 살아가는 것에 회의를 보이고 있는 것이다. 이러한 박인철에 의해 동옥은 차츰 결혼과 연애에 대한 이상이 바뀌게 되는데, 거기에 친척오빠 동석과 결혼한 순경과, 동옥의 반이었던 정일송과의 만남 또한 결정적으로 작용한다. 동경에서 미술을 전공하면서 사치스럽게 생활했던 순경은 동옥에게 “생활설계사가 되면 학생 시대의 이상은 모두 꿈”이라고 말한다. 정일송은 이상촌을 건설하여 마음맞는 사람들끼리 음악과 문학을 논하며 사는 것이 꿈이었던 여학생이었다. 그러던 일송이 결혼한 후 신문도 제때에 못보고

책도 비싸서 마음대로 사지 않는다는 말을 듣고 동옥은 "가정이란 취미까지도 삭탈하는 것일까?"라며 더욱더 지금껏 추구해 오던 결혼과 이상적 가정에 대한 회의에 사로잡힌다. 그러면서 돈 많은 부자인 배일현과의 결혼생활을 떠올리다가 갑자기 박인철과 비교를 한다.

> "눈을 크게 떠 대국(大局)을 본다면 제 한사람 생활만이 문제입니까? ……역산 운명의 기록이 아니라 행동의 기록이 아닙니까? 청년의 지식이란 무엡니까? 청년의 양심이란 뭡니까? 우린 청년입니다……." 하던 말도 생각난 때문이다.
> "청년? 지식? 양심?"
> 동옥은 창유리에 입김이 뽀얗게 앉은 것을 손바닥으로 닦아버리었다. 마음속도 그 유리쪽과 맑게 트여지는 것 같았다.
> '그러나! 난 청년이다! 교육을 받은 사람이다! 시대를 감각할 만한 양심도 교양도 다나에겐 준비된 것으로 자신이 있어 나가야 할 것이다!' ……'난 배일현이 같은 사람과 행복을 나누기보담 박인철이 같은 사람과 불행을 나누어 맞고 싶다!'
>
> —『이태준문학전집』16, 232면

위와 같은 인식의 변화를 통해 동옥은 사랑이나 결혼은 자기의 발전이 되지 않으면 안되므로 "사랑을 이상과 바꾸지 않겠다"는 결심을 한다. 그러나 이러한 동옥의 자각의 계기는 갑작스러우며 충분한 개연성이 없다. 결혼과 연애에 대한 그녀의 인식이 추상적이고 관념적이었듯이 자신을 청년으로 규정하는 과정 또한 박인철의 말을 그대로 내면화한 것에 불과하다. 영웅적인 남성인물에 의해 순치된 내면이 드러나는 것이다. 이후 동옥은 기생 조숙자의 남편을 살해한 혐의로 잡혀간 인철을 대신해서 그의 동생 인봉이의 학비를 위해 영어교사가 될 결심을 한다. 나아가 졸업 사은회에서 화관을 뽑은 동옥은 "한 남편을 위해 신부로서의 화관보다 좀 더 많은 사람을 위해 시대의 선수로서 세기의 청춘으로서 민중이 주는 시대가 주는 화관을 쓰자"는 다짐을 한다. 그리고 원산에 사립보통학교 교원으로 가게 되는데, 거기서 가난 때문에 유곽으로 팔려 갈 뻔한 금순이를 구하고 밤에는 부녀자를 위한 야학을 한다. 이와 같이 동옥은 박인철의 영향으로 결혼에 대한 관념이 변하게 되었다. "학생시대에 자기 이상이 찬란하던 사람들도 한 번 결혼하면 그 이상이란 그림자도 찾아 볼 수 없게 된다"면서 돈보다는 교양과 인격이 있는 박인철을 택하고 그에 의해 교사가 됨으로써 공적 영역에 진입하게 된 것이다. 그러나 동옥은 이상을 사랑과 바꾸지 않겠다고 했지만 교사가 된 것이 주체적인 자기각성의 결과라기보다는 박인철에 대한 사랑이라는 감정에서 나온 것이었다. 그리고 이때 교사로서 동옥이 추구하는 교육은 모성 중심의 교육[339]으로, 그녀가 추구하는 교육 또한 젠더화되어 있으며 박인철의 동생의 학비를 대주는 등 그녀의 직업 활동은 남성 인물의 보조자로 기능하기 위해서이다. 동옥의 예에서도 알 수 있듯이 여학생이 남성 인물에 의해 감화되어 공적 영역에 진입할 때 가장 먼저 수행되는 것은 안락한 가정을 꾸리고 개인의 행복만을 추구하는 삶에 대한 비판이다. 여학생이 결혼과 '스위트 홈'에 대한 이상을 부정적으로 평가하고 남성 인물에 의해 내면이 순치되는 장면은 『불멸의 함성』의 여학생들에게서도 발견된다. 그들은 기숙사 방에 모여 "어떤 삶이 행복한 것인가? 대체 어느 것이 옳은 것인가?"에 대해 열띤 토론을 벌인다. 또 그 답을 찾기 위해 교장을 찾아가기도 하지만 더욱 혼란스럽기만 하다.

---

339) 동옥은 "여자의 교육이란 남학생, 여학생하는 그 여학생의 교육이기보다 한 사람의 어머니의 교육, 인류의 어머니의 교육으로 더 의의가 있어야 할 것이다."라고 말한다. 이태준, 『화관』, 『이태준문학전집』 16, 깊은샘, 2001, 307면.

"성경을 생각할 때는 목사의 생활들이 제일 뜻잇고 행복스러울 것 갓다가두 인제 정치니 경제니하고 또 지금 조선현실에 관한 책들을 보면 그런 종교적인 생각은 기분꺼정 날러가 버리구 어떠케해야 조흘지 모르겟서…… 그러케 생각하면 우리가 장래 스윗홈이니 문화 생활이니 하고 공상하는게 일종 죄악 가티…… 난 아츰마다 도서실에 드러가 신문을 볼 때마다 그런 양심의 가책을 더 바더…….."

— 『이태준 문학전집』 10, 30면

정길은 마음속의 행복을 강조하는 성경에서도, 현실의 경제적인 삶의 추구에서도 삶의 의미를 찾을 수가 없다. 그리고 학창시절에는 사회문제를 열렬하게 찾고 "여자들의 약점이 시집가서 안락하게 사는 데에 있다"면서 스위트 홈이나 문화생활을 일종의 죄악같이 여기다가 시집가서는 도로 무가 되어버린 여학생, 자기의 개성을 잃어버리고 남편의 개성에 동화되어 버린 졸업생 선배들의 삶에 대해서도 비판한다.340) 이러한 정

---

340) 이와 같이 학교를 다닐 때에는 신여성으로서 주체성을 지녔던 여학생들이 결혼 후 변해가는 세태에 대한 비판은 유진오의 『화상보』에서도 드러난다. 경아를 초점자로 하여 제시되는 그 내용을 인용하면 다음과 같다. "유한마담이라할까 모던 마담이라할까 젊고 한가하고 교양 있고, 돈 있는 여자들의 세계가 서울에 형성되어 있는 것은 경아에게는 큰 놀라움이었다. …… 교양에 있어서는 외국여자들의 비(比)가 아니나, 그래도 조선서는 역시 첨단을 걷는 사람들이요, 사실 음악, 영화, 무용, 문학 이런 것들에 대해 다 각각 이야깃거리는 안 가진 것도 아니었다.…… 따져보면 지금 서울에는 그런 여자들이 많이 생겨날 시기이기도 하다. 조금 그들보다 앞선 사람들은 벌써 여자가 학교에 다니는 것을 변으로 알던 시대의 사람들이라 수효도 적을 뿐만 아니라, 어느새엔가 환경에 휩쓸려 낡은 세계 속으로 동화돼버리고 말았으나, 바로 그들의 뒤를 이어 네 활개를 펴고 학교에 다니던 여자들이 즉 오늘의 모던 마담들인 것이다. …… 외형적으로 그들은 새로웠지만 생각이며 감각은 대부분이 그다지 새롭지도 못하다. 그렇다고 옛조선의 전통을 지니고 있는것이냐 하면 그렇지도 않다."(유진오, 『화상보』, 『한국문학전집』 82, 삼성출판사, 1973, 278~279면). 한편 이 시기 박태원의 『여인성장』에서도 모범적이고 건실한 청년 최상훈에 의해 신여성인 외사촌 수임과 누이 숙경이에 대한 비판이 이루어진다. 그는 누이들을 "밤낮 미용원에만 드나들며 머리나 유난스레 지지구, 영화니 연극이니허구 구경이나 다닐줄알구 저는 밥하나 질줄은 모르면서 헌다는 소리는 조선호텔 음식은 엇더쿠 반도호텔 음식은 엇더쿠……"라면서 부정적으로 평가한다(박태원, 『여인성장』, 『한국근대장편소설대계』 제4권, 태학사, 1988, 214면 참

길에게 어떤 것이 행복한 삶인가를 일깨워주는 인물이 바로 두영이다. 정길은 혜옥이의 부탁으로 원옥이와 두영의 사이를 방해하려고 구경 왔다가 그에게 반한다. 두영에게는 어딘지 "서늘하고 노블해보이는 빛나는 힘-기상"과 "떳떳한 매력"이 있었다. 열여덟 살이 되도록 이성문제를 생각하고 긴장해 본 적은 없던 정길에게 "웃둑한 대상에 올려바치는 사모의 정렬"이 불타기 시작한다. 그러나 두영에게는 원옥이라는 애정의 경쟁자가 있다. 두영은 개인보다는 사회와 민족을 생각하고 일하고자 하는, 조선민중을 부르짖는 의학전문학교 학생이다. 그는 원옥과 서로 동지이자 애인을 약속한 사이이다. 그러나 끝까지 두영이 사회의 투사가 되는 일에 방해하지 않겠다던 원옥은 사회주의자 천오상에게 감화되어 정조를 잃고 임신까지 한다. 죄책감을 느끼기도 하지만 원옥은 계속해서 모순되는 애욕의 두 타입을 즐기고 싶어 한다. 두영 몰래 "천오상과는 대담하게 행동일원의 사랑을 지탱하는 한편, 천오상의 눈을 피해 두영과는 가장 중세기적인 화려한 로맨스를 가지고 싶었던 것"이다. 서술자는 이러한 원옥을 "죄책감을 느끼면서도 냉정한 이지에만 지배되기엔 너무나 화력이 강한 정렬의 소유자"로 평가한다. 계속해서 음탕한 여자로 그려지는 원옥은 천오상의 사상사건에 연루되어 감옥에서 무죄로 석방 된 이후에도 두영에 대한 미련을 버리지 않는다. 그러나 두영의 마음은 이미 정길에게 기울어졌으며 그는 사랑을 고백하는 정길에게 "우리는 충실한 이 조선의 청년이 되자", "우리의 이상을 착착 진행하는 강력한 투사가 되자"고 말한다. 이후 두영은 의학공부를 하기 위해 미국으로 건너가 고학을 한다. 그가 의학을 공부하는 이유는 "조선 민중에겐 무엇보다 요긴하게 사귈 수 있는 기술"이기 때문이다. 한편 정길은 "안해있는 남자를 사

조). 이처럼 1930년대 중반 이후 작품에서 신여성에 대한 부정적인 평가와 더불어 전통적인 구여성의 희생과 미덕이 긍정적으로 부각되는 현상이 빈번하게 발견된다.

권다”는 원옥의 모함으로 학교에서 무기정학을 당하고 직업을 구할 공상을 한다. 정길은 두영이가 “하얀 옷을 입고 웬 촌사람들을 진찰하고 섰는데 저도 의사처럼 하-얀 옷을 입고 간호부처럼 일하고 간호부가 되는 것이 무엇보다 그와 유기적인 동지가 될 것 같다.”는 이유에서 간호부가 되기로 결심한다. 그리고 그녀는 원옥이 모녀의 애원으로 두영에게 이별을 고하는 편지를 보내어 오히려 원옥과의 결혼을 권유한다.

> “그러나 희생이란 여자에게 큰 미덕(美德)이란걸 생각햇세요. 결코 단렴이 아닙니다. 구녀성들이 돌보지 안는 남편이되 그를 사랑하고 그를 존경하고 집일에 충실하듯 전 두영씨가 멀리서 공부하고 게신 걸루만 밋구 늘 기다리듯 그러케 살면서 구녀성들과는 달리 사회일에 한번 충실해 보고 시퍼요…… 그래서 전 두영씨를 사랑하는 형식만을 양보하는 셈이야요. 마음까지 양보하는건 안예요 …….”
>
> —『이태준문학전집』 10, 232면

인용은 구여성의 희생의 미덕을 본받아 두영을 향한 사랑의 감정과 욕망까지 억압하고 희생하면서 살겠다는 정길의 발화이다. 이는 구여성에 대한 긍정과 함께 궁극적으로 ‘음탕한 여자’인 원옥으로 표상되는 신여성에 대한 비판을 함축하고 있다. 그리고 서술자와 두영 또한 이러한 정길을 긍정적으로 여김으로써 텍스트 내적으로 바람직한 여학생의 표상을 구여성의 미덕을 갖춘 희생적인 여성으로 규정하고 있음을 알 수 있다. 정길이의 직업 선택에 있어서 그 동기는 자발적인 주체의식에서 비롯된 것이 아니라, 사랑하고 존경하는 남성인물인 두영과의 관계 속에서 비롯되었다. 그리하여 그녀가 택한 공적 영역 또한 『화관』의 동옥처럼 모성적 성격을 지닌 젠더 경계가 뚜렷한 간호부이다. 뿐만 아니라 간호부를 택한 것도 의사가 될 두영의 보조자가 되기 위해서이다. 여기서 여학생이 직업영역에 진출하는 과정에서 남성 인물을 위한 희생자, 순종자로 기능하고 있음을 알 수 있다.

『청춘무성』의 최득주는 여학생에서 여급들과 사생아를 위한 재락원이라는 기관을 설치하여 사회사업가로 거듭난다. 그녀는 여학교 재학 중에 어려운 가정형편으로 인해 학비와 생계비를 벌려고 여급으로 일한다. 그러나 신학을 전공한 동경유학생으로 여학교 교목을 맡고 있던 원치원의 영향을 받게 되어 여급 생활을 청산하고 새로운 삶을 시작하게 되는 것이다.

최득주가 나가는 빠 '마이 띠어'의 여급들은 "돈이나 사나이에 길이 넓은 듯하면서도 행복에의 길이 좁은 인간들"이라고 자신들을 규정하면서 오히려 "버스걸과 백화점 점원은 20~30원 월급을 받는다 하더라도 정식 결혼할 장래 희망이나 있다"고 부러워한다. 그러나 최득주는 직업으로서 여급을 당당하게 여긴다. 따라서 그녀는 생활비와 문화주택까지 장만해주겠다며 돈으로 그녀의 환심을 사려하는 박효범에게 여급은 상품이 아니라 인권이 있다는 것을 강력하게 주장한다. 그리고 최득주는 사생아로서 유린당한 경험이 있는 나미짱이 낳은 사생아가 죽은 일, 애비 없는 자식을 버려 죽게한 도시꼬와 같은 처지의 여급들의 생활을 보면서 '자기 인생의 주연자'가 될 것을 다짐하고, 이러한 여급과 같이 고민 있는 사람을 위해 일할 결심을 세운다. 그리하여 자신을 『죄와 벌』의 라스꼴리니고프에 대입해서 윤천달의 돈 십만원을 몰래 훔쳐 사회사업을 위해 쓰려다가 2년 6개월의 구형을 받게 된다.

> 제 주위엔 너무나 불행한 사람뿐이었습니다. …… 이들처럼 생활이 무언지 인생이 무언지 연애가 무언지 전혀 모르는 무리도 없습니다. 육신으로나 환경으론 누구보다 그런걸 강렬히 요구하게 되었는데 누가 이들

에게 바른길을 일러줍니까? 이런 여자들 집안에 지도할 만한 웃사람이 있을리 없지요. 사회가 이들을 교화시키는 무슨 기관이 어디 있습니까? 행복엔 조급하고 행복이 무언지 모르고 얼마나 위험한 기근잡니까? 무슨 미끼든 덤벼들어 뭅니다. 무비판한 연애, 무책임한 임신, 가정없는 사생아들의 운명, 탈선한 모성애의 범죄, 이 길을 헤여나지 못하고 되풀이만 하다 인생을 절망하고마는 무리들, 얼마나 큰 사회문젭니까? 교육이라거나 교회라거나 인류에게 필요하다면 가장 급선적으로 가장 응급적으로 시켜야 할 인생문맹들인걸 사회는 왜 모릅니까?

—『이태준문학전집』 16, 353면

득주의 목소리라기보다는 텍스트 외적 작가의 목소리로 보이는 인용문은 득주가 법정에서 하는 변론의 일부분이다. 사회현실에 대한 냉철한 자각을 보여주고 있는데, 이는 득주를 통해 계몽의 이념을 전달하려는 작가의 의도로 보인다. 한편 득주가 감옥에서 오랜 세월을 견딜 수 있었던 힘은 '인간을 배운 가장 자기의 존경하는 인생의 교사'인 원선생의 인정과 사랑 때문이었다. 원치원의 그 '의로운 일에는 서 한사림의 애옥도 이해도 돌보지 않고 나서는 의기'가 득주에게 고통을 인내할 수 있는 힘을 준 것이다. 그녀는 감옥에서 나온 후 여급들을 대상으로 한 재락원이라는 시설을 세운다. 그런데 그녀는 이렇게 사회사업가로 변신하는 과정에서 원치원의 물질적인 도움을 받을 뿐만 아니라 정신적으로도 그에게 상당히 의존한다. 그녀의 직업 또한 그 사업의 내용에서 드러나듯이 모성에 강하게 결박되어 있다. 이광수의 『사랑』에서 순옥 또한 간호부로서 희생적인 삶을 살아간다. 순옥이가 안빈의 병원에 간호부로 취직하고자 하는 것은 그에 대한 숭배와 존경의 마음 때문이었다. 안빈은 한때 문단의 중심이었던 유명한 문인 출신으로 새롭게 의학공부를 시작해 지금은 40대의 존경받는 의사가 되었다. 석순옥은 문인시절 안빈의 글을 읽고 감화를 받았고 10년 동안이나 사모의 정을 키워 오다가 마침내는 간호부 자격을 취득하기에 이른다. 그녀는 전문학교 졸업생으로 졸업 후 영어교사를 지냈다. 그러나 안빈에 대한 사랑과 존경의 감정은 안정적인 직업을 버리고 주위의 만류에도 불구하고 간호부를 선택하게 만든다. 그녀는 이후 안빈의 영향으로 섹슈얼리티를 배제한 정신적인 사랑에 감화되며, 사랑하지도 않는 허영과 결혼한다. 그리고 이혼 후에도 허영 모자를 끝까지 보살피는 한편 안빈의 아내가 죽자 그의 아이들에게도 아낌없는 모성을 발휘한다. 작품에서 아내 천옥남에 의해 하나님으로까지 평가받는 안빈은 주위에 있는 모든 사람을 이처럼 감화시키면서 존경을 받는다. 순옥은 이런 영웅적인 남성인물에 의해 계몽되고 훈육되어 그를 향한 자신의 사랑을 정신적인 사랑으로 승화시키면서 그의 보조자로 자처하며 만족을 느끼는 것으로 묘사되고 있다. 작품에서 이렇게 희생자, 순종자로 기능하는 그녀는 성녀의 모습으로 긍정적으로 형상화된다. 이처럼 1930년대 중반 이후의 작품에서 신여성에 대한 부정적인 형상화와 함께 구여성의 희생을 토대로 한 모성을 강조하는 이유는 민족국가의 상실감과 함께 그 결여를 메우기 위한 방편으로, 통합된 민족을 향한 노스텔지어를 환기하는 것[341]이기도 하다. 1910년대의 근대국가 건설을 위한 수단으로 강조된 탈성화된 모성과는 다른 지평에서 민족주의 혹은 계몽주의 이데올로기에 의해 전근대적인 향수의 대상으로 모성성이 전유되는 것이다. 그리고 이는 일제 말기 군국의 어머니로서 모성을 강조하는 식민담론에 점차 흡수되는 양상을 낳게 된다.

한편 1930년대에 발표된 계급문학에 그려진 여학생들은 모성성을 담지한 직업을 갖기보다는 주로 노동자로 변모한다. 하지만 그들 역시 공

---

341) 김양선, 「식민지 시대 민족의 자기구성방식과 여성」, 『한국근대문학연구』 8집, 한국근대문학회, 2003, 56면 참조.

적 영역으로 진입하는 과정에서 지식인 남성들의 훈육과 계몽에 의존한 다는 점에서 앞서 살핀 작품들과 공통점을 지닌다. 이기영의 『고향』에서 악덕 마름인 안승학의 딸 갑숙은 여고보 4학년에 다니는 여학생이다. 그 녀는 하기방학을 맞아 신경쇠약에 걸린 몸을 정양할 겸 고향에 내려온 다. 여기서 갑숙은 상급학교를 진학할 수 없는 형편때문에 보통학교를 마치고 제사공장에 들어간 동창 인순에게 여직공을 부탁하기도 하는 등 공장에 들어갈 계획을 세운다. 경호에게 처녀를 빼앗긴 것이 탄로가 나 면 어쩌나 하는 걱정으로 여차하면 공장에 들어갈 생각을 하는 것이다. 결국 갑숙은 경호의 출생의 비밀을 빌미삼아 권상철에게 돈을 뜯어내려 고 협박하는 아버지에 대한 환멸과, 다른 혼처로 시집가라는 강요에서 벗어나기 위해 가출한 후 제사공장에 취직한다. 이렇듯 갑숙이가 여직공 이 되는 과정은 계급의식이나 진정한 사상의 발로에서가 아니라 현실의 괴로움으로부터 도피하고자 하는 수단이었다. 노동자로 변모한 갑숙은 "악마디가 진손과 햇빛을 쏘이지 못한 얼굴", "으스스해보이는 새파란 입술"이 학생 시대의 "야들야들하든 살결과 능수버들처럼 나긋나긋하는 자태"와는 다른 사람같이 변해간다. 용모뿐만 아니라 성격에도 "온화한 맛이 없고 어디인지 억세고 매피고 날카롭고 굳세인 틀"이 잡힌 셋 같 다. "꼭 담으러진 입"과 "열끼있는 눈"이 그것을 말해준다. 하지만 그녀 는 날마다 규칙적으로 노동하고 생활하면서 비록 건강은 파괴된다 할지 라도 의지는 단련되어 가고 그 전에 책상 앞에서 피상적으로 생각하던 것과는 달리 노동자의 실감을 가지고 현실을 똑바로 보게 된다. 자신의 생활을 진실한 생활이라고 믿는 갑숙은 경호가 미천한 중의 자식임을 알고 동정하는 마음을 갖게 되며 경호에게 그의 아버지와 같은 농민과 노동자를 위해 살아달라고 부탁한다. 나아가 그와 약혼을 허락하고 가까 운 장래에 결혼한 후 그의 부친을 모시고 한 집에서 살기로 약속한다.

그러나 갑숙은 희준에게 사랑고백을 듣고 난 후 그동안 억압해 오던 그를 향한 사랑의 감정이 분출하면서 경호와 희준 사이에서 동요하기 시작한다. 구여성인 조혼한 아내와 여학생을 향한 욕망 사이에서 갈등하던 지식인 남성 희준은 경호의 약혼녀가 갑숙이라는 사실에 질투를 느끼며 속에 품은 생각을 모두 털어 놓았다. 그리고 희준의 내면에서는 옥희를 향한 거룩한 사랑과 정욕의 맹렬한 싸움이 시작된다. 그러나 곧 그는 "과거를 잊고 육신에 대한 사랑보다 정신적인 사랑을 하자"며 우애로서의 사랑, 동지로서의 사랑을 강조한다.

> 사랑중에 우정의 사랑이 제일 큰줄노 난 압니다. 다른 사랑은 이 우애적 사랑에서 모두 파생된 것으로 볼수있을줄 압니다. 그럼으로 만일 두 가지의 사랑을 동시에 겸할수가 없다면 우리는 우정의 사랑으로써 만족할수밖에 없겠지요. 설사 다른것이 부족할지라도 우리는 떳떳이 그 방면은 희생해야 될줄압니다. 의로운 일에 자기를 희생하는 것은 인간의 다른 모든일 보다도 귀중한 줄 압니다. 개인적 련애는 단 두 사람의 즐거움 뿐이 아닌가요. 그러나 여러 사람이 다가치 서로 사랑 할수있는 우애는 여러사람이 다가치 즐겨할 수 있는 큰 즐거움이 되겠지요! 거기는 시기도 없고 싸홈도 없고 아모런 갈등도 없을 것입니다. 그렇다면 지금 우리도 그것으로 만족할수 있지않습니까?
>
> —『한국근대장편소설대계』 10, 388면

갑숙이는 "경호와의 사랑은 사랑이 아니라 환경에 의해서 어쩔 수 없는 선택"이라고 말하면서 희준을 향한 자신의 감정을 숨기지 않는다. 그러나 인용문처럼 고상한 동지애를 잃어버리고 싶지 않다는 희준에 의해 갑숙의 이러한 열정은 억제된다. 그들의 사랑은 희준이 동지애와 정신적인 사랑을 다짐함으로서 더 이상 진전되지 않는 것이다. 이후 갑숙은 부친의 죄를 대속하고자 희준에게 돈을 지원하기도 하며 안승학을 협박하여 농민들의 요구조건을 들어줄 수 있는 방법을 알려줌으로써 쟁의를 성공적으로˙ 이끄는 데 결정적인 역할을 한다. 소작쟁의에 성공한 후 희준은 갑숙에게 공연히 전에 그런 고백을 해서 마음을 괴롭게 한 일을 사과하며 다음과 같이 말한다.

> 모든 형태의 사랑 – 애정이라는것이 근본은 극단의 개인적인 것이면서 실상은 사회적인 물건이오 극단의 감정적인 물건인것 같으나 사실은 이지적(理智的) 인것이라고 생각하게 되었읍니다. 애인과 애인간의 사랑도, 형과 아우와의 사랑도, 아버지와 아들과 어머니와 딸과의 사랑도, 결코 그것이 현재 우리들이 거처하고 있는 사회를 떠나서는, 그처지를 떠나서는 문제가 서지않은다고 확신하게 되었읍니다. 그런 까닭으로 우리들의 사랑이라는것은 이와같은 사회적인 그처지의 기준(基準)위에서 성립되고 평가되어야 합니다. …… 이성간의 사랑은 단순한 개인과 개인의 결합만이 그전부가 아닐것입니다. 육체적 결합을 초월하고 결합되는 사랑! 동지적 사랑이라할까? – 이런 사랑이야말로 육체적 결합을 전제로 하고 출발하는 련애라는 것보다는 더크고 힘있고 영구적인 사랑인줄도 나는 생각합니다.
>
> —『한국근대장편소설대계』 10, 448면

"정당하게 주의에 사는 사람"이 되고자 하는 희준이가 말하는 사랑은 개인적인 감정을 떠나 사회적인 의미를 갖는 동지적인 사랑으로 승화되어야 하는 것으로, 사회주의 이념을 전제로 하는 것이다. 갑숙이도 그의 주장에 공명하며 "가슴에서 무거운 돌덩어리 한 개를 내려놓은 것처럼 기분이 제 스스로 명랑해짐"을 깨닫게 된다. 그녀는 희준의 설명에 감화되어 사적인 사랑의 감정을 동지애로 극복하는 모습을 보이고 있다. 갑숙의 이러한 변화는 그녀가 앞으로 경호와 결혼하여 "농민인 그의 아버지를 모시고 농민과 노동자를 위해 살겠다"는 이전의 약속을 지킬 것을 기대하게 만든다. 또 그녀가 여학생에서 진정한 사상과 의식을 갖춘 여공으로 변화하게 될 것을 예고한다. 이 과정에서 사적인 사랑 감정을 억압하면서 동지애로 극복하고 승화시키는 작업이 남성 지식인 희준이를 매개로 이루어졌다. 작품에서 희준은 그녀를 진정한 노동자로 거듭나도록 훈육하고 감화시키는 인물로 기능하는 것이다. 한설야의 『황혼』에서 여학생 여순 또한 경재, 준식, 형철, 세 남성에게 차례로 보호받거나 계몽되어 여직공으로 변모한다. 그녀는 여고보 졸업을 한 달 앞두고 월사금을 내지 못해 졸업시험을 칠 수 없을 정도로 형편이 어려운 처지였다. 이를 동정한 경재의 도움으로 여순은 Y방적회사에 사무원으로 취직하지만 안사장의 추행으로 그만두고 이후 준식의 충고대로 직공이 된다. 준식은 허무주의적이고 우유부단한 지식인 경재에 비해 목적의식이 뚜렷한 사회주의자이자 실천적인 노동자다. 여순은 이런 준식과 그의 소개로 알게된 형철에게 훈육되어 사무직을 강권하는 경재에게 "제게 적당한 자리를 갖는게 떳떳한 일"이라고 하면서 이번에는 '흔들릴 수 없는 자리', '꼭 제게 알맞은 자리'에 서고 싶다고 말한다. 그리고 안사장을 찾아가 기술을 배우게 해달라고 간청하는데, 여기서 그녀는 남성인물들에게 차례로 이론적, 실천적인 면에서 순치되고 계몽되어 노동자로서 의식의 각성을 이루고 있음을 보여준다.

이상으로 살핀 『화관』, 『불멸의 함성』, 『청춘무성』, 『사랑』, 『고향』, 『황혼』과 같은 작품에서 직업여성이 되는 여학생들은 연애 혹은 결혼에 실패하여 스위트 홈으로 안착하지 못한 경우가 대부분이다. 직업은 연애나 결혼의 대안으로 추구되는 것이다. 『화관』의 동옥과 인철의 경우 서로의 사랑을 확인했지만 결혼으로의 진입은 매우 어려워 보인다. 또 여학생들의 직업 선택의 계기는 자발적이라기보다 남성인물에 대한 사랑이나 그의 동지가 되고자 하는 욕망에서 비롯된다. 따라서 그들에게서 직업여성으로서의 성취를 통한 자아의 실현이나 자의식의 성장을 이루는 모습을 찾아보기 힘들다. 여학생이 직업을 선택하기까지의 과정에서 남성 인물은 모두 여학생을 계몽하고 훈육하는 주체로 설정된다. 여학생은 이들에게 정신적으로 훈육받아 내면이 순치되고 공적인 영역에서 그들을 돕는 희생자, 순종자가 되거나 교사, 간호부, 여급을 위한 시설 등 모성의 영역에 한정된 역할을 수행하는 것으로 그려진다. 즉 여학생의 공적 진출마저도 성별 위계의 통제가 작용하면서 젠더 분리의 질서를 강하게 드러내는 것이다. 이는 이러한 작품에서 신여성에 대한 비판이 수행되고 이와 더불어 구여성에 대한 긍정성이 부각되는 것과도 관련된다. 한편 그들이 공적 영역으로 진입할 때의 동기로 제시되는 여학생의 내적 발화는 텍스트 외적 작가의 생경한 목소리로 들릴 뿐이다. 그것은 그녀가 자발적으로 이념을 체화한 것이 아니라, 영웅적인 면모를 보이는 남성인물에 의해 순치된 내면으로서 작품 바깥 작가의 목소리에 가깝다. 텍스트 내적 구조를 파괴하면까지 제시되는 이러한 가치와 이념(민족주의, 계몽주의, 사회주의 이념)을 위해 여학생의 고유한 욕망과 내면은 거세되고 순치된다.

요컨대 이 시기 작품은 스위트 홈으로 진입하는 여학생들은 섹슈얼리티의 통제를 통해, 공적 영역에 진입하는 여학생들은 모성에 결박된 공적 영역에 진출함으로써 스위트 홈에 진입한 여성이든, 공적 영역에 진출한 여성이든 남성은 공적 영역, 여성은 사적 영역으로부터 정체성을 형성하게 만드는 성별화된 위계구조를 내포하고 있다. 따라서 이 시기 작품 속에서 여학생은 결혼과 모성이라는 결말에 종속된다. 결국 처녀성과 모성성이 여학생의 목표로 간주되도록 그려지면서 여학생의 섹슈얼리티와 성적 욕망은 소외되고 그들의 섹슈얼리티는 모성에 한정된다. 전시기에 해방의 욕망을 실현하고 근대적 개인으로서 자율성을 추구했던 신여성으로서의 여학생은 이제 작품에서 이기적, 개인적이라고 비판받고 부정적으로 형상화된다. 따라서 이러한 신여성이 순종적이고 희생적인 여성, 여성스러운 여성에게 패하는 플롯이 대중 소설 전체를 지배하게 된다. 결혼이나 모성은 그러한 부정적인 신여성 여학생의 모습을 극복할 수 있는 대안으로 그려진다. 이는 이 시기 민족국가의 상실감을 보충해줄 위안과 향수의 대상으로서 모성을 강조하는 식민지 내부는 물론 황국신민화 교육과 일본 전시체제 등의 식민주의 담론의 영향을 반영한 것이다.

3) 학창시절의 회상과 수필형식의 대두

여학생이 결혼을 통해 주부가 되는 과정을 그린 작품에서, 앞서 『신혼일기』에서도 보았듯이 주부로서 자신의 이야기를 서술하는 인물을 통해 '주부이야기의 탄생'이 이루어진다. 주부의 일과를 기록한 일지가 잡지에 게재되는 것은 물론 소설에서는 여고보와 전문학교를 졸업한 여학생들이 결혼 후에 가정생활에서 느낀 행복감이나 불만 등을 일기를 통해 기록하기도 하며, 동창들과 만나 학창시절을 이야기한다. 그들에게 학창시절과 처녀시절은 다시 돌아갈 수 없는 젊은 날로 강력한 추억의 대상이 되고 있다. 따라서 시간 역전을 통해 학창시절에 대한 추억을 떠올리는 회상의 형식은 이 시기 소설에서 중요한 서사형식이 된다. 특히여성작가의 작품에서 학창시절에 대한 회상은 단순한 소재 차원이 아니라 작품의 의미구조를 낳는 데에도 기여한다. 이는 이제는 성인이 된 그들의 정체성을 형성하는데 학창시절의 경험이 매우 크게 작용했을 뿐만 아니라342) 지금 현실의 삶을 비추는 계기가 되고 있음을 보여준다.

---

342) 과거가 재해석됨으로써 여성들이 자아정체성을 형성하는 데에 커다란 영향을 미친다. 남성들은 자기자신에 대한 응집감을 잘 유지하면서 시간을 초월할 수 있기에 회상에 덜 의존한 채 자아를 형성해 나간다. 반면 여성들은 변화에 더 민감하므로 정체성 상

장덕조의 『안해』는 경숙이가 여학교 동창인 인애와 남편 사이를 의심하던 오해를 풀고 학창시절의 우정을 회복하는 이야기이다. 학교를 졸업하자마자 제 손으로 생계비를 벌어야 했던 무친한 인애는 경숙이 남편의 주선으로 학교를 졸업하고 H은행에서 근무하게 된다. 그러나 인애는 곧 경숙의 남편 박씨의 지나친 호의와 친절에 불편함을 느낀다. 학생시대에는 다감하고 쾌활하던 경숙도 결혼한 후 시기와 의심꾸러기가 되어간다. 인애는 변치 않은 마음으로 그들의 집을 찾을 때마다 박씨의 딴 의미를 품는 듯한 웃는 얼굴과 경숙이의 쌀쌀함과 날카로움에 괴로워한다. 특히 결혼한 여자에게 독특한 무서운 시기가 경숙의 눈 속에 빛날 때마다 예전의 학창시절을 생각하고 탄식한다. 인애는 그런 경숙에게 가여움을 느끼고 그의 남편의 성실치 못한 태도에 대해 분개한다. 그러나 직장 망년회 날 박씨가 선물한 목도리를 인애가 돌려주는 것을 본 경숙이가 그간의 오해를 풀면서 이야기는 끝난다. 경숙은 박씨의 구애에도 아랑곳하지 않고 태연한 인애를 부러워하며 눈물을 흘린다. 경숙의 집에서 같이 자는 동안 인애는 옛날 졸업식 전 밤 여학교 기숙사에서 경숙이가 이렇게 그의 머리맡에서 느껴 울던 일을 떠올린다. 그 순간 두 사람은 순진하던 처녀시절, 학창시절을 회상하며 그리움이 치밀어 오른다. 이렇게 「안해」는 결혼한 후 '스위트 홈'의 균열을 느끼면서 점차 학창시절에 지녔던 순수하고 행복했던 이상을 상실하고 히스테릭하게 변모해가는 경숙과 또 이를 안타깝게 지켜보는 인애의 이야기를 통해 그들의 학창시절과 우정이 지금의 현실을 돌아보게 하는 매개가 되고 있다. 현실에 만족하지 못하고 불만과 결여로 가득 찬 이들에게 학창시절, 처녀

실에 대한 느낌도 더 강하게 느끼면서 "기억의 보존"을 통해 자아 개념을 구축하게 된다. 때문에 회상은 여성들의 자아성찰과 정체성 확인의 글쓰기에서 중요한 전략적 기제가 된다. 쥬디스 키건 가디너, 「여성의 정체성과 여성의 글」, 『페미니즘과 문학』, 문예출판사, 1988 참조.

시절은 돌아갈 수 없는 영원한 그리움의 공간이자 향수의 대상이 되고 있는 것이다.

「안해」에서는 남편을 사이에 두고 친구를 의심하는 주부의 이야기가 펼쳐졌는데, 지하련의 「산길」과 「가을」에서는 여학교 시절 동창이자 친구가 남편과 불륜을 행하거나 남편을 일방적으로 사랑하는 이야기가 전개된다. 이는 여학교 시절 친구와의 묘한 경쟁심리가 주부가 된 지금까지도 이어져 소설에서 남편을 둘러싸고 애정의 삼각관계가 형성되는 등 작품의 의미구조를 낳는 데 기여하고 있음을 보여준다. 대표적으로 지하련의 「결별」은 학교 동창들의 삶과의 비교를 통해 자신의 불행한 결혼생활을 성찰하고 있는 작품이다. 「결별」에서 형예는 결혼 후 남편과 의사소통이 잘 되지 않고 불화한다. 그러던 중 여학교 때부터 절친한 동무인 정히의 혼인 잔치에 초대받아 가는 길에 명순을 만난다. 온천을 간다는 명순은 몹시 호사를 한 옷차림에 밝고 다정한 얼굴을 하고 있다. 형예는 그런 명순을 보며 "저런게 행복이라는 걸까" 생각하며 회상에 잠긴다.

> 생각하면 형예는 전부터 명순이 같은 애들이 그리 좋지 않은 폭이다. 명순이만 두고 말해도 처음 시집갈 땐 그렇게 죽네 사네 싫다든 아이가 시집간지 얼마가 못되서부터 혹 동무들이 찾어가도 조금도 탐탁해하지 않는대신, 날로 살림 잘한다는 소문이 높아가는 것부터가 싫기도 했지만 그보다도 개개 두고 볼라치면 학교 때 공부 못하고 빙충맞게 굴던 군들이 시집가선 곧잘 착한 말 듣고 잘 사는 것이 참 이상하고 알 수 없는 속내이기는 했지만, 아무튼 그걸 부럽게 역일 맘보다는 일종 멸시하고 싶은 생각이 더 컸든 상 싶다. 하지만 웬일로 이제 이렇게 긴-담을 끼고 호젓이 생각하노라니 그 귀엽고…고은 생각을 담옥담옥 지녔던 죽은 숙히라든가, 남편과 이혼을 하고 지금은 진남포 어디서 뭘하는지도 모른다는 지순이라든가 또 게봉이나 이제 형예 저 같은 사람보다도 명순이 같

은 애들이 훨씬 대견하고 그저 그만이면 그만으로 어째 훌륭한 것 같은
생각이 들기도 한다.

—『지하련전집』, 67~68면

형예는 명순이처럼 학교 때 공부 못하고 빙충맞게 굴던 친구가 시집
가서 잘 사는 것이 일면 대견스럽게 여겨지지만 부럽다기보다는 멸시하
고픈 마음이다. 오히려 남편과 이혼하고 무슨 빠엔가, 찻집인가에 있다
는 소문의 지순이라든가 게봉 그리고 죽은 숙히를 심정적으로 가깝게
여긴다. 이는 지금 형예가 명순처럼 결혼생활이 행복하지 못함을 암시한
다. 이상한 노여움에 휩싸인 형예의 분노는 "그 걸패 좋다는 서울 신랑"
을 만나 한껏 신혼의 꿈에 부풀어 있는 정히를 보며 한층 더 심해진다.
행복해하는 정히의 모습은 형예에게 "잉어처럼 싱싱한 청춘이 말과 동
작으로 되어 눌리는 것처럼" 압박감을 느끼게 만든다. 학교를 마치던 해
정히와 도망갈 약속을 어겼으며 별로 맘이 내키지도 않은 것을 어머니
가 몇 번 타이른다고 그냥 시집갈 궁리를 했던 자기에게 정히가 은연중
에 결혼을 늦게 하는 사람은 의지가 강하고 이상이 높다는 자랑을 하는
것 같아서 불쾌함과 동시에 부끄러운 생각이 든다. 그리고 정히 부부와
함께 집으로 돌아오는 길에 점점 물새처럼 외로워짐을 느낀다. 깊은 밤
흔히 들을 수 있는 기적소리를 들으며 "별 까닭도 없고 어데 논지할 곳
도 없어 더 크고 깊은 억울함에, 그냥 목놓아 통곡하고 싶은 감정"을 지
긋이 참는다. 그리고 집으로 돌아와 남편과의 언쟁 후 갑자기 밀물처럼
고독이 밀려오고 완전히 혼자인 것을 느낀다. 남편은 형예에게 무관심할
뿐만 아니라, 그녀의 마음을 헤아리려고도 하지 않는다. 이처럼 형예는
불행한 자신의 결혼생활과 동창들의 근황을 탐문하여 비교하는가 하면
다정한 정히 부부를 보면서 더욱 고독과 분노를 경험한다. 이는 결혼을

통해 여성의 정체성이 어떻게 변모해 가는가를 보여주는 동시에 또 그들의 정체성 형성에 또한 학창시절의 동창이 계속해서 자신을 비추는 거울로 작용하고 있음을 보여준다. 즉 학창시절은 여성작가의 작품에서 강력한 추억의 대상일 뿐만 아니라 작품의 의미구조를 낳는 데에도 이바지하는 것이다. 한편 1930년대 후반 여성작가의 작품에는 학창시절의 경험이 그들의 현재 창작 활동에 어떠한 영향을 미치는지 잘 드러난다.

강경애의 「원고료 이백원」은 여학교 졸업을 앞둔 동생 K에게 보내는 서간체 형식의 소설이다. 편지의 발신자이자 서술자인 '나'는 얼마 전 D신문에 연재한 장편소설 원고료 이백원을 받고 갑자기 생긴 큰 돈 앞에서 가난했던 학창시절의 경험을 떠올린다. 종이와 붓이 없어서 학기시험을 앞두고 옆의 동무것을 훔쳤다가 꾸지람을 받은 일, 양산과 세루치마 저고리에 털목도리 재킷, 그리고 시계를 지닌 동무들을 보면서 부러워했던 일. 특히 털실로 짠 동무의 목도리를 만지면서 눈물을 흘린 일들을 회상한다. 양산과 목도리가 여학생의 전유물이었던 1920년대에 학교를 다녔던 '나'는 지금 어엿한 문인이 되어 있다. 원고료로 받은 돈을 사용하는 문제로 남편과 크게 다툰 끝에 '나'는 결국 원고료 이백원을 감옥에서 심장병을 얻어가지고 나온 남편의 동지 응호와, 같은 친구인 홍식 모자를 위해 쓰기로 한다. 그러면서 편지의 수신자 K에게 "상급학교에 가게 되지 못한다고 혹은 스위트 홈을 이루게 되지 못한다고 비관하지 말고 실천으로 말미암아 참된 지식을 얻고 사회적 가치를 향상시킴에 힘쓸것"을 권유한다. 1920년대 학교를 다녔던 여학생으로서 가정주부가 된 지금의 서술하는 '나'는 비록 남편의 설득에 의한 것이긴 하지만 자신의 행복만을 추구하는 것이 아니라 민중을 생각하고 대의를 펼치는 삶을 살고 있는 것이다. 그러한 과정에서 가난했던 여학교 시절은 현재의 삶을 살아가는 데 밑거름이 되고 자신의 현실을 비추어보는 원체험으로 기능할 뿐만 아니라 작가로서 작품을 쓰는 데도 소중한 소재로 작용하고 있다. 모윤숙 또한 시인이 되기까지의 고심을 밝힌 수필에서 호수돈 여고보 때 기숙사에서 지내던 학창시절이 이후에 글을 쓰는 데 밑거름이 되고 있음을 회상한 바 있다.

> 중학시절은 개성 호수돈 녀고보에서 자라게되였읍니다. 그시절이 비로소 내가시를 사랑하게된어머니 시절이라고 할수있겠지요. 푸른 송악산, 폐허우에 쓸쓸한 구름들이 왕래하든만월대, 그 아래로 붉은 丹心을 영원히 교시하는선죽교, 이모든 송도의 풍경이 한폭 의미깊은 人生의 기록이요, 없어지지않을 人間歷史의 한폭이였읍니다. 나는 그때 기숙사 사층 이십일호 송악산과 만월대가 바라보이는 방에 있어서 새벽이면 그리로 몰려오는 처량한 바람소리, 아담한 저녁노을을 바라보기에 풍부한 긔회를 갖었든것입니다. 엊이하면 아름다운 歷史的 풍경, 감회를 화가가 그림으로 표한듯이 글노 표할 수가 있을가하고 연필과조이를들고 그림 그리는 사람처럼 서서 망서린때도 한두번이 아니였읍니다.[343]

모윤숙은 호수돈 여고보 기숙사에서 바라본 아름다운 풍경과 감회를 그림으로 그리듯이 표현하고자 노력했던 일들이 지금의 시를 쓰는 데 토대가 되고 있으며 그러한 학창시절을 시를 사랑하게 된 "어머니 시절"이라고 명명하고 있다. 그녀는 이후 작문 선생 몰래 그의 책꽂이에서 일본말로 번역된 「로미오와 쭐리엣」 등 외국서적을 빌려다가 읽고 제자리에 꽂아 놓은 일, 이화전문 시절 일기책에 시 비슷한 것을 쓰면서 습작했던 일들을 회상한다. 이는 1930년대에 여성작가가 된 이들이 1910년대와 20년대에 학창시절을 어떻게 보냈는가를 설명하는 동시에 그들의 작품 활동에 학창시절의 습작경험이 크게 기여했음을 말해준다. 이러한

---

343) 모윤숙, 「어떠케 난 詩人이 되엇나」, 『신가정』, 1936. 3. 이밖에 「소녀시절의 나」(『학원』, 1953. 4)에서도 호수돈 여고보의 시절을 서술하고 있다.

소녀시절, 학창시절에 대한 회상은 모윤숙의 예처럼 근대 여성의 수필 중에서 높은 빈도수를 차지한다.[344] 1930년대는 소설의 수필화 현상이 대두하고 수필이 저널리즘을 배경으로 창작, 비평, 이론을 활성화함으로써 비로소 하나의 문학형식으로 성립한 때였다.[345] 순수문예지인 『문장』이 수필에 고정란을 할애한 것을 비롯하여 다양한 잡지들이 수필 작품의 성장에 물적 토대를 제공한다.[346] 여성잡지인 『신가정』만 보더라도 모윤숙, 노천명, 장덕조, 박화성, 최정희 등 여성작가의 수필이 매호 빠지지 않고 번갈아 가며 게재되고 있어 수필의 유행을 실감케 한다. 소설이 수필화되는 경향과 함께 자기의 신변과 심정을 솔직히 고백하는 수필형식의 확산은 여성작가 특유의 체험과 정서의 서사화에 있어서 적합한 글쓰기 양식이라고 할 수 있다. 1930년대 후반 여성작가들은 수필을 통해 자신의 내면을 성찰하고 자기 고백을 시도하며 정체성을 탐색한다. 이렇게 자신의 삶을 재현하고 자아 정체성을 획득하는 과정을 그린 수필 가운데 학창시절의 경험에 대한 회상은 중요하게 다루어진다.

　　졸업한지 잇해ㅅ재되는 봄에 어머니에게만 내약을 어더가지고 봄아지

---

344) 한편 박혜숙, 최경희, 박희병의 연구에 의하면 한국여성의 단편자기서사에도 학창시절을 다룬 이야기가 가장 많은 빈도수를 차지한다. 여기서 자기서사란 "자신의 일생이나 혹은 특정 시점까지의 삶을 전체로서 고찰하고 성찰하며 그 의미를 추구하는 서술"로 정의되는데, 이러한 자기서사 중 학창시절을 대상으로 한 예로는 다음과 같은 것을 들고 있다. 김원주(源珠) 「기자」, 「소녀시대의 꿈터 수파치는 진남포」, 『삼천리』 (1931. 12), 최의순, 「나의 처녀시대」, 『삼천리』(1931. 12), 이숙종(誠信宗政여학교장), 「옛날의 학창을 찾아」, 『삼천리』(1935. 7). 유학생활에 대한 자기서사의 예로 다음과 같은 것을 들고 있다. 김신실, 「구미유학10년간」, 『삼천리』(1932. 1), 최영숙, 「서전대학생생활」, 『삼천리』(1932. 2), 나혜석, 「나의 동경여자미술학교시대」, 『삼천리』(1937. 5), 박혜숙·최경희·박희병, 「한국여성의 자기서사(3) : 근대편」, 『여성문학연구』 9호, 한국여성문학학회, 2003, 263~264면 참조.
345) 김현주, 「1930년대 '수필' 개념의 구축과정」, 『민족문학사 연구』 22호, 민족문학사학회, 257~259면 참조.
346) 최승범, 『수필문학』, 형설출판사, 1970, 165~171면.

랑이 춤추고 새엄이 나붓기는 陽春三月달 어느날 아버지의 눈을숨어서
평양으로올나 왔슴니다. 試驗을 보아서 다행이 입학이된 나는 주소로 원
하든 소원이 성취되야 여자고등보통학교 일학년생이 되엇슴니다. ……
放學도 일요일도 업시 몹시도 밧벗슴니다. 학과이외에 운동을 의무적으
로 하지안이치못할 處地엿슴니다. 이제는 한편 二學年末부터 차차 文藝書
類에 趣味를 부치게되여 틈만잇스면 感傷的 文藝品과 高山樗牛의 작품을
다독하고 잇섯슴니다. …… 이째는 평생에 데일 부즈런했고 제일만히 웃
고 울은째도 이째요 가장 쾌활했든 것도 이째엿고 내가 몹시 잘난척해본
째도 역시 이째엿슴니다. 學窓生活 十三年동안이나마 내 一平生中에 제일
黃金時代가 안아엿든가 함니다.[347]

  내가 梨花學堂高等科를 卒業하고 그 情든 고향을 떠나든째도 그리 갓
갑지안은 七年前 녯날이 엿슴니다. 나는 남달리 日本留學을 실혀하엿스
며 까닭도업시 中國留學을 즐겨함에 짜라서 그짱을 몹시 憧憬햇든것임니
다. …… 나는 南京에서 學校를 卒業한後……내가 어릴째붓터 가장 憧憬
하든 瑞典으로 向하게 되엿슴니다.…… 그곳에서 몇 개월간 語學을 배워
가지고 秋期에 스토크홀음大學 政治經濟科에 入學하게 되엿슴니다. ……
瑞典은 눈(雪)의 나라입니다. 瑞典의 雪景은 다른곳에서 차저볼수업는 아
름디오 경치라고 생가함니다 눈이 몹시 싸히 그우에 동무와 손을잡고
스키- 하려단이든일도! 湖水가에 욱어진 꼿을젓치고 푸른잔듸가 쏘쌀닌
넓은들을것처 물맑은 湖水를 차저단 이든일도 모도가 다시 도라오지못
할 녯날의 記憶으로만 남어잇게되니 끗업시 안타가울뿐임니다. 南京에서
四個年間의 學窓時代의 일은 벌서 희미한 녯일노 돌려보낼뿐이지만 瑞典
의 四個星霜의 즐겁든 生活을 이즈려고 해도 닛처지지안슴니다. 卒業하
고 校門을 나서든 날의 즐거웁든일도 닛처지지안치만은 동무들과 서로
쩌러지기 애처러워하든일은 지금까지 나의가삼을 압흐게할뿐임니다.[348]

---

347) 김원주, 「그리운녯날의 學窓時代 - 생각하면그째가그립슴니다」, 『삼천리』 1932. 1.
348) 최영숙, 「그리운녯날의 學窓時代 - 瑞典大學生々생활」, 『삼천리』, 1932. 1.

첫 번째 인용문은 김원주의 평양 여고보에 재학중이던 학창시절에 대한 수필이다. 보통학교를 졸업하고 시집이나 가라는 아버지의 명령을 거부하고 어머니의 허락을 받아 간신히 평양에 유학와서 보낸 학창시절을 서술하는 자아는 일생의 "황금시대"로 평가한다. 두 번째 인용문은 이화학당을 졸업하고 중국 유학을 거쳐 서전에서 대학생활을 한 최영숙의 수필이다. 여기서 서술하는 자아는 졸업하는 날 동무들과 헤어지기 싫어 가슴 아팠던 경험을 떠올리며 서술하는 지금도 그때의 감정이 고스란히 전해져 옴을 말하고 있다.

이러한 학창시절에 대한 회상에서 공통적인 것은 '그때', '그곳'에 대한 '그리움'이다. '그리움'은 '지금', '여기'의 생활에 대한 불만과 결여에서 나온 감정의 소산일 뿐만 아니라, 그들이 학창시절을 회상하는 매개가 된다. 또한 이러한 감정은 그들이 근대여성이기에 경험할 수 있는 것이다. 성인이 되는 유예기간을 '청년기'라 부른다면 식민지 근대에 여학생들이 처녀에서 부인으로 직진하는 것이 아니라 수도유학이나 서구 혹은 동경유학을 체험하는 것은 새로운 라이프스타일이자 청년기의 갈망이었다. 이들은 비로소 교육을 통해 전통적인 여성의 라이프스타일에서 벗어난 새로운 삶의 형태를 경험하게 된다. 기숙사 생활이나 하숙생활, 스쿨 라이프 등으로 청년기를 가지게 된 삶의 형태, 이런 근대형 성장 스타일을 통해 근대 여성의 길을 걷기 시작한 것이다. 따라서 그들에게 교육은 단순이 지식만을 전달하는 계기가 아니라 새로운 청년기적 삶의 형태를 경험하게 하는 것으로 근대여성으로서 탄생하는 계기가 되었다.

시간적으로 여학생들은 소녀시절, 학창시절로 인해 딸의 위치와 미래의 아내의 위치 사이에 제3의 시기를 갖게 되고 결혼 이전임에도 불구하고 성적인 대상성과 주체성을 갖게 되는 시기를 맞게 된다. 공간적으로 외국유학은 물론이요, 중·고등교육 이수로 집과 고향을 떠나 새로운 지식을 습득할 기회를 갖고 과거 여성의 전범이 아닌 새로운 여성의 전범을 체화하도록 교육 받는다는 것은 집 밖을 떠나보지 못하고 살아온 전시대 여성들의 삶과 비교할 때 여성의 새로운 계기임에 틀림없었다.[349] 집단적으로 지속적인 회고의 대상이 될 정도로 식민지 근대의 학창시절에 대한 경험은 여성들에게 깊은 각인이 되어 있는 듯하다. 소녀시절 혹은 처녀시절의 특화된 위치는 이 시기의 서사뿐만 아니라 1960년대 이후 출판된 여성 자서전과 여타의 여성자기서사에도 일관되게 나타난다.[350]

그 예로 박화성은 1964년 출판된 자서전 『눈보라의 운하』에서 여학당인 정명학교 시기, 정신여학교와 숙명여고의 중등시절 그리고 일본여자대학 영문학부 시절의 체험을 상세하게 기록하고 있다. 그녀는 정명학교 1학년 때부터 소설에 취미를 깨달아 『치악산』, 『빈상설』, 『구의산』, 『사씨남정기』, 『옥류몽』 등 신구소설을 가리지 않고 탐독했으며 소설읽기에 밤을 세우면서도 학교 공부를 게을리 하지 않았다. 그리하여 열두 살이라는 나이로 고등과를 졸업하고 보습과를 마친 후 서울 성신여학교에 유학하게 된 그녀는 다시 숙명여고로 학교를 옮기게 되는데, 그때의 일을 다음과 같이 회상한다.

> 정신여학교에는 5학년으로 시험을 치고 들었다. 그때 김말봉이 한반이었다. 기숙사도 양옥침대요, 넓은 정원은 푸른 잔디에 각색 화초가 수놓아 그림같이 아름답고 화려하였으나 내 심정에 맞지 않았다. 집에다 보내는 것이나 오는 편지는 다 먼저 검독하고, 경신학교를 지척에 두고도 순경오빠의 면회도 할 수 없으며, 외출이란 일체 금지하는데서 나는 인

---

349) 박혜숙·최경희·박희병, 앞의 글, 264면.
350) 박혜숙·최경희·박희병, 앞의 글, 265면.

권의 무시당함을 통절하게 느꼈다. 피아노가 있는 방에서 낙산을 바라보
며 거기서 비로소 읽는 『검둥이의 설움』(스토우 부인의 저서)의 주인공
의 편이 되어 갖은 공상에 잠겼던 인상은 컸으나, 정당한 자유를 구속하
는 것에는 반감을 품고 있었다. 나는 가을학기에 정신여학교로 가는 척
상경하여 곧장 숙명여학교로 갔다. 그때에는 그 학교가 가장 좋다는 평
판이 있는 까닭이다.

— 『박화성 문학전집』 14, 62면

편지를 먼저 읽는 등 자유와 기본권을 무시당했다는 생각에 신자이면
반드시 교회의 학교에 가야 하는 당시의 법칙을 거부하고 정신여학교를
떠나 숙명여고로 옮긴 그녀는 억압적인 기독교 학교의 규율에 반발하고
있다. 그리고 숙명여고에서의 기숙사 생활을 떠올리며 기숙생들이 형제
처럼 지내면서 구김살 없는 우정을 펼치며 성장해갈 수 있었다고 긍정
적으로 평가한다. 박화성은 이 시기에 「식물원」이라는 작품 등 주로 모
방소설을 짓는가 하면 선배인 김명순의 부탁으로 시를 습작하기도 한다.
뿐만 아니라 풍금에도 재주가 뛰어나 음악학교에 갈 것을 권유받는다.
특히 박화성은 이러한 소녀의 시절에 "우리나라를 독립시키는데 밑거름
이 되며, 우리나라에서 몇째 가는 일꾼이 되겠다는" 이상을 품기도 했다.
박화성은 숙명을 졸업하고 영광에서 사립학교 교원으로 있으면서 「추석
전야」를 발표하여 문단에 들어서게 되는데, 이러한 학창시절의 막연한
이상을 작품 속에서 구체화하기 위해 고민했다고 할 수 있을 것이다.

새로운 근대여성의 라이프스타일이었던 학창시절은 작가들의 자기체
험을 다룬 수필과 자서전에서 그리움의 대상으로 빈번하게 서술될 뿐만
아니라 『신여성』이나 『여성』 같은 잡지를 통해 그리운 과거로 공유되고
있다. 학창시절에 대한 그리움의 감정은 앞서 2장에서 살펴본 독자투고
란 등의 활자를 매개로 하여 성립된 그들만의 '상상의 공동체'를 가능케

하기도 했다. 비단 활자화된 문장뿐만 아니라 여학생들의 소풍이나, 입학, 졸업기념 사진 또한 그러한 감정을 형성하게 만드는 매개체가 되었다. 여러 기념사진은 진실한 자신으로 소급해야 할 원점으로 위치지어지게 된다. 이러한 학창시절, 처녀시절의 그리움은 앞서 살핀 것처럼 1930년대 중반 이후의 소설에서는 가정주부가 된 여성인물이 '스위트 홈'의 이상과 현실사이에서 괴리를 느꼈을 때 회상의 형식으로 드러나는데, 그러한 주부이야기의 탄생으로 이제 여학생들은 서서히 식민지 근대에 시대의 주인공으로서의 위치를 상실하고 퇴각한다. 뿐만 아니라 1930년대 후반 일제의 전시동원체제로 인한 여성교육으로 여학생의 존재는 더욱 미약해지면서 그들은 소설 속에서 다만 여학교 시절을 추억하는 회상의 형식 속에서 영원히 살아가게 된다.

그런데 여기서 특기할만한 것은 1930년대 중반 이후 남성작가에 의해 자신의 학창시절을 비롯한 성장과정을 형상화한 성장소설[351]이 발표되는 반면 여성의 학창시절과 성장과정에 대한 평가와 회상은 여성작가의 몇몇 단편소설과 수필 이외에 장편형식의 소설로 창작되지 못한다는 점이다. 여성작가의 학창시절 및 성장과정을 다룬 장편소설은 1960 70년대 이후에 와서야 가능해진다. 이와 같이 식민지 근대에 여성 작가에 의해 학창시절과 성장과정에 대한 회상의 서술이 장편 형식으로 수행되지 못한 이유는 그만큼 여성주체의 자기 정체성에 대한 정립과 평가가 이루어지기 어려운 당대의 사회 문화적 징후를 반영한다. 다시 말해 이제 비로소 교육받은 근대 여성으로서 자신의 사적 욕망과 정체성을 자각하기 시작하는 단계에서 식민지라는 매개변수로 인해 그들이 식민지 내부

---

351) 김남천의 『대하』나 이태준의 『사상의 월야』와 같은 작품은 작가의 자전적 성장소설로 평가된다. 이러한 소설에서 남성주인공 인물의 학창시절에 대한 서술과 평가가 이루어지고 있다.

남성의 트로마타이즈화된 가부장적 욕망은 물론 식민지 본국에 의해 이
중으로 타자화될 수밖에 없었던 측면은 여학생 혹은 근대여성으로서의
그들의 주체형성에 영향을 미치고 정체성 확립에 어느 정도 혼란을 가
져왔을 것이기 때문이다.

제4장 근대소설의 형성과 여학생

1. 여학생 : 근대의 상상, 식민의 기획

근대에 주조된 여학생 담론과 근대소설에 재현된 여학생의 표상은 대부분 남성 지식인 혹은 남성 작가에 의해 형성되었다. 『학지광』을 만든 남성 지식인들이 동경 여자 유학생들이 발간한 최초의 여학생 잡지인 『여자계』는 물론 『신여성』의 필진으로 참여한 점과 1910년대부터 1930년대 중반에 이르기까지 여성작가의 수가 극히 드물었다는 사실은 이를 잘 반증한다. 따라서 근대소설에 재현된 여학생의 표상이 작가의 성별에 따라 다르게 나타나는 측면에 주목할 필요가 있다. 남성 작가의 여학생에 대한 재현은 결국 가부장제 글쓰기의 이데올로기를 드러내는 것이다. 다시 말해 남성작가의 작품에서 여성은 본질적인 것이 아니라 항상 이데올로기적 구축의 산물이라는 것을 보여준다. 특히 식민지 근대에 남성작가의 작품에서 여학생의 표상은 각 시기에 따라 새롭게 재현되고 구축되는 젠더의 양상을 따라 변모한다. 각 시기에 따른 이러한 젠더의 구축은 결국 우리 근대소설이 근대여성다움의 정체성을 계발하고 유포시키면서 가부장제의 요구를 강화하는 과정과 일치한다. 그리고 여학생의 젠더는 무엇보다 그들의 신체의 상징적인 위치와 섹슈얼리티의 내포를 통해 변화해 간다.

먼저 근대국가 건설을 위해 서사가 어떻게 동원되는지를 잘 보여준 1910년대의 신소설과 이광수의 작품에서 근대화와 문명화를 위해 청년의 연대자와 선진자로서 호명되는 여학생의 섹슈얼리티는 전통적인 윤리규범에서 벗어나지 못한 채 억압되고 탈성화된다. 이 시기 여학생의 젠더는 민족국가의 근대화라는 이데올로기의 한 축으로 전유되며, 근대국가의 상태와 양상들을 표현하는 것이다. 또한 여성의 교육이 강조되고 여성해방과 페미니즘이라는 개념 또한 국가의 근대화를 위해 수용되지만 그것은 여성 자신의 권익과 인권을 위한 것이 아니라, 국가의 힘과 능력을 기르기 위한 것으로 두구화된다. 이리한 센너화된 민족담론은 교육을 통해 여성의 지위가 향상되면 그들이 남성과 동등해지고 궁극적으로 국가에 이익이 될 것이라는 함축적인 이미를 지닌다. 이와 같은 복표 아래 식민지 근대에 여학생은 탄생하지만 작품에서 그들의 사적 욕망과 섹슈얼리티는 배제되고 억압되는 양상을 보인다. 결국 이 시기 작품에서 여학생은 근대국가에 대한 상상이 그들에게 정체성의 토대로 작용하면서 '조선민족 구제'를 위해 교육의 필요성을 부르짖거나 유학을 떠나는 하나의 풍속으로만 그려진다.

1920~30년대 작품에는 국가가 원하는 여성으로 길러지기를 거부하는 여학생들이 등장한다. 그들은 자유연애와 낭만적 사랑을 통해 해방의 욕망과 근대적 개인으로서의 자율성을 실현한다. 그것은 일기를 쓰거나 일문과 영문으로 된 연애편지를 씀으로써 부모의 결혼 강요와 통제로부터 탈출하는 모습으로 드러난다. 여학생들이 전유한 글쓰기 양식은 그동

안 여성을 집안의 윤리적 존재로, 글쓰기는 집 밖의 남성의 영역으로만 여겨왔던 전통적인 젠더 경계를 변화시키는 결정적인 계기가 됨을 보여준다. 학교에서 익힌 독서와 근대적 체조 등의 스포츠는 신체에 대한 자각과 자율성을 획득하도록 만들었고 여학생의 내면을 확장시킨다. 이를 토대로 그들은 낭만적 사랑과 함께 섹슈얼리티를 추구한다. 그러나 섹슈얼리티를 적극적으로 발현하는 여학생들은 김동인의 「약한자의 슬픔」, 「김연실전」, 나도향의 『환희』, 「출학」, 현진건의 「유린」, 염상섭의 『제야』와 같이 불감증, 임신과 낙태, 자살, 출학이라는 비극적인 결말을 맞게 된다. 이처럼 신체에 새겨지는 정조유린에 대한 처벌은 여학생이 낭만적 사랑으로 근대성을 체현하는 반면 다른 한편으로 그들의 신체가 전통적인 윤리의 영향 아래 근대성을 약화시키고 오염시키는 장애물로 인식되는, 근대성과 관련된 모순적인 위치를 보여준다. 여학생이라는 존재와 연애는 근대를 표상하지만 그들이 가진 처녀성과 정조의 훼손은 성의 위계화와 근대국가 형성에 방해가 되므로 규율되어야 하는 것이다. 이처럼 근대소설에서 여학생의 신체는 민족국가 형성과 관련하여 중요한 거점이 되어왔다. 그러나 비록 국가의 힘을 표상하기 위해 건강한 여성의 신체가 요구된다 하더라도 1920~30년대의 대부분의 소설에서 여학생의 섹슈얼리티와 신체는 국가적 건강의 강력한 지표로서 그려지기보다는 근대화의 성취에 대한 장애물로서 재현된다. 이는 병과 죽음으로 그들의 신체가 오히려 약화되는 것으로 형상화되며 결과적으로 그들의 섹슈얼리티는 단속되고 억압되는 것이다.

한편 1920~30년대 소설에서 여학생의 재현은 남성인물들의 자기 언급과 관련되어 있는 것이 특징이다. 나도향의 『환희』의 선용, 김동인의 『마음이 옅은 자여』의 K는 여학생에 대한 근대 지식인 남성인물의 동경과 집착을 상기시킨다. 이들은 진정한 근대적 개인이 되기 위해 여학생을 갈망하고 그녀와의 연애를 꿈꾼다. 하지만 그 욕망이 좌절되자 여학생을 비난하고 여학생이라는 이상상 자체에 숨어 있던 맹목적인 나르시스트적 태도를 노출한다. 이렇듯 여학생의 형상화는 남성인물의 자기고백과 연결되는데, 그것은 작품에서 여학생이 '예훼포폄(譽毀褒貶)' 즉 동경과 비난, 선망과 힐난이라는 양면적이고 모순적인 시선의 대상으로 그려지는 것과도 관련된다. 여학생은 근대적 자아의 확립을 희구하는 남성인물의 연애의 상대로 열렬히 추구되면서 다른 한편으로는 허영과 사치라는 소비적인 이미지와 섹슈얼리티의 분출로 인해 비난의 대상이 되는 것이다. 남성작가들은 여학생을 부정적으로 폄하하는 남성인물과 서술자에게 우호적인 태도를 보임으로써 결국 여학생을 향한 도덕적, 윤리적 판단을 가한다. 그것은 「출학」, 「제야」, 『환희』에서 세속적인 욕망과 섹슈얼리티를 적극적으로 추구했던 여학생의 편지가 유서와 참회의 형식으로 전화되고, 『마음이 옅은 자여』, 「별을 안거든 울지나 밀걸」에서처럼 여학생에게 배반당한 남성인물의 편지는 새로운 주체로의 정립을 예고하는 자기정화의 모습이 지배적인 것에서 잘 드러난다. 이러한 젠더차별적인 편지형식은 남성인물이 자신의 결점을 평가하고 발견할 수 있는, 그리하여 새로운 주체로 거듭나기 위한 하나의 매개물로서 여학생이 기능함을 보여준다. 이는 염상섭의 『이심』과 『모란꽃 필때』에서 식민지화된 조선에서 자신이 '트로마타이즈화된 주체'라고 여기는 무력해진 남성 인물이 여학생, 나아가 모던걸에게 자신의 불안을 투사시키면서 그들의 신체를 교환하거나 물신화하는 데에서도 잘 드러난다. 여기서 여학생의 신체는 일제강점이라는 역사적 트로마의 영향으로 남성적 정체성과 권력을 상실했다고 여기는 피식민지 남성주체와의 관계 속에서 그들의 불안을 투사하고 방어하는 기제로서 전유되고 있다. 다시 말해 여학생은 식민지 근대 조선의 트로마화된 자의식을 표상한다고 할 수 있다. 한편 여학생의 신체는 식민지 본국 남성 주체에 의해 침범당하는 오염된 신체를 구현하기도 하는데, 이로써 그들의 신체가 근대성과 여성성, 그리고 식민성이 서로 충돌 결합하면서 근대의 복합성을 체현하는 장소가 되고 있음을 보여준다.

요컨대 1920~30년대 여학생은 근대교육으로 익힌 일기와 편지쓰기를 통해 자기결정을 추구하고, 독서와 스포츠를 통한 내면의 확장을 보이며, 낭만적 사랑과 섹슈얼리티의 발현으로 구습과 전통에 저항하면서 역동적인 근대성을 창조하는 데 기여한다. 하지만 전통적인 윤리의 영향 아래 그들의 신체에 가해지는 처벌은 근대성과 관련된 모순적인 위치를 잘 보여준다. 여학생은 근대국가의 힘을 강화시키는 수단이지만 도덕적 윤리와의 관계 속에서 근대성을 방해하는 장애물로 인식되는 것이다.

1930년대 중반 이후 소설에서 여학생들은 교육받은 신여성으로서 지닌 정치적 의미를 상실하고 '스위트홈'을 지향하는 가정주부가 되기 위해 훈육과 계몽을 받아야 하는 대상이 된다. 이 시기 부르주아 가정의 형성과 밀접한 순혈, 순결 이데올로기의 형성으로 인해 여학생의 정조는 상품화되고 물신화된다. 따라서 『청춘무성』과 『구원의 여상』 같은 작품에서 순결하고 신체적으로 아름다운 여학생은 결혼을 통해 스위트 홈으로 진입하거나 남성인물의 사랑을 획득함으로써 미덕을 보상받고 정조를 잃은 여학생은 결혼에 실패하면서 섹슈얼리티가 통제되는 양상으로 그려진다. 신체적 아름다움과 순결을 지닌 여학생이 스위트 홈으로 진입하는 멜로드라마의 성정치학을 반영하는 이러한 플롯상의 특징은 1930년대 후반 대중소설의 통속화 경향을 반영하는 것이기도 하다. 이 과정에서 여학생은 1920~30년대 중반에 신여성으로서 지녔던 정치적 의미가 탈각되 채 비정치화되고 소설의 인물로서의 특질 또한 현저히 감소한다. 이러한 문법은 혈통주의에 입각해 여성의 치녀성을 중시하는 부르주아 가정 이데올로기의 반영일 뿐만 아니라, 여학생에 대한 순치를 통해 여성을 사적 영역에 배치시키는 근대여성에 대한 이데올로기 구축과정을 보여준다. 나아가 이는 서사형식으로서 소설이 사적 생활과 공적 생활의 분리에 조응한다는 사실 즉 여성은 사적 영역, 남성은 공적 영역이라는 젠더규범을 형성하고 있다는 것을 입증한다.

한편 『화관』, 『불멸의 함성』, 『청춘무성』, 『사랑』과 같은 작품에서 직업여성이 된 여학생들은 연애 혹은 결혼에 실패하여 스위트 홈으로 안착하지 못하는 경우가 대부분이다. 직업은 결혼의 대안으로 추구되는 것이다. 또한 여학생들의 직업 선택의 계기는 자발적이라기보다는 한 남자를 사랑하게 되었을 때, 자신의 자아나 욕망을 쉽게 포기하고 영웅적인 면모를 보이는 남성인물의 동지가 되어 그를 돕고자 하는 욕망에서 비롯된다. 직업을 선택하기까지 남성인물은 그들을 계몽하고 훈육하는 것으로 설정되며 여학생들은 남성인물이 훈육과 삼화를 받아 내면이 순치된다. 그러나 이때도 젠더경계는 엄존한다. 그들의 활동영역이 교사, 간호부, 여급을 위한 시설로 모성과 관련된 것이 대부분이기 때문이다. 그러한 작품에서는 신여성에 대한 비판이 수행되고 희생적인 구여성에 대한 긍정성이 부각되는데, 이는 민족국가의 상실감을 상쇄하기 위한 방편으로, 통합된 민족을 향한 향수를 환기하는 것이기도 하다. 이른바 1910년대에 근대국가 건설을 위한 수단으로 강조된 탈성화된 모성과는 다른 지평에서 전근대적인 향수의 대상으로 모성성이 전유되는 것이다. 한편 그들이 공적 영역으로 진입할 때 그 동기로 제시되는 여학생의 발화는 텍스트 외적 작가의 생경한 목소리로 들릴 뿐이다. 텍스트 내적 구조를 파괴하면서까지 제시되는 이러한 가치와 이데올로기(계몽주의와 민족주의)를 위해 여학생의 고유한 욕망은 거세되고 순치된다. 요컨대 이 시기 소설에 지배적으로 나타나는 양상은 스위트 홈으로 진입하는 여학생들은 섹슈얼리티의 통제를 통해, 공적 영역에 진출하는 여학생들은 모성에 결박된 영역에 진출함으로써 사적인 영역이든 공적인 영역이든 모두 성별화된 위계구조가 작동하고 있다. 이처럼 결혼과 모성이라는 결말에 봉합된 여학생의 젠더는 여성을 다시 가정으로 소환하는 식민제국의 담론과도 동궤에 놓인 것으로, 가정주부가 된 여학생들은 이후 총후부인으로 호명되어 식민권력에 통제되는 주체로 포섭된다. 여기서 여학생의 섹슈얼리티는 모성에 국한되고 만다. 그리고 이러한 작품에서 여학생은 희생자와 순종자로서의 기능만이 강조된다. 즉 그들은 사회적 문제를 제기하는 교육받은 여성이라기보다 대중소설의 판매고를 올려주는 상업화된 표상으로 장식적인 존재로만 기능하게 되는 것이다.

결국 남성작가의 작품에 재현된 여학생의 젠더는 근대국가, 식민지, 남성인물이라는 매개항 속에서 구축되면서 식민지 근대 젠더 정치학의 명백한 혼돈을 잘 보여주고 있다. 각 시기에 따라 여학생의 섹슈얼리티는 탈성화되거나 억압되고 통제되며 그들의 신체 또한 강화되고 약화되는 등 젠더를 구축하는 주체의 욕망과 이상에 따라 전유된다. 이러한 과정을 통해 여학생의 젠더는 결국 장차 부르주아 가정의 주부라는 사적 영역에 적합한 것으로 규정되었다.

근대국가와 식민제국의 기획으로 여학생은 탄생했지만 그들의 교육목표는 여전히 여성의 전통적인 도덕적 가치와 관련된 관습적인 역할에 한정되었다. 요컨대 여성의 교육은 결혼의 배우자와 한 아이의 어머니로서 바람직한 자질을 양성하는 한에서만 의미가 있었다. 결국 여성이 지적으로 사는 것은 상징적인 '아버지'가 되는 것이 아니라 '어머니'의 신분을 지적으로 받아들이는 것으로 시대는 규정한 것이다. 이는 소설에서도 '아버지'를 삶의 모습으로 지향하고 남녀의 사이가 사랑으로 연결되기를 바랐던 여학생은 비극으로의 길을 걷게 되며 어머니를 계승하고 전통적 윤리에 안기고자 하는 여성에게는 행복이 준비되는 형식으로 드러나면서 근대 여성의 젠더 구축 과정과 일정한 동형성을 지닌다. 이는 우리의 근대소설에 내면화된 근대성이자 동시에 그 한계를 드러내는 것이기도 하다.

그렇다면 식민지 근대에 많은 남성작가들이 이와 같은 여학생의 젠더 구축을 통해 드러낸 욕망은 무엇인가, 여학생은 이 작가들로 하여금 어떠한 쟁점과 특별한 문제를 제기하도록 했는가를 묻지 않을 수 없다.

여학생은 전통과 구습에 저항하고 근대를 창조하는 능동적인 주체로서 무엇보다 식민지 근대 조선의 현실을 가장 잘 표상하는 적절한 제재이자 주제였다. 작가들은 변화하는 현실의 흐름을 반영하기 위해, 또 이야기를 보다 역동적으로 구성하기 위한 제재로서 이러한 여학생을 형상화했다. 뿐만 아니라 여학생은 작가의 현실에 대한 관념과 이데올로기를 표출할 수 있는 적합한 제재였다. 그들은 작품 속에서 여학생에 대한 동경과 칭찬, 폄하와 비난의 시선을 재현함으로써 식민지 근대를 바라보는 자신의 입장을 드러낼 수 있었던 것이다.

다른 한편으로 여학생은 남성작가들이 자신의 복합적인 감정을 배설하는 심리적, 수사학적 기능을 담당하고, 이를 통해 정화된 작가의 자아를 확보할 수 있게 하는 존재였다. 남성작가들은 자신을 트로마타이즈화된 주체라고 여기는 남성인물이 일본과 서구에 의해 식민지화된 조선에서 남성적 정체성과 가부장적 권력 상실로 인한 불안과 열등감을 전통의 파괴와 근대의 수용에 적극적이고 자기욕망에 능동적인 여학생에게 투사시켜 그 불안을 해소하는 과정을 그림으로써 작가로서 정화된 자아와 자기 동일성을 꾀하고자 한다. 남성작가가 쓴 소설에 재현된 여학생의 젠더는 그러한 욕망의 산물이었다. 하지만 이러한 여학생에 대한 재현 속에서 그들의 욕망이 무엇인지 역설적으로 드러난다. 여학생은 가부장제에 의한 동일성의 서사와 젠더화된 민족담론과 식민담론, 나아가 획일화된 근대성에 균열을 가하고, 배운 여성으로서 새로운 이념과 가치를 생성하는 적극적인 욕망의 주체로서 보다 역동적인 근대를 상상할 수 있는 가능성을 보여주는 주체이자 인물이었던 것이다.

2. 소녀시절의 발견과 새로운 시학

근대 소설은 근대여성의 핵심적인 표상이라 할 수 있는 여학생이라는 제도이자 새로운 인물을 통해 내면이 형성되고 소설의 형식이 창출된다. 근대의 다양한 경험 및 제도들과 그 속에서 나타나는 주체의 대응이 문학의 심적 제도 혹은 문학의 내면을 형성한다면, 여학생이라는 제도이자 인물은 사회문화적인 근대성과 일정한 연관성을 지니면서도 그것과는 다른 예술적, 미적 근대성을 드러내는 역할을 수행한다고 할 수 있다. 다시 말해 여학생은 식민지 근대성에 대한 문제의식을 효과적으로 드러내는 주제일 뿐만 아니라, 근대소설에 도입되어 이야기와 담화 차원의 변화를 가져오면서 근대소설 형성에 핵심적 요소로 작용한다. 이른바 근대소설의 새로운 시학을 가능케 했다.

청년기를 가진 삶의 형태에 대한 발견, 여학교 시절을 추억하는 회상기법의 서술방식, 근대적 교육제도의 산물인 기숙사, 학교, 동성애 등 새로운 배경과 사건의 도입으로 인한 이야기공간의 확대, 자율성의 인식 혹은 내면의 형성과 함께 이루어지는 일기와 독백, 편지와 같은 서사형식의 차용, 섹슈얼리티와 낭만적 사랑이라는 새로운 제재의 탐색, 삼각관계 이야기 유형의 정착, 양면적이고 모순적인 시선의 형상화로 인한 텍스트의 다성성 구축 등이 그것이다.

성인이 되는 유예기간을 '청년기'라 부른다면 식민지 근대에 여학생들이 처녀에서 부인으로 직진하는 것이 아니라 수도 유학이나 동경 혹은 서구 유학을 체험하는 것은 새로운 라이프스타일이자 청년기의 갈망이었다. 이들은 비로소 교육을 통해 전통적인 여성의 라이프스타일에서 벗어나 새로운 삶의 형태를 경험하게 된다. 기숙사 생활이나 하숙생활, 스쿨 라이프 등으로 청년기를 가지게 된 삶의 형태, 이러한 근대형 성장 스타일을 통해 여학생들은 비로소 근대여성의 길을 걷기 시작한 것이다. 따라서 그들에게 교육은 단순히 지식만을 전달하는 계기가 아니라 새로운 청년기적 삶의 형태를 경험하게 하는 제도였다. 근대소설에 여학생이 인물로 등장하고 여학생의 삶과 사건이 그려짐으로써 비로소 이러한 소녀시절, 학창시절이라는 청년기의 발견이 이루어진다.

청년기에 대한 갈망은 1930년대 후반 소설에서 가정주부가 된 인물이 현실과 이상 사이의 괴리를 경험하고 '스위스 홈'의 균열을 느끼게 될 때, 학창시절을 회상하는 형식으로 드러나기도 한다. 그들에게 학창시절과 처녀시절은 다시 돌아갈 수 없는 젊은 나날로 강력한 추억의 대상이 되는 것이다. 그리고 학창시절에 대한 회상은 1930년대 여성 수필 중에서 높은 빈도수를 차지한다. 학창시절의 회상에서 공통적인 것은 '그때', '그곳'에 대한 그리움이다. 그것은 '지금', '여기'의 생활에 대한 불만과 결여에서 나온 감정의 소산일 뿐만 아니라 그들이 근대여성이기에 경험할 수 있는 감정이다. 이러한 감정과 연결된 회상의 형식은 여성인물의 정체성을 구축하는 데 학창시절이 중요하게 작용하고 있음을 입증하면서 여성작가의 작품에서 작품의 의미구조를 낳는 데에도 기여한다. 그 예로 임옥인의 「안해」와 지하련의 「결별」 등을 들 수 있다.

한편 여학생의 삶이 그려진 소설에는 통학 길과 학교, 기숙사와 여학생의 방 등이 공간적 배경으로 묘사된다. 신소설과 『환희』에서는 통학

길에서 마주치는 남녀학생의 풍경이 그려진다. 그들은 통학 길에서 서로 시선을 주고받는 등 섹슈얼리티를 분출하며 자유연애를 꿈꾸기도 한다. 『경희』에서 경희의 방은 그녀의 각성이 이루어지면서 아버지에 대한 저항과 위반이 일어나는 공간으로 기능한다. 근대 소설에서 여학생의 방이 구체적으로 묘사된 것은 경희의 방이 거의 처음일 것이다. 『이심』에는 학교 운동장과 교실을 배경으로 중심 사건이 벌어진다. 『재생』, 『B사감과 러브레터』, 『구원의 여상』, 『불멸의 함성』과 같은 작품에는 여학생 기숙사의 생활과 풍경이 자세하게 그려진다. 여학생들은 소녀들만의 울타리인 기숙사에서 진리를 탐구하고 미래의 이상을 키우며 희망의 독본을 읽어나간다. 또 『재생』의 순영처럼 기숙사 사감인 P부인으로부터 감화 받거나 혹은 「B사감과 러브레터」의 여학생들처럼 엄격한 성교육을 실시하는 B사감에게 규율되기도 한다. 한편 이성이 개입될 여지가 없는 이곳에서 그들은 같은 방을 쓰거나 같은 학교를 다니는 친구들과의 우정으로 동성애를 느낀다. 배경으로서의 기숙사와 동성애의 감정은 모두 근대적 교육제도의 산물로, 이에 대한 형상화는 근대소설에서 배경과 장소로서의 공간은 물론 이야기 공간까지 확대시켰다.

여학생은 근대소설에서 개화, 계몽 혹은 부르주아 이데올로기라는 이념과 가치의 전달자이자 형성자로서 주제를 생성하는 인물로 기능한다. 특히 1910년대 신소설과 이광수의 작품에서 여학생은 개화, 계몽의 이념을 그대로 받아들여 구호로 부르짖는 이념의 전달자로서 존재한다. 작가는 교육의 필요성을 주장하며 유학을 떠나는 풍속으로서의 여학생을 통해 근대 국가 건설을 위한 문명화와 계몽의 이념을 강조하고 있는 것이다.

1920~30년대의 작품에서 여학생들은 낭만적 사랑의 추구와 섹슈얼리티의 발현을 통해 시대와 제도의 규율과 해방의 욕망 사이에서 분열

을 겪지만 동일화된 근대성에 균열을 가하고 보다 역동적인 근대를 상상할 수 있는 가능성을 보여준다. 이는 그들이 1910년대의 작품에서처럼 단순한 이념의 전달자가 아니라, 새로운 이념과 가치의 형성자로서 적극적으로 기능함을 입증한다.

1930년대 후반 이태준의 작품에서 스위트 홈에 진입하는 여학생들은 처녀성을 강조하는 부르주아 이데올로기를 전달하는 역할을 한다. 그리고 이광수, 이기영, 한설야 등의 작품에서 남성인물에게 훈육되어 계몽주의 혹은 사회주의라는 이념을 내면화하여 공적 영역에 진출하는 여학생 또한 작품에서 그러한 이데올로기와 가치를 전달하는 주제 생성자로서 기능한다.

뿐만 아니라 여학생은 자기욕망을 적극적으로 추구하고 환경을 극복하면서 지배 이데올로기에 저항하는 내면의 소유자라는 이전에 찾아 볼 수 없었던 새로운 여성 인물형 창조에 기여했다. 시대와 사회를 의식하고 비판하는 여학생의 내면은 주로 일기와 독백, 편지라는 담화형식으로 표출된다. 자신의 내면을 표출할 수 있었던 것은 그들이 교육받은 여성이기에 가능했다. 학교 교육은 그들에게 읽고 쓸 수 있는 능력을 갖게 했고 여학생들은 교육을 통해 자기 자신과 자기가 살고 있는 세계에 관해 질문하는 법을 배웠다. 이로써 자기표현의 욕구가 강해지자 자기 고백적 글쓰기를 시도한다. 특히 일기와 편지쓰기는 그들만의 내밀한 사적 공간을 확보할 수 있는 중요한 계기였다.

1910년대 『개척자』에서 성순은 일기를 통해 어머니와 오빠로 대표되는 가부장적 질서에 저항하는 의식의 단초를 기록하고 자유연애의 욕망을 표출한다. 『개척자』의 경희는 독백의 형식을 통해 아버지의 혼인에 강요를 거부하고 조선 여성을 위해 일하고자 하는 다짐을 고백한다. 하나님을 향한 기도로 표출되는 경희의 독백은 기독교의 세례를 받은 여학생의 내면 표출의 담화 양식이기도 하다. 한편 1920년대 「어느 소녀의 사」, 「처녀의 가는 길」, 「자각」과 같은 여성작가의 작품에서 여학생은 편지쓰기를 통해 자유연애에 대한 욕망과 가부장제 이데올로기 사이에서 충돌하는 내면을 드러내고 자기결정을 추구하는 모습을 보인다. 염상섭의 『너희들은 무엇을 어덧느냐』의 덕순과 경애, 마리아는 편지뿐만 아니라 남성인물들과의 끊임없는 대화를 통해 자신의 생각과 심리를 드러낸다. 그들은 남성인물과 연애와 잡지에 실린 기사를 주제로 토론을 벌이는 등 대화의 적극적인 주체로서 기능하는데, 이러한 대화를 통해 자신의 연애에 대한 이상과 세속적인 욕망을 적극적으로 표출한다.

우리 근대소설에서 일기, 독백, 편지, 대화와 같은 내면을 표출하는 담화양식을 소유한 여성 인물은 그 전에는 찾아 볼 수 없었다. 구여성은 내면을 표출하는 능력을 지니지 못했다. 그들은 작품에서 거의 주된 초점자로 기능하지 못하며 다만 상황을 견디어 내는 장식적인 인물로 존재할 뿐이다. 기생은 『환희』의 설화처럼 유서를 통해 자신의 사랑의 진정성을 입증하는 등 내면을 표출할 수는 있었지만 근대여성으로서의 정체성을 부여받을 수 없기에 여학생과의 경쟁에서 물러날 수밖에 없었다.

한편 여학생을 둘러싼 '예훼포폄(譽毁褒貶)'의 눈길, 즉 동경과 비난, 선망과 힐난이라는 양면적이고 모순적인 시선의 재현은 텍스트를 다성적으로 만드는 데 이바지했다. 1920~30년대 작품 속에서 여학생들은 낭만적 사랑과 섹슈얼리티를 적극적으로 추구하면서 근대적 개인으로서 근대성을 체현할 뿐만 아니라 전통적인 윤리의 영향 아래 신체에 가해지는 처벌을 경험한다. 이 과정에서 드러나는 여학생들의 섹슈얼리티를 향한 남성인물의 시선은 바로 그들에 대한 동경과 비난의 산물이었다. 특히 근대적 자아의 확립을 희구하는 남성인물이 이상적 가정과 자유연애를 실현하기 위한 대상으로 여학생을 동경하면서도 한편으로 그들의 사치와 허영이라는 세속적인 욕망을 비난하는 속에서 양면적인 시선이 잘 드러나는데, 그 예를 『너희들은 무엇을 어덧느냐』와 『환희』, 「마음이 옅은 자여」 등과 같은 작품에서 찾을 수 있다. 이 작품들과 함께 『이심』과 『모란꽃 필 때』에서 여학생은 남성인물과의 삼각관계 속에서 세속적이고 이기적인 욕망을 적극적으로 추구하는 욕망의 주동자로서 기능하며 때로는 악한으로 그려진다. 삼각관계 속에서 욕망의 대상으로서가 아니라 욕망의 주체로서 기능하는 이러한 모습은 1910년대 문명화와 부국강병이라는 근대국가의 이상에 동화된 채 교육의 필요성을 부르짖던 기계적인 여학생에 비해 진일보한 것으로, 자기 향상심과 확장된 내면을 지닌 인물로서의 개성을 잘 드러낸다. 자기의 욕망을 적극적으로 추구해 가는 여학생에 대한 양면적인 시선의 재현은 인물과 인물, 인물과 서술자, 서술자와 작가, 독자와 작가 사이의 거리와 시점을 단일성에서 벗어나 복합적이고 다성적으로 만드는 데 기여했다. 이처럼 여학생은 식민지 근대에 근대적 주체로서 역동적인 근대성을 체현하는 존재였을 뿐만 아니라, 근대소설의 형성에 이바지하는 인물이었다. 식민지 근대에 발표된 여학생이 그려진 소설의 문학사적 의의를 여기서 찾을 수 있다.

제2부

한국 근대소설과 젠더정치

1938년 12월 『여성』 표지

근대소설과 여학생의 신체

1. '상상의 신체'와 '살아 있는 신체'

근대철학에서 신체는 오랫동안 데카르트의 영혼과 몸, 정신과 신체라는 이분법적 사유 속에서 영혼, 정신이 우선시 되면서 이를 담는 도구로 간주되어 왔다. 그러나 정신과 몸의 전통적 이분법은 "지각을 가능케 하는 몸"[1] 즉 경험된 몸의 중요성을 강조한 메를로 퐁티 등의 현상학[2]에 의해 수정되었고 18, 19세기 과학의 진보와 더불어 신체는 자아 정체성과 사회적 차이의 표현물[3]이 되기에 이른다. 구체적으로 푸코는 몸이

---

1) "세계는 사물이 아니라 모든 사람들과 대상들과 사물이 모이는 지평이며, 그러므로 지각은 바깥세계에 대한 내면의 재현 작업이 아니라 세계에서 실제로 일어나는 존재에 대한 개방이다. 이 지각을 가능케 하는 것이 몸이다." 모니카 M. 랭어, 서우석·임양혁 역, 『메를로-퐁티의 지각의 현상학』, 청하, 1992, 120~123면.

2) 몸의 현상학은 수동적이고, 수용적인 몸에 관한 개념을 배척하고 근본적으로 '능동적인 몸'의 개념을 확립하려고 시도한다. 자너에 의하면 사르트르와 메를로 퐁티와 같은 학자들이 제시하는 새로운 틀은 경험된 몸의 틀이며 보다 더 정확히 말하자면 체현된 현상이다. Richard, M. Zaner, 최경호 역, 『신체의 현상학』, 인간사랑, 1993. 크리스 쉴링, 임인숙 역, 『몸의 사회학』, 나남, 1999, 122~123면에서 재인용.

3) 브라이언 터너, 임인숙 역, 『몸과 사회』, 몸과 마음, 2002, 75~76면.

사회적으로 구성된다는 관점에서 몸은 담론에 의해 생산되고 담론으로 존재한다는 전제 아래, 근대의 제도적 장치 속에서 권력의 미시물리학이 몸에 어떻게 작동하는가를 살폈다. 푸코의 이러한 관점은 학교와 기숙사와 같은 근대적 교육제도를 통해 식민지 근대의 권력과 지식이 생산한 담론 속에서 여학생의 신체가 어떻게 규율되고 훈육되는가를 응시하는 데 좋은 참조가 된다. 한편 후기 근대 사회에서 '성찰적으로 구성되는 자아'를 강조하는 기든스는 "몸이 개인의 자아정체성에 관한 메시지를 투사하는 중요한 사회적 상징물로서, 몸을 표현하는 것은 자아표현의 본질적인 부분이 된다"[4]고 한다. 그의 "자아 프로젝트는 곧 몸 프로젝트가 된다"는 말은 자아정체성과 신체가 밀접하게 관련됨을 강조하는 것이다.

식민지 근대에 여학생은 교육을 통해 신체가 규율되고 훈육된다. 뿐만 아니라, 단발과 양장을 비롯한 패션과 화장 등의 미용, 연애와 섹슈얼리티의 발현 등으로 근대성을 몸으로 체현하면서 근대적 자아로서의 정체성을 형성했다. 또한 그들은 중등 정도 혹은 그 이상[5]의 교육을 받아 졸업장으로 대표되는 제도적 문화자본을 지니고 있을 뿐만 아니라, 그들의 외양으로 계층을 구별해주는 신체자본[6]을 지닌 존재였다. 당대에 여학

---

4) 크리스 쉴링, 임인숙 역, 앞의 책, 258면.

5) 여기서는 여학생의 범주를 식민지 근대에 중등 정도(1910년대에는 여학교 고등과, 1922년 제1차 교육령 개정 후에는 여자고등보통학교, 실업학교 등 보통학교 6년을 졸업한 뒤 진학하는 4년 혹은 5년제의 학교) 및 그 이상의 학교(전문학교, 보육학교, 유학)를 다니고 있거나 졸업 후 상급학교 진학이나 직업을 찾는 과정에 있는 학생으로 설정하고자 한다. 작품 또한 이러한 여학생을 주로 다룬 것을 대상으로 한다.

6) 삐에르 부르디외, 최종철 역, 『구별짓기 : 문화와 취향의 사회학 상』, 새물결, 1995, 283~326면 참조. 몸에 대한 부르디외의 관심은 문화자본을 취급하면서 비롯된다. 그는 문화자본을 ① 객관화된 문화자본, ② 제도적 문화자본(일정 수준의 교육에 도달한 이들에게 졸업장을 수여하는 것), ③ 장기간 지속성을 지닌 신체적, 정신적 성향이나 습성과 같이 체현된 문화자본의 형태로 존재한다고 본다. 그리고 세 번째 형태의 문화자본을 신체자본이라 일컬으며 그 자체를 자본의 한 형태로 취급한다. 크리스 쉴링, 임인숙 역, 『몸의 사회학』, 나남, 1999, 186~187면.

생에 대한 동경과 비난이라는 양면적 시선은 이러한 신체자본을 지닌 대상에 대한 욕망의 산물이기도 했다.

근대사회에서 신체는 담론에 의한 훈육과 통제의 대상일 뿐만 아니라, 적극적으로 개인적 정체성을 표현하는 영역으로서 근대적 주체의 문제를 포함한다. 한편 서사물에서 신체의 중요성을 언급한 브룩스에 의하면 "의미 있는 자국이 새겨진 육체"가 서사의 추동력으로 작용한다[7]고 한다. 즉 소설에 형상화된 신체는 서사물의 플롯과 주제 생성에 이바지하는 것이다. 그리고 소설에 재현된 신체상은 다양한 담론의 각축장이 되면서, 당시의 사회를 나타내 준다.[8] 나아가 소설 또한 하나의 담론으로서 인물의 신체를 구성하는 데 적극적으로 기능한다고 볼 수 있다.

근대소설에 나타난 신체에 대한 연구는 그동안 다양하게 수행되어 왔다.[9] 대표적으로 개화기 서사물을 바탕으로 몸 담론과 국민국가의 형성 관계를 밝힌 연구[10] 신소설에 나타난 육체의 의미가 당대의 국가를 상징적으로 보여준다고 한 논의,[11] 이상 소설이 개인소유가 된 근대적 몸의 자율성을 다양하게 보여준다고 한 논의,[12] 이광수, 염상섭, 이효석,

---

7) 피터 브룩스, 이봉지·한애경 역, 『육체와 예술』, 문학과지성사, 2000, 60면.

8) 요로 다케시, 신유미 역, 『일본문학과 몸』, 열린 책들, 2005, 163면.

9) 안미영은 그동안 이루어진 근대문학에서의 몸 담론 논의의 쟁점을 다음과 같이 정리한다. 개화기부터 1910년대에는 국가주의에 상응하는 국민의 몸, 1910년대에는 개별성과 공리성이 착종하는 우생학적인 몸, 1920년대 욕망하는 여성의 몸, 욕망을 억제하는 시선, 1930년대 이상으로 대표되는 근대적인 개인성을 소유하는 몸이 그것이다. 안미영, 「근대소설 연구에서 몸담론의 쟁점과 연구과정」, 『여성문학연구』 15, 한국 여성문학학회, 2006.

10) 고미숙, 『한국의 근대성, 그 기원을 찾아서-민족, 섹슈얼리티, 병리학』, 책세상, 2001. 이승원, 「근대적 신체의 발견과 위생의 정치학」, 『국민국가의 정치적 상상력』, 소명출판, 2003.

11) 이영아, 『신소설에 니타난 육체인식과 형상화 방식 연구』, 서울대학교 박사학위논문, 2005.

12) 안미영, 『이상과 그의 시대』, 소명출판, 2003.

이상 네 명의 작품을 통해 이들이 훈육적 신체, 생산과 소비의 신체, 향유와 소모적 신체를 대변한다고 본 연구[13])가 있다. 그 밖에 1920~30년대 소설에 드러난 여성의 섹슈얼리티 및 재현 양상에 주목한 연구[14]) 등을 꼽을 수 있다.

이들 논의는 담론과 소설 텍스트를 오가면서 근대 문학에 나타난 신체 양상에 주목하고 있지만 여학생의 신체에만 전적으로 주목한 경우는 드물다. 이에 대한 논의는 주로 1920~30년대 여성의 섹슈얼리티 재현 양상을 분석하는 가운데 수렴되어 이루어졌는데, 대부분 여성으로서 그들의 신체가 소설 텍스트나 담론에 의해서 구성되고 개조되는 측면에만 관심을 기울인다. 이 글에서는 여학생의 신체가 당대 담론 아래 형성되는 측면뿐만 아니라 담론에 대응하여 적극적으로 신체감각을 만들고 연출하면서 근대적 자아로서의 정체성을 형성하는 측면에도 주목하고자 한다. 이른바 신체는 문화적인 동시에 자연적인 것이기 때문이다.[15]) 신체가 사회·문화적 지배 담론에 의해 통제되고 규율되는 면 이외에 사연성을 지닌 존재로서 욕망하는 측면도 간과해서는 안 될 것이다.

자연성을 지닌 생리적인 몸 즉 병이나 고민을 지각, 인지하여 현재화하는 경험된 몸이 '살아 있는 신체'라면 문화나 언어를 통해 상징되는 신체, 요컨대 문화와 관습 등 담론에 의해 만들어지는 신체를 '상상의

---

13) 김주리, 『한국 근대소설에 나타난 신체담론 연구』, 서울대학교 박사학위논문, 2005.

14) 이혜령, 『한국 근대소설의 섹슈얼리티 연구』, 성균관대학교 박사학위논문, 2000. 신수정, 『한국근대소설의 형성과 여성의 재현양상 연구』, 서울대학교 박사학위논문, 2003. 심진경, 『1930년대 후반 장편소설의 여성 섹슈얼리티 연구』, 서강대학교 박사학위논문, 2004. 박숙자, 「여성육체에 대한 남성의 시선과 환상—1920년대 소설을 중심으로」, 『여성의 몸』, 창작과 비평사, 2005. 노지승, 『한국 근대소설의 여성표상에 관한 연구』, 서울대학교 박사학위논문, 2005. 졸고, 『한국근대 여학생 담론과 그 소설적 재현 연구』, 서강대학교 박사학위논문, 2006.

15) 브라이언 터너, 임인숙 역, 앞의 책, 152면.

신체'16)라고 할 수 있다. 일본 근대 여성의 신체 이미지 형성 과정을 연구한 川村邦光에 의하면 이 두 가지의 신체는 결코 대립하는 것이 아니다. '살아 있는 신체' 또한 육체 감각이나 신체 행동이 기억되고 축적됨에 따라 '상상의 신체'로 쉽게 변모하는 가변적인 신체이기 때문이다. 결국 이 두 신체는 문화의 도구로서 구성되는 이데올로기적인 신체가 된다. 따라서 중요한 것은 신체 안에 비축된 기술과 관습, 문화가 '살아 있는 신체'와 '상상의 신체'와의 상호작용을 통해 창출되는 담론 양상을 살피는 것17)이라고 한다. 본고는 이에 천착하여 식민지 근대에 여학생을 둘러싼 의학, 과학, 성, 체육, 미용, 화장, 교육의 제 담론이 여학생의 신체를 일방적으로 규율하는 측면뿐만 아니라 여학생의 '살아 있는 신체'와 '상상의 신체'가 상호 작용하여 드러나는 담론양상에 주목하고자 한다. 그 속에서 자신의 신체감각을 구성하여 정체성을 형성하고자 하는 여학생의 욕망 또한 드러나리라 기대한다. 이를 토대로 근대소설에 재현된 여학생의 신체 양상과 신체 담론이 서로 습합되고 충돌하는 양상을 규명함으로써 근대여성에 대한 젠더 구축이 어떻게 이루어지는가를 밝히고자 한다.

2. 기독교의 보급과 훈육된 신체

식민지 근대 조선에서 여성교육은 근대민족국가 건설을 위한 계몽 기획의 일환으로 강조되었다. 교육의 목표는 현모양처의 자질을 기르고, 그를 통해 총명한 인재를 양성하는18) 데 있었는데 이는 식민통치의 안

---

16) 川村邦光, 『オトメの身體―女の 近代と セクシェアリアイ』, 紀伊國玉書店, 1994, 71~72면.
17) 川村邦光, 앞의 책, 72면.

정에 이바지하는 부녀자 양성을 목표로 했던 일제의 현모양처 교육[19]과도 상통한다. 즉 계몽의 근대 기획과 식민지 규율 권력의 수단으로 여성 교육이 시행되었음을 알 수 있다.

한편 여성교육은 1920년대 중반까지 대부분 선교사들이 세운 사립학교에 의해 수행되었는데, 이는 기독교가 근대화나 문명개화, 남녀평등과 구습타파 등을 강조하면서 근대화가 곧 기독교라는 인식 아래 신교육 보급에 주력했기 때문이다. 대표적인 기독교 학교였던 이화여고보의 경우, 1912년의 교과과정은 성경, 국어, 한문, 수학, 이과, 역사, 교육학, 가정학, 음악, 도화, 체조, 영어로 이루어져 있었다. 1920년에는 성경, 일어, 한문, 영어, 이과, 수학으로 구성되어 있는데 일제가 중시하던 수신, 재봉급 수예시간, 역사 시간은 없고 성경시간이 배치되어 있으며, 외국어 시간이 조선 교육령보다 2시간이 더 많았다.[20] 이렇게 공립학교와 차이를 보이는 과목인 성경과 영어 등의 외국어 수업은 여학생들에게 기독교 사상을 이해할 수 있는 계기를 마련했으며, 미국유학은 미치고 귀국한 뒤 교육 사업에 투신할 꿈을 키우게도 했다.

이 시기 소설에서도 여학생의 내면과 신체 형성에 기독교 교육은 상당한 영향을 끼치고 있다.『무정』에서 선형은 아버지 김 장로의 영향과 기독교 계통의 정신 여학교를 우등으로 졸업하여 기독교의 세례를 받았다. 이러한 기독교의 내면화는 "나를 사랑하느냐"는 형식의 질문에 당황하는 데서 가장 잘 드러난다.

---

18) 현경미, 「식민지 여성교육 사례연구」, 서울대학교 석사학위논문, 1998, 62~63면.
19) 제1차 조선교육령(1911)에 의하면 "여자고등보통학교는 여자에게 고등한 보통교육을 하는 곳으로서 부덕을 기르고 국민된 성격을 도야하며, 그 생활에 유용한 지식과 기능을 가르친다"고 명시되어 있다. 현경미, 앞의 논문 참조.
20) 전언후, 「일제시기 여학생 의식연구」,『梨花史學研究』제29집, 이화여대사학연구소, 2002, 201면.

선형이가 지금것 가뎡과 교회에셔 들은바로 보건디, 다른 모든 스룸
은 다 거룩ᄒ고 씻씃ᄒ되 쳥년남녀의 스랑만은 아쥬 불결ᄒ고 죄악ᄀ
히 보인다. …… 션형의 생각에 즈긔의 지아비는 극히 씨씃ᄒ고 졈잔
은 사룸이라야 홀터인데 그러ᄒ 쇼리를 렴치없이ᄒᄂ 형식은 죄인인듯
ᄒ다. …… 그럴 리가 업다. 혼인은 하ᄂ님ᄭᅧ셔 쥬장ᄒ 신셩ᄒ것이닛가
사룸의 마음디로 홀수가 업ᄂ것이다. 그러닛가 형식의 말은 잘못이다.
형식의 말은 씨씃지못ᄒ 말이다 그러나 즈긔는 형식의 안히다 결코 스룸
의 손으로 엇지홀수 업는 형식의 안히다. 선형은 일어나서 방으로 왔다
갔다하다가 암만해도 마음이 정치 못하여 다시 책상에 기대어 기도를 올
렸다. "하느님이시여, 죄 많은 딸의 죄를 용서하시고 갈 길을 밝히 가르
쳐주옵소서. 시험에 들지 말게 하옵시고"하고 잠깐 주저하다가, "제 지아
비를 정성으로 사랑하게 하여 주시옵소서."

—『바로잡은 『무정』』, 577~578면

남녀 간의 사랑은 신성치 못하다고 여기는 선형은 형식의 질문에 선
뜻 대답하지 못하고, 그가 심지어 죄인처럼 느껴진다. 그러면서도 아버
지에 의해 이미 정해진 혼처이므로 거절할 수 없다는 생각에 괴로워한
다. 이때 선형이 괴로움을 떨쳐내고자 선택한 방법은 하나님을 향한 기
도로 혼란한 마음을 다스리고 답을 구하는 것이다. 선형은 이후에도 유
학을 떠나는 기차 안에서 만난 영채에게 질투의 감정을 느끼면서 "자기
의 몸이 마치 성경을 배울 때에 상상하던 컴컴한 지옥 속으로 들어가는
듯"하고, "차실 내의 사람들이 무서운 마귀가 된 듯"한 환각을 경험하는
데, 이때에도 하느님을 향한 기도로 잠시나마 형식과 영채의 관계를 의
심했던 자신의 잘못을 빌고 용서를 구한다. 선형의 환각이나 기도하는
신체는 기독교의 세례로 인해 훈육된 것이다.

한편 기독교는 조선의 문명화와 근대화에 일정부분 기여하기도 했지
만 축첩제도를 비판하면서도 다른 한편으로는 일부일치제와 순결을 강

조하면서 유교적 가부장제의 정절론, 모성론과 맥락을 같이한다.21) 『무
정』에서 선형이가 형식에 대한 자신의 감정을 살피기에 앞서 이미 정해
진 하나님의 뜻이라 거역할 수 없다며 김 장로에 의해 결정된 혼인을 따
르는 모습이 근대 교육을 받지 못한 채 『소학』과 『열녀전』을 내면화한
영채를 상기시키는 것이 그 예이다. 이광수의 『재생』과 『애욕의 피안』
에 드러나는 여학생의 과도한 순결의식 또한 그것을 잘 반영한다.

먼저 『재생』의 순영은 기숙사 사감인 미국인 선교사 P부인을 사모하
고 그녀와 같이 인격이 높은 교육가가 되어 불쌍한 조선여자들을 교육
하리라고 다짐한다. 평생을 교회일과 교육을 위해 바친 P부인을 자신의
이상으로 삼고 이화학당 전문부에서 미국유학준비를 하던 순영은 하지
만 독립운동으로 들어가게 된 감옥에서 나온 뒤 타락하기 시작한다.

감옥에서 나온 후 "이상이 사라지고 욕망만이 남게 된" 순영은 봉구
와 석왕사에 놀러간 일이 탄로가 나서 퇴학을 당한다. 여름 방학을 보내
는 동안 기숙사 밖에서 온갖 쾌락을 경험한 순영은 엄격한 규율 아래 성
적 욕망과 사적인 욕망을 억압해야 하는 탈성화된 학교라는 공간에 염
오를 느낀다. 특히 여학생 첩을 얻지 못해 안달이 난 백의 집에 다녀 온
후로는 본받을 수 없을 정도로 거룩하고 높게만 보였던 P부인의 생활이
어리석게 느껴진다. 그녀는 '영혼이 있는' 봉구와 '돈이 있는' 백 사이에
서 갈등하다가 이윽고 부자인 백윤희의 첩이 되지만, 결국 돈과 신체의
쾌락이 행복이 되지 못함을 깨닫고 자살한다. 그러나 순영은 육욕의 쾌
락과 돈을 최고의 가치로 쫓으면서도 P부인의 '쎄크리파이스!한 생활',
'깨끗한 생활', '의무의 생활'을 계속해서 떠올리며 자괴감에 시달린다.

---

21) 임옥희, 「신여성의 범주화를 위한 시론」, 『한국의 식민지 근대와 여성공간』, 여이연,
    2004, 101면.

하나님 일 위해 몸 바치는 사람 결코 낙담하거나 낙심하는 일 없소―
제 욕심 채우려고 애쓰는 사람 항상 실망있소, 낙심 있소……「쎌퓌시」
한 것 가장 큰 죄악이요, 또 모든 죄악의 근본이요, 내가 보니 조선 젊은
사람들―저를 희생하는 정신―「쎌프 쎄크리파이스」 정신 심히 부족하오.
지금 조선 나라 대단히 어려운 중에 있소.「쎌프 쎄크리파이스」(저를 희
생)하는 남자와 여자 많이 있어서 힘을 합하여 일하면 살 수 있고 저마
다「쎌피쉬니스」따라가면 망하는 수밖에 없는 것이요. …… 순영이 다
시 회개하고 쎌피쉬한 생각. 제 몸만 위하는 생각 버리고 하나님과 나라
위하여 자기를 희생하고 써브하는 정신 가지고 오래 실행함으로 세상의
신용 회복할 수 있소

―『이광수전집』 2, 255~257면

순영은 백윤희의 집에서 나온 후 인용문처럼 P부인의 말대로 "예수의
뒤를 따라 더러운 몸을 힘껏 깨끗하게 씻고" 교사가 되거나 간호부라도
될 다짐도 해보지만 그녀의 속죄의식은 결국 자신을 죽음으로 몰고 간
다. 여기서 P부인을 역할 모델로 삼는 등 순영에게 깊이 내면화된 윤리
적 잣대와 자기성찰의 매개로서 기독교의 영향이 지대하다는 사실을 알
수 있다.『애욕의 피안』에서 혜련은 전문학교에 재학 중인 여학생이다.
그녀는 남녀 간의 육체적인 사랑을 죄악시하며 평생 혼자서 깨끗하게
살 다짐을 한다. 그녀가 세상을 불완전하고 더러운 곳으로 여기고 남녀
간의 사랑을 죄악시하는 이면에는 성적으로 타락한 아버지와 난봉꾼인
오빠에 대한 환멸이 자리하고 있다. 그녀가 희구하는 세상은 '거룩하고
깨끗한 천국'과 같이 남녀 간의 음욕이 없고 거짓과 더러움이 없는 세상
이다. 혜련이 원하는 사랑은 영적이고 정신적인 사랑으로, 성경에서 보
고 들은 영향이 크다.

뿐만 아니라 그녀는 W여학교에서 학생들에게 숭배의 대상이었던 강
선생의 영향을 받기도 했다. 강 선생은 혜련에게 기독교의 금욕수의직인

사상에 대한 강박관념을 강화시키면서 일체의 육체를 저주하게 만든다. 그는 항상 "우리는 영혼을 위하여 육체를 이기지 아니하면 아니된다"고 말한다. 그러나 그는 혜련과 재회한 후 사년 간 억누르던 감정이 일시에 폭발하고, 결국 '혜련을 얽매는 그리움'과 육욕 앞에서 '혜련을 그르치지 않으려는 마음'을 위해서 스스로 목숨을 끊고 만다. 혜련의 신앙은 강 선생으로부터 나왔으며 강 선생은 혜련에게 정신적인 스승이었다. 따라서 세상을 더럽다고 여기고 '거룩하고 깨끗한 천국' 같은 곳을 바라던 그녀 또한 강 선생이 죽은 사실을 알고 타락한 아버지 김 장로와 오빠의 영혼을 구하고자 죽음을 선택한다. 이렇게 육적인 사랑과 섹슈얼리티를 억압하는 그녀의 과도한 순결의식은 기독교에 의해 훈육된 신체관을 표상한다. 기독교의 금욕주의 전통 속에서 섹슈얼리티는 대체로 종교적 실천과 양립할 수 없는 것이다. 특히 성적 향락은 죄악에 대해 체계적으로 반응하려는 종교에 위협석으로 보였다. 여기서 신체는 죄악의 근거지로, 나아가 죄악의 원인 그 자체가 되며, 이성이 몸을 통제하는 삶만이 강고된다.[22]

『무정』의 선형, 『재생』의 순영과 그리고 『애욕의 피안』에서 혜련의 신체는 기독교의 금욕주의와 순결의식에 의해 훈육된 양상을 보인다. 그들은 기독교 계통의 학교와 기숙사 생활 속에서 성경의 가르침을 내면화하고 선교사로 온 선생을 역할 모델로 삼으면서 유학을 준비하는 등 꿈을 키운다. 그리고 기독교 정신을 설파하는 선생에 대한 사적인 동경으로, 또 기독교와 만남으로써 생기게 된 성욕의 깊은 죄에 대한 의식의 증대로, 자유연애를 실현하는 데 있어 갈등에 직면한다. '연애의 정신성'에 대한 희구와 '육욕' 사이의 갈등, 기독교에 의해 환기된 이 양극성은

---

22) 브라이언 터너, 임인숙 역, 앞의 책, 100~101면.

그들에게 기독교 자체의 속박을 느끼게 한다. 그 속박에서 벗어나서 육욕과 쾌락을 추구했던 순영은 회개하지만 눈먼 딸과 죽음이라는 단죄를 받고, 강 선생과 혜련은 자신이 그 속박을 극복하지 못한 채 차라리 죽음을 선택한다. 이는 기독교로 인한 '신체, 육(肉)' 혹은 '성(性)'의 발견을 보여주는 것이기도 하다. 혜련과 강 선생의 정신성의 희구와 육욕에 대한 억압은 오히려 '성'에 대한 욕망의 강력함을 환기시키기 때문이다.

이렇게 금욕적으로 훈육된 신체를 형성하는 여학생은 현모양처 이념과 순결 의식이 여전히 그들을 강하게 지배하고 있다. 이들은 전래의 윤리감각에서 완전히 벗어나지 못한 채, 또 새로 유입된 근대의 자유연애 관념을 충분히 내면화하지 못한 상태에서 교육을 통해 기독교의 세례를 받았으며 자유연애 혹은 사랑관념에 이를 윤리적 잣대로 적용시켜 도덕적 가치관의 혼돈을 경험한다. 그리고 이러한 혼돈으로 자살을 선택하거나 윤리적 단죄를 경험하는 신체 양상을 낳는다. 이는 기독교 교육의 폐해와 소설 형식이 접목되는 지점이자 동시에 기독교 교육과 계몽의 민족 담론이 공통된 인식을 보이는 것이다. 근대국가 기획 속에서 오직 생식과 가족, 국가를 위한 성만을 인정받을 수 있기에 이 시기 여성의 성은 탈성화되는데,23) 기독교가 이러한 기능을 수행하고 있음을 알 수 있다. 따라서 자유와 해방 그리고 평등이념이 널리 퍼진 1920년대 이후에 자유연애와 섹슈얼리티를 추구하는 여학생들이 기독교와 멀어지는 것은 당연했다. 그들이 추구하고자 하는 욕망은 훈육된 신체의 억압 속에서 이미 존재하는 것이었기 때문이다.

---

23) 고미숙, 앞의 책, 108~109면.

3. 자유연애의 추구와 타나토스의 신체

개조와 변화에 대한 요구가 만연했던 1920년대에는 여성의 자각과 의식이 상승하면서 여성 해방을 주장하는 목소리가 두드러진다. 무엇보다 이 시기에 여학생들은 단발, 양장과 같은 패션과 미용 그리고 자유연애를 추구하면서 새로운 근대적 주체를 형성한다. 이를 허영과 사치, 타락으로 비판하는 목소리가 제기되기도 하는데, 특히 『신여성』은 그들을 계몽하고 규율하는 다양한 담론을 생산한다. 그 가운데 연애와 결혼, 복장과 신체를 둘러싼 규율은 여학생이 단순히 계몽과 규율의 대상이 아니라 그들의 신체가 성적인 시선의 대상으로 구성되고 있음을 보여준다.

여학생들이 이러한 계몽과 충고에 무조건 복종했던 것만은 아니다. 그들은 잡지의 투고란을 통해 여학교를 졸업했지만 상급학교를 갈 수 없는 번민, 과도기 사이에 있는 처녀로서 결혼에 대한 번민, 직업을 못 구해서 우는 사정 등24) 번민을 토로하면서 당대 현실에서 겪는 어려움을 드러낸다. '신여성의 五大 번민'이라고 말 정도로 정형화되고 공유화되었던 번민은 과도기에 처한 소녀로서 당대의 모순적인 사회구조를 인식하는 것이며, 또한 번민을 표현한다는 것은 자기 정체성을 자각하는 문제이기도 했다.

그런데 무엇보다 큰 여학생의 번민으로 자유연애를 행하면서 겪는 신체에 대한 번민을 빼놓을 수 없다. 여학생들은 각종 잡지의 연애와 성담론, 그리고 서구와 일본의 소설에 재현된 남녀 간의 자유로운 연애에 대한 독서체험을 통해 자유연애와 여성해방 의식을 가지게 된다. 더욱이 그들이 학교에서 받은 체조교육과 정구, 하이킹 등의 스포츠열의 확산25)

---

24) 「新女性의 五大煩悶－1. 未婚處女의 남모를 煩悶, 2. 女學校 卒業한 處女의 煩悶, 3. 自由結婚한 新女性의 煩悶, 4. 직업을 못 求해서 우는 新女性, 5. 舊家庭에 드러간 女性의 煩悶」, 『新女性』, 1925. 11.

은 신체에 대한 감각을 새롭게 구성하고 신체에 대한 자율성을 인식하게 만드는데, 이러한 능력의 획득이 연애를 행하는 추동력이 되고 있다. 요컨대 신체에 대한 자율적 관리 능력은 그들이 전통적인 도덕적, 윤리적 행위 밖에서 영위할 수 있는 분리된 영역을 상상할 수 있게 했던 것이다. 그러나 곧 자유연애를 행하는 과정에서 아무에게도 말하지 못하는 신체에 대한 번민을 갖게 된다. 그것은 정조를 잃고 임신과 낙태를 하거나 병들어가는 신체에 대한 문제를 포함한다.

나도향의 『환희』에서 혜숙의 신체는 초점자인 선용의 눈에 '사랑의 이슬이 그 눈썹 위에서 굴러다니는 듯'하고 '치마의 주름살의 사이사이마다 사랑의 냄새가 흐르'는 것처럼 느껴지는, 사랑할 수밖에 없는 에로스의 신체로 묘사된다. 한편 혜숙은 통학 길에 능동적으로 남학생의 시선을 의식하고 즐길 만큼 자신의 욕망에 솔직한 여학생이다.

> 자기와 날마다 만나는 젊은 청년들이 모두 자기와 밀접한 관계가 있는 것같이 보였다. 그리고 자기를 곁눈으로 한 번 다시 쳐다보는 사람은 자기에게서 무엇을 구하는 것과 같고 날마다 아침이면 학교 들어가는 어구에서 만나보는 같은 젊은 학생을 하루아침만 만나지 못하면 어째 자기에게서 무엇을 잃어버린 듯하였다. …… 그래 그날 하루종일은 어째 울고도 싶고 온 세상이 쓸쓸하고 재미없는 듯하였다. 그러다가 그 이튿날 다시 만나면 그는 잃었던 무엇을 다시 찾은 듯하였고 또 다른 여학생보다 더 아름답고 귀여워 보이는 듯하여 마음이 아주 즐거웠었다. 그래 <u>그는 그때부터 구두도 반지르하게 닦아 신고 다니고 둥그스름하게 아무렇게나 틀어 얹었던 서양머리를 지금은 한 옆으로 가리마를 타고 기름을 발라 한편 눈썹 위로 비스듬하게 어려덮이게 하였다. 그리고 걸음걸이도 좀 경쾌하게 하고 치마도 짤록하게 입었다.</u>

—『나도향전집』 하, 108~109면

---

25) 「하이킹 禮讚」, 『여성』(제1권 제1호), 「스포-쓰 女人열전」, 『별건곤』(1929. 2) 참조.

밑줄 친 부분처럼 자신의 섹슈얼리티를 거리낌 없이 발현하는 혜숙은 인물 좋은 재산가의 아들 백우영과 가난한 시골 청년 김선용 사이에서 갈등하다가 백우영을 선택한다. 그리고 오라비의 만류에도 불구하고 백우영에게 놀러간 그녀는 그만 정조를 잃고 만다. 그 후 "백우영에게 안기었던 그 순간이 더럽고 진저리 쳐지는 죄의 기록"같이 생각되고 오라버니에게 "처녀가 아닌 저를 용서해 달라"고 간청까지 한다. "다시 얻기 어려운 처녀의 자랑을 잃어버린 후부터 비로소 가슴쓰린 눈물을 알게 되고 헤아리기 어려운 초민(焦悶)을 알게 되었다"는 구절에서 알 수 있듯이 혜숙의 번민은 정조를 잃어버린 신체에 대한 문제이다. 결국 혜숙은 백우영과 결혼하지만 남편의 방종으로 결혼생활은 불행해지며 폐결핵에 걸리고 만다. 나아가 혜숙은 선용에게 지난날의 잘못을 사죄하는 것은 물론 오라비를 위해 설화를 속인 것을 자책하여 백마강에 몸을 던져 자살한다. 정조를 잃고 폐병에 걸린 채 결국 자살에 이르게 되는 정월의 신체는 번민하는 신체요, 자유연애의 갈망으로 사라져 가는 타나토스의 신체이다. 정월의 '얼굴이 새파랗게 질려 자꾸자꾸 기침을 재쳐하고 입을 가린 흰 수건에 빨간 핏덩이를 토해내는' 병든 타나토스의 신체는 선용이가 또 다른 여학생을 찾아 일본으로 향하는 것과 대조되면서 스스로의 섹슈얼리티에 능동적인 여학생에 대한 비판으로 볼 수 있다.

나도향의 「출학」에서도 약혼자를 배신하고 낯선 남자에게 정조를 빼앗긴 영숙이 모든 잘못을 병철에게 고백하면서 참회한다. 그녀는 정조를 잃은 것에 대한 처벌로 학교에서 출학당한 후 행방을 알 길이 없다. 현진건의 「유린」은 자유연애로 K에게 정조를 잃은 ××여학교 삼학년인 정숙이 하숙방으로 돌아와 자고 있는 정애를 보며 예전에는 모든 면에서 자기보다 열등하다고 생각했지만 지금은 "옥이나 구슬같이 영롱하거늘, 자기는 짓밟힌 지렁이 모양으로 구역이 날듯이 더러움"을 깨닫고 후회하며 자책하는 이야기이다. "정애의 움직이는 곳에만 일광이 비추어 밝기도 하고 즐겁기도 한 반면, 저 있는 데는 묵장 같이 검고 암흑이 휩싸고 있는 듯하다"는 정숙의 심리는 정조를 잃은 자신의 신체를 죽어가는 타나토스의 신체로 인식하는 것이다. 이처럼 병들어 사라져 가는, 타나토스의 신체는 '살아 있는 신체'이자 동시에 자유연애에 대한 갈망으로 구성되는 신체이다. 이는 바로 속마음을 터놓고 상담할 수 없어서 혼자 괴로워했던 신체에 대한 번민을 포함하고 있다.

여학생의 자유연애로 인한 번민이 신체에 대한 번민을 포함하고 있는 것은 이 시기의 성과학, 의학담론을 살펴보아도 알 수 있다. 당대에 여학생에 대한 성교육 실시를 가정과 학교에 촉구하며 그들을 계몽하는 담론이 많았다. 또 여성잡지의 성담론 및 광고가 그들의 신체에 대한 번민을 강화시키기도 하고, 해결에 도움이 됐을 것이다. 그 예로 '월경유도약'과 '부인병약'을 들 수 있다. 먼저 월경 유도약으로는 <月經 特種 流經藥-スガルミンス가루민-森田屋本店>(『신여성』, 1931. 11)이나 <月經障害, 無月經, 月經不順, 月經閉止 등에 オオホルミン오오호루민-武田長兵衛商店>(『신여성』, 1931. 12) 등의 광고가 꾸준히 게재되었다. <부인병>약으로는 임질, 대하증 광고가 많이 실렸는데, 대표적으로 <부인의 건강을 수호하는 유일의 가정부인 약! 부인병 대하증 全快의 열쇠를 잡은 이 一球의 힘이야말로! 美神丸-당신의 행복은 미신환으로부터-宮內善進堂>(『여성』, 제2권 제7호), <부인의 평생을 불행케 하는 부인병-자궁병을 곳치시오- 婦人百補丸-平和堂株式會社>(『여성』, 제2권 제8호), <임질, 대하증, 냉병엔 구로벨이 제일-神聖堂藥品部>(『별건곤』, 1932. 9) 등을 들 수 있다.

그런데 이러한 부인병 광고는 약을 사용하여 병을 치료한 여성들의 경험담을 실어 약의 효능을 강조하는 한편 부인병에 대한 공포와 두려움을 유발하고 있다. 예를 들어 대하증을 그대로 두면 "시일이 갈수록 고통도 심해져서 두통, 하복통, 월경 곤란, 불순, 식욕부진으로 되야 부부관계에도 원만치 못하야 불감증, 불임증이 생겨 여자로서의 가치를 일허 비참한 생활을 하지안으면 안될 결과가 되는수가 잇습니다. 또는 이것이 처녀시대 일 것 가트면 원기를 상실하야 潑剌한 육체는 쇠하야져서 노인과 가티 쇠약한 몸을 가지게 되야 도저히 행복된 결혼 생활을 할수 업게되고 맙니다"(미신환 광고, 『신여성』, 1925. 10)라든가 "부인의 평생을불행케하는 부인병-자궁병을곳치시오, 부인이 아해를 못나커나 몸이 항상 압흐거나 남편의애정을 모르게되는원인은? 모다 자궁병 -"(婦人百補丸, 『여성』 제2권 제8호) 등이 그것이다.

이러한 광고는 자궁병은 아이를 낳을 수 없게 하거나 각종 질병에 걸릴 위험이 있고 나아가 평생 불행의 원인이 되므로 빨리 치료해서 행복을 되찾아야 한다는 식으로 병에 걸린 여성에게 공포와 수치심을 갖도록 만들고 있으며 다소 협박하는 감마저 느끼게 한다. 게다가 당시 사회의 월경에 대한 감각은 암묵적으로 부정적이었다. 즉 "월경 때 이랫배가 약간 앞으고 하지가느른히며 너리가앞으고 식욕이 적어지고 전신이 느른해진다. 다소 정신이 우울해지고 감정이 예민해지며 흥분하기 쉽게 된다"(「성생리학(2)」, 『여성』 제1권 제7호)는 식으로 월경 때에는 육체적, 정신적 이상 상태가 된다는 생각이 의학적인 담론으로 자명하게 보급되었다.[26] 이는 자궁병 광고에서 자궁을 병의 기관으로 자리매김한 것처럼, 월경을 병리적 현상으로 담론화한 것이다. 또 여성들이 재생산 기능을 가지고 있다는 이유로 그들의 몸을 남성들의 몸과 다른 것으로, 그것보다 열등한 것으로 규정하고 그들을 사적 생활영역으로 제한하는 이론[27]

---

26) 나아가 성적만족이 결핍된 여성이 신경병과 신경쇠약, 히스테리와 같은 질병에 남성보다 걸릴 확률이 높다는 생리학 담론이 널리 성행한다. 「性慾의 生理와 心理—男女兩性의 性慾苦」, 정석태, 『별건곤』, 1929. 1, 「특히 주의할 女性과 禁慾生活」, 박창훈, 『별건곤』, 1929. 1 등이 그 예이다.

이 성행한다.

이와 같은 담론은 여자의 성, 섹슈얼리티에 대한 감수성을 새롭게 형성했다. 즉 여성들이 자신의 신체를 의학적, 위생학적인 담론에 따라 관리하고자 하는 의식과 함께 여자의 성이기 때문에 스스로 몸을 부끄럽게 생각하거나 고민할 수밖에 없도록 만들었다. 근대소설에서 정조를 잃고 번민하는 여학생들의 신체감각도 여기에 근거한다. 여학생에게 체육을 장려하던 이 시기에 그들은 학교에서 배운 스포츠를 통해 신체를 자율적으로 통제할 수 있는 능력을 익혔다. 그리고 서구에서 들어온 자유, 평등의 이념과 연애 이야기에 대한 독서체험은 근대적 개인으로서의 자유연애를 향한 욕망과 섹슈얼리티를 추구하도록 했다. 그러나 자궁과 월경의 병리학적 담론화는 그들이 여자로서의 성, 섹슈얼리티를 부끄럽게 여기고 스스로 가치를 폄하하도록 만든다. 이러한 신체의식과 감성의 훈육을 통해 여학생은 '살아 있는 신체'와 '상상의 신체' 사이의 괴리가 한층 커져갔다. 이 시기 소설에서 자유연애를 추구하던 여학생들의 신체가 병든 타나토스의 신체로 드러나는 것은 이러한 괴리를 잘 보여준다고 하겠다.

---

27) 男子는 身體의 美的 標準으로 보아 女性보다 떨어지지만 頭腦의 發達에 잇서서는 女子의 到底히 밋칠배안이라고 생각한다. 男性은 理智的으로 또는 創造的으로 된 것을 보아 아무래도 女子가 男子보다 더 떨어졌다고 아니볼 수 업다. 其他 女性은 動作이機敏한點은 잇지만 活潑치못한것이라던가 生理的으로 兒孩를 分娩하게된것이던가 被動的으로 動作을 하게된것이 男子보다 優越한 地位를 갓지를 못할 것 갓다. …… 女子는 先天的으로 多情多恨한 性質을 만히 갓게된 點으로 보아 藝術 方面에長技를 가젓다고 볼수잇겟고 또 模倣的임으로 內的 事務에 長한배 잇슬풀인다. 「男女性徵의 決定—第二次性」, 김태훈, 생리강좌 『별건곤』, 1930. 3.

4. 스위트 홈의 이상과 부르주아적 신체

1930년대 중반 이후 교육받은 여성들의 수가 상대적으로 증가하고 직업여성이 늘어나자 전문학교 정도의 여학생들이 인텔리 여성 혹은 현대여성[28]으로 주목받고 여고보 정도의 여학생들은 계몽과 훈육을 받아야 할 존재로 재구된다.[29] 이 시기 여성 잡지는 여고보와 전문학교 학생들 혹은 갓 졸업한 젊은 여성을 대상으로 한 많은 좌담회와 설문기사를 통해 장차 한 가정의 주부가 될 그들의 연애와 결혼에 대한 관심을 반영하고 또 그것을 증폭시킨다. 연애와 결혼에 대한 무수한 담론들은 연애는 꿈, 결혼은 현실이며 의무의 체계라는 관념을 유포시킨다.[30] 여기서 이상적인 가정은 이기적이고 세속화된 가정, 소위 '스위트 홈'을 말한다.[31]

---

28) 이 시기에는 신여성에 대한 비판과 함께 현대여성이란 기표가 널리 쓰이는데, 이는 전통과 근대, 구여성과 신여성간의 절충과 조화를 강조한다. 그러나 실제로는 현대여성 혹은 신여성이 가족으로 귀환해서 부덕에 종사할 것을 강조한다. 김양선, 「식민주의 담론과 여성 주체의 구성」, 『여성문학연구』 3호, 한국여성문학회, 2000, 272~274면 참조.

29) 노지승에 따르면 이렇게 30년대의 여학생이 신여성으로서의 의미를 대부분 잃고 미성숙한 훈육의 대상으로 변화하는 상황은 이 시기 소설 속에서 여학생이 훈육되고 계몽되는 인물로 그려지는 것과 어느 정도 연관성을 가지고 있다. 특히 전문학교와 여고보 정도의 여학생들은 무엇보다 결혼이라는 성장의례를 치러야 할 훈육의 대상으로 의미 변화 하게 된다. 노지승, 앞의 논문, 148면.

30) 「結婚—어머님의 말씀, 따님의 말씀」(『여성』, 1936. 7), 「戀愛와 結婚問題 座談會」(『여성』, 1938. 12)과 「戀愛와 結婚은 別것인가」(『여성』, 1938. 5), 「結婚을 이렇게 생각하자」(『여성』, 1939. 11)가 그러한 담론을 형성한다.

31) 김경일은 1930년대 이후 경제공황의 여파가 본격적으로 나타나면서 급진주의자들이 주창했던 이상적 가정과 이상적 결혼의 이념은 급속하게 세속화되어 갔다고 한다. 이상적 결혼의 기준은 사랑이 아니라 부와 능력이 되었으며 이상적 가족은 모던주택에서 부부와 자녀만의 단란한 삶을 누리는 것을 의미한다. 학교교육을 받은 중간층에서 기원하였던 이 새로운 이상적 가정에서 여성의 역할은 가족보다는 아내에게 강조점을 두고 있었다. 급진주의자들과 달리 이들은 기성사회에 대한 도전을 포기하는 대신에 근대교육의 대가로 자신이 차지할 수 있던 것들을 개인주의적 차원에서 해결하고자 했다. 김경일, 「한국근대사회의 형성에서 전통과 근대」, 『사회와 역사』 54집, 한국사회사학회,

그런데 '스위트 홈'의 가정주부가 되기 위해 여학생들은 무엇보다 순결, 정조를 지켜야 한다. 1920년대 일본의 경우 처녀논쟁, 처녀론, 정조론 등을 통한 순혈, 순결 이데올로기의 형성과정과 근대 부르주아 가정의 형성은 밀접한 관련을 지녔다.[32] 이 시기에 유전학이나 우생학의 새로운 지식이 보급되어 과학적으로 새롭게 구성된 혈통의식, 순혈관이 중산계급을 바탕으로 확산된다. 순혈, 순결 이데올로기는 남편은 가정 밖에서 일을 하고 아내는 가정 안에서 가사, 육아에 전념하는 이른바 중산계급의 가정 설계에 이바지하는 것이었다. 이렇게 중산계급의 가족관에 적합한 '피의 순결'관에 의해 '처녀성의 순결'이 강화되자 '처녀성' 즉 정조는 상품화되어 물신으로 숭배받기에 이른다.[33] 우리의 경우 1930년대 중반 이후 여학생의 신체는 스위트 홈으로 진입하기 위해 이러한 순혈, 순결이데올로기에 종속된 신체로 구성된다. 이러한 양상이 소설에서 순결한 여학생은 결혼을 통해 스위트 홈의 이상을 성취하고, 정조를 잃은 여학생은 결혼에 실패하여 섹슈얼리티가 통제되는 것으로 그려진다.

『청춘무성』에서 여고보생인 고은심과 최득주는 자기 학교의 성경교사이자 목사인 원치원을 두고 삼각관계에 놓인다. 순수하고 명랑한 은심은 소녀적인 감수성과 낭만성을 지닌 여학생이다. 그녀의 관심은 언제나 연애와 스위트 홈에 대한 꿈에 있다. 이에 비해 집안의 생계와 학비 때문에 여급으로 나가는 최득주는 냉소적이며 성적인 욕망이 강하다. 원치원은 최득주의 성적인 유혹과 끈질긴 구애에도 불구하고 고은심을 끝까지

1998.

32) 三村邦光, 앞의 책, 244~248면. 우리의 경우 1920년대 말에서 1930년대가 되면 이러한 담론들이 활발하게 유포된다. 「貞操를 强要하는 理由」(『별건곤』, 1929. 2), 「춘향의 貞操 再吟味」, 『여성』(제1권 제7호), 『신여성』(1932. 3)은 「誌上貞操問題論議」라는 기사를 실어 정조문제를 특집으로 다루고 있다.

33) 三村邦光, 앞의 책, 231~234면.

그리워하면서 결국 결혼에 이르게 되는데, 고은심이 '깨끗한 처녀'라는 사실이 결정적 동기가 된다. 한편 최득주는 이후에 원치원에게 계몽되어 각성에 이르고, 재락원이라는 기관을 차려서 여급이나 사생아와 같은 소외된 이들을 위한 사업을 하게 된다. 여기서 고은심이 스위트 홈의 주인이 될 수 있었던 것은 그녀가 가진 전문학교 졸업에 미모의 처녀라는 신체자본 때문이었다.

『구원의 여상』은 여학교 전문부 기숙사를 배경으로, 같은 방을 쓰는 인애와 명도가 영조를 놓고 경쟁하는 이야기이다. 인애와 영조는 매우 다른 성격을 지녔는데, 가장 뚜렷한 차이는 성에 관한 태도에서 드러난다. 콜론타이즘의 연애관에 경도된 명도가 처녀를 신성시하는 태도를 비웃는 반면, 인애는 명도의 이러한 여성운동을 "여성의 지위를 멸시된 채 내여바리고 남성화하려는 운동"이라고 비판함으로써 자신의 성적 보수성을 분명히 드러낸다. 사상운동을 하는 영조는 인애를 "구태를 못벗은 사람"이라고 비판하면서 명도의 적극적인 구애에 넘어간다. 영조가 인애를 쉽게 포기했던 이유는 운동을 한다는 구실로 한 가정을 책임 질 수 없다는 것이다. 이는 명도가 결혼을 재촉하자 "당신과 나는 동지이지 연인은 아니라"며 동경으로 달아나는 것을 통해서도 확인된다. 명도는 영조의 아이를 임신한 채 동경으로 건너가 결국 낙태를 하고 다른 남자와 동거생활을 하지만 오래가지 못한다. 한편 인애는 폐병을 얻어 병원에 입원하게 된다. 그런 인애에게 서대문 형무소에서 영조가 편지를 보내 그녀를 그리워하는 마음을 전한다. 그는 인애에게 봉건적인 인습에서 벗어나지 못했다면서 그녀의 성적 태도와 처녀성이 상품화되는 현실을 비판하던 지식인이었지만 결국 그녀를 향한 욕망을 표출하면서 이율배반적 면모를 보이고 있다. 그러나 한없는 이해와 용서의 미덕을 갖춘 인애는 영조의 차식을 넣어주고자 직업을 구하기 위해 노력하고, 아픈 몸을 이끌고 그의 헌옷을 빨다가 병이 악화된다. 작품의 마지막에 명도는 인애에게 용서를 구하고, 인애는 과거에 영조가 끼워준 파란 보석이 반짝이는 반지를 끼고 죽는다. 죽어서라도 영조와의 사랑을 완성시키겠다는 의지를 보이는 것이다. 결국 인애는 영조의 사랑을 얻고 명도는 애정의 경쟁에서 탈락될 뿐만 아니라 인애에 의해 감화되어 자신의 잘못을 뉘우친다. 여기서 인애는 스위트 홈에는 진입하지 못했지만 사랑하는 대상을 성취하는 데에 그녀의 아름다운 신체와 처녀성이 작용하고 있음을 알 수 있다.

이 시기에 여학생들에게 내면화된 것은 성적인 순결만이 아니다. 화장품이나 미용기구를 이용하여 신체를 치장하려는 욕망도 생산되었다. 그들은 화장을 비롯한 미용에 관심이 많았고, 이는 여성지에 직업여성과 주부는 물론 전문학교와 여고보 학생들을 대상으로 한 화장 문답이나 미용문답, 그리고 화장하는 비법을 소개하는 등의 기사34)가 상당수를 차지했던 사실에서도 확인된다. 화장은 "현대여성의 교양"35)으로 여겨졌는데, 화장한 얼굴은 여학생들이 '스위트 홈'에 진입할 수 있는 부르주아적 신체를 표상하기도 한다. 三村邦光에 의하면 부르주아적 신체란 학교에서 배운 체조와 각종 스포츠로 단련된 신체는 물론, 늙음과 노동을 부정하고 화장을 강렬히 열망하는 사랑스러운 신체요, 장식된 신체이다.36) 바르면 얼굴을 하얗게 만드는 화장품, 머리를 까맣게 만드는 모발

---

34) 특히 『여성』은 여왕미용원의 오숙근을 통해 「「九月化粧, 제1권 제6호」, 「크림의 種類와 쓰는 법, 제2권 제5호)」, 「얼굴히게하는 秘法공개, 제2권 제6호」, 「海水浴場에서의 化粧法, 제2권 제8호」, 「初秋의 化粧, 제2권 제10호」, 「結婚化粧法, 제2권 제10호」, 「가을의 毛髮위생, 제2권 제12호」 등 계절에 따라, 특별한 상황에 따라 필요한 화장 방법을 싣고 있다.

35) 「現代女性의 苦悶을 말한다-소설가 이태준, 여류평론가 박순천 兩氏對談」(『여성』, 1940. 9)에서 이태준은 화장은 현대여성의 교양의 하나이므로 학교에서는 엄금주의가 아니라 "화장은 해라 그러나……"식으로 지도하는 태도가 옳다고 강소한나.

약, 미용기구, 피부병 약 등 다양한 광고들이 여학생들에게 이러한 신체를 포착해야 할 이미지로 부추기고 있었다. 광고로 가장 많이 소개되고 있는 화장품은 주로 얼굴을 하얗게 만드는 <美와 魅力의 近代化粧料- タンゴドーラン당고도랑(『여성』 제2권 제9호)>이나 <볕꺼름을 防止하는淸快한美白化粧水- 資生堂過酸化 キユカンバ(『여성』 제3권 제7호)>와 같은 백분, 크림과 화장수 등이었다. 한편 '하얀 얼굴'을 강조하는 이러한 백분 광고의 모델로 모두 서구의 여성을 내세우고 있어 서구 여성이 이상적인 아름다움의 기준으로 제시되었음37)을 알 수 있다. 건강미와 육체미를 논할 때에도 서양의 미적 기준이 채용되는데, 이러한 서구미인을 표준으로 독자들에게 자기관리의 유혹을 느끼게 하는 것이다. 또 화장품 광고와 여성지의 상담란38)은 여학생들에게 '로망스'와 '꿈'을 직조시키면서 끝없는 소비욕망을 부추긴다. 그 상품을 사용하는 것은 그들이 어느 정도 교육을 받고 교양을 지녔다는 징표가 되며, 나아가 계급적인 치이를 유발시킨다. 즉 단발과 양장으로 대표되던 1920년대와는 다른 형태의 문화적 자본을 담지한 여학생의 신체를 형성했는데, 이는 결국 자본주의의 소비문화와 부르주아 이데올로기가 여학생의 내면뿐만 아니라 신체까지도 적극적으로 구성하고 있음을 보여준다.

이러한 부르주아적 신체 이데올로기는 다른 한편으로 그와 대립하는 신체에 대한 차별을 더욱 강화시킨다. 서구여성의 건강미와 육체미를 이

---

36) 三村邦光, 앞의 책, 31~37면.

37) 이는 서구적인 외양이 문명과 문화를 상징하는 긍정적인 것으로 인식되었기 때문이다. 남성지식인들은 여성의 외모가 조선의 근대화 정도를 반영한다고 여기면서 서구여성의 몸을 준거로 여성미에 대한 논의를 펼친다. 김미선, 「1930년대 신식화장담론이 구성한 소비주체로서의 신여성」, 『여성학논집』 제22집 2호, 2005, 159~171면 참조.

38) 그들은 여드름에 바르는 약부터 화장수와 크림 만드는 법, 납이 안 든 분을 고르는 법, 코를 높이는 미용기구 사용하는 법까지 관심에 따라 다양한 질문을 통해 자신의 신체를 관리하고 있음을 보여준다. 「美容問答 『여성』」 제2권 제4호.

상으로 삼고, 화장과 미용으로 치장한 신체를 강조하지만 섹슈얼리티와 자유연애를 추구하는 여성의 신체는 부정적으로, 병들어 사라지는 신체로 조직하기 때문이다. 그러나 정조와 혈통의 순결이 긴밀한 관계에 있으므로 여학생에게 처녀성과 정조관념을 내면화하도록 했던 것은 부당하게 여성 섹슈얼리티만을 문제시 했고, 이는 여성 섹슈얼리티의 서열화, 즉 성의 위계화를 초래했다. 이러한 배경 아래 작품에서 섹슈얼리티를 적극적으로 추구한 여학생들은 스위트 홈에 진입하지 못하고 비극적인 최후를 맞는 것으로 그려진다.

이상으로 식민지 근대에 여학생의 신체를 둘러싼 담론과 소설에 재현된 신체 양상을 통해 근대 여성으로서 그들의 신체가 어떻게 구성되는가를 살펴보았다. 이를 위해 지배담론에 의해 규율되는 이데올로기적인 '상상의 신체'와 경험하는 몸인 '살아 있는 신체'의 상호작용 속에서 표상되는 담론은 무엇인지, 그 속에서 여학생은 신체감각과 정체성을 어떻게 형성하는지 주목해 보았다.

1920~30년대 소설에서 여학생의 신체는 크게 기독교 교육과 자유연애 그리고 스위트 홈이라는 지배적인 틀 속에서 각각 훈육되고, 병들어 사라지며, 부르주아적인 욕망의 신체로 구성된다. 세 가지 양상은 통시적인 성격을 띠면서도 동시에 병렬적으로 존재하기도 한다. 다만 각 시기에 따라 두드러지는 양상이 다를 뿐 여학생의 신체를 통해 젠더구축이 이루어진다는 점에서 공통적이다.

비록 근대국가 건설이라는 계몽기획은 여성을 제도 교육에 포함시켰지만 교육 내용과 목표는 남성과 다르게 적용되었다. 근대 민족담론과 식민지 통치 권력, 기독교 교육 그리고 부르주아 이데올로기 모두 교육의 목표를 여전히 여성의 도덕적 가치와 관습적인 역할에 한정시켰다. 즉 고등교육은 여성에게 결혼의 배우자와 흰 아이의 어머니로서 바람직한 자질을 양성하기 위한 것인 한에서만 의미가 있었는데, 신체에 대한 교육도 마찬가지였다. 약함 대신 강함으로, 조선적인 것 대신 서구적인 것으로 신체의 기준은 새롭게 수용되지만 여성의 신체는 근대화된 가정을 구성하고 자식을 양육하는 데 국한되었다. 따라서 이를 벗어나는 신체는 억압받고 배제되면서 규율과 통제가 행해지는데, 이는 소설에서 정조관념을 내면화한 여학생의 신체는 스위트 홈에 진입하고, 섹슈얼리티를 적극적으로 발현한 여학생의 신체는 병들어 사라지는 양상으로 그려진다. 이러한 이야기 형식은 성의 위계화와 섹슈얼리티의 서열화를 낳으면서 소설 또한 신체를 구성하는 하나의 담론으로 기능하고 있음을 입증하는 것이다. 더불어 여학생의 신체는 근대여성의 젠더를 구축하는 가장 핵심적인 장소가 되었음을 보여준다. 하지만 그들의 '살아 있는 신체'와 '상상의 신체' 사이에서 번민하는, 타나토스의 신체는 이러한 젠더구축에 균열을 가하는 신체를 상상할 수 있게 한다.

<h1 style="text-align:center">근대소설에 나타난 직업여성 연구</h1>

1. 직업여성의 탄생

일정한 교육을 받고 근대적 제도에서 일하는 '직업여성'[1]은 1920년대 후반에 본격적으로 등장한다.[2] 직업여성이라는 기표는 여공이나 부인

---

[1] 당대에는 직업 활동에 종사하는 여성을 가리켜 '직업부인', '직업여성', '직업여자' 때로는 '직업처녀'라는 표현이 널리 사용되었다. 이 글에서는 "우리 사회는 문화적으로 구미나 일본에 뒤떨어져 있기 때문에 기혼 여성의 취업이 적고 오늘날의 직업여성 가운데는 직업부인보다 직업처녀가 많기 때문"에 "직업처녀, 직업부인을 다 포함시켜서 직업여성이라는 개념을 쓰자"(김상룡, 「직업 여성론」, 『조선중앙일보』(1935. 10. 1)와 강이수, 「근대 여성의 일과 직업관」, 『사회와 역사』 56집, 문학과지성사, 2004, 181면 참조)고 한 논의를 따라 '직업여성'이라는 호명을 사용한다. 물론 당대에 '부인'이라는 기표가 일반 여성을 의미하는 기표로 사용되기도 했지만 이는 가정과 연관된 여성의 역할을 강조하는 경향이 있어 적합하지 않다고 보기 때문이다.

[2] 김남천은 "직업여성이라는 말이 생긴 것은 십년 전후의 일이라면서 적어도 우리 소설이 직업여성이라는 작중인물을 쓰기 시작한 것은 결코 오래전부터의 일이 아니다"라고 말한다. 그리고 "직업여성이란 말은 부인네들이 사무소나 혹은 백화점 같은 데 출입하면서 생긴 말이며 이것은 이러한 대규모의 상업이나 기업의 형태가 우리 사회에 나타나는 것과 동시기에 여자의 중등실업 학교가 생겼다는 사실과 부합시켜 흥미있는 일"이라고 지적한다. 이는 근대적 산업의 발달과 여성 교육의 시행으로 인해 직업여성의 탄생이 이루어졌음을 뜻하는 것이다. 김남천, 「여성의 직업문제」, 『여성』, 1940. 12.

노동자와 구분되는 독자적인 의미를 함축하면서[3] 1930년대에 이르러 널리 통용되었고, 거기에는 성적인 연상을 불러일으키는 여성성의 이미지가 흔히 결부되었다.[4]

　직업여성의 범주에는 전문적 수준의 교육을 받은 의사, 간호부, 여교원, 여기자 등 상층의 직업과, 여고보 정도의 학력이면 가능했던 유치원 보모, 전화 교환수, 여점원, 백화점 숍걸, 판매원, 타이피스트, 산파, 미용사 등의 중간층과 버스 차장과 직공의 하층 직업이 존재했다. 그리고 까페나 빠의 여급 또한 새로운 유형의 직업으로 확산되었다.[5]

　근대가 제공한 이러한 직업은 여성들에게 예전과는 다른 공간 경험, 즉 공적 영역에서의 경험을 가능케 하면서 여성해방을 촉진시키고 새로

---

3) 여성의 직업이 사회적으로 받아들여지고 직업여성이라는 말이 통용되기 시작하였던 1930년대로 들어와서조차도 여공이나 부인노동자들에게는 '직업여성'이라는 표현이 어울리지 않게 여겨진다. 김경일에 의하면 노동자나 여직공 등을 직업여성의 범주에서 제외시키는 것은 그들이 여성성에 대립되는 존재로 인식되었기 때문이다. 이들 대부분은 열악한 노동조건과 저임금으로 자신의 의복이나 몸치장을 위한 수단을 거의 가지지 못했으며 적어도 일반 사회에서는 여성성과는 일정한 거리가 있는 부류로 간주되었다(김경일, 「직업전선에 뛰어들다」, 『여성의 근대, 근대의 여성』, 푸른역사, 2004, 365~366면 참조). 이는 직업여성이라는 말을 둘러싸고 모종의 섹슈얼리티 문화정치학이 광범위하게 작동했음을 시사한다. 이러한 점에 주목하여 이 글에서는 여공이나 부인 노동자들을 제외한 범주의 직업여성에 대해 살피고자 한다.

4) 김경일, 앞의 책, 340면.

5) 김남천은 여직공이나 여차장 등이 육체적인 노동을 제공하는 데 비해 "직업여성은 육체노동을 바치면서도 극히 상대적으로나마 지능노동을 제공한다는 데 차이가 있다. 그러므로 타이피스트나 여사무원, 양재사는 결코 짧지 않은 학교교육을 요구하게 되는 것이다. 이밖에 여급이라는 새로운 형태의 직업이 생겼는데, 기생이나 창기와 구별되는 점은 고용주와의 관계가 훨씬 근대적인 것이므로 그 직무가 기생과 창기와 흡사할지라도 직업여성의 범주에 드는 것"이라고 한다(김남천, 앞의 글, 26~27면). 여기서 직업여성은 교육의 유무와 근대적인 계약관계가 중요한 조건이 되고 있음을 알 수 있다.
이성호는 당시 여성 직업의 확대를 "개명한 사회와 새로운 문화의 요구에 따라 갓 등장하게 된 여성의 직업으로서는 은행 회사의 여사무원, 초등학교 선생, 타이피스트, 교환수, 간호부, 산파, 미용사, 각종 공장의 직공, 까페나 빠, 식당의 녀급 외에 요지음은 일종의 애칭같이 《껄》이란 말을 부처서 <뻐스걸>, <숍걸>, <깨솔린걸>, <엘레베터껄>, <에어-껄> 등등"으로 설명한다. 이성호, 「직업과 여성」, 『여성』, 1938. 8.

운 정체성을 갖게 했다. 그리하여 최초의 여류비행사 박경원, 조선일보에서 남성과 어깨를 나란히 겨루던 기자 최은희, 최초의 여의사 박에스더, 동서양을 넘나든 무용가 최승희[6] 등 이전에는 볼 수 없었던 영역에서 두각을 나타내는 여성들이 탄생한다. 다른 한편으로 근대의 직업은 자본주의와 근대화의 산물인 노동 소외로 규율화, 사물화되는 주체를 구성하기도 했다.[7]

1900~1910년대에 '히사시가미'에 '리본'을 묶고 '하가마' 차림으로 처음 등장한 여학생이 그들의 외양과 섹슈얼리티와 관련하여 '동경'과 '비난'이라는 양면적인 시선의 대상이 되었듯이, 직업여성은 1920년대 후반에서 1930년대에 여학생과는 다른 지평에서 사회적 관심과 논란의 초점이 된다. 직업여성의 등장 또한 이전에는 찾아 볼 수 없었던 새로운 인물형으로, 근대를 체현하는 표상이었던 것이다.

소설에서도 1930년대가 되면 직업여성이 작품 속에 빈번하게 그려진다. 이전의 신소설에서 유모나 침모, 행랑어멈, 무당, 기생 등 직업여성이 종종 등장하기도 했지만 본격적으로 근대적인 직업여성 인물은 찾아 볼 수 없다. 다만 "신학문을 많이 공부하여가지고 귀국하여 여자 교육에 힘써 일반 여자계를 개량"[8]하고자 하는 구호 속에 유학을 떠나는 여학생들에게서 이후에 교사로서의 모습을 유추해 볼 수 있을 뿐이다. 이와 같은 유학의 목표는 『무정』의 병욱과, 그에게 감화되는 영채, 그리고 형식에게 교육받은 선영에게도 발견된다. 그들도 조선을 계몽할 교사의 꿈을 안고 유학을 떠나는 것이다. 1910년대에는 이처럼 여성이 직업을 가

---

6) 이배용 외, 『우리 나라 여성들은 어떻게 살았을까 2』, 청년사, 1999, 197~249면.
7) 우정미, 「韓日 新女性의 職業觀 研究」, 『日語教育』, 한국일본어교육학회, 2007, 165면.
8) 이러한 여학생은 『혈의 누』, 『춘몽』, 『명월정』, 『추월색』, 『홍도화』와 같은 신소설에서 두루 발견된다.

져야 하는 이유가 경제적 동기나 자기개발의 측면보다는 근대 국가 기획과 문명화의 수단으로서 강조되었다.

한편 1920년대에는 여성의 경제적, 정신적 독립을 통한 자각과 여성해방을 성취하는 수단으로 직업의 필요성이 역설된다.[9] 그러다가 1930년대에 오면 개인적 차원의 자아실현이나 경제적, 실용적 동기가 강조된다. 초기의 문명개화나 국가적 기획 같은 대의보다는 개인주의적이고 세속적인 지향이 여성의 직업 활동에서 점차 뚜렷해지는 것이다. 직업의 종류도 다양화, 세분화되면서 소설 속에서 하나의 인물로 뚜렷이 부상한다. 직업여성이 작품의 제재가 되고, 그들의 삶이 중심 사건의 플롯을 생산하는 데 기여하고 있는 것이다.

이 글에서는 근대에 직업여성을 둘러싼 제 담론이 직업여성의 이미지를 생산하는 데 관여한 양상을 분석하고, 이를 토대로 소설 속에 재현된 직업여성의 표상을 고찰하여 그러한 직업여성의 표상을 통해 근대소설이 전개되는 측면을 밝히고자 한다. 이를 위해 다양한 직업여성의 표상을 크게 ① 여급(까페 걸), ② 교사, 간호부, 탁아시설 운영 등 모성적 성격과 관련된 직업여성, ③ 사무원, 여점원 등 세 가지로 구분하여[10] 작

---

9) "오늘은 과거의 생활을 긍정할수업다. 아모 姓名업시 남자에게 附屬되여잇슬째에는 職業도 亦是附屬되여잇섯지만 女子도 一個 人格者임을 認定하는 以上에는 職業도 따라서 自己의 것이라 할만한것이 잇서야 한다. …… 개성을 가진 완전한인간으로서의 직업부인은비로소 사회를 알게된다. 이째에 그는 한거름더진보된 사상의식을엇게될 것이다. 그럼으로 우리여성은 무엇보다도 먼저 직업부인이 되여야할 것이다." 金明昊, 「朝鮮女性과 職業」, 『신여성』, 1926. 2.
"조선녀자는서양녀자일본녀자지나녀자의 현대식허영에짜라가지안코 실천적으로내손으로 내발노로동하야 농사도하고나무도하고 옷감돗짜고옷도짓고 농촌으로가서일군이나되자쏘는긔차도전차도운전하고 사회에나서운동도하고사무도보고 학교에가서선생도되고 정치도문학도예술도실업도 여자들손으로맨들고 여자의나라가되여야한다 조선녀자가남자의게 무엇이던지 질것이업시모조리하면 남자의게그리의뢰할것도업고 녀자해방도 녀자운동도 녀자인격도 자연히녀자의손으로해결될것이다." 金波, 「朝鮮女性의 向할 길—특히 신여성들에게말하야 일꾼녀자가되기를바란다」, 『신여성』, 1926. 9.

품을 분석할 것이다.

한편 작품에서 직업여성은 그들의 섹슈얼리티를 통해 재현되는 것이
특징이다. '직업여성'이라는 기표 속에 이미 성적인 의미가 내포되어 있
는 만큼,[11] 그 당시 담론뿐만 아니라 소설 분석은 이를 고려할 수밖에
없다. 따라서 직업여성에 대한 섹슈얼리티 형성을 통해 당대의 공적여성
으로서의 직업여성의 이미지가 어떻게 구축되는지, 나아가 이들이 여학
생과 가정주부와의 위계관계 속에서 정체성이 구성되는 측면을 살피도
록 하겠다.

---

10) 이러한 구분은 1930~40년대 근대 소설에 그려진 직업여성의 유형과 그 빈도를 고려한
　　것이다. 또 섹슈얼리티의 재현양상과 작품의 주제가 각각 다르게 도출되는 양상을 고려
　　한 것으로 편의적인 구분에 불과하다. 그리하여 이 글에서 다루고자 하는 작품은 다음
　　과 같다. ① 여급이 그려진 작품(김유정 「따라지」, 박태원 「성탄제」, 「길은 어둡고」, 이
　　효석 「장미 병들다」, 「나비」, 안회남 「탁류를 헤치고」), ② 교사, 간호부 등이 그려진
　　작품(이태준 『화관』, 『청춘무성』, 『불멸의 함성』, 이광수 『사랑』), ③ 사무원, 점원이 그
　　려진 작품(김남천, 「경영」, 『사랑의 수족관』).

11) 1934년 한 잡지기사에서는 여성의 직업을 ① 성스러운 직업 : (교원, 간호부 등), ② 고
　　통스러운 직업(여직공), ③ 에로틱한 직업(여급, 여점원)으로 구분하고 있다(노정원, 「직
　　업여성행진곡」, 『실생활』 5-5, 1934. 9, 22면).
　　이상호는 "여성의 취업은 노동 이외에 에로 서비스를 조건으로 한다"고 지적한다(이상
　　호, 앞의 글 참조). 이는 직업여성의 분류에 성적인 시선이 개입되고 있음을 단적으로
　　보여준다. 1930년대에 직업여성들은 백화점의 꽃(숍걸), 거리의 탕아(뻐스걸) 등으로 성
　　적 시선에 의해 대상화되기도 하며 "몸치장하기에 온전히 사로잡혀 자기자신이 알지도
　　못하는 사이에 가족을 도와주기는커녕 스스로 빗을 지게 되고 여자로서 최후의 수단에
　　까지 나아가게 된다"(「신여성 在吟味-의학상으로 본 신여성」, 『여성』, 1937. 2)는 위험
　　경고를 받기도 했다. 따라서 이 시기 직업여성의 고민으로 "직장에 나가는 것을 방종의
　　꿈으로 알고 시비를 당하는 점"(「現代女性의 苦悶을 말한다-소설가 이태준 평론가 박
　　순천 양씨 대담」, 『여성』, 1940. 9)이 제기되기도 한다. 이밖에 1920~30년대의 많은 신
　　문과 잡지는 공공영역에 새롭게 등장한 여성들의 섹슈얼리티를 흥미와 의심의 태도로
　　서술한다. 한편 다이쇼기의 직업여성을 연구한 무라카미 노부히코(村上信彦)는 다이쇼
　　기에 이르러 직업여성은 새로운 시대의 '여성스러움'이자 '성적 매력'을 지녔다고 평가
　　받았지만 자립한 한 인간으로서보다는 단지 여자로서 포착되었을 뿐이라고 설명한다.
　　村上信彦, 『大正期의 職業婦人』, ドメス出版, 1983, 166~167면.

2. 구경거리로서의 에로티시즘과 향유의 주체

근대에 도시화와 서구문화의 도입으로 새로 생겨난 카페의 여급(까페걸)은 술과 함께 에로티시즘을 파는 여성이었다. 이들은 경제적 어려움으로 가족의 뒷바라지를 위해 마음에 없는 직업전선에 나선 경우[12]도 있었지만 자기들 스스로가 환락과 어두운 허영에 빠져 생활의식도 없이 덮어놓고 향락적으로 타락해온 여성[13]으로 평가되는 경향이 지배적이었다. 실제로 당시 여급은 전통적인 기생이나 창기와 달리 평균 보통학교 이상의 교육을 받은 계층이었으며 여학교 출신의 인텔리 여성이나 여배우들이 연애와 실연 끝에 여급으로 전락한 경우가 많았다.[14]

김유정의 「따라지」에서 아키코는 여자고보를 중도에 퇴학하고 카페걸이 되었고, 「성탄제」의 여고보를 다니던 순이도 창피하다고 경멸하던 언니 영이를 따라서 여급이 된다. 「장미 병들다」의 남죽은 진보적 서적을 상당히 읽고 학교에서 일어난 사건을 지도하다가 쫓겨나 여배우로 활약하지만 극단이 몰락하게 되자 여급으로 전락한다.

한편 당대 여급은 외형적으로 서구적 치장을 하고 일정정도의 지식과 사교술을 바탕으로 모던걸의 이미지를 상품화했던 존재이기도 했다.[15]

---

12) 당시 교원이 불과 40~50원의 월급을 받은데 비해, 여급은 월 70~80원에서 많게는 100원의 수입을 올렸다. 그들은 동생을 학교에 보내는 학비는 된다고 고백한다. 「여고출신 인테리 기생, 여우, 여급 좌담회」, 『삼천리』, 1936. 4.

13) 여급은 "실연, 허영 등으로 인하야 적합한 직업을 얻지 못하여서 최후로 갖게되는 가장 끝장가는 직업"으로 평가되기도 했다. 「직업부인 좌담회」, 『신여성』, 1933. 4.

14) 「인테리 여성의 비극, 그여자는 여자고보를 졸업하고 엇재서 기생과 여급이 되었나?」(『삼천리』, 1932. 5. 15), 「여고출신인 인테리 기생, 여우, 여급좌담회」, 『삼천리』 1936. 4. 참조.

15) "따뜻한 날 깨끗한 의복을 입고 아무 일도 없이 거리로 싸다니는 것은 기생이나 여급 같은 계급의 여인에게 있어서는 말할 수 없는 행복이요 쾌락이요 또 자랑이기도 한 것이다. 종로로 명치정으로 본정으로 다시 종로로 이렇게 공연히 그들은 돌아다니었다.

즉 도시의 모더니티와 섹슈얼리티의 모순을 집약적으로 체현한 존재[16]였다. 그들은 자신의 신체에 대한 자유와, 화려한 외양, 그리고 지적 능력 덕분에 식민지의 무력한 인텔리 남성 지식인들과 연애를 하거나 동거를 하는 경우가 많았다. 예를 들어 「탁류를 헤치고」의 순처럼 동거하는 지식인 남성을 위해 경제적으로 희생하고 순정을 바치는 일이 잦았다. 순은 문학을 하는 광을 만나게 되면서 비로소 "참인생을 느꼈다"면서 광을 만나는 것이 곧 자기를 위하여 사는 것이라고 말한다.

> 저는 당신을 만나서 연애할 생각도 안했어요. 그런 생각을 하기 전에 먼저 인생을 느꼈에요. 난 장성해지면서 인생을 잃어버린 것 같은데 광씨를 만나면 옛날 어렸을 적 희망을 갖고 하던 그런 시절로 돌아가요. 저도 정말 사람이 되고 싶어요. 날 일생의 제물로 삼은 사람들보담 저는 광씨를 좋아합니다.[17]

광은 아내 또한 "남자에게 서비스하고 그 보수로 생활한다"는 측면에서 아내와 여급이 동등하다고 여기고 여급에 대한 사회적 편견을 비판하기도 하지만 결국 순을 떠나고 만다. 버림받은 순은 광의 아이를 임신한 채 신생의 꿈을 찾아 만주로 떠난다.

「길은 어둡고」에서 하나코는 근래에 자기에게 냉대해진 남자 때문에 불안해한다. 그러면서도 새로 개축하여 확장하는 군산 큰 까페에서 스카웃 제의를 받아 떠날 결심을 하면서도 남자에게 헤어지자는 말을 할 수

그 사이에 영화관에도 가고 다방에도 가고 백화점에도 가고 했다."(안회남, 「탁류를 헤치고」, 『한국소설문학대계』 24, 동아출판사, 1996, 454면). 이러한 여급의 모습은 화려한 외양으로 서구 자본주의 문화를 소비하는 모던 걸의 이미지를 전형적으로 보여준다.

16) 요시미 순야, 「제국수도 도쿄와 모더니티의 문화정치」, 『확장하는 모더니티』, 소명출판, 2007, 52면.

17) 안회남, 「탁류를 헤치고」, 앞의 책, 461·462면.

가 없다.

> 그러나 이미 이렇게까지 된 이제에 이르러, 그들의 생활비란, 거의 그
> 들어 말할 것도 못되는 하나코 '팁'으로 대어왔던 것이라, 이제부터라도,
> 남자에게 무슨 별 뾰죽한 수 있을턱 없고, 그러니 두 사람의 생활이란
> 역시 늘 한 모양일게고, 더구나 남자는 분명히 마음이 변한 듯싶었
> 고…… 그러한 모든 것을 셈쳐 보았으면서도, 그래도 자기의 그 남자에
> 대한 떠나기 어려운 감정을, 향이는 아무렇게도 할 수 없었다.[18]

군산으로 가는 목포행 열차 안에서 하나코는 달포 전 자신의 생일날
그와 즐겁게 지내면서 행복했던 한때를 떠올리며 계속해서 그를 생각
한다. 그리고 결국 자기 앞에는 "그 길밖에는 없는 듯싶었고 그이의 앞
을 떠나 아무런 바램도 있을 듯싶지 않아" 다시 어둠 속으로 더듬어 걸
어간다.

이처럼 연애하는 남성에게 진성을 마지고도 비극적인 결말을 맞이하
거나, 그들에게서 벗어나지 못한 채 다시 어둠 속으로 들어가는 여급은
근대 사회에서 노동소외글 보여주는 히나이 안레끄리이다. 「탁류를 헤치
고」에서 순의 이사 장면, 누런 벽지의 방, 「길은 어둡고」에서 하나코가
작품 마지막에 걸어가는 '비내리고 등불 없는 어두운 길', '영화 연극패,
금광한다는 작자, 돈 몇 푼 가지고 있는 척 거만한 놈, 장사치기, 부랑자,
월급쟁이' 등 온갖 손님들에게 구경거리로서 에로티시즘을 전시해야 하
는 '까페'라는 공간, 그 공간에 전시되어 분절되는 그들의 신체는 이러
한 노동소외를 더욱 환기시킨다. 팁으로 받은 돈을 자신보다는 가족의
뒷바라지나 동생의 학비, 연애하는 남자의 생활비로 보태는 헌신적인 직
업여성인 이들은 성노동의 성과를 착취당하는 노동자로서, 사회가 그들

---

18) 박태원, 「길은 어둡고」, 『한국소설문학대계』 19, 동아출판사, 1996, 276면.

의 서비스를 상품화하고 있음에도 불구하고 바로 그 사회에 의해 단죄된다. 동거하던 남성에게 결국 버림을 받는 것이 그 예이다. 식민지의 무력한 남성들은 "아내는 아내대로 깨끗하게 독점하여 두고 여급의 애인을 장만하고 싶은 허영"[19]을 지닌 채 결국 자신의 불안과 우울을 달래는 일시적 상대로 그들을 대상화한다.[20] 그럼에도 불구하고 여급들은 그들을 통해 자신이 살아 있다는 것을 확인받고 싶어 한다.[21]

이와 달리 연애에 상당히 적극적인 태도를 취하면서 자기 욕망을 성취하려고 하거나 오히려 손님으로 오는 남성들을 교환하면서 자신의 섹슈얼리티를 향유하는 여급도 있다. 「따라지」의 아키코는 소설을 쓴답시고 제복공장의 직공으로 다니는 누이에게 얹혀사는 룸펜 인텔리인 톨스토이를 연모하며, 주인의 방세 독촉으로 수세에 몰린 그를 위해 적극적으로 나서서 방어한다. 또 버스걸과 톨스토이의 관계를 의심하는가 하면, 그에게 연애편지 한 장을 부탁하면서 적극적으로 그의 마음을 구하고자 한다. 「나비」의 프로라는 결혼식을 올린 남편이 있는 여급이다. 그녀의 남편은 전문학교를 졸업했지만 취직자리 하나 구하지 못한 채 비

---

19) 안회남, 「탁류를 헤치고」, 앞의 책 참조.

20) 까페는 특히 조선의 지식인 남성들이 식민지적 현실과 이념적 고민으로 인한 번민을 일시적으로나마 해소하는 공간으로 기능한다(서지영, 「까페, 근대유흥공간과 문학」, 『여성문학연구』 14호, 한국여성문학학회, 2005, 72면 참조). 한편 이 시기 남성들은 비록 상품화되었지만 모던한 이미지를 소비하기 위해 여급을 찾는다. 1920년대에 남성인물이 신여성 혹은 여학생과의 낭만적 연애를 실연할 수 있는 대리물로 「너희들은 무엇을 어덧느냐」의 도홍, 『환희』의 설영과 같은 기생을 찾았듯이, 30년대에는 모던 걸을 대신할 수 있는 인물로 여급이나 까페 걸을 만나는 것이다.

21) 안미영은 이에 대해 당시 여급은 육체와 정신을 이분화 시켜서 사고하고 생활하는 근대적 인물이라고 말한다. 일상에서 육체를 혹사당한 그녀들은 황폐해진 자신의 성역을 위무해줄 수 있는 성자의 필요에 의해 비록 무직이고 가진 것이 없고 혹은 처자가 있을지언정 정신이 풍요로운 지식인 남자와 사랑에 빠지고 동거하는 것이라고 말한다. 안미영, 「1930년대 소설에 나타난 여급 고찰―이상의 여성관을 중심으로」, 『여성문학연구』 3호, 한국여성문학학회, 2000 참조.

실비실 돌아다니기나 하는 생활 무능력자로서 아내의 일거일동을 슬그머니 감시하면서 방관할 뿐이다. 프로라는 화가인 이종식, 은행 수위인 오금동, 연극배우라고 자칭하는 최형태에게 차례로 구애를 받는다. 특히 최는 같은 바의 여급, 게이코의 애인이었으나 모토사건 이후 그녀가 사라지자 프로라는 최의 새 정부가 된다. 때문에 바에서 최의 술값을 프로라에게 요구하는 경우가 많아지는데, 이에 대해 프로라는 다음과 같이 생각한다.

> 그러나 사람의 마음은 우스운 것이라 최가 다시는 안오겠다고 약속하고 간 이튿날 밤 의외에도 술이 잔뜩 취해 또 홀에 나타났을 때엔 프로라는 소름이 끼치도록 미운 한편 이상스레 마음이 설레는 것을 또한 어쩔 수 없었다. 남을 위해 자기를 희생한다는 것은 일종의 자기 학대의 쾌감을 가져오는 것이라 최의 얼굴을 대한 순간 저 사내 때문에 내가 이십 원 빚을 졌거니 하는 생각이 프로라의 관능을 간질이는 것이다. 아차 내가 이게 무슨 쓸데없는 생각인가, 게이코도 필언 처음에는 이런 심리로부터 차차 깊은 구렁으로 빠져 들어간 것이 아닐까 하고 무서운 꿈을 털어 버리듯이 머리를 흔들어 보았으나 기괴한 관능의 자극은 멈출 길이 없다.22)

프로라는 홀에서 '스고이'한 여자로 평판이 나고, 이번에는 그녀에게 제 오의 사내들이 등장한다. 그러자 프로라는 이만수, 권도민, 김수만 이 세 사람에게 똑같이 호의를 표하고, 세 사람이 다 각각 그녀가 "자기한테 가장 호의를 가졌거니 생각하게" 만든다. 이처럼 이, 권, 김의 세 사람을 한꺼번에 조종하던 프로라는 제 육의 사내인 광산업을 하는 스마트한 청년 안을 만난 후 자신을 반성하기도 하지만 곧 다시 바에 오기

---

22) 유진오, 「나비」, 『한국소설문학대계』 16, 동아출판사, 1996, 217~218면.

시작한 오에게 전에 없던 애착까지 느끼게 된다. 한편 오와의 애정행각을 남편이 보게 되자 잠시나마 미안함을 느꼈던 것이 싱거워 빙그레 웃고 만다.

이처럼 「나비」의 프로라는 관음증적 쾌락에 사로잡힌 남성들에게 페티쉬화된 여성으로서 자기를 내보이는 일에 거리낌이 없다. 구경거리로서의 에로티시즘이 펼쳐지는 까페를 드나드는 손님들에게 여급으로서 그녀의 신체는 '문명화된 사회가 억압하는 섹슈얼리티의 페티시화된 신체'23)라는 기능을 수행한다. 그러나 프로라는 그 보이는 일 속에서 멈추지 않고 남성들의 응시를 되받아 자신을 유희적 주체로 구성하는 모습을 보이는 것이 특징이다.24) 즉 남성들을 번갈아 교환함으로써 자신의 섹슈얼리티를 발현하고, 연애의 욕망을 실현하는 주체를 형성하고 있는 것이다. 이는 성이 상품화되는 자본주의 시스템의 노동소외를 넘어서 새로운 의미를 낳고 있다.

「장미 병들다」에서 남죽은 극단 '문화좌'의 여배우로 지방의 도회에 내려왔다가 극단이 해체되는 바람에 난처한 상황에 놓인다. 교통비조차 없어서 7년 만에 만난 현보에게 부탁한다. 그녀는 7년 전에는 진보적 서적을 통독한 지식여성이었다. 그러나 극단의 몰락과 함께 이젠 여배우로서의 길도 잃게 되었다. 현보는 남죽의 여비를 마련하기 위해 친구에게 돈을 빌리고 그 돈으로 그들은 영화를 보고 차를 마시고 보트를 타며 춤을 춘다. 이는 모던 걸과 모던 보이의 유희적 생활을 유감없이 보여주는

---

23) 프로이트의 이론에 따라 말하면, 매춘부의 신체는 '문명화'된 사회가 억압하는 섹슈얼리티의 페티시라는 기능을 수행한다. 레이초우, 정재서 역, 『원시적 열정—시각, 섹슈얼리티, 민족지, 현대중국영화』, 이산, 2004, 252~253면.

24) 이는 "남성적 응시가 여성 이미지를 통제하면서 여성에 대한 남성의 소유권을 강화하도록 만드는, 즉 성별화된 시선의 구축에서 여성의 위치는 수동적이다"(수잔나 D월터스, 김현미·김주현·신정원·윤자영 역, 『이미지와 현실사이의 여성들』, 또 하나의 문화, 1999, 74면)라는 관점을 전도시킨 것이다.

장면이다. 결국 현보는 집안의 적금통장을 헐어서 여비를 마련한 뒤 남죽을 다시 찾아온다. 하지만 그녀는 춤추며 만난 백만장자 난봉꾼에게 몸을 팔고 여비를 얻어 서울로 떠났다. 남죽이 떠난 후 현보에게 남겨진 것은 성병뿐이다. 현보는 그녀의 행동이 '애욕의 사기'로밖에 여겨지지 않는다. 그 후에 그는 바에서 그녀와 떠났다던 김 장로의 아들을 만나게 되는데, 그도 역시 남죽에게 지갑을 털리고 병만 얻은 상태이다. 이윽고 그들은 서로 동류항임을 확인하게 된다. 여기서 남죽은 현보와 부랑자로 유명한 백만장자의 아들을 번갈아 대상화하는데, 여관 노파의 말을 통해 그녀는 비판의 대상이 되고 있다.

> "식비 여부가 있겠수. 푸른 지전이 지갑 속에 불룩하든데. 수단두 능란은 하련만 백만장자의 자식을 척척 끌어들이는 걸 보문 여간내기가 아닌한다하는 난군입니다. 그런 줄 알구 그랬는지 어쨌는지 아마두 첫눈에 후려댄 눈친데 하룻밤 정을 줘두 부자 자식이 좋기는 좋거든. 맨숭한 날탕이든 것이 하룻밤 새에 지전이 불룩하게 쓸어 든단말요. 격이 되기는 됐어. 하룻밤을 지냈을 뿐 이튼날로 살랑 떠난단말요."[25]

남죽은 영화를 보고 춤을 추며 보트를 타는 등 근대적 문화의 향유자이자 소비자로서 모던걸의 이미지를 갖추었다. 현보와 김 장로의 아들에게 그녀의 이러한 상업화된 이미지가 매혹을 발산하는 여신으로 느껴진다. 그래서 더욱 그녀는 패티시화되지만, 결국 성병만을 던져줌으로써 그들에게 불안과 위협을 가하는 존재가 되고 있다.

이상에서 살펴본바와 같이 「장미 병들다」와 「나비」에 등장하는 까페 여급은 까페를 찾는 남성들에게 직업적으로 구경거리로서의 에로티시즘을 제공하는 동시에, 스스로도 자유연애를 체험하고 섹슈얼리티를 향유

---

25) 이효석, 「장미 병들다」, 『한국소설문학대계』 16, 동아출판사, 1995.

하는 자립적인 주체로 자리하게 된다. 이는 전통적인 남녀 간의 젠더 위계를 위반하고 사랑과 섹슈얼리티에 관련된 당대의 규범에 균열을 내는 위협적인 이미지를 통해 남성 중심의 상징적인 질서를 지연시키는 역할을 하고 있다.

3. 모성화된 공적 영역과 섹슈얼리티의 소거

1930년대에 직업여성은 결혼할 상대가 생기면 그만두는 폐단이 흔해서 여자의 직업은 "대합실에서 기차를 기다리는 거나 마찬가지"라며 인텔리 여성의 호기심에서 취미삼아 직업을 갖는다는 비판도 제기되었다. 그러나 여학생들은 "졸업 후 실사회에서 실현상을 배우고자"[26] 하는 욕망에서 직업을 구하기도 했고, 그 방면에서 자아실현을 위해 목표를 향해서 전진하는 직업여성들도 있었다.[27]

이 시기 소설에서 여고보와 전문학교 정도를 졸업한 여학생들은 주로 '성스러운 직업'[28]으로 분류되는 교사나 보모, 간호부와 같은 직업을 택한다. 그런데 여학생이 직업을 갖게 될 때, 그들은 보편적으로 남성인물의 감화를 받거나 혹은 그들에게 훈육되어 공적인 영역으로 진출하는 것이 특징이다. 이러한 유형의 소설에서는 여학생들이 스스로 '스위트 홈'에 대한 이상과 부르주아 가정의 주부가 되어 안락한 삶을 추구하고

---

26) 「신여성 再吟味 − 백화점에 나타난 新女性 − 화신인사계주임 박주섭씨와의 一問一答」, 『여성』, 1937. 2.

27) 「제복을 갓벗은 新職業女性群」, 『여성』, 1937. 6. 이 기사는 여고보나 실업학교를 갓 졸업한 후 백화점 여점원, 유치원 보모, 은행 사무원, 소아과 간호부, 미용사로 일하는 여성들을 소개하고 있다.

28) 노정원, 앞의 글 참조

자 하는 욕망을 비판하고 그러한 삶을 살고 있는 신여성 선배들을 부정적으로 평가한다. 또한 직업을 가짐으로써 공적 영역에 진입한 이들은 대체로 연애에 실패하여 결혼에 이르지 못하지만 연애와 결혼보다 더 높은 가치를 추구하게 된다. 이를테면 사회와 민족을 위하는 사업이나 직업에 종사하게 되는 것이다.

『화관』에서 전문학교 영문과 졸업반인 동옥은 졸업 후 여고보에서 영어를 가르칠 수 있는 교원자격을 획득하게 된다. 그런데 졸업을 앞두고 동옥은 "영어교원 자격보다는 결혼 자격이 더 안전한 것이 아닌가" 하는 두 가지 자격과 운명 사이에서 갈등한다. 그러던 중 마지막 여름방학을 중학 동창인 정희의 별장에서 보내게 되는데, 그곳에서 만난 김장두, 황재하, 배일현, 박인철, 네 명의 남성을 둘러싸고 이들 중 배우자를 선택하는 공상에 빠진다. 그러나 소녀 취향의 낭만적 감상성에 사로잡혔던 그녀는 결국 음악선생이었던 오선생과 유목사가 경영하는 정어리 공장에서 만난 박인철에게 묘한 매력을 느낀다. 박인철은 현대 지식청년으로 양심 있는 행동을 가지기 위해 가정을 방해물로만 본다. '스위트 홈'을 갖기 위해 "가장 정열의 시대인 이삼십 년을 묻어버리고 지독한 개인주의자"가 될 수밖에 없는 현실을 개탄한다. 또한 "아무리 신여성이라도 여잔 여자처럼 사는데만 여자된 보람이 있지. 여자처럼 안사는데는 어디서나 비극이 있는 줄 안다"면서 신여성도 별수 없음을 비판한다. 이러한 박인철에 의해 동옥은 차츰 결혼에 대한 이상이 바뀌게 되는데, 그녀의 변화는 갑작스러우며 충분한 개연성이 없다.

> "눈을 크게 떠 대국(大局)을 본다면 제 한사람 생활만이 문제입니까? …… 역산 운명의 기록이 아니라 행동의 기록이 아닙니까? 청년의 지식이란 무엡니까? 청년의 양심이란 뭡니까? 청년의 지식이란 무엡니

까? 청년의 양심이란 뭡니까? 우린 청년입니다……." 하던 말도 생각난 때문이다.

  "청년? 지식? 양심?" 동옥은 창 유리에 입김이 뽀얗게 앉은 것을 손바닥으로 닦아버리었다. 마음속도 그 유리쪽과 맑게 트여지는 것 같았다. '그렇다! 난 청년이다! 교육을 받은 사람이다! 시대를 감각할 만한 양심도 교양도 다 나에겐 준비된 것으로 자신이 있어 나가야 할 것이다!…… '난 배일현이 같은 사람과 행복을 나누기보담 박인철이 같은 사람과 불행을 나누어 맞고 싶다!'29)

  결혼과 연애에 대한 동옥의 인식이 추상적이고 관념적이었듯이, 자신을 청년으로 규정하는 과정 또한 인용처럼 박인철의 말을 그대로 내면화한 것에 불과하다. 영웅적인 남성인물에 의해 순치된 내면이 그대로 드러나는 것이다.30) 이후 동옥은 기생 조숙자의 남편을 살해한 혐의로 잡혀간 인철을 대신해서 그의 동생 인봉이의 학비를 벌기 위해 영어교사가 될 결심을 한다. 그리고 원산의 사립 보통학교 교원으로 가게 되는데, 거기서 가난 때문에 유곽으로 팔려갈 뻔한 금순이를 구하고 밤에는 부녀자를 위한 야학을 한다. 이와 같이 동옥은 교사가 된 계기가 주체적인 자기각성의 결과라기보다는 박인철에 대한 사랑의 감정에서 나온 것이었다. 교사로서 동옥이 목표로 하는 교육은 모성 중심의 교육31)으로, 그녀가 추구하는 교육 또한 젠더화되어 있으며 박인철의 동생의 학비를 대주는 등 그녀의 직업 활동은 사랑하는 남성의 보조자로 기능하기 위

---

29) 『화관』, 『이태준문학전집』 16, 깊은샘, 2001, 158면.

30) 나아가 졸업 사은회에서 화관을 뽑은 동옥은 "한 남편을 위해 신부로서의 화관보다 좀 더 많은 사람을 위해 시대의 선수로서 세기의 청춘으로서 민중이 주는 시대가 주는 화관을 쓰자"는 다짐을 한다.

31) 동옥은 "여자의 교육이란 남학생, 여학생 하는 그 여학생의 교육이기보다 한 사람의 어머니의 교육, 인류의 어머니의 교육으로 더 의의가 있어야 할 것이다"라고 말한다. 이태준, 『화관』, 앞의 책, 307면.

해서이다.

동옥의 예에서도 알 수 있듯이 여학생이 남성 인물에 의해 감화되어 공적 영역에 진입할 때 가장 먼저 수행되는 것은 안락한 가정을 꾸리고 개인의 행복만을 추구하는 삶에 대한 비판이다. 여학생이 결혼과 '스위트 홈'에 대한 이상을 부정적으로 평가하고 남성인물에 의해 내면이 순치되는 장면은 『불멸의 함성』의 정길에게서도 발견된다. 정길은 학창시절에는 사회문제를 열렬히 찾고 스위트 홈이나 문화생활을 일종의 죄악 같이 여기다가 시집가서는 도로 무가 되어버린 여학생, 자기의 개성을 잃어버리고 남편의 개성에 동화되어 버린 선배들의 삶을 비판한다. 이런 정길에게 어떤 것이 행복한 삶인가를 일깨워주는 인물이 두영이다. 두영은 개인보다는 사회와 민족을 생각하고 일하고자 하는 의학 전문학교 학생이다. 하지만 두영에게는 원옥이라는 애정의 경쟁자가 있다. 그녀는 사회주의자 천오상과의 연애사건이 발각되고 이후 사상 사건에 연루되어 감옥에서 나온 후에도 두영에 대한 미련을 버리지 못한다. 그러나 두영의 마음은 이미 정길에게 기울어졌으며 그는 사랑을 고백하는 정길에게 "우리는 충실한 이 조선의 청년이 되자"며 의학공부를 하기 위해 미국으로 건너간다. 한편 정길은 두영이가 "하얀 옷을 입고 웬 촌사람들을 진찰하고 섰는데 저도 의사처럼 하얀 옷을 입고 간호부처럼 일하고 간호부가 되는 것이 무엇보다 그와 유기적인 동지가 될 것 같다"는 이유에서 간호부가 되기로 결심한다. 그리고 그녀는 원옥이 모녀의 애원으로 두영에게 이별을 고하는 편지를 보내어 오히려 원옥과의 결혼을 권유한다.

"그러나 히생이란 여자에게 큰 미덕(美德)이란 걸 생각햇세요. 결코 단념이 아닙니다. 구녀성들이 돌보지 안는 남편이되 그를 사랑하고 그를

> 존경하고 집일에 충실하듯 전 두영씨가 멀리서 공부하고 계신 걸루만 밋
> 구 늘 기다리듯 그러케 살면서 구녀성과는 달리사회일에 한번 충실해보
> 고 시퍼요…… 그래서 전 두영씨를 사랑하는 형식만을 양보하는 셈이야
> 요. 마음까지 양보하는건 안예요……"32)

인용은 구여성의 희생의 미덕을 본받아 두영을 향한 사랑의 감정과 욕망까지 억압하고 희생하면서 살겠다는 정길의 발화이다. 이는 구여성에 대한 긍정과 함께 원옥으로 표상되는 신여성에 대한 비판을 함축한다. 정길이의 직업선택에 있어 그 동기는 자발적인 주체의식에서 비롯된 것이 아니라, 사랑하고 존경하는 남성인물인 두영과의 관계 속에서 비롯되었다. 그녀가 택한 공적 영역 또한『화관』의 동옥처럼 모성적 성격을 지닌 젠더 경계가 뚜렷한 간호부이다. 간호부를 택한 것도 의사가 될 두영이의 보조자가 되기 위해서이다. 남성인물을 위한 희생자, 보조자로 기능하기 위한 것이 직업선택의 동기가 된 것이다.

『청춘무성』의 최득주는 여급의 신분에서 여급들과 사생아를 위한 '재락원'이라는 기관을 설치하여 사회사업가가 된다. 그녀는 여학교 재학 중에 어려운 가정 형편 때문에 학비와 생계비를 벌려고 여급으로 일한다. 그러나 신학을 전공한 동경 유학생으로 여학교 교목을 맡고 있던 원치원의 영향으로 여급 생활을 청산하고 새로운 삶을 시작하게 된다. 그녀는 사회사업가로 거듭나는 과정에서 원치원의 물질적인 도움을 받을 뿐만 아니라 정신적으로도 그에게 상당히 의존한다. 그녀의 직업 또한 그 사업의 내용에서 드러나듯이 모성에 강하게 결박되어 있다.

이광수의 『사랑』에서 순옥은 간호부로서 희생적인 삶을 살아간다. 순옥이가 안빈의 병원에 간호부로 취직하고자 하는 것은 그를 숭배하고

---

32) 이태준, 『불멸의 힘싱』, 『이태준문학전집』 10, 서음출판사, 1988, 232면.

존경하기 때문이었다. 안빈은 한때 문단의 중심이었던 유명한 문인 출신
으로 새롭게 의학공부를 시작해 지금은 40대의 존경받는 의사가 되었다.
석순옥은 문인시절 안빈의 글을 읽고 감화를 받았고 10년 동안이나 사
모의 정을 키워 오다가 마침내는 간호부의 자격을 취득하기에 이른다.
그녀는 원래 전문학교 졸업생으로 졸업 후 영어교사를 지냈다. 그러나
안빈에 대한 사랑과 존경의 감정은 안정적인 직업을 버리고 주위의 만
류에도 불구하고 간호부를 선택하게 만든다. 그녀는 이후 안빈의 영향으
로 섹슈얼리티를 배제한 정신적인 사랑에 감화되며, 사랑하지도 않는 허
영과 결혼한다. 그리고 이혼 후에도 허영 모자를 끝까지 보살피는 한편
안빈의 아내가 죽자 그의 아이들에게도 아낌없는 모성을 발휘한다. 작품
에서 아내 천옥남에 의해 하나님으로까지 평가받는 안빈은 주위에 있는
모든 사람을 이처럼 감화시키면서 존경을 받는다. 순옥은 이런 영웅적인
남성인물에 의해 계몽되고 훈육되어 그를 향한 사랑을 정신적으로 승화
시키면서 그의 보조자로 자처하며 만족을 느끼는 것으로 묘사되고 있다.
작품에서 이렇게 희생자, 순종자로 기능하는 간호부인 그녀는 섹슈얼리
티가 소거된 성녀의 모습으로 긍정적으로 형상화된다. 이처럼 1930년대
중반 이후 작품에서 신여성에 대한 부정적인 형상화와 함께 구여성의
희생을 토대로 한 모성을 강조하는 이유는 민족국가의 상실감과 함께
그 결여를 메우기 위한 방편으로 통합된 민족을 향한 노스텔지어를 환
기하는 것[33]이기도 하다. 1910년대의 근대국가 건설을 위한 수단으로
강조된 탈성화된 모성과는 다른 지평에서 민족주의 혹은 계몽주의 이데
올로기에 의해 전근대적인 향수의 대상으로 모성성이 전유되는 것이다.
그리고 이는 일제 말기 군국의 어머니로서 모성을 강조하는 식민담론에

---

33) 김양선, 「식민지 시대 민족의 자기구성 방식과 여성」, 『한국근대문학연구』 8집, 한국근
　　대문학회, 2003, 56면.

점차 흡수되는 경향을 보인다.

위에서 살핀 작품에서 공적 영역에 진입한 여성의 경우 직업 선택의 계기는 자발적이라기보다 남성인물에 대한 사랑이나 그의 동지가 되고자 하는 욕망에서 비롯된다. 따라서 그들에게서 직업여성으로서의 성취를 통한 자아실현과 자의식의 성장을 이루는 모습을 찾아보기 힘들다. 여학생이 직업을 선택하기까지의 과정에서 남성인물은 모두 여학생을 계몽하고 훈육하는 주체로 설정된다. 여학생은 이들에게 정신적으로 훈육 받아 내면이 순치되고 공적인 영역에서 그들을 돕는 희생자, 순종자가 되거나 교사, 간호부, 여급을 위한 시설 등 모성의 영역에 한정된 역할을 수행하는 것으로 그려진다. 그리고 연애와 결혼에 진입하지 못한 채 모성에 결박된 직업에 진출한 이들의 섹슈얼리티의 욕망은 소거되거며, 혹은 그들의 섹슈얼리티가 모성에 한정되는 성별화된 위계구조를 내포하고 있다.

4. 낭만적 사랑의 불모성과 자의식의 고양

낭만적 사랑은 20세기 이래 생긴 사랑과 섹슈얼리티에 대한 모더니즘적 관심의 연장선상에 있다. 낭만적 사랑에서 '낭만적'이라 할 수 있는 것은 가부장제에 의해서 사전에 결정되는 결혼과 달리 남성도 여성도 성적인 상대를 스스로 결정할 수 있는 외견상의 자유를 말한다. 그리고 부권적인 전통적 가족제도 속에서 새로운 자유란 무엇보다도 여성의 섹슈얼리티를 새롭게 만들어내는 것을 의미했다.[34]

---

34) 레이 초우, 정재서 역, 앞의 책, 110면.

우리 소설에는 1910년대에는 낭만적 사랑이 계몽의 수단으로 강조되었고, 1920년대에는 낭만적 사랑을 실천하고자 자신의 섹슈얼리티를 적극적으로 발현한 여성인물이 희화화되거나 비극적인 최후를 맞이하는 것으로 그려진다. 1930~40년대 소설에서는 직업을 가지고 경제적 독립을 이루면서 살아감에도 불구하고 여전히 낭만적 사랑의 대상 앞에서 종속적인 태도를 보이는 인물을 찾을 수 있다. 앞 장에서 서술한 바와 같이 낭만적이고 추상적인 사랑관념을 지닌 채, 섹슈얼리티를 억압하면서 민족주의라는 대의를 추구하는 남성인물을 돕는 보조자로 기꺼이 희생하는 직업여성들이 여기에 속한다.

그러나 한편으로 낭만적 사랑의 불모성을 깨닫고 직업을 통한 자기각성에 도달하는 직업여성 또한 발견된다. 『경영』의 최무경과 『사랑의 수족관』의 현순이 그 예이다.

『경영』의 최무경은 아마도 아파트 관리 사무소 사무원으로 일하는 직업여성이다. 그러나 그녀가 직업을 갖게 된 동기는 자신의 경제적 독립이나 자아실현에 대한 욕망 때문이 아니다. 그녀는 사상운동으로 입감 중인 오시형의 차입을 대기 위해 어머니의 반대를 무릅쓰고 처음으로 직업전선에 나서게 되었다.

> 어머니에게 저희의 관계를 승인시키기에 얼마나 애가 쓰였는가. 집과 인연을 끊듯이 한 시형이의 차입을 대고, 보석운동을 하느라고 얼마나 발이 닳도록 뛰어다니고, 뼈가 시그러지도록 일을 하였는가. 그 때문에 직업에도 나서보았다. 재판소, 변호사, 형무소를 통하는 길을 미친년처럼 쫓아도 다녔다. 그는 가슴속으로 맑고도 숭고한 쾌감을 포근히 느껴보면서 침대에서 낯을 들고 시계를 백에 챙겨 넣은 뒤 방을 나왔다. 내일, 내일 저녁이면, 그러한 정성이 하나의 보답을 받는다.[35]

---

35) 김남천, 「경영」, 『한국소설문학대계』 13, 동아출판사, 1996, 336면.

2년 가까이 입감해 있던 시형이가 출감하기 전날, 그가 임시로 묵을 아파트를 정리하면서 드는 그녀의 생각이다. 그녀는 시형이를 만날 생각에 벅차서 그를 만나기만 하면 자신의 지난 고생을 다 보상받을 수 있으리란 꿈에 부풀어 있다. 이러한 모습은 시형이가 전향론을 펼치는 지점에서도 확인된다. 그녀는 "본시부터 오시형이가 어떠한 사상을 가지든 그것에 간섭할 생각이나 준비는 저에게는 없다"고 생각했고, "오직 안에 있는 사람을 건강한 채로 하루라도 이르게 구하여 내는 것만이 임무"라고만 여겨왔다. 때문에 오시형의 일원사관으로부터 다원사관으로의 전향이 무엇을 의미하는지, 그러한 변화가 자신과 오시형의 관계에 어떠한 영향을 미칠 것인가에는 아무런 관심을 갖지 않는다. 다만 출감할 오시형만을 기다리면서 그동안 그를 뒷바라지한 데에서 오는 뿌듯함에 스스로 도취되어 인용처럼 '숭고한 쾌감'까지 느끼고 있다.

오시형에게 차입을 대면서 직업전선에서 뛰고 그가 출감한 후 머물 방을 마련하며 그와의 결혼을 확신하는 그녀의 모습은 낭만적 사랑에 기초한 절대적 헌신의 태도를 보여준다. 그녀는 자신의 사랑에 대한 신념이 확고하고 자신의 사랑을 지키기 위해 어머니의 반대를 물리치고 직업생활을 할 만큼 주체적인 것처럼 느껴지면서도 한편으로는 종속적이다. 그러나 오시형은 출감한 뒤에 결국 아버지가 바라는 대로, 도지사를 지냈다는 명망 있는 인사의 딸을 선택하여 고향으로 내려간다. 그의 전향은 연인에 대한 배반과 동시에 이루어지는 것이다. 이와 함께 최무경의 직업에 대한 태도도 달라진다. 그녀에게 그동안 직업이 오시형을 뒷바라지하기 위해 필요했다면 오시형이 자신을 배반하고 연애에 실패하게 되자 이제 직업을 통해 해방된 삶을 찾고자 하는 자기 각성에 이르게 된다.

시형이를 위하여 나섰던 직업전선이었다. 시형이의 차입을 대기 위해서 선택한 직업이었다. 시형이도 나오고 인제 직업도 목적을 잃어버렸다. …… 급사의 말에 그는 정신을 차려 몸을 일으키었다. 그는 문에 쇠를 잠그고 층계를 내려갔다. 내려가면서 점점 제 다리에 기운이 생기는 것을 느꼈다. '방도, 직업도, 이제 나 자신을 위하여 가져야겠다.!' 그런 생각이 사무실을 들어설 때에 그의 마음속에 이루어지고 있었다.36)

김남천의 『사랑의 수족관』에서 현순 또한 광호를 사랑하던 감정에서 벗어나 직업을 통해 자신의 정체성을 확립하고자 한다. 현순은 동경에서 전문학교 2년을 마친 양재사로, 빠의 여급으로 나가는 언니 양자가 동거하던 광준의 장례식에서 광호를 만난다. 현순에게 사상운동으로 인해 "세상을 살아가는데 신념과 가치를 완전히 일허버리게 된" 형, 광준과 달리 광호는 "광준의 형제가 갖는 얼굴의 특징이 가장 아름답게 나타나면서도 그것이 균형잡힌 몸집과 옷매무새와 어울리게 조화를 이루어서 거의 완성에 가까운 청년"으로 비춰진다. 이때부터 '건실한 직업부인'이었던 현순에게는 광호를 향한 낭만적인 사랑의 감정이 싹트기 시작한다. 그러나 그에게는 일제에 협력하는 대부호의 딸인 이경희라는 경쟁자가 있다. 그녀는 부잣집 영양으로서 현순이와 같은 직업여성에 대한 호기심과 궁금증을 어느 정도 지니고 있으며37) 직업에 대한 막연한 동경과 선

---

36) 경희의 직업여성에 대한 호기심은 현순을 바라보는 다음과 같은 구절에서 드러난다. "강현순이는 어떤 사람일까? 퍽 성실하고 업무에 충실한 사람갓다. 가게를 한시라도 비이지 안호려다가 차시간에 느저지는걸 보아도 알만하지 안흔가.—경희는 요즘 백화점의 『숍걸』이나 전화교환국의 교환수나 『뻐스 껄』이나 혹은 강현순이 가튼 양재사나 『타이피스트』나 그러한 직업여성, 그 전날에는 볼 수 업던 중간층의 직업을 가진 여성들에게 흥미를 가지고 잇다. 어떤 집안 어느정도의 생활 얼마나한 봉급—그런것을 구체적으로 알지도 못하거니와 그들이 어떠한 생각을 품고 잇는지도 상상키 힘들기 때문이엇다. 김남천, 『사랑의 수족관』, 『한국장편소설대계』, 태학사, 1988, 71면.

37) 김남천, 『사랑의 수족관』, 앞의 책, 159면.

망을 갖고 직업부인이나 가난한 노동부인을 위해서 직장에 나가 일하는 동안 아이를 맡아두는 탁아소를 운영할 계획을 세운다. 그리고 현순에게 탁아소 운영의 협력자가 될 것을 제안한다. 그러나 현순은 광호와 경희 사이를 질투하는 마음이 점점 커지게 되자 그 제안을 받아들일 수 없다. 경희는 현순과는 달리 높은 학력과 아름답고 화려한 외양이라는 문화적 자본을 지녔다. 현순은 끊임없이 부르주아 가정의 딸인 경희와 일개 직업여성에 불과한 스스로를 비교하면서 자신은 광호의 상대가 될 자격이 못된다고 괴로워한다. 하지만 그녀는 결국 광호와 경희 사이의 오해를 풀어 주는 등 두 사람의 행복을 빌어준다. 그러고 나서 그녀는 직업에 충실하자는 다짐을 통해서 스스로를 위로하고 일으켜 세우고자 한다.

> 나는 그의 친구될 자격이 업는 여자엿다. 신분이 달으다! 그는 대부호의 맛딸. 나는 의지할 곳 업는 하나의직업여성- 내가 어이 그의우인이 될 수잇스며 그의 사업의 협동자가 될수 잇슬거냐. 모든 것이 미망이엇다. 망령이엇다. 환상에 불과하엿다. -꿈에서 깨어야 한다. 김광호에 대해서 그리엇던 막연한 회상은 이미 부서진지 오래이고 지금은 다시 생활의 토대를 그전날의 직업우에 세우기위하여 이경희에 의하여 이루어젓던 일체의 망상을 부서버리지안흐면 아니된다. 새해는 이런 의미에서만 강현순에게는 새해다워질것이다. 모든 것을 다시 출발하여야 한다-고 마음을 부등켜 세우고 새로운 아침을 마젓을 때 오정도 되기전에 어데서 전화가 왔다.
>
> 가슴에 품엇던 아련한 청춘의 꿈을 부서 버리고, 머리속에 그려 보앗던 아름다운 무지개를 지워버리는날, 그의 몸을 부등켜세울 신념의 기둥은 역시 생활과 직업의 가운데서 차자볼박게 딴-방도가 업섯다. 그것이 얼마동안의 방황끄테 어든 강현순의 마음의 방향이엇다. 우선 나의 직업에 충실하자ー 이러케 생각하면서 그는 전날처럼 양장점에 규측적으로 출근하엿다.[38)]

현순이 직업으로 자신을 일으켜 세우려는 것은 자신의 사랑에 대한 욕망을 억압함으로써 가능한 것이다. 그녀는 완벽한 청년 광호를 욕망하지만 그녀가 비집고 들어갈 자리는 어디에도 없다. 그녀는 광호가 규정한 친구로 머물기를 강요받는다. 이후에 현순은 언니 양자와 함께 신생의 꿈을 쫓아 만주로 떠나게 된다.

인용처럼 직업을 자신의 삶을 고양시키는 수단으로 삼고자 하는 현순의 자기각성은 오시형에 대한 헌신의 과거를 반성하고 자신의 행복에 대한 적극적인 태도로 삶을 변화시킬 것을 결심하는 최무경을 연상시킨다. 그러나 그들의 직업을 통한 자기 각성이 연애에 실패함으로써만 이루어진다는 점이 의미심장하다. 다시 말해 낭만적 사랑의 불모성을 깨달은 후에야 비로소 가능해진다는 것이다. 낭만적 사랑의 대상과의 결혼에 진입한 여성들은 명망이 있는 인사의 딸이거나 대부호의 영양들이다. 그녀들과의 애정의 경쟁에서 패배해서 결혼에 진입하지 못하는 직업여성은 작품 속에서 결혼에 성공한 여성들과 비교, 대조되면서 스스로 열등감을 내면화한다. 게다가 광호와 대부호의 영양인 경희의 결합은 '부르주아 가정의 이데올로기'39)를 유표화 한다. 경희가 계획하고 있는 탁아소 설치라는 자선사업 또한 가정을 중심으로 한 모성적 성격을 지닌 것으로, 부르주아 가정주부의 역할이라는 연장선에서 파악될 수 있다. 결국 연애와 안정적인 결혼에 성공적으로 진입하지 못하는 여성들이 직업여성으로 남게 되는 것이다.

---

38) 김남천, 『사랑의 수족관』, 앞의 책, 163면.

39) 1930년대 중반 이후 모던 주택에 부부와 아이로 구성된 단란한 가족, 즉 '스위트 홈'이라는 이상적 가정이 잡지나 신문을 통해 소개되고 결혼에 대한 현실적인 관념을 유포시킨다. 근대부르주아 가정의 탄생과 더불어 중류계급, 중산계급을 중심으로 유전학과 우생학이 연결되어 아동의 양육과 모성에 대한 담론이 증가한다. 이러한 담론들은 여성들에게 부르주아 가정이데올로기를 내면화하도록 부추긴다. 졸고, 『한국 근대 여학생 담론과 그 소설적 재현 연구』, 서강대학교 박사학위논문, 2006, 142~144면.

요컨대 1930~40년대 작품에서 직업은 연애나 결혼의 대안으로 추구된다. 이는 남성은 공적 영역, 여성은 사적 영역으로 분리하여 정체성을 형성하게 만드는 젠더 위계화의 원리가 무의식적으로 소설에 작동하고 있음을 입증한다. 근대소설은 직업여성에 대한 이러한 표상을 통해 여성을 공적 영역보다는 사적 영역에 더욱 적합한 존재로 구성하고 있는 것이다.

이상으로 근대에 제 담론이 직업여성의 이미지를 형성하는 측면과 근대 소설에 나타난 직업여상의 표상을, 직업여성의 섹슈얼리티의 재현 양상을 중심으로 살펴보았다. 구체적으로 작품에 그려진 직업여성을 크게 여급, 교사와 간호부와 같은 모성적 성격을 띤 직업, 사무원, 점원 등 중간층의 직업으로 구분하여 고찰했다.

1930~40년대 작품에서 일정한 교육을 받고 공적 영역에 진출한 여학생들은 주로 교사, 간호부, 탁아소 등 모성적 성격을 담지한 직업에 종사한다. 하지만 이들은 직업을 통해 개인적 삶의 해방이나 자아실현을 성취하기보다는 민족주의라는 대의를 실천하는 영웅적인 남성인물의 보조자가 되기 위해 기꺼이 직업을 선택한다. 게다가 그들은 직업 선택의 과정에서 신여성을 비판하고 구여성이 지닌 희생의 미덕을 긍정하는 남성인물에게 훈육되며, 그 결과 모성에 결박된 직업 속에서 개인적인 섹슈얼리티의 욕망은 소거되거나 모성에 한정되고 만다.

이와 달리 직업을 통해 자기각성에 도달하는 여성들은 낭만적 사랑의 불모성을 깨달은 후에야 비로소 가능해진다. 이들은 사랑하는 대상을 끝내 성취하지 못해 안정적인 결혼 제도에 진입하지 못하자 직업생활을 통해 자신을 일으켜 세우고자 한다. 여기서 직업은 여성에게 결혼과 연애의 대안으로 추구고 있음을 알 수 있다. 직업여성에 대한 이러한 재현은 30년대 후반 유표화되는 부르주아 가정이데올로기의 형성과도 관련된다. 이 시기 여성 잡지와 각종 신문들은 유명 인사의 스위트 홈의 방문 기사나 연애와 결혼에 대한 무수한 담론을 통해 중산층 결혼이데올로기를 강화한다. 직업여성을 그린 소설 또한 여성은 사적 영역에, 남성은 공적 영역에 더욱 적합하다는 젠더 위계의 질서를 내포하고 있다.

따라서 공적 영역에서 활동하는 직업여성의 섹슈얼리티는 더욱 불안한 시선의 대상이 되는데 무엇보다 여급이 그러한 존재였다. 이들은 가정의 영역과 대비를 이루는 까페와 같은 공간에서 자본주의적인 성적 관계를 재생산한다. 하지만 에로티시즘의 대상으로 보이는 일을 응시로 바꾸어 남성들을 교환하면서 적극적으로 자신의 섹슈얼리티를 향유하는 자립적인 주체로서 당대 가부장제와 부르주아 가정 이데올로기를 지연시키는 역할을 했다.

『자유부인』과 의복의 정치학

1. '의복'이라는 공간소(空間素)

정비석의 「자유부인」은 1954년 1월부터 8월까지 『서울신문』에 연재되어 폭발적인 관심과 사회적 논쟁[1]을 불러일으켰다. 연재가 채 끝나기도 전에 출간된 단행본이 7만 부나 팔려 '베스트셀러의 원조'가 되었고, 2년 뒤 한형모 감독에 의해 영화로도 제작되어 무려 13만 명의 관객을 동원하면서[2] 1950년대에 자유부인 신드롬이라는 커다란 사회적 반향을 낳았다.

전후 한국사회는 전쟁의 우울과 폐허 속에서 이승만 정권의 반공주의 아래 민주주의와 평등주의가 확산된다. 특히 미국문화의 영향과 더불어

---

1) 이 논쟁은 서울대 황산덕 교수가 자유부인은 "대학교수를 모욕하는 소설"이며 "인기욕에 사로잡히어 저속 유치한 에로 작문을 희롱하는 문화의 적이요 문학의 파괴자요 중공군 50만 명에 해당하는 적"(황산덕, 「다시 <자유부인> 작가에게–항의에 대한 답변」, 『서울신문』(1954. 3. 14)이라고 혹독하게 비난하면서 시작되었는데 교수, 작가, 평론가 등이 가세하여 진행되었다.

2) 이후 이 영화는 6차례나 각색되어 흥행을 일으킨다. 김유리, 「<자유부인>영화들」, 『멜로드라마란 무엇인가』, 민음사, 1999 참조.

유입된 자유와 민주주의 이념은 소비문화의 증대와 함께 50년대의 뚜렷한 양상이었다.3) 게다가 여성의 경제적 자립과 사회적 진출이 증가하고 개인의 자율성을 바탕으로 한 성윤리를 모색하는 상황 속에서 여성의 섹슈얼리티는 전후 한국사회의 욕망과 불안감이 투영된 장소로서 미국화, 근대화가 초래하는 다양한 문제들을 환기하는 은유로 자리하게 된다. 「자유부인」은 바로 이러한 복합적인 문제들을 함축하므로 대중적인 관심과 사회적 논란의 중심에 서게 된 것이다. 이른바 '자유부인'으로 표상되는 새로운 여성주체는 전후에 출현한 '아프레 걸', '양공주', '미망인' 등 다양한 여성표상과 더불어 전후 국가 건설과 근대화 과정에서 작동되는 젠더의 양상을 잘 보여주고 있다.

그동안 「자유부인」에 대한 연구는 다양한 관점에서 상당부분 수행되어 왔다. 특히 「자유부인」은 전통적인 윤리의 세계로 복귀하도록 여성을 통제함으로써 전후 사회의 혼란을 막고 전후 국가재건을 꾀한다4)는 논의와 '미국적 근대' 지향의 신식민주의 프로젝트와 민족 국가 프로젝트의 상호 충돌 속에 스며있는 젠더 정치학이 고스란히 반영되어 있다.5)는 지적은 『자유부인』에 나타난 1950년대의 근대화와 국가재건을 위한 젠더 정치학을 잘 설명하고 있다.6)

---

3) 오영숙, 『1950년대 한국영화와 문화담론』, 소명출판, 2007, 7~8면.

4) 이시은, 「전후 국가 재건 윤리와 자유의 문제」, 『현대문학의 연구』 26, 2005. 김은경 또한 50년대 국가는 국민통합과 민족 정체성의 수립, 그리고 '아버지의 질서'의 수립을 위해 '전통'을 불러들여 효율적으로 재건을 달성하려고 하였다. 이 과정에서 여성은 가정 내에서 전통을 수호하는 역할을 부여받으며 신비화되는 한편 '자유부인'은 사회의 비난과 배제 속에 타자화되었다고 지적한다. 김은경, 「한국전쟁 후 재건윤리로서의 '전통론'과 여성」, 『아시아여성연구』 45집, 2호, 2004.

5) 김복순, 「대중소설의 젠더정치학─『자유부인』을 중심으로」, 『대중서사연구』 9호, 대중서사학회, 2003. 6.

6) 이밖에 최근 1950년대의 전반적인 사상과 문화를 고찰하는 가운데 『자유부인』을 예로 드는 연구가 수행되었다. 권보드래는 1950년대 한국 사회의 두 가지 '자유' 개념과 문화

한편 영화 <자유부인>에 대한 연구는 피식민지 가부장제 남성들의 욕망에 의해 여성의 젠더가 일방적으로 구성되고 억압되는 것이 아니라, 지배 이데올로기에 균열을 내고 저항하는 여성 주체를 구성한다는 관점에서 여성 관객성에 대한 고찰을 하고 있다. 이러한 논의는 여성 관객성에 대한 분석을 통해 여성들은 남성들과 다른 독법으로 영화를 보고 성적 유동성과 균열화로 인한 미세한 틈새들이 여성관객들에게 해방감을 맛보게 하는 탈출구가 된다[7]거나 영화 <자유부인>이 오선영에 대한 응징으로 전통주의자들과 타협하고 있지만, 도시의 여성들의 쾌락적 욕망을 더욱 강화시켜 당시 영화의 주요 관객인 여성관객의 요구를 반영하고 있다[8]고 평가한다. 여성인물의 욕망과 여성관객의 욕망을 적극적으로 읽어내는 이러한 해석은 「자유부인」에 대한 논의에 새로운 시각을 제공했다.

본고는 기존논의를 바탕으로 하면서 그동안 「자유부인」에 대한 연구

를 살피면서 '아프레 걸'이 실존주의적 통속적 판본으로서 그 절망을 모방한 존재이자 미국 대중문화로 치장한 물질주의적 존재였다면 '자유부인'은 '아프레걸'에 이웃하면서도 미국 대중문화를 더 일방적으로 편식하는 데 대해 붙여진 조롱의 레테르였다고 말한다(권보드래, 「실존, 자유부인, 프래그머티즘—1950년대의 두 가지 '자유'개념과 문화」, 『아프레걸, ≪사상계≫를 읽다』, 소명출판, 2009). 최성희는 1950년대 <자유부인> 영화를 대상으로 젠더화된 하층민인 한국의 여성이 민족주의적인 엘리트 남성들과 다르게 경험한 근대성을, 특히 미국문화와 밀접한 관련을 맺고 있는 영화 속에 투영된 전후의식 속에서 찾아봄으로써 미국화의 복수성을 살피고 있다(최성희, 「미국 연극의 수용과 전후 한국여성의 정체성」, 김덕호·원용진 엮음, 『아메리카나이제이션—해방이후 한국에서의 미국화』, 푸른역사, 2008). 이러한 연구들은 50년대 미국으로부터 유입된 사상과 문화가 우리 사회 속에 어떻게 굴절, 변형되어 수용되었는지를 밝히고 있어 1950년대의 근대성 연구에 시사하는 바가 크다. 가장 최근의 연구로 「자유부인」에 나타난 젠더정치학을 플롯의 젠더화를 통해 규명한 심진경의 논의가 있다(심진경, 「자유부인의 젠더정치—성적 가면과 정치적 욕망을 중심으로」, 『한국문학이론과 비평』, 제46집, 2010. 3).

7) 김복순, 「반공주의의 젠더 전유양상과 '젠더화된 읽기' : 「자유부인」을 중심으로」, 『문학과 영상』, 2004 봄·여름, 문학과 영상학회, 49면.

8) 노지승, 「<자유부인>의 남성독자와 여성 관객 자유부인」, 『한국현대문학회 학술발표자료집』, 2008. 8.

에서 살펴볼 수 없었던 새로운 틀을 도입하고자 한다. 그것은 바로 「자유부인」에 재현된 의복 양상을 살펴 여성이 의복을 통해 욕망과 주체성을 확립하는 과정과 사회·문화적인 맥락에서 의복으로 코드화된 1950년대의 성 이데올로기9)를 유추해보고자 하는 것이다. 이는 무엇보다 「자유부인」에는 비로도 치마, 나일론 양장, 한복과 같은 옷감과 의복이 계와 댄스 등의 풍속과 함께 전경화되어 당시의 소비문화와 유행이라는 대중문화를 체현할 뿐만 아니라 자유와 민주, 근대와 전통이라는 이념과 연결되어 텍스트의 의미생산에 적극적으로 이바지하기 때문이다.

의복은 입는 사람의 정체성을 나타내는 커뮤니케이션의 한 방법으로, 개성과 관련된 단순한 자아를 반영할 뿐만 아니라 정치적 주장, 국민성, 성적 기호나 그 이상의 것을 표현함으로써 정체성을 둘러싼 심도 깊은 문화적 문제들이 각인되어 있다.10) 구체적으로 의복은 입는 사람의 내면을 나타내며 사회적 지위의 상징, 성별, 지위, 연령, 직업, 라이프스타일, 인종, 성적 성향 등의 문화적 특징들이 기호화되어 있다. 의복이 언어체계가 아니지만 언어로 생각되는 것은 그것이 자의적으로 만들어지는 것이 아니라 시대의 흐름과 규칙에 지배를 받는 윤리적 상황과 진락적으로 제휴하기 때문이다.11) 요컨대 유행하는 의복과 스타일과 패션은 곧 광범위한 이데올로기적 의미를 전해준다. 이는 곧 의복을 통해 1950년대의 사회·문화적인 욕망을 살필 수 있게 한다.

---

9) 역사적 시기마다 물질대상으로서의 패션은 특수한 사회문화적 맥락에서 각 시대의 성 이데올로기를 코드화한다. 특수한 역사적 시기에 서로 다른 여성성과 남성성을 규정하는 권력의 다양한 방향을 이해하고 이로부터 성의 지배와 형식들, 그것이 몸과 패션을 통해 표현되는 방식을 고려해 볼 수 있을 것이다. 즉 물질대상인 패션의 형식적 변화과정을 통해 역사적으로 특수한 성 이데올로기의 변화를 유추할 수 있다. 최경희, 『패션속의 성』, 한국학술정보, 2009, 39면.

10) 최경희, 앞의 책, 63면.

11) 조안 핑켈슈타인, 김대웅·김여경 역, 『패션의 유혹』, 청년사, 2005, 21~22면.

근대인이 겪어 온 경험의 실체가 근대성이라고 한다면 그것이 일상생활에서 구현되는 장으로는 의식주의 영역이 중요한데, 그들 영역에서도 근대성의 발현은 특히 인간의 신체를 싸고 있는 의복과 관련된 양식에서 두드러지게 나타난다. 일상생활에서 가장 빠르고 쉽게 영향을 받는 것이 신체를 통한 의상이기 때문이다.12) 장 보드리야르에 의하면 근대는 하나의 기호이며 패션은 바로 그 상징이다.13) 의복은 근대를 구성하는 하나의 요소로서 의복의 기호를 분석함으로써 근대성의 면모를 파악할 수 있다.

그동안 근대의 여성 의복에 관한 연구는 의류학14)이나 사회학 분야에서 주로 수행되어 왔다. 특히 근대화 과정에서 여성의복의 통제가 어떤 양상으로 일어났는지 분석한 연구15) 가운데 김수진은 비서구 사회의 근대적 변동 과정에서 복식은 전통과 근대, 민족 정체성과 외래문화의 수용을 둘러싼 상징투쟁의 차원에 위치한다고 본다. 구체적으로 1960년대

---

12) 김경일, 「1950년대의 일상생활과 근대성, 전통」, 『한국의 근대와 근대성』, 백산서당, 2003, 189~190면.

13) 조안 핑켈슈타인, 김대웅·김여경 역, 『패션의 유혹』, 청년사, 2005, 21~22면.

14) 김수정, 「1950년대 이후 한국패션의 변천과 그 양식」, 이화여자대학교 석사학위논문, 1988. 유수경, 『한국여성양장변천사』, 일지사, 1990. 박길순, 「우리나라 여성복식의 변화에 미친 요인 연구―1945~1960년을 중심으로」, 『복식문화연구』, 복식문화연구회, 1993. 7. 등이 있다.

15) 이정우는 개항기에 서구의 의복문화가 유입되면서 전통 여성의복이 '한복', 또는 '전통의상'으로 인지되기 시작했는데, 근대화는 고유의 의복문화를 '전통'에 감금함으로써 새로운 부르주아 민주주의적 의복문화를 가져왔다고 지적한다. 이정우, 「개항기의 사진과 회화 속에 나타난 전통적 여성 이미지와 여성주체―의복 기호의 해석을 통해 근대적 여성 육체의 에피스테메를 고찰함」(한국근대미술사학회, 『한국근대미술사학』 9집, 2001, 98~99면), 이밖에 공제욱은 식민지 시기에 일제가 식민지 조선인을 국민으로 만들기 위해 의복에 가하고자 한 통제의 양상을 살피고 있다. 공제욱, 「일제의 의복통제와 '국민' 만들기―백의 탄압 및 국민복 장려를 중심으로」(『사회와 역사』 제67집, 문학과지성사), 특히 신여성 연구가 여러 분과학문에서 이루어지면서 식민지 근대의 여성의복에 대한 고찰이 이어졌다. 대표적으로 김수진, 『1920~30년대 신여성 담론과 상징의 구성』(서울대학교 사회학과 박사학위논문, 2005)의 논의를 들 수 있다.

까지 사회적 논란을 일으켰던 주요한 사안은 의복사치, 한복개량, 간소복 문제로, 남녀에 따라 의복의 문명화, 근대화 관념이 다르게 작용했을 뿐만 아니라, 지속적인 사회적 논란의 대상이 된 것이 유독 여성의복이었던 만큼 여성의복 개량문제는 문명화, 식민화, 젠더의 복합적인 층위를 잘 보여주는 장16)이라고 지적한다. 이러한 논의는 의복이 근대적 양식으로서, 한국적 근대의 복합적인 모습을 드러내는 장이라는 면에서 『자유부인』에 나타난 의복의 재현 양상이 1950년대 근대성과 어떻게 맞물리는지 서술할 수 있게 하는 데 좋은 참조점이 되리라 생각한다.

한편 서사론의 차원에서 의복은 채트먼이 말한 공간적 요소17)에 해당한다. 의복이 지닌 인물의 특징을 시각화하는 장치, 색상, 형태, 질감, 디자인 요소는 사회 경제적 수준, 역할이나 성격, 심리 상태나 감정, 그 작품이 그리는 배경이 되는 시대의 종교적 관념이나 예술 사조, 정치 경제적 상황을 파악하게 하면서 이야기를 이끌어가는 기능을 수행한다. 발자크에게 인물의 의상이 단순한 치장이 아니라 인물의 삶과 영혼을 표출시키는 하나의 기호로서 옷차림의 변화나 변장은 단순한 외형의 변화가 아니라 소설 구조와 밀접한 관계를 지닌다18)는 지적처럼 서사에서 의복은 텍스트의 구조와 의미를 생성하는 데에 적극적으로 기능하는 것이다.

영국 소설을 의복의 코드로 분석한 Eva Maria Stadler는 소설가들은

---

16) 해방이후 미국 GI 문화가 확산되는 한편 국가엘리트의 의복 통제시도가 성공하지 못하면서 옛 복식을 창의적으로 개량하여 젊은 여성의 생활복으로 확산시킨 수십년의 노력은 중단되었고, 한복의 전통화와 예복화가 진행되었으며, 점차 양장이 생활복으로 전일화되었다. 의복사치, 한복개량, 간소복 문제로 대표되는 이 시기 의복논란은 식민지 시대 여성에게 투영되었던 전통과 근대, 전통의 착안과 고착이라는 문제가 해방 이후에도 반복적으로 재생산되는 모습을 보여준다. 김수진, 「여성의복의 변천을 통해 본 전통과 근대의 젠더정치」, 『페미니즘 연구』 제7권 2호, 2007, 283~318면 참조.

17) 시모어 채트먼, 김경수 역, 『영화와 소설의 서사구조』, 민음사, 1990.

18) 최호열, 「발자크 소설에 나타난 의상묘사」, 『프랑스문화예술연구』 제13집, 2005.

의복의 언어를 여성인물의 구성을 위한 수사적 틀로 사용해왔다고 말한다. 그에 의하면 의복은 사회에 의해 제공된 여성의 공간을 표현하는 수단이자 사회적으로 수용된 의복 코드에 저항하고 그녀의 개인성을 주장하고 단언하는 수단이며, 여성의 심리와 사회적 이동의 한계를 한정하는 지시적 체계이다. 의복은 자아구성에 있어 중심적인 역할을 할 뿐만 아니라, 사회적 변동의 시기에 개인의 계층과 경제적인 위치를 나타내고 사회적 위계의 경계를 표시한다. 그리고 의복은 사적 영역에서 여성의 몸을 배치하고 공적 영역으로 이동시키며 공적 영역에서 여성의 장소를 경계 짓고, 여성의 신체와 관련되어 가면처럼 에로틱한 신체를 감추고 드러내기고 한다.[19] Jennie Batchelor도 또한 의복이 여성성과 텍스트의 젠더 정치학에 핵심적인 역할을 하연서 텍스트의 도덕적 주장과 연동한다[20]고 말한다.

위와 같은 관점에서 이 글은 「자유부인」에 나타난 의복 재현양상을 살피고, 의복을 통해 여성 주체가 어떻게 구성되는지, 이를 매개하는 사회문화적 욕망은 무엇인지, 그리고 의복이 텍스트의 의미생성에 어떻게 기여하는지를 밝히고자 한다.

---

19) Eva Maria Stadler, Addressing Social Boundaries : Dressing the Female Body in Early Realist Fiction, Margaret R. Higonnet and Joantempleton, *Reconfigured Spheres-Feminist Exploration of literary space*, The University of Massachusetts Press, 1994, 20~36면. Eva Maria Stadler는 여기서 Defoe의 *Mall Flanders*(1722)와 Marivaux의 *La Vie de Marianne*(1731), 그리고 Richardsons의 *Pamala*(1740)를 분석 대상으로 삼고 있다.

20) Jennie Batchelor, *Dress, Distress and Desire clothing and the female Body in Eighteenth-century Literature*, palgrave, 2005, pp.19~23.

2. 1950년대와 패션의 풍경

전후의 시대는 "하나의 의복 개혁의 전환기였다. 당시 양장은 놀랄만큼 급진적 발전을 이루었고, 우리의 양장수준은 세계 어느 나라 못지않은 레벨에 도달하고 있었다."[21)는 지적처럼 1950년대는 한복보다 양장을 입는 인구가 늘어난 것이 큰 특징이다.

해방 후에는 일제에 의해 강요된 몸빼가 열악한 경제사정으로 여전히 일반적으로 착용되었고 전통적인 한복과 개량한복이 함께 널리 착용되었다. 그리고 국내의 의료(衣料)산업이 절대적으로 허약해서 미군을 통해 흘러나오는 각종 구호품과 밀수품으로 복식문화가 형성되었다. 섬유제품으로 마카오 복지와 비로드 옷감은 당시 멋쟁이들의 최고 품목이었다. 일제 말에 선보이기 시작한 비로드 의복은 해방기에 퍼지기 시작해 6·25 전쟁을 거치면서 전성기를 맞이했는데, 촉감이 부드럽고 아름다울 뿐만 아니라 한 여름을 빼놓고는 늘 외출복으로 이용되었다.[22) 1956년에 영화 <자유부인>에서 여주인공이 비로드로 만든 한복을 입고 나온 후 양장과 한복에 비로드 붐이 일어났다[23)고 한다.

휴전과 더불어 여성들의 사회진출이나 경제적인 자립이 확대되자 활동이 편리한 양장착용이 더욱 늘어나고 다양화된다.[24) 이렇게 양장이 증가하고 다양화된 데에는 대중매체가 활성화됨에 따라 외국의 유행이 소개된 점과 디자이너들의 활동이 활발해진 이유도 있다. 1950년대 발간

---

21) 서수연, 「높아진 관심, 세련된 스타일」, 『여원』, 1959. 8, 86면.
22) 비로드 치마 한 감이 25만환 쯤(등록금 24만원) 될 정도로 매우 비싼 편이었는데도 많은 여학생들이 비로드 치마를 입었고 이는 지탄의 대상이 되기도 했다. 유수경, 『한국여성양장변천사』, 일지사, 1990.
23) 고부자, 「한국전쟁과 패션의 국제화」, 『우리생활 100년, 옷』, 현암사, 2001, 237면.
24) 맹문재, 「광복 후의 여성지에 나타난 여성미용」, 『한국현대여성의 일상문화 3 복식』, 국학자료원, 2005, 16면.

된 신문이나 여성 잡지『여성계』(1952),『여원』(1955),『여성생활』(1959)에
서는 세계 패션에 대한 소식과 국내 패션에 관한 기사들을 실음으로써
일반 여성들에게 새로운 관심을 갖게 했다. 특히『여원』은 1955년 11월
호에 '모우드'란을 신설하여 독자들에게 유행모드를 소개하고 올바른 양
장 생활을 위한 기사를 싣기도 한다. 1950년대의 '송옥', '엘리제', '한',
'아리사', '국제 양장사' 등 이름난 양장점이 등장했고, 노라 노 패션쇼
(1956), 최경자 패션 쇼(1957) 등의 개최가 양장의 보급과 다양화를 촉진
시켰다.[25] 미국영화의 영향도 컸다. 특히 1955년에 상영된 <로마의 휴
일>의 오드리 햅번은 '햅번 스타일'이라는 신조어를 만들어 낼 정도로
주목을 받았다. 젊은 여성들은 영화 속 여배우들의 패션이나 헤어 스타
일 통해 최신 유행 모드를 만들어 내고 미국문화를 모방[26]했던 것이다.

또한 이 시기에 특기할 사항은 나일론의 수입이다. 1953년경 일본에
서 수입된 나일론은 질기고 손이 덜 간다는 장점으로 양말에서부터 샤
쓰, 블라우스, 한복감, 양말, 넥타이, 마후라, 장갑, 핸드백, 런닝셔츠에
이르기까지 사용될 만큼 순식간에 보급되어 가히 혁명적이라 할 정도로
복식의 변화를 가져왔다. 특히 반투명 흰 나일론으로 된 낙하산 천은 블
라우스 천으로 인기가 높았고, 노출문제로 인한 사회적 비난의 대상이
되기도 했다.[27]

한편 해방 후에 양장과 혼용되어 착용되었던 한복은 전쟁을 치르는

---

25) 유수경, 앞의 책, 269~286면.

26) 여성 잡지사는 전략적 판매를 위해 외국 여배우들의 헤어 모드를 소개, 사진으로 비교
해 가면서 10대에서 40대까지 응용할 수 있는 방법을 알려주는가 하면 미국에서 유행
하는 비치복장을 화보로 선보이며 잡지사 후원의 해수욕복 패션쇼도 개최, 취재하여 담
는다. 미용실 혹은 미용사 양성소를 홍보하거나 양장점 광고도 싣는다. 이선미, 「'미국'
을 소비하는 대도시와 미국영화」, 『1950년대 미디어와 미국표상』, 깊은샘, 2006.
76~77면.

27) 박길순, 앞의 글, 47면.

동안에 한복의 불편함을 인식하게 되어 대부분의 여성이 치마저고리보다는 편한 양장을 입게 되었다. 이때부터 한복은 일상복보다는 예복으로 입게 되는 경우가 많아져 명절이나 관혼상제의 전통의상으로 되어갔다.[28]

그러나 양장의 보급화와 다양화 속에서도 1950년대 일반 여성들이 양장을 구해 입기란 쉽지 않았다. 1950년대에 양장점의 번창은 남성의 양복점에 비하면 양적으로 매우 제한적인 규모였고 맞춤 양장의 실제 소비자도 소수층에 한정되었다. 부유층과 성산업 및 연예산업의 종사자들이 양장패션을 소비하는 주요 층이었고 결혼한 여성들은 주로 한복을 입고 있었다. 그러므로 여성복 패션디자이너들이 1950년대 누렸던 호황은 양장 패션의 대중화를 보여주는 지표가 아니라 반대로 양장의 고급옷으로서의 성격과 성적, 육체적 타락과 방종이라는 사회적 낙인을 보여주는 지표이다. 이 시기 여성이 양장을 입는다는 것은 자신의 신분과 직업을 적극적으로 드러내는 것으로서 결혼을 했느냐, 하지 않았느냐, 또는 양공주냐 연예인이냐 아니면 극소수의 전문직 여성인가에 대한 표지였다.[29] 때문에 여성의 양장은 사회적으로 허영과 사치라는 비판의 대상

---

28) 유수경, 앞의 책, 272면.

29) 김수진, 앞의 책, 304~305면.
　　박완서의 다음과 같은 회상은 이 시기의 이러한 풍경을 잘 보여준다. 1950년대까지도 여자들은 나들이 할 때나 살림할 때나 주로 한복을 입었다. 처녀 때는 기장이 짧은 통치마에다 구두를 신었고, 시집가면 긴 치마에 버선과 고무신을 신었다. …… 외국 군인들이 많이 주둔해 있던 전후라 양공주라 불리는 특수한 직업여성들의 수효도 만만치 않았다. 그들은 직업상 거의 양장을 했기 때문에 양장에 입술만 좀 빨갛게 칠해도 양공주로 보는 경우가 많았다. 그래서 한복은 일단 여염집 여자라는 표시도 되었다. 그때나 이때나 우리는 옷사치를 밝히는 민족인 듯 아직 피해복구가 안되어 여기저기 폐허가 널려 있는 서울에서 오히려 한복사치는 그 어느 때보다도 극성 맞았던 것으로 기억된다. …… '비로도' 치마에 양단 저고리면 최고의 사치요 정장이었다. …… '비로도'는 당시의 피륙값으로는 비싼 거였지만 도무지 옷감으로는 실용성이 없는 것이었다. 옷감으로 볼 때 '비로도' 특유의 깊은 색상은 확실히 매혹적이었지만 한번 자리에 앉았다

이 되기도 했다.

요컨대 이러한 여성의복의 변화는 한복으로 표상되는 전통적 여성성과 양장으로 표상되는 새로운 근대적 여성성간의 충돌의 문제를 포함하고 있다. 1950년대의 여성성은 한편으로는 전통적 여성성을 지속하고 있었지만, 다른 한편으로는 전쟁 이후 직업진출이나 경제적 능력의 향상으로 근대를 향한 열망과 독립적이고 자유로운 여성성을 가시화하였다. 즉 전쟁으로 인한 성 역할의 변화와 의복 생산 시스템은 실용적이고 간편한 양장을 주류패션으로 유입시켰고 이러한 새로운 의복은 기존의 성적, 계급적 경계를 위협하면서 전통적 여성성에 대한 상징적 도전을 의미하는 것이기도 했다.

3. 자유, 양장, 나일론-공적 영역의 주체

『자유부인』에서 '자유'는 오선영이 화교회 모임을 위해 집 밖을 나서면서 비로소 느끼는 감정이다.

> 오선영 여사는 쾌활한 걸음거리로 대문을 나섰다. 그에게 있어서는 대문 밖은 자유의 세계였다. …… 오선영 여사는 눈에 보이는 모든 것에서 상쾌함을 느꼈다. …… 아무튼 거리에 나선 오선영 여사는 지극히 자유로운 기분이었다. 여자들이 외출을 위하여 화장을 할 때에는, 얼굴만을 화장하는 것이 아니라, 자유라는 화장품으로 마음조차도 화장을 하는 것인지도 모른다. 진실한 자유라는 것은 거리를 걸어다니는 여자들의 마음

일어서면 엉덩이가 단박에 번들번들해졌다. 박완서, 「1950년대-'미제문화'와 '비로드'가 판치던 거리」, 『사회사로 보는 우리 역사의 7가지 풍경』, 역사비평사, 1999, 334~335면.

을 가리키는 것인지도 모른다.

—『자유부인』 상, 16면

'집 밖의 세계'를 '자유의 세계'라고 인식하는 오선영의 자유는 화교회에 참석하기 위해 한껏 치장한 '검정 벨벳 치마에 양색 양단 저고리'라는 의복과 연동한다. 화교회는 자유를 갈망하는 마음에서 생겨난 조직체로서, R대학 동창생 삼십여 명이 한 달에 한 번씩 만나는 모임이다. 여기에는 각 계의 지도자적 입장에 있는 부인들과 실업계의 중년부인들 즉 외교관 부인, 은행 중역 부인, 대학교수 부인 등이 포함된다. 졸업생 중에서도 당시 상류층에 속하는 부인들로 구성된 사교회인 것이다. 회원들의 옷차림 또한 이를 방증하듯 "치마저고리의 색채부터가 현기증이 날 정도로 호화찬란한데다가 퍼머넨트의 모양도 각양각종이어서 마치 의상과 화장술 경연대회 같은 느낌을 주는"것으로 묘사된다. 오선영이 입고 있는 벨벳(비로도) 치마는 당시 최고로 유행하던 여성필수품이었으며 고전적이고 우아한 양단 저고리는 워낙 값이 비싸서 중류계급 이상의 여성들 사이에 풍미하던 의복이었다.[30] 이렇게 화려하고 장식적인 의복은 1950년대 미망인과 양공주 같은 하층계급 여성과 구별되는 그들의 사회적 지위와 경제적 위치를 암시한다. 이들은 부르디외가 말한 소위 문화자본[31]으로서의 패션을 체현하는 존재이다.

그러나 오선영은 화교회 모임에서 남들은 자기 집 살림살이를 자랑하기에 끝이 없는데 자신은 아무것도 자랑할 것이 없음을 깨닫고 남편의

---

30) 박길순, 앞의 글, 52면.

31) 현대사회에서는 화폐나 부동산 등 경제적 자본 이외에도 사회적 지위나 출신계급뿐만 아니라, 교육이나 취미, 음악, 패션, 라이프스타일 등 학습을 통해 몸에 익힌 문화자본도 현행 사회제도를 유지하고 특권계급을 재생산하는 데 공헌한다. 부르디외, 최종철 역, 『구별짓기 : 문화와 취향의 사회학 상』, 새물결, 1995, 283~326면.

무능을 원망하면서 취직을 욕망하게 된다. 그동안 자신의 삶을 "노예의 생활"로 인식하고 "지금같은 민주주의 시대에 남편의 압제를 받지 않으려면 경제적으로 자립할 능력이 있어야 겠다"라는 생각에 그녀는 파리 양행에 취직을 한다. 그 후 오선영은 "사업체 하나를 자기 손으로 운영해 나갈 것을 생각하니 말로 다할 수 없는 생의 보람"을 느끼고 "한사람의 사회인으로서 세상과 겨루어 나아가는 신선한 긴장감"을 느끼면서 공적 영역에서 경제적으로 자립한 근대적 주체가 되어간다. 의복 또한 이전의 한복 차림에서 활동하기에 편한 근대적인 양장으로 변화를 추구하게 된다.

오선영의 양장에 대한 욕망은 그녀가 사적 영역에서 공적 영역으로 이동했음을 나타내는 표지이다. 직업여성이라는 사회적 지위의 상징은 물론 경제적, 자립적 주체에 대한 욕망이기도 하다. 또 사적 영역에서 찾을 수 없는 자유를 실현하기 위한 욕망의 기호이다. "마카오지로 된 양복"과 "미국산 양복감"으로 지어 입은 양복을 때때로 입고 출현하는 최윤주로 인해 오선영의 양장에 대한 욕망은 더욱 커진다. 최윤주는 이혼한 후 자기 사업을 꿈꾸면서 날마다 새로운 양복을 입고 나타나 오선영에게 일종의 비참한 패배감과 맹렬한 경쟁의식을 느끼게 한다. 이는 50년대 양장의 유행을 실감케 하면서 여성들 간의 유행심리를 잘 보여주는 대목이다. 유행이란 단순히 옷 입은 차림만이 아니라, 그 시대의 사상이나 라이프스타일을 반영하는 사회적인 표현이다.[32] 그리고 유행을 따르고자 하는 가장 중요한 동기에는 동조하고자 하는 욕구와 자아를 확장하고자 하는 욕구라는 배반적인 두 욕구가 공존한다.[33]

---

32) 이인자, 『복식사회 심리학』, 수학사, 1984, 121면.

33) 즉 사회의 규범을 따름으로써 안정감을 느끼고 타인과 다른 개성을 드러내고자 하는 것으로, 유행은 개성화의 균질화, 공동체 의식과 차별화 의식, 두 가지 상반된 욕구 사이에 있다. 이인자, 앞의 책, 129면.

당시 유행하던 양장을 소유하고 싶은 오선영에겐 사적 영역에 있는 다른 여성과 자신을 차별화하고자 하는 욕망과 근대적인 직업여성으로서 균질성을 확보하고자 하는 이중심리가 섞여 있다. 그녀에게 결국 양장은 공적인 공간에서 자신의 정체성을 주장하고 자기를 타인과 차별화시키며 나아가 우월감을 드러내고자 하는 욕망의 표현이다. 또한 양장은 자유와 민주로 표상되는 새로운 감성과 새로운 만남을 약속하는 것처럼 비친다.

한편 오선영이 취직한 파리양행은 "호비두 향수, 코티분, 폰스크림, 맥스도랑, 코티연지, 이프스테기 口紅, 벳드파푼" 등 주로 미국산 화장품과 향수를 파는 곳이다. 전후에 여성들 간에는 밀수품이 범람하고 당시 상영된 외국영화의 영향으로 어색한 서구식 화장이 계속 유행했다. 파리양행은 무엇보다 미국 GI를 통해 수입되는 미국상품과 옷감에 접촉할 수 있는 기회가 많고 소비주의의 첨단을 보여주는 곳이다. 미국문화의 소비의 중심지에 있는 파리양행에서 누구보다 미국문화를 쉽게 접하면서 그녀의 양장에 대한 욕망은 확대될 수밖에 없었다. 이윽고 오선영은 양장을 구입할 수 있는 삼만 원을 마련하기 위해 남편 몰래 원효삼의 성적을 조작하기에 이른다. 뿐만 아니라 오선영의 경제적 자립을 통한 자유에 대한 욕망은 계에 가입하는 동기가 된다. 최윤주와 국회의원 오병헌의 부인이 돈을 만드는 방법이 계였다. 최윤주로부터 계에 대한 지식을 습득한 오선영은 "계를 많이 가지고 있는 여자는 한국은행 총재 이상의 권리를 가지게"되니, "계를 통하여 세상을 한 번 움직여 보는 것도 통쾌한 일"이라고 생각한다. 그리고 최윤주의 권유로 삼십만 원짜리 계에 가입하고 곗돈을 마련하기 위해 파리 양행의 공금을 협잡하기까지 한다.

1950년대 계는 영세상업자금의 중요한 조달 수단의 하나로, 특히 경제활동에 종사하는 금융기관을 이용하거나 계약관계를 맺는 등 경제적 신용활동을 할 수 없었던 여성들에게 중요한 자금 조달 수단이었다.[34] 파리양행에서 계모임으로의 진출은 오선영의 경제적 자립을 위한 공적 영역의 확대라고도 볼 수 있다. 그녀는 계모임에 입고 나갈 양장을 찾으러 갔으나 주문이 밀려 대신 급하게 나일롱 한복을 지어 입고 나간다. 그런데 <해동관> 계모임에 온 사람들의 옷차림 모두 나일롱 옷이었다. "비로도는 촌뜨기 같아서 입고 다닐 수가 없다"는 계원들의 말은 전후에 인기를 끌었던 비로도의 시대가 가고 이제 나일롱의 시대가 도래했음을 알 수 있게 한다.

> 모든 회원이 죄다 나이롱 옷을 입고 왔으니 우리 계는 이제 앞으로 나이롱과 같이 산뜻하고 나이롱과 같이 현대적으로, 나이롱과 같이 신용 있게 운영해 나아가도록 하세요 …… 그리고 참, 이제 앞으로는 전 회원이 한 달에 한 번씩 모여야 할 터인데, 그때만은 모든 계원이 반드시 나이롱 옷을 입고 나오도록 하면 어떻겠어요? …… 그런 의미에서 우리 계의 이름을 <나이롱 계>라고 하면 어떨까?
>
> ―『자유부인』 하, 54~55면

인용문은 당시 나일론의 폭발적인 인기를 실감할 수 있게 하는 대목

---

34) 한국전쟁 후 계의 성행은 인플레이션 수습책의 실패와 졸렬한 금융정책에서 기인했지만 계에는 금융기관이 갖지 못한 여러 장점이 있었다. 첫째 계는 계원 상호간의 신용·유대를 중심으로 운영되었기 때문에 법률상 무능력자로 은행이나 무진회사를 이용할 수 없었던 여성들이 자유롭게 이용할 수 있었다. 둘째, 계는 현금 불입이나 융자 시 엄격한 비밀이 보장되어 정부와 각종 기관에 의한 세금과 잡부금의 징수에 대한 가장 효과적인 방어책이었다. 셋째 계는 금권이나 특권이 개입할 여지가 없어 금융기관을 이용할 수 없었던 서민층에 적당했다. 특히 여성들은 이러한 이점 때문에 더욱 계를 통해 상업자금을 융통하는데, 고관의 부인에서부터 시장좌판에서 장사를 하거나 행상을 하는 여성들까지 계를 이용했다. 이임하, 『여성, 전쟁을 넘어 일어서다』, 서해문집, 2004, 249~253면.

이다. 해방 후 의복 문화의 일대 변화를 가져온 섬유는 나일론이었다. 해방 후 미군과 함께 들어온 낙하산 천이나일론의 처음인데, 6·25 전쟁동안 나일론 양말이나 나일론으로 만든 스타킹은 암시장에서 팔렸다. 1953년경부터는 일본에서 수입되어 저고리, 치마, 바지, 블라우스, 스커트, 원피스를 비롯하여 나일론 옷감, 나일론 제품이 각광을 받으며 삽시간에 보급, 이용되었으며 가히 혁명적이라 할 만한 복식의 변화를 가져왔다.[35] 당시 나일론이 선풍을 일으키자 이러한 현상을 '나일론 유행병'에 걸렸다[36]라고 비판하기도 했고 투명한 나일론의 착용을 통해 신체의 노출현상이 심각하다며 우려하는 목소리가 높아졌다.

> '나일롱'이 투명한 천으로 지향하는 것은 노출증 시대를 말하는 것이다. 「나일롱」이 공기유통이 되지 않아도, 인체의 오물을 흡수하지 않아도, 비위생적이어도 좋다. 하여간 나일롱의 투명을 백% 이용하여 육체가 보이면 애용한다는 심사는 그것을 말하는 것이다. …… 요지음 무턱대고 노출만 시키면 지식인 같고 현대의 호흡을 하는 모더니스트가 된다는 심사에서 거의 경쟁적으로 급진하여 가는 것이다. 어느 잡지에는 미국에서 일어난 넌센스 하나를 보도한 것을 기억한다. 그것은 전라의 여인으로 풍기 문란죄로 구속하고 보니 사실은 나이롱을 입고 있었드라는 것이다. 우리나라도 이와같이 급속도로 유행에 따라서야 全裸의 여인을 볼 정도는 머지않은 장래가 될 지도 모르겠다.[37]

『자유부인』에서 나일론은 "현대적, 문화적, 감각적"인 것으로 묘사된다. 특정 옷감에 대한 욕망은 그 옷감을 소비함으로써 그 옷감에 부여된 기의를 체현하는 것이다. 겉옷은 물론 속옷에까지 사용되면서 나일론을

---

35) 박완서, 앞의 글, 112면.
36) 신동헌, 「나일론 열풍시대」, 『신태양』, 1954. 8, 136면.
37) 김용환, 「나이롱 열풍시대」, 『신태양』, 1954. 8, 134~135면.

입지 못하면 시대에 뒤떨어진 것처럼 여겼던 당시 나일론을 입거나 착용하면 자칭 '문화인'38)으로, 문화적이고 현대적인 감각을 가졌다고 느끼게 되는 것이다.

그러나 오선영이 파리양행에 취직하자마자 꿈꾸던 양장을 입은 모습을 남편 장태연은 못마땅해 한다. "가정부인은 역시 한복을 입는 게 점잖아 보이지 않을까?"라고 묻기도 하고 "양복을 입으니 훨씬 발랄해보지만, 그러나 그토록 아름다운 것이 과오를 범하는 동기가 된다면 그대로 묵과할 수는 없는 일이 아닌가?"라고 계속해서 비판적이다. 이는 양장차림을 방종과 타락에 빠지는 원인으로 생각하기 때문이다.

『자유부인』에서 오선영의 자유는 가정에서 벗어나 파리양행이라는 공적 영역으로의 진출과 함께 이루어지는 벨벳(비로드) 치마에 양단저고리, 나일롱 치마저고리, 양장으로 이어지는 옷차림의 변화와 연동한다. 그녀는 집안에서 집 밖 거리, 화교회, 파리양행, 계모임으로 공간을 이동하면서 각긱 다른 의복을 작용하는데, 이때 의복은 현실에서 탈출하고자 하는 욕망과 새로운 정체성에 대한 상상력을 표상한다. 그것은 바로 가정이라는 사적 공간과 가사와 육아라는 성역할에서 벗어나 개인적인 욕망을 성취하고자 하는 자유와 민주에 대한 상상력이라고 할 수 있다. 물론 이러한 욕망을 매개하는 것은 미국 상품과 문화이다. 그녀는 미국문화를 소비하는 주체로서 경제적 자립을 꾀하고 의복을 통해 자아를 계속 재구성함으로써 자신이 생각하는 자유를 적극적으로 체현하고 있다. 그러나 그 자유란 권위적인 서술자와 남편 장태연에 의해 시종일관 무서운 허영과 사치로 폄하되면서 비판의 대상이 되고 만다. 다시 말해 "방종과 타락으로 귀결되는 자유", "옷을 바꿔 입음으로써 미국문화를 모방하는

---

38) "치마와 적삼은 물론 양말에서 장갑, 와이셔츠, 런닝셔츠, 심지어 슈미즈에 팬츠, 즈로오쓰까지 진부 나일론 세품이나. 사칭 문화인의 자랑이었다." 『조선일보』, 1954. 12. 23.

풍속으로서의 자유", "사치할 수 있는 자유", "방종할 수 있는 자유"로
희화화되고 있다.

4. 댄스와 가면으로서의 의복－섹슈얼리티의 주체

공적 영역에서 경제적인 자립을 꾀하고 소비의 주체를 형성했던 오선
영은 이후 성애적 쾌락을 추구하는 주체로 변모한다. 여기에는 댄스야말
로 "민주혁명의 제일보"라고 부르짖는 대학생 신춘호의 역할이 지배적
이다. 그녀는 자신의 육체를 한 번도 칭찬해 준 일이 없는 남편과 그를
비교하고, 마침내 그를 집으로 불러들여 댄스를 배우면서 스릴과 쾌락을
즐기기까지 한다. 오선영은 신춘호를 통해 성을 능동적으로 욕망하는 해
방된 주체로 변화하게 되는 것이다.

> 신춘호의 눈에는 이상한 흥분이 넘쳐 있었다. 오선영 여사는 그 모양
> 을 발견하사, 밀조신정이 이성 아릇히게 지려 오는 것만 같았다. 정열에
> 넘치는 젊은이의 흥분 ……, 그것은 남편에게서는 좀처럼 찾아볼 수 없
> 었던 애욕의 황홀한 불꽃이었다. 그러기에 오선영 여사 자신도 황홀한
> 흥분에 도취되면서, 「사랑의 증거를 어떻게 보여 줘야 하나?」하고 일부
> 러 반문해 보았다. 사랑의 증거를 어떻게 보여줘야 한다는 것은 신춘호
> 보다도 오선영 여사 자신이 더 잘 알고 있는 일일는지 모른다. 그럼에도
> 불구하고 의식적으로 그런 질문을 던져 보는 데 더 한층 쾌락이 느껴졌
> 다. 그것도 일종의 테크닉이었다.

오선영은 신춘호의 호소하는 듯, 애원하는 듯, 감격에 사무치는 정열
의 시선을 느끼면서 그러한 시선의 대상만이 아니라 자신이 적극적인

섹슈얼리티를 발현하는 주체의 면모를 보이고 있다. 트로트와 부르스, 왈츠, 탱고를 배운 뒤 신춘호와 함께 간 엘 시 아이에서의 댄스 경험 또한 그녀를 새로운 황홀경 속으로 빠지게 한다.

> 오여사는 문안에 썩 들어서자 너무나 화려한 눈앞의 광경에 정신을 차리기가 어렵도록 황홀하게 놀랐다. 저만치 악대(樂臺) 위에서 파도처럼 웅장한 음악이 유랑하게 흘러나오는 것도 놀라운 일이거니와, 삼십 평이 훨씬 넘을듯싶게 넓디넓은 홀에서 호화찬란하게 차린 칠팔십 명의 남녀들이 제각기 짝을 지어 멋들어진 스텝을 밟고 돌아가는 것은 눈으로 보기만 해도 흥겨웁기 짝이 없었다. 천장에서 휘황찬란하게 비치는 오색전등은 문자 그대로 불야성(不夜城)을 이루었고, 바깥은 상당히 추운 날씨건만, 홀 안의 공기는 훈훈하고도 향기로왔다.
>
> ―『자유부인』 상, 186면

인용문은 그녀가 '정열적으로 흘러 넘치는 유랑한 멜로디! 음악과 함께 리드미컬한 스텝을 밟고 돌아가는 흥에 겨운' 황홀한 흥분에 도취되어 점점 더 쾌락 속으로 빠지게 되는 장면이다. 이때 오선영은 신춘호와의 관계 속에서 더 이상 수동적, 종속적 태도가 아닌 주도적이고 능동적인 태도로 변화하게 된다. 나아가 오선영은 파리양행에서 만나게 된 백광진과 사장 이월선의 남편 한태석마저 자신이 사취한 파리양행의 공금을 조달하기 위해 유혹하기 시작한다. 특히 이월선 여사에게 의심을 받을수록 한태석을 적극적으로 유인해보고 싶은 충동이 간절해진다. 이때 그녀의 유혹은 의복으로 연출된 가면으로써 수행된다.

> 칭칭 늘어지는 남색 갑사 긴 치마에, 반회장 생고사 겹저고리를 입었다. 남들이 대개 나일롱 옷을 입고 올 것이므로, 자기만은 옛날의 궁녀(宮女)들 모양으로, 순한국식의 고전미(古典美)를 특색있게 나타내 볼 생

각이었던 것이다.

―『자유부인』 하, 182면

인용 부분은 창경원 안에 있는 수정궁에서 열린 ×청장 마누라가 주최하는 파티에 동행한 한태석을 유혹할 생각으로 그녀가 입은 의복에 대한 묘사이다. 그녀는 당시 유행하던 나일론 옷과 차별화시키기 위해 화려한 한복으로 자신을 연출했다. 이렇게 연출한 의복은 가면처럼 에로틱한 신체를 감추고 드러낸다. 또 의복에 의해 구성되는 그녀의 섹슈얼리티는 한태석의 시선을 빼앗음으로써 권력관계를 창출하고 있다. 말하자면 그녀의 의복은 더 이상 그녀를 섹슈얼리티의 대상이 아니라, 능동적인 섹슈얼리티와 성애적 욕망을 성취하는 주체로 형성하고 있는 것이다.

기실 오선영이 양품점 마담으로서 공적 영역에 진출하게 된 것은 웃음과 애교를 떨면서 장태연에게 자신의 여성스러움을 연기하면서 가능해졌다. 나아가 공적 영역에의 참여와 경제적 지립을 위한 욕망을 위해 오선영이 여성스러운 가면극을 수행하는 모습을 곳곳에서 발견할 수 있다. 자신의 신체와 성을 이용해서 어성성은 가장하면서 백광진을 속여넘기는 모습과 신춘호와의 황홀한 댄스, 한태석과의 성적 유희 등이 그것이다. 무엇보다 수정궁 댄스파티 때 보여준 의복 연출은 오선영이 점점 화려해지면서 여성스러워져 감을 입증한다. 요컨대 그녀는 성적으로 수동적인 평범한 주부에서 점차 화려한 양장의 오마담으로 변화했고 수정궁 파티 장면에서는 화려한 댄스 의상인 한복과, 한복을 통해 재구성되는 신체와 섹슈얼리티를 일종의 가면으로 사용함으로써 남성을 교환하는 적극적인 면모를 보인다. 여기서 오선영의 의복은 자신의 욕망을 달성하기 위한 위장의 세계를 연출하면서 쾌락을 위한 매개가 되고 있다. 즉 댄스로 익힌 신체감각과 그 신체를 보다 에로틱하게 만드는 의복이 능동적이고 매혹적인 섹슈얼리티의 주체가 되도록 함으로써 기존의 젠더 경계에 위반과 균열을 가하고 있는 것이다.

5. 허영과 사치의 수사학

전후 미국문화의 급격한 확산과 더불어 유입된 자유와 민주주의 이념은 여성들로 하여금 전통과는 다른 새로운 근대적 자아를 욕망하게 만든다. 그리고 민주주의와 자유를 강조함으로써 여러 가지 사회적 실천이 가능해졌다. 패션도 사회적 실천의 하나로써 여성들은 자신이 욕망하는 상상된 자아를 의복으로 연출한다. 공적 영역에 진출하는 기회가 많아지고 자유와 민주라는 새로운 감각을 익히면서 근대적인 자율성을 바탕으로 한 새로운 주체로 자신을 형성한다. 뿐만 아니라 양장과 댄스로 표상되는 미국문화를 향유하면서 능동적인 섹슈얼리티와 쾌락의 주체가 되어 간다. 이러한 욕망은 새로운 의복을 통해 가시화되기도 하고 또 근대적인 의복이 그들의 욕망과 정체성을 재구성하기도 한다. 그러나 전후 재건과 민족국가 건설이라는 과제 속에서 지배 이데올로기는 그들의 의복을 규율하고 단속해야 하는 것으로 묘사하고 있다. 의복으로 표상되는 유동적이고 능동적인 여성의 욕망과 섹슈얼리티는 전통적인 사회질서를 위협하거나 위계화된 젠더 체계를 무화하려는 것으로 비쳐졌기 때문이다. 따라서 해방 후 시작된 유행 현상은 '사치'와 허영이라는 규율담론으로 비판받으면서 여성의 의복 통제가 이루어진다. 1955년에는 '국민생활검소화운동'으로 국산품과 색복의 착용, 통치마, 바지 착용, 옷고름 폐지, 외국산 고급품과 귀금속 폐지와 여교사의 복장과 화장이 규제되는 대상이 되는[39] 등 국가재건과 근내화 시기를 거지면서 여성의 의복이 국가적 통제의 대상으로 파악되고 있음을 알 수 있다.

1950~60년대 비로도와 나일론, 홍콩 양단을 향한 여성들의 욕망을 비판하는 가장 큰 논거는 그 옷감이 국산품이 아니라는 것이다. 1960년 대 『여원』의 한 필자는 '우리나라를 지배하여 온 옷감을 가지고 십오 년간의 한국 여성 사치사를 일별하겠다고 주장하면서, 해방 이후의 여성의 복식사를 "몸뻬로부터 해방되자 들어온 베르벳드, 나이론 양단의 유행은 여성을 타락시키고 말았다."로 요약한다.

> 고요한 아침의 나라 大韓民國의 수도(首都), 서울의 한복판 明洞 누가 이름지어 植民地洞이라 했다. 으리으리하게 쇼·윈도에 진열되어 있는 외래품의 홍수, 메이드·인·쟈팡(日本)을 위시로 해서, 메이드·인·USA, 메이드·인·홍콩 등등……. 이것은 대체 누구를 위한 사치들인가. 해방이후 十五年, 그늘에서 여성은 오직 사치에만 눈이 어두워 스스로를 부패시켜 왔다. …… 옷은 여성의 날개이며 아름답게 보이려는 욕망은 여성에게 있어서 본능에 가까운 충동이다. 그러나 이것이 자기의 분수를 넘을 때 우리는 사치라고 부르고 배격한다. 자기의 분수에 넘은 호사를 할때 그 사람은 남의 지탄을 받고 급기야는 패가망신(敗家亡身)하기 마련이다. 이것은 일개인의 문제에 한한 것이 아니라 국민이라는 단위(單位)에서 볼 때도 마찬가지다. 그 국민의 분수에 맞게 국민 모두가 호사를 하여야 이 분수를 넘어서 국산품이 아닌 외래품으로 사치를 할 경우 그 국민은 결국 망하고 마는 것이다.[40]

여성들의 의복을 허영과 사치의 수사로 폄하하면서 국가와 국민을 위해 단속해야 한다는 논리는 당시 민주나 해방, 개인에 대한 강조가 실현되기 불가능한 추상적, 관념적 구호였음을 방증한다. 특히 근대 민

---

39) 김수진, 앞의 글, 309면.
40) 高元逸, 「치마저고리의 流行十五年」, 『여원』 제6권 제8호, 1960. 9, 231~235면.

족국가 수립이라는 과제는 미국적 근대와 전통 간의 길항 속에서 민족과 개인의 정체성을 재구성하는 것을 전제로 했으며, 이 과정에서 서구에 대한 선망과 경멸이라는 양가감정은 50년대 우리 근대성의 면모를 드러낸다.

이 시기 양장으로 표상되는 여성들의 의복은 바로 이러한 근대의 모순적이고 복합적인 모습을 가시화하는 상징이자 기호였다. 한글학자이자 민족주의자인 장태연이 아내의 양장 입은 모습을 못마땅해 하면서도 미군부대에서 일하는 영문타이피스트 박은미의 양장 치마 아래로 비치는 종아리를 물신화하여 관음증적으로 욕망하는 것은 이러한 모순을 잘 보여준다. 그러나 박은미에 대한 그의 감정은 정신적인 사랑으로 끝나고, 오선영을 전통적인 가부장적 질서로 소환함으로써 전통적인 가부장제 아래 다시 여성의 젠더를 구축하는 양상을 보여준다. 따라서 미국에 대한 양가감정은 시종일관 동저고리 차림의 한복을 입고 한글학자이자 민족주의적인 지식인[41]으로 규정되는 장태연과 계몽적인 서술자 의해 오선영의 자유에 대한 행동을 다음과 같이 평가함으로써 드러난다.

> 오늘날 자유부인들이 놀아나는 것은, 먹고 살기 위해서가 아니라, 순전히 허영 때문인 것이다. 그들의 행동에는 하나에서 열까지 허영 아닌 것이 하나도 없다. 화장을 하는 것도 허영이요, 옷치장을 하는 것도 허영이요, 사교를 하는 것도 허영이요, 계에 가입하는 것도 허영을 만족시키기 위한 행동에 지나지 않는다. 오선영 여사는 <젊다>라는 허영심을 만

---

41) 다음 예는 그가 민족주의적인 지식인임을 단적으로 보여준다. 다른 과목에는 낙제생이 하나도 없는데 국어학사에만 낙제생이 있다는 사실을 알고 "국어학사는 몰라도 좋지만, 영어문법만은 알아야 한다는 것은 이 무슨 그릇된 사상일까. …… 아무리 약소민족이라도 제나라가 소중한 줄을 몰라 가지고는 멸망의 운명을 면하기가 어려울 것이 아닌가. 하물며 인류대학의 교무처 직원까지도 그런 망국적인 현상을 당연하게 생각하고 있으니 기가 막힐 노릇이었다." 정비석, 『자유부인』 하, 고려원, 1985, 63면.

족시키기 위하여, 철없는 대학생에게 성적 충동을 일으키게 하는 파렴치한 행동조차 사양치 않았다. 그런 허영의 괴뢰(傀儡)가 어찌 오선영 여사 한 사람뿐이랴. 민주주의란 과연 좋은 사상이기는 하다. 그러나 자유와 방종이 혼동되어, 사회 질서가 그로 인하여 파괴될 우려가 있을 경우에는, 민주주의를 잠시 무시해도 좋으니, 여성 각자에게 지각이 생길 때까지는 아낙네들을 엄중히 단속할 필요가 있을지도 모른다.

—『자유부인』 하, 37~38면

권위적이고 논평적인 서술로 이루어진 위 인용문은 미국식 민주주의와 자유의 사상이 당대 현실의 맥락에서 수용되지 못하고 추상적이고 관념적인 문화적 차원에서 수용된 것임을 비판하는 동시에, 급속한 서구화와 미국문화를 향유하는 여성을 바라보는 남성 민족주의자들의 불안감을 노출하는 것이기도 하다. 따라서 가장 적극적으로 미국식 문물을 소비하고 밀수품 불하 사업이라는 남성의 공적 영역에까지 손을 대려 했던 최윤주는 백광진에게 속은 것은 물론 유산과 출혈이라는 가혹한 처벌을 받게 되고 오선영은 남편의 영웅적인 공청회 연설을 계기로 회개하고 집으로 돌아오게 된다.

남편은 언젠가, 옷이나 잘 입고 춤이나 추러 다니는 것을 자유로 알아서는 안 된다고 말해 준 적이 있었다. 진정한 민주가정이란 외형적 형식에 있는 것이 아니라 정신적 태도에 달린 것이라고 일깨워 준 적도 있었다. 다시 말하면, 똑같은 형태의 부부생활을 하더라도 주종(主從)의 관계를 가지면 그것은 종건적인 가정이요, 부부간의 인격을 서로 존중해 가면서 협조 정신을 발휘하면 그것이 바로 민주 가정이라고 설명해 주었다. 오선영 여사는 그때에는 그 말의 진의를 알아듣지 못하였다. 그 말을 제대로 알아듣지 못했기 때문에 자유와 방종을 혼동한 나머지, 가정에 불만을 품고 거리로 나왔다. 그리고 그 결과는 어떻게 되었는가. …… 가정! 여자들은 가정을 떠나서는 자유도 행복도 있을 것 같지 않았다. 왜냐

하면, 여자들의 자유와 행복이란 오로지 결혼이라는 토대 위에서만 성립
될 수 있기 때문이었다.

—『자유부인』하, 241~242면

오선영의 발화라기보다는 거의 계몽적인 서술자의 목소리에 가까운
인용문은 작품 마지막에 오선영 스스로가 반성을 통해 가부장제 이데올
로기를 내면화함을 보여준다. 소설에는 드러나지 않지만 영화 <자유부
인>에서 남편의 용서로 집으로 귀환한 뒤 오선영이 입고 있는 수수한
한복차림은 이 작품이 구현하고 있는 성 정치학이 전통적인 가부장제
윤리임을 명백히 입증한다.

1950년대 여성에게 의복은 그저 근대의 경험 영역이 아니라, 반공주
의에 의해 억압된 민주주의적 자아를 경험하고 나아가 적극적이고 능동
적인 주체를 형성하고자 하는 욕망의 표시였다. 여성의 양장과 화려한
저고리, 나일론 복장은 여성의 공적 영역에 대한 도전이자 사적 영역의
일탈 혹은 섹슈얼리티의 발현으로 전통적인 젠더의 위계질서를 위협하
거나 가부장제에 균열을 내는 하나의 기호였던 것이다. 그러나 전후 국
가 재건과 근대화라는 과제 속에서 반공주의와 전통을 회복함으로써 자
기를 확립하려는 보수적인 민족주의의 규율담론은 이를 양풍, 방종, 사
치로 경계하거나 폄하하면서 통제를 가한다.『자유부인』에 나타난 이러
한 의복의 재현 양상은 1950년대 여성의 젠더화된 공간을 드러내는 언
어이자 한국적 근대의 복합적인 모습을 보여주는 하나의 상징이라고 할
수 있다.

그 리 운 녯 날 의
學窓時代
생각하면그째가그립슴니다

金源珠

「이째는 들어안저 일백와가지구 싀집가거라, 건너 동안을 나는 가장 얌전한 달노릇을 (아버지 눈에 (평생이라는 평안도사투리) 공부만할가?」 이것은 만은) 하며 바누질하는 법과 음식만드는 법을 골 보통학교를 졸업한 그해봄에 상급학교를 가겟다고 고루 배호고 잇엇슴니다, 그러나 틈수히 어머니치 하엿슬째 아버지의 명령이엿슴니다, 원래 무서워하 마자락을 뜻으며 상급학교 보내달나고 울며 조르 고 엄하기는 떡엿슬지언정 철이들어서는 용석한번 는것을 아버지는알지 못하엿슬것임니다, 졸업한지 을 부려본 긔억이업는 무서운 아버지의 이명령에 잇해人재되는 봄에 어머니에게만 내약을 어뎌가지 는 두번 말할용긔를 엇지못하엿슴니다, 그후 잇해 고 봄아지랑이 춤추고 새엄이 나붓기는 陽春三月

그리운 녯날의 학창시대(『삼천리』, 1932. 1)

▌理想的 夫人, 羅蕙錫孃

먼저理想이라험은何를云험인고, 所謂理想이라. 卽理想의 欲望의 理想이라. 以上을 感情的理想이라허면, 此所謂理想은靈智的理想이라. 然허면理想的婦人이라헐 婦人은그누구인고. 過去及現在를通하야, 理想的婦人일헐 婦人은읍다고生覺허는바요. 나는아즉 婦人의 個性에 對헌 充分헌 硏究가읍는 故이며, 坐 自身의 理想은非常헌 高位에 在험이요, 革新으로理想을삼은카츄사, 利己로理想을삼은 막다, 眞의戀愛로理想을삼은노라夫人, 宗敎的平等主義로理想을삼은스토우夫人, 天才的으로理想을삼은라이죠女士, 圓滿헌家庭의理想을가진요사노女士諸氏와 如히, 多方面의 理想으로 活動허는 婦人이현재에도 不少허도다. 나는 決코 次諸氏의 凡事에 對하야 崇拜헐수는읍스나, 다만 現在나의 境遇로는 最히 理想에 近허다하야, 部分的으로 崇拜허는바라. 何故오, 彼等의 一般은 運命에 支配되여, 生長發展卽 忠實히 自身을 發展험을 恐怖하야, 恒常平易헌 固定的安逸外에, 絶對의 理想을 가지지못헌 弱子임이라. 然허나, 우리는 此長所의 凡事를 取得하야, 日日히 修養된 自己의 良心으로 築出헌바, 最히 理想에 近接헌 新思想으로 生長치안이허면안이되겟도다. 習慣에依하야 道德上婦人, 卽自己의 世俗的 本分만 完守험을 理想이라말헐수읍도다. 一步를 更進하야 此以上의進備가읍스면 안이될줄노生覺헌바요, 單히 良妻賢母라하야 理想을定험도 必取헐바이안인가허노라. 다만 此를 主張허는 者는 現在 敎育家의 商賣的一好策이안인가허노라. 男子는 夫요 父라. 良夫賢父의 敎育法은아즉도듯지못하얏스니 다만 女子에 限하야 附屬物된 敎育主義라 精神修養上으로 言허드래도, 實로 滋味읍는말이라. 坐 婦人의 溫良柔順으로만 理想이라험도 必取헐바가안인가허노니, 云허면 女子를 奴隷맨들기 爲하야 此主義로 婦德의 獎勵가 必要허엿섯도다. 然헌 中今日의 婦人은 長長時間에 男子를爲하야만 盡務케허는 主義로 養成헌 結果, 溫良柔順에 過度하야 其理想은, 殆히 理非의 識別써지 不知허는 境遇에全험이라. 然허면 如何히

허여야 各自適헌 女子가 될가. 無論知識枝藝가必要타허겟도다. 何事에당허던지 常識으로左右를 處理헐實力이잇지안이허면안이되겟도다. 一定헌 目的으로 有意義하게, 自己個性을發揮코저허는自覺을가진 婦人으로서, 現代를 理解헌思想, 知識上及品性에 對하야, 其時代의 先覺者가되어 實力과 權力으로, 社交又는 神秘上 內的光明의理想的婦人이되지안이허면 不可헌줄노生覺허는 바라. 然허면 現在의 우리는 漸次로知能을擴充허며 自己의 努力으로 責任을盡하야 本分을 完守허며, 更히 事에 當하야 物에 觸하야 硏究허고 修養허며, 良心의 發展으로 理想에 近接케허면, 其日其日은 決코 空然히 消過험이안이요 然後에는 明日에 終身을헌다하야도 今日現時까지는理想의一生이될가허노라.

그럼으로, 나는 現在에 自己一身上의 極烈헌 欲望으로, 影子도보이지안이허는엇더헌길을向하야 無限헌 苦痛과싸호며 指示헌 藝術에 努力허고저허노라.

(一九一四. 十一. 五)

—『學之光』, 1914. 12.

▌大門을나신兄弟들의게, 朴淳愛

四方이 沈々ᄒ고 萬賴가 寂然ᄒ야 暗黑에封鎖되엿든 宇宙에 明朗혼鷄鳴聲이 日出을告ᄒ니 비로소 一大光線이 비ᄂᆫ光彩를發ᄒ야 東便하늘 黑雲사이로 너여쓰미 압집, 뒷집, 건는집홀것업시四面에셔 門여는소리가, 게으른쟈의 귀를울니며 老少男女를勿論ᄒ고 제각기 困혼꿈을씨여 니러ᄂᆞ 活動ᄒ기를 始作ᄒ니 어제밤의 其沈默과暗黑의努力은 어느틈에 海上에 水泡가되엿다.

今日 文明의光線이 世界에 映射된지 已久ᄒ야 暗黑時代에 寂然ᄒ고 寒冷ᄒ든 세상은 一新ᄒ엿다. 萬人은 다토아 니러ᄂᆞ서 東奔西走ᄒ며 行裝을 차리더니 누구는 飛鳥가치 空中에도 오르고 누구는 躍漁갓치海底로도 往來ᄒ며, 어디셔는 塵想이 스러지고 忘我에恢가싱기는 音樂소리도들니고 어디셔는 天地를 崩毁ᄒ는듯혼 砲聲도들니며, 이소리져소리 이것져것, 東西에서 니러ᄂᆞ는大活躍이 진실로生命잇는者의活舞臺로다. 벌셔, 日高三丈이된 白■로다.

嗚呼라, 이中에셔 지금도오히려 홀로 夜重生活을달게하는이, 그누구입닛가. 長夜乾坤에 酣睡를 味覺ᄒ고 깁고깁흔閨房안에 安然이누어下等動物的生活을 堪作ᄒ는 半島女子가아닌가요? 그러ᄂᆞ近日朝鮮女子界에도 이文明의光線을보고 눈을쓰고자리에서 닐어나大門을나서게된ᄉᆞ람도 잇게되엿소. 自由가무엇이니理想이엇더니ᄒ야 이제부터는女子도ᄉᆞ람의對偶를밧으야될줄아는ᄉᆞ롭도 間或잇게되엿습니다. 그러면져長夢을 覺醒식힐이는 그나마 몬져씨여 大門을나셔게된 우리의重責 인줄압니다. 참, 우리女子의 過去를回顧ᄒ면 누구ᄂᆞ다一般으로 칼로어이는듯혼 心苦를 禁치못ᄒ지요. 幾千年을 奴隷生活로 一動一靜이 男子의 甚혼壓迫下에 拘束되야 一顧一笑를 自意로못ᄒ고 粉骨碎身이되도록服役을ᄒ면셔도 逐出이ᄂᆞ當ᄒ지안으면 無奴혼幸福으로 生覺ᄒ엿고, 그러치안코 一毫만 ᄆᆞ음에不足ᄒ여도, 婦道에違反이니七巨之惡이니ᄒ야 버림을밧으면 一平生을 獨守空房에서 長憂短歎으로 悲慘혼 歲月을 보니는者도 한둘이아니얏스며 甚至於

禽獸에게쏘참아못훈對偶를 밧든生覺을ᄒ면 치가쩔닙니다. 그러ᄂ이대우는 男子가ᄒ고십허홈이아니오, 누가 우리에게줌이아니외다. 우리는智識도업고 理想도업고 覺醒도업는 無人格훈動物이엇셧든故이외다. 훈즉 只今부터는우리가完全이覺醒ᄒ야智識도修養ᄒ고理想도振興식히고意志도確立ᄒ며實地的文明을踐行ᄒ야 우리類敗훈女子界를다시建設훈後에우리權威도 發現ᄒ고우리本位도차즈야겟습니다. 그러나近日世人이新敎育을밧엇ᄃ는죠선女子에게對훈評論을드르면女子界를建設ᄒ기는고사ᄒ고도로혀千萬層깁흔陷井으로쩌러칠가怯납니다. 여러분도아마드르시지요? 近者에女子들은學校大門안에, 발몬드려노으면虛榮의惡魔가其腦속第一位를占領홈으로 現代우리處地라든지 將來우리義務又훈것은生覺홀餘地도업시, 分外에奢侈를 崇尙ᄒ며우리에게는아직當치도안은文明人의華魔훈家庭에安逸한生活을희보랴는空想쑨이요, 女子의職務實行홈을도로여冷笑ᄒ며, 쏘겨우어니學校卒業證書ᄂ하나밧으면, 眼下無人으로父母에게까지驕慢ᄒ기無變ᄒ야, 父母의訓戒나言論은無識ᄒ다고唾罵ᄒ기例事며, 老母는廚房에셔활동又흔허리를굽흐리고 朝夕準備ᄒ기에汨沒ᄒ오, 自己는安席기더여冊만보고잇스며, 或出家ᄒ면 自慢自傲ᄒ야舅姑를 蔑視ᄒ며, 夫言不從等에悖惡훈行動이大甚ᄒ다힙니다. 이와것흔 批評이비쌜치듯훈는줄여러분다아시지요? 그러면엇더케生覺ᄒ심이까. 事實上全部女子가다그리타고는할수입셔도寒心훈일이如干아닌줄압니다. 이러케말ᄒ면或제게對ᄒ야너는무엇이냐고叱責홀이도잇쓰리다. 제가여러분보다 超越훈點이잇다고이말을하는거슨아니외다. 잘ᄒ든잘못ᄒ든누가우리事情을드러주며쏘말하오리까. 우리過失도우리가忠告ᄒ야겟고우리長處도우리가 셔로讚揚할수밧게업슴으로 敢히 拙筆을든거시외다. 사랑ᄒ는형뎨여 저러훈評論을밧게됨이우리父母가十餘年式 敎育ᄒ신目的이나 社會가女子敎育을 許훈本意가아닐터이지요. 우리는무엇보다도 스람다온理想이잇셔야겟소이다. 우리責任을 自覺ᄒ야겟소이다. 敎育을밧으면밧기前보다 父母에게對훈孝誠도더極盡ᄒ야겟고, 女子에게當훈職務도더잘堪當ᄒ야겟슴네다. 더구나우리몬져敎育을밧은女子는아직夢中에잇는女子를覺醒식혀야될, 벗지못할重훈짐이우리双肩에잇지안어요? 우리도將次草家오막사리를쩌ᄂ 二三層洋屋에서 피아노를쑹당거리는生活도ᄒ야

되기는하지요. ᄒ나우리가이거슬窮極的目的을숨아, 個人의安逸만要求ᄒ면 우리집 左右에셔들니는우리同類女子들의 오쟝이 스러지난듯ᄒ우름소리와恨숨소리를, 엇지便이듯고안젓겟습니까. 누가뎌들을天幸萬古를不願ᄒ고, 黑暗洞中에셔救出할까요. 우리가朝鮮女子를爲ᄒ셔는밧을슈잇는힘까지는 苦生을사양치안허야ᄒ지안을가요. 그러니까 博學多聞ᄒ야 文學 音樂 美術 敎育家等이繼趾而出함도 必要ᄒ고, 몬져우리몸은耶蘇의眞正ᄒ熱受와同化되야이 秋月夜ᄌ히靜淑ᄒ고 冷淡ᄒ社會와, 南北水楊ᄌ치 寒氣가 凜々ᄒ家庭의光明ᄒ고 溫和ᄒ사랑의 太陽이되여, 우리社會와 우리家政에도 熱烈ᄒ사랑이셕긴우숨의和風이끈이지안토록ᄒ야되지안젯습니까. ᄒ즉 우리는各自身이朝鮮女子됨을 아는同時에우리使命을 自覺ᄒ야 一身의苦樂을不係ᄒ고 後進들이 밟고건너生命樂園으로 드러갈 石橋가되엿스면엇덜까요? (1917. 10. 8)

—『女子界』, 1918. 3. 11.

▌新女性의 五大煩悶

◇ 未婚女性의 남모를 煩悶
◇ 女學校卒業한 處女의 煩悶
◇ 自由結婚한 新女性의 煩悶
◇ 職業을못求해서우는新女性
◇ 新家庭에드러간女性의煩悶

處女의 煩悶 — 어지러워저가는이마음, 英子

一. 處女時代에 가지는煩悶말이지요? 그야 더길게말할것도업시 結婚에對한 煩悶이 가장만켓지요 또다른번민잇다하더라도 그것은 또한 結婚問題로말미암은種類의것일가합니다. 더욱우리 朝鮮과가티 過渡期에잇는社會에서는이結婚에對한煩悶이 무엇보다도큰것을 늣기게됩니다. 그中에도 우리와가티 二十歲넘은 未婚處女로는 過渡期의맨 삿품에 씨워잇서서웃절에도 못밋고 아랫절에도 못믿는 이런속타는 煩悶을 더욱만히가지게됩니다.

二. 말이낫스니말이지 爲先나한사람을 두고본다하더라도 결혼문제까닭으로 얼마나煩悶하고잇는지알수 업습니다. 이 問題에 잇서서는 이러지도못하고저러지도못하야 나의 心緒는 極度로어지러워저감니다.

보시요! 학교나오면서 한냥반과『永遠히사랑하자』는 굿은맹서를 하고보니 그이는 벌서 장가가서 부인이눈이새파래잇고 어린아기까지 잇다겟지요 그냥반말슴은 離婚하고 살림을 차리자고하지만 그것이될일임니까. 남의집男便과 戀愛하는 이년이못된년이지요 그냥반말슴은 離婚하고 살림을 차리자고하지만 그것이될일임니까 남의집男便과 戀愛하는 이년이 못된년이겟지요. 또그럿타고 그냥반과깁허진戀愛가 그러케單純하게 끈허질수도업습니다. 내생각만으로

는 그이가업섯든덜 이世上이世上갓치아니할것갓습니다. 정말 그이가잇기째문
에 나는사는것갓해요. 그러니 엇쩜닛까 妾노릇할수는업구요 아니정甚하게 생
각되는째는 妾이라도되고자하지만 이것은 世上이나를 웃는다는것보다 그이의
處地로서 도저히못할일입니다. 離婚離婚해도 어린아기까지나은이가 離婚條件
이붓슴니까 쏘더욱 雙方의 父母가 그러케도 嚴格하고 頑固해서 이런말만나도
야단벼락이 내린다는데 될수만무하지안슴니까.

三 집에서는 무슨 김좌수의아들이니 박참봉의족하니하고 작고죄우는것은
다 어제그적게 보통학교나나온 돈잇는집자손네를 쓰대고잇스나 이것은 年齡
만해도 세살네살아래되는데일쑨아니라 어쩌케 생긴사람인지 쏘 어쩌한性格
을 所有한사람이며 쏘그이의趣味는 무엇이며 將來目的이 무엇인지도 모르는
사람과 結婚을 하라고 야단임니다. 내가 「안됨니다」하고 拒絶을 하면 父母親
戚들은 당장에 「망할년이라」는둥 「죽일년이라」는둥 별별욕설을다하겟지요
암만그러니 마음에업는데로 시집을 엇쩌케 간단말이요 차라리 홀로늙을지언
정 나되고는 마음에업는 犧牲을하고십지아니함니다. 이러케되고보니온집안이
불가마모양으로 뒤집히는일이만슴니다. 싸라서 내속은 탈대로 탄담니다.

四 쏘 學校先生님들이나 親한동무들은 나히三十이넘어 수염이검엇케나온
喪妻한어른을 媒介하는일이만슴니다. 쏘그런어른들로부터 혹풋面目이나잇고
보면 간곡한편지들도 만히보내주더이다. 그러나 한 四五年差갓해도 모르겟지
만 十年以上의差가되는 나만흔어른에게는엇전지 무서운생각이드러요. 다시말
하면 그런어른은 임이 思想이固定되야 現代에대한利害力이적고 兩性의美를 純
粹히讚美해줄것갓지못하게생각되여요 그래서 이런곳에도 마음은붓지를아니
함니다. 그쑨아니라 정작 結婚問題를 거러노코보면 거긔에는 여러가지條件이
머리를처들고나옴니다.

첫재로 그이의思想이어쩌한지

둘재로 그이의趣味가무엇인지

셋재로 그이의 容貌와體格이어쩌한지

넷재로 그이의知識程度가어쩌한지

다섯재로 그이의財産은얼마나되는지

여섯재로 그이의血統及健康은어쩌한지

일곱재로 그이의 要求하는妻는어쩌한것인지

이런條件을 하낫식 둘식 부처볼째는 世上이넓다하고 男子가 비록만타하야도 생각하는바와가튼이는 그러케만치를아니하며 또잇다하더라도 그는 彼此에사랑할수잇는사람되기에境遇가못되는일이만슴니다. 一平生重大事를 輕하게 定할수는 決코업고 또마음꼿자하니, 요러케 조러케 비틀리는일쑨이니 이일을 어쩜닛가 오직좁은가슴만 태우고잇슬짜름이외다.

五 갓득이나心亂한데 無情한歲月은 덧업시흐르고또흘녀 이러니저러니하는 동안에 뜻업시나만먹게됩니다 꼿송이에 比하면 바야흐로 터지려는 꼿망울과 갓흔 그런탐스러운時節인 二十前後의꼿다운째를 이와가티 煩悶으로 보내는것을생각할째 이煩悶은 煩悶우의덧煩悶이되는줄이야 이處地를 當하고잇는사람 밧게 누가잇서이를아라주리요. 이야말로處女아니고는 못가질煩悶이오 또몰나 줄煩悶일가함니다. 이러케 말하면 넘우露骨的이오 또다른처녀들의 秘密까지도 나혼자暴露식히는것갓해서 말슴하기는퍽難處합니다마는 그러케작고 무르시고 또 旣往말이낫든김이니 말이지 우리朝鮮에잇는現代新女性中의 處女로서 物質上煩悶도 어지간히가지는술압니나. 이것노 結婚과關係되는일의히니이지만 大體로 남자들에게 잘보이기爲하야는 言語行動을 端正히하여야 올흘것이나 우리朝鮮女子여러분들은 이것을 보는것과同時에 그 女子의차림차리에서부터 침을 흘리는터임으로 女子된 우리들도 더욱 將來愛人을 求하는자리에잇는 우리로는 이 心理를마처주기에 애쓰는것은 事實임니다. 그래서 머리단장을 잘하자하고 분세수를하여야하고 구두코가반작거리게하고자하고 눈에어리우는 衣服을입고자함니다.(勿論 전부가 그럿타는것은아니지만) 그러나 本來 넉넉지못한 朝鮮사람의 살림살이로 西洋文化日本文化에짜루차림차리를하자한들 이것이 經濟上許치를아니함에엇쩜닛까. 여긔서 處女된우리들은 그러치못함을極히붓그러워하며 同時에 이것을엇지못함을 煩悶하고잇슴니다. 事實上말이지 날마다 이마살을펴지못함은 이러한物質的煩悶으로말미암음이적지아니함니다.

要컨대 내가 이쩨까지말한 나한사람의身上의煩悶은 오늘날 朝鮮에잇는未婚新女性의共通되는煩悶일가함니다.(어느程度까지는)

그리하야 이것을 다시 詳細히考察하여본다하면 거긔에는 時代的煩悶, 道德的煩悶, 倫理的煩悶, 經濟的煩悶, 쏘는 法律的煩悶까지全含된것으로암니다. 決코單純한 어썬個人個人사이로서생기는煩悶이아니라함니다. 쌀하우리들煩悶의罪責은社會에잇는가함니다.

七 煩悶을안가지지는못하는가구요? 글세말이외다. 아무리 煩悶에서쩌나고자한들 左하기도어렵고 右하기도어려운立地에서 어리고弱한 心緒가 輕風에 날쒸는 버들꽃(柳絮)가티 어지러워지고 亂麻狀態와가티 헛쓰러질쌔 煩悶이아니생기게하는장수가어대잇겟슴니까. 이러는가운데도 結婚할수업는愛人 그이로부터 부드럽고도 고흔글월을 바들쌔는 깃붐과서름이한데뭉치여 두줄기눈물을 禁치못할쌔가만슴니다. 아— 더말하기도실슴니다. 이것도 저것도 죄-다 煩悶材料임니다. 어느날에나 내마음에도 平和가올는지?(쯧)

戀人도 暴君—結婚後 處로서의 煩悶, 貞愛

『結婚은 戀愛의 幕이다』하고 엘렌케이 女史가 부르지젓다. 나는 結婚하기前까지는 이말을否認하엿다. 結婚으로 因하야 오히려 두戀人의사랑이 더욱 堅實하여지리라는것을 確信하엿섯다.

그러나 至今에는 나는케이女史의 그말을肯定하게되엿다. 나는그말을이러케解釋한다. 戀愛로成立된結婚이라도 반드시 結婚後에는 男性의專橫이露出되여 온갖橫暴를마음대로부리고 優越權을쏨내며 女性을侮辱하며 蹂躪하는故로 結婚한後에는 女性그自體는 죽은거와 가티되는이런意味에서 結婚은 戀愛의埋葬處라고 絶叫하엿다고生覺한다. 나는 이런点에서 케이 女史의부르지즘에는묵어운 갑이잇다고 녀긴다. 나는二年前봄에 結婚하엿다. 結婚하기前에우리는서로사랑하는 戀人사이엿섯다. 서로 生命을밧구어 사랑한다고盟誓하고 世上이오는지가는지모르고 꿀가티단사랑에醉하엿섯다. 그래가지고 나는 頑固한 父母承諾을 겨우어더 서로 結婚하게되엿다. 結婚하던그째는 戀愛의成功이라고 如干깃버한 것이아니엿다. 그뒤에 우리두사람은 團欒한家庭을니루게되여 二三朔間은 즐거운 사랑의꼿치피고 香氣가도는 樂圓의 생활을하여왓섯다. 그러나 그後부터는 次次로 男便이라는이의 行動이 前과는달라지기始作하엿다. 勿論 突變하여移心한 것은 아니엿다. 다른것이 아니라 이제까지 傳統的으로 나려오는 男性의 專橫이 暴露되기 始作하엿다. 그리하야 입으로는女性解放이니 人格이니하면서도 그의行動은 하나도實行이업다. 勿論夫婦가 사는그곳이니싼 서로서로 도아주는 것은 正當한일이다. 또女子로서하여야할일은 다해주어야할 것은 事實이다. 그러나 男性은 너무나겨으르고可憎하다 무엇에나自己는 꼼작 아니하면서 女子만부려먹기를쓰리지안는다. 녜전에는男便이女性을부려먹어奴隷로썻서도 禮節이라는것이잇서서 廉恥나차렷지마는 新式男子는 염치조차업시 그優越權을함부로行使한다.

　家庭에잇서서는 飮食 衣服에對한 凡節을 녯날새-ㄴ님보다 더싸다롭게굴고 自己는 손톱에물을 토기면서도 自己가할만한일두하지안코 안해익힌에겨운일이라도 식히고만잇다.

　自己의안해는 사랑에눈이어두어서 모든것을다 내여노코 몸이부서지는것도 모르고 自己를 거두는것을사랑으로알고 感謝하게생각하는것이아니다 의례히 할일로셈치고 放漫하게부리기만하기에餘念이업다. 또그러고 自己네의父母에게 對한것도녜전사람못지안케군다. 如何間戀愛時節에는 마음을사노라고 別別꿀갓흔 말을다부어가며 니야기하던것은 흔적조차볼수업다. 理想的家庭이니하던 것은 녯꿈으로사라져버리고 現實에서는 차져낼수가업다.

　안해에게는 自由를준다고는하면서도 自己의意思를버서난自由는즐기지안는다 그리고녜전舊式男便以上自己의안해를 專制한다. 勿論그專制方法은 좀나은 手段方法으로 그럴듯하게 理論을붓처가지고 더약게專制의그믈(網)에 女子를얼거맨다 이리하여 新式女子니 무어니하여도 結婚만하여노코보면 더밧게나아갈수업게되는 것은 이런理由가잇는까닭이다. 그래도 社會에서는 女子는공부식혀무얼해 出家만하면 舊式婦女나만찬가진걸하고 嘲弄하며 唾罵하나 實上은女

子그自身이 知覺이업서그런것이아니라 그家庭그男便이 女性을읽어매여논까닭이다. 그런말을하는사람은 卽其家庭에서 暴君노릇을하면서 專橫을하는 그男性들이다.

또 貞操問題에 對해서도그럿타 서로사랑하는사이에는 絶對로다른 男性을要求치안는 것이다 이럼에도 不拘하고 男便은 自己의사랑하는안해를두고도 妓生이면妓生 其外에 노는계집이면계집들에게 出入을하며 餘分의 娛樂을求한다. 그것은 決코사랑에 주려서 그런것이아니오 因襲的系統으로 男性은 女性을 一夫多妻로 얼마던지 다리고 살수잇다는意味아래에서 卽女子를 商品으로알고 物件으로아는그런 習慣으로 如前히그런行動을한다 人類解放이니 ○○家의 專橫을 撲滅하느니하면서도 自己는 ○○家의男性이하는 그行動을그대로取함은무슨 矛盾인지알수업다 이런意味에서 大體로 男性은 맷고믄은듯한 節介가업고 徹底味가 적다고말하고십다. 如何間 무엇이던 男性들은 大槪言行이 一致하지안은것을자조 發見할수잇다. 如何間아모리 戀愛로成立된家庭이라 하더라도 그家庭에서는 理想的家庭味를 차저낼수업고 아모리 人格者니 무엇이니 하는 新男性에게서도 人格的行動은 發見할수업고 오히려 안해의 人格과 人權을무시하는 優越權을암부로 行使한 暴君밧게는發見치못하겟다.

이것이 非但 나한사람뿐이아니다 오늘날 新女性으로서 結婚한이는다이러하야 男便의 橫暴와 不貞에 우지안코 煩悶안는女性이업다 그것은 男性이거지반 다 類似한까닭이다. 그럼으로 女性이 정말로 人格을찾고 안해로서의待遇를밧게되는날은 男便其自身이 그思想을 根本的으로革新하기前에는 어려움다고생각한다. 나는언제나 이問題로 煩悶을當하는때가만타. 如何間압흐로우리女性은 人權을回收하고 人格을 確立키爲하야는 반드시 叛旗를 놉히드는날이잇서야할줄안다.

生地獄－舊家庭生活에 對한 煩悶, 西大門町 黃鳳姬

시집살이하기는 구가뎡이나 신가뎡이나다어려운일이지만은 소위교육을바든신녀성으로 구기뎡에시집살이하기처럼 고통이만코 번민만흔생활은업슬줄

로 생각합니다. 녯말에도시집살이삼년만에 삼단가튼긴머리가다북쑥이 다되
엿다는말이잇지만은 내야말로참머리가 빠질지경이올시다 바로아모것도알지
나못하얏스면 의례이시집살이는 그럿커니하야 죽으라면죽고 살나면살아서
그대로시어머니 시아버지의 식히는말이나잘듯고 일이나잘하면 아모문뎨가업
겟지만은 웬수의쥐쏘리만한지식이잇기쌔문에 고통과번민이더만슴니다. 글세
말슴좀드러보십시요. 사람은배가불으고 등이더워야산다고하지만은 좀자유가
잇고 리해해주는사람이잇서야살것이아님닛가 우리의시집은 구가뎡중에도소
위전일 량반의집가뎡인싸닭에시어머니와 시아버지가더욱완고스럽고 아모리
해가업서서 아주견듸기가어렵슴니다. 남은녀자의해방이니 무엇이니하고 작
구쩌드는시대에 우리집에서는 작고잡아가두워만두랴고함니다. 일전에도나다
니던엇던 고등학교에서 동창회를한다고 통지서가왓기에 하도각갑도하고 오
래보지못하던동모들도좀만나보랴고 잠간갓다왓더니 집안에서는 야단법석이
낫섯슴니다. 소위학교단녓다는신녀자들은 한아도쓸것이잇너니업너니하고 시
어머니가반백이나된 흰머리를슬슬흔들면서 걱정이별악가티 나렷슴니다. 일
본에가서류학하는남편에게편지한장만하야도 말성이요 신문이나잡지가튼것을
보와도 바누질아니하고 글만본다고 야단임니다 그래서신녀성잡지(新女性)가
튼것도마음대로 잘보지를못하고 나의진뎡동생의이름으로 청구아야나가 가만
이내방구석에서나봄니다. 또몃칠전에는 이러한일이잇섯슴니다. 전일에알던동
무녀자한아가 근래에사회주의(社會主義)단체에참가하야가지고 머리를 싹것섯
는데 내가목욕탕에를갓다가맛나보고서는 하도반갑고쏘그녀자는사회의 출입
이만흔싸닭에 세상소식이나좀드러보랴고집으로가티와서 이약이저약이를하다
보냇더니 완고의시아버니가보고 그것이다무엇이냐 청량사의즁년이란말이냐
—장감을알타가새로투여나온년이란말이냐 이후에는그런계집은 우리집에오지
도말나고하여라하고 쑤즁이대단하얏슴니다 음악회가 그럿케 숫하게열리여도
한번갈수가업고 한강텰교와동물원도 시집온후로는 한번도가보지못하얏슴니
다. 트레머리도아희들이쇠쏭머리라고욕한다고 비녀쏙을지으랴고야단이요 이
전하던찬송가를심심푸리삼아 속으로하야도 군소리한다고법석이올시다 요만

한일에다그럴제야 다른일이야참엇지다말하겟슴닛가 그완고한가덩이지만은 그래도자긔의자녀는 퍽도귀하게생각하야 보통학교에다니는시누이에대해서는 아모말도안이합니다. 일이아모리밧븐째에도 시누에게일본말과산술을가르처주라고 독촉임니다. 그러다가시험째에성적이좀불량하면 자긔짜님의재조업는 생각은조곰도안이하고 나다려잘가르처주지안아서 그럿타고쏘말성임니다 한울에는별이만코 강변에는모래가만흐니만큼 우리집에는잔말이퍽만슴니다. 이것을엇지하면참조켓슴닛가 엇던째에는남편을짤하서 일본이나가거나 그럿치안으면허다못하야 엇던녀학교의교사라도되여서 좀자유롭게지냇스면하는생각도업지안치만은 그것도역시시부모의승낙이업고는아즉까지할수가업슴니다. 지금가태서는 전일의공부한것도소용이업고 쏘시집온것이후회올시다 만리창공에훨훨나라다니는 기럭이를보와도불븐생각이절로나고 롱중에갓친앵무(鸚鵡)를보아도슬픈감회가자연니러남니다. 시집이라는것이참무엇임닛가. 우리녀자ㅡ특히우리조선녀자에게대해서는 인간디옥이오감옥올시다 이럿케말하면 내가신녀자들에게독신생활을 하라고권하는것갓지만은 그런것이안이라 될수잇는대로는서로리해가잇는가뎡으로 시집을갓스면조켓다는말슴이올시다.

上級學校에갈수업는 卒業處女의 煩悶, 京城 貫鐵洞, 鄭順德

　다른나라들도 그럴런지모르겟슴니다만은 지금의조선녀자는 소위고등보통학교를 졸업하고나면 졸업하는그날부터 전에모르는번민에싸히게됨니다.

　나는 옵바도업고 동생도업고 두 살우인형님한분하고 단두형뎨인데 아홉살에 서울○○녀학교보통과에입학하야 열세살에졸업하고 니어고등과에들어 열여덜살인 올봄에고등보통의 오년급을 졸업하엿슴니다.

　식구가 단출하고 아버지가 종로거리에서 포목전영업을경영하시고 집안살림이 어렵지아니하엿는고로 학교에다닐째에는 아모 부족업고아모남부러운것업시 그야말로 자라나는 꼿나무가티 순실히 곱게만컷슬뿐이엇슴니다.

　그러니 니희얼일곱살이되고 몸은 고등과오년급이되여 한겨을만지나면 솔업을하고나가게되니 그때부터 남모르는번민이생기기시작하엿습니다.

부모는 남가티 새로운생각을갓지도못하신이라 졸업보다도 출가식일일이 더밧브게생각하시는터인데 졸업을압헤두고 벌서 내마음과 부모의마음과는 싼길로만 버러저나가기시작하엿습니다.

형님은 나보다 두 살우이것만 늦게입학하야 작년에도 보통과에 다니는中이엿섯는데 작년가을에혼인이작정된 것을 실타다실타다못하야 긔어코 싀집에갓치는몸이되여가고말엇습니다. 형님이 부모에게 억지로밀리여가고 끌려간일이 내마음에는 적지안흔위협이되는것이엿습니다. 그리고 부모에게는완엄한고집에 한힘을더주는것이엿습니다. 졸업이갓가와오닛가 집에서는 발서 혼인문데브터 쓰내기시작하엿습니다. 학교에서 졸업하면 어데어데로갈터이냐고 동모끼리이약이할째도 나는 심중에 조선에서는입학할곳이업스니 외국으로가겟다는결심이잇건만은 ―『아즉몰른다』하는수밧게 아모대답도못하엿습니다. 『저애야 집안이 넉넉하닛가일본은새려 서양이라도가겟지……』하는 소리를들을스록 내마음은 더괴로윗습니다 졸업날이갓가왓슬째 마즈막담판으로 아버지께 내결심을말슴햇더니

『글세 계집아해가 과년하도록학교에단겨 고등과까지졸업하엿스면 그만이지……더 배울것이무엇이란말이냐…… 그러고 우선 네발대도 너공부를식인다치드래도 더단길데가어대잇서야할말아니냐 간신히잇대야 고등학교 사범과 하나쑌이라니 그까짓데당겨서 녀선생질해오느냐 다닐곳도업는데 어대가공부를한단말이냐』는 대답이엿습니다.

참말로 입학할곳이업는것이사실임니다. 보통학교우에 소위 고등보통학교의 五년급이잇는외에 소학교교원양성소인 사범학교가한가지밧게는 여자를위하야의시설이하나도업습니다.

새로운 시대가 요구하는 새로운녀성은 결코 편지ㅅ장이나쓰고 신문ㅅ장이나보는지식으로 브억이나직혀주는예전식현처(賢妻)는아니임니다. 엇더케고등보통학교쑌만으로 될수잇겟슴니가 고등보통학교이상의 녀자교육시설이하나도업는것이 소위사회유지자들사이에 의론거리도되지못하는것을보면 조선녀

자의 완전한해방은 아즉도 압길이 넘우도멀다고할것임니다.

사는사람이되여야겟고 그리되기위하야 알아야겟고 알기위하야 좀더배와야
겟는데 조선녀자에게는 그길이업슴니다. 좀더 아는길이업슴니다. 좀더 굿세
게살아날길이업슴니다.

더 배울것도업고 배울곳도업스니 그만 싀집이나가거라하는아버지의말슴은
곳『그만하면 싀집이란곳에가서 남의 종갓흔안해될만한자격은 넉넉하지안으
냐』하는말이니 이말은 나의아버지한분뿐의 의견이 아니고 곳 지금의 조선사
회젼테가 우리에게하는말이라할것임니다.

다행히 나의집에는 외국에보내려면 보내줄만한돈은업지아니한터이라 조르
다조르다못하고 애를태우다못하야 예수교측의동모한사람과 의론하야가지고
올봄에중국남경(南京)으로 도망을하여갓섯더니 죽을변이나 난것가티아시는
년로하신아버지가 상뎜을닷어두고 중국에까지차저오서서 쏘 쎄치지못하고
잡히여도라왓스니 이제는 아조압길이공부하기는 절망되엿슴니다.

아아 엇지하면좃켓슴닛가 여자는 더 완전한사람이될길이업겟슴닛가……
되여서는못쓰겟슴닛가 고만츔 아는대로라도 아쉬운대로 급한대로라도나서서
한사람목의일을하랴면 할수도잇겟지요 그러나 자긔로서의 사색하고 판단할
만한힘이 업스면 아못쌔나 피동으로 아는사람뒤에나쌀하가기는 젼이나 역시
맛찬가지일것이아니겟슴닛가.

움즉여나려는 젊은녀성 새로나오는 졸업처녀의한가지 큰번민은 여긔에잇
슴니다.

조선녀자에게도 고등보통이상의 배울길을 열어주어야하겟다 창도하면서나
서시는이가업겟슴닛가.

職業을 求하되－新女性의 職業에 對한 煩悶, 金英熙

婦人職業問題 이것은 오늘날社會에잇서서는퍽重大한 社會問題中하나임니다.
그러니이重大한 問題가 解決되어잇지안음은 엇신일인시알수업슴니다 現在學校

生活을쩌나서 하는일업시 노-는女性이그數가 얼마인지 아지못하게만슴니다. 或이는『工夫식혀도 所用업다 工夫하고도 웨저러케놀어』하고非難하는이가 만슴니다. 그러나事實노-는女性들이 놀구십허노는것이아니고 맛당한 職業이업서 서노는것임니다. 보십시요 現在서울만한都市에도 中等程度를맛치고 나온 女性 이就職할만한곳이 얼마나 잇슴닛가 或잇다구는하나 大槪는不完全하고 쏘다른 것은 程度不及이됨니다. 쏘婦人職業을爲하야 짜로研究하는이나 쏘 職業紹介所 갓흔것을하는이가업슴니다. 그런까닭으로 學校敎師에손에서 쩌러저나와 指導 者업는 社會에발을내여디디게될째 그 程度에 맛는 相當한職業이나잇셧스면 곳 그길로나가서 安定한生活을할수잇겟지오마는 安定한 職業을어드려하나 엇지 못하게되면은 及其也에 집안에 트러박여 배운 것을 썩여버리거나 不良女學生 이 되거나하는수밧게업슴니다. 쏘그들도 上級學校에가서 工夫하고십지만는 經 濟的事情이許諾지안는까닭으로 그도 못함니다. 그러면 現在의만흔中等程度의 新女性들이 職業이업서서 헤매임니다. 或은 每日이곳져곳으로 適當한職業處가 잇나彷徨함니다 그러나업슴니다. 外國가튼곳에는 婦人의程度를짜라 여러 가지 職業이만컷만은 웨우리는이모양인지알수업슴니다 아모리하여도 女性은압흐 로 經濟的獨立을하잔으면 아모리 큰소리를하여도 所用업슴니다. 經濟的權利가 女性自身으로서 確立하기前에는 아모러한知識이잇는 手腕家라하여노 男性專制 를버서나지못할것이오 쏘人格上으로 男子와對等되지못할것임니다. 무어니무 어니하여도 本來女性이 男性에게 壓制를밧고 如隸노릇을하게된 原因이私有財産 制度가 實施되면서부터 男性에게 經濟權이 확립하고 女性에겐 經濟的獨立權이 업서지는 그째부터 女性의 個性에는 自由가업서지고 오직 멍에에 生活을하게 되엿슴니다. 이것이勿論 根本的으로 그 制度가變更되는날에야 完全한女子의平 等도잇고하겟지만은 爲先그 過程에잇서서 우리는 職業을어더 經濟的으로 獨立 하지안으면안되리라고 生覺함니다. 아모리사랑잇고誼조흔夫婦間이라 經濟的關 係로 夫婦間의主奴의關係가매져지고 不和가니러나는것을 往往히보앗슴니다. 그럼으로 오늘날갓흔 過渡期에이슬사록 더욱이女子는 한가지의 職業을가져야 될줄암니다. 그런데 우리程度에 相當한 職業이업스니 엇지함닛가 社會는 一般

國民을爲하야 살기조케스리 機關이 設置되여잇다는 今日임에도 不拘하고 우리가 就職하여 밥버리할만한곳이업스니 矛盾이아니고 무엇임닛가 나는 現社會에 對하야 만흔疑問과 不平을아니가질수업슴니다. 우리가티生活의 安定을엇지 못하고 써다니는女性이얼마나만슴니싸 나는 이런 모든 것을 想覺할쌔에는 現社會에 對한 矛盾撞着을늣기지 안을수업고 不平, 疑問, 煩悶을 아니가질수 업슴니다. (끗)

—『신여성』, 1925. 11.

▌女學生의 목도리是非

목도리만거러단겨, 金石松

검정빗에 붉은빗은 어울니는줄 암니다. 그러나 거리에다니는 녀학생들을 볼째에 나의눈에는 사람보다면저목도리만보이는것이실슴니다. 다시말하면 녀학생이가는것이아니라 목도리가걸어다니는것가터서 맛치어두운밤에독가비 나맛난드시 몸써리가납니다 제발 녀학생-사람으로거러다니는꼴을 좀 보앗스면좃켓슴니다.

新奇만조와하다가, 廉想涉

무어나 그러치만 衣服도 美觀과 實用의 두가지方面이잇스니까, 女學生의 목 도리라는것도 이 두가지의 效果만 잇고보면 아모 問題는업슬듯십슴니다. 요 사이와서는 次次길어가는 弊端도잇지만, 大體로는 防寒用으로必要할것이요, 外 觀의美로도 조켓지요. 그런데 덥허노코 긴 것을要求하는것은無意味한일이겟고 또色彩로말하면 대개 紫朱色이 流行인모양인데, 흰저고리나검정조고리에는 調 和되겟지요. 그보다도더조흔色彩가 잇슬지도모르지만 가끔눈에보이는다른빗 보다는 그中에낫다함이외다. 要컨대 우리朝鮮사람은 色彩에 對한 見識과 各自 의 趣味나 嗜好라는데에 넘어 等閑히 할뿐안이라한갓 新舊를자랑하랴고하는結 果로 돌이어 醜하야보이는수가만슴니다. 함으로 女學生이나 婦人界에서도 이 러한 点에 만히 생각을 하야넘어 沒常識하고 야비하지안케보이도록 주의하심 이조켓지요.

폭과기럭이를좀주려라, 卞榮魯

　나는 원래색맹(色盲)이라 색채는볼줄모르니 녀학생들의목도리를 보라빗으로하거나 진다홍빗으로함이 좃코 좃치못함은모른다. 다만나의눈(눈답지는못한눈이나마)에 좀서툴너보이는 것은 녀학생목도리의 폭과 기럭이가 너무도 엄청나게 육척스러워 한편으로 그네들 억개가묵어울것이걱정이요 다른편으로는 급한경우에 사람하나는 넉넉히가리울수잇는 것이 그네들의 대단한 ○○(○○)으로보인다.

목도리쯤은, 羅稻香

　朝鮮人의色이調和에對한　感賞力이엇더한지　나로서는斷案은커녕말슴하기도실흘만함니다色盲이안인以上　色을몰은다할수는업스나　調和에對하여서는　朝鮮사람처럼　幼稚한境域을버서나지못한사람이　업슬쯧함니다. 現在　朝鮮女學生間에　이러타할만한衣裳의　調和를　일어버리지안은사람이　全無라하여도可할가함니다. 衣裳의調和를몰으는사람으로 그附屬品인 목도리나 손가방이나 양산가튼것은 말할餘地가업슬터이지요. 엇더튼朝鮮에서流行하는 一般衣裳혹은化粧品이엇더한것을勿論하고感心을못하는나로서는다른말할勇氣가 나지안습니다.

美觀上으로보아서, 安碩柱

　(一의答) 검은빗과 진당홍은 둘다 너무 過激한빗인故로 女性에게는 不調和
　보라빗은검은빗과맛찬가지로不良한빗이되여서얼골의色素를抵傷하기쉬운故로(反射를因하야) 엇재든不調和
　(意見) 목도리의빗츨맛추는데는 차라리 (1)껌정옷에는 綠色밧탕에오랜지紋儀와 黃色(혹은白色)의 輪廓 (2)쏘는 껌정밧탕에白色班紋 보다(或은綠色或은오랜지)의輪廓

(二의答) 朝鮮女子는 속옷이여러겹이니까 너무길必要가업슬듯 女子의第一重要한 胸部와 聲帶에關係잇는목과 귀만가리면 足할줄암니다. 내생각에는 목도리를 목과귀를얼너서한두번둘너서 두 꼿을어슥비슷하게 가슴에찌러지면 編物실장사의 街路上廣告보담은 훨신 수수하고더더워지고 自己에게도 두갈래를발싯까지느리는것보다는 좃케보일것이오 그러케불편치는안으리다 손에는 장갑을끼는것이좃켓슴니다. 목도리나옷에 無常識한것을드러낼 必要는업슴니다. 남의것을 模範치말고 남에것들中에서내것을 創造햇스면좃켓슴니다. 個性의발휘가잇서야하겟슴니다 목도리나옷이나 自己의性格, 얼골의色素 몸을보와서하여스면 좃켓슴니다.

넘우 單調하다, 元世夏

지금 우리의生活은아모빗도업고아모變化가업시넓은 板때기갓티아모屈曲도업는平面生活이닛가무슨單調不單調쏘는 調化不調化는말할형편이못되오. 더구나우리의살님사리가아모 創作的努力도업고 그냥 되는대로 지내는터이닛가 모든 것이 同一同色彩로 因襲이된故로 거긔무슨 調化를이약이할必要가잇겟소歷史는 넘어도 복잡하얏다는대 生活은왜모다그모양들인지요요새女學生늘의녈골은매우곱슴되다 그러나검정치마적오리 붉엉이나쏘는보라빗목도리를 포닥이두르듯하고단기는것을보면은매우不快합되다. 單調, 不調和 도모지보기실슴되다 빗을말하면 그붉은빗은 조케보면은 타오르는불빗 불근피갓고 쓰거운色 熱誠의빗이라하오그러기에러시아의 革命을赤色으로 표시하지요. 쏘는 젊은이들의 쓰거운가슴을말하는 빗으로도볼수가잇소. 그러나 女學生들의 목도리빗은 썩은피빗갓고 불이타도 꺼지는불이요, 쏘쓰겁다하드래도 짭짤한빗으로보입되다. 보라色으로말하면 새벽의빗卽새벽의 元素色이요 그러나 女學生들의 목도리빗은 日蝕하는屠獸場거리에서 失戀을울고가는설음에빗가티보입되다 보라빗! 쏙褪色인오랑캐꼿빗가티보이지안소? 오랑캐꼿은 失戀을象徵한 꼿이라하지안읍되까더구나 女學生마다 모다쏙가튼그式으로하고다니는것을보면은 女學生의

正服가티볼사람도잇을는지 나는 넘어도 고지식하고변통이업스며너무도不自由
한感情이나타나보이요 아모러나추으닛가포닥이가티덥고단니지만모양과 色이
나다르게하야 創造價値가 잇는것을써보면좃켓소.

―『신여성』, 1924. 3.

▌女學生 新流行 혁대 是非

어대서 누가 먼저시작하엿는지 치마우에 널짜란혁대를쯰기시작하더니 그
것이류행이되야 지금은녀학생들쑨아니라 시골의촌색씨까지 다투어쯰게되엇
습니다. 쯰는이는엇재서쯰는지모르거니와 우선 것흐로쯰는것이니 남이보이
게 어울리는가 아니어울리는가 아래멋분의의견을모아보앗습니다.

혹은맵시ㄹ는지요, 廉想涉

녀자가 길거리에 나올제 차마우에 허리쯰를 매기로서니 남자들이 그다지
쎠들문제도되지안코 사회의리해관계에 그처럼 관계될것은업스니까별로이 쓸
말슴도업습니다만 길거리에서 간혹눈에쯰일제유심히 본일이업는껏은아니외
다. 단속것 비젓한소위 「지지미」치마를 우글쑤글 입고 치마허리가잇는지업는
지는모르나 하여간 엽구리쎠에까지 나려오는 저고리미트로 손펵만한붉으허
리쯰가 내여다보이는 것은 그리조하보이지안습듸다. 원래 허리쯰라는것은 긴
치마늘이고 집에잇다가 타지를안코 길거리로나오게되면 허리쯰로동이거나하
고 장옷을입든이전세월의류행이아닌가함니다. 그러나 지금은 아시다십히 치
마가 정강이에까지 졸아부텃고 쏘 그러치안트라도 긴치마를휘휘칭칭감고 허
리를질끈동이면 소위 주리ㅅ대치마라고하야 천격으로녀기는 이세태에 새삼
스럽게 허리쯰는 쯰어무엇에 씀니까 늘하는말이지만 옷에는 필요와외화의두
가지 요소가잇는것이니까 필요치안트라도 외화에조흐면 허리쯰아니라 다님
을매기루서니 무슨계관이야잇겟습닛까마는 우에말한거와가티 옥색치마흰치
마 그러치안흐면 검은치마에 무색저고리를입고 그분계선(分界線)으로분홍빗
이나 초록빗가튼것으로 소위 「석대」라는것을맨들어두르는것은 조키조타는것
보다 촌령감이 양복한것가타야보입듸다. 만일매일 필요가잇다하면 치마미트

로매는 것이 수수하겟지요.

그 외에 위생문제라든지 서양녀자 산하기편하게 허리를졸라맨다는 이약이는 나는모릅니다.

필요는하지만, 김기진

나가튼사람은 듯고본것이적으닛가 녀자들이 허리씌를 어찌하다가 씌게된 그에대한력사도몰를쑨만안이라, 우생학(優生學)상으로보아서는쏘한엇더한지도모릅니다. 대개조선녀자ー소위신녀성들이 혁대를씌게된짜닭은, 속옷과, 고이와, 치마가 그전보다달라저서, 치마허리에붓흔 끈이 업서지고, 밀쌍이생겨서억개에걸치게된짜닭으로, 이허리씌(쌘드)를쓰게된듯십흠니다. 쌘드는 서양부인들, 여자들이씌는 것을 볼것이면, 그사람들은 가느다란 칠피가죽갓흔 것으로 힘업시 넉넉하게매여둘 쑨임니다. 그런데 조선녀자들은, 손바닥가티 가느란것을 허리가잘눅하도록 힘썻매고다니니 이것은 남성적(男性的)이라는것보다 오히려보기흉한것에 지나지안습니다. 허리가 잘눅해지면, 사내들편에서보기는 조흘는지모르나, 여자자신은퍽괴로웁고도 몸에해로울것임니다. 더군다나, 흉악한빗으로맨든허리씌를씌고다니는녀자를길가에서라도맛나게되면보고잇는내가도리혀민망하고, 낫이붉어짐니다. 그럼으로 넓은 허리씌를나는배척함니다.

그러면 허리씌는 필요한것임닛가? 그야물론, 만흔경우에잇서서 허리씌는필요하겟지요. 데일허리씌를씌지아니하면 허리에힘이업슴니다. 그것은남자도그럿슴니다. 그러면필요한허리씌를 이왕쓰게되는경우이면 좀더생각할필요도잇겟지요. 저고리밋흐로 넓다란허리씌가나오게되는것은 루추함니다. 그럼으로나는, 가느다란허리씌를 넘어잘룩하게매지말고, 조곰날신날신하게매는것이조켓다고생각함니다. 그리고그것이, 저고리 아래로 쎄죽이나와서는안됨니다. 거름을거를쌔에 몸이움즈겨지는대로, 이짜금이짜금조곰식보히게되면, 조켓슴니다. 너머힘썻졸라노으면, 아래ㅅ배가 불눅나와서, 보기에노 얼골이확근기

림니다. 그러케 졸라매서 아래ㅅ배를 불눅하게나오게할필요가 대체어대잇겟습닛가. 허리쬑빗은, 엷은옥색(玉色)이나, 흰것이 좃슴니다. 쌔는쉬무들는지알수업스나, 보기에는그것이좃슴니다. 실용적(實用的)이라고 쌔안타는 것, 가령 말하자면 검은빗이나, 고동색이나, 남빗이나 자주빗갓흔것을쯰면, 참그것은 보기에흉함니다. 아모리해도, 실용적이낫브다는것이아니라, 얼마간은그래도 고흡다는것을 좀 보아야지요. 모든 것은것겁쩨기하나가 고흔것임니다. 허리쬑하나래도우슙게매고다니면 마음이 깃블게야업겟지요.

　간단히주려서말하면, 허리쬑는좁은것으로가늘게살짝매고서, 저고리 밋헤다 감추라는것이올시다, 빗은흰빗이나, 옥색을 쓰고 자주빗, 진홍, 남, 보라, 양회색, 감쟁이갓흔 것은 도발적(挑發的)이고, 추하고, 더구나 조선옷의색채(色彩)와조화(調和)가안됨니다. 엇재그러냐하면, 조선옷이대개는그빗이단순(單純)한짜닭이올시다.

젼잔은빗을가려서, 金憶

　물으신벨트에對하야는　一.등과엉덩이의조화(調和)로　생기는곡선미(曲線美)二.中心이잡혀 것기와보기에 조흔 것. 이 뎜(点)으로 나는 최근유행(最近流行)되는 녀학생(女學生)의 벨트에對하야 贊成함니다. 이것은 決코 저西洋의코셋트와 비슷하기때문에 贊成한다는 것은 아님니다. 다만벨트의 色彩에對하야 점잔은 것을 가린다는조건(條件)을 붓춧슴니다. 世上에는 流行이라는것처럼 미운 것은 업슴니다.

利害로나美觀으로나, 안석주

　골방속에 다년간감금을 당하엿든시악시들이 별안간석방(釋放)을당하닛까 눈에보히는것 귀에들리는것들의그 모-든새롭다는것에취하야 갈팡질팡쏫처다니는것갓다. 간난아해는 불빗을보고도 불을쥐여보랴한다. 그심으로 첫번밧갓

세상에발을딋기시작할째에는 모-든새롭은것에 경이(驚異)를늣긴다 엇잿든새
롭고 엇잿든아름다우면(더군다나 女子는) 자긔의넉까지 밧치기가쉬웁다. 그래
서 그것들을 다-한번식갓고십고 보고십고 몸에대여보고십고들고십흔것이다.
그것을한번식행하야 그맛을 다-안뒤에는 그것들을 내여던지고 그보다더-새롭
고더-아름다운것을찾는다. 첫번보다 엇기어렵고잡피기어려운것일지라도 그것
을 엇기위하야 애를쓰며쫏처간다. 이러케유혹(誘惑)의길로밋그러질수록 자긔
는 점점도탄중에드러간다. 처음에걸린그 유혹의검은손은 그사람을다른유혹
의손으로쏘다른유혹으로파러버린다. 첫번에 그적은호기심(好奇心)을 채울째에
는 벌서 그러한운명에게머리채를잡힌것이다. 혁대시비에이러한것을쓰는것은
그리큰관계업는줄생각하는이도잇겟스나 이긔회(機會)에써주는것이다.

혁대가그러케성행하기는 녀름모시생풀치마를입기비롯할째부터이다. 처음
에는 긔생들의치마속에서뵈집고내다보는 옥색실로 짠혁대이더니 그다음에는
녀학생들이것흐로씐것을보앗고, 쏘그다음에는려염집녀자들이다 그뒤부터는
파랏코 노랏코 붉고 여러가지혁대들이 하로가멀다고 맹렬히그수가느러간다.
내가잇는집색시세분도 혁대장식을야시에서사다가 씌를만들고 수를놋코하기
에 『져러케애를써서만드러가지고허리에다씌면무슨유익이잇느냐?』고무르니까
대답은업시머리를푹숙이고킬킬대고 우슬쑨이다. 맨드러씌고나서는 『형님의
허리가나만큼가늘지못할걸?』하니까 대답은 『얼서!제가 가늘대! 자!좀보와라
좀 가느냐 자!』하니 아우는『아-참! 그러나암만해도나만못할걸』하며쏘졸라맨
다. 이러케 혁대를 씰째마다 입을빗죽대고 서로씹우렛대는것을 나는보앗다.
불과한달전에 가개에혁대가나온것을보앗는데 어느틈에 그류행이굴방속까지
번저드러오고야마럿다 그러케리해관계도생각할여가도업시 남이하면 나도한
다는 그엇던단순한생각이식히는것이다.

누구의말을드르면 혁대를씌면 몸이날듯하다한다. 앨써변명하는말인는지
모르지만 엇잿든 그것은 그럴듯도한말이다. 혁대를 씌기시작만하면 더조려
씰수록 몸이더갑분하여진다. 그맛에작고촐라씌기가쉬웁다. 그런고로체증이생
기고 짜라서다른병도생기기가쉬웁다. 엇잿든건강에리롭지는못한줄안다. 그리

고그좁다란혁대를졸라매면살에험집가티자죽이나고좁다란혁대를졸라매면 그
맨곳은보기실케잘눅하게된다. 모양은커녕 젓을한박휘도라서아래로밋그러진
그허리의 부드럽고고흔선(線)이뒤틀리고 그 윤택하든빗치푸르게변할듯하다.
그러코아래배는 창증병든아해배모양으로되기가쉬울테다.

  쏘, 만일혁대를것트로씐다면 저고리압히라든지옷고롬이라든지 그녀저분한
것이넙펄거리는그밋테손구락만한 혁대를씐대야별로히보기에 그리어울릴것은
업다 혁대를 씌어야만한다면 젓도밧처주고하리도모양나고 편하게 좀부드러
운감으로 좀넓직하게해서씌고 쏘그저고리압흘달리처치를하엿스면조흘듯십
다. 그리고치마허리우에헤어는사람도잇다 그것은 모양내느니보다 쑥스럽고
쏘엇던이는 몸전체를자로잰듯이 上下를싹갈라서 그가운데에매는사람이잇다.
갓득이나키가적은데다가 그러구보니上톄가더기러뵌다. 더쓰지는안켓지만 누
구든지 그무슨류행선(流行線)에올라설째에는만흔생각이필요하다.

아기배인女子에게는, 金石松

  옷이라하는것은 첫재 치위와더위를막기위함이오, 둘재 입는 그사람의풍채
를 도읍기위함인데, 근래의녀자들은 저고리를두루마기와가티크게도하여입고
치마를무릅우에닷도록쌀게도하여입는것은 참이상한류행이올시다.

  치마우에 허릿씌를 씌는것은 밧분일을하는이나 아기배인녀자에게는필요하
겟지요 그러나 위생으로볼째에는 멀정한녀자의허리를매임은 조치못한것인가
하며 더욱히야비한빗갈을사용하야 잠자리허리가티졸라매이고다니는것은 실
로구역이더럭더럭납니다

  옷입는것이나 몸맵시내는것도 차차시대를싸라달러갈것은뎡한일이지만 쓸
대업는류행을의미업시지어내이는것은 크게조치못한줄로생각합니다. 이로인
하야생기는바는 오즉사치하는긔풍과낭비하는습관쑨일가합니다.

—『신여성』, 1924. 11.

▌女學校通信

녀름이 그리워서

H형님

놀라지마서요 고향의녀름이 그리워서그적게 첫차로나려왓습니다. 학교에 우리반 학생이모다 대련(大連) 구경을가는대 나혼자빠저서 집으로나려왓서요 그좁은긔숙사안에서 한방에네사람씩이나법석을피우고잇든몸이 이럿케 넓고 싀원한싀골에나려와잇스니가 아조 살아날것갓습니다. 오래ㅅ동안통속갓첫든 적은새가 파랏코넓은한울로쮀어날러나갈째 그족고만가슴에넘치는한업는깃븜 이 지금의저의마음과갓겟지요 겨울보다도 가을보다도 보드러운 록음우단가 튼새파란녀름이 우리고향을 더할수업시조케해주어서 정깁흔록음의나라에 모든사람을즐겁게해줍니다. (淸州郡淸州面, **K N W**)

H형님!

이것보십시오 보리가 벌서 너덧살먹은 어린애키만큼자랏습니다. 한울과맛다은 넓은보리밧해 잔잔한바람이불어서 푸른물결이니러나는것을보면 엇더케 형용할수업는 깃븜이 가슴속에서소사납니다. 이것은오래간만에보는깃븜이나 조흔경치가주는깃븜뿐만은아닌것갓습니다. 형님처럼서울서만 사시는이는 상상도못하신 무엇이 풍족하게 가득-찬깃븜입니다. 이러케 바로한우님의 품에 안겨사는듯십흔생활을 진정으로즐겨하면서사는사람은 얼마나행복스러운사람이겟슴닛가 학교를 졸업한후에라도 이럿케조흔곳에 째긋한집을짓고 마음편히살고십어요 오늘이 벌서 수요일 인제사흘만잇스면 대련갓든사람들이도라올것이닛가 나도 그째에는 쏘올나가야되겟습니다. 몃칠안되는 귀향의날을 형

님갓흔동모가잇서서 갓치즐겁게지냇스면하고 한편퍽섭섭한 생각으로이편지
를씀니다. 일요일에 올나가야뵙겟습니다. 안녕하게세요.

中國 北京에서(北京大興縣, 白百合)

  잠간누엇다가 엇더케잠이들어서 지금마악 니러안젓습니다. 자고니러나닛
가공연히 마음이 심란하고 울고십어요 어린아해들이 아마이래서 자고나면우
나봄니다.   세수를하고가든히하고책상압헤안젓지만 도모지정신이나지안습니
다. 잇다금식 바람은불지만싀원하지도못하고 날이 퍽 더웁습니다. 아조 복중
가티더웁습니다. 밧그로 수래끌고가는 소리도 바람에흔들니는나무닙소리도
아조한가롭게들니고 압히탁함니다.
  대국(大國)국민이라고 자존심이가득한 중국사람들의 서울 북경! 그한복판
의 공긔도 이러함니다. 중국가치 큰나라의서울이라하면서 도로(道路)정리라던
가 시민들의 생활이던가 낡의눈을 번저씌게히는깃도입고 선축불이크고우중
충하야 오래된 넷도읍갓흔것밧게 다른아모별것업습니다.
  마음이 적적한째나 심심한째에 제법산보로 거니를맘한곳두업고 아릿다운
자태를가진 깨끗한자연(自然)이 잇습닛가 송림(松林)을어더보리야볼수도업고
산(山)도 역시 업습니다. 우리조선에비하야 자연으로는 볼것이 업습니다. 생
각하면 조선서울이 퍽그리워짐니다. 아모것에서도 마음위안을어들것이업서
서 견델수업시 답답하고 벌서실증이남니다. 조선에잇스면 마음이 이러케심란
한째 이러케답답하지안을것갓습니다.
  조선서도 당신들이 나하고갓치길거리에나가면 처다보는사람이만어서 갓치
못단기겟다고하더니 여긔서는 참말로 엇더케들 처다보는지 행길에나가기가
미안스럽습니다. 우리나라사람들이조선녀자인줄알고유심히 처다보는것은 그
럴듯도한일이지만 중국남자들이 밉살스럽게 추근추근히처다봄니다. 하도들
처다보닛가 얼굴이근질근질하여저요 그리고 내가 중국말을몰나서 영어를 쓰
닛가 엇던사람은불란서녀자냐고뭇는사람도잇습니다. 그리고대개는 상해(桑海)

나 남경(南京)녀자인줄 아는모양임니다. 하여튼 그런일에는 례의를모르는것갓
슴니다. 여긔에와잇는 우리나라녀자는 아즉 세분밧게맛나지못하엿고 이런곳
에서 엇더케 삼년동안이나지낼가십어서 하로도몃번씩고국이그리워못견디겟
슴니다. 아즉이만긋침니다.

그림엽서에(東京府下目黑, 沈順子)

벌서 五月도반이나지낫슴니다. 요새는 얼마나 괴롭게지내심닛가 그저별로
차도가업슴닛가? 긔숙사에 누어계시다니 꽉 식스럽겟슴니다그려 공치는소리
풍금타는소리 엽헤ㅅ방에서쩌드는소리에오즉이나 괴롭겟슴닛가. 그 북쪽구
석방으로 옴겨달내보시지요. 그러케 그식그러운방에서 알키만해서엇더컴닛
가. 이 엽서에잇는사진이나보서요. 창포꼿이만발한것임니다. 동경에는 처처
에 창포꼿 둥꼿구경이야단임니다. 퍽 볼만하여요 그러나 인제 그 지리한장마
가 얼마가올생각을하면 얼른조선으로나가고십은생각만남니다.

구즌비오는날에(金泉　心花子)

明子언니

보리農事에 꿀보다도 더달다는비가 어적게 왼종일오시고 오늘도 느진아츰
째가지 난지금 까지오시고잇슴니다. 이 비단실갓흔 잔잔한비가 서울서도오시
겟지요 언니계신 방들창압헤도 추룩추룩소리를내고 어적게 왼종일오늘도작
고오시겟슴니다. 언니-비오는날처럼 사람생각나는날은업서요. 음산-하고치운
날 해당화붉은꼿닙을 하나씩둘씩 쩌러치면서 구진비가 죽-죽나릴제만한줄긔
의 빗발이가슴속에 숨어잇는정을쪼여내는것처럼 제마음은 작고예전날을그리
워솔솔이풀니여남니다. 학교에단기던지나간날이그립고 갓치공부하던 헤여진
동모가그립고……, 언니 언니는 지금 무얼하고계심닛가. 그러고 은숙언니는
지금어대가잇섯슴닛가 왼갓것이 모다 궁금해서알고십기꼿이업슴니다. 이럿

케몹시 마음이산란한째는 그냥그길로 동모조흔 서울로 쮜여가고십기가한번 두번안인것을 그래도 그래도하고 억지로 마음을 진정하고잇습니다. 맑게맑게 개인한울과 깁듸깁흔 대궐갓치늠늠한록음과 왼갓것이풍족하게노여잇는 것이 싀골이지만 서울아해보다도 더텬진스럽고 더 순박하게커가는 것이 싀골어린 아해들이건만은 아모변화도업는싀골에서 정한수효의 어린애들을다리고 날마다하는 생활을 고대로되풀이기만하고잇기에는 제몸은넘어도어린것갓습니다. 복잡하여도 식그러워도 역시 어린몸 어린생각에는 서울이란곳이 자미잇고즐거운곳인것갓습니다. 서울로!서울로! 하로도몃번식쮜여가고십은생각대로하려면 벌서벌서 이곳을 쩌나고말엇슬것입니다. 그러나 시쎌건시골흙에 새로 싹돗아나는 어린령(靈)들을돌아다볼째에 그것만이 달쓴내마음을가라안처주는것이엿습니다. 곱고도귀여운어린싹들이 내손길에서웃고쮜면서커가는것을생각할째에 나는 다시 내일이 엇더케 존귀한 텬직(天職)인 것을 힘잇게 속깁히늣기고잇습니다. 서울을동경하면서 존귀한 텬직에 스스로편달을바다가면서 이럿케 지내가는내생활을웃지말이주십시오. 어리고약한마음에는 별수도업는것갓습니다.

—『신여성』, 1924. 6.

▌會話室

▶ 여러분!더웁고도괴운찬 녀름이 도라왓습니다. 퍽이나 우리사람에게 교훈을주는 째가 아닙닛가. 나는 이태전에 서울서녀자고등보통학교를졸업하고 시골에도라와서 가정생활을하게되엇스나 적막한시골에서는 다만친동무라고는하나밧게업슴니다. 그것은누구일가요. 말할것도업시 이『신여성』잡지인데 언제나 고적한내마음을 위로하여주기는 사람보다도 이잡지입니다. 더구나새로난 이『회화실』이 고적한나를 소생케하는듯합니다. 여러분!이압흐로만히이약이하십시다.(順天 KY生)

▶ 전월호첫론문에『렬녀를론하야』라는글은감사히도읽엇습니다. 과연우리는우리의 존재까지일코 허영심과 긔생적생활로 모든비렬한행동을취함이 얼마나 가슴압흐며낫이붉어지는지 모르겟슴니다. 이후로도 만히 이런글을 써주시기를 간절히바랍니다. 그래 썩어진렬녀관으로부터 버서나가지고 새렬녀가 되게 하여주소서. 무슨도덕이아직도 우리의몸을 속박하고잇는 것은우리자신의각성이 부족한것임을 우리녀자는 다시알어야할가합니다.(山淸, 趙貞子)

▶ 요전호에 독창토론『녀자가 허영이냐? 남자가 허영이냐?』는 참말로 자미잇시읽엇습니다. 그저 허영-하고 남녀간에 서로 말끗마다 비방하지만 그려도 자세히 유익하게 말로나글로나 이러케하는 사람은 보지못하엿습니다. 평범한 속에도 무한한의 미를 포함식히여 경계하고 풍자하기를 그와가티하여주섯스니 그두분이누구이십닛가. 좀 성명을 알으켜주섯스면 조켓습니다. 그리고 다음에도그와가튼문제로 토론을 써주십시오. 꼭 재청합니다.

(杏村洞 李泰玉, 嘉會洞 D生, 平壤府 張和鍾, 天安 一讀者)

▶ 우리『신녀성』에 『은파리』가 쏘나왓습니다그려. 미우니엡부니하여도 은파리처럼 공로가 만흔긔사는업슬것입니다. 저도 동무들에게서 만히드럿슴니다마는 신녀성지상에는 반드시 이긔사가잇서야 되겟다고하는 말을 만히드

럿습니다. 그것은 익살부린그것을 한우슴ㅅ거리로본다느니보다도 악마가튼 남녀의비밀행동을 들추어서 세상사람을 놀내고반성케하는까닭입니다. 이다음에는 누가 붓잡힐넌지? 경을 좀 단단히 칠것갓습니다.(京城, 朴敬淳)

▶ 녀학교마-크이약이도 쾌자미잇섯습니다. 실상은 제학교마-크를 제가차고다니면서도 그의미라던지 래력을모르고 단인이가 만하엿습니다. 인제 자세히 그것을알게되야서 매우감사합니다. (梨花 **KM**생)

▶ 나무마다 푸른그늘이 욱어저옵니다. 얼마나즐거운녀름철입닛가. 편즙실의 여러 선생님! 아마매우밧븐시일을 보내시면서 우리녀자들을위하야 애쓰시는줄압니다. 저는금년사월부터 신녀성독자가되엿는데참으로참으로 유익하게 매월읽으며 다음호의나오기를항상눈이빠지게기다리고잇습니다. 아모쪼록 어린저의들을 잘지도하여주소서(大邱 槿園生)

▶ 학교긔사는 왜 항상 서울안에잇는학교것만 내십닛가. 각지방에잇는 녀학교긔사도 좀내주시지요. 매우 우리는 불평이만습니다 조선녀자를 대표하야 모든긔사를 쓰신다면 반드시 각지방녀하교의일을 씨주시아공평한노릇이아닙닛가. 이다음부터는 좀 그러케 해주시기를 간절히바랍니다.(平壤女高 趙生, 樓氏女高 明沙生, 大邱女高 PS生)

그것은 우리도 평소부터퍽유감으로생각하던바 그러케 여러분으로부터 말슴을 먼저해주시니 대단히감사하고도 미안합니다. 그러나 손이다못미처가는 까닭이니 될수잇스면 여러분으로부터 틈잇는대로 자긔학교통신가튼 것을 각금 써보내주시기바랍니다. 그리고 우리도 압흐로는 널니 그러케 긔사를 취급하랴합니다.(편즙실)

▶『사랑의왕국으로』는두번다 자미잇시읽엇습니다. 문예편에 그런글이 늘-낫스면 조켓습니다. 그것이 그만 끗나게된것을섭섭히 아는동시에 쏘다시 그대신 자미잇는문예가 다음호에 나오기를 기다리고잇습니다.(崇二洞 白敬子)

▶ 긔자선생님! 요전호의예고를보니 엇더케나 굉장하고자미잇슬지 하로밧비 얼는보고십흡니다.『녀학생방학호겸농촌부인호』로하신다지요. 집에도라가기전에 八月호가나왓스면 좃켓습니다마는 아마 그러케는어렵겟지요. 그러나

八月초에는 쏙나올줄알고갑니다. 그리고 고향에도라가면 힘써서 독자를권할
작정입니다. 아모조록 더운이째에 긔자선생님여러분이 다 안녕히계시기를성
심으로빌고갑니다.(培高 歸省生)

—『新女性』, 1926. 8.

▌이모저모로본 京城十五女學校評判記, 綠眼鏡

서울녀학교평판긔를 쓰라는부탁-한참명하니안젓다가 손고락으로 학교먼저 쏩아보앗다. 쏩아본수효는 열다섯학교-열다섯학교의 흉도보고 쏘 칭찬도하 자면 이원고지를얼마를가지고당할는지모르겟다. 그래서 한참 망상거리엿다. 엇더케할가? 몃학교이야기만 쓰고말가? 그러고보면 불공편하다고 투서를 밧 기쉽겟고-하야서 결국에 열다섯학교이야기를 모조리쓰는데 깁히드러가는이 야기는째이고 서울아가씨들이 깃버하시도록 얌얌하고달콤하게 붓을 날리기 로 하얏다.

培花, 梨花, 貞信

서울의 三大밋슌. 스쿨이다. 예수그리스도의사랑과 聖母마리아의 아릿다운 마음이 조선아가씨를 곱고 아름답고사랑홉게 길러준다. 培花는 몃해전까지도 無名한女學校엿다. 인긔업는녀학교 심하면 서울안에 그런학교가 잇섯드나 십 헛든녀학교다. 그러나 최근에와서 일략 서울안의손꼽는 녀학교로 승차를 하 얏다. 학교교사의설비는 서울안엇던 녀학교에 지지안케 완비되엿고 선생님으 로서는 리만규, 김윤경씨 등 사회적으로도 신망잇는분들이게시어 그전에 배 화학교의옛날西洋냄새를째고 조선향긔를 짐어담으시랴고 노력을한다. 그래서 짝짝한학교라는 별명은잇슬지언정, 학생들은 진실하고 검박한긔풍아래에서 압날 조선어머니의 길을 부지런이닥고잇다. 요새는 創立二十五周年긔렴대전람 회를열기위하야 전교직원학생이 총동원으로 대분망중이다. 한참동안에는 사 감선생이 새로갈리어서 제복의처녀들이 그전선생을사모하는나마지에 울근불 군하고 희생자까지 내엿다고하지만 이즘에는 대개로 진정이된 모양이다.

梨花-는 너무나유명하고조선을대표할 밋숀스쿨의 第一후보자이다. 이름이

놉핫든만큼 말성스러운소문도 만앗섯고 또 현재도 중학생칭에서는 말성이만은모양이다. 그러나 리화고보는 전문부의 긔세에 눌리어서 학교전체가 활발하지가못하다.

학교의설비도부족되는것이 적지안타고하고 또 선생님도 투긔 만만한분이 안게시어서 그저 大平無事主義로 나간다는평판이다. 자래로는 리화의 음악과 영어가 유명하엿지만 오늘와서는 그엇던지 녹안경자가 보기에는 그리 자랑스러워도 보히지안는다. 한째에는 정구대장 김복림(金福林)양으로인하야 리화꼿밧에는 정구왕국이 건설되여 전조선여학교정구게를습복하얏섯스나 김양의 뒤를니어주는이업서 이역시시들어진경향을보인다. 리화의 전성시대는이미 지나갓는가? 榮枯盛衰는 하눌의 뜻이라드니 이역 하누님의뜻이런가? 리화의 황금시대는 영원히써나가고말앗는가?

貞信 –이는 역사오랜녀학교나 그러나 장노교의알뜰한教旨는 녀자고보를 거더차고 그저잡종녀학교의지위를 사수(死守)하야 서울안의세밋숀스쿨중에서 제일존재가적은 녀학교다. 울울창창찬 나무숩 백사쌀린기다만언덕길 헤트러저피는각색화초 三층벽돌의명낭한건축– 녀학교의꿈을다북이가진이학교것만 엇전지모르게 침침하고 어듼지모르게 수도원가튼늣김이 흐른다.

학교가 인끠업는만큼 실례의말이지만 모여오는학도들도 그질이 얼마쯤써러진다. 그리고 각금가다가 풍편으로 자미업는소행가진색시가 석겨잇다는말이 전해나온다. 그러나 학교규칙은 어듸까지 엄격엄격! 올드미쓰의 히스테리적 단속이 심한학교다. 그래그런지 남들이하는소리를 그대로쓴다면 정신학교는수도원학교라고한다.

배화·리화·정신–이세학교는 모다서양사람의재물을드리어 경영되는학교다. 그런데 한가지 이상한 것은 이세학교는 모다 소위『교복』이라는 것을 모다 조선옷으로 정하고잇다. 몸에 어색해보이는 양복(?)을피하고 자래의전통적 아름다움을 가진 조선옷을교복으로택하는 이세학교의 방침그것을 나는칭찬하고십다. 그러나이곳색시들도 다른색시본들을 짜서 머리꼿을잘라 몽당머리(말쏘리처럼)를만는것이 보인다. 아마 딴학교아이의 그야듯한차림이 새로워보이고 눈에당기는것갓다.

　몽당머리에다 당기를드리고 단이는녀학생을보면 쏘차가서 충고를하고도십지만은 그것은 너무나지나친 친절이겟기에 그리못하고 여긔다 그러고십다는 뜻만을 적는다.

淑明, 女高, 進明

이세학교도 그계통이 비슷한학교다. 즉 하나는공립 둘은반공립-그러나 그색채는 세학교가 모다다르다.

淑明- 그전날에는 美人녀학생만은녀학교로 이름이 잇섯고 그다음에는 염문이만키로도 이름이잇섯다. 그러나 그것은 그한째의이야기요 숙명계통의색시들에게는 재원이만코 유명녀성이 적지안타. 녀비행가 녀무용가 녀교육가 쏘나가서는 녀배우 녀급까지로하야 사회각방면에 이학교계통색시들은 이름을쩔치고잇다. 일본남편어더간색시도 이학교학생에 만코 일본류학만이가기도 이학교출신들이다. 대체로 학교의 공긔는 조흔의미로 자유스럽고 학생들도 학교를사랑하는마음이 다른녀학교보다 쒸여나는것이잇다. 더욱 이학교학생에게는 크리스찬의 氣風이 가득하니 그것은 그학교 수뇌급선생님의 교화라고 볼수잇다. 이와가튼例는 경성녀고에서도 볼수잇스니 그곳수뇌급 선생님은 착실한 불교신자시라 학생들이불교의 감화를 만이밧고 쌋닥하면 머리를 짝고중이되여나간다는 것이다.

女高- 서울안의 단한개의 공립녀학교다. 공립만능의시대라 이학교의 입학되는것을 어린색시들은 영광으로알고들잇다. 학생들이 대개 넉넉한집안의 아이들이요 거긔다 공립학생이라하야 대체로 우월감이 강하다는 평판을밧는다. 그러나정말로 그런지안그런지는 그들과 사괴임이적은 녹안경은 아지못한다. 학교안의공긔는 생각하는것보다는 부드러운학교지만 관료적긔풍이 잇는것은 엇절수업는일이다.

進明- 서울안녀학교중에서 제일 보수적형태를 유지해가는 녀학교다. 그런만큼 말성도적고 소문도적은 녀학교다. 년전에는 전차전복사건으로 이름이 쩌들엇섯고 금강산가서 배파선을하야 소문이놉핫다. 하여간 진명녀학교와 려행의수난은 짜라단이는 듯십게인상을 준다. 교장선생님이 완고(?)하옵신분이라 학교긔풍에 그 찍걱이가 담겨잇는 것은 엇절수업는일이지만 일부사회에서는 도로혀 그것을 환영한다. 그러나 진명의 스포-츠熱은 완고풍과는 관게

가엽는듯이 장족의발전을하고잇스며 한째는 조흔선수들을 배출식히엿섯다. 이학교만은 숙명이나 녀고보처럼 학생들에게 양복(?)을 입히지를 안코 수수한조선옷을 입힌다. 그러나 그교표인 힌테두줄은 어쩐지 촌스러워보이는것이 잇다.

同德, 女商, 槿花

이세학교는 조선사람의 손으로 설립되고 조선사람의 손으로 가르치는학교다. 그러나 세학교가 모다 그성질이다른학교요 웬일인지 세학교가모다 말만은학교다.

同德― 조동식교장의 헌신노력이 성과를매저 이해에는 五千평갓가운긔지에 十餘만원돈을드려 새교사를짓고 학교의면목과 긔초가 확실히세워지엇다.

동덕의 자랑은 학교안에 조선맛 조선긔분이흐르고잇든 것이다. 그러나 이즘에와서는 에전의조선맛이 다분으로 사라저버렷다. 엇절수업는일이지만은 애석한일이다.

조선맛― 그것은 조선인정이요 조선생활을 가리키는 것이다. 조선인정은 엇설수업시 일을위하야 사라섯다고하드래노 소선생활을 고저가면서 가르키는것만은 이저주지말앗스면 퍽도 고마운일이겟다.

이학교교복은 동복이 이상하야 아래위가 색까마타. 엇더케보면 서양상제옷이요 엇더케보면 수녀의복색을 연상식힌다. 웃저고리만이라도 다른빗을생각하야 썻스면 조을것갓다.

이학교도 이번가을에 創立二十五周年겸 신교사낙성긔념전람회와운동회를 개최한다고 그준비가 법석이다 한편에서는 운동장 지균공사(地均工事)를 급히 모라처서 긔한안에씃내려고 이사간학교는 더욱부산스럽다.

女商― 創立은새로우나 이름과인긔 놉흔학교다. 더구나 학년이 짜르고 졸업한뒤에는 취직하는 학교라하야 학생도조와하고 학부형도히망을가지고아이들을보낸다.

졸업한뒤에 취직전선에나슬색시들이라서그런지 대체로 잇서 이학교학생들은 활발하다. 쏘 대담하다. 그래서간혹가다가는 남에게오해밧는소문을펴친다.

지난 번에는주산경긔회에서수만은남학생(다른상업학교)을 물리치고 일등의영예를 탓다고하야 아주자랑이다.

槿花— 짝정쎄선생님 김미리사씨 경영아래 쑤준히나가는 근화학교다. 너무나 유명하엿고 쏘 유명한녀학교다. 전에는 소박데기 녀학교라는별명이 잇섯스나 지금은 그러치안타. 그러나 아직도 수만은 風聞이 새여나오고잇는것은 엇전까닭인지. 한쎄는 음악과를설치하엿다고 전하드니음악과는 폐지되고 실업과가 설치되였다고한다. 김미리사씨의 짝정쎄는 유명하고남는것이잇다고 전하는바이지만은 그학교학생뿐이아니라 직원들도 혼들이나는모양이다. 이번여름에는 봉급문제로 왈시왈비하엿다는말이잇는데 례의 팟쇼로 그만 찍옴으러들엇다고한다.

그학교긔숙사의 굼튼튼한경영은 색시들에게는 불평이요 박그로는 쏘십이된다만은 이글머리에 너무깁흔 이야기는 피하기로하엿스니 그만끗친다.

中保, 梨保, 京保

保育學校는 어린아기들을 保育하는學校가아니다. 保姆養成所를 保育學校라고 하는 것이다. 中保와 京保는 經營이어려운만큼 學生들의전형을 엄밀히하지를 못하고 지원자면 입학되는 형편이다. 그래서 학생들의 레벨이 千層萬層이요 그 履歷들도 多樣多彩다.

中保— 조선보육학교 중에제일 력사깁흔학교로 박희도씨가 설립자겸 교장이시다. 파란풍파만키는 경성보육에지지안치만 그래도 박씨의 쑤준한 경력은 차츰 동교의서광을 비최여주고잇다. 이가을에 정동서 동대문박으로 옴기고 교사를증축하는등 이즘은 대부산법석이다. 전날 독고선씨가 동교음악교원으로잇슬째는 음악렬이 대팽창하엿섯스나 독고선홍영후양씨가 연달아 경성보육으로 옴기어간뒤에는 그왕성하든 광적음악렬이 죵식우듯하다

京保— 이학교는 중앙보육에 지지안을만큼 파란풍파가 중첩하든학교지만 독고선 홍영후씨와 그일당이 중앙보육에서 옴기어온후에는 당분간 소강을버 틔고잇다. 그리하야 한동안 유아보육문제를 착실하게 연구하자든게획은 사라 지고 동교는 음악전문학교로 일변하얏다. 학생들도 중앙보육에서의 애제자까 지합치어 그 긔세가 상당하다. 그러나보육문제는 제이요, 음악이제일이되야 주객전도가된것은 어듸로보나유감일 것이다.

梨保— 大감리교회의 유치원게통을 배경하고 서잇는 보육학교다. 아메리 카系의 幼稚園조직을 그대로 옴기어심고잇는보육학교로 경영긔초도 튼튼하 고 훈련방침도 일관되어잇는학교다. 지금에잇서 中保, 京保의 급선무는 재정 적긔초다. 재정적긔초를갓기전에는 천만가지리론과리상이 실현될 수는 업슬 것이다.

梨傳, 女醫, 師演

梨傳— 조선의 여자최고학부로 군림해잇는 유일한 전문학교다. 지금 시외 연희면신촌에다 五十여만원경비를드려 七만평긔지우에 대리화학당의 외관을 나다내려고힌디. 그런한편으로는 조선사회를동원식혀 후원회를조직하고 그 긔초재단의 확충을쐬하고잇서 리화전문의 압날을 만세반석우에 노으려는중 에잇다. 리화는 조선신녀성의류행을 예전부터리-드하고잇는 본바닥인만큼 오 날도 리화동산을차자가면 새로운색채와 새로운스타일을채린 모던아가씨를 골고로히맛날수잇다. 리화의아가씨는 복바든조선의색씨들인만큼 모든것에 잇서 부러운것이만타. 그러나 그것이 외화에만 쓰치는때가 만은 것은 아조 낙심된다. 좀더 조선토산(?) 인테리女性의 실력을 발휘할날이 오지안으려나?

女醫— 朝鮮女子醫學講習所의 존재는 너무나 감추어잇는존재다. 그러나 현 재조선의학게의 옷소리티-제선생인 힘을쓰시고 배우는 녀성들도 일의전심 장내여의를 목표로 노력하고잇는만큼 학교로서는 퍽의미잇고 오붓하다. 요사 이 전하는소식은 학교를시내로이전하고 부속진료소까지 시작하엿다고한다.

우리는 이학교의 오날에다 긔대를갓기보담도 장내 승격의날이차자오기를바라며 현재의 의사시험을거치어 면장을밧는제도가 업서지기를바라마지안는다.

師演ー 녀학교졸업생들의 가장 입학하기어려운데로 손쒑는 학교다. 각학교의우등졸업생으로 판짜지는 이학교에 이상하게도 미인학생이업다는 평판이 잇다. 그러면 미인과공부는 서로 반비례하는것인가 궁금한 일이다. 취직율을 백퍼센트로 가지고잇는 이학교에 중류이상가정의 아가씨들이 서로 성벽으로 지망하는 것은 남을할수업는이상한사실이다. 거리에서 맛나는 저들을보면 엇전지 영화「제복의 처녀」가 연상되는 것은 엇전일일가? 그학교의 규칙이 그러케엄할 것은 아니다. 아마도 그들이 너무나 얌전한까닭이겟지.(슻)

ー『신여성』, 1933. 10.

▌當世女學生讀本

緒說

이 아름다운 테스트를 읽으시려는 아름다운 令孃여러분이시여 먼저 그대
는 修練된그대의 聰明과 理知로써 이글을색여읽으시라.

그대는 時代를알고 當世氣質을아시는분이니짜 아모염려와 주저가업시 이글
을執筆하지만도 세상이란 그다지 單純치못한바라 그대의 老年先生님 쏘는 阮
固父兄님압헤 이글이나아갈째 그들의憤怒를사고 末世之嘆과함께 筆者가餘地업
시 抹殺逢辱을當할 생각을 하매-째마침感想의가을 이가슴에 눈물이넘처흐르
나이다.

그러나 그것으로 주저할 金香이 아닌 것을 金香自身이 祝福하며 저들 완고
한 前時代人間의 人心을 어드려안는것을 金香自身은거룩하게아는터입니다. 그
리하야써 여긔大膽하게 『當世女學生讀本』을 述함에 잇서 尖端的氣風을 極力支
持하야 新々女學生讀本됨을期하랴하나이다.

만은 同情으로 읽어주소서.

第一課 女學生

女學生－ 당신은 女學生을아십니까? 몰나요－몰나도 관게업습니다 당신과
가튼사람을 女學生이라는것이니짜 몰나도 조습니다. 그러면 당신을? 몰르시
겟지요. 그대신 내가 말슴해드리지요. 알기쉽게. 구두를사신고 저벅저벅거름
을거르면서 빙긋빙긋 웃든당신이지요. 그럿습니다 그째가 第一年生. 조-코례
트와 同性戀愛의意味를 아시고는 세상이명랑햇섯지요. 그럿습니다. 그째가 第

二年生. 戀愛片紙란것을밧고 얼골을붉히섯지요. 그리고 그댐부터 모양내기를 시작하섯겟다요. 그럿습니다. 그째가 第三學年. 그댐에는? 그것까지도 압니다. 달밝은날저녁 四角帽쓴사나이와 몰내몰내산보하섯지요—아니라고요. 그러나 거즛말이라고는 못그리시겟지요. 그리고 그댐이요. 당신은 칼레지·썰이되섯 겟다요. 그리고는 점점 더오망쟁이가되시고요 그리고大膽하섯지요.— 자이런 雜談고만두고 第二課입니다. 어서어서 집어치고 卒業이나 합시다.

第二課 使命

당신의 使命은? 아름다운것입니다. 당신은 이제 二八靑春—늙은하라버지의 말슴도 『쏫가튼너』라고 하십니다. 그러니짜 당신은 아름다워야합니다. 만흔 슯흔일이잇습니다. 神經이 過敏하야 그런制定이 생기엿든지 쏘는愚鈍하야 그 런 規則을 맨들엇는지 女學生과 化粧은 대체로 禁制가되여버렷습니다. 당신들 을 위하야 통곡합니다. 당신들이나스는곳은 和暢한봄빗이 쩌돌고잇습니다. 아모리 우중충한 집속에居處한다하드라도 당신이잇는곳에는 영농한香氣가 쩌 돌고잇습니다. 당신은 쏫이니짜요. 거리우에 당신네의 그림자가업스면—그야 몰논쓸쓸합니다. 電車속에 당신네가업쓸째—그야물론 텁텁합니다. 당신들은 奇蹟을가진 天使—그리고 당신의 使命은 아름다움이올시다. 殺風景한이세상을 아름답게 단장식힐 당신입니다. 그러니짜 당신은 모양을내서야 합니다. 힘을 다하야 하름다움을發揮하기에 努力하십쇼. 몰내몰내라도 조읍니다. 가을쏫과 가티 可憐스러워 더욱 아름다울것입니다. 그러지아나 봅니다. 집에와서는 발 등에쓸니는남치마에 노랑저고리를입고 어엽부게화장을하고 석경을바라보는 당신네들. 만은 그것은못씁니다. 그대는溫室속의 쏫보다는빗나는 太陽아래 피 여나는 저 싸리아나 칸나와가티 씩씩하면서도 아름다워야할것입니다. 시그라 멘이나 洋蘭가태서는 그것은 當代的이아니외다. 그대여 아름다워라. 그러나 溫室속의쏫은되지마라.

第三課, 對話

당신네의 對話는? 淸新하게 洗練되여냐한다. 고세고세하는이야기는 될수잇
는데짜지 피하라. 그리고 지메지메 우름소리석긴이야기도 멀리할 것이다. 그
러기위하야 그대는 먼저 新女性雜誌를사보라. 거긔에는 數만은 모던會話도나
오고 모던語法이 실린다. 外國語를 使用하는 버릇도 조타 그대가 能力잇스면
佛蘭西語쯤 會話로써서스데쎄데쇼 ─ 올시다. 그리고 그대는 이즘의토-키를 자
조보라. 나의이말은 그寫眞을 鑑賞하라는것이아니다. 그會話의技巧를배우라는
것이다. 그 語調를익히라는것이다. 이즘의 會話는? 說明的敍述을 깃버안는다.
簡潔한 印象的會話를사랑하는 것이다. 說明的敍述은 구차하다. 同情的이요 辨明
的이다. 그것은 냄새가 난다. 그러니까 簡潔한 印象的會話가 當世氣風에 符合되
야 총애를밧는다. 『웨 느엇니?』하고뭇는쌔 『그런게아니라 애 막올냐고하는데
마침……』엇더쿠엇더쿠엇재서 『그래 암만일직올랴구햇지만어듸……』엇더쿠
엇더쿠엇재서 『그래느엇단다』하고 대답을한다면 듯는이가진력이나기쉽다.
그것이 至重한 愛人인경우에는 더욱 진력나는 생각을 순다년中大門題다. 『엇
재 느엇소?』『용서하세요. 막 시간에 R이차저와서 그래 그만느엇답니다』혹시
R이가튼 男性이라면 가쌀게 좀더자세한說明을 겸한대답이 必要할것이다 如何
튼 會話에대하야 主意를갓고 그 洗練된方法을골라쓰는것은 當代女學生의基本學
文이다.

第四課 求愛

그대에게 艶書가차저왓슬째 ─ 그대는 얼골을붉히기보다 먼저 비우스라. 아
지못할男子에게서여든더욱그러라. 그리고 그대가혹시 그艶書에 마음이 쓸린
다손치드라도 결코 好意를던지지말고 回答을쓰지말라. 그것은 그대의 至尊한
名譽가 써러지는 첫瞬間임으로 그러한 것이다. 되도록은 저편의 애를태우게
할것이요. 그리고 자긔의 評價를 놉히게할 것이다. 輕忽히저편의 모-손에 動

하는것은 그如何한 경우를 不問하고 이편에 不利한것을아라야한다. 그리고 당
신에게 날너온 艶書는 가튼 艶書라할지라도 그가가진 熱의불은서로다르다. 或
은 第一次의 艶書를보내고 그만 熱이식어버리는者도 석겨잇슬지모르는 것이
다. 그럼으로 당신은 당신의 動作을 되도록 徐々히하라. 늣게하야서 後悔는업
는것이다. 時間은 모든問題를解決한다는말이잇다. 時間을지내는동안에 당신은
그艶書의 價値를 明白히알수잇고 당신은 微笑할것이다.

第五課 趣味

그대의趣味? 화투(이즘화투갑시올나서 人氣가적다는말이잇다) 추럼푸. 혹은
마-쌍. 군것질 失禮라고요. 그러나—좀더나가서는 音樂. 映畵……ee. 그대가
當代女學生의 尖端的存在가되려거든 以上의모—든 趣味를버리라. 以上의것은
너무나 通俗化하얏다. 萬一에 그대가 쑤르여든 스포-츠方面에 잇서서는 골푸
(쎄비골푸가아니다)나 乘馬……를 趣味하라.

娛樂方面에잇서서는 파테쎄비-도조코 레코-드수집도조타. 그댐에 그대에게
누가이런말을 뭇거든 『당신은 무엇을 제일조와하십니까?』 『긴!』혹은 『휘스키-』
라고. 그러면 뭇든이가 얼골을 붉히리라. 우스개대답을 못할경우면 『散步여
요. 孤獨한 散步를……』하야두라. 그러면 남의마음을 퍽 신미리사세루한다.
그대만일 푸로여든 용감히 쑤르女性의웃길을 거러나가라. 쑤르—乘馬를하거
든 그대 飛行機를運轉하라. 파데쎄비-를 玩弄하거든 그대 大型撮影機를 携帶하
라. 如何間 남에게 지려마라. 그대신 忠告하는것은 군색한틔를뵈키지마라.

第六課 交際

그대는 交際家되라. 만은 친구를 사괴라. 그것이 異性이드라도 친구로의 軌
度우에서 廣範圍의交際를하라. 그러나 그대 損을보게될째— 가량돈을쮜여달라
거나 책을빌려달나거나 쏘는그外의여러 경우—에 교모히 相對의 人格과 氣分

을 傷치안코 피할수잇는 外交言辭를 배워두라. 그대신 그대는 그만은친구들에게서 모다 신세를지려하지말것이니 그러하는째에 그대의 評判이쩌러진다. 그리고 그대는 그대가 交際家인것을 여러사람에게 자랑하라. 그리고 긔회와경우잇는데까지 정거장에 마중이나 배웅을 나갈것이다.『어디갓섯니?』『저梨專 玉姬언니가온대서-』『어듸갓섯니?』『××日報××氏가 東京을 가서-』그대는 되도록뭇는이에게 그들이 그대와 친한것가티하라. 그대는 等比級數로만은친구를가질것이요 그대의 結婚式에 數만은 祝電을바들것이다.

第七課 忠告

그러면 그대는 아름다운 모양쟁이요 高尙한 趣味를가지고 그리고 會話術이 巧妙하고 또交際家인 當世女學生이다. 거리에 나슨째의 거름거리는 明朗하고 얼골의 표정은 純雅하며 째로는 스포-츠를질기고 映畵를 鑑賞하고 時를 創作한다고 하드라도 그대는-다음의 忠告만은 잇지말것이다. 첫재 뉴과귀를 怜悧하게가질것이다. 거리의포스타 新聞紙의初號題目 그달 雜誌의도쑥다네 新版小說의 梗槪 批評(宣傳者의 批評을 直輸入말고)-乃至 百貨店의 쇼-윈도까지에 怜悧하게 눈과귀를돌리라. 둘재 긔회잇는데까지 맛잇는음식을먹어보고 그이름을 알아두고 긔억력이잇는데까지 化粧品·裝身具·衣裳들의 名稱과 有名商號를알아두라. 이것만으로 그대는 一躍有名해질것이다. 셋재 그다음에는 그대의 포켓트를어쩌케써야 가장有效하게 節約할가를 硏究하라. 이것은 누구나다하는일이지만 當世女學生으로 가장 씨크하게쓰면서 經濟的效果가 잇는것을 選出해내도록 硏究할것이다.

—『신여성』, 1933. 10.

▐ 오늘의인텔리 結婚適齡期處女의 理想男

─ 序·言 ─

이번 女性編輯部에서는 今春 이화여전, 이화보육, 경성보육, 중앙보육등 諸學校를나올 處女八十九名에게 다음과 같은 十二項目의 說問을 보내여 未來의 夫君을 選擇하는데의 標準이될 이 條件에 對한 그들의 要求程道를 打診하기로 햇든 것이다. 十二項目이란 이러햇다 相對男性의 一.容貌 二.體格 三.身長 四.年齡 五.性格 六.趣味 七.敎育程度 八.職業 九.收入 十.資産 十一.長男 十二.地方別 等이엿다. 勿論 이外에 여러 가지가 잇겟스나 대략이정도로서 婚期에達한 이들이 항상 생각하고잇고 또는 생각지않어서는 아니될 결혼에 있서의 상대자의 선택표준을 알어보기로햇다. 극히 간단히 한마듸식 적어온 대답을종합해갖이고 기사체로 項目을딸아 다음과같이 역거노앗다.

(一) 容貌

平生을두고 하루같이 아츰저녁 서로 맞우보아야할 얼굴에 대해서는 이들이 어떻게생각하고 잇는가를 첫 번으로 물엇든 것이다 그러나 대부분은 예상햇든바와같이 「印象좋은사람」이여야한다는것이다. 당연한말이다. 사람의 첫 印象은 왕왕 一生을지배하는수가 많기 때문이다. 이 印象第一主義와 내용에있어 결국같다고 볼 수 있는 몇 개의대답을 例로들면 好感을주는 사람, 볼만한 사람, 평화한얼굴, 그럴뜻한얼굴, 남성다운사나이라고한것이 대부분인대 그 중에는 斷然 美男이라야한다는 처녀가둘이나 있으며 혹은 난 聖林의 名優로버트·텔러 型의 남자를, 난 日活의 성격배우 '岡讓二'型의 사나이를 난 P·C·

L의 美男 佐野周二型의 남성을하고 映畵에서본 洋製和製의 美男型을 주문하는
처녀가있는가하면 아니다 남편이 美男이여서는 安心하고 살수가 없다는듯이
난 '너무뺀들뺀들한건말구'하고 부득이 美男을 辭退하는 처녀가 한분잇섯고
한거름 더나아가 '나는약간곰보래도 좃소'하고 美男無用論을 당당히 선언하는
궁금한 그러나 동정해야할 처녀로 또한 한사람있엇다. 그래서야되느냐고 혹
시 아베크로 音樂會나 시네마같은 사람모인곳을 가게되여도 잘나지는못해서
도 '남부끄럽지는않을정도'라야한다고 양보의 한게선을 그려놋는 처녀가잇다
어째든 美醜의개렴은 주관적이여서 사람마다관점이다른것이지만 얼골에대한
이들의대답을 종합해본다면 주관적으로는보아서 印象이좋을것 객관적으로는
누가보나 숭업지나않을정도의 인물이면 족하다는것으로 볼수있으니 사나이
된자 무릇 보통인물로 인상만그릴듯하면 위선 용모에있어 합격범위내에 있
는 것으로 자인해도 실수는 아니된다.

(二) 體格

그럴뜻한 印象을 주는 보통정도의 인물이라면까지는양보하나 체격이 빈약
해서는 단연 재고의여지가 없다는 것이다. 몇개만들어보면 '늠늠한이', '씩씩
한者', '위엄성잇는사람', '골격이굵은사람', '키가크고男者다운사람', '均衡잇
고健康한사람'이라야한다는바 어떤이는 말로만해서는 모를것이라고 '十八貫以
上'이라야하오하고 구체적으로 체중을밝힌 분명한 해답자가 잇는대 어째든
大多數는 '스포츠맨型'을 원한다고 하여왓다. 하기야 '스포츠맨型'이라해도 卓
球나 庭球選手같이 운동의성질상 보통인의 체격밧게되지않는것에서붙어 柔道
나 씨름選手같이 河馬나코끼리같은 체격을갖인 사람도있어 스포츠의종류에딸
아천차만별이겟지만 이들이말하는바는 스포츠로말미어 骨筋이원만히 발달된
체격이라는것으로 말하자면 억게가 벌거지고 가슴이 비닭이같이 특나오고 四
肢가늠늠하고 긔골이장대한 씩씩한 사나이가 좋다는것이다. 이또한 당연한
요구다. 二十世紀의 生存競爭은 個人과個人 民族과民族 國家와 國家間의 競爭임

을 莫論하고 결국은 頭腦와 頭腦와의 싸홈이라고 할수잇는 것이다. 그리고 健全한頭腦는 健全한 身體에만 담겨잇다고할진대 구극에잇서 優勝劣敗의 決定的要素는 健康이라고 볼수잇다. 그들이 건강을 절대로요구한것은 당연한것이다. 그런대 몸이가는사나이라고해서 쉽사리단념할필요는업는것이니 해답자중에는 우에말한 '늠늠' '씩씩'과는 아조대조적으로 나는 '호리호리한사람' 내지 나는 '간열핀사람'을하고 섬세한 여성적 체격의 소유자를 주문한 처녀가 각기 한사람식 있었으니이래서 세상은 살두룩되여잇는것이라.

(三) 身長

비록 '씩씩'하고 '늠늠'한 체격이래도 그것이 땅 넓은줄만알고 하늘높은줄을모르는것이여서는 안된다는 것이니 다시말하면 넓이로만 퍼지지말고 우으로도 솟은것이라야 맛당하다는 것이다. 그러하길래 몃사람의 '中庸'이라든가 '꼭알맞은키'라고 한외에는 거의全部가 구체적으로 장차의 부군의 身長치수(寸數)를 적어왓는대 난'一五尺七寸'이여야한다는 처녀가 第一位로二十三人, 두어치 나추어 一五尺五寸이면 된다는이가 第二位로二十人, 한치더올려 一五尺六寸이래야한다는이가 第三位로十七人 그래도 남자는 키가 커야한다고 一五尺八寸이라는이가 十人, 이왕클바에는 한치쯤더길어도좋다는 듯이 一五尺九寸이라는이가 二人. 아니다 어찌됫든 사나이는 길두룩새볼품이있다고 단연 六尺이라야한다는처녀가二人이나있엇다. 이로보면 長身이 平均 五尺七寸정도는되여야 선발권내에들수있겟으니 이것은 오늘날 東洋의 身長(조선인의平均身長五尺四寸)으로는 도저히 이에맛출도리가없는 것으로 이들에게 再考와 反省을 促할수밧게없다. 多幸으로 편즙자의 추측과같이 이들의 身長寸數에對한 관렴이 부정확한것이거나 不幸이 정확한것이라면 이들은 모름즉이 치수를 三四寸가령 나추워야할 것이다. 왜그러나하면 지금붙어 아모리 국가총동원을해서 체육장려에 전력을다한대도 이들이 요구하는 치수에 달하려면 적어도 금후 반세기나 한세긔의 시일은 걸릴 째문이나. 그러나고 시금붙어 들보에노 목을매고

발목에다 매뜰을달어가면서라도 모잘라는치수를늘리려는 성급한 사나이는 하나도없을것이니까.

(四) 年齡

결혼조건에 있어서의 年齡의지위는 가장중요한것의 하나이겟다 印象이그 럴듯해도 체격이좋아도 나이가너무젊다든가 혹은 너무 지나치는경우에는 비록 듯첫든구미라도 우선디리켜게된다. 이점에대해서 이들은 극히신중히 고려한 흔적이 보이는것으로 오늘의 의학상으로보아 가장적당한 결혼연령이라고하는 '二十五六歲'가 좋다고한 것이 전체의 五割가령이나되는 四十八人이였으며 二十七歲라고 한 것이 十九人. 다음 몇해떠러저二十三歲라고한것이 十一人 다시뛰여 二十八歲가 九人 더올나가 三十三歲가 各一人식있엇다. 이같이最低二十三歲로붙어 최고 三十三歲까지인바 전자는너무젊고 후자는너무과년햇다고 볼수밧게업다 만학(晩學)인조선의 현실로보아 남자가 二十三歲라면 아직 專門學校나 大學에在學中일것이매 도저히자립할정도에 달하지못하였을때이요 그리고 三十고개를 넘게되기까지 미혼으로있을남자는 거의없거나있대도극히 少數인것이니 이역시 適齡이라할수없다. 어째든 사나이나이가 二十五六歲라면 그래도 부부란무엇이며 가정생활이란 어떠한것이며 사회란 어떠한것이 되어야할것인가에대한 사려와분별이 서게될것이오 이나이면 학업을 필하고 일정한 업무를 갖게될 것이니 이들처녀의 대다수가 이 年齡을 제시해온것은 극히 당연한 것이오 또는 깃꺼운 현상이라 아니할 수 없다, 보라! 昭和十年統計에 나타난 男子의결혼연령을보매 겨우中學生정도의 年齡인 十七歲－十九歲 사이에 결혼한 자가 전체의 三二·四%에나 달하는 놀랠만한 아니 실로비참한 이무婚의 弊風이 아직도 이땅에 성행하고 있다는사람을볼때－교육을받은 이들은 맞당히 이악습개혁에 적극적으로 가담해야할 의무가있는 것이다.

(五) 性格

우에말한 조건들은 한번 보거나 들으면 알수있는것이지만 보고들어만갖이 고는 알 수 없고 반듯이 지내보아야 알게되는것은 사람의 性格이다. 夫婦간에 있어서 성격적조화여하가 가정생활에 미치는 영향이지대할뿐아니라 偕老同穴 의 굳은 맹서가 그만일조에 파탄되고마는 중요한원인의 하나이 부부간의 이 성격적상극과 대립부조화에 있게됨을 우리는 흔히보게되는바이다. 그래서 이 사실을 아는 그들은 무엇보다도 사나이된자 그성격이 '男性的'이여야하고, '쾌활'하고 '명랑'한성격이라야 한다는것이 절대다수를 차지하고 있다. 설사 여자가 잇다금 고집을 세우고 약간 강짜를 한대도 남자된자 무릇 快活해서 憤怒할것이며 명랑해서 耐堪해야 할것이 아닌가. 그러나 성격이 男性的이오 快活·明朗만해도 못쓴다고 그밑에 한조건을 더붙인이가많다. 즉 '男性的이면 서도 同情心이많은사람'이라든가 '快活하고도 眞實性있는사람'이라야한다든가 '快活하고도 利害性있는사람'이좋다는등이다. 다음으로는 '意志가좋은사람', '溫順하고말이적은사람', '溫順하고決斷力이 있는사람'을 원한다고하였고 혹은 추상적으로 나는 '깊고넓고무거운사람'이라든가 '多少學者風'이있어야한다는 이가 몇사람있고 色다른것으로는 난'憂鬱'한 성격을원한다고한이가 한사람있 어 단연 異彩를 나타내고있으니 역시 세상은넓고 사람은 十人十色이다.

(六) 趣味

사람을 아는대는 그사람이 사귀는 친구를보면 알수있다할진대 우리는 취 미를보아 그사람의 품위를짐작할수잇다고할것이니 성격적 조화가 부부생활 에있어 결정적요소임은 물론이나 부부간의 취미역시 서로부합되거나 적어도 리해가있어야할것도 또한등한시 할수없는것이겟다. 그래서 취미에 나타난이 들의 제시도 노블한것이여서 '文學'이 단연 第一位로 三十五人 '스포츠'가 三 十三人 '音樂'이 二十八人으로 각긔 二,三位로 되어 있는바 대개는 文學과 音樂

스포-츠와 音樂, 文學과 스포-츠 하고 두가지를 겸해 갖어야한다고 하였다. 이
외에 宗敎, 科學, 旅行, 映畵, 登山, 園藝, 乘馬라고한것이 각긔 한두사람식 있었
다. 이것으로보아 적어도 專門乃至大學을나온 인텔리로서는 비록 전공한학문
은달을지나 文學과스포-츠와 音樂에 대한 일반상식과 감상안은 갖어야한다는
것이다. 가령 이를테면 文學에 있어 클라식한것으로는 '괴테의 파우스트', '섹
스피어의 함렛트', '톨스토이의 復活'과 같은 작품과 근대것으로 '지-드의 좁
은문', '죠이스의 유리시즈', '쇼로호-프의 고요한 돈河' 等의 作品같은것은 그
梗槪와 主人公의일홈쯤은 알어두어야하겟고 音樂에있어서는 말하자면 바요린
으로 자조듣는 베토벤의 스프링소나타라든가 피아노로혼이연주하는 '슈벨트
의 未完成交響樂' 쯤은 감상할 귀를 갖일것과 스포-츠에 있어서도 野球, 庭球,
足球같은 것은 물론 최근에 팬들이 열광하는 拳鬪와 럭비같은 경긔의 규측쯤
은 알어두어야하겟다. 그러나 文學, 音樂, 스포츠 등 이세가지를 모두 취미로
삼기는 실제에 있어 용이치않을것이니 한둘쯤은 알어두는것이 무방할것이다.
어째든 전문교육을 받은 여성들로서 이같은 취미를 요구함은 당연한 것으로
볼수박게없다.

(七) 敎育程度

상대자의 교육정도에 대한 질문항목은 넣지안는것이 예의상올타는듯이 모
도가 專門程度以上의 교육을 받은자라야 한다고했다. 그러나 여긔도역시 예외
가없는것은 아니니 '中等程度'라도 만족하겠다는이가 세사람이나있었다. 학교
교육을 절대로 무시할것은아니나 그러타고 학교교육이인간교육의 전부는 될
수는없는것이니 결국에있어 自我의 完成은 일생을두고 끊임없이 쉬지않고 교
양을쌋는대 있는것이매 중등교육이면 고등보통교육은받은것이니 그후의 個我
人格의 完成與否는 전혀 당자의 노력하에 달린 것으로 '中等程度'출신자 반듯
이 不可타고할수는 없을게다.

(八) 職業

　職業別을 종합해보면 '實業'이라는것이 전체의 三割인 三十三人으로 단연第一位. 다음 敎員이 전체의 二割인 十七人으로 第二位, 월급생활자가 전체의 一割五分인 十四人으로 第三位, 의사가 九人, 辯護士가 五人, 農業과 官吏가 各其四人, 이외에 특히 工業, 科學者 牧師 文化事業에 종사하는자라고한것이 각기 한 사람식 있었다. 이것은 다음에 나올 收入과 資産이란 조목과아울러 생각할문제로 매우 흥미있는 현상으로 보게된다. '實業'이 第一位를 점령하게된것은 취직난과 생활난이 극심한 현재의 시대상을 여실히 반영한 것이니 시대를 통찰하는 안목이 선것으로 당연한 일이라 보겠다. 비록 銀行家나 會社의 重役같은 實業家가 아니고 布木商이나 반찬가게를 경영하는이라도 월급생활자에 비해서 그 생활이 오히려 유족한 것을 잘아는 때문이겠다. '敎圓'이 第二位로 된것은 사람으로 믿을만하거니와 지위도 비교적이동이적고 수입도소비가적어 확실하다고 보는때문이겠다. 전과달리 意外로 '醫師' '辯護士'가 下位로 떠러저있는것은 새로운 현상으로주목할만하다.

(九) 收入

　收入에 있어서는 二百圓이란것이 最高額으로 四人, 四十圓 이란것이 最低額으로 二人이었다. 그런대 이것은 우리의 현실로보아 前者는 너무지나치며 後者는 너무 부족하다, 八十圓이면 족하다는것이 二十七人으로 首位요, 六十圓이래도 맞추어보겠다는이가 十七人으로 第二位요 그것갖이고는 도저히 한달을 살아갈수가없다고 一百圓은되야 한다는이가 十六人으로 第三位다 그리고는 七十圓 五十圓 九十圓이란 것이 몃사람식있었다. 이것으로보아 한달에적어도 八十圓收入은 있어야 할것이니 물론 이것갖이고도 지금과같이 물가가고등한시긔에는 도저히생활의여유란 없을것인바 이만한정도의 수입이나마 전문이나 대학을 갖나온사람으로 (특수한곳외에는)는 얻기가 사실상 곤란한 형편이다.

그렇기에 명철한 이들처녀는 이문제를 다음에 나오는 資産欄에서 유감없이 풀어놓은 것이다.

(十) 資産

印象이좋고 체격건강하며 專門程度를나온 月收 七,八十圓以上이되는 男性이라도 적어도 긔본재산으로 一二萬圓쯤은있어야한다는 것이 二十四人, 그저 中流라고 한 것이 十五人, 그래도 五萬圓은 되야한다는이가 七人, 어째든 十萬圓쯤있으면한이가 六人, 십만원이 뭣이많으냐고 있을바에는 二十滿圓은되얀다고한이가 四人. 다시 멀쯧이뛰여 난 百萬長者의 今夫人이 되어보겟다는듯이 百萬圓이라고한토치카같은 心臟을갖인무서운처녀가 한분게섯는대 이와는 정반사로 난 다른조건만 괜찬으면 재산은한푼없어도 마다고하지않겟다고 '無産'이란두자를뚜렷이 써놓은 처녀가 十一人란 적지않은 수를 보여주엇다. 이밧게 五千圓, 六千圓이란이가 각긔 五六人되엿다.

이것으로보아 月收七八十圓이나갖이고는 생활다운 생활을할수 없음은물론 장차올子女의양육과 교육문제는 해결할길이 없다는 것으로 적어도 二萬圓內外의 恒産은 있어야한다는것이니 중산계급이 몰락된 조선의현실로 보아서는 무리의주문이라하겟으나 리상으로서는 당연한요구라하겟다. 아모리 이해가 많고 사랑이깊고 정이두텁다해도 生活苦로붙어 胚胎되는 가정평화의 파괴를 예방하는 唯一의 救治手段은 물질밧게는 없다는 것을 이들이 잘알고 있는 까닭이다. 누구냐? 拜金主義者라고 비웃는者가!

(十一) 長男? 次男?

조선의현실로보아 상대자가 長男이냐 次男이냐하는 문제는 이들 신녀성에게 있어서는 배우자의 선택조건의 하나로 보게되는것이다. 그러나 이들에게 이조목은 뭇기가 잘못이라는듯이 '次男'이어야한다는 것이 전체의 約八割인

七十名으로 단연 長男의안색을 붉이게하엿고 '장남'이라한이는 次男의 四分之一도 못되여 겨우 十六人에지나지못하였다. 그리고 長男이든 次男이든 가리지않는다고 한이가 세사람이었다. 이것으로보면 二大혹은三代가 한집웅밑에서 생활하게되는 봉건적가족제도아래에있어서는 長男은 가족에대한 정신적부담과 물질적책임이과중한때문에 조건이같은 경우에는 長男보다 次男을 택하게 되는 것은 당연한 것으로 탄할수없는현상이겟다. 더욱이선조의유산이없는경우의 長男의신세는 대단히곤곤한 정경이 많음에랴 次男이면 分家하는 까닭에 姑婦間의불화라든가 시누와의 알늑이란것이 없이 자긔가꿈인 생활설계를 마음대로 운용해보려고 하는것은 이들이 다같이 원하는바일 것이다.

(十二) 地方別

조선은 東西地方과 南北道가 어느정도까지 긔후와 풍토, 언어와풍속습관이 다를뿐아니라, 地方에따라 사람의성격과긔질에도 차이가있기때문에 이들에게 地方別을 물어보앗든 것이다. 결과는 아래와같다. '平安道'가 第一位로 三十一人, '京畿道'가 第二位로 二十一人, '黃海道'가 第三位로 十三人, '咸鏡道'가 十人, '忠淸道'가 七人, '慶尙道'가 五人, 그리고는 '全羅', '江原'의 順序로되여잇다. 그러나 사람은 언어와 인정습속에 익은 자긔고향과 고향사람들에게 애착을 갖이게 되는것으로 우에나타난 地方別은 우연히 그 地方出身 學生이 그같은 次例로 在學하게된 결과로도 볼수도잇는것이니 平安과 京畿의 男性된자 성급히 개가를 불으지저서는 아니될것이다. 그러나 우에나타난 數字에있어 京畿를 南道에 편입식혀 계산하드라도 北道와 南道의 比는 二對一로되여 北道가우세인것은사실이니 옛날부터 南男北女라든말은 일보붙어 矯正을가하여야 올흘 것이다.

餘言

이것으로써 오늘날 전문징도의 교육을받은 신녀싱들이 어떻한 조건을 구비한 남성을 물색하는가의 일반적 경향을 추출(抽出)할수잇는것이니 이것을 다시要約해서 한말로 간단히 말한다면 '印象좋고 健康한體格의 所有者로 二萬圓가령잇고 專門以上의 敎育을받어 月收八十圓以上의 快活하고 文藝와 스포츠를 理解하는 京畿以北出身인 二十五,六歲 안 次男'이라고 볼수있다. 아! 果然 어렵다. 조건이 이같이 구비된 리상형의 미혼남성이 과연 몇이나 있을것인가! 그러나 이것이 반듯이 절대적조건은 아닐것이니 사나이된자 무릇낙심말고 이조건에 가깝도록 노력할지며 여성된자 지나친 고집을 세움없이 되도록 양보해서 오직 사랑의 꽃과 행복의 열매가 무수히맺어지기를 바라마지않는다. (끝)

—『여성』, 1938. 3.

█ 그리운넷날의 학창시대

瑞典大學生々活, 崔英淑

(1) 四個星霜의 南京留學

내가 梨花學堂高等科를 卒業하고 情든 故國을 써나든째도 그리갓갑지안은 七年前 녯날이 엿슴니다. 나는 남달니 日本留學을 실혀하엿스며 까닭도업시 中國留學을 즐겨함에 싸라서 그짱을 몹시憧憬햇든것임니다. 그러기 째문에 처음 南京짱을 밥엇을째에도 그닥지 外國이라는 섯투른 感을 가지지안엇스며 그리고學校에入學하면서붓터 곳 쟈미를 붓치게 되엿슴니다. 中國은 家屋制度라든가 風俗等이 우리朝鮮과 恰似한 點이만헛기 째문에 얼마안되는 동안에 나는 그나라짱에 愛着心을 가지게되엿슴니다. 더구나 日曜日갓흔째에 敎會堂에 가서 여러 同胞들을 맛나며 쏘는 牧師집에가서 朝鮮김치를 어더먹든일도 南京 留學時의 쟈미잇든 記憶의 한토막임니다. 歲月은 빨니흘너서 어느듯 四個星霜이라는 긴-時間이 흐르게되엿슴니다. 내가 배우든 學校(南京文學校)를 써나는 同時에 愛着을 가젓든 南京을 써나지안을수 업섯슴니다.

(2) 가장憧憬하든 瑞典의風景

나는 南京에서 學校를 卒業한後 故國으로 도라가고십흔 生覺은 업섯슴니다. 故國엔 사랑하는 父母兄弟가 기다리고 잇는것을 잘알고잇스면서도 故土를 밥고십흔 生覺은 조곰도 업섯슴니다. 나는 남보담 餘裕잇는 家庭에태여나지도 못햇슴으로 朝鮮을 써나든날붓터 物質의 苦痛을밧어서 南京에서 四年間지나는

째에도 純全히 내손으로 學費를 求得하엿지만 내가 더알어야하겟다는 向學熱은 物質의 苦痛이라는 그것을 쩌릿기게하지안엇습니다. 그래서 나는 어느곳보담도 내가 어릴째붓터 가장 憧憬하든 瑞典으로 향하게 되엿습니다. 내가 瑞典쌍을 밟게되엿을째에는 北極의 취위도 풀니기 始作하는 싸듯한 봄날이엿습니다. 그래서 눈에싸혓든 瑞典의風物도 조용하게 나려쏘이는 햇볏을 마지하엿스며 湖水마다 몹시얼어붓텃든 어름도 슬금슬금 녹아지기를 시작햇스니 活氣만흔 瑞典사람들은 한층더 活氣를 쏌으면서 긴-다리로거리를 活步하엿습니다. 그러나 나는 憧憬하든 그쌍의 山水좃차 讚美하고십지를 안엇습니다. 십지안엇다는것보담 讚美해 지지를안엇습니다. 처음 瑞典쌍을 밟든째의 나는 너무나 외롭고 쓸쓸한 늣김에서 엇절줄몰낫듯것이엿습니다. 그리고 瑞典의 風景은 내가어릴째에 地理를 배우면서 想像하든 風景은 안이엿스며 쏘한 言語風俗等이 죽혀 다르고 아는사람좃차업스니 엇지외롭고 쓸쓸하지안엇스릿가? 그래서 나는 한달동안은 밤이나 낫이나 울기만햇담니다.

그러나 目的을 가지고잇는以上 울기만해서 아모 所得이 업다는것을 겨우 째닷게되자 시골중학교 비슷한 學校에 가서 語學만뵈우기를 시작 햇습니다. 그곳에서 몃個月間 語學을 배워가지고 秋期에 스토크호르음大學 政治經濟科에 入學하게 되엿습니다. 처음엔 별로 쟈미잇는줄도 몰낫스나 차츰 배워가는中에서 무한한 쟈미를 發見하게되엿습니다.

勿論 男女共學이엿는데 동모들은 몹시 親切하게 生覺해주엇습니다. 만은 처음에 그들은 내가 朝鮮사람인줄을 몰낫답니다 그리고 朝鮮이라는 쌍의 存在도 몰으는 것만큼 내가 조선사람이라고 말하면 이상하게 넉이며 自己들과 言語가 다르다고 해도 그것이 거즛말인가고 生覺하는일이 만헛습니다. 그러나 얼마지나는 동안에 그들도 朝鮮의 存在를 알게되엿슴으로 나는더한층 그들과 親密한 사이가되여젓습니다. 거기짜라서 서툴던 異國生活에 趣味를 붓치게 되엿스며 殺風景으로만 生覺되엿든 瑞典의 風景도 넷날 머릿속에 想像햇든 風景보담 더욱 美麗하다고 늣겨지엿습니다. 그래서 조용하고 아름다운 風景을 獨點한 그쌍에서 어느째까지 學業에 힘쓰겟다는 生覺을 가지엿습니다. 우에도

말삼하엿거니와나는 그짱에서도 苦學을하게되엿스나 그러케 甚한苦痛은 밧어 보지못햇습니다. 다른 동모들과 쏙갓치 여름이면 水泳으로 겨울이면 스키-로 이럿케 歲月이엇더케 가는줄도 몰을만하게 쟈미스러운 生活을 繼續하든일이 지금 와서는 끗업시 그리워짐니다. 勿論 한달에 百圓이라는 學費를어들여니 苦痛되는쌔도 이섯겟지만 지금에 잇서서는 괴롭든 일은 죄다- 니처지고 쟈미 스럽든 일만回想됨니다. 여러분도 잘아시겟지만 瑞典은 눈(雪)의 나라임니다. 瑞典의 雪景은 다른곳에서 차저볼수업는 아름다운 景致이라고 생각함니다. 눈 이몹시싸힌 그우에 동무와 손을잡고 스키-하려단이든일도! 湖水가에 욱어진 꼿을젓치고 푸른잔듸가 쏘쌀닌 넓은들을것처 물맑은 湖水를 차저단이든일도 모도가 다시 도라오지못할 녯날의 記憶으로만 남어잇게되니 끗업시 안타가울 쑨임니다. 쟈미잇는 타임은 가는줄몰으게 흘너서 쟈미잇든 學窓을 쩌난지도 멀서 滿一個年이 넘엇습니다.

南京에서 四個年間의 學窓時代의일은 벌서 희미한 녯일노 돌녀보낼쑨이지 만 瑞典의 四個星霜의 즐겁든 生活은 이즈려고해도 닛처지지안슴니다. 卒業하 고 校門을나서든 날의즐거웁든일도 닛처지지안치만은 동무들과 서로 쩌러지 기 애처러워하든일은 지금까지 나의가삼을 압흐게할쑨입니다. (끗)

歐米留學十年間, 梨花專門教授, 金信實

(1) 어수선하든 멧年間

내가 京城에서 梨花學堂普通科에 단이다가 父母님과함께 화와이라는 異域의 흙을 밟게되든 쌔는 내나희 몹시어리든 少女時代엿슴니다 그러기쌔문에 情든 故鄕을 쩌나서 새쌍을 밟을 쌔의 感想이라고는 모든 것이 내가 지금까지 보 고듣던것보담 다르다는것밧게 늣기지를 안엇습니다. 여러분도 잘아시겟지만 하와이엔 우리 同胞들이 만히살고잇슴으로 異國이래야 그닥지 서투른 感이 업섯습니다. 小學校에 入學해서도 朝鮮서 學校단일쌔보담 퍽 滋味가마타고 생

각햇슴니다. 엇던나라를 勿論하고 小學生이면 놀기잘한다는 것을 認識하는바
이지만 하와이의 학생들은 더한층 놀기를 조와함니다. 散步도만히다니고 登山
가른것도 째々로하게됨니다. 거기짜라서 運動도 盛히하게됨니다. 寫眞에보서
도 아시겟지만 코를쏠々 흘니는 어린애들도 野球團을 모아가지고 野球를 한
담니다. 小學校째의 일을 回想한다면 작난조와하든일밧게 生覺되지안슴니다.
나는 이러케해서 화와이쌍에서 十年이란 긴-세월을 지나게되엇슴니다 만은
中學校時代부터는 쏘한 새 世界를 求景하게되엿스니 그곳은 내가 業을 맞추기
까지 곱게 길너준 米國오하이오州라는곳이엿슴니다. 中學時代엔 特殊하게 記
憶될만한 滋味잇는 일이라고는 업슴니다. 다만 上級學校에 갈여고 熱心으로 工
夫하든 일만 記憶에새롭슴니다 쏘 滋味잇게 놀내야 風俗이 다르고 言語가 서
투른것만큼 活氣를 차리게 되지못하엿든 것임니다. 이러케해서 中學校를 卒業
하고 大學에 入學하게되엿슴니다. 이째에는 무엇에든지 서투른 氣分이 업서지
고 모-든 것이 익숙해젓슴으로 하로하로 지나는 生活이 엇더케도 滋味가 만헛
든지 모르겟슴니다. 先生으로서부터 學生들까지도 몹시親切하게 對헤줍니다.
더구나 그들은 東洋사람이라는데 好奇心을가지고 언제나 함께 이야기할여고
하며 놀녀고 함니다. 내가 단이든 오벌닌 오하이오엔 이러한 美風이 더 濃厚
하다는 이야기까지도 잇슴니다. 그러기째문에 大學을 마추는날까지 조곰도
不快한 感을늣기지 안엇든것임니다.

(2) 寄宿舍의 土曜日밤노리

그동안 무엇보담도 第一滋味잇든일을 이야기한다면 寄宿舍에서 土曜日에
작난하든 일임니다. (누구든지 學生時代의 寄宿舍에 잇서보신이는 짐작하실것
임니다 만은 學生時代의 寄宿舍生活처럼 滋味잇는것은 업슴니다) 普通째에도
자미업지는 안치만 土曜日은 主日을맞기爲해서 쉬는날이니깐 特別히 作亂할機
會를 만드러놋슴니다.
　　저녁밥을 먹은後에 運動場에 나가서 다各々 自己가 하고십흔 運動을 맘것

하느라면 종소리가 들닙니다. 그러면 自己의室에 들어가서 쉬다가 就寢鐘이 울니면 다―들베-트에 진정해서 잠자기를 시작하지요. 複雜하든 舍內도 죽은 듯이 고요하여지면 하로동안의 疲困함을 이저바리고 집흔꿈속에서 너나할것 업시 곤하게잠자게되는 째입니다.

째는 임이밤열두시― 어듸서 쌜-울니는 소리가 우렁차게들녀오면 몹시 곤하게잠자든 學生들은 잠옷을 입은채로 죄다― 이러나서 임이 約束해둔 室에 모혀가서 별々작난을 다― 하고는 쏘나와 코코를 먹슴니다. 그런데 나본중에 가장 우숩든 것은 米國學生들은 잘째에 입는 잠옷이 男子들의 西洋바지가치 생기고 거기에 한데부처서 우에까지 입게된 잠옷(파쟈마파티)이기째문에 사내들인지 女子들인지 알어보기가 어려웁게된담니다.

(3) 山에 올나서

그담에 자미잇든 일은 學校에서 登山하고 피크닉하든일입니다. 登山도 土曜日에 하게되는데 自己뜻에맛는 몃사람이 짝을지어서 하게됩니다. 勿論 自己 몸을 튼々히하기 爲해서하는 일이겟지만 學校에서도 장려해서 한學期에 열ㅅ 번하는 學生에겐 賞메달을 주게됩니다.

놉흔山에 올나가서 한층더 새로운氣分을 가지고 여러동모들과 함께쒸고 놀고 웃고 하는것도 다시 업는 즐거움이 엿슴니다만은 이러케 얼마동안 놀다가 시장하게되여 벤ㅅ도를 먹게되는 째에 愉快한맛은 무엇에比하야 말하면 조흘 줄 모르리만큼 하엿슴니다. 男女가 共學이니싼 놀아도함께놀고 어데가더래도 함께가게 됨으로 登山할째에도 男女가 勿論함께 가게됩니다.

(4) 가을씨-슨의 피크니크

쏘 한가지는 피크니크하든일입니다. 피크니크도 역시 맘맛는 사람들끼리 짝을 지여서 깁니다. 벌ㅗ먼곳은 안이지만 기려서 한시간이니 걸니는 農村으

로 나가게됨니다. 봄이나 여름이나 언제나 조켓지만 첫가을의 農村길을 거러
가는맛은 더한층 조왓슴니다.

길양편에 무성한 樹木 몹시엉크러진 雜草― 비로-드와가치 부드러운牧場
어느것이나 아직것 가을색채를 찍윗다기보담 將次가을을 마즈려는 듯한 姿
態를 보혀주엇슴니다. 능금나무엔 능금이 달니고 감나무엔 감이달여서 얼마
안이면 너희들에게 한갓 즐거움을 提供하리라는 約束을 미리하는 듯 십헛슴
니다.

피크닉의 一行은 適當한 場所를 차즈면 準備해가지고 갓든 벤ㅅ도와 諸道
具는 거기다 내려노코 작난도하며 도라단이면서 이상한 풀(草)求景도하고 새
소리들니는 곳마다 차저단이면서 붓잡어 볼여고도 함니다. 엇더튼 아메리카
學生들은 活潑하고 노는 것이 天眞스러워보임니다. 한참동안 놀다가 쏘 먹기
를 시작함니다. 피크닉에 갈째는 쌍외에 위닝(순대모양과 가치 생겻는데
구어야먹슴니다)오렌지등을 가지고가서 불을피워노코 그周圍에 쑥둘너안저서
위닝을 구어먹슴니다. 보통째에먹는 위닝보담 한층더 맛이잇서보이니 그것조
차 피크닉의 愉快한 感을 도아주는 것이안인가 生覺햇슴니다.

(5) 自由스럽든 컀푸의生活

그담엔 여름에 컀푸生活할째 임니다. 六七十名이 한데쩨로모여서 海邊이나
湖水가에가서 天幕을치고 몃주일간 그곳에서 살님을 살게되는데 普通時에 生
活보담 다를 것도 事實임니다. 언제나 規律잇는生活이지만 이째에도 맛찬가지
로 規律잇는 生活을 하게됨니다.

아참일곱시면 起床의 종소리가 쌩々々 들여옴니다. 이종소리는 너무나 微
妙한 韻律을 海面에傳하고 쏘森林에 反響을남기는 싸닭으로 나는 어느듯 「詩
의世界」에 들어간듯한 늣김을 가지게 되엿슴니다.

옷입고 세수하고 이야기하느라면 쏘 아참 食鐘이 울님니다. 食事가끗나면
여러 가지 報告가 잇슨뒤에 아홉시부터 프로그람을 시작하게되니 그것은 運

動과 水泳과 日光浴等과 其外에 일을하게됩니다. 이러케하로동안의 푸로그람이 끗나면 저녁밥을 먹은후엔 쏘 運動을 시작합니다. 운동이 끗나면 밤의 푸로그람이 시작되여서 엇던밤엔 演劇 엇던밤엔 이야기 엇던밤엔 假裝舞踊 쏘 엇던밤엔 海邊에 모혀안저서 쌘작이는 별을처다보면서 별의이야기를듯기도 합니다. 이러캐해서 밤 아홉시半까지 자미스러운 푸로그람을 맞추면 다— 各々 自己의맘대로 이야기하는사람 키-타하는 사람 노래부르는 사람 춤추는 사람 이모양 저모양으로 유쾌하게 놀게됩니다. 달밝은밤에 키-타에 애달픈 멜노듸만은 快活한우리들을 메란코리하게만들지 안을수업섯습니다. 이러는동안에 就寢의 종이울니면 파쟈마의몸으로 베-트에 들어눕게됩니다. 내가 여기서 말하고십흔 것은 아메리카에서는 男女가 共學을 하면서도 풍긔문란한 일은 절대로 업슴니다. 밤낮함쎄놀지만 理性이라는 槪念을가지지안코서로동모로 밧게 生覺하지안슴니다. 舊道德의 因習이가득 머리에 저저잇는 朝鮮사람으로서 아메리카 學生들을 본다면 처음엔 누구나 끔찍하게 生覺할것이라고 밋슴니다. 나는 아직것 學生時代의 자미스럽든 일을回想하고는 멍하고 안저잇다가도 精神업는 사람모양으로 웃기도하는 쌔가 번々히 잇슴니다. (끗)

생각하면그쌔가그립슴니다, 金源珠

『이제는 들어안저 일배와가지구 싀집가거라 건네(평생이라는 평안도 사투리) 공부만 할가?』이것은 보통학교를 졸업한 그해봄에 상급학교를 가겟다고 하엿슬쌔 아버지의 명령이엇슴니다. 원래 무서워하고 엄하게는 녁엿을지언정 철이들어서는 응석한번을 부려본 기억이업는 무서운 아버지의 이명령에는 두 번 말할용기를 엇지못하엿슴니다. 그후 잇해동안을 나는 가장 얌전한 쌀노릇을(아버지 눈에만은) 하며 바누질하는 법과 음식만드는 법을 골고루 배호고 잇섯슴니다. 그러나 름々히 어머니 치맛자락을 쯧으며 상급학교 보내달라고 울며 조르는 것을 아버지는알지 못하엿슬것임니다. 졸업한지 잇해ㅅ재되는 봄에 어머니에게만 내약을 어더가지고 봄아지랑이 춤추고 새엄이 나붓기는 陽春三月달, 어느날 아버지의 눈을 숨어서 평양으로올나 왔습니다. 試驗을 보아서 다행이 입학이된 나는 주소로 원하든 소원이 성취되야 여자고등보통학교 일학년생이 되엿습니다. 입학하여 모든것이 서투른중에 처음 쏘 한가지는 잠든호랑이와가튼 아버지가 언제 눈을쩌서 잡어가지나 안을가하는 조바심속에서 일년은 꿈가티 지나버렷습니다. 그리고 이학년을 맛고 쏘 삼학년을 당하엿습니다. 아버지의노염도 스사로 사라저버린 모양이엇습니다. 나에게는 비로소 안심과 희망과 자유를 늣기게 되엿습니다. 사실 나에게는 放學도 일요일도 업시 몹시도 밧벗습니다. 학과이외에 운동을 의무적으로 하지안이치못할 처지엿습니다. 이제는 한편 二學年말부터 차차 文藝書類에 趣味를 부치게되여 틈만잇스면 感傷的 文藝品과 高山樗牛의 作品을 탐독하고 이섯습니다. 『瀧口入道』를 네번다섯번 반복해 읽든것도 그째요 『쉑스피어』의 작품 『하무렛트』를 읽으면서울다가 담임선생에게 발견되여 붓그럽든것도 그째임니다.

이째는 평생에 제일 부즈런햇고 제일만히 웃고울은째도 이째요 가장 쾌활햇든 것도 이째엿고 내가 몹시 잘난척해본째도 역시 이째엿습니다. 學窓生活 十三年동안 아니아마 내 一平生에 제일 黃金時代가 안이엿든가 합니다. 그러나 첫녀름에 新綠처럼 기탄 업시 자라 나라든 나에게는 어느듯 찬서리가 나럿스니 女高普 졸업이라는 것과 同時에 家庭이냐 취직이냐 上級學校냐 하고 갈길을 彷徨하게 되엿습니다. 그후 내몸을 얽매랴는 모든 장해를 물리치고 七分의 不平과 三分의 冒險으로 本意안인 高等蠶絲學校에 入學한후 부터는 理想과 現實의 矛盾을 보며 趣味와 實際의 葛藤속에서 괴로운 날을 보냇습니다. 다음의 一節은 當時 日記冊한편에 적어두엇든 것인데 그째적 나의 心境을 回想케하는 한편임니다.

　　한쑤리명주실 다푸러노코
　　하로를보내며 씃을차즈니
　　씃업는실이 어데잇스런만

한뭉치얼킴만 그대로잇다
     ×   ×

한(限)업는실마리 씃업는생각
어제도오날도 닛고니어
씃차저고흔마음 만들랴도
텁々히얼킨 그마음은
풀길이 어려워라.

다시 잇기어려운 나의 學窓生活은 이와가티 『메랑코리』한가운데서 最後를
마초고 말엇습니다. 一九三一年도 저물어가는 十一月二十二日에 지내간 날을
더듬으며…… 씃

―『삼천리』, 1932. 1.

참고문헌

1. 자료

『학지광』, 『여자계』, 『신여자』, 『신청년』, 『신여성』, 『별건곤』, 『여성』, 『삼천리』, 『신가정』,
『학생』, 『학생계』
『한국신소설전집』(을유문화사, 1968)
『이광수전집』(삼중당, 1966)
『염상섭전집』(민음사, 1987)
『나도향전집』(집문당, 1988)
『현진건문학전집』(국학자료원, 2004)
『정월 나혜석전집』(국학자료원, 2001)
『未來世가 다하고 남도록』 하(인물연구소, 1974)
『박화성문학전집』(푸른사상, 2004)
『이태준전집』(깊은샘, 2001), (서음출판사, 1988)
『지하련전집』(푸른사상, 2004)
『화상보』(삼성출판, 1973)
『한국근대장편소설대계』(태학사, 1988)
『한국문학 대표작 선집』(문학사상사, 1992)
『한국소설문학대계』(동아출판사, 1995)
『바로잡은 『무정』』(문학동네, 2002)

2. 국내 논저

강민수, 「근대소설에 나타난 식민지 교육의 문제적 양상연구」, 중앙대학교 교육대학원
　　　　석사학위논문, 2004.
고미숙, 『한국의 근대성, 그 기원을 찾아서 - 민족, 섹슈얼리티, 병리학』, 책세상, 2001.
권명아, 『역사적 파시즘』, 소명출판, 2005.
권보드래, 『한국근대소설의 기원』, 소명출판, 2000.
　　　　, 「기생과 여학생」, 『문학인』 창간호, 시공사, 2000.
　　　　, 『연애의 시대 - 1920년대 초반의 문화와 유행』, 현실문화연구, 2003.
권희영, 「1920~30년대 '신여성'과 모더니티의 문제」, 『사회와 역사』 54집, 한국사회
　　　　사학회, 1998.

김경수, 「근대소설 담론의 유입과 형성과정」, 『전환기의 서사담론』, 서강대학교 출판
　　　부, 1998.
＿＿＿, 「염상섭 장편소설의 시학」, 『염상섭문학의 재조명』, 문학사와 비평학회, 새미,
　　　1998.
＿＿＿, 『염상섭 장편소설연구』, 일조각, 1999.
김경수 외, 『페미니즘과 문학비평』, 고려원, 1994.
김경일, 『여성의 근대, 근대의 여성』, 푸른역사, 2004.
＿＿＿, 「한국근대사회의 형성에서 전통과 근대」, 『사회와 역사』54집, 한국사회사학회,
　　　1998.
＿＿＿, 「식민지 여성교육과 지식의 식민지성」, 『사회와 역사』 59집, 한국사회사학회,
　　　2001.
김동식, 「풍속 문학 문학사」, 『민족문학사 연구』 19호, 민족문학사학회, 2001.
＿＿＿, 「낭만적 사랑의 의미론」, 『문학과 사회』 53호, 문학과지성사, 2001.
＿＿＿, 『한국의 근대적 문학개념 형성과정연구』, 서울대학교 박사학위논문, 1999.
김미영, 『1920년대 여성담론 형성에 관한 연구』, 서울대학교 박사학위논문, 2003
＿＿＿, 「1920년대 신여성과 기독교의 연관성에 관한 고찰」, 『현대소설연구』 21호, 한
　　　국현대소설학회, 2004.
김미지, 『누가 하이칼라 여성을 데리고 사누―여학생과 연애』, 살림, 2005.
＿＿＿, 「1920~30년대 염상섭 소설에 나타난 ‘연애’의 의미연구」, 서울대학교 석사학
　　　위논문, 2001.
김미현, 『한국여성소설과 페미니즘』, 신구문화사, 1996.
김병철, 『한국 근대번역문학사 연구』, 을유문화사, 1975.
김성례, 「여성의 자기진술의 양식과 문체의 발견을 위하여」, 『페미니즘과 문학비평』,
　　　고려원, 1994.
김수진, 「‘신여성’, 열려있는 과거, 멎어있는 현재로서의 역사쓰기」, 『여성과 사회』 11
　　　호, 창작과 비평사, 2000.
＿＿＿, 『1920~30년대 신여성 담론과 사회적 상징 연구』, 서울대학교 박사학위논문,
　　　2005.
김양선, 「‘신여성’ 드러내기의 두가지 방식」, 『한국여성문학비평론』, 개문사, 1995.
＿＿＿, 「식민주의담론과 여성주체의 구성―『여성』지를 중심으로」, 『여성문학연구』 3
　　　호, 한국여성문학학회, 2000.
＿＿＿, 「식민지 시대 민족의 자기구성방식과 여성」, 『한국근대문학연구』 8호, 한국근
　　　대문학회, 2003.
김옥란, 「근대여성주체로서의 여학생과 독서체험」, 『한국근대문학의 형성과 문학장의
　　　재발견』, 소명출판, 2004.

김원우, 「횡보의 눈과 길」, 『염상섭문학의 재조명』, 새미, 1998.

김월순, 「1920년대 여자고등보통학교에 관한 연구」, 서울시립대학교 석사학위논문, 2004.

김주리, 「근대적 신체담론의 일고찰－스포츠, 운동회, 문명인과 관련하여」, 『한국현대문학연구』 13집, 한국현대문학회, 2003.

______, 『모던걸, 여우 목도리를 버려라 : 근대적 패션의 풍경』, 살림, 2005.

______, 『한국근대소설에 나타난 신체담론 연구』, 서울대학교 박사학위논문, 2006.

김진송, 『현대의 형성－서울에 딴스홀을 허하라』, 현실문화연구, 1999.

김한식, 「이태준 장편소설의 서사연구－장편소설『화관』을 중심으로」, 『이태준과 현대소설사』, 깊은샘, 2004.

김현주, 「1930년대 '수필' 개념의 구축과정」, 『민족문학사연구』 22호, 민족문학사학회, 2003.

김혜경, 『일제하 어린이기의 형성과 가족 변화에 관한 연구』 이화여자대학교 박사학위논문, 1998.

노지승, 『한국 근대소설의 여성 표상에 관한 연구』, 서울대학교 박사학위논문, 2005.

______, 「1920년대 초반, 편지 형식 소설의 의미」, 『민족문학사연구』 20호, 민족문학사학회, 2002.

문옥표 외, 『신여성』, 청년사, 2003

박선미, 『근대여성, 제국을 거쳐 조선으로 회유하다』, 창비, 2007.

박숙자, 『근대문학에 나타난 개인의 형성과정 연구』, 서강대학교 박사학위논문, 2004.

박용옥, 「1920년대 신여성 연구－『신여자』와 『신여성』을 중심으로」, 『여성 · 역사와 현재』, 국학자료원, 2001.

박정애, 『1920~30년대 초반 일본여자유학생 연구』, 숙명여자대학교 석사학위논문, 1999.

박지영, 「『신여성』誌의 '독자투고'문을 통해 본 '여성적 글쓰기'의 형성과정」, 『여성문학연구』 12호, 한국여성문학학회, 2006.

박지향, 「일제하 여성고등교육의 사회적 성격」, 『사회비평』 창간호, 나남, 1988.

박혜숙 · 박희병 · 최경희, 「한국여성의 자기서사(3) : 근대편」, 『여성문학연구』 9호, 한국여성문학학회, 2003.

박철희, 『문예비평론』, 문학과 비평사, 1988.

박철희, 『식민지기 중등교육연구』, 서울대학교 박사학위논문, 2002.

박찬승, 『한국근대정치사상사 연구 : 민족주의 우파와 실력양성운동론』, 역사비평사, 1992.

박헌호, 『식민지 근대성과 소설의 양식』, 소명출판, 2004.

서정자, 『한국여성소설과 비평』, 푸른사상, 2001.

서영채, 『한국근대소설에 나타난 사랑의 양상과 의미에 관한 연구』, 서울대학교 박사
　　　학위논문, 2002.
소영현, 『미적 청년의 탄생』, 연세대학교 박사학위논문, 2005.
손인수, 『한국근대교육사』, 연세대학교 출판부, 1971.
______, 『한국개화교육 연구』, 일지사, 1981.
송명희, 「이광수의 <개척자>와 나혜석의 <경희>에 대한 비교연구」, 『비교문학』 20
　　　집, 1995.
______, 『타자의 서사학』, 푸른사상사, 2004.
신수정, 『한국근대소설의 형성과 여성재현양상연구』, 서울대학교 박사학위논문, 2003.
______, 「韓國近代女性小說에 나타나는 基督敎的 經驗의 히스테리적 변용양상」, 『어문
　　　연구』 131호, 한국어문교육연구회, 2006.
심진경, 『1930년대 후반 장편소설의 여성섹슈얼리티 연구』, 서강대학교 박사학위논문,
　　　2002.
안미영, 「여학생과 문명에의 의지-이상 소설을 중심으로」, 『한국현대문학』 8집, 한국
　　　현대문학회, 2000.
______, 「1920년대 불량여학생 출현배경 고찰」, 『한국문학 이론과 비평』 18집, 한국문
　　　학이론과 비평학회, 2003.
안태윤, 「일제말기 전시체제와 모성의 식민화」, 『한국여성학』 제19권3호, 한국여성학
　　　회, 2003.
엄미옥, 「근대소설에 나타난 여학생 연구 : 1920~30년대 교육을 통한 여성주체 형성
　　　과정을 중심으로」, 『어문연구』 131호, 한국어문교육연구회, 2006.
______, 「김동인 소설에 나타난 '연애'의 의미 연구-「약한자의 슬픔」, 「마음이 옅은者
　　　여」, 「김연실전」을 중심으로」, 『시학과 언어학』 10호, 시학과 언어학회, 2005.
______, 「로고스 없는 마녀? <얼굴없는 미녀>」, 『다락방에서 타자를 만나다』, 여성문
　　　화이론연구소 정신분석 세미나팀, 여이연, 2005.
연구공간 수유+너머 근대매체연구팀, 『新女性』, 한겨레 신문사, 2005.
여성문화이론연구소 편, 『페미니즘과 정신분석』, 여이연, 2003.
오성철, 『식민지초등교육의 형성』, 교육과학사, 2000.
우정권, 『한국근대고백소설의 형성과 서사양식』, 소명출판, 2004.
우찬제, 『텍스트의 수사학』, 서강대학교 출판부, 2005.
윤수영, 『한국근대 서간체 소설연구-형성과 구조 변이를 중심으로』, 이화여자대학교
　　　박사학위논문, 1990.
윤혜원, 「개화기 한일여성운동의 비교연구-기독교주의 여성운동을 중심으로」, 『아세
　　　아여성연구』 21집, 숙명여대 아세아여성문제 연구소.
이경훈, 「청년과 민족-『학지광』을 중심으로」, 『대동문화연구』 44호, 2003.

______, 『오빠의 탄생』, 문학과지성사, 2003.

이기훈, 「독서의 근대, 근대의 독서―1920년대의 책읽기」, 『역사문제연구』, 제7호, 역사문제연구소, 2001.

이만규, 『조선교육사』 2, 거름, 1988.

이명선, 『식민지 근대의 '신여성'주체형성에 관한 연구―성별과 성의 관계를 중심으로』, 이화여자대학교 박사학위논문, 2003.

이보영, 『난세의 문학』, 예지각, 1991.

______, 『한국현대소설의 연구』, 예림기획, 2002.

이상경, 『근대여성문학사론』, 소명출판, 2002.

이승원, 『학교의 탄생』, 휴머니스트, 2005.

이영아, 「신소설의 개화기 여성상 연구」, 서울대학교 석사학위논문, 2000.

______, 『신소설에 나타난 육체인식과 형상화 방식 연구』, 서울대학교 박사학위논문, 2005.

이재선, 『한국단편소설연구』, 일조각, 1975.

______, 『개화기문학론』, 형설출판사, 1978.

______, 『한국현대소설사』, 홍성사, 1979.

이지명, 『넘쳐나는 민족, 사라지는 주체―민족담론의 공존을 위해』, 책세상, 2004.

이호숙, 「식민지 시대 남성작가의 욕망과 여성 주인공」, 『이태준과 현대 소설사』, 깊은샘, 2004.

이혜령, 『한국근대소설의 섹슈얼리티 연구』, 성균관대학교 박사학위논문, 2000.

이태숙, 『여성성의 근대적 경험양상·1920-30년대 문학을 중심으로』, 고려대학교 박사학위논문, 2000.

임옥희, 「신여성의 범주화를 위한 시론」, 『한국의 식민지 근대와 여성공간』 여이연, 2004.

임우경, 「식민지 여성과 민족/국가 상상」, 『한국의 식민지 근대와 여성공간』, 여이연, 2004.

장윤수, 『한국근대교육소설연구』, 보고사, 1997.

전복희, 『사회진화론과 국가사상』, 한울, 1996.

전언후, 「일제시기 여학생 의식연구」, 『이화사학연구』 29집, 이화여대 사학연구소, 2002.

전은정, 「일제하 신여성 담론에 관한 분석」, 서강대학교 석사학위논문, 1999.

전혜영, 「근대를 향한 시선―이광수의 『무정』에 나타난 연애의 성립과정을 중심으로」, 『여성문학연구』 3호, 한국여성문학학회, 2004.

정세화, 「한국근대여성교육」, 『한국여성사 II』, 이화여자대학교출판부, 1984.

조은·윤택림, 「일제하 '신여성'과 가부장제―근대성과 여성성에 관한 식민담론의 조명」, 『광복 50주년 기념논문집』, 한국학술진흥재단, 1995.

천정환, 『근대의 책읽기』, 푸른역사, 2003.

최시한, 『소설의 해석과 교육』, 문학과지성사, 2005.

______, 「가련한 여인 이야기 연구시론」, 『현대소설 인물의 시학』, 태학사, 2001.

최혜실, 『신여성들은 무엇을 꿈꾸었는가』, 생각의 나무, 2000.

황수진, 『한국근대소설에 나타난 신여성상 연구』, 건국대학교 박사학위논문, 1999.

황종연, 「청년, 제국, 노블」, 『한국문학과 탈식민주의』, 깊은샘, 2005.

허병식, 「식민지 청년과 교양의 구조-『무정』과 식민지적 무의식」, 『한국어문학연구』
        41집, 한국어문학연구회, 2003.

현경미, 「식민지 여성교육 사례연구」, 서울대학교 석사학위논문, 1997.

홍양희, 「일제시기 조선의 현모양처 여성관의 연구」, 한양대학교 석사학위논문, 1997.

태혜숙 외, 『식민지 근대와 여성공간』, 여이연, 2004.

Anderson Benedict, 윤형숙 역, 『민족주의의 기원과 전파』, 나남, 1993.

Anthony Giddens, 배은경·황정미 역, 『현대사회의 성, 사랑, 에로티시즘』, 새물결,
        1996.

Aries Philippe, 문지영 역, 『아동의 탄생』, 새물결, 2003.

Bourdiea, Pierre, 최종철 역, 『구별짓기 : 문화와 취향의 사회학 상』, 새물결, 1995.

Bourneuf Roland·Ouellet Real, 김화영 편역, 『현대소설이론』, 현대문학, 1996.

Braun, Christina Von, Stephan, Fnge, 탁선미·김륜옥·장춘익·장미영 역, 『젠더연구』,
        나남, 2002.

Braun, Christina Von, 엄양선·윤명숙 역, 『히스테리-논리 거짓말 리비도』, 여이연,
        2004.

Chatman, Seymour, 김경수 역, 『영화와 소설의 서사구조』, 민음사, 1990.

Duby. D. and Perrot. M., 권기돈·정나연 역, 『여성의 역사 4-페미니즘의 등장 : 프
        랑스 대혁명부터 제1차 세계대전까지』, 새물결, 1998.

Foucault, Michel, 이정우 해설, 『담론의 질서』, 새길, 1993.

Foucault, Michel, 이규현 역, 『성의 역사 1-앎의 의지』, 나남, 1993.

Foucault, Michel, 오생근 역, 『감시와 처벌 : 감옥의 역사』, 나남, 1994.

Felski Lita, 김영찬·심진경 역, 『근대성과 페미니즘』, 거름, 2003.

Fuchs, Eduard, 이기웅·박종민 역, 『풍속의 역사 Ⅳ-부르조아의 시대』, 까치, 1995.

Kern, Stephen, 이성동 역, 『육체의 문화사』, 의암, 1996.

Kristeva, Julia, 김열규 외 역, 『페미니즘과 문학』, 문예출판사, 1988.

Lidia H. Liu, 민정기 역, 『언어횡단적 실천』, 소명출판, 2005.

Mayne, Judith, 강수영·류제홍 역, 『사적 소설 / 공적영화』, 시각과 언어, 1994.

Mills Sara, 김부용 역, 『담론』, 인간사랑, 1999.

Rimmon-Kenan, Shlomith, 최상규 역, 『소설의 시학』, 문학과지성사, 1985.

Ruthven, K. K, 김경수 역, 『페미니스트 문학비평』, 문학과 비평사, 1989.

Shilling, Chirs, 임인숙 역, 『몸의 사회학』, 나남, 1999.

Sigmund Freud, 김정일 역, 『성욕에 관한 세편이 에세이』, 열린책들, 1999.

Steven Cohan · Linda M. Shires, 임병권 · 이호 역, 『이야기하기의 이론』, 한나래, 1997.

Susan Sniader Lanser, 김형민 역, 『시점의 시학』, 좋은날, 1998.

Suzuki Tomi, 한일문학연구회 역, 『이야기된 자기』, 생각의 나무, 2004.

Ueno ChizuKo, 이선이 역, 『내셔널리즘과 젠더』, 박종철 출판사, 1999.

Watt, Ian, 전철민 역, 『소설의 발생』, 열린책들, 1988.

Walters, Susanna, 김현미 · 김주현 · 신정원 · 윤자영 역, 『이미지와 현실사이의 여성들』, 또 하나의 문화, 1999.

Week, Jeffrey, 서동진 채규형 역, 『섹슈얼리티, 성의 정치』, 현실문화연구, 1997.

柄谷行人, 박유하 역, 『일본근대문학의 기원』, 민음사, 1997.

小森陽一, 송태욱 역, 『포스트 콜로니얼』, 삼인, 2002.

李孝德, 박성관 역, 『표상공간의 근대』, 소명출판, 2002.

3. 외국 논저

Angelique Richardson & Chris Willis, *The New Woman in Fiction and in Fact;Fin-de Siecle Feminisms*, Basingstoke and New York : palgrave, 2001.

Armstrong, Nancy, *Desire and Domestic Fiction : A Political History of The Novel*, Oxford University Press, 1987.

Armstrong, Nancy, "Chinese Women in a Comparative Perspective : A Response", Ellen Widmer and Kang-i Sun Chang, *Writing Women in Late Imperial China*, Stanford University Press, 1997.

Daemmrich, Horst S. *Spirals and Circles; A Key to Thematic Patterns in Classicism and Realism*, Peter Lang, 1994.

Linda S. Kauffman, *Special Delivery*, The University of Chicago Press, 1992.

Lorna Martens, *The Diary Fiction*, Cambridge University Press, 1985.

Peter Wanger, *A Sociology of Modernity; Liberty and Discipline*, Routledge, 1994.

Stephen J. Roddy, *Literati Identity and Its Fictional Representations in Late Imperial China*, Stanford University Press, 1998.

Suzanne Nalbantian, *Memory in Literature : From Rousseau to Neuroscience*, Palgrave Macmillan, 2003.

Wendy Lason, *Women and Writing in Modern China*, Stanfrd University press, 1998.

Yi-tsi Mei Feuerwerker, *Ideology, Power, Text; Self-Representation and the Peasant "Other" in Modern Chinese Literature*, Stanford University Press, 1998.

本田和子, 『女學生의 系譜』, 靑土社, 1990.

川村邦光, 『オトメの祈り―近代女性 イメーヅの誕生』, 紀伊國屋書店, 1993.

川村邦光, 『オトメの身體』, 紀伊國屋書店, 1994.

黃錦珠, 『晚淸小說中的 '新女性' 硏究』, 文津出版社有限公司, 2005.

저자 엄미옥(嚴美玉, Eom Mi-ok)

1974년 출생, 숙명여자대학교 국어국문과 및 동대학원을 졸업하고, 서강대학교 국어국문학과에서 박사학위를 받았다. 서강대학교와 숙명여자대학교에서 강의를 하고 있으며, 현재 숙명여자대학교 한국어문화연구소 책임연구원으로 재직하고 있다.

주요 논문으로는 석사학위논문인 「김유정 소설의 욕망과 서술상황 연구」와 박사학위논문인 「한국근대 여학생 담론과 그 소설적 재현 연구」를 비롯하여 「≪자유부인≫에 나타난 의복의 정치학」, 「한국전쟁기 여성 종군작가 소설연구」, 「상상된 공감, 소통의 시학─『나마스테』에 나타난 법과 인권을 중심으로」, 「디아스포라 증언의 서사─이양지 소설에 나타난 트라우마를 중심으로」 등이 있다. 저서로는 『다락방에서 타자를 만나다』(공저, 여이연, 2005), 『근대 知의 성립(근대 일본의 문화사 3 : 1870~1910년대)』(공역, 소명출판, 2011), 『한국 여성문학 자료집 1~3』(공편저, 도서출판 역락, 2011)이 있다.

여학생, 근대를 만나다
─한국 근대소설의 형성과 여학생

초판 인쇄 2011년 7월 20일
초판 발행 2011년 7월 27일

지은이 엄미옥
펴낸이 이대현
편 집 권분옥
펴낸곳 도서출판 역락
　　　　서울시 서초구 반포4동 577-25 문창빌딩 2층
　　　　전화 02-3409-2058(영업부), 2060(편집부)
　　　　팩시밀리 02-3409-2059
　　　　이메일 youkrack@hanmail.net
　　　　등록 1999년 4월 19일 제303-2002-000014호

ISBN 978-89-5556-926-1 93810
정 가 31,000원